Cordoue, 1211

Du même auteur

Aux éditions le Grand-Châtelet (via Amazon)

La Devineresse
Nostradamus et le dragon de Raphaël
Les Premières Enquêtes de Louis Fronsac
La Conjuration des Importants
L'Énigme du clos Mazarin
L'Exécuteur de la haute justice
Le Vol du Sancy
Guilhem d'Ussel dans la tourmente
Attentat à Aquae Sextiae
Le Complot des Sarmates
L'Archiprêtre et la Cité des Tours
L'Enlèvement de Louis XIV
Marius Granet et le Trésor du palais comtal
Le Duc d'Otrante et les Compagnons du Soleil
Le Dernier Secret de Richelieu
Menaces sur le roi
Le Mystère de la Chambre bleue

Aux éditions Flammarion

Le Secret de l'enclos du Temple
La Malédiction de la Galigaï
Dans les griffes de la Ligue
La Bête des Saints-Innocents
Rome, 1202
Rouen, 1203
Le Grand Arcane des rois de France
L'Évasion de Richard Cœur de Lion
Béziers, 1209

Suite en fin d'ouvrage

Jean d'Aillon

Cordoue, 1211

Robert Laffont

ISBN 978-2-221-25295-6
Dépôt légal : avril 2021
Éditions Robert Laffont – 92, avenue de France 75013 Paris

Les principaux personnages

Aignan le libraire, serviteur de Guilhem d'Ussel
Alaric, chevalier, serviteur de Guilhem d'Ussel
Alphonse IX, roi du León
Alphonse VIII, roi de Castille
Arnaud Amaury, abbé de Cîteaux
Baghisain de Djeziré, cheikh et engineor
Blanche de Castille, épouse du fils de Philippe Auguste
Henri de Bohun, comte de Hereford
Falcaise de Bréauté, routier au service du roi Jean
Butler the Elder, archer
Butler the Young, archer, fils du précédent
Egelina de Camville, ancienne criminelle au service du roi Jean
Foulques de Canteloup, chevalier du roi Jean
Henri FitzCount, sheriff et comte de Cornouailles
Ebn Djaméa, vizir de Cordoue
Eadric the Wild, archer
Estève, drapier, et sa fille Perrine
Raoul Fitz Nicholas, chevalier
Robert FitzWalter, seigneur du château Baynard
Jehan le Flamand, chevalier, serviteur de Guilhem d'Ussel
Flore, épouse d'Alaric
Fulk le Brun, archer
Gamwell, fils de Will Scarlet, compagnon de Robert de Locksley
Frère Guérin, chancelier de Philippe Auguste
Thomas de Herdington, sheriff de Stafford et chambellan du roi

Jean, roi d'Angleterre
Nicolas de Langlay, écuyer de Ranulf de Winchester
Robert de Londres, clerc
Abdul Maluk, Berbère, seigneur de Caracena
Geoffrey FitzGeoffrey de Mandeville, comte d'Essex
Amaury de Mandeville, cousin éloigné du précédent
Matilda, fille de Robert FitzWalter
Peter Mauluc, seigneur et sheriff de Mulgrave
Constance Mont Laurier, négociante marseillaise
Muhammad al-Nasir, calife de Cordoue, Miramolin (émir des croyants)
Gregorio Orlando, écuyer de Guilhem d'Ussel
Vidal d'Orthez, marchand gascon
Roger Percy, servant d'Amaury de Mandeville
Saer de Quincy, comte de Winchester
Raillard, ancien jongleur devenu marchand
Raoul, fils d'Aignan le libraire
Peyre Thézan, neveu d'Alaric, écuyer
Bartolomeo Ubaldi, chevalier
Guilhem d'Ussel, troubadour et chevalier
Ranulf de Winchester, cousin de Saer de Quincy

[Le roi Jean] envoya donc en toute hâte un message très secret à l'émir Murmelin, très puissant souverain d'Afrique, de Maroc et d'Espagne, que le vulgaire appelle Miramolin[1]. *Thomas de Herdington, Raoul, fils de Nicolas, tous deux chevaliers, et Robert de Londres, clerc, étaient porteurs des lettres.*

« Ne paraissez plus en ma présence, et que vos yeux ne voient plus ma face. Le nom, ou plutôt le mauvais renom de votre maître, qui est un apostat et un fou, me fait soulever le cœur. »

Paroles prononcées par Muhammad al-Nasir, calife de Cordoue

Matthieu Paris, *Grande Chronique d'Angleterre*

1. Forme latinisée de Al-Amir al-Mu Minin, c'est-à-dire : commandeur (ou prince) des croyants.

Prologue

Décembre 1210, Cordoue, Al-Andalus

Le détachement d'Abyssins, une douzaine d'hommes en cotte de mailles sur leur robe blanche, le sommet de la tête couvert de *baydah*, ces casques pointus à protège-nuque, s'arrêta devant la massive porte de bois à clous de bronze. Le chef était un officier berbère, la tête entourée d'un *ferwal* bleu, une longue *ifranji* – épée franque – à la taille. Au milieu du groupe, un individu de petite taille coiffé d'un turban vert, à la barbe aussi sombre que son regard, montait un cheval noir. L'homme arborait une ifranji qu'il portait haut à son baudrier. Quelques pas plus loin, sur une mule blanche conduite par un esclave, suivait un gros bonhomme en robe crème.

L'un des gardes tira la chaîne de la cloche et le portier – un eunuque – parut. L'officier s'adressa à lui :

— Va dire au noble cheikh Baghisain de Djeziré que Ibn Amir, secrétaire du grand vizir Ebn Djaméa, lui porte ses salutations et désire le rencontrer.

L'eunuque fit pénétrer la troupe dans une grande cour au milieu de laquelle glougloutait une fontaine de marbre dont le déversoir formait un bassin. Plusieurs esclaves se précipitèrent pour recevoir le détachement. Ibn Amir, l'homme à la barbe et au regard sombres, descendit de cheval quand on lui avança un escabeau. Le gros bonhomme mit pied à terre sans aide, tandis que les autres restaient en selle.

À cet instant parut un homme à barbe blanche et turban tout aussi immaculé. Il s'avança vers les visiteurs et s'inclina, main droite sur le cœur :

— Seigneur Ibn Amir, maître Muzaffar, *assalamu alaykum*, soyez les bienvenus dans la demeure de mon excellent maître. Puis-je vous conduire vers lui ? Il se trouve dans la grande chambre, après les portiques. Puis-je ensuite faire porter des rafraîchissements à vos hommes ?

— Fais porter, et conduis-nous ! répondit Ibn Amir avec une brusquerie de mauvais aloi.

Impassible, l'intendant donna des ordres aux esclaves. Après quoi, il se dirigea vers la fontaine, puis franchit un portique de colonnes de jaspe soutenant des arcs en fer à cheval et pénétra dans un patio planté d'orangers. S'arrêtant devant une porte sculptée de motifs géométriques et incrustée de plaques d'argent, il y frappa doucement. Ayant entendu l'ordre d'entrer, il poussa l'huis et pénétra, les deux visiteurs dans ses pas.

C'était une immense salle à colonnades, très lumineuse, ouvrant sur un jardin dans lequel des ouvriers en sueur s'activaient sur plusieurs machines de bois. Le sol de la pièce disparaissait sous d'épais tapis de laine. Coffres et sièges étaient tous de bois précieux marqueté d'ivoire ou recouverts du plus beau cuir gaufré.

Debout, un homme dans la quarantaine, visage au nez saillant, front proéminent sous un keffieh, fine barbe poivre et sel, donnait des instructions à un contremaître. Sur son torse, la robe bleue était barrée d'un cordon de cuir serti de métaux précieux qui supportait une dague au fourreau ciselé.

Il se tourna vers les visiteurs. Son expression devint alors impénétrable, ne laissant paraître ni intérêt, amitié ou estime. S'écartant du contremaître, il s'avança pour déclarer, sans formule de courtoisie :

— Ibn Amir, que me vaut votre visite dans mon humble demeure ?

L'humble demeure était l'une des plus belles *munyat* de ce quartier de Cordoue, sorte de cité privée entièrement ceinte d'un mur, où s'élevaient plusieurs demeures princières comme celles de la riche bourgeoisie.

— Cheikh Baghisain, le très puissant vizir m'envoie vous rappeler l'arrivée prochaine de notre très haut et vénéré calife prince des croyants, et apprendre où en est la fabrication des *qaws al-aqqar*[1].

Baghisain attendit un instant avant de répondre, comme s'il lui répugnait de discuter avec le visiteur.

— Quatre *jarkh*[2] sont terminés, vous les voyez dans le jardin, lâcha-t-il enfin. J'ai aussi fini plusieurs balistes et une ou deux machines plus originales que je montrerai au Miramolin quand il me le demandera.

Sous-entendu : vous ne les verrez pas, ni le vizir, et je n'ai aucun temps à perdre avec vous.

— Bien ! fit Ibn Amir en gratifiant le cheikh d'un sourire de circonstance malgré l'insulte larvée.

Baghisain était l'ingénieur le plus réputé du monde arabe, le plus riche aussi, et le contrarier pourrait entraîner son retour à Damas, d'où il venait. Le provoquer se révélait inutile, et surtout peu profitable.

— Notre prince Muhammad al-Nasir[3] en a presque terminé avec le rassemblement de son armée, la plus innombrable jamais vue sur cette terre, poursuivit le secrétaire du vizir. Notre honoré et très haut seigneur attend encore des troupes d'Ifriqiya[4] et du Sahran. Il commencera à passer la mer dans deux mois, tout au plus. Les machines devront être prêtes à ce moment-là car, selon le messager que nous avons reçu, l'armée sera ici entre le premier jour de la lune de *schawal*[5] et le dernier de la lune de *djoulkada*[6].

1. Baliste.
2. Mangonneau.
3. Soutien de la loi de Dieu.
4. L'Afrique du Nord.
5. 17 mars.
6. 14 mai.

— Les machines seront prêtes et les officiers formés à leur utilisation.

— Bien ! fit à nouveau le secrétaire du vizir. Notre très haut, très excellent et très puissant calife, prince des croyants, envisage désormais non seulement d'écraser le royaume de Castille qui se permet d'approuver les raids de mécréants dans l'Andalus malgré la trêve, mais de prendre le royaume d'Aragon et de saisir la Provence et le Toulousain. Ce sera une campagne victorieuse qui nous permettra d'occuper tout le midi des terres de France.

Comme le cheikh Baghisain demeurait impassible, Ibn Amir poursuivit d'une voix doucereuse :

— Mais je ne suis pas venu vous voir uniquement pour cela. Et la seconde raison de ma visite explique que je me sois fait accompagner de maître Muzaffar.

Muzaffar était le *muhtasib* du quartier. Sorte de prévôt, il assumait l'*hisba*, c'est-à-dire la poursuite des voleurs, la répression des fraudes et la surveillance des mœurs.

— Notre vénéré et très puissant Miramolin a fait savoir à son vizir qu'il avait jusque-là été trop tolérant envers les chrétiens de cette ville. Sa décision est prise, ceux-là devront se convertir ou s'en aller.

Visage de marbre de cheikh Baghisain.

— Votre voisine, dame Constance Mont Laurier, la vendeuse de cuir, a toujours refusé la conversion mais, cette fois, vous devrez la convaincre.

Aucune allusion au fait que Constance Mont Laurier était la maîtresse du cheikh, mais c'était inutile, puisque de notoriété publique, Baghisain l'ayant ramenée de Marseille après une absence de plusieurs mois[1].

— J'ai déjà eu cette discussion avec le calife et il l'a autorisée à garder sa foi. Il est donc inutile de revenir dessus.

— Refuser serait dommageable pour vous deux, insista Ibn Amir d'un ton venimeux.

Un silence.

---

1. Voir *La Revenante*, du même auteur.

— En venant, j'ai longé le Rasif[1]. Quelle tristesse de voir autant de suppliciés. Des gens qui auraient pu éviter leur fin en ne contrariant pas notre bien-aimé vizir.

Le visage du cheikh se durcit.

— Vous avez jusqu'à l'été pour la persuader, insista le secrétaire.

Il se tourna vers Muzaffar qui, épaules rentrées et tête baissée, aurait aimé disparaître.

— Vous me porterez la réponse.

Ibn Amir, main sur la garde de son épée, s'inclina à peine et tourna les talons sans la moindre parole de courtoisie. Le muhtasib le suivit, soulagé que le pénible entretien prenne fin.

— Maudit sois-tu, toi et ton vizir, siffla Baghisain entre ses dents en se dirigeant vers la porte qui faisait communiquer sa maison avec celle de Constance Mont Laurier.

*

Décembre 1210, château d'York, Angleterre

Accompagné de cinq cents cavaliers, dont une trentaine de nobles chevaliers, et suivi d'autant de chariots tirés par des mules, le roi Jean, dernier fils d'Henri II Plantagenêt, pénétra dans la basse-cour du château d'York.

Construite à la confluence des rivières Ouse et Foss, la forteresse était constituée de deux parties : une esplanade sur une levée de terre entourée d'eau et protégée par une enceinte de bois, puis un donjon rectangulaire bâti sur une haute butte à laquelle on accédait uniquement par un escalier.

La vaste cour contenait plusieurs manoirs à toit de chaume, des écuries, des granges et une chapelle. Ces bâtiments pouvaient recevoir des centaines de personnes, chevaliers, écuyers, soldeniers, valets et servantes.

---

1. Une chaussée très passante de Cordoue donnant accès au fleuve et lieu d'exhibition des condamnés à mort.

Au pied de la porte permettant l'accès à l'escalier du donjon, Jean, aidé par un servant, descendit de selle. Après avoir échangé quelques mots avec le comte d'Oxford Albéric de Vere, Pierre, l'évêque de Winchester, et Henri FitzCount, le *sheriff*[1] et comte de Cornouailles – tous trois faisant partie de son conseil –, il franchit le pont dormant et entama la montée des marches en bavardant avec l'évêque de Winchester.

Les autres suivaient, entourés de la garde rapprochée du roi : une douzaine de mercenaires gallois et écossais, tous taillés comme des géants et munis de lances, d'épées et de haches.

Le froid était vif à cause de la bise et Jean serrait au col son manteau fourré en songeant au feu et au souper qui l'attendaient. Mais, avant de se remplir la panse, il avait d'autres choses à faire. De plaisantes discussions qui l'amusaient déjà.

Le donjon était entouré d'une muraille de bois inachevée, la construction ayant été incendiée dix ans plus tôt par des juifs qui s'y étaient réfugiés. Tandis que les sentinelles ouvraient le portail, Jean aperçut ses fidèles serviteurs qui l'attendaient devant la porte de la grosse tour, reconstruite elle aussi, mais en solide pierre cette fois.

Ces féaux se nommaient Falcaise de Bréauté, Philippe Marci, et les frères Bruer.

Exécrable routier d'origine normande, Falcaise était craint de tous pour sa férocité. On disait de lui qu'il dépassait toujours en cruauté les ordres qu'il recevait. Ce trait de caractère le rendait cher au roi d'Angleterre qui le comblait de bienfaits. Philippe Marci, châtelain et sheriff de Nottingham, était un violent guerrier qui exécutait, lui aussi sans état d'âme, les ordres du roi. Quant à Foulques et Guillaume Bruer, ils venaient d'être désignés comme intendants du château d'York.

— Combien en avez-vous pris ? demanda Jean à Falcaise en pénétrant dans la salle basse où une poignée d'hommes se tenaient debout près de la cheminée.

---

1. Le sheriff était un officier royal saxon dont la charge avait été conservée par les Normands. Ce titre est formé de la contraction des mots *shire* et *reeve*. Le *shire* étant un comté, le *reeve* un officier chargé de surveiller les serfs.

— Deux seulement, gracieux sire. Un troisième a été tué et un quatrième nous a échappé.

Par une moue et un froncement du front, le roi manifesta son mécontentement. Avec si peu de prisonniers, il n'avait aucune certitude que le plan de Mauluc aboutisse.

— Comment se comportent-ils ?

— Ils n'ont de cesse de demander qu'on les libère, mais ils ont peur, c'est certain.

Jean éclata d'un rire sinistre avant d'ajouter :

— Ils ont raison d'avoir peur.

Il se dirigea vers l'escalier en limaçon qui conduisait aux appartements seigneuriaux.

En haut, une grande salle dont les portes donnaient accès à des chambres. L'évêque Richard du Marais, chancelier du royaume, attendait, debout.

Jean se rendit jusqu'à la chaire qui trônait près du feu, ouvrit largement son manteau à cause de la chaleur, et s'affala sur le siège couvert d'un épais coussin écarlate à franges d'or.

— Qu'on me porte à boire ! Et maintenant, Falcaise, raconte-moi comment tu as saisi Matilda. Des difficultés ?

— Aucune, mon noble roi. Conformément à ce qu'on avait appris, la fille de FitzWalter quittait Baynard Castle pour se rendre à Gloucester chez sa sœur. Nous avons exterminé l'escorte, à l'exception de l'un des archers, et j'ai veillé à ce qu'il entende qu'on la conduisait à Lincoln. Ensuite, comme convenu, Mauluc est secrètement revenu à Londres avec la fille et l'a enfermée dans la Tour. Où elle vous attend.

— J'ai été prévenu qu'elle s'y trouvait. J'ai hésité à aller m'amuser avec elle. Mais mieux valait être ici à recevoir mes fidèles barons après m'être occupé des rebelles gallois[1]. Après tout, je pourrai m'occuper de cette Matilda en janvier quand le froid nous glacera les os ! Pas de violences sur elle, au moins ?

— Je me suis retenu, sourit Falcaise.

1. Jean rentrait d'une expédition dans le pays de Galles.

— Je la veux en premier ! plaisanta Jean en se lissant la barbe. Après, je te la laisserai volontiers. Maintenant, que l'on aille me chercher l'un des prisonniers.

Des serviteurs avaient apporté vin chaud aux épices, hydromel et tourtes. Les féaux bavardaient joyeusement en promettant de funestes sorts aux ennemis du roi, et Falcaise s'attirait l'intérêt de ce dernier en décrivant avec humour les supplices qu'il avait fait subir à des religieux qui osaient suivre l'interdit[1] imposé par Rome. Il plaisantait sur l'incendie qui avait consumé leur église et les cris des prêtres enfermés à l'intérieur quand, encadré par quatre gagiers, entra un jeune homme aux mains entravées par des manicles[2]. Un garde le tenait par une chaîne reliée à l'entrave.

Le damoiseau portait encore son gambison taché de sang en plusieurs endroits et boitait à cause d'une blessure à la cuisse.

— Qu'avez-vous fait de Matilda ? cria-t-il en s'adressant au roi, tout en essayant de se précipiter vers lui.

Retenue par le geôlier, la chaîne se tendit et le prisonnier trébucha.

— Par les pieds du Seigneur, quelle insolence, Laval ! ricana Jean. Ne devrais-je pas faire fouetter à mort cet effronté ? s'enquit-il en interrogeant l'assistance avec des yeux rieurs.

— Je veux bien m'en charger, noble roi, intervint Falcaise en soulevant sa lèvre supérieure, laissant voir des canines comme des

---

1. Le royaume d'Angleterre était en interdit depuis trois ans, et Jean excommunié pour avoir imposé son candidat à l'archevêché de Canterbury, et refusé celui du pape. Tous les sacrements ecclésiastiques étaient suspendus, excepté la confession, le viatique pour les moribonds et le baptême pour les enfants. Les corps des trépassés étaient portés hors des villes et des bourgs et abandonnés dans les ornières ou dans les fossés, sans que les prêtres leur accordassent le secours de leurs prières. En représailles, le roi Jean avait ordonné la confiscation de tous les biens du clergé et fait saisir les concubines des prêtres qu'il ne libérait qu'après des violences et avoir fait payer de grosses rançons.

2. Sortes de menottes.

crocs. Si vous me laissez faire, je peux arracher toutes ses dents avec une tenaille comme au prisonnier de Bristol, ou jeter dans ses yeux du sel fondu au vinaigre[1].

— Pourquoi pas le sel au vinaigre ? sourit le roi d'un air songeur.

Laval, qui se prénommait Guillaume, perdit toute audace en réalisant qu'il était à la merci de ses bourreaux. Courageusement, il répéta quand même sa demande :

— Qu'avez-vous fait de Matilda ?

— Elle est en sécurité, rassurez-vous. Dites-lui, Richard.

— Elle est enfermée dans la Tour de Londres, assena le chancelier.

— Il ne lui arrivera rien. Pour autant que vous fassiez ce que je vous demande, ajouta Jean sans Terre.

— Quoi donc ?

— Pour ta gouverne, mon ami, je n'ignore rien du complot de tes complices afin de m'écarter du trône avec l'appui du maudit Innocent III. Non seulement ce faux pape m'a excommunié, a mis mon royaume en interdit, mais il veut me détrôner. Ce qu'il ignore, c'est qu'il va payer cher ses vilenies. Je ferai brûler sans pitié tous les évêques et les abbés qui acceptent ses ordres iniques, y compris Étienne Langton qu'il a nommé à Canterbury pour me défier. De surcroît, je prépare une riposte qu'il est loin d'imaginer… Quant aux autres, je les ferai pendre par les génitoires et je les laisserai dévorer par les corbeaux. Cependant, ce n'est pas de ces réjouissances que je veux te parler. Tu es libre…

— Libre ?

Le prisonnier demeura interloqué.

— Et Matilda ? ajouta-t-il.

— Je la garde en otage.

— Je ne comprends pas.

— Mais si, tu comprends… Tu vas rejoindre tes amis, tu écouteras attentivement ce qu'ils projettent contre moi, tu y

1. Un des supplices favoris des séides de Jean.

participeras, même. Et tu rapporteras tout à mon fidèle Mauluc, qui à chaque fois te donnera des instructions.

— Trahir ? Me prenez-vous pour un félon ? s'insurgea le jeune Laval.

— Trahir… Un grand mot pour peu de chose. Juste répéter ce que tu entends !

Fous rires de l'assistance.

— Je refuse !

— Dans ce cas, Matilda fera une fort correcte concubine…

— Oseriez-vous ?

— J'oserai, et pas qu'une fois… Je l'ai vue à un bal cet été, et j'avoue que je suis fort tenté d'avoir mon plaisir avec elle. Néanmoins, je peux me retenir, et ne pas l'offrir ensuite à mes amis. À Falcaise, particulièrement, qui aime les femmes rétives… Pour cela, tu n'auras qu'à obéir.

— Je ne trahirai jamais, quelles que soient vos menaces, répliqua le damoiseau d'un air abattu.

— Ramenez-le dans son cachot !

Quand Guillaume Laval fut parti, Jean ajouta :

— Demain vous irez le noyer. Amenez maintenant l'autre prisonnier.

PREMIÈRE PARTIE

La révolte des barons

1

Décembre 1210

Depuis cinq mois que Guilhem d'Ussel était revenu à Rouen, les jours s'écoulaient avec une lenteur désespérante. Pourquoi les comptait-il, d'ailleurs ? Il n'avait aucune attente, aucun dessein, aucun projet. Chaque lendemain ressemblerait à la veille.

Il s'ennuyait. Il s'ennuyait à mourir.

Dans une semaine, on fêterait la Nativité et, dans les trois maisons qu'occupait sa mesnie, chacun s'activait pour honorer la naissance du Sauveur. Sauf lui.

À la fin de l'année précédente, il avait vécu le déferlement des croisés dans le Toulousain, une invasion conduite par Arnaud Amaury, l'abbé de Cîteaux. Devinant son fief de Lamaguère menacé, Ussel l'avait rendu au comte de Toulouse et avait quitté le Midi avec ses gens, pour beaucoup des bons hommes, des bons chrétiens, c'est-à-dire des hérétiques albigeois[1].

Un long voyage les avait conduits à Rouen où il possédait une maison et où l'attendait Rebecca, la mire juive qu'il aimait. Hélas, en arrivant, il avait appris le trépas de sa maîtresse. Incapable de demeurer dans une ville qui lui rappelait trop de tristes souvenirs, il avait décidé de partir en Germanie retrouver son ami le minnesinger Wolfram d'Eschenbach. Mais ce qui ne devait

1. Voir *Béziers, 1209*, du même auteur.

être qu'une chevauchée avait tourné en tragique malaventure. D'anciens ennemis, des adversaires quasiment oubliés, avaient resurgi pour accomplir leur vengeance. Ussel avait dû affronter une sorcière et son frère, et n'aurait jamais survécu s'il n'avait été sauvé par des nains forgerons vivant dans les montagnes du Hartz. Grâce à eux, il avait vaincu ceux qui le pourchassaient, triomphé de la diablesse, protégé la comtesse aimée du fils du landgrave de Thuringe et secouru Gretel, une jeune fille dont son servant, Guillaume, fils d'Aignan le libraire, son intendant, était tombé amoureux[1].

Le jeune homme avait épousé la jouvencelle le mois précédent à la cathédrale de Rouen, bien que son père soit un disciple de la religion des bons chrétiens.

Assis devant le foyer de la salle de sa vaste demeure à l'enseigne de Sainte-Anne, une grande pièce aux scènes bibliques peintes sur les murs, Ussel méditait. Près de lui, devant la cheminée, Flore, l'épouse d'Alaric, l'un de ses chevaliers, et Colombe, la femme d'Aignan, s'activaient autour des crémaillères, landiers et bassines pour préparer la repue du soir.

Par instants, Guilhem tirait un accord de la vielle à roue qu'il gardait sur les genoux tout en jetant de temps en temps des regards amusés et affectueux au vieux Médard la Hure qui ronflait bruyamment, affalé sur sa chape étendue sur un coffre de chêne.

Désormais tous ses amis et serviteurs avaient atteint la félicité, songeait-il. Bartolomeo Ubaldi, son ancien écuyer, était maintenant prévôt de Pont-de-l'Arche où il vivait avec sa chère Alazaïs. Jehan le Flamand, tisserand parisien devenu lui aussi écuyer, puis chevalier, appréciait à présent la vie calme d'un bourgeois avec sa femme Mahaut, ses filles et son garçonnet. Alaric coulait le parfait bonheur avec Flore. Gregorio Orlando, un autre de ses écuyers, allait épouser la gentille Iseult, fille des jongleurs Flora et Raillard qui s'étaient associés avec un drapier parisien, Estève, dont la

1. Voir *Wartburg, 1210*, du même auteur.

fille Perrine était la promise de Peyre Thézan, neveu d'Alaric et également écuyer. Bientôt, ses trois maisons résonneraient de piaillements d'enfants.

Tous les serviteurs qui l'avaient accompagné depuis Lamaguère et avaient tant souffert appréciaient un repos chèrement acquis dans la Normandie pacifiée.

Mais lui, Guilhem, demeurait seul. Et il savait pourquoi : il était maudit par le Seigneur pour les crimes qu'il avait commis au temps où il était routier.

Quinze ans durant, d'aventure en aventure, il avait chanté la fin'amor. En tournant doucement la manivelle de sa vielle, il songeait aux femmes qu'il avait aimées, sans parvenir toujours à se souvenir de leurs visages. Sa mère et sa sœur, trépassées toutes deux ; Marion son premier amour, morte en donnant naissance à leur enfant[1] ; Evaëlle de Bienfaite, qu'il n'avait jamais revue[2] ; Amicie de Villemur, sa maîtresse toulousaine devenue parfaite[3] et massacrée à Béziers ; Sanceline avec qui il avait tout partagé et qui avait perdu la vie à la naissance d'un petit mort-né ; Egelina de Camville qu'il avait tuée par erreur[4] ; Constance Mont Laurier qui devait vivre maintenant à Cordoue[5].

Combien toutes lui manquaient ! Pourquoi les avait-il perdues ?

*

Le bruyant reniflement d'un Médard humant les appétissantes odeurs qui provenaient de la marmite suspendue dans la cheminée le sortit de ses rêveries. L'ancien sergent d'armes de Mercadier, celui qui lui avait enseigné tant de façons de combattre et tuer, se

1. Voir *De taille et d'estoc*, du même auteur.
2. Voir *À lances et à pavois*, du même auteur.
3. Les parfaits formaient le clergé cathare. Ils avaient reçu le *consolamentum*.
4. Voir *Férir ou périr*, du même auteur.
5. Voir *La Revenante*, du même auteur.

leva pour goûter au brouet. Avec ses crocs jaunis, son nez écrasé en groin, sa moustache et sa barbe hirsutes, l'homme avait tout du vieux sanglier.

— Qu'est-ce qui cuit ? demanda-t-il à Flore en se pourléchant les babines.

— Une grosse soupe de lapin, poule, lard et tripaille. Vous pouvez renifler, maître Médard, mais pas toucher !

— Mon ventre aboie de malefaim ! La famine me laisse sans force ! tenta-t-il d'apitoyer la femme d'Alaric.

— Vous avez mangé pour quatre à none ! Tenez, je suis bonne fille : prenez ce pain chaud avec des oignons.

Elle désigna un large dressoir à aumaires[1] sur lequel étaient déposées des corbeilles. Médard se coupa un tranchoir, revint au coffre où il attrapa sa lourde chape de laine, la posa sur ses épaules et se rendit dans le jardin en mâchonnant. Quand il ouvrit la porte, un souffle d'air glacial pénétra dans la salle. Il neigeait.

Guilhem le suivit des yeux en souriant avec bienveillance. Puis se replongea dans ses pensées.

*

Personne n'a besoin de moi ici. Pourquoi ne pas repartir ? Pourquoi ne pas aller combattre au côté de Raymond de Toulouse contre les croisés d'Amaury et de Montfort, quitte à abandonner ce monde et cette vie inutile ?

Très vite, il chassa cette idée, se remémorant ce que son ami Robert de Locksley lui avait appris dans une lettre remise par frère Guérin, le chancelier du roi, cinq mois auparavant, au sujet du roi Jean d'Angleterre.

À ce moment, Médard la Hure revint accompagné de Raoul, le fils cadet d'Aignan le libraire, et d'un jeune homme à la chape blanchie de neige. Quand le nouveau venu l'écarta pour la secouer, chacun le découvrit entièrement vêtu de rouge. Ses

1. Compartiments avec porte.

braies écarlates, un hoqueton matelassé en épaisse toile rouille avec une large ceinture en daim soutenant escarcelle, épée de taille et dague effilée composaient sa tenue. Même son chapeau de feutre s'ornait d'une plume de coq pourpre. Enneigée, toutefois.

2

Cinq mois plus tôt, fin juin 1210

Les cavaliers s'arrêtèrent devant la maison du Coq Vert, rue de la Vieille-Draperie, demeure de Guilhem d'Ussel à Paris. Peyre, l'un des écuyers, mit pied à terre et tira la cloche. Très vite l'huis s'ouvrit et le portier considéra la troupe avec stupeur, puis une telle émotion qu'il fondit en larmes sans pouvoir se retenir.

— C'est bien nous, Gilbert ! le rassura son seigneur, touché par une telle marque d'affection. Va vite ouvrir l'écurie ! Nous sommes nombreux, tous de retour, sauf ce pauvre Vidal, hélas !

Les voyageurs descendirent de selle. Les hommes conduisirent les chevaux à l'écurie proche, à l'exception de Guillaume qui resta avec Gretel et son maître.

Guilhem avait quitté cette maison au début du mois de novembre de l'année précédente, escorté par Vidal, un fidèle homme d'armes, et Guillaume, fils d'Aignan le libraire, pour se rendre en Thuringe. Trois semaines après son départ, Peyre et Gregorio, ses écuyers, revenaient à Paris avec des chariots emplis d'étoffes que leurs futurs beaux-pères avaient achetées à la foire de Troyes. Dans cette même maison du Coq Vert, ils découvraient avec surprise Alaric et le Flamand, les anciens écuyers de leur maître, désormais chevaliers, qui arrivaient de Rouen après avoir appris qu'une bande d'Allemands pourchassaient leur seigneur[1]. Tous quatre avaient décidé de le prévenir et protéger. Sage frère Guérin, le chancelier du roi, leur avait donné un guide parlant allemand : Friedrich, l'un des massiers[2] de Lambert de Cadoc chargés de la protection de Philippe Auguste.

Mais les cinq hommes n'avaient pas retrouvé Guilhem, alors à la recherche de Wolfram d'Eschenbach et du fils du landgrave de Thuringe, tous deux emprisonnés par les gens de l'empereur d'Allemagne. Au contraire, soupçonnés d'être des espions, ils avaient été encharrés au château de la Wartburg et libérés seulement quand le landgrave avait appris que cet Ussel, qu'il croyait ennemi, avait sauvé son fils. Les Français et Friedrich s'étaient alors retrouvés pour combattre sorcières et sorciers. L'ultime bataille s'était déroulée lors de la nuit de Walpurgis sur la montagne du Hartz.

Les voyageurs pénétrèrent dans la salle, Guillaume entraînant par la main une Gretel intimidée. Avant que ses parents ne soient injustement arrêtés et condamnés à mort, elle vivait dans le château de Goslar, l'une des plus belles demeures impériales, et avait l'habitude du luxe. Aussi l'intérieur de la demeure de messire d'Ussel ne pouvait-il l'impressionner. Néanmoins, la grande tapisserie représentant une licorne couchée devant une dame richement vêtue l'attira si fort qu'elle demeura un instant à l'admirer.

En découvrant leur maître et Guillaume accompagnés de cette jeune fille blonde, Annette et Pierre, le couple de gardiens – elle cousait et lui réparait une lanterne –, se levèrent de leur banc. Eux non plus ne purent retenir des larmes d'émotion.

— Les autres compagnons sont à l'écurie ! annonça joyeusement Guilhem. Vous connaissez Guillaume, et cette jeune dame est sa mie. Elle se nomme Gretel, vient de Germanie et parle notre langue. Son père était un grand seigneur, alors traitez-la comme

1. Voir *Wartburg, 1210*, du même auteur.

2. Gardes porteurs de masse d'armes.

une princesse, mais je vous conterai cela plus tard. Guillaume, aide Pierre à dresser la table. Annette, nos gosiers sont secs et la malefaim nous torture. Prépare à boire et va chez le rôtisseur demander qu'il apporte bonne chère. Pour l'heure, j'ai un courrier à écrire.

Sur ces paroles, il emprunta le grand escalier de bois conduisant à sa chambre.

Quand il revint, revêtu d'une robe légère couleur prune galonnée de rouge, tous ses gens étaient attablés devant des pots de vin et de cervoise en riant et bavardant. Alaric et le Flamand racontaient leurs aventures aux gardiens, provoquant des exclamations d'inquiétude et d'admiration, tandis que Peyre, Guillaume et Gretel emplissaient des écuelles avec les viandes et charcutailles que les servantes du rôtisseur avaient portées. Friedrich, lui, assis, demeurait silencieux devant une platée de saucisses qu'il dévorait sans cacher sa satisfaction.

— Gregorio, je viens de terminer une lettre pour le chancelier du roi, dit Guilhem en se rendant à sa chaire après avoir saisi un hanap de clairet. Dès que tu seras rassasié, porte-la au palais en demandant qu'elle soit remise à frère Guérin au plus vite. Peyre, si tu le souhaites, tu peux aller chez le drapier Estève rassurer Perrine. Partez ensemble, si vous voulez. Guillaume, fais visiter l'île à Gretel et montre-lui la cathédrale. Le Flamand peut vous accompagner, puisqu'il connaît bien ce quartier. Pour ma part, je vais me reposer en attendant la réponse du palais. Alaric et toi, Friedrich, faites ce que vous voulez, je n'ai aucun besoin de vous dans l'immédiat.

— Je vais dormir aussi, seigneur. Après toutes nos chevauchées, j'avoue avoir l'impression d'être passé sous la meule d'un moulin, soupira Alaric.

Durant le reste de la repue, Guilhem interrogea ses serviteurs afin de connaître les dernières nouvelles de Paris. Ensuite il alla dans sa chambre, mais n'y demeura guère car, peut-être une heure après le départ de Gregorio, un sergent d'armes et un clerc du palais, escortés par deux soudoyers et un porteur de bannière, se présentèrent à la maison du Coq Vert. Ils annoncèrent que le chancelier du roi voulait recevoir et entendre immédiatement messire d'Ussel.

Guilhem partit avec eux et Friedrich, qui réintégrerait sa compagnie de massiers muni d'une poignée de besants d'or comme gratification de sa participation à l'expédition.

*

Sage frère Guérin reçut Guilhem dans sa chambre et, chose exceptionnelle, lui proposa chaleureusement de souper avec lui. Une table était dressée dans l'austère pièce aux murs plâtrés de blanc, sans lambris ni tapisserie, avec seulement un grand crucifix sculpté et un étendard fleurdelisé à croix blanche.

— Ce sera un souper des plus simples, messire, expliqua le chancelier du roi au visage ascétique, comme toujours revêtu du simple bliaud noir orné de la croix blanche des gardiens des pauvres.

Sage frère Guérin était chevalier hospitalier. Au retour de la croisade où il s'était distingué durant la bataille de Tibériade, il était entré au service du cardinal de Champagne, l'oncle du roi. Très vite, Philippe Auguste, qui appréciait ses conseils judicieux, sa foi sincère et son honnêteté, l'avait voulu près de lui pour s'occuper de la diplomatie, des chartes et plus généralement de tous les actes royaux.

— Le roi est, en ce moment, dans la forteresse du Louvre où il rencontre les maçons qui ont terminé le mur entourant Paris. Je lui ai fait savoir que vous étiez de retour, et il vous appellera bientôt, poursuivit Guérin.

Il se tourna vers le clerc qui avait accompagné Ussel :

— François, que l'on porte la soupe ! Messire, assoyez-vous en face de moi, et parlez-moi d'abord du landgrave. L'avez-vous vu ?

— J'ai une lettre de lui pour notre monarque.

Il toucha la grande escarcelle à sa taille.

— Il sera l'allié du royaume de France, un allié fidèle, m'a-t-il promis. J'ai aussi, chez moi, un cadeau qu'il m'a remis pour notre roi.

— Voilà d'aimables nouvelles ! Votre ambassade était importante et je suis soulagé qu'elle soit un succès. Avant que vous ne me racontiez votre périple, je dois à mon tour vous remettre une lettre reçue pour vous.

Il s'approcha du lutrin, ouvrit l'une des portes du pupitre et en sortit un pli carré cacheté qu'il tendit à son visiteur.

Guilhem l'examina. Le sceau était celui du comte de Huntington.

— J'apprécierais que vous en preniez connaissance tout de suite, messire d'Ussel, suggéra le chancelier. Je suppose que Robert de Locksley vous donne des nouvelles de sa vie en Angleterre, et donc du roi Jean. J'aimerais connaître ces dernières car le Plantagenêt a toujours de néfastes ambitions pour notre royaume.

— Certainement, accepta Guilhem en arrachant le sceau, impatient de savoir ce que devenait son ami.

Cela faisait plus de dix ans qu'Ussel s'était fraternellement lié avec Robert de Locksley, comte de Huntington, en compagnie de qui il avait partagé nombre d'aventures. Leur première rencontre avait eu lieu à Marseille[1], alors que l'Anglais, croisé, revenait de Terre sainte. Ce jour-là, il lui avait raconté sa vie.

À peine Richard Cœur de Lion parti à la croisade, son frère Jean, comte de Mortain, avait mis le royaume d'Angleterre en coupe réglée. Les Saxons fortunés ayant été les premiers dépouillés, le riche comte de Huntington, saxon et écossais, s'était vu dépossédé de ses terres. Une injustice qui l'avait tué. Son fils, réfugié dans la verte forêt de Sherwood où les Huntington possédaient un manoir, avait été déclaré *outlaw* – hors-la-loi – par le sheriff de Nottingham et, pour se défendre, avait rassemblé une

1. Voir *Marseille, 1198*, du même auteur.

redoutable bande de *yeomen* saxons, tous fins tireurs à l'arc. Il était devenu Robin Hood, Robert au Capuchon, un chef de voleurs qui dépouillait les riches normands.

Heureusement, le roi d'Angleterre avait été libéré une fois sa rançon payée. Son frère Jean, qui redoutait – avec raison – d'être châtié pour ses méfaits, avait cherché refuge derrière les murs du château de Nottingham. Le Cœur de Lion avait marché contre lui, mais n'aurait pu emporter la place sans l'aide de Robin au Capuchon et de ses archers. Richard avait récompensé cette fidélité en rendant ses titres et ses biens au comte de Huntington.

« Tu parles et tu agis en honnête homme, Robin, lui avait-il dit. J'excuse tes fautes et je proclame la fin de ta proscription. Je te rends, à toi et à tous ceux qui ont partagé ton aventureuse existence, les droits et les privilèges d'un homme libre. »

Le jeune comte avait alors épousé Marianne, la sœur de son vieil ami Will Scarlet, et souhaitait désormais vivre en paix. Mais, quelques mois plus tard, une fièvre pernicieuse avait emporté sa femme, après une douloureuse agonie. Désespéré, Locksley avait laissé ses biens à Will pour partir en Palestine avec Little John, un autre compagnon. Là-bas, la mort n'avait pris que Little John et c'est en rentrant par Marseille qu'il avait rencontré Guilhem d'Ussel.

Revenu sur ses terres de Huntington, aux marches du pays de Galles, avec Anna Maria, l'Italienne sœur de Bartolomeo devenu l'écuyer d'Ussel, Robert s'était une nouvelle fois opposé à Jean – qui avait augmenté son scutum[1] au-delà du raisonnable. Il avait à nouveau quitté l'Angleterre pour plaider sa cause auprès de Richard mais, arrivé dans son campement de Châlus, avait découvert le Cœur de Lion agonisant, blessé mortellement par une flèche. Ayant compris que cette mort n'était pas naturelle, Robert avait fait appel à Guilhem et, ensemble, à Paris, réfugiés chez des tisserands cathares, ils avaient découvert

1. Ou écuage. Un impôt qui servait à financer le paiement de troupes mercenaires.

les véritables assassins qui préparaient aussi la mort du roi de France[1].

Philippe Auguste s'était rendu compte que Robert de Locksley et Guilhem d'Ussel lui avaient sauvé la vie. Il avait proposé au premier d'être son homme lige et d'entrer à son service, puisqu'il ne pouvait revenir en Angleterre, mais Locksley avait choisi d'accompagner Ussel jusqu'à son fief. Un an plus tard, alors qu'ils revenaient de Londres avec un précieux document, Philippe Auguste avait enfin pu récompenser le comte de Huntington en lui donnant un fief près de Paris.

Locksley pensait finir sa vie en France et ne jamais revoir son château et son domaine, quand, contre toute attente, l'année précédente le roi Jean lui avait proposé de rentrer en possession de ses terres anglaises s'il lui rendait hommage. Mais ce n'était ni par bonté ou clémence que le Plantagenêt agissait ainsi. À ce moment-là, il était en conflit à la fois avec ses barons et avec le clergé, nombre de seigneurs anglais ne voulant plus de lui, de sa cruauté, de sa lâcheté, de sa rapacité. Quant aux religieux, il menaçait de les chasser d'Angleterre depuis que le pape avait mis son royaume en interdit après qu'il eut voulu nommer lui-même l'archevêque de Canterbury. Hors ses fidèles, le frère de Richard Cœur de Lion cherchait désespérément le soutien de lignages qui ne lui seraient pas hostiles. À cette raison s'ajoutait un impérieux besoin d'argent. Il avait confisqué beaucoup de terres, dont celles du comte de Huntington, qu'il avait données à ses proches. Mais chaque fois, les nouveaux nantis avaient laissé péricliter ces domaines, provoquant disette d'impôts.

En obtenant le retour de Locksley, Jean savait qu'il fâcherait Innocent III, puisque Huntington s'était opposé à lui[2] ; il montrerait également à ses barons, surtout ceux d'origine saxonne, qu'il était capable de clémence ; enfin, il s'assurait du retour de la

1. Voir *Paris, 1199*, du même auteur.

2. Voir *Rome, 1202*, du même auteur.

prospérité sur le domaine de Huntington, donc de jolies rentrées d'argent.

Robert avait la nostalgie de son pays, de ses profondes forêts et du château familial, mais aucune confiance dans John Lackland[1]. Pourtant, la négociation s'était poursuivie et, finalement, un accord avait été signé devant une trentaine de témoins. Jean avait accepté que Locksley ne lui prête pas hommage, donnait en garantie plusieurs fiefs de Guyenne et, si lui revenait l'idée de s'en prendre à Huntington, le roi de France aurait le droit d'entrer dans le duché d'Aquitaine.

En fin de compte, le retour en Angleterre s'était bien passé et Anna Maria avait rejoint son époux. Robert de Locksley avait rencontré le roi Jean dans une entrevue – glaciale – où ce dernier avait confirmé qu'il le laisserait tranquille s'il payait son scutum et les redevances exigés par le Trésor. Et s'il ne se mêlait pas des affaires du royaume.

Dans la lettre que frère Guérin venait de donner à Guilhem et qui datait de la fin avril, Robert racontait qu'il s'occupait uniquement de son domaine en s'efforçant de ne pas répondre aux pressantes sollicitations des barons anglais qui réclamaient sa participation à la lutte contre le roi. Parfois il était pourtant tenté de le faire, le comportement de Jean empirant depuis l'excommunication. Pour se venger d'Innocent III, Lackland avait ainsi envoyé des troupes aider les cathares à combattre les croisés de Simon de Montfort et d'Arnaud Amaury ! Par ailleurs, il commettait de plus en plus d'infamies. En particulier il avait chassé nombre d'évêques, confisqué leurs biens, et exigé des otages de ses barons afin de s'assurer de leur fidélité. Il s'entourait en outre des pires scélérats, comme Peter Mauluc, Falcaise de Bréauté ou Alexandre le Maçon, tous ignobles écorcheurs ou chevaliers sans honneur que Guilhem avait combattus. À la fin de la missive, Huntington disait s'interroger de plus en plus sur le devenir de sa neutralité.

---

1. Sans Terre, surnom donné à Jean quand il n'était que comte de Mortain.

— Cette lettre confirme ce que je sais, déclara sage frère Guérin quand Ussel eut terminé sa lecture. Jean n'est plus digne d'être roi.

— Mais il l'est toujours, observa Guilhem en une moue d'impuissance.

— Le Saint-Père lui fera perdre son royaume.

— Avec tout le respect que j'ai envers votre sagesse, mon père, je n'y crois guère. Jean a les moyens de garder le trône. Robert le dit dans sa lettre : en s'appropriant les biens du clergé, il dispose de suffisamment de pécune pour engager autant de mercenaires qu'il le désire. Et ses sacquemains recourront aux pires violences afin de sauver leur maître.

— Seulement les opposants à Jean pourraient recevoir de l'aide, énonça énigmatiquement l'hospitalier, alors qu'on frappait à la porte.

C'était le souper.

Le chevalier troubadour avait raconté une grande partie de ses aventures allemandes, et terminé la maigre repue de bouillon de poule et de pain arrosée d'eau fraîche, quand un serviteur de Philippe Auguste vint annoncer que le roi était revenu au palais et désirait l'entendre.

*

Le lendemain matin, Guilhem annonça à ses gens qu'ils ne resteraient qu'une journée à Paris avant de repartir pour Rouen, à l'exception de Peyre qui demeurerait dans la capitale auprès de maître Estève et de sa fille.

Personne n'eut de regret en apprenant ce départ rapide : Gregorio avait hâte de revoir Iseult et de préparer son mariage, Alaric et le Flamand de retrouver leur famille, Guillaume de présenter Gretel à ses parents. Mais auparavant, honneur insigne, Philippe Auguste les recevrait tous, afin de les connaître.

Ils passèrent donc la matinée aux étuves, puis se vêtirent avec ce qu'ils possédaient de plus beau ou, comme Gretel, Alaric et le

Flamand, se procurèrent auprès de maître Estève des vêtements de qualité.

À l'heure convenue, le roi les reçut dans la chambre verte, pièce d'apparat avec oratoire tapissée de fleurs de lys qui dominait les jardins de l'île où il tenait ses conseils privés ; pour son sommeil et ses rencontres avec la reine, il utilisait plutôt la chambre de retrait mitoyenne.

Quand le petit groupe fut introduit, fort intimidé, le roi, revêtu d'un bliaud fleurdelisé et coiffé d'une couronne ornée de fleurs de lys d'argent et d'or, siégeait sous le dais de sa chaire. Il tenait la main de justice. À côté de lui, sur une plus petite chaire, se trouvait son fils Louis et, près du prince, sur une chaise tapissée, son épouse Blanche de Castille que Guilhem avait aperçue pour la première fois à Bordeaux lors de son arrivée en France dix ans plus tôt, puis qu'il avait rencontrée à nouveau, alors qu'il était prévôt de l'hôtel. À l'écart, sur un coffre-banc, se serraient frère Guérin et frère Aymard, le templier qui s'occupait des finances royales. En face d'eux, debout, Barthélemy de Roye, le chambrier qui avait la haute main sur les affaires militaires et, surtout, était au plus proche du prince Louis.

Les visiteurs s'agenouillèrent.

— Loué soit Jésus-Christ de t'avoir ramené vers moi, Ussel, déclara le roi avec un aimable sourire.

Il balaya du regard l'assistance et ajouta :

— Je ne crois pas connaître tes compagnons, nomme-les-moi. Je suppose que cette fraîche damoiselle est la gentille Gretel dont tu m'as parlé…

— C'est elle, ô mon roi, une noble jouvencelle fille d'un proche des Hohenstaufen que le nouvel empereur a fait assassiner.

Ussel poursuivit en nommant chacun de ses fidèles et en expliquant la part qu'il avait prise dans l'expédition. Quand il eut terminé et que Philippe Auguste leur demanda de se relever, il annonça que les deux paquets que Guillaume et Alaric avaient laissés à Barthélemy de Roye en pénétrant dans la pièce étaient, pour l'un, un cadeau du landgrave de Thuringe et, pour l'autre, une sainte bible prise à des marauds.

Le roi les fit ouvrir. Le présent du landgrave était un reliquaire en bois carré d'un pied de côté représentant une chapelle avec des anges sur les plans inclinés du toit. Au centre se dressait la Sainte Vierge couronnée d'un diadème de pierreries, l'Enfant Jésus dans les bras. Autour d'elle se tenaient saint Jean l'Évangéliste, sainte Catherine, saint Pierre tenant la clef du Paradis, saint Jean-Baptiste et sainte Marie-Madeleine. Des personnages en argent sur fond de feuillages dorés.

Quant à la bible, il s'agissait d'un livre enluminé de grande taille provenant de l'abbaye d'Echternach que Guilhem avait récupéré auprès de fredains ayant tenté de le tuer.

Le prince Louis, admiratif, posa plusieurs questions tandis que Blanche demeurait silencieuse. Frère Aymard s'intéressa à l'aspect militaire du château de Goslar et ce fut Gretel qui lui répondit. Quant à Barthélemy de Roye, c'était surtout la puissance du landgrave de Thuringe qui l'intriguait.

Satisfait, Philippe Auguste mit fin à l'entretien après avoir demandé à frère Aymard de récompenser dignement les gens d'Ussel.

En partant, Guilhem remit à un clerc de frère Guérin une lettre préparée pour Robert de Locksley que le chancelier s'était engagé à faire parvenir par un réseau de religieux. Dans ce courrier, il racontait longuement ses mésaventures à Béziers, Lamaguère, Rouen et en Germanie, et annonçait qu'il vivrait désormais dans sa maison de Rouen, que son ami connaissait.

3

Rouen décembre 1210, le même jour

Médard vénérait Guilhem à l'égal d'un fils, entre autres parce qu'il lui avait sauvé la vie. Et cette admiration s'étendait à toute la mesnie de son seigneur. Bien sûr, il avait une préférence pour les chevaliers et les écuyers, comme Alaric, le Flamand, Gregorio et Peyre. L'ancien sergent d'armes, véritable brute, appréciait ceux qui savaient se battre, mais il estimait aussi Aignan le libraire en raison des stupéfiantes connaissances de cet homme qui, depuis des années, se tenait au plus près de son maître. Cette déférence s'étendait aux garçons d'Aignan. À Guillaume, bien sûr, extraordinaire preux qui avait ramené une épouse de haute noblesse depuis la Germanie ; également à Raoul, le cadet, en raison de sa sagacité et d'une érudition hors du commun pour son âge. Raoul se rendait en effet plusieurs fois par semaine à l'abbaye Sainte-Catherine consulter les ouvrages de la bibliothèque et, en général, Médard l'escortait. En chemin, l'ancien routier ne se lassait pas d'écouter les récits du jeune homme sur les nombres, les étoiles et les mystères de l'univers, tout en n'y comprenant goutte.

Ceci explique pourquoi il laissa respectueusement le jouvenceau – Raoul avait dix-sept ans – expliquer la raison pour laquelle il faisait entrer l'inconnu en écarlate dans la grand salle.

— Seigneur, j'étais à l'écurie, dit le fils d'Aignan. J'examinais la bosse au jarret de la jument grise, qui est d'ailleurs sur le point de disparaître, quand j'ai découvert ce gentilhomme à cheval dans la rue. J'avais ouvert le portail pour avoir de la lumière et je l'ai vu arrêté devant la statue de sainte Anne qui protège votre maison. Je suis sorti et il m'a désigné la niche de notre sainte en me demandant si messire d'Ussel logeait en ces lieux.

» Comme je répondais oui, il a ajouté qu'il venait d'Angleterre avec un message à vous destiné. Je lui ai proposé de mettre sa monture à l'abri de la neige et j'ai appelé maître Médard, aperçu dans le jardin, afin qu'il nous accompagne.

Guilhem se leva, intrigué et satisfait de la prudence du jouvenceau. Car si le visiteur était jeune, il s'affichait solidement armé.

— Tu as bien fait, Raoul.

Puis il s'adressa au damoiseau en rouge :

— Je suis Guilhem d'Ussel. Vous arrivez donc d'Angleterre…

— Oui, seigneur. Je vous porte une lettre de messire le comte de Huntington, déclara l'inconnu dans un hésitant mélange de français, d'anglais et de latin.

Il fouilla dans la grande escarcelle à sa ceinture, en sortit un papier plié et cacheté en ajoutant :

— Mon père était un ami de messire le comte, comme vous l'êtes vous-même, car il m'a souvent conté vos exploits.

Il s'arrêta pour chercher ses mots.

— Mon père se nommait Will Scarlet. Il était avec messire de Locksley dans la forêt de Sherwood au temps où mon seigneur se faisait appeler Robin Hood. Messire a épousé ma tante Marianne, qui hélas a été emportée par la peste.

— Will l'Écarlate ! Bien sûr que Robert m'a parlé de lui ! Il lui avait confié son château de Huntington en partant à la croisade.

— Mon père a été emprisonné quand le roi Jean a pris le comté pour le donner à l'un de ses favoris. Il est mort en prison, et j'ai juré de le venger, déclara le damoiseau d'un ton dur.

— Flore, Aurore, servez ce qu'il y a de meilleur à notre invité et préparez-lui une chambre. Resterez-vous avec nous quelques jours ?

— Si vous m'y autorisez, mais cela dépend du contenu de cette missive.

Il la désigna dans les mains de Guilhem.

Celui-ci opina du chef et s'approcha de la cheminée pour lire à la lumière du foyer.

Mon très cher aimé ami et frère

J'ai confié cette lettre à Gamwell, le fils de Will Scarlet. Je sais qu'il te la fera parvenir et que personne d'autre n'en aura connaissance. Grâce à ton dernier courrier, j'ai appris que tu étais toujours aussi redoutable et je suis rassuré de savoir que tu te trouves désormais à Rouen. J'aurais aimé être en ta compagnie durant tes dernières expéditions, mais j'ignore si je reviendrai un jour en France tant la situation est difficile en Angleterre.

Je dois t'annoncer avant toute chose que j'ai choisi mon camp. Les ignominies de Jean ont dépassé le supportable et j'ai rejoint les barons qui s'opposent à lui. Au milieu de ses œuvres de violence et d'impiété, le roi craint désormais que le pape délie ses sujets de leur serment de fidélité. Aussi pour ne rien perdre de sa puissance, il envoie des troupes mercenaires chez les barons dont il suspecte la loyauté et exige d'eux des otages afin de les maintenir dans le devoir. Beaucoup cèdent et livrent fils, filles ou neveux. Ceux qui refusent sont battus, parfois tués, et il fait saisir les otages par la force. Il exige aussi que même les enfants de douze ans lui jurent fidélité et impose à tous les chevaliers qui ne l'ont pas rejoint un écuage de deux marcs d'argent. Pis, il a récemment enlevé Matilda, la fille de Robert FitzWalter, le chef banneret de Londres, qui rassemble les seigneurs hostiles à Jean. De surcroît, Matilda est l'épouse de Geoffrey FitzGeoffrey de Mandeville, le comte d'Essex, l'un des barons qui s'opposent au Plantagenêt. Comme Jean n'a pas hésité à faire pendre plusieurs otages, bien qu'ils ne soient que des enfantelets, chacun craint pour Matilda, car nous savons le funeste sort qu'il a réservé à son propre neveu Arthur.

Ses conseillers le flattent et le poussent aux pires excès. À leur instigation, le Lackland prépare une infamie si ignoble que je ne peux te la confier par écrit. Je vais tout faire pour qu'elle échoue mais, afin d'y parvenir, ton aide m'est nécessaire. J'ai besoin de me rendre en Castille et un sauf-conduit ou une lettre de la princesse Blanche m'y autorisant me serait fort utile. Je sais que tu l'as approchée plusieurs fois, pourrais-tu humblement la convaincre de te remettre un tel document que Gamwell m'apportera ? Certes, il te faudra justifier ma demande, aussi voici ce que tu pourrais dire : sous l'impulsion de l'archevêque de Tolède, Innocent III a appelé les chevaliers de la chrétienté à une croisade contre les musulmans d'Al-Andalus[1]*. Ayant combattu le frère d'Innocent III et le regrettant, je souhaite obtenir mon pardon en me joignant à cette entreprise.*

Tu éviteras de sourire en présentant ma requête.

Je prie le Seigneur de te revoir un jour et de nous permettre de chevaucher ensemble à nouveau. Anna Maria t'envoie son amour ainsi qu'à son frère chéri.

Porte-toi bien.

Donné à Huntington le second jour de décembre l'an de grâce MCCX.

— Connaissez-vous le contenu de cette lettre ? interrogea Guilhem en levant les yeux vers le damoiseau.

— Oui, messire. Le comte me l'a lue et m'a demandé de ramener le document qu'il souhaite, si vous l'obtenez.

— Dans ce cas nous devons nous rendre à Paris, mais Noël arrive samedi prochain…

— Oui, messire.

— Si nous partons demain, nous n'atteindrons pas Paris avant mercredi, à cause des intempéries. Or le roi fête rarement la Nativité dans son logis du palais. Il va parfois à Vincennes

1. La bulle fut donnée en février 1209.

mais le plus souvent il se rend dans ses châteaux de Fontaine Bliaud[1] ou de Saint-Germain où la place est suffisante pour loger tous ses gens et son fils[2]. La princesse de Castille pourrait résider là-bas avec le prince Louis, et nous y rendre prendra une journée de plus. Une journée sûrement perdue car je doute que le fils de notre roi souhaite nous entendre durant la fête de Noël. Au demeurant, je ne peux être reçu à l'improviste dans l'intimité de la famille royale. Il faut que j'y sois invité. Le plus simple est donc que je rencontre le chancelier frère Guérin, que je connais bien, pour lui demander d'intervenir en ma faveur.

Une ombre d'inquiétude s'afficha sur le visage du fils Scarlet.

— Quand, alors ? interrogea-t-il.

— Le lendemain de Noël, le roi fait en général ses oraisons à l'église du bienheureux Denis. Après les prières, il se prosterne devant les reliques des saints pour rendre grâce à Dieu et aux martyrs de l'avoir sauvé de tant de dangers redoutables. Ensuite il rentre à Paris. Certainement son fils l'accompagnera-t-il. Si nous partons le lendemain de Noël, nous serons là-bas en même temps que lui et je pourrai alors parler à frère Guérin. Évidemment, cela vous obligera à rester quelques jours ici, mais je ferai tout pour vous rendre ce séjour agréable.

— Je le devine en humant ce fumet ! Et je ne refuse pas un peu de repos. De Huntington à Fulcestane[3], le voyage n'a pas été facile car j'ai eu plusieurs fois des cavaliers à mes trousses, que je suspecte être aux ordres de Jean.

— Comment le roi d'Angleterre aurait-il appris que vous veniez ici ? s'étonna Guilhem.

---

1. Ou encore Fons Bleaudi, devenu Fontainebleau. Philippe Auguste aimait chasser dans la forêt, et le donjon et ses dépendances permettaient d'accueillir ses familiers, une garnison et ses équipages de chasse.

2. Le château fort avait été construit par Louis VI le Gros, le grand-père de Philippe Auguste.

3. Folkestone.

— Ses espions sont innombrables. Par les otages qu'il détient, il a tant de moyens de pression que même ceux que l'on croit fidèles peuvent trahir notre cause.

Ussel médita la réponse. Il devrait donc prendre ses précautions.

*

Durant les jours précédant Noël, il passa une grande partie de son temps avec le fils de Will l'Écarlate, souvent en compagnie de Bartolomeo, venu à Rouen pour les fêtes et enchanté d'avoir des nouvelles de sa sœur. À plusieurs reprises, les hommes se défièrent au bâton, à l'arc ou à l'épée dans des joutes amicales. Gamwell se montrait bon tireur mais c'est en ferraillant qu'il surprenait surtout ses adversaires car il se battait avec deux lames, une dans chaque main. Il maniait sa brette, fort légère, et sa longue dague avec une telle adresse qu'il parvint plusieurs fois à surprendre Guilhem, qui combattait pourtant avec la lame exceptionnelle forgée par des nains dans la montagne du Hartz.

Gamwell lui donna, bien sûr, force détails sur ce Robert FitzWalter et sa fille Matilda. Robert était le fils de Walter FitzRobert, dont le père, issu de la petite noblesse normande, avait été au service d'Henri Ier, qui l'avait récompensé par les terres de Dunmow et le manoir de Baynard, le plus important château fort de la cité de Londres – hors la Tour, bien entendu.

Constable, c'est-à-dire sheriff et haut justicier, il descendait par sa mère des comtes de Huntington et était donc un cousin éloigné de Locksley. Quant à Matilda, qui vivait séparée de son époux dans le château Baynard, elle avait été enlevée en se rendant chez sa sœur. Un survivant de son escorte avait entendu dire qu'on la conduisait à Lincoln, aussi tous les barons opposés au maudit roi avaient-ils envoyé des chevaliers autour du château pour avoir confirmation de sa présence comme prisonnière. Hélas, aucun n'y était parvenu. Pis, plusieurs s'étaient heurtés à des patrouilles de féaux de Jean et quelques-uns avaient été tués. Gamwell, à la demande de son seigneur et de FitzWalter, avait lui-même fait partie de ces détachements et perdu ses servants en rencontrant une troupe trop forte.

Chaque fois qu'il le pouvait, Raoul se glissait auprès d'eux, non qu'il soit intéressé par les affrontements entre les fidèles de Jean et leurs opposants – car contrairement à son frère Guillaume il n'était pas batailleur –, mais Gamwell parlait de l'Angleterre, et ce sujet intéressait le fils d'Aignan.

*

Paris, le lendemain des Saints Innocents[1]

À peine arrivé dans sa maison de la rue de la Vieille-Draperie, Guilhem envoya Gregorio, qui l'avait accompagné avec maître Raillard et les siens, porter une lettre au palais. Durant leur séjour parisien, la famille Raillard logerait dans la maison du Coq Vert mais passerait une grande partie de son temps avec le drapier Estève, puisqu'ils étaient associés.

Durant le voyage, Guilhem avait raconté au jeune Scarlet et à ses compagnons à quelle occasion il avait rencontré Blanche de Castille pour la première fois. Il se trouvait alors à Bordeaux afin d'embarquer vers l'Angleterre et Robert de Locksley, toujours proche d'Aliénor d'Aquitaine, avait été invité par la duchesse au banquet offert pour fêter la venue en France de sa petite-fille âgée de douze ans, Blanche, enfant d'Alphonse VIII de Castille et de la fille d'Aliénor[2]. La princesse devait épouser Louis, le fils de Philippe Auguste, dans le cadre d'un accord de paix entre le roi de France et le roi d'Angleterre ; Jean étant l'oncle de Blanche.

Durant ce banquet, le capitaine routier Mercadier, alors sénéchal du Périgord, s'était imposé bien qu'il ne soit pas invité, car Aliénor l'avait écarté de sa cour en raison des forfaits qu'il commettait.

1. 28 décembre.

2. Elle-même nommée Aliénor.

Guilhem avait été sous les ordres de Mercadier avant de l'abandonner. C'était d'ailleurs ce redoutable capitaine qui l'avait adoubé chevalier. Or le routier l'avait aperçu, comme il avait reconnu Locksley avec qui il avait un rude compte à régler. Allait-il chercher à se venger ?

Le lendemain, une jeune femme qui devait épouser l'écuyer du comte de Huntington avait été assassinée, ayant été confondue avec Anna Maria. Pour Robert et Guilhem, le crime était signé Mercadier. Avec leurs hommes, ils s'étaient donc précipités au logis du routier et, après une sanglante bataille, l'avaient tué[1].

Seulement, ils avaient découvert plus tard que celui-ci n'était pour rien dans le crime. L'intrigue avait été manigancée par Étienne de Dinant, l'âme damnée du roi Jean, et le meurtre de la jeune femme avait été commis par Peter Mauluc, son écuyer.

Ce même Mauluc qui, quelques années plus tard, avait assassiné Arthur de Bretagne, le neveu de Jean, et qui désormais était seigneur et sheriff de Mulgrave.

Et toujours au plus proche de Lackland !

---

1. Voir *Londres, 1200*, du même auteur.

4

Guilhem avait expliqué à Gamwell qu'il voulait rencontrer le chancelier du roi afin d'obtenir une entrevue avec Blanche de Castille. Pourtant frère Guérin n'était pas le meilleur intermédiaire dans une telle requête, lui qui voulait écarter le fils de Philippe Auguste du gouvernement du royaume tant il craignait sa faiblesse. De fait, le prince Louis se montrait facilement influençable. Des barons et des malintentionnés avaient déjà utilisé leur ascendant sur lui afin de faire pression sur son père. Ainsi, deux ans auparavant, ses amis, le sachant plus dévot que le roi, lui avaient conseillé de convaincre ce dernier d'autoriser la croisade contre les hérétiques du Midi. D'autres, en s'appuyant sur des prophéties et les récits de personnages ambigus, lui avaient par ailleurs promis que son règne était proche et qu'il serait éternel. Chaque fois, Philippe Auguste avait dû intervenir en écartant les douteux personnages. Le souvenir d'Henri II Plantagenêt dont les fils voulaient prendre le trône hantait le roi de France.

Seulement, en éloignant Louis du gouvernement, frère Guérin empêchait Blanche de s'affirmer comme reine. Elle n'appréciait donc guère l'hospitalier.

Pour autant, Guilhem n'avait jamais envisagé de s'adresser directement au fils du roi. Le faire, c'était s'aliéner définitivement le chancelier, ce qui n'aurait présenté que des désavantages. Mais, plus important encore, bien qu'il ne lui ait jamais rendu hommage, il se considérait comme un féal du chancelier qui l'avait toujours protégé et même traité en ami.

Il lui avait donc envoyé un billet afin d'obtenir audience et reçut sans tarder une réponse qui lui intimait de venir au palais à hautes vêpres avec le jeune Scarlet.

*

À l'heure dite, tous deux se présentèrent dans la salle des gardes où un clerc les conduisit auprès de frère Guérin. Ce dernier les accueillit chaleureusement dans sa chambre, leur proposa de s'asseoir sur un banc, tandis que lui-même s'installait dans l'embrasure de la fenêtre. Gamwell expliqua qui il était, parla de son père, du temps où il faisait partie de la bande de yeomen dans la forêt de Sherwood, puis comment il s'était occupé du domaine de Huntington, tout ceci dans son brouet de français et latin. Il décrivit la situation en Angleterre, la colère des barons opposés au roi Jean, la répression qui s'abattait sur eux.

Frère Guérin hocha la tête à plusieurs reprises, souvent en regardant Ussel qui demeurait imperscrutable.

— Maintenant, expliquez-moi pourquoi messire de Locksley veut se rendre en Castille ? demanda le moine hospitalier.

— C'est au sujet de la croisade à laquelle notre pape a appelé contre les Maures d'Al-Andalus. Mon seigneur désire se joindre à elle.

Guérin écarquilla les yeux.

— Locksley irait combattre pour Innocent III ?

Il se tourna vers Ussel :

— Je ne peux le croire. Que me cachez-vous ?

— Voici la lettre que m'a remise Gamwell Scarlet, sire chancelier, dit Guilhem qui avait prévu de ne rien dissimuler.

Il sortit le pli de son escarcelle et le tendit à frère Guérin. Qui le lut.

— Intéressant. Mais ceci ne m'apprend pas pourquoi messire Locksley souhaite se rendre en Castille.

— À dire vrai, je l'ignore, mon père, murmura un Gamwell embarrassé.

— Il me sera difficile de convaincre la princesse de vous établir un blanc-seing si je n'en sais pas plus, annonça sévèrement l'hospitalier.

C'était une fin de non-recevoir.

Le jeune Scarlet baissa les yeux. Guilhem sentait que l'Anglais en savait plus qu'il ne le prétendait et, en donnant la lettre du comte de Huntington au chancelier, avait voulu le contraindre à parler. Cependant, il lui fallait aussi le rassurer.

— Ce que vous direz à frère Guérin ne sortira pas d'ici.

— Le roi seul l'apprendra, ajouta l'hospitalier.

Le jeune homme frotta ses mains nerveusement. Puis il se décida en s'adressant à Ussel :

— Seigneur, pardonnez-moi de ne pas vous avoir tout dit, mais j'avais des ordres de messire le comte. Je ne devais rien révéler sans être certain que personne ne surprendrait mes paroles. Or, je n'en ai jamais trouvé l'occasion, et comme mon maître souhaitait vous parler en premier, j'ai préféré me taire.

Guilhem fronça le front pour simuler la contrariété.

— Admettons, fit-il. Mais ici, personne ne vous entendra. Les murs de la tour sont épais et l'escalier inaccessible aux espions. Parlez donc !

Guérin opina.

— Mon seigneur ne compte pas s'arrêter en Castille. Il veut aller plus loin, fit Gamwell à voix basse.

— Plus loin ?

— Jusqu'à une ville nommée Cordoue.

Cette fois, Guilhem resta bouche bée, les yeux écarquillés, réellement abasourdi.

— Pardonnez-moi, seigneur, mais messire le comte a insisté pour que soit conservé le plus grand secret sur ce voyage. Il m'a seulement dit que le roi de France et vous-même pouviez connaître sa destination, et éventuellement la princesse Blanche de Castille.

— Que veut-il faire à Cordoue ? interrogea Guérin dont le visage exprimait une évidente préoccupation.

— Rencontrer un calife. Cependant je vous jure ignorer pourquoi.

— Tout cela est bien mystérieux…

Un silence pesant s'installa. Scarlet demeurait mal à l'aise, Guérin réfléchissait à ce qu'il venait d'apprendre et Ussel tentait d'ordonner les souvenirs douloureux qui l'envahissaient.

En ce moment, songeait-il, Constance Mont Laurier – dont il était amoureux enfantelet, puis qu'il avait aimée avant leur séparation – devait vivre à Cordoue.

Constance, la fille du propriétaire de la tannerie où son père travaillait comme ouvrier, dont toute la famille était morte à Marseille, ville que lui-même avait fuie à treize ans après avoir tué un homme[1]. Une cité où il était revenu chevalier, envoyé en mission par Raymond de Toulouse. Où il avait retrouvé la jeune femme, désormais propriétaire de la tannerie, et était devenu son amant après avoir découvert qui avait violé et tué sa sœur. Elle voulait qu'il restât près de lui, mais lui l'avait rejetée après qu'elle eut fait écorcher vivant l'assassin de sa sœur[2]. Plus tard, alors qu'il se rendait à Rome avec Robert de Locksley, il l'avait retrouvée, venue avec son mari, un armateur qui vendait des armes aux Romains. Le couple était accompagné d'un prisonnier maure, un noble ingénieur concepteur de balistes, homme devenu l'amant de Constance. Il se nommait cheikh Baghisain de Djeziré et venait de Cordoue[3].

Or, par cupidité, l'armateur avait trahi son client, et payé cette félonie de sa vie. Constance s'était donc retrouvée libre. Elle était revenue à Marseille avec Baghisain, en cachant leur relation, l'Église ne tolérant aucun rapport charnel entre chrétiens et

1. Voir *De taille et d'estoc*, du même auteur.

2. Voir *Marseille, 1198*, du même auteur.

3. Voir *Rome, 1202*, du même auteur.

infidèles. Celui qui copulait avec une Sarrasine était fait eunuque et sa maîtresse avait le nez tranché. Et quand une chrétienne fautait avec un Maure, elle était enterrée vive et l'amant découpé vif.

Plus tard, il avait appris qu'on avait, hélas, découvert le secret du couple. Constance avait été enfermée dans un couvent, tandis que l'inventeur s'était enfui. Malgré les réticences de son épouse Sanceline – elle désapprouvait qu'il aille secourir une ancienne maîtresse –, il était parti pour Marseille après l'avoir assuré que Constance n'était plus rien pour lui, mais qu'il devait la sauver au nom de leur enfance.

Il y était parvenu, avait aidé les amants à s'enfuir[1] pour le califat d'Al-Andalus, à Cordoue, où le cheikh avait son domaine.

Souhaitait-il la revoir ? Il ne le savait.

La voix de frère Guérin le sortit de ses pensées :

— Que connaissez-vous de la situation dans las Españas, messire Ussel ?

— Peu, mon père. Je sais qu'il existe un royaume de Castille et un d'Aragon et de Barcelone, que les Maures occupent le midi de ces lointaines terres. Je connais surtout le royaume d'Aragon et de Barcelone, puisque Raymond de Toulouse m'avait engagé pour défendre son comté contre les prétentions de Pierre le Catholique. Le frère de Pierre, Alphonse Béranger, s'est aussi opposé au comte de Toulouse en s'alliant aux seigneurs des Baux avant de faire la paix avec lui. J'ai appris à Béziers que le roi d'Aragon et de Barcelone serait maintenant prêt à défendre Raymond contre la croisade d'Arnaud Amaury.

De nouveau, sage frère Guérin approuva de la tête avant de demander :

— Ignorez-vous que la Castille a des prétentions sur le comté de Gascogne ?

— Non. Raymond de Toulouse m'avait envoyé à Bayonne pour le renseigner quand les troupes d'Alphonse de Castille sont

1. Voir *La Revenante*, du même auteur.

entrées dans le comté. Mais l'expédition a été un échec, puisque les villes sont restées loyales au pouvoir anglais.

— C'est cela. À l'origine, le conflit tient à une promesse qu'aurait faite Henri Plantagenêt. Il s'était maladroitement engagé à donner la Gascogne comme dot à sa fille lorsqu'elle a épousé Alphonse de Castille. Ce dernier n'a rien réclamé tant qu'Aliénor d'Aquitaine était vivante mais, ensuite, voyant le roi Jean affaibli, a exigé la dot. Et devant le refus du Plantagenêt, il est entré en Gascogne avec ses troupes. Seulement il n'avait pas les moyens militaires de s'y imposer et c'est son épouse, la sœur de Jean, qui est allée en Angleterre négocier la paix.

» Je vous l'accorde, ces événements ont fait notre miel. Après le mariage d'Aliénor avec Alphonse de Castille, ce dernier considérait Henri Plantagenêt comme un père. Certes, notre roi avait introduit un coin dans cette alliance grâce au mariage de Blanche avec son fils, mais la querelle a fait définitivement basculer Alphonse de notre côté et il demeure fâché avec Jean.

» Maintenant, laissez-moi vous expliquer plus longuement la situation en Españas. À l'époque où Rome était toute-puissante, ces terres s'appelaient l'Hispanie et les Romains les occupaient entièrement. Quand cet empire s'est disloqué, des tribus germaines se sont installées partout. Chez nous d'abord, avec à leur tête Mérovée puis Childéric et Clovis. Dans l'Hispanie et le Toulousain ensuite, qui furent envahis par des peuplades nommées « les Wisigoths ».

Guilhem approuva sans mot dire. Raymond de Toulouse et des chevaliers de sa cour lui avaient parlé des Wisigoths et de leur roi Alaric.

— Comme le midi de l'Hispanie est proche de terres d'Ifriqiya où vivent Maures et Berbères, ceux-ci se sont tôt établis autour de Cordoue, appelant ce pays Al-Andalus. Puis la religion de Mahomet s'est imposée et les tribus arabes l'ont adopté comme prophète de l'islam. Les Arabes ont conquis les territoires autour de Damas, avant de convertir l'Égypte, l'Ifriqiya et l'Andalus. Peu à peu, ils ont occupé toute l'Hispanie, une partie du Toulousain, la Provence et même la Bourgogne. Jusqu'au jour où le duc des Francs, Charles Martel, les a battus à Poitiers. Ils ont alors reculé et, au fil des ans, les chrétiens de las Españas – qu'on appelle là-bas mozarabes – sont parvenus à repousser les musulmans. Il s'est ainsi constitué plusieurs royaumes dont les plus importants sont l'Aragon, la Castille, le León, la Navarre et le Portugal.

» Tout cela, je l'ai appris durant le temps où j'étais croisé, et par de passionnantes discussions avec la comtesse d'Artois.

Louis, le fils du roi, était comte d'Artois, un comté que lui avait donné sa mère Isabelle de Hainaut.

— Depuis guerres et alliances se succèdent entre Andalus et les royaumes d'Hispanie. Si les royaumes chrétiens se querellent et se battent souvent entre eux, il en était de même entre territoires maures jusqu'au moment où un émir a rassemblé toutes les baronnies qui s'étaient développées. Voici une dizaine d'années, ce calife, ou l'un de ses fils, je ne sais, a battu les armées chrétiennes au pied d'une montagne qui traverse l'Hispanie[1] et qu'on appelle une sierra. Cette victoire lui aurait permis d'envahir la Castille, mais il s'est contenté d'une trêve.

» Évidemment, le roi de Castille, Alphonse VIII, père de la princesse Blanche, veut effacer cette humiliation. Il a passé des alliances avec les autres souverains ibériques et obtenu du Saint-Père qu'il appelle à une croisade contre les mahométans d'Al-Andalus en promettant les mêmes indulgences que pour les croisades de Terre sainte ou contre les albigeois. L'archevêque de Tolède a envoyé un ambassadeur à notre bien-aimé monarque en suppliant de lui offrir des chevaliers, mais le roi lui a répondu que beaucoup de ses gens étaient déjà partis dans le Toulousain et qu'il ne pouvait en envoyer d'autres en Castille. C'est ainsi qu'il a appris que l'abbé Amaury gagnerait bientôt Burgos, la ville-capitale de Castille, dès que Montfort serait maître des albigeois.

— L'abbé de Cîteaux s'engage dans une autre croisade, alors que Montfort se bat toujours dans le Toulousain ? s'étonna Ussel.

1. À Alarcos.

— Pour l'abbé, il s'agit de la même guerre sainte. Il veut faire triompher partout la religion du Seigneur, ce que je ne peux qu'approuver, m'étant battu pour libérer Jérusalem. Mais, cette fois, il n'est pas certain de l'emporter aussi aisément que dans le Midi. Il n'aura pas en face de lui des cathares refusant la violence mais des combattants éprouvés car le calife de Cordoue rassemblerait une immense armée. Ce prince, appelé « le Miramolin », c'est-à-dire l'émir des croyants dans la langue arabe, est extrêmement puissant. J'ai rencontré ici un marchand, qui fait commerce d'objets précieux depuis Al-Andalus, et il a entendu dire que le vizir du Miramolin aurait déclaré : « À nous sont la Provence et le Toulousain, jusqu'au Puy et tout ce qui est au milieu. » Que les croisés soient battus, et la Castille tombera aux mains des Maures, ce qui entraînerait notre royaume dans une guerre que nous ne voulons pas.

Le chancelier se tut un moment avant de lâcher :

— Que peut bien vouloir faire le comte de Huntington à Cordoue ?

5

Frère Guérin déclara qu'il rapporterait leur entretien au roi et que, si ce dernier y était favorable, il demanderait au prince Louis et à Blanche de les recevoir. Pour sa part, il appuierait leur requête. Quoi qu'envisage messire de Locksley, il savait pouvoir lui faire confiance et souhaitait en savoir plus sur ce qui se passait dans l'Andalus. Cependant, il doutait que le comte de Huntington puisse atteindre Cordoue, surtout en ce moment. Mais toutes les informations qu'il rapporterait seraient fort utiles.

— Messire d'Ussel, avait-il ajouté, je sais que je vous ai déjà prou demandé, mais si vous accompagniez le comte de Huntington, je vous en serais vraiment reconnaissant. Vos impressions me seraient précieuses.

— À dire vrai, j'avais envisagé d'aller en Angleterre, avec ou sans le sauf-conduit de la princesse. Et si Robert l'accepte, je me rendrai volontiers à Cordoue pour y retrouver des amis. Je m'ennuie à Rouen.

*

Le lendemain, le même clerc vint les prévenir que le comte et la comtesse d'Artois les recevraient après haute none.

Le fils du roi et Blanche de Castille avaient leurs appartements dans le logis du roi, mais à l'opposé de ceux de Philippe Auguste[1]. Guilhem s'y était rendu quelques fois, quand il était prévôt de

1. Le *logis du roi* se situait dans le palais de l'île de la Cité.

l'hôtel, pour interpréter des cansons, Blanche appréciant les troubadours.

Les premières années de la princesse à la cour avaient été difficiles. Le roi n'aimait ni la musique ni les jongleurs, encore moins les histrions, alors qu'elle en raffolait. De surcroît, elle supportait avec peine que Louis, son époux, n'ait aucun rôle dans le gouvernement du royaume. Pourtant, Philippe Auguste n'écartait pas son fils des plus importantes décisions, il le faisait venir près de lui lorsqu'il recevait d'éminents personnages et lui avait même communiqué le secret des rois de France[1]. Avec Guilhem, qui les avait escortés jusqu'à une grotte cachée en Normandie, il lui avait ainsi fait découvrir un refuge dont seuls les héritiers du trône avaient connaissance.

L'expédition avait noué des liens entre Ussel et le jeune prince, aussi quand Blanche avait su que le prévôt de Paris était fin troubadour, l'avait-elle invité pour l'entendre. Louis avait d'autant plus facilement accepté qu'il était fort soumis à son épouse. La jeune fille timide arrivée en France à douze ans, mise à l'écart dans une cour d'hommes où seules comptaient la force et la vaillance, s'était transformée en femme énergique, volontaire, orgueilleuse et pétrie de bon sens. Même son beau-père l'interrogeait parfois avant de prendre certaines décisions et, dans le couple, c'était elle qui commandait, désormais.

*

Guilhem et Gamwell furent reçus dans la chambre d'apparat, pièce de taille moyenne avec lit à courtines sur estrade, coffres sculptés, escabeaux à coussins, tapisseries et deux chaires sur lesquelles se tenaient Blanche et le fils du roi.

L'épouse du prince portait un bliaud crème en baudequin de Bagdad[2] sur une épaisse chemise de laine dont on apercevait les larges ouvertures des manches. Comme la salle était fraîche

1. Voir *Le Grand Arcane des rois de France*, du même auteur.

2. De la soie.

malgré quelques bûches rougeoyantes dans un foyer, elle avait revêtu par-dessus une chape fleurdelisée doublée de zibeline. Ses cheveux blonds, serrés dans une crépine surmontée d'un bonnet carré, entouraient, à la lueur jaunâtre des flambeaux, un visage, sérieux et attentif, singulièrement lumineux.

Le prince, lui, était revêtu d'un ample manteau azur brodé de fleur de lys. Il ne portait pas de couronne.

Frère Guérin était présent également, humblement assis sur un tabouret, pas très loin du chambrier du roi, Barthélemy de Roye, installé sur un coffre siège. Guilhem fut étonné de voir que le chancelier allait assister à leur entretien. Apparemment, Blanche avait surmonté son aversion envers lui, sans doute parce qu'ils allaient parler d'une affaire d'État, et, pour la même raison, elle avait demandé à Barthélemy de Roye d'être là, jugeant qu'il conseillait toujours son époux avec grande pertinence.

Par une tenture entrebâillée, Guilhem aperçut le cabinet mitoyen qui communiquait avec un oratoire et la chambre privative du comte d'Artois. C'est dans cette pièce que Blanche recevait troubadours, gens de lettres et clercs savants avec qui elle parlait science et littérature. C'est là aussi qu'elle jouait aux échecs et là qu'il avait chanté quelques fois pour elle.

Les visiteurs plièrent un genou et le prince ne leur proposa pas de s'asseoir, mais Guilhem savait que Blanche tenait beaucoup au protocole. Elle se voyait reine de France, même si elle ne l'était pas encore.

— Que Dieu et son fils Jésus soient avec vous, messire d'Ussel. Frère Guérin m'a dit que vous souhaitiez solliciter une faveur auprès de la princesse de Castille, mon épouse. Je vous laisse donc vous expliquer, déclara solennellement le fils du roi.

À l'évidence, le chancelier avait déjà tout raconté, sauf le projet de voyage à Cordoue, donc Ussel fut bref, insistant sur le fait que si le comte de Huntington désirait se rendre en Castille, c'était pour se renseigner sur la croisade à venir.

— Veut-il y prendre part ? demanda-t-elle.

— Tout bon chrétien devrait l'envisager, gracieuse reine…

La princesse signait sa correspondance du titre de reine de France et Guilhem savait combien elle appréciait être nommée ainsi.

Elle considéra le jeune Scarlet avec une expression interrogative.

— Mon oncle le sait-il, messire ?

— Je l'ignore, gracieuse reine.

— J'en doute, fit-elle, parfaitement au fait des turpitudes impies du frère de sa mère.

— Mon époux, frère Guérin et messire de Roye m'ont dit le plus grand bien du comte de Huntington. Vous aurez donc cette lettre que j'ai déjà préparée. Mais en contrepartie, vous direz au comte que je souhaite le rencontrer à son retour. J'aimerais l'entendre au sujet des affaires anglaises, qui me concernent, comme vous le savez, et je veux apprendre ce qu'il aura décidé.

— Je peux m'engager à sa place, noble reine. Je lui porterai moi-même votre lettre et lui ferai part de votre exigence.

— Mincia ! appela-t-elle.

Une dame de l'âge de la princesse apparut, venant du cabinet. Elle tenait un careignon à la main. Guilhem avait déjà rencontré cette femme qui faisait partie des serviteurs ayant suivi Blanche de Castille en France.

— Donne ma lettre à messire d'Ussel. Qu'il puisse la lire et me dire si elle lui convient.

La dame de compagnie obéit et Guilhem parcourut le pli. Écrit en latin, il disait à peu près ceci :

Blanche de Castille, fille du bien-aimé roi Alphonse, vous fait savoir par ce bon et sûr sauf-conduit que le noble comte de Huntington et ses gens peuvent entrer, venir et demeurer paisiblement en armure et armés dans le royaume de Castille. Ils seront reçus et recueillis dans nos quelconques ports ou havres, châteaux, cités et bonnes villes.

Fait à Paris.

Le même texte était transcrit en castillan au-dessous.

En bas, un sceau rond représentait le château de Castille entouré de trois fleurs de lys avec la mention : *regina francorum.*

— Au nom du comte de Huntington, je vous remercie de votre bonté, gracieuse reine, fit un Guilhem satisfait.

Il s'inclina et elle le gratifia d'un nouveau sourire.

L'entrevue était terminée. Les visiteurs s'inclinèrent.

Quand ils furent partis, la princesse se tourna vers sage frère Guérin :

— J'espère avoir fait le bon choix, mais j'enverrai un messager à mon frère pour le prévenir.

Le chancelier approuva d'un signe de tête avant de déclarer :

— Le comte de Huntington n'est pas homme à oublier une faveur. Vous vous en êtes fait un allié pour toujours. Et cela comptera si le Saint-Père destitue le roi Jean du trône d'Angleterre.

— Mon oncle a un fils qui sera son héritier.

— En Angleterre, les barons élisent leur roi. Vous êtes la mieux placée pour être élue reine, princesse.

Elle gratifia l'hospitalier d'un sourire de satisfaction, puis se tourna vers Louis qui lui prit la main.

Reine de deux royaumes lui conviendrait parfaitement.

*

Ayant laissé la famille Raillard et Gregorio à Paris, Guilhem et le jeune Scarlet furent de retour à Rouen le jour des Rois, après s'être arrêtés à Pont-de-l'Arche. Bartolomeo Ubaldi, le prévôt et ancien écuyer de Guilhem, aurait aimé l'accompagner en Angleterre et revoir sa sœur, mais il aurait dû quitter sa charge, qu'il occupait seulement depuis un an. Aussi se contenta-t-il d'écrire une longue lettre à Anna Maria.

Dans une escarcelle soigneusement fermée, il remit également à son ami de la poudre de feu grégeois conservée depuis le voyage entre Lamaguère et Rouen. Un Perse, rencontré à

Marseille[1], lui avait appris comment faire le mélange mariant soufre, sel de roche et charbon de bois. Allumée, la poudre brûlait en dégageant une chaleur telle qu'elle faisait fondre même le métal.

Arrivé chez lui dans l'après-midi, Ussel salua les femmes qui cousaient dans la salle. Flore n'était pas là, mais Colombe, l'épouse d'Aignan, si. Il lui demanda si elle savait où se trouvait son mari, elle répondit qu'il faisait des comptes dans sa chambre avec son fils.

— Et Alaric ? questionna-t-il.

Elle l'avait vu rentrer un peu plus tôt. Sans doute était-il chez lui.

Guilhem et Gamwell prirent le grand escalier à balustres. Trois vastes chambres se succédaient au premier étage, et six plus petites au second. C'était à ce niveau que logeait l'envoyé de Robert de Locksley.

Ussel, lui, se dirigea vers son appartement, où il se changea. Puis il se rendit dans la chambre d'à côté, celle d'Aignan. Les pièces étant en enfilade.

L'ancien libraire était assis sur le banc de son pupitre avec son fils Raoul près de lui. Ce dernier faisait des calculs sur une tablette de cire.

La pièce était grande, presque autant que celle de Guilhem, mais emplie de toutes sortes de meubles, plusieurs coffres, une armoire à documents et un lit à courtines avec matelas de laine.

Jusqu'à l'année précédente, les fils du couple avaient logé près de leurs parents, mais depuis l'achat d'une nouvelle maison, des chambres du deuxième étage avaient été libérées et le cadet en occupait une.

Le père et le fils s'étaient levés en voyant le maître entrer.

— Avez-vous fait bonne route, seigneur ? s'enquit l'ancien libraire.

---

1. Voir *Marseille, 1198*, du même auteur.

— Oui, mais bien froide ! Et je vais repartir.

— Quand ?

— Dans deux ou trois jours, avec Gamwell.

— Pour l'Angleterre ?

— Tu t'en doutais ! plaisanta Guilhem. Je serai vraisemblablement absent quelques mois. Que personne ne s'inquiète. Une fois de plus, ce sera à toi de t'occuper des maisons et de la mesnie. Jehan le Flamand t'aidera. Vous savez où je cache mon or, utilisez-le si nécessité se fait sentir.

— Vous avez besoin d'un écuyer et d'hommes d'armes, seigneur, qui emmenez-vous ?

— Je l'ignore. En tout cas, rassure-toi, je te laisse Guillaume ! J'espère qu'Alaric acceptera de venir.

— Et Flore ?

— Elle me détestera si je prends son époux… Mais je les laisserai libres de refuser.

Aignan avait posé sa plume et se frottait les mains. Guilhem le sentit mal à l'aise. Tous deux se connaissaient depuis si longtemps qu'ils savaient lire dans le cœur de l'autre.

— Quelque chose ne va pas ?

— Je… je ne voulais pas vous en parler, seigneur… C'est à cause de mon fils.

— Guillaume ? Tu n'as pas à te tourmenter, je n'ai qu'à me louer de lui.

— Non, Raoul.

Guilhem regarda le garçon, qui rentra sa tête dans son cou comme s'il avait voulu disparaître.

— Qu'y a-t-il, Raoul ? questionna-t-il en fronçant le front.

Il ne s'était jamais intéressé au jouvenceau, comme il ne s'était pas plus préoccupé de Guillaume avant de lui proposer de l'accompagner en Germanie après avoir appris qu'il parlait un peu allemand. Il avait connu les fils d'Aignan enfantelets, les avait vus grandir à Lamaguère, tous deux étaient prêts à rendre service et ne se montraient jamais réticents aux besognes. Ils s'étaient en outre courageusement battus, avaient même été blessés lors de la dernière attaque du château. Cependant tous deux avaient des tempéraments fort différents. Raoul respectait à peu près les préceptes de la religion des deux principes, tandis que Guillaume ne rêvait que de plaies et bosses.

Comme le garçon ouvrait la bouche sans parvenir à articuler quoi que ce soit, son père répondit :

— Raoul a soif de connaître. Vous savez qu'il va régulièrement à l'abbaye de La Trinité-du-Mont où l'*armarius*[1] lui a beaucoup appris sur l'*arithmetica* et le sens des nombres. Mon fils est désormais bien plus savant que moi.

— J'en suis très fier ! sourit Ussel. C'est une bénédiction d'avoir quelqu'un d'instruit dans une mesnie. Il est ton digne héritier. Mais il doit se montrer prudent et ne pas se laisser entraîner dans des discussions théologiques.

— N'ayez crainte, seigneur. Je ne parle jamais des deux principes, intervint le garçon.

Guilhem sourit.

— Il y a pourtant un problème..., fit-il. De quoi s'agit-il ?

— Seigneur, j'ai lu l'*Arithmetica* de Diophante d'Alexandrie et une partie du *De septem septenis* de Jean de Salisbury, mais l'abbaye ne possède pas ce livre en entier. Les nombres expliquent tout l'univers, selon lui. L'armarius m'a dit qu'ils permettent d'élaborer des cartes et de savoir où se trouve le Paradis. Mais il m'a déjà appris tout ce qu'il savait.

— Tu veux apprendre plus ?

— Oui, seigneur.

— Ton fils doit se rendre à Paris, Aignan. Frère Guérin le fera entrer dans une école et il pourra loger dans ma maison.

— Merci, seigneur, mais Paris est une ville bien dangereuse.

— En vérité, seigneur, ce n'est pas à Paris que je souhaiterais aller, au moins en ce moment.

— Ah ! Et où donc ?

---

1. Le moine qui a la responsabilité de l'armoire aux livres (*armarium*), donc de la bibliothèque.

— L'armarius m'a parlé de Robert Grossetête[1], un franciscain qui serait le plus savant de la chrétienté dans cette science des nombres.

Il se tut un instant, hésitant à poursuivre avant de lâcher :

— Par ses calculs, il aurait prouvé que la Terre était ronde, et les planètes aussi. Uniquement avec des chiffres.

— Ronde… On me l'a affirmé, en effet.

Comme tout le monde, Guilhem avait toujours cru que la Terre était plate jusqu'au jour où un capitaine de navire lui avait prouvé qu'il se trompait. Mais il peinait à s'en convaincre. Comment existerait-il des lieux aux choses suspendues de bas en haut ?

— Tu voudrais aller en Angleterre ?

— Oui, seigneur… Et j'y pense depuis que j'ai appris que vous vous y rendiez.

Guilhem se tourna vers Aignan :

— Quelle est ton opinion ?

— J'ai peur de laisser mon fils partir dans un pays inconnu.

Cette fois, ce fut Guilhem qui se montra embarrassé. Emmener Raoul, il le pouvait, mais, ensuite, que deviendrait-il ? Locksley ne serait même pas là pour l'aider s'il partait en Hispanie.

— Je ne vais pas rester en Angleterre, Raoul. Si je t'emmenais, je ne pourrais veiller sur toi, ni le comte de Huntington du reste.

— Mais messire de Locksley connaît peut-être des gens qui savent où enseigne maître Grossetête et s'il accepte des disciples. De plus, je me suis renseigné à Sainte-Catherine. Le comté de Huntington se trouve à trente milles de l'abbaye de Bath, qui conserve les textes d'Abélard, l'un de leurs moines ayant fait des commentaires sur les travaux d'Euclide. Il aurait même traduit des traités écrits en arabe, à Cordoue.

Cordoue… Singulier hasard… Était-ce signe que *Quelqu'un* lui envoyait ?

1. Il deviendra évêque de Lincoln. Il est le premier à avoir conceptualisé l'infini.

— La guerre couve en Angleterre, Raoul…, prévint-il quand même.

— J'ai dix-sept ans, seigneur. Je suis capable de me défendre, protesta le jeune homme en redressant le torse.

Il avait raison. Au même âge, lui-même ne comptait plus les combats livrés.

— Aignan, veux-tu que j'emmène ton fils ? Je te l'ai dit, je ne resterai pas à Huntington, je partirai en Castille. Robert pourra sans doute trouver quelqu'un pour s'occuper de Raoul, mais ce ne sera pas moi.

— Emmenez-moi, seigneur ! supplia le garçon.

— Que la volonté de l'Esprit saint soit faite, soupira Aignan.

— Entendu ! Tiens-toi prêt à partir dans deux ou trois jours, Raoul. Demande à ton frère de t'aider pour les armes et les chevaux. Le Flamand te trouvera un haubert.

Guilhem n'en dit pas plus et se rendit à l'autre porte, celle qui ouvrait sur les appartements d'Alaric. Il frappa quelques coups à l'huis, soucieux de ne pas surprendre Flore.

Puis il entra.

La jeune femme coupait une pièce d'étoffe sur une table à tréteaux, alors qu'Alaric lui parlait.

C'était un curieux couple. Lui, la cinquantaine, râblé, visage tanné à la longue barbe grise, chevelure blanche et dégarnie avec un front immense et d'épaisses arcades sourcilières aux poils noirs, avait été sergent d'armes du comte d'Armagnac en garnison au château de Lamaguère à l'époque où le fief était disputé par l'archevêque d'Auch. Puis, après des années de combat, ce dernier avait pris la forteresse et Alaric était retourné à la manse qu'il possédait avec son cousin Ferrand. C'est là que Guilhem l'avait rencontré, et engagé.

Le Toulousain était un homme solide, solitaire et taciturne. Ussel en avait fait son écuyer, et quand Sanceline était morte, qu'il avait quitté Lamaguère, il avait fait adouber l'ancien sergent comme chevalier.

Quant à Flore, femme corpulente, disgracieuse, au nez trop gros, aux cheveux ternes et au menton en galoche, elle avait été contrainte par l'abbé de Tiron d'épouser un serf pour faire de robustes enfants qui, plus tard, serviraient le monastère. Elle n'avait pas choisi Foulques, son mari, mais l'avait accepté car c'était un homme bon. Seulement, lui voulait être libre et avait répondu à l'appel de la croisade, les serfs partant en Palestine étant libérés. Malgré ses craintes, elle ne l'avait pas quitté. Hélas, à Acre, Foulques avait été tué. Ainsi s'était-elle retrouvée seule et sans ressources, abandonnée par le seigneur qu'elle avait suivi. Elle avait alors décidé de rentrer à Tiron, mais, sans argent, comment faire ? Acceptant de se prostituer pour payer le voyage, à la suite de singulières circonstances, elle était arrivée à Lamaguère avec un sergent templier qui voulait en faire sa femme. Autre malheur : l'homme avait été tué pour un incroyable secret qu'il possédait, et Alaric était tombé amoureux d'elle. Mais, pourchassée par ceux qui avaient assassiné son amant, elle avait fui. Guilhem et Alaric ne l'avaient retrouvée qu'à Rouen[1], où elle s'était battue courageusement pour rester avec eux, et, plus tard, avait épousé l'ancien sergent. Elle s'était encore battue pour sauver Lamaguère. Tuer des méchants ne lui faisait rien vu ce qu'elle avait vécu.

— Seigneur ! s'exclamèrent-ils en se redressant et en s'écartant de la table avec respect.

— Je dois vous parler, fit Guilhem, légèrement embarrassé.

— Vous avons-nous déplu, seigneur ? s'enquit Flore, une once d'inquiétude dans la voix.

Elle parlait toujours la première.

— Non, vous savez combien je vous estime tous les deux, mais j'ai une requête à vous faire. Une requête désagréable.

Ils le considérèrent avec crainte.

— Dans deux jours je partirai pour l'Angleterre avec le damoiseau que m'a envoyé messire de Locksley. Mais je n'y resterai pas.

1. Voir *Rouen, 1204*, du même auteur.

J'accompagnerai Robert en Castille. Et j'ai besoin d'un fidèle près de moi.

Il s'adressa à Alaric :

— D'autres ici conviendraient, mais tu m'as dit, un jour, que tu parles le castillan.

— Un peu, seigneur. J'avais accompagné l'intendant du comte d'Armagnac qui achetait des armes dans ce pays. J'y suis resté trois mois et j'ai appris les rudiments de la langue, pas trop différente de l'occitan. Vous désirez que je vienne avec vous ?

— Oui, mais je vous laisse décider ensemble. Je sais que Flore me vouera aux gémonies, car nous serons absents plusieurs mois…

— Je ne quitterai pas mon époux, seigneur, affirma-t-elle en se plaçant devant lui.

— Je comprends ta réaction… Je trouverai donc un autre homme, fit un Guilhem déçu.

— Non, seigneur, vous ne m'avez pas comprise : je partirai avec vous !

— Toi ? Impossible… Il y aura peut-être à se battre…

— En suis-je incapable, seigneur ? Ai-je déjà reculé devant un homme armé ? N'avez-vous pas vu ce que je sais faire avec une hache, une épée ou une arbalète ?

Guilhem ne répondit point. Flore avait souvent tué pour se défendre. Elle avait même sauvé le château de Lamaguère en abattant le félon qui voulait le livrer. Ayant la taille et la vigueur d'un colosse, pourquoi pas ? De surcroît, Flore possédait peut-être un autre avantage.

— Quand tu vivais à Acre, as-tu appris l'arabe ?

Elle se détourna, détestant parler du temps où elle était servante, avec d'autres esclaves, des musulmanes. Où plusieurs s'étaient prostituées et avaient connu le châtiment des femmes qui forniquaient avec les chrétiens : le nez coupé. Seulement elle ne pouvait éviter de répondre.

— Je le parle mal, messire, cependant je le comprends à peu près. Mais utilise-t-on l'arabe en Castille ?

— Les Maures ne sont pas loin, intervint Alaric qui devinait combien son maître avait d'autres projets.

— En effet. J'ai donc besoin de vous deux.

— Quand partons-nous, seigneur, interrogea-t-elle en un sourire qui la rendit presque belle.

— Dans deux jours. Vous avez la journée de demain pour vous préparer et équiper. Prenez tous les harnois que vous désirez, les meilleurs chevaux aussi.

Il les remercia, ému de leur fidélité, et quitta la pièce pour aller voir Gamwell.

6

Guilhem avait longuement interrogé Gamwell sur son voyage, en particulier la traversée en mer. Lui-même avait navigué à plusieurs reprises, souvent sur des nefs de commerce, d'autres fois sur de petites barques. C'était le moyen qu'avait utilisé le fils Scarlet, lui qui s'était embarqué à Fulcestane sur une barcasse de pêche après avoir cédé son coursier aux moines du prieuré de St Mary and St Eanswythe, commerçants en montures. Le bateau l'avait ensuite laissé à Boulogne.

Quelque dix ans plus tôt, Guilhem, Locksley, Bartolomeo, le Flamand et leurs compagnons avaient suivi le même parcours[1], mais le pêcheur qui les transportait les avait laissés sur une plage. Cette fois, les voyageurs prendraient le chemin inverse et le problème des chevaux se poserait. Pour les transporter, ils devraient embarquer sur une grosse nef. Mais en trouveraient-ils à Boulogne s'ils partaient de ce port ? Ussel ne connaissait pas le bourg comtal.

Ce fut donc la première question qu'il posa à Gamwell quand il lui eut expliqué qu'ils feraient le voyage avec Alaric, Flore et Raoul.

— Boulogne n'est pas un port comme Dover, Hastings ou même Fulcestane, seigneur. C'est juste un estuaire, un bras de rivière avec quelques pontons instables plantés sur une plage

1. Voir *Londres, 1200*, du même auteur.

rejoints par une enceinte de pieux. On appelle ça une havene[1]. Je n'y ai vu qu'un cogge[2], les autres bateaux étant des batels, des allèges ou des filandières. Bref, on peut y embarquer sur une nef qui transportera nos chevaux, mais sans doute faudra-t-il attendre qu'il en arrive une. Or, mieux vaut éviter de demeurer sur place longtemps car Boulogne n'est pas une ville sûre. Je sais que Renaud de Dammartin a, un temps, rendu hommage à Jean.

Même si Boulogne possédait une charte de libertés, elle demeurait sous l'autorité de son comte Renaud de Dammartin. Ce dernier, bien que vassal et ami d'enfance de Philippe Auguste, avait à plusieurs reprises marqué son indépendance, sinon sa félonie, en se ralliant aux Plantagenêts. À Richard Cœur de Lion en 1197, puis à Jean sans Terre en 1199. Toutefois, sous la menace du roi de France, il avait été contraint de revenir dans le giron du royaume et Philippe lui avait imposé que sa sœur Mahaut, héritière du comté, épouse son fils le jeune Hurepel[3]. De plus, le comte, comme d'autres seigneurs du nord du royaume, avait dû s'engager par serment à rejeter toute alliance avec les Anglais.

Guilhem se frotta le menton, signe chez lui d'hésitation.

— Nous trouverons bon accueil à Boulogne, j'ai un laissez-passer du roi de France et je connais le comte que j'ai rencontré plusieurs fois à Paris. Mais il est vrai qu'il ne doit pas apprendre notre embarquement pour l'Angleterre. Il pourrait prévenir Jean ou ses séides.

— Comment l'éviter ? Le bourg se situe plus haut que le port qui n'est qu'un ramassis de chaumières de pêcheurs. C'est dans le bourg que se situe le château. J'y suis allé à pied facilement, car il

1. Un havre.

2. Nef de faible tonnage bordée à clins et au fond plat, ce navire de cabotage était très courant en Flandre, en Hollande et en Angleterre. Rapide et maniable, il transportait surtout du bois, du sel ou du vin.

3. Les noces avaient eu lieu en mai 1210. Philippe Hurepel était le fils que Philippe Auguste avait eu avec Agnès de Méranie, une épouse dont le mariage avait été jugé illégitime par le pape.

n'y a pas d'enceinte à proprement parler, juste de vieilles murailles ruinées. On m'avait parlé d'une auberge, Sainte-Catherine, où je pourrais acheter un cheval. Cela s'est fait sans difficulté et je suis parti sans que quiconque m'interroge.

Guilhem réfléchit un moment avant de suggérer :

— Nous pourrions loger dans cette auberge. Je dirai conduire une dame – Flore – en Flandre, et qu'elle a besoin de se reposer quelques jours. Toi, tu ne seras pas avec nous et iras directement te renseigner au port. Si tu vois une nef pouvant porter les chevaux, tu paieras ce qu'il faut afin qu'elle nous attende et nous préviendras. On embarquera avant que quiconque ait pu réagir. Sinon, trouve seulement une barque de pêcheur et je me séparerai des montures. Il faudra ensuite en acheter en Angleterre.

— Votre plan est judicieux, seigneur. Reste à décider où débarquer en Angleterre. Avec une nef, il s'agira forcément d'un grand port, ce qui signifie que le constable ou ses gens nous interrogeront. Le roi a donné des ordres stricts : personne ne peut débarquer sans que soit vérifié s'il en a le droit.

— Quelle ville permettrait d'éviter cette surveillance ?

— Les ports anglais situés en face de la France forment une union appelée les cinq ports, bien qu'il y en ait plus de cinq. Les principaux sont Winchelsea, Hastings, Dover, Sandwich, Hythe et Fulcestane. S'ils disposent de privilèges commerciaux, ils doivent se conformer aux ordres du chancelier d'Angleterre. Guillaume de Wrotham, le gardien des ports nommé par Jean, a placé partout des constables, des sheriffs et des baillis à ses ordres. Ceux qui débarquent de France sont a priori suspects.

— Comment faire, alors ?

— Il faut que chacun nous croie venus en Angleterre pour une raison honorable et sans danger pour le royaume. Par exemple, nous pourrions prétendre être des pèlerins en route vers Canterbury. Mon père me racontait que messire de Locksley utilisait souvent ce subterfuge.

— Bonne idée, mais pas très convaincante avec nos armes, nos harnois et nos chevaux, grimaça Guilhem.

— Nombre de chevaliers normands font le pèlerinage... Winchelsea me semble le bon endroit pour abuser l'autorité du port. La ville est petite, ses habitants pour la plupart saxons. Je le suis également et je parle la langue. Avec un peu de chance, je saurai convaincre le constable ou les sergents. De surcroît, avant de débarquer, on pourrait demander au maître du navire de s'approcher d'une partie déserte de la côte où l'un de nous déposerait hauberts, écus et arbalètes. Ainsi nous ne porterions aucune arme.

— Hum... Voilà une solution élégante qui me plaît ! On fera comme tu le proposes et c'est moi qui quitterai la nef avec les armes. Ainsi, vous ne serez que quatre, dont une femme. La présence de Flore ôtera toute suspicion, même si vous conservez une épée. Raoul passera pour un clerc s'il accepte de se faire tonsurer. Vous me rejoindrez ensuite avec les chevaux. Tu n'auras qu'à expliquer aux gens du port que tu les ramènes de France pour les vendre. Avec de tels destriers, personne ne te suspectera de mentir.

— Et si nous avons fait la traversée sans les chevaux ?

— Est-il possible d'en trouver à Winchelsea ?

— Un, peut-être deux, mais je doute d'en obtenir cinq ou plus, même si cela n'a rien d'impossible.

— Tu achèteras ce que tu pourras et me rejoindras avec. Ensuite, on se débrouillera.

— Notre projet me paraît solide, convint l'Anglais. J'avais aussi envisagé une autre solution...

— Laquelle ?

— Que le maître marinier fasse remonter sa nef par la Tamise jusqu'à Londres. Robert FitzWalter nous recevrait et nous donnerait une escorte. Mais existe le risque d'être arrêtés sur la rivière que Lackland fait étroitement surveiller. Par ailleurs, à cause de la marée, gagner Londres mettrait une journée. Cela fera au moins deux jours en mer.

— Restons-en à notre ébauche. On la modifiera selon la nef trouvée. Ensuite, combien de temps faudra-t-il pour gagner Huntington ?

— J'ai mis deux semaines pour venir, or j'étais seul. Je devais faire attention à éviter les gens du roi. Avec une femme, nous irons forcément moins vite. Il y aura aussi toutes sortes d'obstacles, peut-être serons-nous pourchassés ou faudra-t-il nous battre. Sans compter les intempéries. Comme en janvier il neige souvent, rester à l'abri plusieurs jours ne serait pas impossible.

— Connais-tu des gens ou des châteaux capables de nous accueillir ?

— Oui, mais pas à toutes les étapes.

Guilhem digéra la réponse, qui ne l'inquiétait guère. Passer la nuit dehors, même sous la neige, il avait connu pareille épreuve.

— J'avais envisagé de partir avec dix bons destriers, mais si je dois m'en séparer avant d'embarquer, cela me chagrinera trop. On prendra donc chacun un roussin, robuste, même si lent. De ce fait, cinq jours au moins seront nécessaires pour gagner Boulogne. Pourrions-nous atteindre Huntington vers la mi-février ?

— Sans obstacles considérables, c'est possible.

*

Ils partirent le samedi 8 janvier. Sous leur chape, les hommes portaient haubert, Flore en avait un simplement roulé dans une lourde escharpe[1]. Chacun gardait une arbalète, une trousse de viretons et un petit écu à portée de main.

Ils atteignirent Boulogne le jeudi suivant après un voyage fatigant, glacial, mais sans histoire. Flore et Raoul ne se plaignirent jamais. Juste avant le bourg, le jeune Scarlet laissa son cheval aux autres et fila à pied vers Boulogne.

L'hôtellerie Sainte-Catherine était sale, ne disposait que d'un dortoir. Mais, à cette époque de l'année, il y avait disette de voyageurs, aussi exigèrent-ils de l'hôtelier qu'ils y demeurent

1. Besace portée en travers du torse.

seuls. Le soir, le prévôt vint les interroger, mais n'insista pas quand Guilhem présenta le laissez-passer portant le sceau du roi de France. Comme convenu, il raconta conduire Flore en Flandre, qu'ils étaient contraints de rester quelques jours en raison de la fatigue de la dame. Le lendemain, il se renseigna auprès d'un marchand de chevaux pour savoir s'il achèterait leurs montures. Peut-être se rendraient-ils finalement en Flandre en batel, expliqua-t-il de façon vague après avoir débité sa fable. L'autre lui fit une proposition correcte. Si sa requête allait jusqu'à l'oreille du prévôt, ce dernier n'y verrait pas malice.

Pendant ce temps, Gamwell avait découvert un cogge et une caraque à coque arrondie dans l'estuaire. Toutes auraient pu porter leurs chevaux mais la première se rendait à Bordeaux nantie d'un chargement de laine et la seconde allait à La Rochelle avec des draps de Flandre. Même en payant grassement, aucun marinier n'accepta de se détourner vers l'Angleterre. D'autant que le vent ne s'y prêtait pas, qui soufflait en rafales du septentrion. « À quoi servirait votre argent si on perd la cargaison ? » argua l'un des capitaines.

Les pêcheurs ne sortaient pas plus, retenus à terre par les mêmes intempéries. Qui plus est, la plupart ne possédaient que des batels de pêche à mât unique et voile carrée ou des sortes de filadières : avec de telles barques, traverser la mer serait trop périlleux. Heureusement, le jeune Scarlet découvrit un scute[1] que l'on avait tiré sur une plage, batel qui faisait bien trente pieds de long, quinze de large, le tout avec une coque de dix pieds de profondeur.

On lui indiqua son propriétaire, un nommé Wandrille, qu'il trouva dans sa chaumière. Avec sa femme, son fils et un autre couple. Ne souhaitant pas qu'on l'entende, Gamwell demanda à lui parler dehors.

1. Petit navire à deux mâts, rapide et robuste utilisé pour le cabotage.

Maître Wandrille considéra l'inconnu avec un mélange d'intérêt et de suspicion. Serré dans un grand mantel à capuchon, sans arme apparente, le garçon semblait franc. Alors le pêcheur hocha la tête et sortit.

— Je conduis des amis en pèlerinage à Canterbury, annonça l'Anglais. Pouvez-vous nous mener à Winchelsea ?

Wandrille avait souvent été sollicité par des pèlerins désireux de se rendre en Angleterre, il ne fut donc en rien surpris.

— Combien serez-vous ?

— Cinq. Je paierai trois esterlins[1] pour chacun.

L'autre haussa les sourcils devant une telle somme. Faire le voyage dans la journée, par beau temps et bonne brise, lui rapporterait une cinquantaine de deniers. Une fortune. Le prix de sa barque !

— Entendu ! dit-il les yeux brillants avant de lever les yeux au ciel.

— Le vent tournera demain ou après-demain. Repassez à l'aurore.

— Pas un mot à quiconque, même chez vous, précisa Gamwell.

— J'ai l'habitude d'être discret. Vous avez vu mon fils, ma femme, mon cousin et la sienne. Personne d'autre n'entre ici.

L'Anglais opina plusieurs fois du chef.

— Pour un esterlin de plus, me logeriez-vous en attendant le départ ?

— Que n'allez-vous à Sainte-Catherine ?

— Il n'y a plus de place.

— Je n'ai pas de lit, mais je peux vous proposer une paillasse en varech. Et du poisson au souper.

— Je ne suis pas difficile, dit Gamwell en tirant une pièce de son escarcelle.

---

1. Qui pesaient quatre à six fois le denier d'argent. Il y avait cent soixante esterlins au marc.

L'accord étant conclu, il annonça qu'il reviendrait dans un moment et se dirigea vers le bourg. À la palissade, la sentinelle le laissa passer en voyant qu'il venait du port.

En pénétrant dans la salle basse de l'auberge, il aperçut ses compagnons devant la cheminée. Se joignit à eux et annonça ce qu'il avait fait.

— Je reviendrai demain matin, promit-il en vidant le gobelet de cervoise que lui tendit Alaric.

*

Le lendemain, le vent soufflait toujours du nord et une pluie neigeuse dégringolait en violentes rafales. Chacun demeura chez soi, même si, dans l'après-midi, Flore et Alaric se promenèrent au bord de la Liane.

Elle parla peu et son mari se montra taciturne. Tous deux se comprenaient sans mot dire. La mer ravivait de mauvais souvenirs chez l'ancienne servante de l'abbaye de Tiron. De surcroît, elle allait retourner dans un pays musulman et son cœur se serrait d'appréhension. Heureusement, elle aurait Alaric auprès d'elle. Et son seigneur.

Le jour suivant, les rafales faiblirent et le vent tourna. Comme il venait du levant, à la pique du jour le marin annonça à Gamwell qu'il sortirait en mer et pourrait les emmener.

— Où sont vos compagnons ? demanda-t-il.

— Je vais les chercher, attendez-nous.

— Faites vite, le flot n'attend pas !

Il partit, tandis que maître Wandrille partait préparer le bateau avec son fils et son cousin.

Scarlet revint avec Guilhem et les autres moins d'une heure plus tard. Calfeutrés dans leur mantel à capuchon, tous portaient une grosse besace de cuir à l'épaule, et une arbalète. Sauf Gamwell, qui tenait un grand arc gallois et une trousse de flèches.

Le scute se balançait pas loin de la rive en tirant sur la corde d'amarrage attachée au pieu d'un ponton branlant, embarcadère de deux ou trois toises de long en partie immergé même si le flot commençait à descendre.

Les marins à bord regardaient les passagers approcher.

— Attention à ne pas glisser dans l'eau ! leur lança le patron. Donnez-nous vos escharpes et vos mantels, pour qu'ils ne soient pas mouillés.

Ayant détaché les arbalètes, les voyageurs enlevèrent leurs chapes. Les marins découvrirent alors qu'ils portaient tous épées, dagues et écus dans le dos, puis que l'un des passagers était une femme, grosse, peu attirante, avec une lourde brette à la taille.

Ces gens-là n'étaient pas des pèlerins, conclut le maître marinier en se demandant avec appréhension s'il avait bien fait d'accepter de les conduire en Angleterre.

Alaric avança le premier et fit passer les besaces, qui rendirent un son métallique quand elles furent déposées sur le pont arrière. Des casques et des cottes de mailles, conclurent le cousin et le fils de maître Wandrille.

Les voyageurs montèrent à bord, n'ayant somme toute mouillé que leurs brodequins et bas de chausses. Le maître marinier se mit à une rame, le cousin à l'autre, et le fils se prépara à hisser la voile avant.

Dès que celle-ci fut gonflée, le scute prit de l'erre, emporté par la marée. Maître Wandrille s'installa à la rame arrière qui servait de gouverne, tandis que son cousin s'occupait de la seconde voile.

Soudain la nef se retrouva en mer, ballottée en tous sens par la houle et aspergeant les passagers d'écume glacée.

Une indicible terreur saisit alors Flore, qui s'agrippa au bordage. Partout autour, ce n'était que flots gris. Derrière, les falaises s'évanouissaient. Les nefs qu'elle avait connues étaient hautes et donnaient une impression de sécurité, même si la promiscuité y était épouvantable, mais rien de tel sur cette barque. Les embruns la fouettaient, les vagues l'appelaient. Raoul avait encore plus peur, n'étant jamais allé en mer. Même Alaric n'en menait pas large. Comme seuls l'Anglais et Ussel se montraient sereins, Maître Wandrille devina qu'ils avaient déjà navigué.

— Ouvrez une écoutille ! leur cria-t-il. La cale est vide et vous serez au sec.

En titubant, Alaric parvint à la première trappe, attrapa le verrou de bois et souleva l'ouverture. Puis il saisit la main de Flore et la contraignit à descendre les quelques marches. Ensuite, ce fut Raoul, pendant que Gamwell faisait passer besaces, écus et arbalètes. Il demanda à Guilhem s'il voulait descendre et, devant son refus, referma l'écoutille.

En se tenant au pavois et en évitant la vergue de la voile, celui-ci s'approcha du maître marinier :

— Dans combien de temps serons-nous en vue de Winchelsea ?

— Si le vent ne faiblit pas, après none.

— Comment connaissez-vous la route, au milieu de tels flots ?

L'homme leva les yeux au ciel, où la lumière du soleil perçait les nuages.

— Il me donne la direction, et ensuite je me fierai aux falaises.

Gamwell s'était approché.

— Quand vous serez en vue de Winchelsea, rapprochez-vous des plages. Messire d'Ussel quittera le bateau avant nous, avec nos affaires.

Surpris, maître Wandrille ouvrit la bouche pour questionner, mais celui qui semblait le chef ne lui laissa pas le temps de parler :

— Je vous donnerai un besant d'or pour ce service.

— Ent… Entendu…

La nef poursuivit sa course. À un moment, le vent faiblit et le soleil se montra généreusement. Bientôt les falaises apparurent. Le maître marinier appela son cousin et lui expliqua ce qu'ils devaient faire. L'autre réduisit la voilure et, peu après, la côte parut proche. Une longue plage se révéla, survolée de mouettes.

— Là-bas, vous serez à moins d'un mille du port, fit le capitaine. Mais vous allez vous mouiller car je ne peux aller trop près sans risque de nous échouer.

Les voiles s'affalèrent. Le scute progressa à l'aide des rames jusqu'à ce que la coque racle le sable. Le fils jeta une ancre de pierre à l'avant, une autre à l'arrière. Depuis un moment remontés, les passagers de la cale observaient le débarquement. Guilhem avait ôté sa chape, son gambison et ses brodequins, enfouis dans une besace. Aidé par Alaric, il passa par-dessus la rambarde et descendit dans l'eau. Glaciale, elle lui arrivait aux cuisses. En claquant des dents, il attrapa les sacs qu'on lui tendit et les porta à la rive. Il y eut ainsi une dizaine de voyages. Quand ce fut terminé, il désigna à ses amis l'endroit du bout de plage où il les attendrait.

*

Le « port » de Winchelsea portait mal son nom. Il n'était qu'un quai de bois avec deux pontons devant lesquels s'amarraient trois barques et une plus grosse nef. Au-delà, une solide palissade de pieux protégeait le bourg dont on apercevait l'église à clocher carré et les toits de chaume des maisons.

Manœuvrant à l'aide des rames, maître Wandrille se rapprocha. Dès que le bateau fut à un pied d'un des embarcadères, les passagers sautèrent dessus. Alaric et Raoul portaient les besaces qui restaient. Gamwell paya le maître marinier, qui repartit aussitôt.

Les voyageurs se dirigèrent vers le portail ouvert dans la palissade. Deux hommes en broigne, longue chevelure hirsute et sans casque, les observaient placidement.

— On vous a vus descendre du bateau. D'où venez-vous ? s'enquit l'un.

— De Rouen, répondit Gamwell en saxon. Je conduis ces pèlerins à Canterbury.

— Qu'y a-t-il dans les sacs ? interrogea l'autre, en saxon également.

— Des vêtements, surtout pour la dame.

— Pas d'armes ?

— Ma dague, c'est tout.

Il glissa deux deniers d'argent dans la main du curieux.

— C'est bon, passez ! dit son collègue, désireux de partager la somme.

— Où peut-on acheter des montures ? demanda alors le fils Scarlet.

— L'écurie, près de l'église.

Une heure plus tard, ils retrouvaient Ussel, chevauchant une jument grise, une tachetée et deux roussins. Raoul avait, en longe, un destrier vigoureux.

7

Ayant hâte de s'éloigner, ils filèrent vers le château de Bodeham situé à quatre ou cinq lieues de la côte. Gamwell y avait passé une nuit avant d'embarquer et le seigneur, William Bodeham, les recevrait, même s'il était peu fortuné.

De fait Bodeham les accueillit avec une belle hospitalité et les logea dans la salle de son manoir après leur avoir offert un copieux souper. Comme il détestait le roi Jean et que Gamwell lui avait montré une lettre de Robert FitzWalter, il accepta de leur céder deux robustes chevaux, bâts que Guilhem paya bien au-dessus du prix afin de le remercier.

Les jours suivants, le temps devint de plus en plus mauvais. La neige même apparut, les empêchant de poursuivre leur voyage. Ils firent halte deux nuits dans un autre manoir – près d'un village nommé Reigate – dont le seigneur du lieu, ancien chevalier du Cœur de Lion, détestait son frère parce qu'il l'avait spolié de ses meilleures terres.

Les jours suivants, ils avancèrent tout aussi lentement, se perdant souvent car Gamwell ne connaissait pas le pays.

*

Fin janvier, leur troupe découvrit la tour carrée de l'église et le donjon d'un village.

— Nous allons traverser les terres de Dunstanville, un fils bâtard d'Henri Beauclerc[1], expliqua Gamwell, alors qu'ils faisaient

1. L'un des fils de Guillaume le Conquérant.

halte. De son vivant, Dunstanville était le plus puissant et riche baron de Cornouailles. À sa mort, ses neveux auraient dû se partager son héritage mais Henri FitzCount, l'un de ses bâtards, a raflé la mise avec le soutien de Jean. FitzCount est désormais sheriff et comte de Cornouailles, et l'un des plus fidèles serviteurs du roi. Habituellement, il ne loge pas dans ce château – qu'il confie à un lieutenant –, mais soyons sur nos gardes. Laissez-moi parler si on demande qui nous sommes.

Interrogés bien des fois par des patrouilles, à des octrois ou par des constables dans des bourgs, Guilhem avait observé l'imagination fertile de Scarlet. Parfois il présentait ses compagnons comme des pèlerins, d'autres fois, ceux-ci se rendaient à un mariage, à un enterrement, voire à un procès à Londres. Le jeune homme avait réponse à tout. La plupart du temps, armes et écus soigneusement camouflés et transportés sur les chevaux supplémentaires, ils voyageaient en robe, surcotte, bliaud et mantel. Rien n'indiquait donc leur état de guerrier. Flore et Raoul portaient haubert sous leurs vêtements, ce qui les grossissait, mais la femme avait l'habitude qu'on se moque de son embonpoint. Guilhem et Gamwell, eux, n'avaient que des gambisons comme protection, et Alaric une broigne de cuir.

Seulement cette absence d'armes ne leur permettait pas de se défendre à l'improviste, puisqu'ils devraient les saisir sur les chevaux de bât. Une faiblesse sans importance, avait prévenu Gamwell, tant ils devaient à tout prix éviter de combattre. Même vainqueurs d'un affrontement, ils ne seraient plus en sûreté le sheriff du comté, mettant alors la population à leur trousse. Il ne resterait que les forêts où se réfugier, ce qui les forcerait à mettre encore plus de temps pour gagner Huntington.

— Ne peut-on éviter ce village ? demanda Guilhem.

— Possible, mais il faudra toujours traverser la Bybrook, et le seul pont se trouve ici. Avec les pluies et la neige, cette rivière est aussi profonde que marécageuse. Ne connaissant pas les gués, le pont demeure plus sûr.

— Allons ! décida Guilhem qui se fiait à leur guide.

*

Sur le pont de pierre à deux arches, ils avancèrent, Gamwell en tête. Alaric et Raoul tenaient les chevaux de bât. Personne aux alentours.

Il faisait froid, gris. Les flots de la rivière charriaient des arbres arrachés des rives.

En approchant du manoir, une demeure de pierre flanquée d'une tour donjon, ils virent des hommes en sortir. Deux individus barbus et chevelus, en broigne de daim et bonnet de feutre qui tenaient de grands arcs sans corde et avaient une hache à la taille.

Le plus âgé, borgne et une oreille en moins, se mit en travers du chemin et leva une main impérieuse.

— Où allez-vous ?

— À Bristol rejoindre le sire d'Orescuilz. Dame Eleanor est sœur de son épouse.

Il désigna Flore. Orescuilz était l'un des plus puissants chevaliers du château, Gamwell connaissait seulement son nom.

— Thomas est son mari et Raoul leur fils (il montra Alaric et Raoul).

— Et lui ?

De son arc, l'homme désigna Ussel.

— Un fauconnier que nous avons rencontré et qui cherche un engagement. Je lui ai dit que le sire d'Orescuilz souhaitait un nouvel oiseleur.

— Hum… le lieutenant du sheriff m'a ordonné de le prévenir si des inconnus se rendaient à Bristol et de les garder ici. Le roi s'y trouve, alors il veut connaître ceux qui y vont.

— Nous sommes des voyageurs pacifiques ! D'ailleurs nous n'avons pas d'armes.

— Qu'y a-t-il sur ces chevaux ?

Le garde désigna les bâts.

— Nos bagages.

— Descendez, on va vérifier. Le cellérier de l'abbaye de Bath se trouve dans le village, je vais lui demander de venir. Il connaît forcément le sire d'Orescuilz. Et confirmera ou non vos dires.

— Est-ce utile ? S'il y a une redevance, je peux la payer…

— Descendez ! gronda le revêche.

Brusquement, l'homme s'écroula, atteint au cœur par le couteau que Guilhem avait furtivement sorti de son manteau et lancé. Une seconde lame se planta, elle, dans le torse de l'autre garde.

— Au galop ! s'écria Ussel.

Les chevaux s'élancèrent.

Gamwell demeura en tête. Sur ce chemin large entouré de champs cultivés et de pâtures, ils seraient vite poursuivis et n'auraient aucun refuge.

— Il faut se cacher dans des bois ! cria Ussel au jeune Scarlet en désignant des futaies proches.

— Pas par là, rétorqua ce dernier. L'endroit n'est pas assez touffu et trop facile à encercler ! Dans un peu plus d'un mille, il y a la forêt de Dean qui s'étend presque jusqu'à Hereford…

— Alors, trouve où s'arrêter : il faut nous armer.

Ils galopèrent encore un moment avant que Gamwell désigne un endroit d'où ils bénéficieraient d'une vue lointaine. Là, ils mirent pied à terre, se précipitèrent aux chevaux de bât et sortirent hauberts et casques. Flore commença à tendre les câbles des arbalètes, vite aidée par Raoul. Les autres s'équipèrent. À peine avaient-ils terminé qu'une troupe apparut, qui galopait dans leur direction.

— Pas le temps de filer ! décida Guilhem. On va combattre.

Ils se dissimulèrent comme ils le purent, qui derrière des arbres, qui dans des taillis. Toutefois, les chevaux, eux, restaient visibles. Gamwell avait tendu une corde à son arc, enfilé un gant et tenait trois flèches. Les autres pointaient leurs arbalètes en direction de leurs poursuivants.

Ceux-ci approchaient. Une grosse dizaine d'hommes armés de lances, avec à sa tête un porte-guidon qui brandissait un pennon affichant une tour rouge et or barrée de noir : les armes du sheriff de Cornouailles. La troupe était donc conduite par un bachelier[1] ou un écuyer. Le malheureux ne se doutait pas du triste sort qui l'attendait.

Courant sus à des gens sans armes et ne voyant personne autour des chevaux, le novice se persuada que les assassins des gardes s'étaient enfuis à pied. Lourde erreur : à une dizaine de toises, des traits partirent qui fauchèrent cinq cavaliers. Leur chute brusque fit arrêter les autres.

Deux s'affaissèrent encore, atteints cette fois par les flèches de Gamwell. Comme, en tirant, celui-ci s'était dévoilé, les survivants foncèrent vers lui, lance en avant.

Alors Alaric et Guilhem surgirent en brandissant leur brette, surprenant deux des agresseurs qui ne purent se défendre qu'avec leur pique, bien difficile à manœuvrer. Les derniers tergiversèrent. Hésitation fatale car Gamwell tira une ultime flèche. Le seul survivant, paniqué, fit demi-tour… mais glissa de sa selle quand le carreau de Flore, qui avait retendu la corde de son arme, l'atteignit.

— Après pareil carnage nous aurons tous les gens du sheriff à nos trousses, grimaça Gamwell en balayant des yeux le lieu de l'estour.

Plusieurs hommes d'armes agonisaient. D'autres, légèrement blessés, attendaient leur sort en gémissant. Le jeune homme détourna la tête pour éviter que les survivants ne se souviennent de son visage.

— Montons leurs chevaux, décida Guilhem. Et emportons pennon et écus.

Gamwell avait compris. Certaines portaient des caparaçons et des boucliers aux léopards or et écarlate d'Henri FitzCount. Si leur groupe rencontrait d'autres troupes, des constables ou des chevaliers, personne n'oserait arrêter des gens du sheriff.

---

1. Les bacheliers étaient des nobles pas encore chevaliers. Ils n'avaient que des pennons pour enseigne, de petites bannières avec une queue.

En peu de temps, ils s'équipèrent de ces dépouilles et attachèrent leurs chevaux aux nouvelles montures.

*

Deux villages, où ils ne virent âme qui vive, furent traversés à toute allure. Ensuite, à un carrefour, Gamwell prit la direction d'une épaisse futaie de grands chênes.

Une fois dans les bois, il s'arrêta et expliqua :

— La forêt de Dean est immense. Il suffit de la traverser pour atteindre Hereford, qui est à côté de Huntington. Cependant, je ne voulais pas y pénétrer trop vite car les constables et les gardes-chasse y sont nombreux. De plus, s'y cache une bande d'outlaws.

Pour Alaric, Flore et Raoul, il expliqua le sens du mot.

— Beaucoup sont des serfs ou des vilains qui ont abandonné le domaine de leur maître. D'autres des voleurs bannis ou des gens accusés de délits, parfois bénins, et n'ayant pu être jugés. Ils subissent alors une sentence d'*outlawry* et se réfugient en bandes dans les forêts. Les hommes sont dits *outlaw* et les femmes *weyve*. Sans bien et sans droit, ils demeurent à la merci de n'importe qui. On peut les battre, les violenter ou les tuer sans crainte. Aussi, sachant toute arrestation fatale, redoutables, ils s'en prennent aux voyageurs, qu'ils dépouillent et meurtrissent, pour subsister. Toutefois, j'en connais plusieurs ici qui, je l'espère, nous laisseront tranquilles. Le plus difficile sera l'absence d'abri pour dormir et nous réchauffer. Certes, il y a des charbonniers et quelques forges, mais d'abord ce sont gens méfiants, ensuite le sheriff promettra une forte récompense après ce qu'on a fait, et chacun voudra la récupérer. On ne pourra accorder confiance à quiconque.

— Au village, je n'ai pas eu le choix, se justifia Guilhem.

— Vous nous avez sauvés… Je ne savais comment agir… Vous êtes adroit au couteau, seigneur.

— C'est grâce à cela que je suis encore vivant ! Peu importe si on dort dehors, on s'en sortira. Combien de temps pour atteindre Hereford ?

— Deux jours, peut-être trois. Tout dépendra de la manière dont nous avancerons. De plus, si je connais la forêt vers Hereford, je ne suis jamais venu de ce côté-ci.

— Nos poursuivants n'ont aucune raison de penser qu'on se rend là-bas. Il suffit de brouiller nos pistes.

— J'essaierai, mais ce sera difficile avec autant de chevaux. Sauf à s'en séparer. Les gardes-chasse de Cornouailles savent repérer les traces.

— Ne prenons pas la route de Hereford et, dans deux ou trois jours, changeons de direction, proposa Alaric.

— Nous pouvons faire mieux, approuva Guilhem. Vous partirez à pied, tandis que j'emmènerai les chevaux à l'opposé, et les abandonnerai dans deux jours. Je vous rejoindrai plus tard.

— Mais vous ignorez où se trouve Hereford, seigneur, et ne parlez pas la langue saxonne.

— On utilise aussi la langue de France en Angleterre.

— Peu en Cornouailles et au pays de Galles. Cela dit, l'idée d'Alaric est bonne. Je vais simplement la modifier, faites-moi confiance. Pour le moment, séparons-nous afin de multiplier les traces. Je prendrai à senestre, dans les taillis, avec Alaric et Flore. Vous, seigneur, allez à dextre avec Raoul. Faisons des méandres et retrouvons-nous à la tombée de la nuit. Je lancerai ce cri.

Il se mit à hululer.

— Entendu, voici le mien, proposa Guilhem.

Lui émit un cri de rapace qui ressemblait à un bref miaulement.

— Nous nous séparerons à notre tour, décida Alaric. Moi, je ferai le loup.

Il hurla, et chacun aurait juré entendre un chef de meute.

— Bien ! Allons, maintenant ! dit Gamwell dans un sourire.

*

La nuit tombait. Guilhem chevauchait avec Raoul et deux montures supplémentaires. Depuis un long moment, il répétait son miaulement. Sans recevoir de réponse.

— Et si on ne les retrouvait pas, seigneur ? s'inquiéta le garçon, gelé et transi par le crachin qui baignait dans l'air.

— On passera la nuit dehors et on les cherchera demain.

Le fils d'Aignan hocha la tête, fataliste. Après tout, c'est lui qui avait demandé à venir en Angleterre. Depuis un moment, il songeait à ce que son frère lui avait raconté de son périple germanique. Les nuits dehors, la neige, le froid. Il pensait ne jamais avoir à connaître cela, et se trompait. De surcroît, ce qu'il avait vu une heure plus tôt l'avait bouleversé : une collection de pendus, plus de trente, des hommes surtout, mais aussi quelques femmes et des enfants. La plupart dénudés.

— Des outlaws ou des braconniers qui se sont fait prendre, avait expliqué froidement Guilhem. Il y en avait d'autres au début de la forêt. Tu ne les avais pas remarqués, alors je n'ai pas voulu te les montrer.

Raoul opina à nouveau. Ce n'était pas les pendus qui l'avaient ému – il y en avait partout à Rouen, au coin des rues – mais leur nombre et la présence de tant d'enfants.

Soudain, le hurlement d'un loup retentit. Ussel miaula, puis résonna un hululement. C'étaient eux !

Les chevaux apparurent. Guilhem, le sourcil froncé, s'aperçut qu'il y avait un cavalier de plus : un barbu, vêtu d'une cotte de laine verte rugueuse, avec des chausses ardoise et un bonnet en pointe. L'individu tenait un arc et portait au ceinturon une hache, un couteau de chasse et une trousse de flèches.

— Les poursuivants vont perdre quelque temps avec les traces que nous avons laissées dans toutes les directions, annonça Gamwell d'un air satisfait. Je vous présente Drustan. Drustan est l'un des outlaws de la forêt de Dean. Sa bande vient d'être décimée. Le sheriff a pendu la plupart de ses hommes, ainsi que leurs femmes et enfants.

» Drustan suivait Alaric. Et comme votre chevalier montait un cheval aux armes du sheriff, il était convaincu qu'il s'agissait d'un gagier de FitzCount. Il allait lui décocher une flèche quand il m'a aperçu et reconnu. En hiver, le comte de Huntington fait porter aux outlaws de l'orge et du seigle. Une fois où je m'étais chargé d'amener des vivres, la fille de Drustan étant malade, je l'avais emmenée à Hereford où l'évêque l'avait fait soigner.

— Le sheriff l'a pendue avec les autres, murmura l'outlaw en retenant ses larmes.

— J'ai vu, fit Guilhem sombrement.

Un lourd silence s'installa. Le crachin s'était transformé en neige. Flore murmura une prière.

— Je vais vous conduire à la cabane d'un charbonnier qui ne l'occupe pas en hiver. Ensuite, comme convenu, je partirai avec les chevaux, reprit Drustan.

— On s'est entendu ainsi, expliqua Gamwell. Nous nous rendrons à Hereford à pied. Nous laisserons moins de traces, même si cela prendra plus de temps. Drustan retrouvera les hommes qui lui restent et ils conduiront les montures sur la route de Londres et les vendront le plus loin possible d'ici. Avec l'argent, ils passeront l'hiver.

La cahute en branches n'était pas loin. Bien sûr, elle était glaciale et hors de question de faire du feu, aussi se serrèrent-ils les uns contre les autres. Drustan repartit, laissant les chevaux attachés à des arbres : il reviendrait chercher le groupe au lever du soleil.

8

Des jours et des jours s'écoulèrent avant qu'ils atteignent Hereford.

À plusieurs reprises égarés dans la forêt, ce furent des compagnons de Drustan qui leur montrèrent le bon chemin et leur permirent de franchir la Severn sur une barque, le seul pont, Westgate Bridge, étant situé à Gloucester et bien gardé.

La fatigue, l'épuisement, la faim se lisaient sur le visage de Raoul. Flore ne marchait plus qu'avec le soutien d'Alaric, lui-même harassé. Guilhem et le jeune Scarlet ne valaient pas mieux. Cependant, une fois sur le chemin de Hereford, ce dernier s'efforça d'encourager ses compagnons. Il connaissait le pays et obtiendrait de l'aide, promit-il. De fait, ils trouvèrent à gîter dans un moulin sur la Wye, où ils purent – enfin – se réchauffer et sécher.

Après une nuit reposante, Gamwell proposa à ses compagnons de se rendre seul à Huntington. Moyennant cliquailles, le fils du fermier le conduirait à Hereford en mule. C'était l'affaire d'une grosse journée, peut-être de deux et il trouverait à coup sûr un autre moulin pour passer la nuit. Une fois au bourg, il achèterait un cheval et filerait prévenir messire de Locksley. Qui viendrait alors avec des montures et une escorte.

Ce projet n'avait qu'avantages. Le meunier étant un homme sûr, affirma par ailleurs Scarlet, en cas d'une visite des gens du roi, il saurait les cacher. Guilhem accepta donc.

*

Cinq journées passèrent. Les voyageurs commençaient à s'inquiéter quand, alors qu'Ussel et Alaric guettaient le chemin, des cavaliers arrivèrent du septentrion. Les clandestins se dissimulèrent, mais la précaution était inutile. Robert de Locksley conduisait la troupe avec quelques chevaux en longe.

Après de belles et franches embrassades, Robert remercia Guilhem, Alaric et Flore d'être venus pour lui, et s'extasia sur Raoul dont il se souvenait comme d'un gamin de cinq ou six ans.

Après avoir largement récompensé le meunier, ils repartirent sans tarder, le comte voulant atteindre Hereford avant la fermeture des portes. Comme Gamwell et l'un des archers de Locksley assuraient l'avant et l'arrière-garde, Robert et Guilhem purent à loisir se raconter leurs vies depuis deux ans. Cependant, à aucun moment le comte ne parla de la Castille ou de Cordoue. Et Ussel ne l'interrogea pas.

Le soir, ils franchirent la Wye sur un pont de bois et pénétrèrent en ville sans obstacle. À Hereford, cité saxonne qui avait obtenu sa charte de Richard dix ans plus tôt, personne n'aimait son frère Jean, et le comte de Huntington y était connu et apprécié.

Ce dernier possédait une maison près de la cathédrale St Mary and St Ethelbert. Un domicile pratique quand ses fermiers venaient vendre moutons et autres volailles, son château se situant à plus de sept milles, dans un massif d'accès difficile à la mauvaise saison. Venir à la ville prenait au moins deux journées et il était nécessaire d'y dormir, mais ces voyages ne lui déplaisaient pas.

Quelques serviteurs gallois occupaient la demeure à pans de bois qui disposait d'un pré clôturé, d'une grange et d'une étable. Hommes et chevaux y trouvèrent donc place.

Locksley fit servir le souper dans sa chambre, qui occupait tout le premier étage, grande pièce sobrement meublée de coffres et d'un lit fermé. Autour de la table, dressée devant une belle flambée qui réchauffait les corps, car la neige avait recommencé à tomber, ils engloutirent un copieux ragoût de daim arrosé de cervoise tout en bavardant librement.

Les archers se nommaient Fulk le Brun, Butler the Young, Butler the Elder et Eadric the Wild. Le premier était un ancien croisé que Locksley avait connu à Acre. De retour en Angleterre, il était entré au service de l'évêque de Hereford, et, après l'exil de ce dernier, avait naturellement rejoint son ancien seigneur. De cet homme vigoureux, marqué par les épreuves, nez brisé et cicatrice sur une joue, le comte de Huntington avait confié à Guilhem qu'il était presque de sa force à l'arc.

Butler l'Âgé, lui, était un ancien outlaw de sa bande de Sherwood qui, gracié comme les autres par Richard Cœur de Lion, était resté avec son chef. Du même âge que Fulk le Brun, il parlait aussi peu que son fils Butler le Jeune. Tous deux, maigres et secs comme des ceps de vigne, portaient moustache. Quant à Eadric le Sauvage, Écossais d'une incroyable audace, il avait été capturé lors d'une bataille contre les troupes de Jean. Alors qu'on le conduisait à la potence, il était parvenu à se libérer de ses entraves, avait occis le bourreau à mains nues et, sans que ses gardiens n'aient pu réagir, jeté bas un chevalier et volé sa monture. Traqué en Angleterre, il avait rejoint le pays de Galles où, pour survivre, il participait à des joutes d'archers, gagnant souvent les mises tant il était adroit. Locksley l'avait remarqué lors du tournoi qu'il donnait à Pâques et engagé. Eadric lui devait tout ; même un chien n'aurait pas été plus fidèle.

Guilhem raconta à son tour ses compagnons. Sur Alaric et Flore, il fut bref, puisque Locksley les connaissait. Le premier car il avait combattu à son côté à Lamaguère quand il avait conquis son fief[1], la seconde car Huntington l'avait vue débarquer de Saint-Jean-d'Acre et avait entendu ses aventures depuis Lamaguère jusqu'à Rouen[2].

---

1. Voir *Londres, 1200*, du même auteur.
2. Voir *Rouen, 1203*, du même auteur.

Ussel justifia la présence de cette femme par le fait qu'elle n'avait pas voulu quitter son mari. Quant au fils d'Aignan, il avait déjà donné quelques éclaircissements à son ami en lui annonçant que Raoul voulait rester en Angleterre afin d'étudier l'arithmétique dans un monastère. Comme Robert de Locksley n'avait émis aucun commentaire, il reprit ses explications en ajoutant que l'abbaye de Bath lui conviendrait.

Cette fois, le propos provoqua quelques mimiques de désapprobation chez Huntington qui inquiétèrent le jouvenceau. La réponse du comte ne fut pas pour le rassurer :

— C'est tout à l'honneur de Raoul de venir s'instruire ici comme l'ont fait beaucoup de clercs de France, mais je ne crois plus cela possible. J'étais l'ami de l'évêque de Hereford et, en d'autres temps, il aurait fait jouer ses relations afin que Raoul puisse s'instruire à Bath. Pourtant les menaces et les brimades de Jean ont eu raison de cet homme de grande foi et de vastes connaissances qui s'opposait à la dictature qu'il pressentait. Quand je suis arrivé, il venait de s'exiler en France. S'il ne l'avait pas fait, il croupirait au fond d'un cachot à Bristol, comme bien d'autres prélats. Depuis, la ville n'a plus d'évêque. Évidemment, Jean s'en moque puisque son royaume est en interdit et que lui-même est excommunié. Désormais, la plupart des abbayes anglaises sont dévastées ou sous sa coupe. Il emploie quelques chevaliers dépourvus de toute morale et humanité pour imposer sa loi. L'un des pires est Henri FitzCount, le sheriff de Cornouailles. Bâtard d'un demi-frère d'Henri Beauclerc, ce malfaisant exécute – et bien au-delà – tous les souhaits de Jean. Voici quatre ans, avec son complice Foulques de Canteloup, ils ont chassé les moines de Canterbury qui n'acceptaient pas d'élire l'archevêque choisi par leur maître. Les religieux ayant refusé de partir ont été jugés coupables de crime de lèse-majesté et pendus. Même dans les lieux les plus sacrés, ces impies pénètrent l'épée nue et boutent le feu s'ils n'obtiennent pas ce que Jean désire. Quant à Bath… Jean a confié le bailliage et le château de Bristol à Girard d'Athée. Je ne sais si tu te souviens de lui, mais il a conduit les opérations qui ont abouti à la saisie d'Arthur de Bretagne. C'est lui qui a confisqué les biens de l'évêque de Hereford et fait main basse sur les revenus de l'abbaye de Bath. Partout où il passe, il sème la terreur et pille sans vergogne. Mes recommandations feraient finir le jeune Raoul dans un cul-de-basse-fosse.

Au fil du discours, le visage du fils d'Aignan se décomposa. Qu'allait-il devenir dans ce royaume en guerre si son maître partait ?

— La messe est dite, Raoul, assena Guilhem avec une moue de dépit. Comme je ne peux te ramener en France, tu resteras avec moi jusqu'en Castille.

Le garçon afficha un sourire soulagé, néanmoins teinté d'inquiétude.

— Tu l'as deviné, Robert, je veux t'accompagner dans l'expédition, reprit Ussel.

— Quel soulagement de pouvoir compter sur toi ! Je n'osais te le proposer car tu as eu plus que ta part d'aventures depuis deux ans.

— Qui se sont toutes bien terminées. Et, pour te dire la vérité, je ne sais comment m'occuper à Rouen !

— Anna Maria sera réconfortée de te savoir avec moi, elle qui n'ignore pas que je m'engage dans une dangereuse aventure. D'abord parce que nous allons nous rendre dans des contrées hostiles, ensuite, et surtout, car nos plus dangereux adversaires seront les partisans de Jean.

— Ma foi, nous avons déjà triomphé de bien des intrigues de Lackland, et ses suppôts ne me font aucunement peur. Cependant il ne faudrait pas qu'ils s'en prennent à Anna Maria durant ton absence.

— FitzWalter assurera sa protection, il l'a promis.

— En a-t-il les moyens ?

— FitzWalter, lié aux plus grandes familles normandes et saxonnes, ne manque pas de soutiens. Laisse-moi te conter une anecdote : voici quelques mois, Jean a accusé son beau-fils de quelque crime et l'a emprisonné. Aussitôt mon ami a rassemblé deux cents chevaliers et leurs lances pour assiéger le château où le garçon était enfermé. Jean a dû le libérer, sinon il aurait perdu son château et toute la garnison.

— Pourtant tu m'as écrit, et Gamwell m'en a plusieurs fois parlé, que Jean a aussi saisi la fille de FitzWalter. Pourquoi n'a-t-elle pas été délivrée ?

— Parce qu'on ignore où elle se trouve ! Nous n'avons même pas de certitude que ce soit Jean qui l'ait enlevée.

— N'a-t-on toujours aucune nouvelle de Matilda ? intervint Gamwell.

— Hélas non, répondit Locksley.

*

Une fois le souper terminé, après le départ de Flore, Alaric et Raoul pour leur logis au deuxième étage, les deux amis bavardèrent devant un plat de cerises et de prunes au miel. Guilhem remit à Robert le blanc-seing de Blanche de Castille et expliqua que frère Guérin avait contraint Gamwell à révéler que le but du voyage envisagé n'était pas la Castille mais Cordoue.

— … Le chancelier voulait en savoir plus, mais ton envoyé n'a rien dévoilé d'autre.

— Il ne le pouvait. Seuls FitzWalter, quelques rares barons et moi savons la raison pour laquelle je dois me rendre là-bas.

— Tu connais l'arabe, je crois.

— Sommairement. Disons que j'ai appris quelques mots en combattant les Sarrasins ! Comme Eadric.

— Flora parle un peu cette langue. C'est une autre des raisons pour lesquelles j'ai accepté qu'elle vienne avec nous. Au surplus, nous devrions bénéficier de l'aide de Constance Mont Laurier et du cheikh Baghisain. Il m'avait dit être un personnage important là-bas.

— J'y compte également, mais le retrouvera-t-on ?

— Pourquoi la chance nous abandonnerait-elle ? Mais si tu me confiais maintenant ce que nous allons faire chez les Maures ?

— Il est temps, en effet. Seulement personne ne doit l'apprendre avant le départ. Personne, entends-tu ?

Ussel hocha la tête. Alors Locksley lui révéla tout.

Ce fut une vérité si incroyable, si abominable que Guilhem demeura bouche bée, aussi abasourdi qu'incrédule. L'air sombre de son ami le convainquit qu'il s'agissait du plus sinistre dessein jamais entendu. Pourtant aucun des deux n'approuvait l'Église de Rome.

— C'est... c'est impossible..., parvint-il seulement à bredouiller.

— Hélas non ! Robert FitzWalter a un espion chez Jean. Un homme qui l'a supplié de tout faire pour empêcher pareille ignominie.

— Je ne parviens pas à y croire, fit Guilhem en secouant la tête.

— Tu le croiras quand tu l'entendras de la bouche de FitzWalter. Moi-même je me refusais de rejoindre la rébellion des barons, je te l'ai dit, car lié par ma promesse à Jean. Mais quand on m'a appris ce damnable projet, j'ai compris combien mon serment ne valait plus rien. J'ignore quand l'ambassade partira, mais dès que mes amis le sauront, je serai prévenu et j'irai les retrouver à Londres pour apprendre comment quitter l'Angleterre. J'attends donc un messager. Ensuite, une fois à Cordoue – si nous y parvenons –, j'espère que le cheikh Baghisain – si nous le retrouvons – nous fera rencontrer le Miramolin avant les ambassadeurs de Jean. Ma mission sera de le convaincre que le roi d'Angleterre est un apostat sans foi.

9

Le lendemain, ils partirent sous la neige qui avait commencé à tomber dans la nuit. Locksley avait prévu de rejoindre son château avant le crépuscule, en vain. À basse none, ils n'avaient pas fait la moitié du chemin que les intempéries empiraient. Sous peu, les chevaux, qui renâclaient, ne voudraient plus avancer.

Les deux amis progressaient côte à côte, leurs compagnons derrière eux.

— Nous allons demander l'hospitalité au château d'Almeley. La châtelaine est une femme qui a prou souffert de Jean. Je ne sais pas ce qu'elle lui reproche, car elle n'en parle jamais, mais la moindre allusion au roi provoque dans ses yeux un regard de haine.

Guilhem ne montra aucune curiosité en entendant ce propos. Des femmes ayant souffert des infamies de Jean et de ses suppôts, il en avait connu, et celle-ci ne serait pas la dernière à maudire Lackland.

Ils poursuivirent un moment, cette fois l'un derrière l'autre le chemin enneigé ne laissant plus suffisamment de place pour qu'ils chevauchent de front. Quand ils débouchèrent dans ce qui devait être une prairie, ils purent reprendre leur conversation.

— La châtelaine a hérité de ces terres. Autrement dit, c'est une étrangère au pays. Par conséquent, quand elle est arrivée en compagnie du prieur de l'abbaye de Dore[1], qui s'était occupé du testament la concernant, elle n'a pas été bien reçue par l'intendant

1. Fondée par les frères cisterciens français en 1147.

qui dépendait d'un seigneur presque toujours absent, aussi, faisait-il ce qu'il voulait.

— C'est ce seigneur qui avait légué le château ? l'interrompit Guilhem.

— Oui, il la considérait comme sa fille, dit-on. Mais laisse-moi continuer pour que tu te rendes compte du tempérament de la personne. À peine arrivée, d'emblée elle a senti l'hostilité de ce Branwen, sergent d'armes de l'archevêque d'York[1] et très bon archer, comme elle le savait. Dame Egelina a donc convoqué tous les hommes dans la salle du manoir…

— Elle se nomme Egelina ? s'enquit Guilhem, troublé.

— Oui. Et leur a dit ceci : « Je lance un défi à Branwen, et vous en êtes tous témoins ainsi que le prieur. »

» Elle tenait une pomme à la main.

» — Nous allons nous rendre dans la cour. Là, je mettrai cette pomme sur ma tête. Maître Branwen se placera à cent pieds. Avec son arc, il tentera de l'atteindre. S'il y parvient, je lui donnerai le château et les terres, et m'en irai. Il sera le nouveau seigneur. S'il me tue, il sera pendu. Et s'il rate, c'est lui qui mettra la pomme sur sa tête et moi qui tirerai. J'atteindrai alors le fruit et lui me rendra hommage, comme vous tous dans le château. Ceux qui ne respecteront pas leur serment, je les occirai.

» — Et si vous me ratez ? avait demandé l'intendant.

» — Cela n'arrivera pas, a-t-elle rétorqué.

» Tous les hommes furent interloqués. Le père prieur plus encore, tu t'en doutes. Finalement, Branwen a refusé. Alors elle a exigé qu'il prenne la pomme sous peine de le chasser.

Cet homme brave, sans l'avouer, était déjà conquis par le caractère de sa future châtelaine. Il a donc pris la pomme et est sorti avec les autres. Elle les a suivis, avec le prieur et une arbalète qu'elle avait pris soin d'apporter.

— Une arbalète ? demanda Guilhem qui frissonna.

---

1. Geoffrey Plantagenêt, archevêque d'York, fils bâtard d'Henri II.

Que se passait-il ? Pourquoi le destin le conduisait-il à rencontrer une femme prénommée Egelina et capable d'utiliser une telle arme ? Que cherchait Celui qui sait en ravivant de si douloureux souvenirs ?

— Oui, dit Locksley qui n'avait en rien remarqué son trouble. Elle s'est placée à une extrémité de la cour, a visé, tiré et coupé la pomme en deux. Depuis, elle est la maîtresse respectée des lieux. Et ses gens se feraient tuer pour elle. Quand on m'a conté l'histoire, je n'ai pas été étonné, l'ayant rencontrée quelques années plus tôt et la sachant bonne arbalétrière… Mais nous en parlerons plus tard, nous arrivons.

*

Le château d'Almeley était construit sur une motte d'une vingtaine de pieds de haut entourée d'un vaste fossé. À proximité se trouvaient une ferme, quelques granges et des chaumières. Personne dehors. Les seuls animaux visibles étaient des corbeaux perchés sur les branches d'arbres dénudées.

La motte portait une palissade de bois d'où l'on apercevait le toit de chaume d'un manoir, entièrement enneigé. En montaient des nuages de fumée.

Les cavaliers s'approchèrent du pont dormant qui surmontait le fossé. En massives poutres, la construction se terminait par un pont roulant dont le plateau avait été tiré. De l'autre côté, le passage était fermé par un portail ferré.

Une trompe retentissait depuis un moment du haut de la tour carrée qui flanquait le portail.

Gamwell s'avança.

— Messire le comte de Huntington demande l'hospitalité pour la nuit ! cria-t-il.

Assez vite, les battants s'ouvrirent en grinçant. Guilhem vit deux hommes tirer les cordes qui passaient sous le pont et s'enroulaient sur des poulies montées dans la partie dormante. Le plateau s'avança par à-coups. Deux des archers de Locksley descendus de leur monture attrapèrent l'extrémité du tablier pour l'immobiliser.

Les cavaliers entrèrent. Un homme avait rejoint les deux premiers. Individu dans la soixantaine, peut-être plus, barbe grise, cheveux tressés, épaules larges et longs bras musculeux, gros bide sous une broigne de cuir maclée de plaques de fer, avec une large ceinture cloutée où pendait un énorme coutelas, un bonnet blanchi de neige couvrant sa tête, il était tout le portrait d'un de ces Gallois vigoureux, habitués autant à la guerre qu'à la chasse, qui avaient permis aux Plantagenêts de remporter nombre de victoires contre les rois de France.

— Que Dieu te garde, Branwen, énonça Locksley. Peux-tu prévenir ta dame de notre arrivée ? J'espérais atteindre Huntington avant la nuit, mais impossible. On dormira ici.

— Nous vous ferons de la place, seigneur ! répondit l'intendant jovialement. Notre maîtresse se tient dans la salle. Le souper est commencé. Il n'y a que quelques sentinelles sur les remparts.

De la cour enneigée, ils découvrirent la bâtisse en bois et torchis. Une vaste construction au lourd et haut toit de chaume. Avec peu d'ouvertures. Et, à côté, une écurie ainsi que deux granges recouvertes de planches.

— Fulk, Butler, occupez-vous des chevaux avant de nous rejoindre, ordonna Locksley en descendant de son destrier.

Les autres l'imitèrent. Ils passèrent la porte.

Branwen souleva la tenture qui servait d'ostevent et tous entrèrent dans une salle sombre, au milieu de laquelle trônait une immense table de chêne assemblée en planches à peine dégrossies. Le plafond, qui reposait sur des madriers, devait servir de parquet à des chambres ou des dortoirs car un escalier sans rampe, à larges marches, s'ouvrait près de l'ostevent. Le sol était en terre, couvert de foin. Au fond, un foyer bâti en grosses roches occupait tout un pan. Comme il n'avait pas de tablier, les fumées, en s'échappant, avaient noirci murs et poutres ainsi que les écus et les pavois suspendus dont on ne distinguait plus les motifs qui, jadis, les décoraient.

Quelques molosses couchés sur le sol se levèrent et vinrent renifler les visiteurs. Des chiens de garde puissants, à cou épais et grosse tête garnie de mâchoires capables de broyer un lièvre ou le bras d'un homme.

Près de la cheminée, à l'extrémité de la table où se tenait la mesnie – trois douzaines de personnes, hommes, femmes et enfants –, se dressait un siège surmonté d'un dais de laine rouge. Dessous était assise une femme en bliaud vert. Dont, dans les semi-ténèbres et la fumée, on ne distinguait point les traits.

En un instant, Guilhem, toujours aux aguets dans les lieux qu'il ne connaissait pas, avait parcouru la pièce du regard. C'était un manoir rustique, mais les attablés paraissaient gaillards et joyeux. Les enfants riaient, les tranchoirs épais étaient recouverts d'une soupe au fumet appétissant. La châtelaine ne pressurait pas ses gens. Mieux, il n'aperçut aucun de ces serfs à collier pourtant fréquents en Angleterre. Les hommes n'étaient pas armés, même si quelques haches, épées et arbalètes s'entassaient près de l'ostevent.

Des convives reconnurent le comte de Huntington et se levèrent, mais il leur demanda de poursuivre leur repas ; Branwen s'était approché de la dame au bliaud vert et lui parlait à voix basse. Guilhem, demeuré en retrait, mal à l'aise, essayait de voir quel genre de femme était Egelina d'Almeley mais ne distinguait pas grand-chose sinon des mèches noires dépassant d'un bonnet de feutre.

Elle se redressa alors et fit quelques pas vers Locksley, qu'elle avait l'air de bien connaître, puisqu'elle lui tendit les bras. Il prit ses mains et en embrassa une. Guilhem approcha à son tour, mais s'arrêta brusquement en la découvrant. La châtelaine avait largement dépassé la trentaine. Ses yeux bleus, vifs et perçants, se posèrent sur lui et son visage se décomposa. Comme le sien.

Son cœur explosa. Dans quel cauchemar l'avait-on projeté ?

Cette inconnue était en fait Isabelle, la servante du Riche Laboureur qu'il avait connue dix-sept ans plus tôt. Autrement dit Egelina de Camville ou la Licorne, celle qui exécutait ceux que le prince Jean lui désignait, celle qu'il avait aussi aimée, celle qu'il avait poignardée par erreur et jamais oubliée[1].

Il tituba. Pis, pour la première fois de sa vie, un malaise le terrassa. Robert de Locksley, qui avait remarqué l'expression d'Egelina, se retourna et, découvrant son ami chanceler, tendit un bras pour le retenir.

— Qu'as-tu ?

— Elle… elle est morte, balbutia Guilhem.

La femme et lui se regardèrent, hébétés, incrédules.

— Vous connaissez-vous ? interrogea Locksley en les voyant figés.

— Oui, murmura Egelina. Mais cela fait si longtemps.

— Je… je vous croyais…, fit Guilhem en déglutissant.

— Morte ? J'ai cru mourir, oui.

— Ne restons pas là, intervint Locksley à voix basse. J'ai l'impression que vous avez beaucoup à vous dire !

— Prou…, murmura-t-elle.

Elle se tourna vers l'intendant et poursuivit :

— Branwen, j'ai à parler avec ces seigneurs. Occupe-toi de leurs gens et trouve-leur des places à table.

Sans plus d'explications, sous les regards intrigués de la mesnie, elle se dirigea vers l'escalier. Robert et Guilhem derrière elle.

L'esprit en désordre, ce dernier ne parvenait pas à rassembler ses pensées. Ainsi, il n'avait pas tué Isabelle comme il l'avait toujours cru ? Il s'efforça de revivre la scène.

Il avait lancé un couteau sur la femme qui menaçait Jeanne de Thury, puis avait découvert qui elle était. Et elle avait rendu l'âme dans ses bras en murmurant : « Tu m'avais dit que tu m'aimais. » Alors, il était parti aussitôt, il avait fui, galopé sans savoir où, en pleurant toutes les larmes de son corps. S'il avait su ! S'il était resté ? Sans doute avait-elle été soignée. Mais pourquoi et

1. Voir *Férir ou périr*, du même auteur.

comment se retrouvait-elle dans ce château ? À la lisière du pays de Galles ? Et depuis quand Robert, son ami, la connaissait-il ?

Dans l'escalier, elle demeura près de lui et l'interrogea doucement :

— Que fais-tu ici ?

— Robert et moi nous connaissons depuis des années. Il m'a demandé de venir. Je lui ai porté un message.

— Qu'es-tu devenu ?

— Après… j'ai connu des aventures… Je suis parti dans le Toulousain, j'ai eu un fief…

— Une épouse ?

— Une épouse qui a perdu la vie en donnant naissance à ma fille, trépassée elle aussi.

Elle prit sa main et la serra fort.

Locksley se tenait derrière eux, extrêmement troublé. Il avait connu Egelina près de vingt ans auparavant. À une époque où il n'était qu'un proscrit. Bien avant sa naissance, on avait pris à son père, le comte de Huntington, ses titres et biens et ne lui restait qu'un pauvre manoir, quasiment une chaumière, dans la forêt de Sherwood. C'est là qu'il était né et avait grandi. À la mort du comte, il était devenu le défenseur des opprimés que le sheriff de Nottingham écrasait d'impôts. On l'avait surnommé Robin Hood, Robert au Capuchon, tandis que lui rassemblait une redoutable bande de Saxons, tous adroits tireurs à l'arc qui, inexpugnables dans les taillis de Sherwood, dépouillaient les riches Normands qui les traversaient.

Un jour, avec son compagnon Little John, ils avaient découvert en pleine forêt une jeune fille en train de dormir. Qu'il avait vite identifiée : c'était une certaine Egelina de Camville, qui avait meurtri deux hommes avec une arbalète, par ailleurs bâtarde du sheriff du comté de Lincoln[1] et pour la capture de qui on offrait cent florins. Elle avait expliqué être pourchassée par un nommé Thomas l'Affligeur, envoyé par son père pour la saisir et punir.

---

1. Voir *Férir ou périr*, du même auteur.

Restée quelques jours à Sherwood, elle avait raconté sa triste vie : à la mort de sa mère, une servante du château de Lincoln violée, elle avait été élevée par un artisan arbalétrier qui lui avait transmis sa science. Pour l'avoir défendue des soudards du château, cet homme et son fils avaient été injustement pendus, le sheriff décidant que sa bâtarde épouserait le bâtard d'un voisin. Un dessein auquel elle s'était refusée. D'une dextérité remarquable à l'arbalète et possédant un instrument démontable conçu par son père adoptif, cachée en haut d'un arbre elle avait attendu le passage de son futur époux pour l'abattre d'un carreau, comme le frère du sheriff.

Après qu'elle eut quitté Sherwood, Locksley avait eu de vagues nouvelles de la fille Camville. Elle avait participé à un tournoi d'arbalétriers à la suite duquel elle était entrée au service d'un certain Baudric d'Orbec, singulier personnage dont Robin au Capuchon avait entendu parler. Chevalier croisé ayant fait preuve de vaillance en Palestine, que ses amis surnommaient Baudric le Boiteux et ses ennemis le Fendu[1], il avait la réputation d'être calculateur et fort adroit. Féal de Geoffrey, l'archevêque d'York et frère naturel de Richard Cœur de Lion et de Jean, on racontait que c'était lui qui l'avait convaincu de rentrer en Angleterre, alors que son frère le lui avait interdit durant tout le temps où il se trouvait à la croisade. Ce retour avait provoqué la chute du chancelier d'Angleterre et laissé le pouvoir au prince Jean, aussi d'autres assuraient que Baudric travaillait en vérité pour le comte de Mortain[2].

Puis Locksley n'avait plus entendu parler d'Egelina.

Lui-même avait rencontré le roi Richard à son retour de la croisade. Qui avait mis fin à sa proscription et lui avait rendu ses biens. Il était alors revenu à Huntington où il avait appris que le château voisin d'Almeley avait été acheté par Baudric à l'archevêque d'York, lequel le tenait de sa mère la Belle Rosemonde[3].

1. Châtré.

2. Titre du roi Jean quand Richard Cœur de Lion vivait encore.

3. Rosemonde Clifford, dite *Fair Rosamund*.

Mais Baudric ne l'occupait pas, et personne ne connaissait Egelina.

Plus tard, Marianne, sa chère épouse, était trépassée et il était parti en Terre sainte, ne tenant plus à la vie. Il en était revenu en 1198 et avait rencontré Anna Maria, Bartolomeo et Guilhem d'Ussel à Marseille.

De retour à Huntington l'année suivante, la châtelaine d'Almeley était Egelina. La dame de Camville, heureuse de le revoir, lui avait dit avoir été au service de Baudric – qui lui avait fait don de ce château par testament –, pendu par Jean, que désormais elle exécrait. Pour autant, jamais elle n'avait révélé quoi que ce soit de sa vie, ni à lui ni à Anna Maria qu'elle aimait pourtant fort.

Locksley savait qu'il y avait un mystère sur le passé de cette femme, mais jamais n'avait cherché à le percer.

Mais d'où connaissait-elle Guilhem ? Et pourquoi son ami ne lui avait-il jamais parlé d'elle ?

10

En haut des marches s'étendait un dortoir de plusieurs couches avec, à chaque extrémité, des cloisons de bois flanquées de coffres de toutes tailles et formes. Egelina le traversa jusqu'à une porte par laquelle elle les fit pénétrer. C'était sa chambre, grande pièce bien différente de la salle basse. Le lit, fermé, se composait de panneaux sculptés en feuillage, comme les deux coffres – dont l'un à dossier – où étaient posées une arbalète et une trousse de carreaux. Pas de cheminée, mais la pièce était bien chauffée par le passage des fumées du foyer inférieur ; quelques fumerolles avaient d'ailleurs noirci les tapisseries des murs dont l'une représentait une licorne accompagnée d'une femme tenant un arc. Sur le plancher s'entassaient plusieurs tapis de laine. Devant l'unique et petite fenêtre fermée par un volet de chêne se dressait un lutrin avec des flacons d'encre pendus sur le côté. Une banquette et une chaise curule couverte d'une peau de mouton complétaient ce sobre décor.

— Installez-vous, dit-elle d'un ton neutre en demeurant debout.

Robert de Locksley prit la banquette, Guilhem s'appuya sur un coffre, ne quittant pas Egelina du regard. Certes, elle avait vieilli, mais malgré de petites rides aux lèvres et des ridules aux coins des yeux, elle n'était guère différente de la servante Isabelle qu'il avait connue à ses dix-huit ans. Et elle était toujours aussi belle.

*

— Je suis tellement surprise…, débuta-t-elle. Ainsi, Guilhem, tu connais messire de Huntington. Souvent, je me demandais ce que tu étais devenu.

— Moi j'étais persuadé t'avoir tuée.

— Un miracle si j'ai survécu.

— Voulez-vous que je vous laisse ? proposa Robert de Locksley. Je découvre que vous vous connaissez, aussi avez-vous certainement beaucoup à vous dire.

— Non, messire, demeurez je vous prie. Vous en savez si peu sur moi… J'ai plusieurs fois envisagé de vous dévoiler la vérité sur ma triste vie, mais j'avais peur qu'Anna Maria et vous me rejetiez. Je connais votre engagement avec les barons qui s'opposent à Jean, aussi quand vous saurez ce que j'ai fait, vous ne m'accorderez plus confiance.

Interloqué, un brin inquiet aussi, Locksley ne sut que répondre.

— Je n'ignore pas ce que tu as fait, Egelina, mais cela ne change rien pour moi.

— En réalité toi-même ignores tout de moi, Guilhem ! répliqua-t-elle d'un timbre sec teinté de tristesse.

Le comte de Huntington plissa le front, alarmé par l'air lugubre de la châtelaine. Il avait foi en elle, mais ne doutait point qu'entre l'époque où il l'avait vue à Sherwood et son arrivée à Almeley, elle avait vécu nombre d'épreuves qui l'avaient endurcie. Quel genre de mésaventures ? Baudric d'Orbec était un féal de Jean. À quoi avait-elle été mêlée ? Que savait Guilhem d'elle ? Ou plutôt, que croyait-il savoir ?

— Sire de Huntington, il me serait désagréable que vous appreniez la vérité sur moi par messire d'Ussel, aussi je préfère m'expliquer maintenant. Il est temps, désormais, de m'y résoudre, et si je vous fais horreur par la suite, apprenez que mon hospitalité vous restera acquise.

— Egelina, j'ignore comment il est possible que je te retrouve, vivante, ici, mais j'y vois un signe. Et à moins que tu ne me rejettes pour ce que je t'ai fait, je ne veux plus te quitter, énonça Ussel.

Elle le gratifia d'un sourire sans joie.

— Je connais Guilhem depuis très longtemps, dame de Camville, et je sais son jugement sûr. S'il vous estime, pourquoi changerais-je de sentiment envers vous ?

Elle joignit ses mains et déclara :

— Attendez de tout connaître, messire.

Elle s'adressa à Ussel.

— Le début de ma vie, messire de Huntington le connaît, puisque je l'ai rencontré alors que je fuyais mon père. Voici ce qu'il en est : ma mère était servante au château de Lincoln. Le fils du sheriff Gérard de Camville a abusé d'elle, et je suis leur fruit. Ma mère morte de la peste, j'ai été adoptée par un couple de serviteurs. L'homme fabriquait les arbalètes et les carreaux du château. Moi j'étais servante, heureuse dans cette famille, passant mon temps à regarder comment se fabriquaient les armes. À seize ans, j'étais devenue si adroite que j'ai eu le droit de participer au tournoi des archers de Lincoln. Que j'ai remporté. Les perdants sont alors venus chez nous pour me corriger, mais mon père adoptif et son fils m'ont défendue. Comme ils ont tué l'un de mes agresseurs, le sheriff les a fait pendre, lui qui considérait que forcer une bâtarde n'était en rien un crime.

Les larmes aux yeux, Egelina narra comment elle avait tué celui que le sheriff voulait lui faire épouser, puis sa fuite, pourchassée par un homme que son père avait envoyé à ses trousses. Comment elle était, après, arrivée à Sherwood et avait rencontré Robert et Anna Maria, alors proscrits.

Soit, en plus détaillé, ce que Huntington avait révélé à son ami.

— J'ai finalement été capturée lors d'un tournoi auquel je participais, grimée en homme. Or ce n'était pas par mes poursuivants, mais par un seigneur appelé Baudric d'Orbec.

— Celui venu te voir à Paris ? interrogea Guilhem qui se souvenait de la visite de l'individu au Riche Laboureur.

— Oui.

— Baudric avait parié sur un arbalétrier que j'avais vaincu. Et découvert que j'étais une femme poursuivie par les gens du sheriff de Nottingham. Je craignais sa vengeance mais lui ne s'intéressait pas à moi : ce qu'il voulait utiliser, c'était mon adresse à l'arc. Il m'a alors dit ceci : « Prête-moi hommage. Tu deviendras mon bien, tu seras moins qu'un serf, mais en échange, je ne te livrerai pas. »

» Je l'ai fait.

» Il m'a demandé si j'avais tué d'autres personnes que mon futur époux et mon oncle, et je lui ai confié avoir meurtri des gueux qui m'attaquaient. Satisfait de tels talents, il m'a parlé de son maître, l'archevêque d'York, jeté en prison par les hommes du grand chancelier[1]. La guerre menaçait entre Geoffrey, frère de Jean, et le grand chancelier. Une rencontre de réconciliation devait avoir lieu à l'instigation de l'archevêque de Rouen, mais le prince Jean en refusait d'avance les décisions. Pour éviter la conférence, il préparait d'effrayer le grand chancelier afin qu'il ne s'y rende pas. Et c'était à moi de lui faire peur.

— Comment ? demanda Locksley qui pressentait la réponse.

— En recommençant ce que j'avais fait. Cachée dans un arbre, je devais tirer sur les chevaliers de l'escorte et en meurtrir au moins un. Des gens que je ne connaissais pas. N'ayant pas le choix, je l'ai fait.

» Mais voici le pire : Satisfait, Baudric m'a rendu ma liberté et donné vingt nobles à la rose. Seulement, craignant de me retrouver seule, j'ai préféré qu'il me garde près de lui.

» Il m'a alors conduite en France, à sa maison d'Orbec, et incitée à m'entraîner à l'arbalète. Il m'a même donné des carreaux qu'il avait fait faire, tous marqués d'une corne de licorne. J'ignorais alors pourquoi.

» Rentré en France, il a annoncé que je devrais à nouveau tuer quelqu'un. Un certain Gauthier de Saint-Sauveur, fidèle du roi Richard qui s'opposait au comte de Mortain.

» Je l'ai fait et... cela m'a plu, même si j'ai honte d'oser l'avouer. À l'époque, la rumeur se mit donc à courir qu'un implacable assassin nommé la Licorne tuait sans coup férir. C'était moi !

1. Longchamp, évêque d'Ely.

Pis : j'étais fière d'être redoutée après ce que j'avais enduré. Et, surtout, je recherchais les félicitations de messire Baudric, devenu peu à peu le père que je n'avais pas eu. Il m'a alors envoyée à Paris et indiqué que j'aurais à meurtrir d'autres hommes qui gênaient le prince Jean. J'ai encore accepté. Ainsi, j'étais désormais une criminelle au service du prince Jean.

Elle se signa et regarda son ancien amant, puis le comte, cherchant à déceler dans leurs regards ou sur leurs traits l'horreur qu'ils devaient éprouver.

Guilhem connaissait cette partie de l'histoire, aussi hocha-t-il la tête sans montrer de reproche. Locksley, lui, demeurait impassible.

— Dieu me damnera pour mes crimes, dit-elle.

» À Paris, servante au Riche Laboureur, une auberge qui appartenait à un homme de Baudric, j'attendais que l'on me nomme ceux à occire. Personne ne se méfiait, j'étais juste la fille de salle.

» J'avais déjà meurtri un chevalier du roi Philippe quand tu es arrivé au Riche Laboureur, Guilhem. Tu m'as troublée en ne me traitant pas comme une drôlesse. Et même défendue contre l'Affligeur et ses sbires quand ils m'ont retrouvée. Tu m'as dit que tu devais entrer au service du sire de Saint-Pol, or quelques jours plus tard Baudric vint m'avertir que je devrais éliminer ce seigneur.

» Désemparée, j'ai subitement perdu l'assurance acquise dans ma vie de malheur. Encore plus quand tu as chanté cette canson en me regardant…

— Quelle canson ? demanda Locksley.

Guilhem commença, d'une voix grave et triste tant ces souvenirs, pourtant lointains, demeuraient douloureux :

Oncques homme de mon lignage,
Ni de beaucoup plus grand mérite, n'aima telle, ni en fut aimé
Je veux qu'on me coupe la langue, si jamais touchant elle,
Je crois la calomnie, ni de son amour je me dessaisis.

— Tu m'as offert un collier, pourtant je refusais que tu t'attaches à moi. Mais tu ne comprenais pas pourquoi. Je voulais te fuir, sans y parvenir. Finalement, quand Baudric m'a conduite à l'hôtellerie d'où je devais viser Saint-Pol, j'ai osé lui annoncer mon souhait de retrouver ma liberté et de le quitter. Il n'a pas refusé, mais a repoussé sa réponse, le prince Jean ayant d'autres ennemis à se débarrasser. J'ai alors compris que jamais je ne serais libre. Seulement, à l'instant où j'allais appuyer sur la queue de la détente, je t'ai vu et n'ai pu ! Baudric a menacé de me tuer sur place, j'ai donc fait ce qu'il exigeait.

Un silence de mort tomba dans la pièce. Que Guilhem rompit :

— J'étais en face de la fenêtre où tu te tenais. J'ai vu une femme, mais ne t'ai point reconnue. En revanche, j'ai identifié la claudication de Baudric quand il s'est enfui. Ironie du sort, on a cru que c'était moi qui avais tué Saint-Pol. Pis, en arrivant au Riche Laboureur, j'ai appris qu'on avait enlevé ma logeuse, la dame de Thury. La suite, tu la connais Robert, je te l'ai racontée maintes fois. J'ai cherché à la retrouver, et ne pouvais rester à Paris.

Il se tourna vers Egelina :

— Tu n'étais pas au Riche Laboureur, et je n'ai pu te revoir. Finalement j'ai appris que Jeanne de Thury avait été mariée contre son gré et que se tiendrait un tournoi pour fêter l'heureux événement. Auquel j'ai participé, combattant son mari et le laissant pour mort afin de la libérer de cette union forcée. Ensuite, je me suis rendu chez elle. En arrivant, j'ai vu une femme entrer dans sa chambre, tenant une arbalète prête à tirer. J'ai compris qu'on venait la tuer et lancé mon couteau sans réfléchir. Mais cette femme, c'était toi, et tu es morte dans mes bras. Comment es-tu encore vivante ?

— Tu ignores cette partie de ma vie, Guilhem, répondit-elle les larmes aux yeux. Après la mort de Saint-Pol, j'ai demandé à nouveau à Baudric de me délier de mon serment, cette fois il a accepté. Il a même promis de me doter quand je me marierai, et dit qu'il me considérait comme sa fille. Je crois qu'à sa façon, il m'aimait autant que moi je l'aimais.

Elle éclata en sanglots et mit un moment avant de poursuivre.

— Baudric était décidé à obtenir une rémission pour la mort de mon oncle et de celui qui aurait dû être mon mari, sinon j'aurais toujours été poursuivie en Angleterre. Il est donc allé voir le prince Jean à Rouen et m'a présentée comme étant la Licorne, et aussi Egelina de Camville. D'abord le comte de Mortain ne l'a pas cru, mais, après que Baudric eut livré des détails, le prince accepta de me gracier si je faisais encore quelque chose pour lui : occire Gui de Brionne, l'un de ses opposants.

» Le piège se refermait. Refuser signifiait une arrestation à la suite de quoi on m'aurait remise à mon père. J'ai donc, encore, accepté.

Guilhem hocha la tête. Il avait été mêlé à la succession du comte[1].

— J'ai tiré sur Gui de Brionne à un gué de la Rille. Baudric était près de moi. Puis on est revenus à Rouen afin d'obtenir ma grâce.

Elle se tut et déglutit, comme quand on a quelque chose de difficile à révéler.

— Après ce nouveau crime, mon esprit roulait en tous sens tel un bateau désemparé dans une tempête. Remords et honte m'obsédaient, alors que je n'avais jamais ressenti ces sentiments pour les autres assassinats commis. Jusqu'alors, j'éprouvais plutôt la satisfaction des chasseurs qui ont mis à mort leur proie, mais, à compter de ce dernier forfait j'ai eu l'impression qu'un démon possédait mon âme, peuplait mes rêves en montrant les tourments infernaux qui m'attendaient. Pour le chasser, je me rendais chaque jour à la cathédrale prier la Sainte Vierge, mais la torture ne disparaissait point.

Elle se tut et regarda les deux hommes à tour de rôle, qui ne manifestaient aucune horreur. Guilhem comprenait les sentiments éprouvés, sans pour autant les partager. Locksley, lui, ne

1. Voir *À lances et à pavois*, du même auteur.

voulait pas la juger, se rendant compte qu'Egelina n'avait jamais été maîtresse de sa destinée.

— Nous n'avons pas revu le prince Jean, poursuivit-elle car, à peine entrés dans le château, avons-nous été arrêtés et jetés au fond d'un cachot. Baudric était persuadé qu'il s'agissait d'une confusion et qu'on allait nous libérer, je n'en croyais rien. Nous avions terminé la besogne demandée par Lackland et lui voulait faire disparaître des témoins.

» Je ne sais combien de temps nous sommes restés dans le noir, presque sans nourriture. La faim, le froid et la vermine nous torturaient. Convaincue que nous finirions nos vies dans ce tombeau, je l'avais presque accepté. Ces tortures étaient le prix à payer pour mes crimes.

Guilhem songea à son propre emprisonnement deux ans auparavant, durant lequel il avait failli devenir fou[1].

— Puis un jour, on m'a fait sortir, seule, et conduite auprès de Jean. Je craignais le pire, connaissant sa réputation, aussi avais-je gardé un couteau sous ma robe. Le prince m'a proposé un marché : tuer à nouveau, après quoi je serais libre et recevrais une lettre de rémission. En cas de refus, Baudric serait pendu, mains tranchées et yeux crevés, et moi-même subirais le même sort.

» Décidée à sauver le sire d'Orbec, je me suis résignée à tuer une dernière fois. Le prince Jean m'a révélé que la personne à assassiner était Jeanne de Thury, au château de Bricquebec. Jeanne, que j'avais connue à Paris. Un crime que je ne voulais pas perpétrer mais que j'ai accepté ! On m'a laissée partir, Jean m'accordant deux semaines pour agir. Je suis parvenue à rentrer dans le château de Bricquebec et à atteindre la chambre de Jeanne de Thury. Entre elle et Baudric j'avais choisi mon seigneur. Tout était prévu : mon manteau cachait mon arbalète et un carreau se dissimulait sous ma robe : Jeanne ne souffrirait pas. Une fois tuée, je cacherais son corps dans sa chambre et repartirais. On m'a conduite chez elle quand j'ai dit être une amie. Jeanne m'a

---

1. Voir *Béziers, 1209*.

reçue comme telle. Alors j'ai sorti l'arbalète, mis le vireton et appuyé sur la queue de détente.

— C'est là que je t'ai vue, et que j'ai lancé un couteau destiné à t'empêcher d'agir, fit sombrement Guilhem.

— Tu as cru que j'avais raté Jeanne. Or, il ne m'arrive jamais de rater. Au dernier moment j'avais entrevu un moyen de sauver Baudric et de ne pas meurtrir la dame de Bricquebec : tirer non sur elle mais à côté, sur le lit. Elle verrait que je l'avais épargnée et moi je la supplierais de faire croire que je l'avais tuée. Si elle acceptait, Jean serait satisfait et libérerait mon maître, l'ignorant alors déjà mort. Je vous l'accorde, elle pouvait refuser et me faire pendre. Mais je ne tenais plus à la vie.

Un silence apparut, durant lequel chacun maudit l'infâme Lackland qui avait contraint Egelina à de si damnables décisions.

— Après ton départ, Jeanne s'est aperçue qu'il me restait un souffle de vie. Elle a envoyé ton ancien écuyer à ta poursuite mais il ne t'a pas retrouvé tant tu avais galopé. Entre-temps, elle avait fait venir un moine chirurgien qui m'a soignée. Lorsque j'ai repris mes sens, j'ai confié la vérité à la dame de Thury et l'ai suppliée de ne révéler à personne que j'avais survécu. Même à toi. Je voulais disparaître du monde et prier le reste de ma vie pour me racheter. Quelques semaines plus tard, elle m'a fait entrer à l'abbaye aux Dames de Caen, sous un faux nom.

» Cela faisait deux ans que je m'y trouvais, j'allais même prononcer mes vœux quand un religieux s'est présenté. Il venait de l'abbaye de Dore proche d'ici, et me cherchait depuis que son abbé avait appris la mort de Baudric d'Orbec. Car mon maître avait laissé un testament au prieur : il avait acheté le château et le fief d'Almeley, qu'il me laissait. Il offrait aussi une belle pâture à l'abbaye à condition que, dans les cinq ans suivant sa mort, cette donation soit signée par Egelina de Camville. Sinon, les terres iraient à une autre abbaye. Le prieur devait donc impérativement me retrouver.

» Ce moine me cherchait depuis. De question en question et de trace en trace, il s'était rendu à Bricquebec où, ayant appris les raisons de sa quête, Jeanne de Thury lui avait révélé où je vivais.

» J'ai hésité à accepter le cadeau de celui qui avait fait de moi une criminelle, mais je crois que la vie de nonne n'était pas mon destin. Je suis partie avec l'envoyé du prieur, et j'ai pris possession de mes biens. Trois ans plus tard, vous reveniez de la croisade, seigneur de Locksley, et m'avez reconnue. Depuis, votre douce amitié et celle d'Anna Maria ne m'ont jamais fait défaut et m'ont aidée à vaincre le démon qui me dominait.

— Egelina, tu ne connais pas ma vie, mais elle n'est guère différente de la tienne, intervint Ussel. Voici dix-huit ans, j'avais songé à faire de toi ma femme. Seulement, tu n'étais qu'une servante et maintenant, tu es châtelaine…

Elle se leva et, s'agenouillant, saisit ses deux mains :

— Sache que je resterai ta servante. Et que je ne veux plus être sans toi.

— Hum, fit Robert de Locksley après s'être gratté la gorge, voilà une autre difficulté. Car je dois partir en Castille, et même plus loin, et Guilhem voulait m'accompagner.

Elle lâcha les mains et se redressa.

— Je ne quitterai plus jamais messire d'Ussel. Donc je partirai avec vous.

11

Tous trois discutèrent un moment des décisions à prendre avant de redescendre dans la salle où, le souper achevé, la mesnie était rassemblée devant le foyer rougeoyant pour écouter deux archers en train de jouer de la cornemuse. Alaric, Flore, Gamwell et Raoul frappaient des mains en musique comme les gens du château.

Un instant Egelina regarda cette charmante scène, devinant qu'elle ne la revivrait plus. Puis elle appela son intendant et s'installa à l'autre extrémité de la table avec Locksley et Ussel, loin des oreilles de ses serviteurs.

— Ma dame, dit Branwen en arrivant, voulez-vous que je fasse servir un autre souper pour vous et ces seigneurs ?

— Oui, mais auparavant prends place avec nous car j'ai à t'annoncer des choses importantes.

Intrigué, le fidèle intendant obtempéra. Ayant parlé avec les autres voyageurs et Gamwell, il avait appris qu'ils venaient de France, mais rien de plus.

— Branwen, je partirai demain. Je ne sais quand je reviendrai, ni même si je reviendrai. En attendant, tu seras à nouveau le seigneur du château. Demain matin, tu prêteras hommage au comte qui protégera ainsi Almeley. Moi, je vais le suivre car il va quitter Huntington pour un long voyage. En cas de difficulté, tu préviendras sa dame, que tu connais. Elle-même sera sous la protection de messire de Bohun, le comte de Hereford et de messire FitzWalter, le constable de Londres.

L'intendant demeurait attentif. Ce n'était pas la première fois qu'il entendait de telles instructions.

— Si je ne reviens pas, tu seras bel et bien le maître définitif du château. Je laisserai un document en ce sens au prieur de l'abbaye de Dore et messire de Huntington le confirmera. Est-ce clair ? Je sais combien tu te conduiras en juste seigneur, car tu l'as toujours été dans le passé, et je n'ai eu qu'à me louer de ta fidélité.

— Noble dame de Camville, puis-je apprendre où vous allez et quand vous reviendrez ?

— Je ne peux te le dire, sache juste que je vais quitter la douce Angleterre peut-être à jamais. Mais tu auras de mes nouvelles par messire de Locksley à son retour. Maintenant, soupons !

*

Ils furent à Huntington à basse none. Le château était une vieille forteresse bâtie sur d'épais murs romains avec un donjon quasiment imprenable, sinon après un rude siège, mais particulièrement inconfortable car sans aucune ouverture hormis des archères. Aussi, le père de Locksley avait-il fait construire un manoir dans la basse-cour close par une palissade de pieux, comme à Lamaguère ou à Almeley.

Ce manoir, bâtisse en bois accolée au donjon et construite sur un soubassement de roches, comprenait essentiellement une vaste salle basse avec grand foyer dans laquelle se rassemblaient tous les gens du château pour le souper ou en cas de gros froid. Un escalier conduisait à la chambre du seigneur avec, en enfilade, deux autres pièces pour les visiteurs, où s'installeraient Guilhem et ses gens. Hommes d'armes, serviteurs et familles habitaient, eux, dans le donjon. Un passage très étroit et bien défendable faisait communiquer les deux bâtiments.

C'est ce qu'expliqua Robert de Locksley à son ami en pénétrant dans la cour.

Les archers s'occupèrent des chevaux et les voyageurs allaient entrer dans la salle quand la porte s'ouvrit. Anna Maria apparut en compagnie de Walter Gandeleyn.

— Une sentinelle vient de me prévenir ! s'écria-t-elle.

Elle portait un bliaud azur galonné d'une frise de fruits rouges et une huve, avec une chape fourrée brodée sur les épaules.

— Guilhem ! Quel bonheur de te revoir ! Nous aurons tant à nous dire ! Mais… Mon frère n'est pas avec toi ? Et je vois Egelina ! Tu les as accompagnés ?

Anna Maria enlaça son amie qui se laissa faire, mais les larmes perlaient sous les paupières de la châtelaine d'Almeley.

— Elle nous a hébergés cette nuit, à cause de la neige. Et, imagine-toi qu'elle connaît Guilhem ! Voilà pourquoi elle se trouve avec nous, expliqua Robert.

— Bartolomeo ne pouvait quitter sa charge, mais j'ai une lettre pour toi, fit Ussel.

Walter Gandeleyn s'effaça pour les laisser pénétrer.

Ancien compagnon de Robin Hood dans la forêt de Sherwood, désormais intendant du château il commandait les archers. Ayant dépassé les soixante ans, ce vigoureux au visage carré, souriant et expressif avec de larges sourcils, des lèvres épaisses et des rides autour de la bouche ainsi que des yeux d'une étonnante mobilité, ne manquait pas non plus de piment.

Les voyageurs entrant dans la salle, Anna Maria découvrit la compagne d'Alaric.

— Flore ! Tu as accompagné ton mari ! s'écria-t-elle joyeusement.

— Oui, gracieuse dame, je ne le quitte jamais.

— Reconnais-tu le jeune Raoul ? demanda Robert à son épouse.

— Le fils d'Aignan ? Bien sûr ! Mais c'est un homme maintenant !

Alors qu'il passait l'ostevent, très intimidé, elle l'examina avec un grand sourire.

— Je retrouve les traits de ton père, Raoul. Mais vous devez être affamés, je vais donner des ordres, reprit-elle.

Elle se dirigea vers la cheminée où se tenaient des servantes qui regardaient les voyageurs avec curiosité, sans comprendre ce qu'ils venaient de dire, puisqu'ils avaient parlé en langue d'oc.

— Faites chauffer de la soupe, coupez des tranchoirs et emplissez des pots de cervoise. Reste-t-il du ragoût ?

— Oui, ma dame.

— Préparez ce qu'il y a de meilleur.

Robert l'avait rejointe :

— Avant de souper, il faut que nous parlions avec Egelina et Guilhem. Allons dans notre chambre.

Consciente que la venue de la châtelaine d'Almeley n'était pas naturelle, elle opina d'un signe de tête, puis donna quelques ordres supplémentaires et suivit Guilhem.

Tous quatre montèrent à l'étage, laissant Gandeleyn s'occuper des autres voyageurs.

Les degrés débouchaient sur un petit palier, qui ouvrait sur une grande pièce aux murs en boiserie, confortable et agréablement meublée. Une servante brodait une tapisserie devant une archère au volet ouvert.

— Delyth, laisse-nous un moment, ordonna Anna Maria en gallois, langue qu'elle avait apprise.

La servante s'inclina et sortit. Huntington alla soigneusement clore l'huis et tira une tenture devant.

— Egelina, prends place à côté d'Anna Maria.

Lui s'assit en face sur un coffre qu'il partagea avec Ussel.

— Guilhem a connu Egelina quelques mois après son passage à Sherwood, énonça Robert en désignant son ami. Elle était alors entrée au service d'un seigneur, lui-même féal du prince Jean : Baudric d'Orbec, qui possédait Almeley…

Anna Maria pâlit et plaça une main devant sa bouche.

— Laissez-moi tout lui dire, messire, intervint Egelina.

Une nouvelle fois, elle raconta quelle avait été sa vie.

Au fil des révélations de la dame de Camville, l'expression d'Anna Maria changeait. Ainsi cette femme, son amie, avait tué à plusieurs reprises sur ordre du prince Jean et sa rencontre avec Guilhem l'aurait transformée ? Tout d'abord, la comtesse de Huntington douta qu'Egelina ait vraiment changé, mais quand elle en vint à ses deux années passées dans un couvent, elle sut au ton de sa voix et aux larmes dans ses yeux que son repentir était sincère.

La jeune femme ayant terminé sa confession, le silence s'installa, mais point embarrassé, ni réprobateur, non : un silence de compréhension.

— Egelina, tu restes mon amie, déclara finalement Anna Maria.

— Alors j'espère que tu seras présente à nos noces, conclut Guilhem en un large sourire.

*

Les jours s'écoulèrent vite pour les Français, qui découvrirent les giboyeuses forêts autour du château. Alaric se mesura avec les archers du comte mais, malgré son adresse, ceux-ci le battirent à chaque fois, leurs longs arcs de sept à huit pieds étant d'une étonnante précision. En revanche, lors des joutes contre Egelina, personne ne parvenait à être plus précis qu'elle, y compris Locksley. Elle touchait ses cibles avec une justesse incroyable, même en mouvement.

Guilhem, pourtant bon tireur, n'avait jamais vu une telle adresse avec une arbalète, arme puissante mais souvent incertaine. Egelina lui expliqua que beaucoup de son habileté venait de la qualité de son arme fabriquée par un artisan de Gloucester très réputé dans la confection de ces engins. Elle lui avait dessiné un arbrier plus long que la normale pour obtenir une meilleure précision. Elle s'était assurée que l'encoche du carreau était suffisamment profonde et bien droite, que la noix métallique qui retenait la corde tournait facilement. Elle avait d'ailleurs fait forger et limer cette pièce à sa façon, tout comme la clef de détente. Sur le chevalet, elle avait fait placer deux pièces de cuivre parfaitement alignées qui servaient de mire. Enfin la corde de l'arc, en corne et en métal d'un pied et demi, était faite de boyaux de porc tressés dans des fils de soie. Quant aux carreaux, tous étaient en acier.

Les deux amants ne se quittaient guère. Quand ils ne participaient pas à des joutes de tir, ils se racontaient leurs vies. Tant d'années perdues étaient à rattraper. Pour la première fois, Guilhem se sentit libéré de la malédiction qui avait longtemps pesé sur lui.

Le couple passait aussi beaucoup de temps avec Anna Maria, sans cesse curieuse de savoir comment vivait son frère chéri dont elle ne connaissait pas même l'épouse. Elle fut ravie de l'apprendre apprécié dans sa charge de prévôt et espérait le revoir en se rendant un jour en France. Surtout si Jean était destitué du trône, sentence fort plausible quand le Saint-Père apprendrait ce que ce roi indigne tramait.

Quand il ne neigeait pas, Alaric accompagnait parfois Gandeleyn et Gamwell à la chasse, bien que ce dernier préférât chasser seul. Flore se rendait utile et apprenait à tisser l'épaisse laine du pays. Quant à Raoul, il avait découvert deux livres que Robert de Locksley avait sauvés du pillage des biens de l'évêque et s'était plongé dedans.

Ce fut la veille du premier dimanche de carême que le messager de Robert FitzWalter apparut. Le rassemblement des barons à Londres était prévu pour le début des calendes de mars.

Robert de Locksley décida de partir immédiatement car le mauvais temps ne cessait pas. Comme Guilhem devait être du voyage, Egelina voulut l'accompagner.

*

Le château de Bristol avait été construit à l'est de la ville, entre les rivières Avon et Frome dont les flots alimentaient ses douves.

Comme la cité, il était complètement entouré d'eau, ce qui rendait les deux places quasiment imprenables.

Bâti par Guillaume le Conquérant, le premier donjon était passé au comte de Gloucester qui avait soutenu la rébellion de Richard Cœur de Lion et de son frère Geoffrey contre leur père Henri II. L'ayant emporté, ce dernier avait confisqué la bâtisse, devenue par la suite l'une des principales fortifications royales. La forteresse, qui défendait à la fois la Cornouailles et l'un des plus considérables ports d'Angleterre, comprenait plusieurs cours entourées d'enceintes crénelées, avec toutes sortes de bâtiments pour les montures, les vivres et la garnison, dont un grand donjon à quatre tours carrées aux angles.

Jean se trouvait dans sa chambre, au deuxième étage, entouré de ses conseillers et chevaliers les plus fidèles afin de préparer le départ de l'ambassade en Andalus. Lui trônait sur une haute chaire à dais, les autres se tenaient sur des bancs ou des chaises curules.

Il y avait là le sheriff et comte de Cornouailles Henri FitzCount, Falcaise de Bréauté – que nous avons déjà présenté –, le chancelier Richard du Marais, le gardien des ports Guillaume de Wrotham, Foulques de Canteloup, meilleur ami d'Henri de Cornouailles, et deux chevaliers : Thomas de Herdington et Raoul Fitz Nicholas[1]. Mais aucun prélat autre que l'évêque.

— Quand le départ pourra-t-il enfin se faire ? demanda le roi d'un air renfrogné en caressant sa barbe.

Jean portait un manteau bleu azur sur un bliaud écarlate et n'avait pas sa couronne. Un peu plus tôt, comme chaque jour, il avait eu un entretien avec Henri de Cornouailles et Girard d'Athée, le gouverneur du château. Il y a quelques semaines, une bande de marauds avait tué une dizaine d'hommes du sheriff et on ne l'avait toujours pas rattrapée. On ignorait même tout de ces pendards, il jugeait la situation insupportable. Courroucé contre Henri de Cornouailles, il l'avait traité d'incapable. Celui-ci, penaud, avait

1. Dit aussi Ralph Fitz Nicholas.

promis qu'il retrouverait les fredains, qui se cachaient dans la forêt de Dean où il avait déjà arrêté des forestiers. Torturés, ceux-là finiraient bien par parler.

Jean avait acquiescé, dubitatif. Ensuite, il avait fait venir ses conseillers et, maintenant, passait à des choses plus sérieuses.

Il venait de s'adresser au gardien des ports.

— La nef est prête et attend à quai, gracieux sire, mais le temps ne permet pas un départ prochain.

— Quand ? aboya le roi.

— Difficile à dire, peut-être mi-mars.

Jean grimaça. Mais pouvait-il se battre aussi contre les éléments ?

— Je veux un embarquement sans délai dès que ce sera possible. Il faut en finir avec ce damné pape et cette détestable Église. L'on m'a prévenu que l'infâme Innocent envisage de délier mes sujets de leur serment de fidélité ! Ce sera alors la révolte dans tout le pays, aussi le peuple doit apprendre ma décision avant l'annonce du pape. Mes barons et mes sujets devront s'incliner, sinon tous les otages se verront exécutés et je ravagerai les villes et les bourgs des opposants !

» Thomas (il s'adressa à Herdington), ton escorte est-elle enfin rassemblée ?

— Oui, noble sire. Raoul (il s'agissait de Raoul Fitz Nicholas) a choisi douze hommes, les meilleurs guerriers d'Angleterre, dont plusieurs ont combattu avec lui en Terre sainte.

— Et Robert de Londres ? Pourquoi ce satané clerc n'est-il pas là ?

— Il a promis d'être à Bristol avant la fin du mois. Mais, il vous l'a dit, gracieux roi, il juge déraisonnable de partir tant que votre envoyé auprès du roi du León n'est pas revenu avec un laissez-passer.

— Vidal d'Orthez est parti voici quatre mois ! Il ne reviendra plus et vous vous passerez de lui ! Dès que le clerc sera là et que le temps le permettra, vous embarquerez !

Herdington approuva d'un minuscule signe de tête afin de laisser filtrer son désaccord. Le roi ne se rendait pas compte que partir sans sauf-conduit ni information dans ces terres inconnues ne conduirait qu'à l'échec. Mais comment le convaincre ? Son maître croyait tout savoir et ne supportait pas qu'on le contrarie.

Ayant à peine dépassé la vingtaine, blonde chevelure et regard glacial, Thomas de Herdington avait été adoubé chevalier sur un champ de bataille en Irlande où il s'était distingué. Mais il n'était pas seulement un valeureux guerrier, c'était un homme habile et lucide. Chambellan du roi, sheriff du comté de Stafford, il était devenu en quelques mois son favori. Réaliste et opportuniste, nulle religion ne le gouvernait. Féal du monarque à qui il devait tout, il lui avait toujours obéi sans jamais discuter. Or, pour la première fois, il s'interrogeait.

Raoul Fitz Nicholas, sénéchal d'York, était fort différent. Bien plus âgé, il avait participé à la croisade avec Richard Cœur de Lion avec qui il s'était querellé au sujet de prisonniers que le roi voulait exécuter. Raoul ne haïssait pas les musulmans, dont il parlait la langue, lui qui avait même ramené une esclave de la croisade pour en faire sa concubine.

Bien sûr, il connaissait l'arabe, aussi, quand Jean avait élaboré son dessein, avait-il fait appel à lui. À son retour, lui avait-il promis, il recevrait la charge de sheriff de Nottingham. Si l'expédition était un succès.

— Bien. Richard (il s'agissait du chancelier), as-tu enfin identifié le traître ?

— Non, mon roi. Cet individu est d'une adresse diabolique. Satan doit le guider. Seul FitzWalter le connaît.

— FitzWalter paiera cher ses félonies, grommela Jean.

— Vous pourriez lui raconter ce que vous avez fait à sa fille, proposa Falcaise de Bréauté en un sourire cruel. Cela devrait lui ôter toute envie de vous harceler, gracieux sire. Sinon il ne manque pas d'autres enfants auxquels il tient !

— Patience ! Il souffrira en son temps.

De nouveau, Jean sans Terre se caressa la barbe.

— Reste le damné pourceau de Locksley. Donc, il saurait, par FitzWalter, ce que j'envisage ?

— Oui, mon roi, c'est ce que nous a révélé notre espion, celui qui espère la libération de Matilda.

Ignoble gloussement.

— Je peux vous débarrasser de Locksley, sire, suggéra Henri de Cornouailles. En partant demain avec trois cents hommes, dans trois jours son château sera pris, lui pendu et sa jolie épouse donnée à mes sergents !

— Patience ! Patience ! soupira Jean. Pour l'heure, je ne peux agir contre ce ladre de Locksley. J'ai conclu un accord avec le roi de France : si je m'en prenais à lui, Philippe entrerait en Guyenne et je n'ai pas les moyens de commencer une nouvelle guerre là-bas.

— Mais, s'il a rejoint les félons, Locksley n'a pas respecté sa parole, objecta le chancelier, partisan lui aussi de la manière forte.

— Quelle preuve ai-je ? fit Jean en écartant les mains. Aucune ! Que l'affaire aille devant ce fourbe de pape et ce sera un prétexte de plus contre moi. Non, une occasion se présentera… Et en fin de compte, quelle importance que Locksley connaisse mes desseins ? Il ne peut les empêcher de se réaliser. Néanmoins, que notre espion continue à rapporter ce que prépare FitzWalter… S'il veut revoir Matilda.

Nouveaux ricanements des chevaliers dans la chambre.

À ce moment, l'intendant du château apparut discrètement en soulevant une tenture.

— Quoi ? clama Jean en le découvrant.

— Le seigneur de Mulgrave souhaite vous parler, gracieux sire.

— Par les pieds du Seigneur, qu'il entre, et j'espère pour lui qu'il apporte de bonnes nouvelles !

Le seigneur de Mulgrave, c'était Peter Mauluc, ancien écuyer d'Étienne de Dinant, l'âme damnée de Jean qui, à la fin du siècle précédent, avait tenté d'empêcher la libération de Richard Cœur de Lion quand celui-ci se trouvait captif en Allemagne. C'était aussi Dinant qui avait incité quelques barons et templiers à se révolter contre le Cœur de Lion à son retour en Angleterre. Et c'est encore Dinant qui avait fait tuer Richard et tenté un crime similaire sur le roi de France. Mais il avait finalement payé pour ses crimes, châtié par Guilhem d'Ussel alors qu'il voulait l'empêcher de se saisir du testament de Richard[1]. Après sa mort, Mauluc l'avait remplacé auprès du roi et son coup d'éclat avait été d'aider ce dernier à tuer de ses propres mains Arthur de Bretagne qui aurait dû devenir souverain d'Angleterre[2]. Lackland avait récompensé son complice en le faisant seigneur et sheriff de Mulgrave.

Courtaud et trapu, l'ancien écuyer d'Étienne de Dinant entra donc, avec cette expression balourde qui le faisait passer pour un simple d'esprit. Un masque, car l'homme s'avérait d'une diabolique habileté.

Il s'agenouilla.

— Qu'as-tu appris de ces maudits comploteurs ?

— Le félon m'a enfin fait parvenir un message, gracieux sire. Il ne pouvait pas plus tôt, affirme-t-il. Je ne sais si je dois le croire mais, bref, voici ce qu'il m'a révélé : les barons qui s'opposent à vous seront réunis à la fin du mois au château Baynard. Chez FitzWalter.

Il s'agissait d'une fortification normande construite au bord de la Tamise, en dehors de l'enceinte romaine, par Ralph Baynard, un compagnon de Guillaume le Conquérant. Dont FitzWalter, constable de Londres, était le seigneur.

Un sourire de satisfaction s'étala sur le visage de Jean sans Terre.

— Qui sera présent ?

— Robert FitzWalter, Eustache de Vesci, le comte de Winchester, le comte de Hereford, Guillaume de Beauchamp, Geoffrey de Mandeville et Robert de Locksley. D'autres certainement, mais l'espion n'avait pas leurs noms.

---

1. Voir *Londres, 1200*, du même auteur.
2. Voir *Rouen, 1203*, du même auteur.

— Mes amis, voilà l'occasion que j'attendais ! Mauluc, Falcaise, rassemblez autant d'hommes que vous le pouvez et prenez ce château quand ils y seront. La chose devrait être facile car il n'y a jamais de garnison là-bas. Je ne veux aucun prisonnier.

— Notre espion y sera, sire, objecta Mauluc.

— Et alors ? Je n'aurai plus besoin de lui !

12

Le voyage de Huntington à Londres dura dix longues journées de neige, de boue et de pluie, avec heureusement des haltes confortables dans des maisons ou des châteaux choisis par le messager de FitzWalter, qui revenait en leur compagnie.

Robert de Locksley avait choisi ses quatre archers et Gamwell comme escorte. Guilhem, Egelina et le messager complétaient cette troupe qui voyageait en haubert, casquée, avec écu et hache sur les destriers en longe.

Depuis qu'Ussel était arrivé à Huntington, Robert lui avait fourni de longues explications sur la contestation contre le roi Jean qui s'amplifiait d'année en année. Au départ, il s'agissait de protester contre les impôts qui frappaient injustement les barons, puis les désaccords s'étaient étendus au comportement du souverain, à sa violence, à sa corruption, à son impiété, à son incurie, à sa façon de fouler les lois coutumières et de refuser l'autorité de l'Église. Robert FitzWalter avait été la première âme des protestataires. Il avait ensuite rassemblé ses amis et, depuis un an, la subversion était devenue plus âpre, plus féroce. Avec l'excommunication de Jean, l'odieux enlèvement de Matilda et les nombreux crimes et viols dont le roi s'était rendu coupable, il s'agissait dorénavant d'une guerre larvée prête à éclater à tout moment.

Enfin, il y avait l'infâme projet qu'envisageait le dernier fils d'Aliénor d'Aquitaine, elle qui avait pourtant fini ses jours si dévote dans un couvent.

C'est le lendemain de l'arrivée de Guilhem, et alors qu'ils étaient tous deux partis chasser, que Locksley avait raconté à son ami la manière dont FitzWalter l'avait appris :

— Comme constable de Londres, FitzWalter s'était rendu à Saint-Paul, pour une messe à la mémoire de saint Luc, quand le doyen du chapitre l'avait abordé et lui avait demandé d'entendre quelqu'un dans la sacristie. Là, il avait découvert un homme qu'il savait très proche de Jean. Ce dernier lui avait révélé le diabolique projet et avait supplié de tout faire pour le contrarier tant il en allait de la sauvegarde de l'Angleterre et du salut de ses habitants. Hélas, ce dénonciateur ne savait quand le roi enverrait son ambassade au calife de Cordoue. Pour le moment, Jean venait juste de faire partir un messager auprès du roi du León, qu'il savait allié des Maures d'Al-Andalus, afin de lui demander l'autorisation de traverser son royaume. Dès que l'informateur connaîtrait le moment du départ, il le communiquerait à FitzWalter afin qu'il envoie des gens exterminer la délégation avant qu'elle n'atteigne Cordoue, ou au moins qu'elle rencontre le calife et le convainque de la fourberie du roi d'Angleterre. Cet homme craignait de faire partie de l'ambassade, mais peu lui importait de perdre la vie. Au moins sauverait-il son âme et l'Angleterre !

FitzWalter avait rapporté l'odieux projet à ses plus proches amis. Ne pouvant partir pour le León, ensemble ils avaient cherché quelqu'un capable de conduire pareille entreprise. Le nom de Locksley avait été le plus cité. Tous connaissaient ses exploits et la plupart n'ignoraient pas qu'il parlait arabe, mais tous savaient également que le comte de Huntington avait, jusqu'à présent, refusé de rallier leur cause.

Le constable de Londres l'avait donc rencontré et, cette fois, était parvenu à le convaincre. Les conjurés financeraient la troupe qui partirait pour Cordoue, s'était-il engagé. Car les débours seraient importants : il faudrait payer le voyage en mer et les frais de l'expédition, récompenser ceux qui y participeraient, prévoir le paiement de rançons si certains étaient pris, enfin engager des mercenaires pour protéger le château de Huntington en l'absence de son seigneur.

Des engagements financiers qui devaient être solennellement pris lors de la réunion au château Baynard.

*

Parvenus à Londres, Locksley et ses compagnons franchirent la vieille porte de Ludgate aux tours carrées sans avoir à se justifier, puisque les sergents de garde connaissaient le messager. Ce dernier, damoiseau prénommé Duncan, était issu d'un rameau éloigné des Huntington d'Écosse dont l'une des filles était l'aïeule de Robert FitzWalter.

En chemin, il avait longuement parlé de son maître qu'il admirait fort et qui, à l'en croire, était aimé de tous dans la cité, même des juifs car il ne les dépouillait pas comme un Lackland, les jugeant au contraire nécessaires à la prospérité de la ville marchande. Messire FitzWalter pouvait pénétrer dans Saint-Paul à cheval et en armes, bannière déployée, devant le maire, les membres du conseil de la ville et les sheriffs, avait même déclaré le jeune homme, fier d'appartenir à un si grand baron.

Duncan avait également averti ses compagnons qu'ils ne seraient pas logés dans le château Baynard. Messire FitzWalter y habitait rarement et avait laissé le manoir à sa fille Matilda, séparée de son mari. Or ce logis, seule partie habitable de la vieille forteresse encadrée de petites tours, se montrait particulièrement inconfortable. Les chambres, rares, humides et malsaines étaient situées au-dessus d'une grande salle.

Locksley savait tout cela. Ne pas demeurer au château lui convenait car il connaissait nombre d'hôtelleries londoniennes particulièrement agréables, comme le Vieux Cygne, situé près de la Tour de Londres, où Ussel et lui avaient déjà séjourné.

Mais là encore, FitzWalter avait tout prévu pour ses invités. Il avait réservé chambres et dortoirs au Bell, la maison d'hôtes du prieuré de la Sainte-Trinité d'Aldersgate[1], un monastère de chanoines de saint Augustin.

*

En entrant dans l'hôtellerie, les voyageurs découvrirent une grande salle particulièrement sombre malgré le foyer aux lueurs rougeoyantes et quelques lanternes de suif. Trônaient cinq ou six grandes tables. À l'une d'elles, Locksley aperçut plusieurs des barons invités.

Il laissa Gamwell et les archers aller s'installer où ils voulaient mais resta près de la porte avec Egelina et Ussel, tous les trois peu visibles des clients en raison de l'obscurité et d'un gros pilier de chêne soutenant l'étage, derrière lequel ils se tenaient.

— Quelques-uns des amis de FitzWalter sont là-bas, voulez-vous les rencontrer ? demanda-t-il à ses compagnons. Sinon, rejoignez Gamwell et j'irai seul les saluer.

— Ne vont-ils pas se méfier de nous ? Nous ne faisons pas partie des invités, observa Guilhem.

— Je dirai la vérité, que tu es un proche du roi de France. Tous apprécient Philippe II ici, sinon par sincérité, au moins par dépit envers Jean. Au demeurant nous ne parlerons pas publiquement de l'expédition.

— Entendu, mais présente-les-moi avant, que je sache qui me parle s'ils s'adressent à moi.

— Les deux blonds aux cheveux en bataille, qui se ressemblent beaucoup, sont les frères Mandeville : Geoffrey et Guillaume FitzGeoffrey. Celui de gauche, qui a un peu plus de vingt ans, est comte d'Essex. C'est lui l'époux de Matilda. Il a convolé jeune et cherche maintenant à se remarier avec Isabelle de Gloucester. Pour y parvenir, il assure que son mariage n'a pas été consommé. Voilà pourquoi Matilda vivait seule au château Baynard.

---

1. Fondé en 1108 près de la porte d'Aldgate ou Aldersgate par la reine Mathilde, épouse de Henri Ier Plantagenêt. Les chanoines étaient appelés *Black Canons*.

Les Mandeville portaient des robes grège aux mêmes armes brodées : un écu à quatre pans rouge et or. Ils avaient des traits saillants avec des veines proéminentes au front. Chez Geoffrey, une profonde balafre ajoutait un air féroce.

— Isabelle de Gloucester n'était-elle pas l'épouse de Jean ? s'enquit Guilhem.

— Oui, le roi avait fait annuler son mariage pour cause d'infertilité. Si le comte d'Essex parvient à convoler avec Isabelle, il se présentera comme un recours dans l'éventualité où Jean serait détrôné. Mari de l'ancienne reine, même si elle n'a pas été sacrée, il pourrait tenter de s'approprier le trône, ce qui déplaît fort à FitzWalter – il n'est pas présent ici – qui estime, lui, mériter être élu roi par les barons. Tu le vois, l'entente n'est pas parfaite entre eux ! L'autre frère Mandeville, à gauche, a épousé Christina, la seconde fille de FitzWalter. Quant au troisième blond à côté de lui, c'est Amaury de Mandeville, un enfant naturel de la vieille branche des Mandeville.

— La vieille branche ?

— C'est vrai que tu ne connais pas cette famille. La première race des comtes d'Essex s'est éteinte il y a soixante ans. L'aïeul des Mandeville était connétable de Guillaume le Conquérant. Ses enfants ont été gouverneurs de la Tour de Londres et lorsque le dernier Mandeville est devenu comte d'Essex, il était l'homme le plus riche et le plus puissant d'Angleterre. À sa mort sans descendance, il laissait une sœur, grand-mère du comte actuel, qui lui a transmis nom et titre. Or, cette femme avait un fils, lui-même resté sans lignée sinon un enfant naturel : cet Amaury. Ce dernier soutient en tout la cause de ses cousins. Quand Matilda a été enlevée, il l'a recherchée durant des semaines, battant la campagne autour de Lincoln. Il a même été blessé en combattant les gens du roi. Tu sais que Gamwell a aussi fait partie des chevaliers qui ont conduit ces recherches. Plusieurs guerriers valeureux ont trouvé la mort dans l'entreprise.

» En face des Mandeville, tu as un jeune chevalier très brun à courte barbe et moustaches. Il se nomme Ranulf de Winchester, c'est un cousin de Saer de Quincy, son voisin de gauche qui est comte de Winchester.

Guilhem examina ce dernier plus longuement, l'un des plus âgés de la tablée, homme massif en robe lie-de-vin avec galons d'argent, à la tête carrée, aux cheveux ras légèrement roux, sans cou et apparemment très vigoureux. Ussel ne distinguait que son profil ridé et couturé. Il le vit, de temps en temps, tapoter sur son épée déposée sur la table, comme si ce qu'il entendait des frères Mandeville l'affligeait.

Robert de Locksley poursuivait :

— Ranulf a fait également partie des chevaliers qui ont recherché Matilda. Gamwell a été plusieurs fois en sa compagnie durant cette quête. Comme chacun sait que le comte d'Essex veut faire annuler son union, les prétendants sont nombreux pour l'épouser à leur tour, bien sûr à cause de sa beauté, mais aussi – surtout ? – de sa richesse. Amaury, Ranulf et Gamwell comptent parmi eux, mais le cher Scarlet n'a aucune chance et son amour restera platonique. Si Matilda est libérée.

» Près de Ranulf se tient le fils de Saer, Robert. Enfin, aux extrémités de la table, en face l'un de l'autre, tu peux voir, en tunique verte, Eustache de Vesci, le meilleur ami de Robert FitzWalter, et devant lui, Henri de Bohun, mon voisin le comte de Hereford, en guerre depuis des années avec le demi-frère de Jean sans Terre, Guillaume Longue-Épée, le comte de Salisbury.

» Viens, maintenant.

Ils s'approchèrent avec Egelina, qui avait écouté attentivement, puisqu'elle ne connaissait aucun des seigneurs, n'étant pas de leur monde.

— Vale Locksley ! lança chaleureusement Bohun en le voyant. Les autres levèrent des regards à la fois méfiants et intrigués en découvrant les inconnus qui accompagnaient Huntington.

*

Qui diable sont cette femme et cet individu au maintien assuré ? s'interrogeait le comte de Winchester en examinant Ussel.

L'homme avait la démarche des braves qui n'ont peur de rien, sans pour autant paraître arrogant. Malgré un nez busqué qui lui donnait un air d'oiseau de proie, son visage exprimait un mélange de rudesse et de générosité.

Le comte de Hereford se faisait la même réflexion et devinait chez l'inconnu le capitaine hardi. La fine cicatrice qui disparaissait dans sa courte chevelure témoignait des combats qu'il avait menés.

Quant à la femme, bien que pas jeune, elle attirait tous les regards. En mantel de voyage droit de couleur indigo sur une robe écarlate avec gorget blanc, elle affichait un sourire de façade sous un regard d'acier. Plus intrigant, à sa ceinture – qu'elle portait bas –, là où les femmes n'ont d'ordinaire que des clefs et une force, elle arborait une longue dague.

— Pouvez-vous nous faire un peu de place ? Du vin chaud ne serait pas de refus, fit joyeusement Locksley.

— Je veux bien la dame à côté de moi ! s'exclama Geoffrey FitzGeoffrey. Pousse-toi, Guillaume, qu'elle s'installe entre nous. On la partagera.

Egelina les gratifia d'une expression glaciale, sans faire le moindre mouvement.

L'aîné Mandeville fronça les sourcils. D'un caractère insolent et coquardeau[1], pétri d'orgueil, il n'avait jamais accepté qu'une femme lui tienne tête.

— Manqueriez-vous de respect à ma dame ? interrogea calmement Guilhem en s'adressant à lui.

— Qui êtes-vous ? s'enquit agressivement le comte d'Essex.

— Geoffrey, affilez votre langue à plus de courtoisie, intervint Locksley. Offensé, messire d'Ussel est prompt à saisir les insultes et il se montre sans respect, même pour les lignages les plus nobles et les plus anciens. Veillez donc à la manière dont vous regarderez sa dame, qu'il entoure des attentions les plus jalouses.

---

1. Vaniteux cherchant à plaire.

Calmement, Guilhem ouvrit son escarcelle et en tira une lourde bourse de cuir.

— Seigneur, dit-il au comte d'Essex, il a là cent besants d'or. En arrivant à Aldersgate, j'ai aperçu un terrain favorable pour les joutes. Allons-y et réglons tout de suite notre différend à la hache ou à l'épée. Si vous l'emportez, vous garderez cette bourse. Sinon votre frère, qui deviendra comte d'Essex, me remettra la même somme.

Un silence mortel tomba dans l'auberge, les gens des tables voisines s'étant interrompus après que Robert de Locksley eut parlé.

Chacun observait l'aîné des Mandeville, dont les veines du front palpitaient si fort qu'elles paraissaient avoir une vie propre. Jamais personne n'avait osé lui parler ainsi.

Son regard s'attarda sur Ussel, sur les couteaux à sa double ceinture, sur l'étonnante épée qu'il portait, une lame de trois pieds de long à large garde et pommeau d'or. Il allait répondre quand Egelina le coupa :

— Guilhem, c'est moi que ce jeune seigneur a offensée et à moi de me défendre. Je le provoque donc à l'arc ou à l'arbalète sur le terrain des joutes. Nous nous placerons chacun à une extrémité et le premier qui atteindra l'autre l'emportera.

Les barons se regardaient, stupéfaits. Une femme défiait l'un d'eux ? Dans un duel à mort ?

— Geoffrey, mon ami, intervint à nouveau Robert de Locksley, voilà une querelle qui me déplaît et déplaira encore plus à FitzWalter. Nous ne sommes point ici pour nous chamailler mais nous unir. Toutefois, avant que tu décides de relever ou non ces défis, à moins que tu préfères nous dire d'emblée qu'il n'y avait nulle offense dans tes paroles, laisse-moi te présenter messire d'Ussel. C'est un vieux compagnon avec qui j'ai repris à Lackland le testament du père d'Arthur de Bretagne. Il a combattu Jean bien plus souvent que nous tous. Il a tué de ses mains l'infâme Dinant, dont vous vous souvenez, et les cicatrices de brûlure que porte le Maçon, c'est lui qui les a provoquées. Il a en outre été prévôt de l'hôtel du roi de France dont il est l'un des plus vaillants seigneurs. Il rentre enfin de Thuringe où il a vaincu les plus valeureux chevaliers de l'empereur Othon et d'où il a ramené une épée qui le rend invincible autant qu'Excalibur[1]. Te battre avec lui, c'est assurer ta défaite, que je ne souhaite pas car je connais ta valeur et parce que nous comptons tous sur toi, ici. Quant à sa promise, Egelina de Camville, elle est réputée pour son adresse à l'arbalète. Je crois être l'un des meilleurs archers d'Angleterre, or elle m'a vaincu. Je l'ai vue toucher un merle en vol à deux cents pieds.

Tout ceci avait été dit d'un ton désinvolte, mais accompagné d'un regard bien froid. Les barons, qui connaissaient Locksley, devinaient qu'il ne s'agissait pas de fanfaronnade.

L'aîné des Mandeville demeurait abasourdi, pétrifié. Il n'avait point réfléchi quand il avait parlé et se sentait pris au piège de ses propres mots. Refuser les défis, c'était passer pour un poltron. Mais les accepter l'entraînerait dans une fâcheuse situation. Peut-être même allait-il y trouver la mort.

Son frère Guillaume s'interposa :

— Chacun ici s'échauffe pour des broutilles ! Personne n'est plus respectueux des dames que Geoffrey, je le connais mieux que quiconque. Je suis sûr qu'il va vous dire que vous avez mal interprété ses paroles.

Le comte d'Essex saisit la perche :

— Pardonnez-moi, gracieuse et noble dame. J'ai parlé avec précipitation. C'est, hélas, mon tempérament. Et quand cela se produit, je le regrette toujours.

Guilhem hocha la tête et reprit la bourse qu'il replaça dans son escarcelle. Egelina sourit aimablement et déclara en écartant les mains :

— C'est oublié, gentil seigneur.

— Gente dame, je vous cède ma place pour me mettre à côté d'Essex, fit galamment le comte de Winchester en se levant.

1. L'épée magique du roi Arthur.

Alors, en se serrant, Locksley, Ussel et la dame d'Almeley s'assirent.

— Comme toujours, tu choisis bien tes amis, Robert, Mais tu ne nous as pas dit pour quelle raison ils t'accompagnent, fit Henri de Bohun, soulagé de la fin de l'altercation.

— Messire d'Ussel est respecté par tous à la cour du roi de France. Or, FitzWalter avait besoin d'un document d'une certaine personne proche de Philippe Auguste. Il l'a obtenu et me l'a amené. Vous en saurez plus demain. Quant à sa dame, elle ne le quitte jamais.

Ranulf de Winchester ouvrit la bouche pour parler à son tour, mais, d'un froncement de front, son oncle Saer, qui se trouvait désormais en face de lui, le fit taire.

— Demain, nous nous réunirons avec FitzWalter à la pique du jour, annonça Bohun, car la plupart d'entre nous veulent quitter Londres avant none. Au demeurant, la conférence ne durera guère si nous avons confirmation de ce qu'envisage le roi. Mais, parlons d'autre chose… Messire d'Ussel, nous sommes tous curieux de connaître ce qui se passe en France… Beaucoup d'entre nous ont combattu avec Richard contre votre roi.

— J'étais peu dans le royaume l'année dernière, messire. Comme vous l'a dit Robert, je me suis rendu en Thuringe.

— Pour le roi de France ?

— Pas seulement. J'allais voir un ami.

Pressé de questions, Guilhem raconta alors une partie de son voyage, tandis qu'un serviteur emplissait les hanaps de tous.

13

Avant qu'ils ne soupent, Locksley avait proposé à Guilhem de le conduire sur la grève de la Tamise, près du château, là où, quelque onze ans auparavant, il avait surpris un aviseux en train de lui emboîter le pas[1]. L'homme s'était, hélas ! enfui, quand lui-même avait été pris à partie par des arbalétriers de FitzWalter. Plus tard, les deux amis avaient découvert que l'espion était Peter Mauluc, le scélérat qui avait tué la dame de compagnie d'Anna Maria à Bordeaux et qui œuvrait, désormais, comme homme de main du roi Jean.

Curieux de connaître les abords du château Baynard, mais troublé par le fait qu'ils allaient peut-être encore croiser la route de ce misérable, Guilhem avait accepté. Par des chemins enneigés et ravinés bordés de boutiques closes, Egelina, Gamwell, Robert et lui s'étaient donc rendus au bord de la rivière, alors que les derniers rayons du soleil embrasaient l'horizon.

Des gardes s'apprêtaient à fermer le portail de la palissade pour la nuit et faisaient sortir les miséreux qui vivaient du ramassage de bois flotté. Ces gens d'armes acceptèrent que Locksley et ses amis gagnent la rive à condition qu'ils n'y restent pas longtemps.

— Rien n'a changé ! déclara Huntington quand ils furent sur la grève.

1. Voir *Londres, 1200*, du même auteur.

Il indiqua l'endroit où il avait surpris Mauluc, et le ponton de bois branlant érigé sur des pieux de chêne couverts d'algues par lequel le pendard était parvenu à prendre le large.

*

Le lendemain, les barons se rendirent au château Baynard sans escorte ni écuyer, en robe ou en bliaud et, pour la plupart, sans arme autre qu'une dague. Même si seuls les proches de FitzWalter étaient conviés, Robert de Locksley invita Guilhem et Egelina à l'accompagner. Certes, tous deux ne pourraient participer à la conférence, mais il tenait à les présenter au chef des conjurés.

Érigé cent vingt ans plus tôt contre la muraille romaine, le château Baynard était avant tout une enceinte entourée de douves ponctuée de tours d'angle. De l'autre côté des fossés se dressait un rempart de pieux qui rejoignait la palissade protégeant la rive de la Tamise. Cette clôture, qui servait de soutènement à quelques habitations ou entrepôts, se prolongeait jusqu'aux antiques remparts romains. De place en place, tout au long de la rivière, elle était percée d'ouvertures en face de pontons où accostaient barques et allèges. Là, des gardes contrôlaient les marchandises et faisaient payer des octrois. De manière quelque peu débonnaire.

On pénétrait dans le vieux bâtiment par un pont-levis fortifié. Locksley se souvenait que la forteresse disposait d'une seconde entrée, pratiquée dans l'enceinte du côté de la rivière, porche permettant le passage de canots.

Dans la cour enneigée, les valets récupérèrent les chevaux et les barons se rendirent au manoir, où un majordome les attendait. Si Guilhem avait échangé quelques paroles aimables avec le comte de Winchester et Henri de Bohun, le comte d'Essex, lui, l'avait ignoré.

Locksley et messire de Vesci, qui connaissaient les lieux pour y être souvent venus, demeurèrent un instant avec lui et Egelina.

Huntington avait prévenu son ami que FitzWalter ne parlerait que devant ses invités. Comme le manoir ne comprenait qu'une salle – les chambres étant privées –, Egelina et lui devraient donc attendre la fin du concile pour y pénétrer.

— Rassurez-vous, vous ne resterez pas dehors avec ce froid, expliqua Vesci. Dans la grosse tour du coin (il la désigna), la salle basse est chauffée. C'est là que se réfugient les gardes. Vous pouvez attendre que l'on vienne vous y chercher une fois que FitzWalter aura terminé et demandera à vous connaître.

Egelina ayant opiné avec un sourire, Locksley et Vesci s'éloignèrent vers le manoir. Elle et Guilhem les suivirent des yeux jusqu'à ce qu'ils y pénètrent, puis se dirigèrent vers la tour.

*

Quelques gardes bavardaient devant une bûche qui se consumait dans la cavité d'un mur. Le couple salua les hommes d'armes qui les accueillirent courtoisement, à l'évidence intrigués par leur apparition, surtout celle d'une noble dame. Guilhem prononça quelques mots pour expliquer leur présence, tandis qu'Egelina parcourait des yeux les murs garnis de pavois, lances et arbalètes. Mais la salle était tellement enfumée qu'elle proposa à son compagnon de monter sur les remparts découvrir la ville et la rivière, une étroite ouverture communiquant avec un escalier circulaire construit dans une tourelle.

En haut des marches, ils débouchèrent sur le chemin de ronde crénelé, où ils firent quelques pas et n'aperçurent qu'une sentinelle, près d'une autre tour. FitzWalter n'était guère vigilant, songea Guilhem, mais que risquait-il ici, constable d'une ville où il était aimé et respecté ?

Ussel constata alors qu'aucun garde ne surveillait le portail ouvert de la palissade, ce qui le surprit. Plus loin sur la grève, Egelina lui indiqua quelques miséreux qui se disputaient avec des crocheteurs voulant ramasser du bois. Des coups de bâton étant échangés, peut-être les gardes se trouvaient-ils avec les batailleurs. Finalement les miséreux s'enfuirent et Guilhem tourna son regard vers la rivière.

Au ponton moussu, une grande barque avec une douzaine de rameurs à bord attendait on ne sait quoi. Des cygnes et des canards nageaient paisiblement autour. Deux grandes allèges approchaient, venant de l'aval.

— Regarde ! dit Egelina en tendant un index vers la ville.

Discutant bruyamment, un groupe d'archers arrivait depuis une ruelle. Sans doute venaient-ils s'entraîner sur la rive.

Les allèges se rapprochèrent alors du ponton, où elles s'amarrèrent. Chacune portait une poignée d'individus couverts de chapes à capuchon. Ils descendirent. Certains rejoignirent ceux de la première barque. Intrigué, Guilhem les observait entre deux merlons. Quelques-uns portaient des cordes. Un picotement lui parcourut la nuque quand il crut reconnaître une silhouette trapue et courtaude. Il essayait de distinguer son visage lorsque, soudain, Egelina le bouscula contre le merlon. Le souffle d'un trait venait de se faire entendre : on lui avait tiré dessus ! En appuyant sur son épaule, elle le contraignit à ne pas bouger.

— C'est l'un des archers ! dit-elle. Je l'ai vu encocher une flèche et la lancer en un éclair ! Regarde là-bas !

Elle désigna la sentinelle de l'autre tour, qui gisait désormais sur le chemin de ronde, un boujon brisé dans la poitrine, la hampe de la flèche s'étant cassée dans la chute du corps.

Guilhem s'accroupit, puis risqua un regard vers la grève en demeurant abrité derrière le parapet : les inconnus des barques sortaient des échelles jusque-là cachées sous des toiles et les emmanchaient. D'autres lançaient déjà des grappins et des cordes au sommet de la palissade. Il sut alors qui était le courtaud : Mauluc !

— Alerte ! hurla-t-il.

Déjà Egelina l'avait quitté pour se précipiter dans l'escalier de la tour.

*

Dans la grande salle, l'intendant avait fait dresser des bancs à dossier en deux rangées, l'une en face de l'autre. Sur chacune, étaient installés douze à quatorze barons, les plus hauts seigneurs du royaume opposés à Jean avec, parmi eux, le maire de Londres, William Hardel. Ces hommes, dont beaucoup venaient du nord et de l'est de l'Angleterre, se nommaient entre eux les « Vingt-Cinq » ou les « Norois ».

À une extrémité de la vaste pièce, sur une chaire, se tenait Étienne Langton, l'archevêque de Canterbury refusé par le roi Jean qui venait de rentrer secrètement au pays. À sa droite et à sa gauche, sur de hautes chaises, apparaissaient Roger FitzWalter et Guillaume de Sainte-Mère-Église, l'évêque de Londres.

Quand chacun fut assis, que le brouhaha eut cessé, que l'intendant eut fermé toutes les portes et placé des gardes de l'autre côté, l'archevêque Étienne Langton bénit l'assistance, le visage empreint d'une tristesse indicible.

— Nobles et gracieux seigneurs, hauts et puissants barons d'Angleterre, Robert FitzWalter m'a confirmé, hélas, ce que préparait l'infâme Jean. Pour la plupart d'entre vous, vous le savez, ou vous en avez entendu la rumeur. Nous sommes là pour décider comment agir afin d'empêcher ce diabolique blasphème.

Il se tourna vers FitzWalter :

— Répète ce que tu as appris, Robert.

Ce dernier se leva pour marquer la solennité de sa révélation :

— Son royaume en interdit, lui-même excommunié, bientôt déchu de son trône suivant une prophétie que nous connaissons tous[1], Jean a décidé de quitter l'Église de Dieu. Il va, dans quelques jours ou quelques semaines, envoyer des messagers au calife souverain d'Ifriqiya et d'Andalus, le Miramolin Muhammad al-Nasir, pour lui faire hommage, remettre entre ses mains l'Angleterre et lui jurer de renoncer à la loi chrétienne afin

1. Un ermite d'York nommé Pierre affirmait et proclamait que Jean ne serait plus roi à l'Ascension prochaine ni plus tard, et que, ce jour-là, la Couronne d'Angleterre serait transférée à un autre.

d'embrasser celle de Mahomet, religion à laquelle tous ses sujets seront contraints d'obéir.

Même si beaucoup de barons avaient entendu parler de ce projet, la plupart refusaient d'y croire. Quant à ceux qui l'ignoraient, ils furent d'abord abasourdis avant de se mettre à hurler : « Jamais ! »

Cris, grondements et malédictions retentirent dans une confusion totale. Les épées sortirent des fourreaux, accompagnées de serments de fidélité au Seigneur. Plusieurs barons se levèrent avant de s'agenouiller, en larmes.

— Nous empêcherons ce crime ! hurla Eustache de Vesci.

— Nous en faisons serment ! jura Winchester.

FitzWalter s'efforça de ramener le calme. Quand un peu de silence revint, il déclara :

— J'ai demandé à Robert de Locksley, que vous connaissez tous et qui a maintes fois lutté avec succès contre Jean, de mener une compagnie dans las Españas pour rattraper et occire les ambassadeurs de ce roi apostat.

Murmures d'approbation.

— S'il ne peut y parvenir, le comte de Huntington ira jusqu'à Cordoue convaincre le Miramolin de la fausseté du roi Jean. Vous vous en doutez, une telle expédition coûtera cher, aussi j'attends de chacun qu'il participe aux débours ou qu'il envoie un chevalier de valeur, Jean ayant déjà choisi de redoutables combattants pour son ambassade. Pour ma part, j'affrète la nef qui conduira les nôtres jusqu'en Castille.

Les approbations furent moins nombreuses, tous étant tellement pressurés par le roi et ses baillis que les revenus de leurs terres passaient déjà en achats d'armes ou de mercenaires pour défendre leurs biens et familles.

— Amaury m'a assuré qu'il en serait ! lança le comte d'Essex.

— Je savais pouvoir compter sur toi, Geoffrey, ainsi que sur ta noble famille et ton vaillant cousin.

— Je te ferai passer deux cents marcs d'argent, promit le comte de Hereford, mais ne peux donner plus.

— Ranulf a hâte de partir avec Locksley, assura le comte de Winchester, et je verserai aussi deux cents marcs d'argent.

D'autres sommes fusèrent. Lorsque chacun se fut exprimé, la collecte dépassait les vingt mille livres, aussi l'archevêque de Canterbury se leva pour remercier les barons.

Mais, avant qu'il ait pu parler, on frappa à la porte. Quand le jeune Butler entra, affolé, il cria :

— Le château est attaqué !

*

Guilhem se tenait prêt, immobile et épée à la main, espérant qu'aucune des flèches lancées à la verticale pour retomber sur le chemin de ronde ou dans la cour ne l'atteindrait.

D'autres archers avaient dû gagner la grève, puisqu'il en comptait maintenant deux grosses douzaines. Quant aux guerriers venus en barque, ils semblaient trois fois plus nombreux. Ussel devinait les gardes de la palissade occis par les ramasseurs de bois, faux miséreux et vrais guerriers.

Sans arc ni arbalète, Ussel était dans l'impossibilité d'agir tant qu'aucun assaillant ne prenait pied sur le chemin de ronde. Heureusement, les trompettes d'alerte retentissaient et du renfort allait venir. Cependant, il doutait que la faible garnison du château puisse affronter autant de guerriers. Certes les barons viendraient combattre, mais aucun n'était équipé. Comme lui d'ailleurs, qui ne portait ni haubert ni casque.

Il vit les agresseurs grimper par-dessus la palissade, d'autres tirer les cordages qu'ils avaient accrochés aux pieux, provoquant leur arrachage, une première échelle appuyée contre l'enceinte en surplomb du fossé. Qu'immédiatement un assaillant escalada. Quand la tête de l'audacieux parut entre deux merlons, Guilhem la trancha d'un moulinet. Le corps tombait à peine sur la douve que, déjà, un nouvel attaquant surgissait, sur qui Ussel lança le couteau qu'il tenait dans son autre main.

— À la rescousse ! entendit-il.

C'était la voix d'Egelina.

Suivie des gardes de la salle de la tour, elle le rejoignit avec une arbalète armée brandie. Sans viser, elle tira sur une tête qui surgissait d'une deuxième échelle. La chute du mort, dont le corps entraîna les assaillants qui grimpaient à sa suite, lui accorda un répit. Calmement, à l'abri d'un merlon, elle posa un pied dans l'étrier de l'arme, tendit le câble, glissa l'un des carreaux de la trousse attachée à sa robe et visa sur la grève un attaquant qui portait une troisième échelle.

Un garde vint prêter main-forte à Guilhem, car les guerriers étaient toujours plus nombreux à monter par le premier échalier, les autres accourant vers le deuxième. Un des agresseurs, parvenu au sommet, lança sa hache sur un autre garde qui s'apprêtait à le frapper. Lui ayant fendu le crâne, il réussit à mettre pied sur le chemin de ronde. Deux autres sentinelles du château, imprudemment découvertes, succombèrent alors sous les flèches tirées par les archers.

Près de la tour, Egelina avait occis deux hommes et la troisième échelle reposait maintenant sur la grève. Mauluc encourageait ses hommes à la reprendre, rageant contre cette défense imprévue.

Tout en frappant chaque corps qui surgissait devant lui, Guilhem devinait la situation désespérée. Les trois derniers gardes combattaient ceux qui avaient pris pied sur la courtine mais de nouveaux assaillants apparaissaient sans cesse. L'un guigna Egelina, qui abattait avec régularité ceux qui tentaient de faire franchir les douves à la troisième échelle. L'agresseur se précipita sur elle en brandissant sa hache, mais Ussel lui barra le chemin. D'un coup d'épée, il trancha le bras de l'homme.

Hélas pendant qu'il avait abandonné son poste, les gens de Mauluc s'étaient déversés sur le rempart. Et le dernier garde venait de tomber, submergé par le nombre.

C'est alors que FitzWalter apparut. Épée haute, tenant un vieil écu bosselé, il se jeta furieusement sur eux. Après lui suivirent les frères Mandeville, Winchester et son neveu. Tous étaient en robe ou en bliaud, mais tenaient de solides brettes ou des haches trouvées dans le château.

À l'autre bout de la courtine, c'est Robert de Locksley qui sortit de la tour. Ayant déniché un arc et des flèches, il se mit à tirer sur les archers de la grève. Chacun de ses traits en faisait tomber un. Derrière arrivaient Eustache de Vesci et Henri de Bohun, avec Duncan et quelques gardes qui brandissaient coutelas, hampes ferrées, épieux.

Le combat devint un furieux enchevêtrement de hasts, de haches et de badelaires où, à chaque coup, un homme s'écroulait. Plusieurs tombèrent dans la cour ou les fossés. Insultes, malédictions et gémissements résonnaient partout.

Sans le soutien des archers, dont beaucoup avaient été mis hors de combat par les flèches de Locksley, sans le secours de nouveaux combattants, puisque la troisième échelle demeurait toujours dans la boue, les hommes du roi Jean arrivés sur le chemin de ronde furent bientôt pris au piège. Leur nombre diminua vite d'une dizaine à trois ou quatre, qui se rendirent une fois conscients qu'ils avaient perdu. Malgré leurs supplications, ils furent précipités dans la cour, où ils s'écrasèrent.

Guilhem cria alors à Egelina :

— Près des barques, l'homme court sur pattes, c'est Mauluc ! Débarrasse-nous-en !

Le gredin avait dû entendre la menace car il courut à l'allège la plus proche, provoquant la débandade des survivants.

Egelina perdit un instant à tendre son arbalète. Quand elle tira, par malchance un fuyard sautait au même moment dans la barque et reçut le vireton destiné au sbire de Jean. Locksley ne put non plus intervenir, sa trousse de flèches étant vide. Il vit donc avec dépit l'allège s'éloigner. Mauluc lui échappait pour la deuxième fois.

Ce dernier mit alors ses mains en porte-voix et hurla :

— Toi, la drôlesse ! Je te retrouverai !

14

La bataille s'achevait quand arrivèrent les écuyers et escortes qu'Amaury de Mandeville était allé quérir. Du côté des gens de Baynard, FitzWalter compta huit tués ou agonisants, trois blessés parmi les barons, dont le cadet Mandeville qui, ayant glissé sur une flaque de sang, avait chuté dans la cour depuis le chemin de ronde. Tombé sur un cadavre, il s'en tirait seulement avec de grosses contusions et une épaule démise.

Chez les assaillants, les pertes se révélèrent autrement considérables. Tous ceux ayant mis pied sur le rempart étaient trépassés. Sans compassion, Winchester s'était en effet chargé d'égorger les survivants blessés avec son coutelas. Sur la grève, on compta treize archers atteints par les flèches de Locksley et une grosse dizaine de victimes touchées par les carreaux d'Egelina, eux aussi furent achevés malgré leurs supplications. Quelques dépouilles gisaient dans l'eau neigeuse des douves, d'autres avaient plongé dans la rivière et finiraient sans doute noyés.

FitzWalter demanda à Butler d'envoyer des serviteurs prévenir les bourgeois du quartier qu'ils désignent des gens d'armes pour protéger le château d'une nouvelle attaque, cependant peu vraisemblable. Prévenu par Ranulf, le prieur de la Sainte-Trinité d'Aldersgate apparut avec l'infirmier du couvent afin de porter les premiers soins aux blessés.

*

Une fois le calme revenu et le château en sûreté, les barons se réunirent à nouveau dans la salle, où cette fois Guilhem et Egelina furent conviés. Malgré les robes et bliauds tachés ou déchirés, l'humeur était à la liesse. Tous éprouvaient l'enivrante volupté des vainqueurs.

Pendant que FitzWalter narrait l'estour à l'archevêque de Canterbury et à l'évêque de Londres, nombre de seigneurs glosaient sur les situations désespérées dans lesquelles ils s'étaient trouvés, surmontées grâce à leurs vigueur et adresse. Sans oser l'affirmer ouvertement, beaucoup se jugeaient égaux aux preux de la Table ronde, tandis que d'autres assuraient que si le roi Jean se décidait à les affronter, il en paierait le prix fort. Dans ce concert de satisfaction, Egelina de Camville et Guilhem d'Ussel demeuraient les héros de l'assemblée. Chacun reconnaissait que, sans eux, le château aurait été pris et ses occupants massacrés. L'adresse et le sang-froid de la châtelaine d'Almeley suscitaient une telle admiration que Geoffrey de Mandeville vint, cette fois avec sincérité et un brin de passion, lui demander pardon, alors que le matin même il l'avait dédaignée.

L'on sait que tuer donne soif et ouvre l'appétit, aussi FitzWalter ordonna-t-il qu'on dresse une table, aille chercher des plats chez les rôtisseurs des environs et mette un tonneau de son meilleur vin en perce. En attendant que tout soit fait, il demanda à Locksley, Ussel et à sa dame de l'accompagner dans sa chambre.

À l'étage, un individu en robe sombre et bonnet de feutre se tenait devant une étroite ouverture à travers laquelle il regardait la rivière. L'homme se retourna en les entendant entrer et s'avança vers FitzWalter. De petite taille, dans la trentaine, il boitillait et présentait un corps malingre. Son visage décharné arborait une barbiche clairsemée.

— Hamon est le fils de ma sœur Maud, le présenta FitzWalter. Né avec un pied bot, il n'a pu se consacrer au métier des armes. Il aurait pu devenir abbé mais a préféré demeurer près de moi comme intendant et ménagier des biens de notre famille. Je n'ai aucun secret pour lui et il a toutes les qualités à mes yeux. Quand je lui ai parlé de dénicher un bateau pour gagner l'Espagne, il a rapidement trouvé la nef qu'il fallait. Nous allons en reparler. En attendant, asseyez-vous et laissez-moi vous servir un hanap de vin de mes vignes de Normandie.

Chacun ayant reçu une coupe, FitzWalter demanda au comte de Huntington de lui présenter Ussel. Pour la dame, c'était inutile car il savait qui elle était, dit-il mystérieusement, une expression ambiguë dans le regard.

Locksley s'exécuta, lui qui brûlait de savoir à quoi FitzWalter venait de faire allusion. Il rapporta quelques exploits de son ami, ajouta qu'il avait apporté de France le laissez-passer demandé à Blanche de Castille, et conclut par le fait qu'il l'accompagnerait dans l'expédition en Españas, tout comme la dame de Camville.

Devant l'expression satisfaite du constable de Londres, Egelina lui demanda alors ce qu'il savait d'elle.

— J'ai appris que vous étiez au service de Baudric d'Orbec.

— Comment ? s'enquit-elle d'une voix glaciale.

— Par l'archevêque d'York Geoffrey Plantagenêt, le bâtard d'Henri II. Vous ne l'ignorez pas, ce frère naturel de Jean a longtemps été son fidèle sinon son complice, mais il a commencé à prendre ses distances quand Lackland a fait pendre Baudric, son homme lige. Leurs relations ont empiré lorsque Jean a accédé au trône et a imposé l'impôt d'un treizième sur tous les biens, y compris ceux des ecclésiastiques et prélats. Geoffroi a refusé de payer et m'a demandé de le soutenir. C'est à cette occasion qu'il m'a parlé de vous et de Baudric. Mais, rassurez-vous, ce qu'il a confié n'est jamais sorti de ma bouche.

Un silence embarrassé s'installa, FitzWalter ignorant ce que Huntington et le Français savaient d'Egelina. Or il ne voulait pas commettre d'impair.

Guilhem fit un signe de tête vers l'intendant, et le constable de Londres le rassura :

— Hamon est un autre moi-même. Je ne lui cache rien.

Échange de regards entre Ussel et Locksley. Ce dernier ayant opiné, faisant comprendre qu'il pouvait avoir confiance, Guilhem s'exprima :

— J'ai connu Egelina quand elle était la Licorne. Je sais les crimes qu'elle a commis, mais quiconque émettra des doutes sur sa droiture me trouvera sur son chemin.

— Ce ne sera pas mon cas, sire d'Ussel ! protesta FitzWalter en un rire soulagé, mettant ses mains en avant comme pour se protéger. Geoffrey m'a raconté qu'il avait laissé Baudric créer la Licorne pour son frère et la manière dont Jean l'avait récompensé en le faisant pendre. Votre amie a été enchartrée, comme actuellement ma fille. Mais Geoffroi ignorait comment elle avait été libérée et il m'a seulement dit que Baudric lui avait légué le château d'Almeley.

Guilhem sentit la curiosité, sinon la suspicion de FitzWalter au sujet de la libération d'Egelina. Il allait répondre quand celle-ci intervint :

— Lackland m'a sortie de prison pour que je tue une femme dont il voulait se venger. Baudric, devenu son otage, devait assurer que je ne m'enfuirais pas. Or, cette femme, je la connaissais, je l'aimais, même, mais la fidélité envers mon seigneur l'emportait sur mes sentiments. Je voulais qu'il vive, aussi ai-je réussi à m'approcher d'elle. J'allais tirer quand Guilhem, dont je méconnaissais la présence, a lancé un couteau dans mon dos, sans me reconnaître.

Elle se tut un moment, pleine de honte.

— Messire d'Ussel m'a cru morte, mais je n'étais que mourante et on m'a conduite dans un couvent. Des années plus tard, j'ai appris l'existence d'un testament me concernant. Je suis alors rentrée en Angleterre. J'ai revu le sire d'Ussel pour la première fois voici quelques semaines.

Troublé, FitzWalter échangea des regards incertains avec son neveu. Singulière affaire, songeait-il, malgré tout rasséréné sur la femme.

— Elle viendra avec nous en Españas, annonça Guilhem.

Le constable de Londres approuva d'un hochement de tête. Après ce qu'il avait vu sur les remparts, et ce qu'il savait d'elle, la Camville valait certainement nombre de guerriers.

— Maintenant, abordons le plus important, Robert, fit Locksley. Comment Jean le Félon savait-il que nous serions là aujourd'hui ?

— Il y a un espion parmi nous, confirma tristement le constable de Londres. C'est l'évidence.

Il s'adressa à Egelina :

— Si je ne vous devais la sauvegarde de mon château et la vie, vous auriez été la première suspectée. Mais vos actes ont parlé pour vous.

— Merci, seigneur, dit-elle. Je m'efforcerai d'être digne de votre confiance. J'ai commis beaucoup de fautes, mais je me rachèterai. Je vous le jure.

— Avec un filou parmi nous, la prudence s'impose plus encore. À compter de maintenant, ne révélez plus rien sur l'expédition, sinon à messire de Bohun et Vesci dont nous connaissons la loyauté, insista Locksley. Dès que vous saurez d'où part la nef, communiquez-le-moi et obtenez que Ranulf et Amaury s'installent au plus vite à Huntington. Faites-moi parvenir aussi les sommes nécessaires.

— Parlons justement de la nef. Hamon s'est occupé de tout, alors autant qu'il vous explique ce qu'il a prévu.

— Il s'agit d'un cogge qui transporte la laine de nos moutons à Bordeaux. Le père du maître marinier, qui travaillait déjà avec le frère de ma mère, est d'une grande fidélité à notre famille. Je connais le bateau pour avoir fait une fois le voyage avec. Il peut accueillir jusqu'à trente chevaux sur le premier pont de sa cale. J'ai rencontré le maître marinier en novembre pour lui parler d'un voyage aux rives de la Castille, au mois de mars. Son pilote connaît un port nommé San Sebastián. La traversée prendra entre dix jours et quatre semaines, m'a-t-il annoncé. Il a promis de rester à quai à Portsmouth, où les cogges de Bordeaux font escale pour débarquer vin et pastel. Il y sera dès le début des calendes de ce mois. Seulement, il m'a prévenu : le port est étroitement surveillé. Impossible à une quinzaine d'hommes et au double de chevaux de monter à bord d'un navire sans se faire arrêter par le bailli. Comme je ne savais que proposer, il a suggéré d'embarquer la troupe en un autre point de la côte. Mais où ? Messire FitzWalter a soulevé cette difficulté auprès de messire le maire de Londres. Celui-ci m'a renvoyé vers un marchand qu'il avait épargné d'une condamnation aux ceps[1] après qu'il eut frauduleusement vendu de la laine sans payer de droits. Or ce négociant, guère honnête mais utile, connaît une bande de contrebandiers de Cornouailles qui se nomment les Ravageurs.

» Par son intermédiaire, j'ai discuté avec leur chef en janvier, lequel, moyennant cinq cents esterlins, rencontrera mon marchand à Portsmouth pour s'entendre avec lui. Il peut lui faire conduire le cogge dans une embouchure de rivière en Cornouailles, un endroit éloigné de tout nommé Falmouth. Le sheriff n'y risque pas ses hommes car ils se feraient trucider par les contrebandiers.

— Je connais la Fal, mais comment gagnerons-nous l'embouchure avec nos chevaux ? Depuis Huntington, c'est impossible ! Nous aurions mille fois l'occasion d'être arrêtés par les gens d'Henri FitzCount ! objecta Locksley en fronçant le front.

— L'un des contrebandiers viendra vous chercher à Huntington. Vous traverserez les Galles jusqu'à un port qu'il connaît et vous prendrez une barque qui vous conduira de l'autre côté de la Cornouailles. Il restera juste quatre milles à faire pour gagner Falmouth selon le chef des brigands.

— À pied ? Où seront les chevaux ?

1. Le cep était un madrier divisé en deux pièces avec des encoches demi-circulaires qui formaient, en se rapprochant, des ouvertures rondes pour les poignets et les chevilles. Si le prisonnier y restait trop longtemps attaché, ses pieds et ses mains pourrissaient.

— Vous embarquerez sans. Le marchand aura fait charger des montures à Portsmouth. Il dispose de documents prouvant que le sénéchal de Guyenne demande de lui apporter trente coursiers de guerre.

— Hum… Voilà une entreprise compliquée, objecta Guilhem. Qu'un des contrebandiers ne soit pas de parole, ou arrive trop tard, et nous resterons en Angleterre. Pis, nous pouvons nous retrouver immobilisés en Cornouailles, sans monture et à la merci du sheriff.

— Vous avez raison, soupira l'intendant, mais je n'ai trouvé aucun autre moyen. Croyez-moi, seigneur : faire sortir quinze hommes armés et leurs destriers d'Angleterre en ce moment relève du travail d'Hercule.

— Il ne reste qu'à prier le Seigneur de nous venir en aide. Après tout, nous serons à son service, soupira Locksley.

— J'ai déjà fait porter au marchand des armes, des harnois et des vêtements, intervint FitzWalter. Il n'y aura donc pas grand-chose à emmener. Quant à l'argent, vous avez entendu les engagements des barons. Je me le ferai remettre et le porterai à un juif de Silver Street, Nathan le Riche. Je crois que vous le connaissez. Je me suis déjà entendu avec lui : il enverra la quittance à l'un de ses parents à Gloucester, qui vous adressera un messager. Vous n'aurez alors qu'à aller chercher la somme. S'il n'y a pas de difficulté, vous partirez avant la fin du mois.

Robert de Locksley approuva d'un signe de tête.

— Nous ne nous reverrons pas avant votre retour, mes beaux sires, ni vous gracieuse dame. Que Dieu vous protège, conclut FitzWalter.

15

Les deux barques se suivaient, dégorgeant de blessés et de mourants entassés à la diable. La première pénétra dans le chenal qui faisait communiquer la rivière au fossé entourant la Tour de Londres et s'arrêta devant le débarcadère. Peter Mauluc passa sur les planches pour se rendre au pont de pierre qui surmontait les douves. Plus loin, au pont-levis, il ignora les gardes qui l'avaient salué avec respect et, par un chemin enneigé et boueux, se dirigea la mine sombre vers l'enceinte intérieure.

Extrêmement inquiet, il n'en menait pas large, sachant d'avance que la colère du roi serait terrible.

Arrivé à la Tour, il poursuivit jusqu'à la seconde porte fortifiée.

*

Quelque cinquante ans plus tôt, Henri II, le père de Jean, avait fait bâtir une autre courtine dans la grande cour entourant le donjon carré. Plus tard, Richard Cœur de Lion l'avait fait reconstruire pour la rendre infranchissable.

Cette muraille, qui s'appuyait sur la Tour blanche, délimitait une plus petite cour dans laquelle il avait fait ériger un manoir autrement plus confortable que les chambres de la Tour blanche, toujours glaciales et humides.

C'est dans ces appartements que le roi Jean s'installait quand il venait à Londres. En cas de danger, il lui était aisé de gagner une tourelle accolée au donjon, puis le donjon lui-même par un escalier intérieur.

*

Au manoir, les gardes conduisirent Mauluc jusqu'au chambellan qui se tenait dans la salle basse en compagnie de quelques chevaliers. Le grand officier fut troublé par l'expression du sheriff de Mulgrave, mais ce dernier affichait si souvent des airs balourds et singuliers qu'il n'y attacha guère d'importance. Toutefois, en le conduisant à l'étage, vers la chambre royale où le monarque l'attendait, il lui demanda si tout s'était bien passé.

Mauluc ne le gratifia d'aucune réponse.

La chambre de Jean, vaste et lumineuse grâce à de hautes fenêtres aux vitraux clairs, avait les murs couverts jusqu'au plafond de carreaux vernissés représentant des animaux. Le lit à courtine faisait face à une cheminée dont le tablier était émaillé de léopards d'Angleterre. Plusieurs tapis parsemaient les dalles du sol. Le roi aimait le luxe et le confort.

Dans une chaise curule, près d'une table sur tréteaux, en manteau de loutre et robe de laine écarlate doublée en cendal vert, Jean examinait une pierre précieuse enchâssée dans un sertissage d'or. Le plateau du meuble supportait une sorte de reliquaire qui contenait, en vrac, une incroyable quantité de gemmes.

En entendant entrer les visiteurs, le roi leva la tête et sourit :

— Ah, Mauluc ! Cet homme – il désigna un marchand en bonnet de velours qui se tenait debout à côté de Richard Marsh, le clerc de la chambre[1], et de Falcaise de Bréauté – me certifie que la possession de cette pierre garantit le succès de toute entreprise. Il en veut trente livres, et j'ai un instant envisagé de l'acheter pour m'assurer de vaincre les barons félons, mais, te voyant, je devine que c'est inutile. M'apportes-tu leurs têtes ? J'ai hâte de

1. Il deviendra évêque de Durham.

les exposer au sommet de la Tour blanche. Quel bel ornement ils feront pour dissuader ceux qui envisageraient de les imiter !

Mauluc rentra le cou dans les épaules et s'affaissa légèrement, paraissant encore plus courtaud.

Intrigué par son attitude, Falcaise de Bréauté plissa le front en mâchonnant une inexistante bouchée.

— Les choses ne se sont pas passées comme prévu, ô mon gracieux roi, marmonna le visiteur.

À son tour, Jean fronça les sourcils.

— Ce qui signifie ? s'enquit-il d'un ton glacial.

— Les gens de FitzWalter ont fait preuve d'une résistance inattendue.

— Ne me dis pas que tu as échoué…

— Mes gens avaient pris pied sur le chemin de ronde. Tout indiquait qu'il n'y avait plus de sentinelles, mais un homme se dissimulait derrière un merlon. Il a repoussé les premiers assaillants, donné l'alerte et reçu l'aide d'un arbalétrier. Celui-là – ou plutôt celle-là car c'était une femme dont j'ai distingué le gorget – a abattu la plupart de mes archers et empêché de poser d'autres échelles…

Mauluc s'arrêta en voyant le courroux déformer affreusement le visage du roi.

— Une femme en gorget ? Une femme en gorget aurait tué mes archers ? Qu'inventes-tu ? Baynard est-il pris ? gronda Jean.

— N… non, les barons sont arrivés à la rescousse et ont repoussé mes hommes.

— Donc, ces maudits vivent encore ?

— Ou… Oui, mon roi.

Pris d'un incontrôlable tremblement, Jean sans Terre se mit à haleter. Son teint pâlit, ses poils se hérissèrent, sa bouche se contracta et ses yeux s'égarèrent sur les objets dans la pièce avant de se fixer sur la gemme qu'il tenait. Soudain, il cracha :

— Va-t'en ! Sors d'ici ! Honni sois-tu ! Mais ne quitte pas le château ! Falcaise, veilles-y ! Emmène-le !

D'une pâleur mortelle, incapable de se maîtriser, le roi lança la pierre contre un mur.

— Partez ! Disparaissez de ma vue ! hurla-t-il d'une voix aiguë déformée par la rage.

Tout le monde obtempéra au plus vite, le marchand prenant juste le temps de ramasser son bijou. Tous connaissaient les colères du monarque, ses crises de fureur délirante durant lesquelles il pouvait tuer n'importe qui.

La pièce vide, le roi serra et desserra ses mains pour tenter de se calmer. Après un moment, un sinistre sourire apparut sur son visage et il murmura :

— FitzWalter… FitzWalter… Ainsi tu me défies… Mais je vais te punir dans ta chair…

À son tour, il sortit.

*

Il traversa la salle à grands pas sans un regard pour ceux qui discutaient à voix basse autour du clerc de la chambre. Certainement commentaient-ils l'incident.

Dans la cour, près de la porte fortifiée, Mauluc parlait avec Bréauté. Il tentait de se justifier mais Falcaise lui reprochait l'outrecuidance d'avoir voulu prendre seul le château pour en obtenir la gloire, alors que le roi préférait que ce soit lui qui dirige l'expédition.

Jean les ignora et se rendit à la tour carrée. Il grimpa rapidement les marches intérieures et déboucha dans un cabinet contigu à la salle des gardes. Traînait là une poignée de Flamands et de Navarrais qu'il payait à prix d'or et qui parlaient seulement français. Ainsi, était-il plus difficile de les corrompre. Devant un brasero, les mercenaires jouaient au franc carreau sur un damier posé à même une table. Rires et interjections vulgaires cessèrent quand le roi entra.

— Baudoin, Regnault, suivez-moi !

Ces deux-là venaient de Gand où ils avaient été au service d'un riche marchand qu'un sheriff de Jean avait fait pendre à Douvres, l'insolent ayant osé protester contre la saisie de sa marchandise. Prudents, les gardes n'avaient pas levé le petit doigt pour un maître qui les traitait mal. Aussi avaient-ils été embauchés par le sheriff, lequel manquait d'hommes capables de brûler églises et monastères et de pendre prêtres et moines sans le moindre état d'âme. Le zèle de ces mécréants était arrivé aux oreilles de Falcaise de Bréauté, qui les avait engagés à son tour, au service exclusif du roi.

D'une taille colossale, blonds tirant sur le roux, tous deux affichaient des traits grossiers, des faces carrées, des nez charnus, des fronts proéminents et d'épaisses arcades sourcilières. Baudoin, qui portait une longue épée à la double ceinture de sa robe, avait en plus une peau vérolée ravinée de cicatrices et peuplée de poils épars. Regnault, lui, était toujours revêtu d'une cuirassine maclée de plusieurs plaques de fer aux épaules et en haut des cuisses. Il ne portait pas d'arme, aussi saisit-il une hache qui traînait sur un coffre.

Tous trois passèrent dans l'autre salle, Jean en tête, et empruntèrent un escalier en limaçon. Là, le roi gagna l'appartement du constable gouverneur de la Tour Roger de La Dune. Un sergent d'armes se tenait devant l'huis. En l'ignorant et sans frapper, le Plantagenêt entra. La Dune, qui écrivait à un pupitre, se leva aussitôt.

— Prends la clef de la chambre de la FitzWalter et accompagne-moi !

— Oui, gracieux roi.

Le constable se rendit à une crédence, ouvrit une porte du meuble et en sortit une clef.

En silence, ils montèrent au dernier niveau de la Tour blanche et traversèrent une salle de gardes mitoyenne à une petite chambre voûtée qui autrefois accueillait le logis du lieutenant du gouverneur, lequel partageait désormais les appartements de Roger de la Dune.

Ignorant les hommes d'armes, Jean fit signe au constable d'ouvrir la porte de cette piécette. Celui-ci fit tourner la clef dans la serrure et le roi pénétra.

Devant une fenêtre, une jeune femme en robe turquoise jouait du luth. Elle n'avait pas vingt ans, mais un visage au teint de pêche marqué de rides de souffrances et de contusions. Des sourcils clairs, comme ses cheveux serrés en tresses dans une guimpe. Des lèvres fines et de grands yeux bleus, craintifs.

Elle s'interrompit et considéra son visiteur avec un mépris évident.

Ce dernier referma la porte en ne quittant pas la jouvencelle du regard.

— Que voulez-vous ? interrogea-t-elle en s'efforçant de dissimuler sa terreur.

— Votre père et votre époux viennent de me causer du tort, gente Matilda.

— Tant mieux ! Pourquoi me gardez-vous prisonnière ? N'avez-vous pas eu ce que vous vouliez ?

— Vous ne devriez pas vous réjouir de mes déboires car c'est vous qui allez, une nouvelle fois, payer le prix de leur impudence, fit Jean en ôtant son manteau qu'il jeta sur un coffre.

— N'approchez pas ! fit-elle en reculant.

— Vous êtes une très belle jeune femme, Matilda. Quelle bêtise d'avoir épousé un Mandeville ! Vous méritez un roi.

— Vous me faites horreur ! glapit-elle en devinant ses intentions.

Il s'approcha, sourire concupiscent aux lèvres.

— Je vous aime, Matilda ! Je vous l'ai prouvé, je crois.

— Retirez-vous ! Vous n'avez que trop abusé de moi !

— Résisteriez-vous à votre souverain ! Retroussez votre robe !

*

Il ressortit une heure plus tard, griffé à une joue mais satisfait.

Le gouverneur et les Flamands attendaient. Ces derniers souriaient.

— Falcaise lui portera son souper, annonça Jean. D'ici là, qu'elle ne reçoive aucune visite, pas même de prêtres.

Il redescendit et gagna la cour intérieure.

Dans la grande salle du manoir, les mêmes se tenaient là. Falcaise aussi. Jean l'appela.

— La reine vous a demandé, annonça le clerc de la chambre. Votre fille est malade.

Isabelle d'Angoulême et ses enfants habitaient un autre manoir, à l'extérieur de la cour intérieure.

— J'irai plus tard, promit le roi en se dirigeant vers l'escalier.

Une fois dans sa chambre, il chassa le valet et les servantes qui s'y trouvaient et demeura seul avec son sbire. Il s'approcha alors d'un dressoir dont il fit jouer une porte à secret, libérant une cache qui laissa apparaître un flacon.

— Tu sais ce que c'est ?

Falcaise opina.

— Tu feras préparer une francherepue à Matilda FitzWalter, et videras cette fiole dans son vin. Un souper que tu porteras toi-même.

Comme Falcaise souriait, le roi fronça les sourcils.

— Si tu la touches, je te ferai écorcher !

*

Jean alla ensuite chez sa femme et passa la soirée à jouer avec ses garçons et sa fille, qu'il aimait fort – le monstre était un bon père. L'enfant n'avait qu'un catarrhe selon le mire qui l'avait vue, aussi fut-il rassuré.

Le lendemain, alors qu'on le coiffait, le clerc de sa chambre vint lui annoncer que Matilda FitzWalter était décédée dans la nuit. Sans doute avait-elle bu trop de vin car elle avait vomi avant de trépasser. Jean donna l'ordre qu'on l'enterre dans la fosse de l'église de Tous-les-Saints[1].

---

1. Près de la Tour, l'église de Tous-les-Saints existe toujours. C'est la plus vieille de Londres.

*

Dans la soirée, Falcaise revint voir le monarque :

— Noble et aimé roi, le seigneur de Mulgrave vous supplie de lui accorder un entretien.

— Pourquoi ?

— Son espion s'est manifesté, il connaît les projets des barons.

— Va le chercher !

Mauluc attendait dans la salle basse, car il savait que le roi serait curieux, aussi arriva-t-il vite.

Jean, sur sa chaire, se nettoyait les ongles avec une dague.

— J'espère que tu portes de bonnes nouvelles, fit-il du ton faussement aimable qui terrorisait ses proches.

Mauluc s'agenouilla humblement.

— Je ne sais, très haut et puissant roi, mais j'ai appris beaucoup et ne doute pas que vous prendrez les bonnes décisions après ce que je vais vous annoncer.

— Parle !

— Hier, les félons ont décidé d'envoyer une troupe en Españas pour s'en prendre à vos ambassadeurs.

— Par les boyaux de Jésus, que la peste emporte FitzWalter ! gronda Jean. L'insolence de ces gens n'a plus de bornes !

D'un regard rageur, mâchoire serrée, il prit Falcaise à témoin et ce dernier hocha de la tête.

— Mais leur petite troupe de marauds n'ira pas loin ! Falcaise, tu ordonneras à Guillaume de Wrotham de prévenir mes baillis maritimes : qu'ils mettent des gardes sur tous les bateaux capables de porter des chevaux et enferment les maîtres mariniers douteux. Que toute troupe suspecte entrant dans un port soit saisie.

— Je vais faire envoyer des courriers dans l'heure, gracieux roi. Cependant, FitzWalter est un vieux renard, il pourrait avoir déjà trouvé un navire qui échappe aux baillis.

— Hum… C'est juste…

Jean se frotta la barbe.

— Ce qu'il ignore, c'est que j'ai envoyé un émissaire au roi du León. Si Alphonse m'accorde son aide, je lui adresserai une lettre pour qu'il saisisse ces maudits et les fasse griller sur des charbons ardents.

— Hélas, Vidal d'Orthez n'est toujours pas de retour du León, grimaça Falcaise.

— Encore un incapable ! aboya Jean en jetant un regard mauvais à Mauluc. N'as-tu aucune idée ? Habituellement, tu n'en manques pas !

— Ne m'accablez pas, ô, mon roi, mais l'espion m'a appris autre chose.

— Quoi !

— Les gens de FitzWalter envisagent de rencontrer le Miramolin et de le dissuader d'entendre vos ambassadeurs, s'ils ne réussissent pas à les vaincre.

— Par les pieds du Seigneur, cette vermine a toutes les audaces ! Sais-tu qui commandera ces rats ?

— Oui, mon roi, le comte de Huntington.

— Locksley ! Encore lui ! Que la fièvre quartaine l'étouffe ! Eh bien, qu'il y aille ! Il aura une surprise à son retour : en son absence je détruirai son château et donnerai sa femme à mes hommes !

— J'ai appris qu'il va engager cinquante archers gallois. FitzWalter et Bohun lui ont promis autant de chevaliers pour défendre son comté, très haut et gracieux seigneur.

— Maudits ! Triples maudits ! Que le diable les crève tous ! gronda le roi en jetant sa dague contre le bois du lit.

Tout à coup, il considéra Mauluc d'un air sournois :

— N'es-tu pas en dette avec Huntington ?

— Oui, mon noble roi. Il me doit une revanche, ne serait-ce que sur ma honteuse défaite d'hier.

— En effet…

Il lissa sa barbe avant d'annoncer :

— Alors tu partiras avec Thomas de Herdington et Raoul Fitz Nicholas ainsi que deux douzaines d'archers. Choisis les meilleurs. Je te laisse Strongbow, mon champion. Trouve les gens de Huntington et détruis-les avant qu'ils atteignent Cordoue !

Mauluc ne protesta pas et parut même satisfait d'avoir une occasion de se venger.

— Combien seront-ils ?

— Locksley emmènera son écuyer. Amaury de Mandeville et Ranulf de Winchester ont demandé à les accompagner.

— Voilà de bonnes nouvelles ! se réjouit Jean, tandis que Falcaise approuvait en un sourire à glacer le sang.

— Il y aura également un Français à qui je me ferai un plaisir d'arracher le foie, ajouta Mauluc, les lèvres trémulantes d'émotion.

— Je le connais ?

— Oui, sire : Guilhem d'Ussel. Le compagnon de Locksley qui s'est si souvent mis en travers du chemin de mon maître Étienne de Dinant.

— Damnation ! Ussel ! tressaillit Jean sans Terre. La racaille qui m'a coûté si cher à Rouen !

Falcaise demeurait crispé dans un rictus haineux. Guilhem avait tué son frère à Rouen.

— Ce maudit se trouvait hier à Baynard, sire. Avec une femme, sa compagne.

— Sa mie ? Voilà qui m'intéresse ! À travers elle, je pourrais lui faire payer fort cher tout ce qu'il me doit… Parle de cette femme… La connais-tu ?

— Elle se nomme Egelina de Camville. C'est elle qui a abattu mes archers avec une arbalète.

— Par le cul de Marie ! Camville ! La Licorne ! Je la croyais morte ! s'exclama Jean.

— La connaissez-vous, noble sire ?

— Je la connais fort bien… Elle a tué pour moi…

Il soupira.

— Tu auras de rudes adversaires avec eux, Mauluc. Te crois-tu capable de les vaincre ?

— Oui, mon roi. Ma haine m'aidera.

Jean haussa les épaules. La haine n'avait jamais remplacé quelques solides gaillards munis de haches, ni une fiole de poison.

— Falcaise… Sais-tu où se trouve Foulques de Canteloup ?

— Toujours à Bristol, sire.

— Très bien. Je vais lui préparer une lettre. Il partira avec Mauluc et une lance ou deux.

Un nouveau sourire.

— Ne perds pas de temps avec ces marauds, Mauluc. Occis-les à la première occasion. Notre espion t'aidera… S'il veut revoir Matilda. Et quand je serai enfin le maître, ce sera au tour de FitzWalter de partir pour l'enfer… Où il pourra saluer sa fille !

16

Le comte de Hereford avait proposé à Locksley de faire route avec lui. Henri de Bohun voyageait avec une escorte de deux lances conduites par ses chevaliers, troupe, grossie du comte de Huntington, de ses amis, de Ranulf de Winchester et de son écuyer, qui permettrait sans peine de faire face à la moindre mauvaise rencontre au cas où le roi, pour se venger de sa défaite, enverrait une compagnie de gens de guerre contre eux.

Mais, avant de partir, Bohun devait rencontrer une autre fois FitzWalter, aussi restèrent-ils tous à Londres un jour de plus, avec Ranulf de Winchester. Quant à Amaury de Mandeville, le second chevalier devant participer à l'expédition en Castille, il avait promis de les rejoindre dès son retour de l'Essex où il avait reconduit ses cousins.

*

Durant cette journée d'attente, Guilhem avait accompagné Egelina à Saint-Paul. Contrairement à lui, elle avait la foi et cherchait le réconfort dans la prière. Elle n'en parlait jamais, mais ceux qu'elle avait tués sur ordre de Baudric demeuraient vivants dans son esprit. Elle avait même souvent l'impression qu'ils se tenaient près d'elle pour lui rappeler ses crimes. Aussi, chaque fois qu'elle le pouvait, demandait-elle conseil à Agnès, sainte dont elle avait découvert la vie de martyre au couvent, morte et torturée pour avoir refusé d'épouser le fils du préfet de Rome.

La cathédrale abritant une statue de la sainte, Egelina s'agenouilla devant. Préférant la laisser à sa méditation, Guilhem se rendit dans une auberge du parvis pour vider une chopine de cidre chaud au miel, réconfort qu'il jugeait plus efficace que les grâces, *pater* et *Notre Père*.

C'est là qu'il découvrit l'écuyer de Ranulf, qu'il avait jusqu'à présent seulement aperçu.

Roux, élégant, désinvolte et d'un tempérament railleur, Nicolas de Langlay avait un visage fin, rasé de près, parsemé de taches de rousseur qui lui donnaient un air enfantin accentué par ses cheveux bouclés et parfumés. Il portait une robe ocre et un mantel sombre. Guilhem avait observé qu'il se déplaçait d'une démarche souple et affectée digne de certains prélats. Mais était-il bon guerrier ?

Guilhem s'assit à sa table après avoir déposé son épée sur le plateau, précaution qu'il prenait dans les lieux qu'il ne connaissait pas, l'expérience lui ayant enseigné que tirer une arme suspendue à la taille lorsqu'on était assis faisait toute la différence entre la vie et la mort.

— Votre seigneur n'est pas avec vous ? interrogea-t-il.

— Il prie à Saint-Paul.

— Comme ma dame.

— Peut-être sont-ils ensemble, suggéra Langlay en pouffant.

La remarque déplut à Ussel.

— Je ne crois pas, fit-il sèchement.

Le ton n'émut pas le damoiseau.

— Messire de Winchester m'a rapporté que la dame de Camville maniait fort bien l'arbalète.

— En effet.

— Chose singulière pour une noble dame.

— Certainement.

Après cet échange à la fois banal et tendu, une servante porta un pot de cidre à Guilhem, qui demeura silencieux et le but à petites gorgées tout en s'interrogeant. Pourquoi était-il contrarié par ce que venait de dire l'écuyer ?

— J'ignore ce que nous allons faire en Castille, déclara soudain ce dernier. D'ailleurs, j'ignore où se situe la Castille, sinon que c'est au-delà des mers, mais j'ai envie de connaître le monde. Vous-même avez beaucoup voyagé, m'a-t-on rapporté…

— Votre devoir est de suivre votre seigneur, répliqua Guilhem non sans brusquerie.

— Je ne suis pas son homme lige, messire.

Ussel haussa un sourcil intrigué.

— Expliquez-moi…

— Je connais Ranulf depuis l'enfance, mon père est vassal du comte, son oncle. Ranulf avait un fort fidèle écuyer, mais Édouard – c'était son nom – a trouvé la mort dans un affrontement avec les gens de Lincoln.

— À la recherche de Matilda ?

— C'est cela. Aussi, quand son oncle a annoncé qu'il partirait avec vous, Ranulf a dit avoir besoin d'un autre écuyer. Le comte a demandé à mon père que je l'accompagne.

— Et vous avez accepté…

— Immédiatement ! Cadet et sans fortune, pourquoi ne pas m'enrichir en Castille ?

— Pourquoi pas, en effet ? Mais vous pouvez aussi y trouver la camarde.

— La dame de Camville me protégera de son arbalète, plaisanta le jeune homme.

— N'y comptez pas, rétorqua Guilhem en se levant.

Décidément, ce garçon ne lui plaisait en rien.

Il retrouva Egelina dans l'église et ne vit pas Ranulf. Mais elle l'avait aperçu. En compagnie d'un clerc.

Le soir du second jour à Londres, Robert FitzWalter fit chercher Locksley à l'hôtellerie, sans donner de raison.

Intrigué, le comte de Huntington s'y rendit seul et revint une heure plus tard, sombre et défait. Guilhem aurait aimé savoir ce qu'il s'était passé mais attendit, en vain, que son ami se confie.

*

Le voyage jusqu'à Hereford fut plus rapide qu'à l'aller grâce au ciel dégagé. Plus de neige ni de pluie. Le soleil brilla dès le départ, ce qui leur permit de parcourir de longues étapes.

Le premier jour, Locksley proposa à Guilhem et Egelina de chevaucher tous les trois en avant-garde.

Ils trottaient à vive allure sur une ancienne voie romaine encore bien pavée quand Robert prit la parole :

— FitzWalter a reçu un serviteur de la Tour blanche hier. Un vieil homme dont la sœur était au service de son père. Le vieillard connaissait sa fille, l'ayant vue à plusieurs reprises après son mariage.

Silencieux et attentifs, Guilhem et Egelina devinaient une terrible révélation.

— Ce domestique savait la présence d'une prisonnière dans la Tour, personne dont tout le monde ignorait le nom. Lui-même avait tenté de l'apprendre sans y parvenir ; s'il avait été certain qu'il s'agissait de Matilda, il aurait prévenu le constable de Londres. Quoi qu'il en soit, la détenue est morte la nuit dernière. Avec d'autres serviteurs, il a porté sa dépouille à l'église de Tous-les-Saints pour la mettre en terre. Le corps était cousu dans un linceul et le drap, tissé dans une pauvre étoffe, s'est déchiré durant la mise en fosse. Le domestique a alors reconnu Matilda. D'après ce qu'il a raconté, Jean était venu la voir la veille dans sa chambre, et ce n'était pas la première fois. Elle est décédée à la suite de vomissements. Or Falcaise de Bréauté lui avait apporté son repas. Les gens du château parlaient tous de poison.

Une ignominie de plus à la charge de Lackland, songea Guilhem, révolté.

— Que va faire FitzWalter ? demanda-t-il.

— Plus déterminé que jamais, il va désormais consacrer sa vie à chasser Jean et le punir.

— Il aura tous les barons anglais derrière lui, dit Guilhem, tandis qu'Egelina se taisait, émue du sort de Matilda qu'elle avait failli également connaître.

— Pour l'heure, il tient à ce que personne n'apprenne cette forfaiture, craignant déshonneur et médisances. Il lui faut protéger son lignage. Le crime n'a été confié qu'à Vesci, Bohun et moi, en ne m'autorisant à le révéler qu'à vous deux. Il préviendra les Mandeville en leur réclamant également le secret. Surtout, que Gamwell, Ranulf ou Amaury l'ignorent. Tous trois aimaient fort Matilda et seraient capables de tout quitter pour s'en prendre à Jean.

— Tu peux compter sur notre silence, promit Guilhem, mais si Falcaise ou ses compères tombent entre mes mains, je me montrerai sans pitié.

Le visage fermé, Egelina approuva.

*

À l'occasion d'une étape, Locksley interrogea Hereford sur les maîtres maçons qu'il connaissait. Il voulait profiter de son absence pour remplacer la palissade de pieux qui entourait la cour de son château par une muraille de pierres. L'enceinte actuelle était suffisante pour retenir l'agression d'une bande de brigands, mais ne résisterait jamais à une armée. Or dès que Jean connaîtrait son rôle, il chercherait à le punir. Certes, messire de Bohun viendrait à son aide, mais le château devrait résister quelques jours avec ses propres forces.

Le comte évoqua un artisan qui avait travaillé pour lui et disposait d'assez d'ouvriers pour construire au plus vite un rempart. Il promit de le lui envoyer.

En approchant de Hereford, Locksley chargea Gamwell de poursuivre vers le royaume de Galles afin de rencontrer Owain ap Iorwerth, seigneur qui, moyennant grasse finance, recrutait des archers pour les châtelains anglais prêts à payer. Gamwell s'efforcerait de revenir avec une première troupe et ferait savoir que le comte de Huntington engagerait jusqu'à cinquante hommes. Avec eux et une solide enceinte de pierre, son château ne relèverait plus de la proie facile.

Chez lui, Locksley raconta à Anna Maria et à Walter Gandeleyn son séjour à Londres ainsi que ce qui avait été décidé, puis informa ses gens d'une attaque possible du roi ou du sheriff de Cornouailles. Les défenses furent renforcées et de grandes quantités de vivres entreposées dans le donjon.

Si tout le monde se mit au travail, Ranulf de Winchester demeura à l'écart, exigeant que son écuyer reste toujours près de lui, ce qui paraissait convenir à Langlay. Peu loquace, le jeune Ranulf se montrait fort sourcilleux. De taille moyenne, il avait souvent des gestes vifs et impérieux ; lorsqu'on le contrariait, une lueur menaçante apparaissait dans ses yeux noirs. Guilhem aurait aimé savoir ce qu'il valait aux armes, mais il refusait avec dédain toute joute. Jugeait-il que, issu d'une vieille race saxonne, il aurait déchu en affrontant un roturier ? s'amusa Ussel. Il en parla à Locksley qui le rassura : Ranulf avait combattu avec courage les troupes de Jean. S'il se montrait ainsi, c'est qu'il ne connaissait pas encore suffisamment ses compagnons. D'ailleurs, une solide amitié le liait à Gamwell, pourtant d'origine obscure.

Le lendemain du retour, Gandeleyn et Egelina s'étaient rendus à l'abbaye de Dore, qui possédait une carrière. Il avait alors été convenu que le prieur ferait livrer par charrois toutes les pierres dont il disposait.

Le maître maçon se présenta quelques jours plus tard avec ses aides. Locksley expliqua ce qu'il voulait et des plans furent établis en présence de Gandeleyn. Raoul effectua tous les calculs nécessaires.

Peu après, Gamwell revint avec une douzaine d'archers. D'autres viendraient plus tard, promit-il. On avait déjà commencé à couper des arbres pour construire un second manoir où seraient logés les Gallois et les ouvriers du chantier.

Comme le beau temps persistait, une centaine d'hommes furent recrutés parmi les vilains des alentours pour creuser les fondations de la future enceinte, tandis que le maître maçon faisait bâtir un four à chaux. Des travaux déjà bien avancés quand surgit un messager. Le jeune neveu d'Aaron de Gloucester, le juif en relation avec Nathan le Riche, informa Locksley que douze mille livres en or et en argent étaient disponibles chez son oncle. Le comte partit aussitôt avec Guilhem et ses quatre archers préférés.

Ils furent de retour trois jours plus tard, la somme répartie entre différentes bourses et avec une vielle à roue découverte par Ussel chez un marchand de luths, voisin d'Aaron de Gloucester. En arrivant, ils découvrirent la présence de deux individus maigres, noueux comme des ceps de vigne, aux visages aussi sombres que ceux des Sarrasins. Tremayne et Gwyn appartenaient à la bande des Ravageurs et les conduiraient en Cornouailles. Ils se montrèrent contrariés par le retard du comte de Huntington. Le temps pressait, expliquèrent-ils, car il était prévu que le cogge quitterait Portsmouth le 27 mars : l'embarcation ne pourrait guère attendre dans la baie de la Fal car elle y serait immanquablement repérée.

Mais manquait toujours Amaury de Mandeville. Après avoir délibéré avec Ranulf et Ussel, Locksley conclut qu'il faudrait partir sans lui le lendemain à la pique du jour.

Le soir même, à la nuit tombée, le cousin du comte d'Essex se présenta avec son écuyer.

Blond, cheveux tressés, barbe frisée sur un visage massif aux traits grossiers d'où jaillissait un nez tel un énorme champignon sorti de la mousse, Amaury n'avait pas dépassé la vingtaine. D'origine normande, il parlait uniquement français et faisait semblant de comprendre le gallois, l'anglais ou le saxon quand on s'adressait à lui dans ces langues. Surtout, il s'exprimait avec lenteur, en détachant les mots les uns des autres, maniérisme affecté qui impatientait ses interlocuteurs tant ses moindres explications s'éternisaient.

Vigoureux malgré son début d'embonpoint, il avait la démarche assurée des gens de race persuadés de leur importance et portait son épée, grande et longue lame, bien haut à la taille, comme pour dissuader quiconque de le défier.

Son servant ne lui ressemblait en rien. Roger Percy était un ancien garde-chasse d'une quarantaine d'années, petit, noiraud de peau, frustre et fort bon lanceur de hache selon Gamwell qui l'avait côtoyé durant la recherche de Matilda. Trois étaient suspendues à sa large ceinture, attachées par des boucles de cuir : des haches saxonnes au fer long, courbe et étroit, plus large dans la partie tranchante, emmanchées sur des bâtons sculptés d'un pied et demi. Ses gestes étaient lourds, posés. Lui parlait peu et toujours dans un anglo-normand rocailleux que pas grand monde ne comprenait.

Quand Ranulf avait demandé à Mandeville pourquoi il n'avait pas d'écuyer et uniquement un serviteur, ce dernier avait répondu qu'il se fiait plus à Percy qu'à n'importe qui d'autre. L'ancien garde-chasse était l'équivalent d'un chien fidèle. D'un molosse, plutôt.

Après avoir justifié son retard par un service dû au comte, il ignora superbement les autres participants de l'expédition, à l'exception d'Egelina qu'il guignait dès qu'il en avait l'occasion. Et ne dissimula point ses grimaces de dégoût dès que Flore approchait de lui. Ce qui faisait serrer les poings d'un Alaric parvenant avec peine à contrôler sa colère.

Des soucis à venir avec ce bonhomme, songeait Guilhem en soupirant chaque fois qu'il observait la morgue dédaigneuse du jeune Essex.

*

Ils partirent à l'aurore, chaque cheval monté par deux cavaliers, accompagnés d'une petite escorte qui ramènerait les montures. Le détachement était conduit par un sergent d'armes normand jadis au service des Neufmarche, seigneurs du château de Brecon, forteresse elle-même située à une quinzaine de milles de Huntington qui protégeait une ville marchande. L'homme, prénommé Guillaume, s'était fâché avec son intendant et, connaissant Locksley, avait demandé à être engagé. Robert avait accepté en jugeant ce sergent utile car, s'il disposait de bons archers, il manquait de guerriers expérimentés. En outre, Huntington n'étant pas dans les meilleurs termes avec le seigneur de Brecon, un fidèle de Jean, des informations sur les gens de ce château ne pourraient qu'être utiles en cas de conflit.

En chemin, Tremayne, le contrebandier, expliqua qu'il venait souvent sur la côte du comté de Glamorgan et avait à plusieurs reprises porté des marchandises dans la presqu'île de Gower, avancée de terre où se dressaient deux grands châteaux normands : Pennard, construit par le comte de Warwick, et Oystermouth, érigé par William de Londres dont le seigneur était lord de Gower. Comme ce dernier disposait de nombreux baillis chargés de surveiller la côte, le contrebandier avait maintes fois failli être pris et n'avait échappé à la capture que par sa parfaite connaissance des cachettes dans la presqu'île.

Mais s'il n'ignorait aucun des chemins détournés pour gagner l'intérieur des terres, Tremayne ne connaissait pas les routes et les sentiers entre Huntington et l'endroit où la barque attendrait les voyageurs. Guillaume serait donc leur guide jusqu'à la presqu'île de Gower. À lui d'éviter qu'ils se fassent repérer.

Car la troupe ne pouvait se dissimuler aisément. Il y avait les quatre hommes de l'escorte, les deux contrebandiers, Ranulf de Winchester et Amaury de Mandeville, le premier avec son écuyer et l'autre son servant, mais encore les quatre archers de Locksley, Gamwell Scarlet, Guilhem et Egelina, Alaric, Flore et Raoul. Or, dans cette partie du pays de Galles, les Normands tenaient la plupart des châteaux et soutenaient le roi Jean, sinon par fidélité, du moins par intérêt ou par alliances familiales. Même si la plupart des châtelains leur auraient volontiers accordé l'hospitalité, Locksley préférait éviter d'avoir à donner d'explications sur leur voyage. En outre, il se méfiait de ceux qui n'hésitaient pas à rançonner les voyageurs qui traversaient leurs terres. Pour toutes ces raisons, Guillaume les fit donc s'enfoncer dans les bois et les landes sans suivre les chemins fréquentés, multipliant les détours afin qu'on ne les repère point.

Le premier soir, il choisit d'arrêter l'expédition dans des ruines éloignées de tout, où chacun s'installa à l'abri de la pluie. S'ils voyageaient en haubert sous leur chape, y compris les deux femmes, ils avaient emporté très peu de bagages, uniquement des robes, chainses, bliauds et chausses qui serviraient de matelas.

Alors que les archers s'occupaient des chevaux et qu'on sortait des sacs pains et harengs séchés, un colporteur apparut dans le sentier. Arracheur de dents itinérant qui avait l'habitude de séjourner là, en échange d'un denier par dent, il proposa aux voyageurs de s'occuper de leur mâchoire. La grosse tenaille qu'il portait à la taille dissuada même ceux aux chicots branlants de faire appel à ses services.

Le lendemain, survint un premier incident. Alors qu'ils contournaient Brecon et sa forteresse par des vallons sauvages, le coursier mené par Gamwell se mit à boiter. Ils durent faire halte. Alaric, qui avait l'habitude de soigner les chevaux, l'examina. Une pierre dure s'était fichée dans un sabot. À l'aide d'un couteau, mais avec beaucoup de difficulté, il parvint à l'enlever. Cependant la bête, blessée, continua à claudiquer. Pour éviter que son état s'aggrave, ils décidèrent qu'elle ne serait plus montée pendant quelque temps. Dès lors, deux hommes devinrent piétons à tour de rôle, ce qui les fit avancer avec encore plus de lenteur. Ni Amaury ni Ranulf n'acceptant de marcher, ils conservèrent leurs chevaux… au grand dam de leurs compagnons.

Ce même jour, ils perdirent aussi beaucoup de temps à franchir l'Usk. La rivière avait énormément grossi, une pile du pont qu'ils devaient utiliser avait été emportée. Ils suivirent donc le cours d'eau jusqu'à un prieuré où des moines les conduisirent vers un gué. Dans cette partie montagneuse du Powys, avec la fonte des neiges, le moindre ru formait ruisseau – ou plus – et les rares ponts romains, que plus personne n'entretenait, se révélaient pour la plupart en ruine. Partout les chemins étaient transformés en bourbier et les prairies en marécage. Le soir, ils trouvèrent refuge dans un moulin à eau dont le meunier exigea dix deniers par personne, bière, pain et viande inclus mais chandelle non comprise – somme extravagante – pour passer la nuit dans la salle où tournait la roue.

Comme ils n'avaient pas parcouru la moitié de la distance pour atteindre l'endroit où ils embarqueraient, Tremayne s'inquiétait auprès de Locksley du temps précieux qu'ils perdaient. Tout retard serait fâcheux car ils risquaient de se retrouver en Cornouailles sans bateau, le cogge ne pouvant attendre, grognait-il.

Le troisième jour, la pluie se mit à tomber. Après avoir traversé des landes et des bois vides d'habitants, ils pénétrèrent sur des terres d'où jaillissaient parfois des silhouettes de châteaux, aussi demeuraient-ils sur le qui-vive. Sur chaque monture, celui qui ne tenait pas les brides gardait arc ou arbalète prêt au tir. La pluie détendant les cordes, au fond de lui Locksley priait pour qu'ils ne fassent aucune mauvaise rencontre.

Au détour d'un chemin fréquenté par de rares colporteurs, une perche posée entre deux arbres supportait un bouquet de branchages. La sommaire enseigne annonçait un cabaret tenu par une vieille qui brassait sa propre bière, expliqua Tremayne à Guilhem et Egelina qui chevauchaient en avant-garde à ses côtés. La troupe s'y arrêta un moment. La tenancière, nez crochu et dos voûté, fit passer à chacun quelques hanaps de bois pleins d'une ale savoureuse. Gamwell acheta aussi des saucisses de mouton grillées, qu'ils dévorèrent en reprenant la route.

Plus tard, ils ne purent éviter un pont. Aussi durent-ils payer un octroi très élevé. Heureusement, les gardes ne leur posèrent aucune question. Le soir, ils passèrent la nuit dans la fenière[1] d'une ferme, où ils purent acheter des provisions. Un savetier de passage s'y arrêta aussi, Tremayne fit réparer l'une de ses chaussures.

S'ils ne furent en rien importunés par les puces cette nuit-là, les rats, nombreux, se montrèrent, eux, insolents et affamés, essayant plusieurs fois de mordre la chair des femmes.

Le jour suivant, ils entrèrent enfin dans un pays que Tremayne connaissait.

Ce fut dans l'après-midi qu'ils aperçurent la mer. Une étendue d'eau grise, hostile, dont la couleur se confondait avec celle du ciel. Ils s'arrêtèrent un moment pour regarder l'étendue agitée. Avec autant de crainte que de répulsion.

— À partir d'ici, nous devons abandonner les chevaux. Ils seraient trop facilement aperçus par les sentinelles ou les patrouilles d'Oystermouth, annonça Tremayne à Robert de Locksley. Maintenant, il faudra marcher.

---

1. La salle où l'on entreposait le foin.

17

Guillaume repartit pour Huntington avec l'escorte et les montures, tandis que les voyageurs prenaient la direction de la côte en suivant des sentiers encaissés serpentant au milieu d'épais taillis. Il leur fallut une journée entière avant de percevoir le bruit du ressac et d'arriver auprès de l'eau. Le soir tombait, le ciel était gris, l'obscurité s'étendait avec la brume. Rien d'engageant.

Ils suivirent la rive jusqu'à apercevoir quelques masures construites sur des pieux destinées à les protéger des hautes marées. Trois barques de pêcheurs étaient tirées sur les galets d'une crique abritée. Aucun être vivant en vue, pas même un chien. Les contrebandiers regardèrent les cahutes un moment, fronçant les sourcils et affichant des moues d'inquiétude. Ils se méfiaient. Après concertation, ils annoncèrent préférer vérifier si tout allait bien. Qu'on les attende, dirent-ils en partant.

Grâce au ciel, la pluie avait cessé de tomber. Les voyageurs s'assirent sur des pierres et des souches, morts de fatigue et transis jusqu'aux moelles.

Le flot clapotait sur les galets. Un soleil rougeâtre luisait au loin sur la mer, une humidité glaciale pénétrait partout.

— Que fait-on s'ils ne reviennent pas ? demanda Guilhem à Robert qui, les deux mains sur la garde de son épée, s'appuyait dessus.

— Nous irons aux cabanes et éclaircirons les choses. Hors de question de passer la nuit dehors.

Ranulf et Amaury échangèrent des regards contrariés, assortis de critiques à voix basse. Ni l'un ni l'autre n'avait envisagé les difficultés du voyage. Pis, les gagnait le sentiment d'être négligés et de ne compter pour rien, alors que de noble race, ils auraient dû être particulièrement respectés. Désormais, ils gardaient leurs distances, même avec Locksley, pourtant chef de l'expédition. Ranulf se montrait le plus désagréable, tant envers les archers qu'à l'égard des Français. Même s'il tolérait Gamwell, il considérait les premiers comme d'anciens outlaws méritant la corde et voyait les seconds en ennemis. Pour montrer son mépris, il ne se lassait pas de raconter, en les enjolivant à chaque fois, les exploits de son père en Normandie contre les gens de Philippe Auguste.

Amaury, lui, avait fait un brin de cour – maladroit – à Egelina qui l'avait éconduit et, depuis, tenait Guilhem pour responsable de cet ostracisme. Aussi ne lui adressait-il pas la parole. Quant à l'écuyer Langlay, il semblait surtout faire attention à ne pas se salir ; ses rares paroles, toujours ironiques, se gaussaient de l'impréparation du voyage.

Les gens de Lamaguère, eux, demeuraient ensemble. Ils se seraient bien entendus avec les archers de Locksley mais, ne comprenant pas leur langue, leurs relations se réduisaient au minimum. C'est Egelina, leur seigneur et Gamwell qui servaient d'interprètes quand ils avaient quelque chose à se dire.

À l'écart de cette troupe hétéroclite, Locksley et Ussel discutaient à voix basse des dissensions, s'interrogeant sur la façon dont ils pourraient y mettre fin : durant le long voyage qui les attendait, rien ne serait pire que des querelles intestines s'il leur fallait combattre un ennemi commun.

Soudain apparut la silhouette de Tremayne, de retour des masures. Tous se levèrent pour aller à sa rencontre.

— La barque est là ! annonça le guide avec satisfaction. On passera la nuit dans une des cahutes. Une soupe nous attend !

Rassérénés, ils l'accompagnèrent et découvrirent avec déception que leur logis n'était qu'une salle au sol de sable couvert de goémon séché. Heureusement, un feu de varech crépitait et une épaisse soupe de poisson et de lard cuisait dans un chaudron, dégageant un fumet appétissant.

Ils se trouvaient dans le logis d'un pêcheur et de ses fils, expliqua Tremayne. Ce seraient eux qui les conduiraient le lendemain en Cornouailles. Ils attendaient depuis deux jours et n'espéraient plus les voir arriver, mais ils avaient promis contre trente deniers d'argent de ne pas utiliser leur barque durant une semaine…

*

L'embarquement se déroula avant le lever du soleil, les flots au plus bas. La barque était grande mais n'avait qu'un demi-pont au fond détrempé. Où ils se serrèrent car, lorsqu'ils croiseraient d'autres bateaux, personne ne devait les apercevoir, expliquèrent les contrebandiers. Par précaution supplémentaire, ils prirent soin de dissimuler les passagers sous des couches d'algues sèches. Puis entamèrent les manœuvres avec les pêcheurs. D'abord aux rames, avant de dresser la voile. Grâce au ciel, le vent était favorable, aussi, bien manœuvrée, la barque fila-t-elle rapidement, poussée par l'arrière.

Sous le goémon du demi-pont, la promiscuité, le froid et l'eau malmenèrent vite les esprits. Amaury de Mandeville ne pouvait supporter d'être écrasé par Eadric, et Ranulf de Winchester recherchait vainement un endroit sec. Ayant constaté la meilleure place occupée par Flore, il l'exigea. Pour toute réponse, Alaric l'attrapa par le col et menaça de le jeter à l'eau. Une bagarre aurait éclaté sans l'intervention de la jeune femme qui accepta de se déplacer. Egelina fit alors honte au chevalier, lui demandant s'il se serait comporté ainsi avec Matilda, dont il avait fait sa dame depuis qu'elle avait été enlevée. Ranulf se renfrogna plus encore et ne parla plus à quiconque. Quant à Langlay, il avait assisté à la scène en dissimulant à peine un fou rire.

Les frustrations se dissipèrent quand, en pleine mer, les membres de l'expédition purent, à tour de rôle, monter sur le pont et s'appuyer au pavois. Même si le vent qui soufflait était glacial, même s'ils étaient continuellement aspergés par les gerbes d'embruns, cette bouffée de liberté calma certains nerfs à vif et leur fit grand bien.

Le voyage dura jusqu'à la nuit, avec deux alertes quand un cogge, puis une énorme nef venant de Bristol coupèrent leur route. De ces bateaux marchands, personne ne repéra les corps dissimulés sous les algues.

L'obscurité s'étendait quand Guilhem, monté sur le pont avec les autres à l'approche de la côte rocheuse, aperçut une lueur. Les marins dirigèrent la barque droit dessus et l'échouèrent sur une étroite grève encaissée entre deux promontoires à pic. Immédiatement les passagers sautèrent, satisfaits de retrouver la terre ferme après une si longue et pénible navigation.

À l'abri d'une falaise s'étalaient plusieurs constructions de bois. Au sommet d'une roche brûlait un fanal. Dans le vacarme du ressac mugissant, les contrebandiers annoncèrent qu'ils passeraient la nuit dans l'une de ces maisons.

Deux molosses se précipitèrent vers les arrivants en aboyant férocement, mais un homme les rappela depuis l'une des masures. Les voyageurs empruntèrent le sentier qu'avaient suivi les chiens et découvrirent, en haut, toute une famille. Père, mère, grand-mère et enfants les reçurent chaleureusement, ne cachant pas combien ils étaient honorés d'accueillir des gens d'épée, de nobles hommes et gentes dames. Eux aussi les attendaient depuis deux jours, précisa le patriarche.

Tout le monde entra. Peu de meubles dans la cahute : un banc grossier, quelques coffres de diverses tailles, une grande paillasse dans un cadre de planches où la famille devait dormir avec ses chiens. Aucune table, pas de lanterne à chandelle et seulement un feu de bois flotté et de varech pour éclairer. Quelques poules perchées sur la charpente caquetèrent afin de souhaiter la bienvenue. Des chapelets d'algues séchaient partout mais il n'y avait aucun filet. Ces gens ne pêchaient donc pas ? s'étonna Raoul.

Les femmes préparèrent aussitôt une épaisse soupe mêlant poissons, farine et œufs. Pendant ce temps, après avoir retiré leurs harnois et passé des vêtements secs, Guilhem et Egelina sortirent se dégourdir les jambes dans la lande où ils découvrirent des moutons au pelage noir et épais. Un chien les avait accompagnés car Tremayne avait expliqué que d'autres molosses, ceux-là sauvages, erraient dans la campagne et n'hésitaient pas à s'attaquer aux femmes et aux enfants.

Les archers et Gamwell préférèrent rester devant les maisons et se dérouiller en joutant amicalement à l'épée, tandis que les deux chevaliers et leurs servants les regardaient en parlant à voix basse, riant sous cape quand Langlay lâchait un bon mot après quelque maladresse d'un des combattants.

Alaric, Flore et Raoul demeurèrent au bord de l'eau en observant le ressac qui rejaillissait avec un bruit de tonnerre en se fracassant contre les escarpements abrupts. Les explorant, ils découvrirent des restes de grandes épaves, certaines pourrissantes, d'autres récentes et se demandèrent si les habitants des cahutes n'attiraient pas les bateaux avec le fanal pour les faire s'écraser contre les récifs et les dépouiller.

Peut-être contrarié de les voir fouiner, Gwyn les rejoignit et leur suggéra de revenir, justifiant sa requête par la nécessité de souper, puisqu'ils repartiraient aux premières lueurs du jour pour un voyage presque aussi long que celui qu'ils venaient de faire.

Les hôtes présentèrent à chacun une épaisse tranche de pain de seigle ramollie par la soupe, servie sur des pierres plates.

En aidant les femmes de la maison après le repas, Flore découvrit une deuxième pièce derrière la cheminée où s'empilaient des coffres ciselés et des ballots d'étoffes. Ils avaient bien affaire à des naufrageurs, comme le pensait Raoul, conclut-elle.

Le souper terminé, le maître des lieux proposa de vider un tonnelet de vin d'Espagne particulièrement délicieux, qui provenait forcément d'une cargaison pillée.

Le ventre plein et l'esprit embué par l'alcool, les voyageurs se couchèrent à même le sol. À l'exception des femmes qui eurent droit au lit familial.

Au matin, avant de repartir, Locksley remit vingt deniers aux hôtes. Les voyageurs n'avaient vu aucun autre habitant du hameau.

*

Le nouveau périple fut moins pénible que celui de la veille car la barque longea à peu près les côtes que Gwyn avait affirmées quasiment désertes d'habitants. Aucun château, aucun village fortifié, personne pour s'intéresser à une embarcation chargée de passagers.

Un fort courant les entraînant, le bateau avançait vite malgré un vent moins puissant que la veille. Aussi les marins devaient-ils faire force manœuvres pour éviter les récifs. L'écume fouettait sans cesse les passagers, qui furent vite trempés.

Au crépuscule, emporté par un ressac déferlant, l'esquif s'échoua dans une crique désolée entourée de falaises couvertes de bruyère. Dans ce havre abrité invisible depuis la mer, ils descendirent. Les contrebandiers indiquèrent une grotte dissimulée par des rochers, que l'on gagnait en suivant un étroit sentier.

Tout indiquait une cavité souvent utilisée, puisqu'il y avait un foyer dans un renfoncement, du bois entassé et des couches en fougères. Chacun retira son harnois. Tandis que les femmes, après avoir demandé aux hommes de sortir un moment, ôtaient leurs tenues trempées et enfilaient les vêtements qu'elles gardaient dans leurs gibecières, les hommes firent de même dehors. Tous se rassemblèrent ensuite devant le feu que les contrebandiers avaient allumé. Cette fois, ce fut Amaury de Mandeville qui exigea la place occupée par Flore, juste devant les flammes et à côté d'Egelina.

Seulement, l'épouse d'Alaric ne se montra en rien conciliante envers celui qui semblait dégoûté en l'approchant. Elle se leva et demeura face à lui sans bouger, visage hostile. Bien qu'elle soit aussi vigoureuse que le jeune noble, ce dernier tenta de l'écarter en lui saisissant l'épaule. Il sentit alors une douloureuse piqûre sur sa bedaine. Il recula et vit qu'elle tenait un couteau effilé dont le fer avait déchiré sa surcotte et écorché sa peau.

— Vous… vous avez osé ! Je vous ferai… pendre ! glapit-il en détachant fortement les syllabes de sa menace.

— Réglons ça dehors ! intervint Alaric qui venait de dégainer son épée.

Roger Percy saisit l'une de ses haches et fit un pas en arrière, prêt à frapper.

— Assez ! tonna Locksley. Amaury, rappelle ton dogue et écoute-moi bien : en venant avec nous, tu t'es mis sous mes ordres. Dans cette expédition, nous sommes tous égaux, et les femmes plus que les hommes. Excuse-toi, ou Percy et toi quittez la grotte. Auquel cas, vous passerez la nuit sur la plage. Et si tu veux nous quitter, tu peux t'y résoudre dès maintenant !

Le servant tenait son arme fermement, attendant un ordre. Gamwell avait tiré son épée et Guilhem posé une main sur le manche d'un de ses couteaux. En un instant, il pouvait ôter la vie du serviteur.

Amaury regarda alternativement Langlay et Ranulf, qui hésitaient à prendre parti. Les archers attendaient, sur le qui-vive. Nul doute que Percy et lui seraient massacrés s'ils tentaient quoi que ce soit.

Les traits du jeune chevalier avaient pris une pâleur de cire, quasiment de la teinte de sa barbe. Il toisa ses compagnons, puis quitta la grotte avec son sbire.

— Deux de moins, murmura Guilhem.

Le calme revenu, chacun s'assit en silence car tous méditaient sur l'incident, conscients de sa gravité. Comme les vêtements des besaces étaient surtout des habits de réception, le spectacle de ces hommes et femmes en tenues multicolores, vêtus comme s'ils se trouvaient à un bal, mais assis à même le sol, sur des couches de fougère, affichant des figures sinistres et sans le moindre troubadour pour les charmer, ne manquait pas d'étrangeté.

Sans mot dire, Gwyn distribua des filets de poisson séchés que les pêcheurs lui avaient vendus, morose repue arrosée par l'eau d'un ruisseau qui coulait dans la grève. La soupe du matin étant oubliée depuis longtemps, les convives trouvèrent cette nourriture bien insuffisante, mais Tremayne assura qu'ils pourraient chasser le lendemain.

Personne ne porta à manger à Mandeville et à son servant.

Le feu s'éteignit doucement et chacun s'allongea. À l'exception de Ranulf qui sortit, suivi par Locksley et Ussel. Langlay les regarda partir avec un sourire moqueur, mais ne bougea point.

Dehors, Amaury de Mandeville et son homme conversaient sur un tas de varech séché.

Les trois s'arrêtèrent devant le duo. Ranulf donna à Amaury un morceau de poisson sec. Levé, l'autre le refusa, au grand dam de Percy qui avait faim.

— Il est temps de décider, Mandeville, commença Locksley. Si tu viens avec nous, tu auras ta place. Mais rien que ta place. Celle d'un guerrier parmi les autres. Sinon, rentre chez toi, où tu t'expliqueras avec tes cousins.

Durant un moment ne s'entendit que le clapotis du ressac.

— Je reste, grommela le jeune homme. Je veux bien… être un guerrier… comme les autres, mais… ces femmes n'en sont pas !

— C'est moi qui juge si elles en sont, et moi seul ! rétorqua Huntington. Insulter Flore offense messire d'Ussel. Si tu n'es pas d'accord, combats-le maintenant. Il ne fait pas encore nuit.

Guilhem attendit, les bras croisés. Il lui répugnait de tuer le jeune sot et l'ancien garde-chasse, mais s'ils choisissaient le combat, cela arriverait et ne le troublait point.

Le silence s'éternisa.

— Je vous obéirai, lâcha un Amaury dépité et vaincu.

Guilhem se détourna et rentra. Ce chevalier n'avait guère d'amour-propre, se dit-il. Mais il avait pris la bonne décision. Celle de vivre.

*

Il ne faisait pas encore jour. Seule une faible lueur recouvrait l'intérieur de la grotte quand Egelina se leva. Guilhem, qui avait dormi contre elle, l'imita. Enjambant les corps assoupis, tous deux sortirent. La dame de Camville ayant pris son arbalète, ils se rendirent près du marigot où avait été repérée une garenne parsemée de terriers. Quelques lapins grignotaient de l'herbe fraîche. Egelina en tira une dizaine. Alors que le couple s'apprêtait à les ramener à la grotte en les tenant par les oreilles, Locksley et Raoul parurent. Pour se laver figure et mains.

Grossièrement débarbouillés, ils revinrent ensemble avec le gibier. Les archers dépouillèrent les bêtes, les contrebandiers rallumèrent le feu et, une heure plus tard, les panses pleines, chacun se sentait rassasié. Réconfortés par la viande et la chaleur, les voyageurs et guides entamèrent une longue journée de marche sous un soleil qui arrivait à percer les nuages, accompagnés par les criaillements agressifs des oiseaux de mer. Seul Amaury se montrait maussade. Muet comme une carpe, il prenait soin de se tenir loin de Flore et d'Alaric, comme si le couple était porteur de quelque pestilence.

*

La lande s'étendait devant leurs yeux, interrompue de temps à autre par des amoncellements de roches, des bouquets de chênes ou des taillis de noisetiers. Tremayne et Gwyn avançaient deux ou trois cents toises avant les autres, prêts à faire face à toute rencontre fortuite. Mais ils ne croisèrent âme qui vive jusqu'à ce qu'ils atteignent une cabane bien dissimulée entre des rochers de la lande. Là vivait un ermite. Les voyageurs s'accordèrent une halte, burent longuement à une source et firent cuire des lièvres et des grèbes huppés chassés en cours de trajet par Fulk et Eadric.

Ils apprirent de leur hôte que deux hommes en armes venant de Pengersick étaient passés la veille.

Comme il y avait là-bas une maison forte, avec un chevalier et quelques archers, aucune inquiétude à avoir, les rassura Tremayne.

La troupe reprit la route d'un bon pas. Et l'ambiance, imperceptiblement, changea. Guilhem vit en effet les contrebandiers de plus en plus inquiets à l'approche de la côte. D'après leurs calculs, ils avaient au moins deux jours de retard, trois peut-être. Ils ne savaient plus. Et cet imprévu les effrayait.

La troupe arriva à l'embouchure de la Fal en soirée. Du haut de la falaise où elle se trouvait, Tremayne examina désespérément les flots gris dans toutes les directions.

Et ne vit aucun bateau.

Si le cogge était venu, il était reparti.

18

Alors que Robert de Locksley et ses compagnons traversaient le sud du Powys, la nef qui devait transporter au León l'expédition de Thomas de Herdington s'apprêtait enfin à appareiller.

La veille du départ, le comte Henri FitzCount avait invité dans sa chambre du château de Bristol les ambassadeurs, les capitaines de l'expédition et le maître navigateur qui commanderait le navire.

Et tous étaient rassemblés autour d'une table bien garnie de tourtes de poisson, d'énormes pâtés de venaison et de pigeons rôtis. Coupes et hanaps de vin, de bière et de cidre avaient été soigneusement emplis par les serviteurs avant qu'ils ne se retirent.

Il y avait donc là les émissaires qui rencontreraient le Miramolin : Thomas de Herdington, Raoul Fitz Nicholas et un clerc parlant arabe et castillan : Robert de Londres, qui s'était déjà rendu en Castille. Avec eux se trouvaient aussi Peter Mauluc et le vieux complice d'Henri de Cornouailles, Foulques de Canteloup, ainsi qu'un archer réputé, Strongbow, fin tireur qui remportait la plupart des tournois dotés par le roi et que celui-ci présentait partout comme son champion. Peter Mauluc et Foulques de Canteloup avaient fait venir en outre leurs écuyers : respectivement Ferry de Haugi et Thomas de La Porte. Quant au maître marinier, la quarantaine, cela faisait quinze ans qu'il transportait des troupes et des chevaux de Bristol à Bordeaux.

Enfin, Vidal d'Orthez complétait la tablée. Le Gascon, que le roi avait envoyé auprès du roi du León négocier un laissez-passer, était arrivé à Londres une semaine auparavant après une absence de plusieurs mois.

Nous l'avons dit, quelques années plus tôt[1], Alphonse VIII de Castille avait envahi le comté de Gascogne qui, assurait-il, lui revenait, puisqu'il s'agissait de la dot de sa femme Aliénor, sœur du roi Jean. Mais l'invasion avait tourné court et la reine de Castille avait dû se rendre en Angleterre avec l'abbé de Valladolid, Diego García, afin de négocier une paix avec son frère[2]. Vidal d'Orthez était l'un de ses gentilshommes. Or, à Londres, ce dernier avait rencontré, séduit, puis épousé la fille d'un marchand. Il s'était dès lors associé avec son beau-père pour faire du commerce avec la Castille et le León, échanges dont jusque-là Bruges avait le monopole. Il importait en Angleterre du cuir, du vin, de l'huile d'olive, des amandes, du miel et des fruits secs, produits qui pour beaucoup venaient d'Andalus. Au retour, il vendait des draps anglais, fort recherchés en Castille.

Quand ses conseillers avaient suggéré à Jean de se convertir à la religion musulmane afin de ne plus relever de l'Église de Rome, c'est naturellement à Vidal d'Orthez qu'ils avaient fait appel pour préparer le voyage des ambassadeurs. Le Gascon connaissait Castille et León, leurs ports et leurs villes, et s'il avait surtout fréquenté la cour d'Alphonse VIII, il avait également été reçu à celle du roi du León. Diplomate et commerçant, l'homme de la situation, moyennant une belle rétribution, était donc parti avec pour mission de convaincre ce monarque de recevoir une ambassade du roi d'Angleterre afin de bâtir une solide alliance avec le calife d'Al-Andalus.

*

Hélas, comme il l'expliqua aux convives, alors qu'à dos de mulet il gagnait León, la capitale du royaume, en raison d'une

1. 1205.
2. 1206.

trop faible escorte il avait été capturé par des bandits, contraint de payer rançon et d'envoyer des serviteurs à Bordeaux se faire prêter par des marchands la somme exigée, puis la ramener. Tout cela avait pris plus de deux mois. Heureusement, dit-il, une fois libéré, il avait obtenu ce que Jean souhaitait et ramené le précieux laissez-passer ainsi que l'assurance d'une aide du souverain du León.

Pendant que chacun prenait sa part de hachis en fouillant à pleines mains dans les terrines posées sur des plats d'étain, Thomas de Herdington lui demanda pourquoi il avait refusé de les accompagner.

Homme dans la quarantaine, de petite taille, mais bien proportionné, le Gascon avait le teint mat et les cheveux charbonneux, comme ses yeux vifs. Il écarta les mains en un sourire fatigué :

— J'ai eu ma part d'aventures et d'angoisse, messire, et j'aspire à me reposer auprès de ma femme et mes enfants. Mais je reste au service de votre roi. D'ailleurs, à peine arrivé à Bristol, voici quelques heures, je me suis mis au travail avec maître Robert.

Il désigna le clerc.

— Nous nous connaissons depuis longtemps. Vous le savez, il a séjourné en Castille voici quelques années et je lui ai livré toutes les informations donc je dispose ainsi que des cartes que j'ai tracées et un mémoire sur mes derniers voyages, avec les noms des personnes capables de vous aider.

Robert de Londres opina du chef, tandis qu'Orthez vidait son pot de cidre d'un coup. Après un claquement de langue de satisfaction, il poursuivit avec chaleur :

— Expliquez-moi la façon dont vous envisagez cette expédition et je répondrai à vos interrogations. Mais parlez-moi d'abord de votre nef et des gens que vous emmenez.

Le comte de Cornouailles fit signe au maître marinier de s'exprimer.

— Ma nef a trois mâts, huit voiles et quatre ponts, fit ce dernier sobrement. Longue de trente pieds, elle est autrement plus grande et solide qu'un cogge. Nul doute qu'elle sera confortable pour mes passagers. J'ai souvent fait la traversée jusqu'à Bordeaux, soit avec des gens d'armes, soit avec du vin et de la laine. J'ai quatre douzaines de marins à bord, deux pilotes, autant de lieutenants, plusieurs maîtres d'équipage, un chapelain, un cuisinier et un charpentier.

Jugeant en avoir assez dit, il se servit une nouvelle part de tourte et parut se retirer de la conversation.

Les hommes autour de la table approuvèrent ses dires, ayant tous visité le bateau les jours précédents.

— Quarante chevaux ont été embarqués aujourd'hui avec un ravitaillement suffisant pour éviter de faire escale, compléta Thomas de Herdington. Nous serons aussi une quarantaine à bord. Nous-mêmes…

Il fit un vaste geste pour désigner l'assistance.

— Plus douze guerriers choisis par messire de Canteloup. Tous solides gaillards ayant fait leurs preuves sous ses ordres. Et enfin une vingtaine d'archers sélectionnés par maître Strongbow qui seront commandés par messire de Mauluc.

» Maintenant, parlons franc : maître Robert nous a donné quelques informations sur la Castille où il s'est rendu, mais nous ne savons rien du León et ignorons prou de las Españas, de ses habitants et encore plus des Maures que nous allons rencontrer.

Vidal d'Orthez réfléchit un instant avant de déclarer :

— Peut-être vais-je vous raconter des choses que vous savez déjà, mais voilà ce qu'il est important de connaître : las Españas constituent de vastes terres montagneuses au-delà de la Gascogne et des Pyrénées. Un territoire immense, que je n'ai jamais parcouru entièrement mais certainement plus grand que la France ou l'Angleterre. On y trouve plusieurs royaumes dont l'un des plus importants est le León qui s'est constitué après que ses habitants, des descendants de Wisigoths comme moi, eurent reconquis leur pays pied à pied sur les Maures qui l'occupaient. Son roi actuel se nomme Alphonse, neuvième du nom.

Il joignit les mains, puis les écarta en expliquant :

— À côté du León s'étend la Castille dont le souverain Alphonse VIII est le neveu d'Alphonse de León. C'est ce roi de Castille qui a épousé la sœur de votre roi Jean[1] bien-aimé, et qui a donné sa fille Blanche au fils du roi de France.

» Castille et León sont donc deux rameaux d'une même famille. Leurs princes sont parfois alliés et souvent adversaires. Ainsi le roi Alphonse de León a épousé Bérangère, la fille d'Alphonse de Castille et les échanges sont nombreux entre ces deux États. Ce qui les sépare, ce sont surtout leurs relations avec les Maures d'Al-Andalus. Car las Españas sont pour moitié un monde maure. Les infidèles venus d'Ifriqiya s'y sont installés depuis des siècles et, vous le savez, ils ont même longtemps occupé une grande partie du royaume de France, étant allés jusqu'en Bourgogne et à Poitiers. Le León ne cherche pas l'affrontement avec eux et leur roi juge les califes qui se sont succédé en Andalus comme des princes honorables et fort savants. Il n'a pas tort : les Miramolins ont fait de Cordoue l'une des villes les plus riches et grandes de notre monde. Certes, ils sont musulmans, mais ils protègent les chrétiens et préservent les églises. Pas seulement d'ailleurs, puisqu'ils tolèrent les juifs et acceptent que ceux qui ne sont pas de leur religion détiennent d'importantes charges dans leurs gouvernements. Il est vrai que la foi des musulmans n'est pas tant éloignée de la nôtre…

— Nous nous sommes pourtant croisés pour les combattre ! s'insurgea Foulques de Canteloup qui avait accepté du bout des lèvres la décision de son roi et se demandait s'il ne se fourvoyait pas en pactisant avec un peuple à ses yeux diabolique.

Son grand-père, son père et lui-même avaient pris la croix pour combattre les infidèles.

— Oui, nous nous sommes battus pour délivrer Jérusalem, et contre les armées de Saladin, mais les califes de Cordoue n'ont aucun lien avec la Terre sainte, intervint Robert de Londres. D'ailleurs, la plupart des peuples qui vivent dans l'Andalus ne

1. Aliénor d'Angleterre, fille d'Aliénor d'Aquitaine.

sont pas arabes mais berbères, une peuplade d'Ifriqiya. Et comme vous l'a dit messire d'Orthez, les chrétiens sont nombreux parmi eux. Même chez les *wali*, les cadis, les émirs et les vizirs, qui sont un peu l'équivalent de nos gouverneurs, juges, sheriffs et baillis.

Silence des auditeurs qui, ne connaissant rien aux habitants de ces contrées lointaines, ne pouvaient qu'accepter les affirmations de ce clerc si savant.

— Les désaccords au sujet de l'Islam entre León et Castille ont été si forts que les deux royaumes se sont fait la guerre, ce qui a entraîné l'excommunication d'Alphonse de León. Une sanction qui rapproche encore ce roi du vôtre, reprit le Gascon.

» La Castille n'est, en revanche, pas animée des mêmes sentiments pacifiques que le León. Avec le roi voisin d'Aragon, Alphonse VIII veut chasser les Maures afin de s'approprier leurs terres et richesses. Il veut également réparer l'humiliation d'une défaite subie voici quinze ans contre l'armée du Miramolin[1]. Il a donc convaincu le pape d'ordonner une croisade contre les habitants d'Al-Andalus. Quand j'ai quitté le León, on ne parlait d'ailleurs que de cela.

Robert de Londres reprit la parole :

— En passe de devenir toute-puissante, la Castille effraye le León. Voici quelques années, elle a vaincu son voisin, le petit royaume de Navarre et, depuis, exerce sur ce pays une sorte de tutelle avec l'approbation du pape. Il faut dire que la Navarre, comme le León, s'accommodait fort bien des Maures avec qui elle commerce, ce que ne pouvait accepter Rome qui conjurait Sanche de Navarre d'abandonner son alliance avec l'Islam. Plus redoutable encore pour le León, la Castille se rapproche maintenant de son autre voisin, le royaume du Portugal.

Le comte de Cornouailles intervint, répétant ce que lui avait appris le chancelier d'Angleterre :

— Vous le comprenez, le roi du León craint pour sa couronne et recherche désespérément des alliés. Il est prêt à soutenir notre bon roi Jean dans son dessein. Vous serez donc bien reçus.

1. Alarcos (1195).

» Cependant, vous le savez, si vous êtes chargés d'une ambassade, vous avez aussi une autre besogne à accomplir : empêcher les envoyés des barons anglais félons de convaincre le Miramolin de ne pas vous recevoir. Vous devrez en outre vous protéger d'eux, qui feront tout pour vous exterminer.

— Nous sommes autrement plus nombreux ! observa Foulques de Canteloup.

— Certes, intervint Henri de Cornouailles. Cependant ne sous-estimez pas Robert de Locksley. Je le connais et sais à quel point il est redoutable.

— Mais a-t-il seulement quitté l'Angleterre avec ses gens ? demanda Foulques de Canteloup dans une moue dubitative. Notre roi a donné des ordres et je crois savoir qu'aucune nef ne peut quitter le royaume sans être fouillée de la cale au haut des mâts. En cas de doute, équipage et capitaine sont même mis à la chaîne. Je ne vois pas comment ce satané Locksley pourrait passer à travers les mailles d'un tel filet ! Sauf s'il embarquait seul.

— Fort juste. Néanmoins un espion à nous fait partie de sa troupe, intervint Mauluc. Et lorsque je l'ai rencontré, il m'a assuré que Locksley avait trouvé le moyen de quitter l'Angleterre. Son maudit complice Guilhem d'Ussel est bien parvenu à le rejoindre, alors que personne ne pénètre dans un port anglais sans une autorisation royale !

— Notre royaume est si vaste, Foulques ! soupira le comte de Cornouailles. Il y a tant et tant de ports…

Raoul Fitz Nicholas se tourna vers le Gascon et, pour la première fois, prit la parole :

— Vous l'avez compris, d'autres Anglais, des rebelles qui méritent la corde, envisagent de contrarier notre mission, voire de la faire échouer. Ils ont réuni quelques aventuriers qui veulent nous empêcher d'atteindre Cordoue et de convaincre le Miramolin. Nous aurons à nous garder d'eux, mais il serait encore mieux de les mettre hors d'état de nuire avant qu'ils nous découvrent. Seulement, comment les dénicher une fois là-bas ?

Qui nous aidera à les trouver si le roi du León refuse de se mêler de nos querelles ?

Le Gascon balança de la tête. Le clerc Robert de Londres, et surtout le roi Jean qu'il avait rencontré avant de partir, lui avaient déjà parlé des félons.

— En premier lieu, il vous faudra savoir s'ils sont sur place.

Il tira vers lui deux plats d'étain qui ne supportaient plus que des débris de pâté, et les plaça en angle.

— Voici les côtes d'Españas et de Gascogne, fit-il.

Il prit le couteau dont il s'était servi pour trancher un morceau de tourte et le plaça verticalement par rapport à un plat.

— Cette lame marque la limite entre León et Castille.

Il saisit deux hanaps qu'il déposa de part et d'autre :

— Ici est Burgos, où se dresse le château du roi de Castille. Et là, León, la capitale du royaume de ce nom.

» Où vos ennemis vont-ils se rendre, Burgos ou León ?

Le Gascon interrogea du regard les participants qui étaient déjà intervenus :

— Je miserais sur Burgos, répondit Thomas de Herdington. Le roi de Castille n'est plus l'ami de l'Angleterre, et un proche du roi de France, le nommé Ussel, voyage avec ces scélérats. D'après notre espion, il aurait apporté à Robert de Locksley un laissez-passer de la fille de ce roi.

— Vos ennemis peuvent venir par la montagne, en ayant débarqué à Bordeaux. Mais ce serait difficile à cette époque de l'année où les cols sont enneigés. Donc, selon moi, ils arriveront comme vous, par la mer.

— Il y a certainement beaucoup de ports, objecta Foulques.

— En effet, mais comme vous, ils ont besoin de chevaux, difficiles à trouver sur la côte. Pour moi, ils ne peuvent venir qu'avec un cogge ou une nef capable d'en transporter. Or, je ne vois que deux ports capables de recevoir de gros bateaux.

» Donnez-moi deux autres pots…

L'écuyer de Mauluc, son voisin, les lui fit passer.

— Qui sont là et là.

Il plaça les pichets le long d'un plat.

— Et, vous le voyez, qui se situent en Castille. Le plus proche de Burgos s'appelle San Sebastián. L'autre, plus près du León, se nomme Santander. Une trentaine de milles les séparent.

» Maître navigateur, connaissez-vous ces endroits ?

— Bien sûr ! J'ai précisément prévu de débarquer les seigneurs ici présents à Santander. De là, ils gagneront facilement León.

— C'est en effet la bonne route. Voilà donc ce que je peux vous suggérer : comme vous passerez d'abord devant l'éperon de San Sebastián, pénétrez dans sa rade et, sous un prétexte à inventer, tâchez d'apprendre si vos « amis » ont débarqué. S'ils l'ont fait, vous agirez à votre façon. Sinon, lors du débarquement à Santander, renseignez-vous également.

— Soit ! approuva Thomas de Herdington. Mais admettons qu'on les apprenne arrivés avant nous. Que faire ensuite ?

— À vous de décider. Mais si vous voulez à la fois vous rendre à Cordoue et empêcher vos ennemis d'agir, vous devrez certainement vous séparer.

Herdington échangea un regard approbateur avec Foulques de Canteloup avant de demander :

— Croyez-vous que le roi du León nous aidera à les saisir ?

— Si vos ennemis sont dans le León, sans doute, car je le vois mal accepter qu'une troupe étrangère traverse son royaume sans autorisation. Mais il ne lèvera pas le petit doigt s'ils se trouvent en Castille. Il ne tient pas à une nouvelle guerre.

— Donc, si Locksley traverse la Castille, il sera intouchable ! s'exclama Canteloup.

— Pourchassez-le vous-même ! Vous êtes plus nombreux… Je peux aussi vous indiquer un moyen d'obtenir du renfort.

— Comment ?

— Voici quinze ans, les Castillans ont été écrasés par les Maures à la bataille d'Alarcos. Après cette défaite, les infidèles s'en sont pris à la plupart des villes situées par ici…

De l'index, le Gascon traça une ligne imaginaire dans sa carte de plats et pots.

— La plus grande, Guadalajara, a été pillée, mais les Maures ne sont pas restés… Enfin, l'un d'eux l'a fait, un audacieux qui, avec sa horde, s'est engagé dans cette partie montagneuse de la Castille et a saisi un château mal défendu. L'endroit se nomme Caracena et le Maure : Abdul Maluk.

» Il se dit qu'il n'est pas vraiment maure. Sa mère, esclave, était chrétienne et venait de terres slaves, tandis que son père, berbère, était un lieutenant du Miramolin de l'époque. Après qu'il a pris la forteresse de Caracena, le roi de Castille a envoyé une armée le déloger, mais le château est inexpugnable et Abdul disposait d'une centaine de guerriers aussi aventureux que lui, pour la plupart bons archers. Finalement, les deux parties sont convenues d'un accord. Abdul s'est converti et a donné sa foi au roi de Castille. Il fait régner la loi castillane dans les montagnes et s'est engagé à payer un tribut chaque année.

— Un vassal infidèle ! cracha un Canteloup rageur.

— Vassal, oui. Infidèle, non. Je vous l'ai dit, les gens d'Al-Andalus ne sont pas tous musulmans, loin s'en faut. Leurs armées comptent aussi des chrétiens d'Occident et des mozarabes, c'est-à-dire des chrétiens de langue arabe, mais aussi des Slaves et des Germains qu'on appelle « esclavons », et même des Noirs qui pratiquent des religions inconnues. On les nomme donc « Maures » par simplification. Bref, la moitié des gens d'Abdul étaient chrétiens, et son épouse, qu'il a razziée à Guadalajara, l'est également. Lui-même n'aurait guère de religion, puisqu'il en a changé. Ce qui a facilité les choses.

— En quoi cet Abdul pourrait-il nous aider ?

— C'est un mercenaire. Le pays dans lequel il vit est pauvre, montagneux, et lui a besoin d'argent pour nourrir ses gens. Donc il se propose au plus offrant dès qu'éclate un conflit armé alentour. Il a ainsi envoyé des guerriers en Aragon et dans le comté de Barcelone pour combattre d'autres Maures.

» Moyennant finance, il pourrait retrouver vos ennemis, et les exterminer.

— Voilà une élégante solution ! approuva en ricanant le comte de Cornouailles.

Thomas de Herdington le reconnut également.

— Combien de temps pour se rendre de León à Caracena ? questionna-t-il.

— Je ne peux répondre avec certitude, mais quatre à six jours me paraissent raisonnables.

— Et où se situe Cordoue ? interrogea encore Raoul Fitz Nicholas.

— Au bout de la table ! plaisanta le Gascon en poussant un pot assez loin.

Les uns après les autres, les convives opinèrent. Thomas de Herdington posa alors une ultime question :

— La langue ? Quelle langue parle-t-on là-bas ?

— Dans le León, les gens en utilisent une qui ressemble fort au latin. Personnellement, je me suis très bien débrouillé pour me faire comprendre. Dans l'Andalus, vous pourrez recourir à la langue d'oc, à sa variante catalane, ou à l'arabe.

Durant ces discussions, Mauluc n'avait écouté que d'une oreille. Il pensait à Guilhem et au plaisir qui serait le sien lorsqu'il le mettrait à mort de la plus horrible des façons. Il songeait aussi à la fille, cette Egelina de Camville qui avait tué tant de ses bons archers et dont l'espion lui avait révélé qu'elle était la maîtresse d'Ussel. Puisqu'elle se trouverait avec les félons, il la punirait à sa manière.

Un abject sourire flottait sur ses lèvres, tandis qu'il énumérait les supplices possibles.

19

Ils demeurèrent un moment déconfits, refusant de croire leur nef partie. Puis déferlèrent les questions. S'ils étaient abandonnés, comment revenir à Huntington ? Pourraient-ils dénicher des chevaux, une autre barque ? Devaient-ils attendre ici des jours et des jours, ou s'en aller au plus vite ?

Locksley savait combien traverser la Cornouailles à pied était impossible. Si l'extrémité du comté où ils se trouvaient semblait déserte, ce ne serait pas le cas vers Exeter, région aux châteaux nombreux. Ils seraient donc vite repérés et, sans monture, des proies faciles à chasser. Mais comment mettre la main sur une embarcation ? Et pour se rendre où ?

Des regards inquiets se tournaient vers Tremayne qui frottait son menton hirsute en ne sachant quoi décider. On était au milieu de la journée et il fallait chercher un abri pour la nuit.

— Prenons ce sentier, proposa-t-il sans cacher son embarras. Il nous conduira aux plages. Peut-être le cogge s'est-il dissimulé dans une crique invisible d'ici.

Rassérénés par la proposition, ils le suivirent. Guilhem d'Ussel leur emboîta le pas, conscient que tout cela n'augurait rien de bon et que leur guide semblait désespéré. Il fallait être plus que jamais sur le qui-vive.

*

La sente descendait abruptement, utilisée à l'évidence uniquement par des animaux, renards ou moutons. Plusieurs hommes glissèrent et certains faillirent même chuter d'une hauteur telle qu'ils auraient été tués s'ils ne s'étaient rattrapés à des arbrisseaux.

Enfin ils débouchèrent sur une petite grève. Sans cogge en vue.

Ils se séparèrent pour explorer les criques, mais n'y découvrirent ni bateau ni âme qui vive. Assez loin, ils aperçurent néanmoins quelques cabanes de pêcheurs.

— Peut-être le cogge n'est-il pas encore arrivé, suggéra l'un des contrebandiers. Son capitaine peut avoir rencontré des difficultés pour quitter Portsmouth.

— Vous avez raison, accepta Locksley. Évitons les décisions hâtives. Nous allons rester ici quelques jours s'il le faut.

Comme les chevaliers approuvaient, il ajouta :

— Mais si le bateau ne vient pas, comment nous aiderez-vous ?

— Je ne sais… Mon chef ne m'a rien dit… Ce n'était pas envisagé.

— Vous me conduirez à lui ! intervint Robert de Locksley. Après tout, c'est lui qui n'a pas prévu suffisamment de temps pour que nous arrivions ici.

— Je ne vous abandonnerai pas, seigneur, promit évasivement le brigand.

Robert de Locksley n'en était pas du tout certain.

La première urgence consistait à trouver un refuge tant le ciel menaçait. Or les plages rocheuses visitées n'en offraient guère, les rares trous dans les rochers n'abritant que des oiseaux. Finalement, la seule solution envisageable était d'aller au village de pêcheurs demander l'hospitalité.

Auparavant, des lapins tués par les archers furent rôtis. Ils allaient se mettre en route quand Gwyn, qui guettait depuis le sommet d'un rocher, hurla :

— Voile en vue !

Tous se précipitèrent devant les flots. Après quelques instants, des mâts et une coque se profilèrent sur le gris de la mer. Le flot montait et portait un esquif à voile verdâtre. Peu à peu, ils distinguèrent dessus des léopards dorés. Les armes de Bordeaux.

La nef approcha lentement et bientôt se montra une autre voile, triangulaire, ainsi qu'un second mât.

— C'est elle ! annonça Tremayne. Je reconnais sa coque à clins, les deux bandeaux noirs et les gaillards rouges !

Chacun criait, sautait et faisait force signes des bras, même Ranulf.

La toile verte s'abattit avec la vergue et l'autre descendit contre le château arrière. Les voyageurs discernèrent des marins dont l'un, sur le gaillard d'avant, les hélait. Mais le ressac couvrait sa voix. Le cogge se trouvait encore à deux cents toises de la rive.

Sur le gaillard arrière, deux hommes faisaient tourner un treuil, une ancre de pierre suspendue à une chaîne descendait lentement dans un mélange de craquements et grincements. À l'aide d'un second treuil, d'autres marins mirent à l'eau une deuxième ancre.

Robert de Locksley examina le bateau. Ventru, avec deux gaillards crénelés et des timons qui dépassaient à l'arrière pour assurer la gouverne, il ressemblait à celui sur lequel Guilhem et lui avaient embarqué pour se rendre en Angleterre des années auparavant. Mais d'une taille beaucoup plus grande, avec un château construit en forme de tour.

Des marins descendirent un canot. Grâce à deux nageurs qui ramèrent énergiquement, la nacelle atteignit rapidement la plage. À peine approchait-elle qu'Alaric et Gamwell, dans l'eau jusqu'au genou, attrapèrent une corde et la tirèrent.

— Cadfael, tu es en retard ! lança un Gwyn agressif, manière d'évacuer son inquiétude.

— Le maître te racontera, répliqua l'homme en sautant dans l'eau.

En quelques mots, Tremayne expliqua que Cadfael était un « Ravageur ». Et qu'il avait guidé le cogge.

— Combien êtes-vous ? demanda l'un des rameurs.

— Quinze.

— Je peux prendre quatre passagers à chaque voyage.

— Je viens ! annonça Locksley. Egelina, Guilhem, avec moi.

Il scruta la troupe et décida de faire une fleur à Amaury :

— Mandeville, avec nous !

L'autre bomba le torse, satisfait d'avoir été choisi, et se rendit à la barque avec armes et besaces, sous le regard contrarié de Ranulf.

Avant de monter dans le canot, Locksley, Egelina et Guilhem remercièrent les deux contrebandiers à qui Ussel remit un besant d'or. Cadfael resta avec eux.

*

Le flot ralentissait le retour de la barquette, laquelle avançait lentement. À proximité du cogge, Guilhem attrapa le bout que lui lancèrent les marins. En tirant de part et d'autre, le canot ripa contre la coque arrondie. Un matelot fit alors descendre une étroite échelle qui se ficha dans le banc de nage. Robert de Locksley grimpa le premier, sans besace ni arc.

Un marinier dans la quarantaine, barbu, en casaque d'épaisse laine délavée vert tilleul, un coutelas à la ceinture, tendit la main pour l'aider à franchir le pavois.

— Mon nom est Langon, Jacques Langon, honoré seigneur. Je suis le maître du *Grâce-à-Dieu*. Le Seigneur a toujours protégé mon cogge car je suis bon chrétien. Me pardonnerez-vous pour mon retard ? dit-il en français.

— L'important est que vous soyez là, mon maître. Je suis le comte de Huntington. Que la Vierge Marie vous donne, et nous donne à tous, bonne et longue vie.

Les trois autres apparurent à leur tour. Les bagages furent montés dans un filet tiré par des marins.

— Voici messire Guilhem d'Ussel, ancien prévôt de l'hôtel du roi de France, sa dame Egelina de Camville et l'un de mes bons chevaliers, Amaury de Mandeville, cousin du très puissant comte d'Essex, reprit Locksley.

Tandis que s'échangeaient salutations et souhaits, Guilhem parcourut le pont du regard. Grand de plus de dix toises, large de quatre en son milieu, il se réduisait à deux aux extrémités sur lesquelles s'élevaient les châteaux crénelés. Contre les pavois étaient entreposés des tonneaux et des ballots protégés par des toiles résineuses. Depuis les gaillards et sur le tillac, les marins regardaient les passagers avec curiosité. Ussel en compta une grosse vingtaine.

— Avant de vous montrer mon navire, venez dans ma chambre sous la dunette et laissez-moi vous offrir ripaille ainsi que de quoi abreuver vos gosiers, poursuivait maître Langon en riant. Vous arrivez de loin et sans doute avez-vous oublié le goût du bon vin de Bordeaux. Le voyage s'est-il bien déroulé ?

— À peu près.

Ils suivirent le maître marinier et pénétrèrent dans un cabinet bas de plafond, large de deux toises et long de quatre ou cinq pieds, meublé d'étroits lits-coffres surmontés de couchettes. Une échelle conduisait à une écoutille, tandis qu'une seconde trappe, fermée, apparaissait au milieu de la pièce. Une fenêtre arrière surmontée d'un volet permettait de découvrir la mer. De part et d'autre de l'ouverture sortaient de la coque les barres des timons de gouverne. Un jeune marin au visage tanné s'appuyait contre l'une d'elles.

— Mon fils, Jean, indiqua le patron en le désignant. Ces seigneurs sont nos passagers.

Le jouvenceau s'inclina respectueusement en déclarant :

— Je remercie Jésus-Christ de nous permettre de vous recevoir, nobles seigneurs et gracieuse dame.

Langon avança vers un placard aménagé dans la cloison de la cabine, d'où il sortit deux hanaps de bois, une petite outre et une appétissante tourte à peine entamée.

— Avez-vous les chevaux ? s'inquiéta Guilhem.

— Oui, trente beaux et robustes coursiers et palefrois. Ils sont sous ce pont. Nous irons les voir tout à l'heure, fit le maître marinier en remplissant les hanaps qu'il venait de poser sur une tablette après avoir demandé à son fils d'en ôter des cartes en rouleaux.

— Elles sont surtout pour le pilote, s'excusa-t-il. Nous dormons ici à tour de rôle avec les officiers de bord.

Il tendit les hanaps à Locksley et Egelina, puis coupa des portions de tourte à l'aide du couteau qui pendait à sa taille.

— Messire Hamon FitzWalter m'a dit de vous obéir en tout. Je le ferai sans arrière-pensée, soyez-en certains. D'ailleurs je suis grassement payé pour cela.

Locksley hocha la tête. Le patron de la nef s'adressa à Egelina :

— Hélas, vous n'aurez guère de confort ici, noble dame.

— N'ayez crainte, je peux le supporter. Cependant, je ne suis pas seule, il y a une autre dame.

— Dans le prolongement de cette cabine, le long des pavois vous avez dû voir deux loges étroites où j'entrepose voiles et cordages. Je pourrais vous en laisser une et y placer deux matelas. Pour les hommes, il m'est possible d'offrir deux couchettes ici, pas plus. Vos compagnons s'installeront sur les ponts inférieurs.

— Je suis de noble race, intervint alors Mandeville. Je veux un lit conforme à mon état.

— Rien ne sera confortable durant ce voyage, Amaury, répliqua sèchement Locksley. Vous auriez dû y songer avant d'être volontaire.

Le capitaine leva une main conciliante :

— Si ces seigneurs logent ici (il désigna Huntington et Ussel), vous pourrez dormir dans la cuisine, sous le château avant, avec le cuisinier et son aide.

Amaury ne répliqua point, mais son regard à nouveau sombre affichait sa contrariété revenue.

Le fils du maître marinier avait repris les hanaps vides, les avait remplis et présentés à Guilhem et Amaury qui déjà s'était saisi d'une portion de tourte.

— Maintenant, messires et gracieuse dame, laissez-moi vous expliquer mon retard. Quand le bailli de Portsmouth a su que je faisais monter à bord des destriers et si peu de marchandises – il y a juste quelques ballots de laine sur le pont – il a fouillé le *Grâce-à-Dieu* et, n'y trouvant rien, l'a fait surveiller. Bien sûr, voyant que je n'embarquais personne et me sachant protégé par le sénéchal de Gascogne, il m'a laissé partir. Seulement, j'ai vu une nef de guerre sortir du port derrière moi. Qui, à l'évidence, allait me suivre. J'ai donc filé au large. Comme le lendemain elle n'était plus à mes trousses, j'ai viré mais revenir à la côte s'est avéré fort difficile car nous étions contre le vent et mon cogge ne se manie pas comme une simple barque. Bref, j'ai perdu trois jours en naviguant par le travers.

— Pourrions-nous croiser à nouveau cette nef de guerre ? s'inquiéta Locksley.

— Possible. Auquel cas, j'essaierai de fuir devant elle. Mais, à mon avis, elle est revenue à Portsmouth.

— Combien d'hommes d'armes pouvait-elle avoir ?

— Une vingtaine d'archers, et quelques chevaliers. Suffisamment pour tuer tous mes marins.

— Nous avons aussi de bons archers. Si nécessaire, nous-mêmes nous battrons, assura Guilhem. Mais, parlons du voyage. Vous devez nous laisser dans un port nommé San Sebastián. Est-il loin du León ?

— Mon pilote vous répondra plus précisément, mais je pense entre cinquante et cent milles. Désirez-vous débarquer là-bas ? Le roi du León n'est pas en excellents termes avec celui de la Castille.

— Non, ne changeons rien. Des adversaires sont là-bas mais nous verrons bien sur place comment les écarter. Combien de temps faut-il pour atteindre San Sebastián ? Messire Hamon FitzWalter a parlé de dix jours.

Maître Langon croisa les bras.

— Avez-vous déjà navigué, seigneur ?

Locksley répondit :

— Je me suis croisé et j'ai pris la mer jusqu'à Saint-Jean-d'Acre. J'ai également fait le voyage de Bordeaux à Londres avec messire d'Ussel.

— Alors vous savez qu'en mer tout est imprévisible. Pourquoi croyez-vous que ma nef se nomme *Grâce-à-Dieu* ? Cependant, si nous gardons un vent arrière et s'il n'y a pas d'incidents, oui, ce sera l'affaire de dix jours.

— Partons donc dès que vous le pourrez.

— Allons voir si vos gens ont tous embarqué. Et je vous montrerai le pont inférieur.

Quasiment toute la troupe était montée à bord. Ne manquaient que trois archers. De nouveau maître Langon se nomma, présenta son fils, le pilote – un Breton appelé Colhion d'Oléron –, son lieutenant – maître François –, et le cuisinier du bord qui logeait et œuvrait sous la dunette avant. Les deux maîtres d'équipage distribuaient quant à eux des gobelets de bière sortie d'un tonneau.

— Jean va vous conduire au pont inférieur où sont rassemblés les chevaux, annonça le capitaine. Il n'y reste guère de place, aussi vous devrez vous serrer avec mes marins. Il vous montrera aussi ce que Hamon FitzWalter m'a fait charger pour votre voyage.

Pendant que les hommes d'équipage ouvraient une grande écoutille située près de la dunette, il expliqua ne pas les accompagner car il lui fallait préparer le départ. La nuit tombant sous peu, il tenait à vite rejoindre la haute mer.

De l'écoutille descendait un plan incliné de deux pieds de large ponctué de traverses de bois chargées d'éviter les glissades. Comme les chevaux auparavant, les voyageurs empruntèrent ce plateau pentu les uns derrière les autres pour déboucher à l'extrémité d'une cale sombre puant l'écurie, uniquement éclairée par de petits sabords entrouverts. À l'intérieur, la hauteur de moins de cinq pieds restait suffisante pour les montures mais les barrots[1] réguliers contraignaient chacun à se baisser s'il voulait éviter de se cogner. Les animaux étaient étroitement sanglés les uns contre les autres, et face à face dans des cadres de bois. Chacun disposait d'une mangeoire et d'un récipient garni d'eau auxquels les valets accédaient par un couloir étroit. Sous la croupe des bêtes, de larges bassines en bois recevaient urine et crottin. Compte tenu de la taille de la coque, il restait quatre à cinq pieds de part et

1. Pièces de charpente transversales servant de raidisseur, de support du pont et de renfort des flancs.

d'autre des clins pour circuler dans la partie la plus large, mais moins de deux aux extrémités. À ces endroits-là se dressaient des couchettes dont Jean expliqua qu'elles étaient dévolues à l'équipage. Les voyageurs, eux, dormiraient en dessous, sur le pont le plus bas où on entreposait foin et vivres. Sauf s'ils tenaient à rester près des chevaux.

Le fils de maître Langon prit une lanterne, attachée à la coque, et en alluma la chandelle de son briquet.

Par une échelle de quelques marches, il descendit sur le dernier pont. Dont l'obscurité aurait été totale sans la lampe. La hauteur atteignait tout juste trois à quatre pieds et l'endroit puait l'humidité et l'urine des chevaux qui parvenait, par endroits, à traverser le plancher.

Guilhem vit que, en partie inférieure, le bordage était lisse et non à clins. Cette cale sans air avait tout du tombeau répugnant, jugea-t-il. En se pliant en deux, les voyageurs découvrirent aussi des ballots de foin, des tonnelets, des coffres de voyage, de gros paquets ainsi que les couchettes.

— Ceux qui le préfèrent pourront dormir sur le pont, précisa Jean en découvrant les visages contrariés des passagers, mécontents à l'idée de devoir passer plusieurs jours dans ce caveau sous la flottaison.

Quand la troupe remonta, les cabestans grinçaient en enroulant les chaînes. Le pilote avait déjà fait relever les ancres avant et, avec son lieutenant, s'était installé sur le château. Un second maître commandait le mouvement de la grande vergue. Trois matelots s'occupaient de la seconde ancre, le long du petit mât arrière. Guilhem avait remarqué qu'il n'y avait aucune rame sur le pont pour la navigation, la nef étant trop haute et trop grosse.

Lorsque la grand-voile fut déferlée et orientée de façon à prendre le vent, le bateau s'ébranla et vira. Maître Langon et son fils tenaient fermement les timons et le pilote leur criait les manœuvres à faire.

Avec Egelina, Flore, Alaric et Raoul, Ussel s'installa sur le château arrière. Malgré la présence des treuils, l'endroit était suffisamment vaste pour permettre à une dizaine de personnes de s'y tenir à l'aise. Les marins, qui s'étaient occupés des ancres, descendaient installer les autres voiles et les bonnettes.

Accoudés au plat-bord entre deux créneaux, les gens de Lamaguère observèrent, silencieux, les falaises de Cornouailles couvertes de bruyère en train de s'éloigner. Des mouettes piaillantes survolaient le bateau et paraissaient leur souhaiter bon voyage.

— Seigneur, je suis content que vous m'ayez pris avec vous, fit doucement Raoul. Je vais découvrir tant de choses que j'ignore. Croyez-vous que le maître marinier me montrera comment on navigue ?

— Tu lui demanderas, mais je ne crois pas que tu apprendras grand-chose. Il fait comme tous les voyageurs : se repérer avec le soleil et les étoiles.

Une cloche retentit. Egelina regarda le pont. Le cuisinier appelait au souper.

Ils découvrirent la troupe, affamée, installée avec une partie de l'équipage, nombre de marins restant aux manœuvres. Chacun alla chercher une planchette devant la cambuse. Le cuisinier arrosait le pain posé dessus d'une épaisse soupe au chou et au lard. L'eau et une bière claire et fade étaient à volonté dans des tonneaux.

Maintenant le cogge avançait rapidement, poussé par un fort vent arrière qui gonflait quatre voiles. Tenant son souper à la main, Guilhem se rendit dans la cabine du capitaine, qui venait de laisser la barre à un maître d'équipage. Raoul suivait son seigneur.

— Maître Langon, mon jeune compagnon m'a demandé si nous allions voguer toute la nuit. Je sais que les nefs préfèrent jeter l'ancre dans l'obscurité.

— La lune est pleine et je tiens à profiter du vent, donc nous ne nous arrêterons pas tant qu'il sera possible de naviguer.

— Mais comment saurez-vous que vous ne vous éloignez pas de la route, mon maître ? s'enquit Raoul. Les nuages masquent l'étoile polaire.

— Si l'étoile est invisible un moment, le pilote attend qu'elle réapparaisse. La lune l'aide aussi. Bien sûr, en cas de nuit trop noire, on jette l'ancre jusqu'au lever du jour.

Il se tut avant d'ajouter :

— On dit que les Arabes ont un moyen de connaître infailliblement la direction du septentrion même dans les nuits les plus sombres. Mais ce secret est bien gardé.

— Comment est-ce possible ?

— Un charme. Leurs sorciers posent sur une bassine d'eau un petit morceau de métal plat qui a subi des invocations diaboliques et le métal montre alors le septentrion.

Guilhem fronça les sourcils. Lui détestait ces sorcelleries. Raoul, en revanche, écarquillait les yeux d'envie et de curiosité.

— Croyez-vous que je pourrais assister à ce miracle à Cordoue, seigneur ?

*

Si, durant cette première nuit, beaucoup décidèrent de dormir sur le pont, vite ils se réfugièrent dans la cale des chevaux et même plus bas lorsqu'une pluie drue commença à tomber. Le maître marinier fit affaler les voiles et laissa la nef portée par le courant. Quelques rares observations d'étoiles permirent de garder un cap approximatif pour les nochers qui tenaient les timons.

Le lendemain, le soleil réapparut. Locksley et Ussel retournèrent alors dans les fonds avec Egelina et les deux chevaliers anglais afin d'examiner ce que Hamon FitzWalter avait fait embarquer pour ce voyage.

Les bagages étaient rangés dans des coffres pouvant être facilement attachés à des bâts de chevaux, le reste dans des ballots de toile huilée ou de cuir. Il y avait des armes, des lances, des épieux et surtout de grands écus et des rondaches. Beaucoup de flèches et de viretons, trois arbalètes, deux hauberts avec chausses et gants en mailles de fer. Des cervelières, des casques et quelques plates d'armure. Parmi les vêtements, plusieurs robes et bliauds, des braies et des chainses. Enfin, des outres en cuir, des besaces, un tonnelet de porc salé et un autre de harengs, deux marmites et même une petite héberge avec ses perches de soutien.

Hamon avait pressenti que, s'ils devaient se rendre à Cordoue, à coup sûr ils passeraient plusieurs nuits dehors.

*

Après l'inventaire, les deux amis et Egelina examinèrent les chevaux. Et retrouvèrent les chevaliers anglais et Alaric qui affirmèrent unanimement que les montures étaient de robustes animaux. Décidément, FitzWalter et ses amis avaient dépensé beaucoup pour la réussite de l'expédition.

Plus tard, Locksley distribua des tâches à chacun, conscient que l'inactivité entraînait infailliblement des disputes. Ses archers aideraient les valets de cale qui s'occupaient des montures, puisqu'il fallait sans cesse apporter de l'avoine, de l'eau, répandre du foin, le ramasser et vider dans la mer les bassines d'excrément. Gamwell et Alaric s'occuperaient de brosser les animaux et de les rassurer, beaucoup se montrant nerveux et ne supportant pas leur immobilisation. Les chevaliers et leurs servants furent affectés sur les châteaux avec pour mission de surveiller la mer. Raoul, lui, ferait le marin et apprendrait la navigation. Quant à Flore, elle assisterait le cuisinier.

Comme ces tâches ne les occupaient pas tout le temps, Locksley organisa dans l'après-midi une joute au bâton que remporta aisément Fulk le Brun, tandis que Ranulf se retrouva l'un des premiers battus.

Lors du souper du soir, sur le pont, les conversations portèrent surtout sur les chevaux. Alaric, qui avait passé la journée avec eux, se dit inquiet quant à leur comportement si le voyage s'éternisait. Plusieurs étaient des coursiers ombrageux et nerveux qui ne supporteraient pas une telle immobilisation. Les valets l'approuvèrent, eux qui constataient combien certains chevaux hénissaient sans cesse, tandis que d'autres ne mangeaient plus. Mandeville proposa de les faire monter à tour de rôle sur le pont, mais le capitaine s'y opposa. Que l'un s'effraye, se rebiffe, et il risquait de ruer, tenter un galop et briser un pavois. Le pire serait qu'il prenne peur dans la cale car, détaché, il ne serait plus maîtrisable. Et, en cas de coup de sabot violent dans une bordée, il provoquerait une voie d'eau contraignant le cogge à gagner la côte, pour réparer les avaries.

Si certains destriers ne supportaient pas leur traitement, tant pis ! avait alors conclu le maître marinier. Et tant pis aussi s'ils ne mangeaient plus et se laissaient mourir. Lui préférait des chevaux morts à des dégâts dans sa nef.

Guilhem approuva, au grand dam de Mandeville et d'Alaric.

À Lamaguère, ce dernier s'était beaucoup occupé des coursiers du château et avait transmis sa passion à Peyre, son lointain neveu. Le Toulousain était un taciturne, mais aimait parler aux animaux qu'il préférait généralement aux humains – à l'exception de Flore bien entendu. Même s'il avait déjà blessé ou tué des chevaux dans des combats, il expliqua que ces animaux étaient comme les hommes et qu'on pouvait les convaincre en les cajolant. À l'en croire, les calmer en les faisant marcher à tour de rôle sur le pont inférieur, en utilisant la coursive entre la coque et leur stalle, serait possible et salutaire.

Mais le maître marinier resta intraitable.

20

Au deuxième jour de navigation, le vent forcit. Le capitaine fit monter une nouvelle voile et ajouta des bonnettes. Le cogge filait désormais à bonne allure, laissant une écume d'embruns derrière lui. Les manœuvres étaient continues pour rester sous le vent qui soufflait par bourrasques en changeant souvent de direction. Un gros temps s'annonçait, alors qu'on approchait de la Bretagne.

— Voile ! hurla soudain l'écuyer de Ranulf qui se tenait debout sur le gaillard de proue.

À l'abri dans la cabine sous le château arrière, Guilhem bavardait avec Jean et son père qui tenaient les barres lorsqu'il entendit l'avertissement. Il regarda par la fenêtre de poupe, mais ne distingua rien au milieu des embruns. Il grimpa alors par l'échelle intérieure, ouvrit la trappe et passa sur la tour où Ranulf et Amaury venaient d'arriver. Locksley, lui, descendait à toute allure les barreaux du gaillard de proue où il se trouvait avec le pilote et son lieutenant.

Depuis le tillac du château, Ussel vit distinctement la voile. Rouge.

Maître Langon apparut à son tour et demeura un instant immobile à observer le bateau qui semblait se rapprocher.

— C'est une nef à plusieurs mâts. Celle qui nous a suivis à Portsmouth avait aussi une voile rouge. Il s'agit peut-être d'elle.

— Préparons-nous à combattre ! dit simplement Ussel. Prévenez vos gens.

Tandis que le capitaine appelait les marins à s'armer, Guilhem descendit du château et retrouva sur le pont Gamwell et les archers qui venaient de la cale. Locksley donnait ses ordres :

— Allez prendre vos arcs et des haches, au cas où l'on en viendrait au corps à corps.

Depuis la grande écoutille, le servant d'Amaury hélait Alaric et Flore, encore dans les fonds.

Egelina sortit la première et courut à sa chambre, dans l'ancienne cabine à voiles. En quelques mots, Guilhem la prévint que la nef derrière eux était peut-être à leur poursuite. Il l'accompagna et l'aida à enfiler son haubert. Ensuite, pendant qu'elle bouclait une épée à sa taille, il se précipita dans le cabinet du capitaine.

Ce dernier, descendu du château, aidait l'un des maîtres d'équipage à maîtriser un timon de gouverne qui, avec les bourrasques, semblait animé d'une vie propre. Son fils avait également appelé un marin pour tenir l'autre barre avec lui.

— Le vent est de plus en plus violent et le *Grâce-à-Dieu* difficile à manier ! cria Langon. Sur le pont, tenez-vous aux rambardes pour ne pas tomber à l'eau !

À l'autre maître d'équipage venu prendre les ordres, il hurla :

— Mieux vaux fuir que combattre. La mer est vide. Monte toutes les voiles et bonnettes possibles !

En chancelant, car le bateau faisait des bonds inquiétants dans la houle, Guilhem parvint à enfiler son haubert avec l'aide d'Egelina. Il boucla épée et couteaux, prit arbalète et carreaux et tous deux filèrent sur le gaillard d'avant.

Le pont était soumis au plus grand désordre. La nef tanguait en tous sens. Les marins s'agrippaient où ils le pouvaient pour gagner leur poste, qui aux cordages des vergues et des espars, qui aux mâts pour modifier ou border la voilure. Brandissant des arbalètes, les gens de Lamaguère sortaient de la cale où Ranulf et Amaury s'étaient précipités pour prendre leur haubert.

La nef à la voile rouge s'était rapprochée et suivait maintenant une ligne à l'écart du cogge, comme pour se placer sur son flanc.

Il s'agissait d'un gros bâtiment à trois mâts. Plus grand que le *Grâce-à-Dieu*, mais certainement moins maniable. Guilhem distingua nombre d'hommes d'armes sur le pont et remarqua que le navire arborait les pavillons aux trois léopards. Plusieurs chevaliers devant les pavois portaient des écus à ces images. Quant aux deux châteaux, ils étaient occupés par des archers dont on devinait les arcs et cottes armoriés. C'était bien une nef royale.

— Aff… lez… voiles !… fallez… ancres…

Un homme criait des ordres du haut du château avant. À l'évidence, il exigeait que le cogge s'immobilise.

Près de Guilhem et Egelina, le nocher hurlait, au contraire, de rajouter des voiles. Mais fuir paraissait désormais impossible.

En face, les arcs des archers royaux se dressèrent. À l'instant même, Egelina, qui avait tendu le câble de son arbalète, lâcha un vireton… qui atteignit en pleine poitrine celui qui avait crié l'ordre d'affaler. L'homme passa par-dessus la rambarde et disparut dans les flots.

Guilhem tira à son tour, mais rata l'archer qu'il visait.

Les deux bateaux roulaient dans des vagues de plus en plus grosses et bouillonnantes car le vent forcissait. Viser juste se révélait hasardeux, voire impossible, sauf à prévoir de quelle façon l'autre navire bougerait et en évaluant correctement les rafales.

Une pluie de flèches jaillit de la nef… mais quasiment aucune n'atteignit le pont du cogge. Celui-ci s'agitait en un mouvement erratique. Guilhem apprit par la suite que maître Langon, à l'aide des gouvernes, contraignait sans cesse le navire à changer de direction. Avec quatre hommes qui les tenaient, les barres des timons obéissaient maintenant à peu près. Ces mouvements, ajoutés à ceux provoqués par les flots furieux, modifiaient continuellement la position du bateau.

Se sachant moins bon tireur que sa maîtresse, Guilhem se consacra à tendre les arcs des arbalètes. Dès qu'Egelina s'était servie de la sienne, il lui en présentait une autre puis, pied dans l'arceau et à l'abri d'un merlon, préparait la suivante en repositionnant dans la noix le câble de celle déjà utilisée, avant de la lui rendre.

La Licorne évitait de se faire voir du bateau adverse. Dès qu'elle tenait l'arbalète chargée, elle glissait un regard par le créneau puis, d'un mouvement sûr, s'écartait du haut merlon qui la protégeait et appuyait sur la queue de l'engin.

Chaque fois un homme tombait.

De temps en temps, quand il tendait un arc, Guilhem regardait Locksley et ses hommes qui, sur la tour arrière, tiraient eux aussi à coup sûr. Six flèches partaient d'une salve, et au moins quatre touchaient quelqu'un. Huntington et ses gens étaient bien plus rapides qu'Egelina, leurs traits se succédant sans pause.

Les chevaliers et leurs servants avaient rejoint Alaric, Flore et Raoul sur le pont principal. Seuls Amaury et Ranulf n'avaient pas d'arme de jet, ayant plus l'habitude de se battre à l'épée et à la lance, aussi demeuraient-ils accroupis devant les pavois. Une position quelque peu humiliante qui faisait enrager Ranulf.

Grâce au ciel, toujours aussi peu de flèches adverses arrivaient sur le tillac et encore moins atteignaient leurs cibles. Seul un marin en avait reçu une dans la cuisse. Depuis, tous les matelots avaient abandonné leurs postes et s'abritaient sous les gaillards.

Cet échange de traits, pour violent et sanglant qu'il fût, ne dura guère. À un moment, les deux nefs se rapprochèrent tellement que Guilhem jugea l'abordage imminent. Il pourrait enfin se battre, et même le souhaitait. Mais lorsque le navire adverse roula devant lui, il découvrit son pont ensanglanté, couvert de cadavres ou de corps meurtris, avec quasiment plus de combattants debout.

Egelina visa et parvint à toucher l'un des nochers qui tenaient une barre de gouverne. Devenu incontrôlable, le gros bateau vira brusquement et présenta son travers. Guilhem vit alors la proue se précipiter vers lui. Pressentant un choc violent, il s'accroupit en serrant la Licorne contre lui. Le heurt fit basculer le cogge, tandis que le château de proue de la nef se disloqua, provoquant la chute de ses occupants dans la mer. Presque aussitôt, porté par le reflux de la vague qui l'avait soulevé et les remous du cogge, le bateau ennemi s'écarta et parut dériver. La dernière vision de Guilhem fut celle d'un chevalier ennemi hurlant dans l'eau en furie, bientôt englouti.

Très vite, leur propre bateau s'éloigna, toujours roulé par de grosses vagues écumeuses mais victorieux.

*

— C'est fini ! annonça Guilhem à une Egelina en nage.

Il se tourna vers le pilote et son lieutenant qui, durant la bataille, s'étaient accroupis en se protégeant avec une rondache du bordage qui servait en cas de corps à corps. Les deux hommes se redressaient.

— Vrai Dieu ! J'ai bien cru que la nef allait nous briser en deux ! haleta un Colhion d'Oléron tremblant d'émotion.

Regardant le pont, il découvrit la rambarde enfoncée par l'étrave de l'autre navire.

— Par la Vierge Marie, regardez ça ! L'abordage a peut-être provoqué une voie d'eau ! François, cours vérifier l'état des fonds !

— On vous accompagne, dit Guilhem.

Sur le pont, les marins regagnaient leur poste et transportaient dans la cuisine celui d'entre eux qui avait reçu une flèche. Le maître d'équipage faisait abattre la vergue de la grand-voile afin que le cogge roule moins sur les flots furieux. D'autres hommes examinaient la rambarde fracassée.

Soudain, l'un des deux valets qui s'occupaient des chevaux surgit de la cale :

— Un cheval ! Un cheval s'est détaché ! Il est en furie et casse tout !

Guilhem se précipita dans le plateau conduisant au pont inférieur. Le vacarme y était infernal. Les animaux affolés hennissaient, couinaient et soufflaient. Un martèlement démoniaque résonnait, assorti de craquements de bois brisé. Au fond de la cale, l'autre valet hurlait sa terreur.

Locksley rejoignit Ussel :

— Il faut l'abattre, décida-t-il. On ne pourra jamais maîtriser un cheval terrifié dans si peu d'espace. Eadric, Fulk, descendez avec vos arcs et tirez sur lui en même temps. Il faut le tuer d'un coup, sinon, à cause de la douleur, il causera encore plus de dommages.

— Non ! cria Alaric en bousculant les archers. Laissez-moi le calmer !

— C'est folie, mon ami, dit Guilhem en l'arrêtant d'une main. Tu ne parviendras jamais à l'apaiser avec ce cogge qui tangue. Tout ce que tu gagneras sera de te faire piétiner.

— Je veux essayer ! Les chevaux m'écoutent, seigneur, vous le savez !

Guilhem regarda Locksley, qui approuva en haussant les épaules. Tuer un cheval inoffensif le désolait lui aussi. De surcroît, ce serait une monture de moins en Castille, qu'il ne pourrait sans doute remplacer.

Flore s'approcha et prit la main de son époux, le regard embué de larmes. Elle aussi jugeait fou d'agir ainsi.

— Ne t'inquiète pas, la rassura-t-il. Si je me rends compte que c'est impossible, je remonterai.

Il lui tendit son arbalète, défit la ceinture portant son épée et la trousse de viretons afin de ne pas être gêné, puis descendit par le plateau en se tenant au barrot au-dessus de lui, le cogge roulant toujours dangereusement.

Afin de ne pas se faire surprendre, il s'engagea dans le couloir du milieu. Avec sa croupe large, la bête en folie ne pouvait y pénétrer. En avançant, il caressa chaque tête d'animal en murmurant de douces paroles. Certains destriers l'écoutèrent, d'autres essayèrent de le mordre, surtout quand la nef ballottait trop.

Puis il vit l'emplacement abandonné. Que le cheval avait brisé les lanières de cuir qui le retenaient. Qu'il ne semblait pas y avoir d'autre stalle vide.

Soudain, l'animal se trouva devant lui. Un jeune palefroi, massif et lourd, capable de porter un homme couvert de fer, à la robe presque entièrement blanche, à peine tachetée au garrot. La bête se tenait au bout de la coque, immobile, affichant une agressive méfiance. Leurs regards se croisèrent mais, soudain, le destrier partit à toute vitesse dans l'un des couloirs, donnant, dans son galop, de furieux coups de sabot au bordage.

Les hennissements et couinements de panique des autres reprirent de plus belle.

Toujours en s'efforçant de calmer les bêtes, Alaric marcha jusqu'au bout du passage. Le valet, réfugié dans un recoin de l'étambot, lui fit signe et l'appela.

— Où sont les brides ? demanda le Toulousain.

L'autre lui désigna une membrure où les licols étaient suspendus. Il faisait si sombre qu'Alaric ne les avait pas vus.

Il en prit un et emprunta le couloir conduisant à la stalle vide, conscient de prendre un énorme risque.

Le palefroi se trouvait maintenant à l'autre extrémité. On l'entendait renâcler et frapper le sol. Qu'il se précipite vers lui et Alaric n'aurait nul espace où se réfugier, piétiné sur place.

En se tenant aux membrures et aux pièces de bois des stalles, Alaric avança d'un pas lent, chancelant chaque fois que le cogge roulait. Finalement, il atteignit la place vide et s'y abrita. Alors, du fond de la gorge, il émit des ébrouements, ces ronflements qu'émettent les chevaux quand ils attendent quelque chose. Les montures soufflèrent à leur tour des naseaux, et lui les imita avant de renouveler ce son de façon plus sourde, signal qu'il avait l'habitude de prodiguer pour faire comprendre aux chevaux l'absence de danger.

Le palefroi parut. Inquiet et intrigué par ces bruits différents de ceux de ses congénères. Alaric poursuivit ses modulations, la bête fit quelques pas hésitants, de plus en plus perplexe. Peut-être avait-elle, aussi, soif ou faim, après avoir manifesté tant de fureur.

Le Toulousain sortit prudemment de la stalle, et se mit, en un mélange de mots français et d'oc à douce sonorité, à lui parler.

— Viens, souffla-t-il… *Sarra*[1], tu ne risques rien avec moi… *Sarra !*

Tandis qu'il caressait les croupes des chevaux devant lui, il porta un regard intrigué sur une lanière de cuir découverte au sol et qu'il ramassa.

Le palefroi hennit à plusieurs reprises en le regardant. Par chance le bateau roulait moins. Après une longue hésitation, l'animal se remit à avancer.

Alaric tendait ses bras, prêt à se précipiter dans la stalle si le cheval se précipitait vers lui.

— *Sarra ! Sarra*, mon joli…

Il s'avança à son tour, le licol à la main. L'animal hennit doucement, paraissant se calmer. Alaric tendit la main, toucha son nez tout en continuant à lui parler. Puis caressa son encolure, et délicatement lui passa la bride autour du cou. Le palefroi frémit, mais se laissa faire.

— Viens, on va se promener, murmura Alaric.

Le Toulousain se mit à côté de la bête et, la tenant par le licol, gagna l'étambot. Sidéré par ce qu'il voyait, le valet sortit de sa cachette.

Alaric lui demanda de préparer de quoi attacher l'animal dans sa stalle et poursuivit la promenade. Par moments, la cogge basculait et le palefroi heurtait les membrures ou la croupe des autres chevaux, mais son nouveau maître parvenait à le calmer aussitôt. Ils revinrent ainsi jusqu'au plateau de la grande écoutille.

Les membres de l'expédition, descendus, observaient la scène, admiratifs. Amaury de Mandeville afficha pour la première fois une expression de reconnaissance :

— Messire Alaric, jamais je n'aurais cru que vous réussiriez ! Ce palefroi est l'un des plus beaux du troupeau. Quelle tristesse s'il avait fallu le tuer !

---

1. Viens.

Alaric le remercia d'un sourire, embrassa Flore, puis s'adressa à Ussel.

— Je vais retourner l'attacher, seigneur. Pourriez-vous m'aider ?

Guilhem plissa le front. Alaric n'avait aucunement besoin de lui après l'exploit qu'il venait de réaliser. Pourtant, il ne posa aucune question.

Tous deux gagnèrent la stalle, dans laquelle le cheval pénétra sans difficulté. Immédiatement le valet le ceintura de lanières destinées à l'immobiliser.

Le Toulousain veilla à ce que le travail soit bien fait. Le morceau de cuir ramassé dans la stalle en main, il aurait aimé le montrer à son maître, mais déjà Amaury et les autres arrivaient. Il glissa donc la lanière dans la large manche de son haubert et murmura :

— Seigneur, j'ai besoin de vous parler.

Ussel opina tout en se demandant ce que son ancien écuyer voulait lui dire. Avait-il découvert quelque chose dans la cale ? Quelque chose que personne ne devait entendre ? Chacun félicitait maintenant le Toulousain, qui accueillait les congratulations en s'efforçant de sourire.

En bavardant joyeusement, les passagers remontèrent sur le pont supérieur. Raoul et Flore n'étant pas avec eux, quelqu'un expliqua qu'ils avaient rejoint Egelina dans la cuisine pour soigner le blessé.

— Alaric, viens, tu vas narrer ton exploit à maître Langon ! proposa Guilhem.

Laissant Locksley qui racontait à ses archers et à Gamwell quel genre d'homme était le Toulousain et ce qu'il lui avait vu faire à Lamaguère, Ussel et ce dernier entrèrent dans le cabinet de gouverne.

Le maître marinier tenait la barre.

— Par Dieu, vous êtes un sacré bonhomme, sire Alaric ! On vient de me raconter votre exploit ! Mais je ne comprends pas comment l'animal a pu briser ses attaches. Les valets les vérifient tous les jours.

— Les chevaux ont une force incroyable quand ils ont peur, répondit-il. Mais celui-là n'était pas méchant.

— François ! cria Langon en voyant passer le pilote, prends ma place, je veux examiner la coque. Avez-vous vu si la bête a provoqué des dommages ?

— Je ne crois, pas, mon maître. Mais nous pouvons vérifier ensemble.

Guilhem approuva. Il avait enfin un prétexte pour rester avec Alaric, car sur le bateau, il n'y avait que les cales où s'isoler.

*

Ils revinrent donc à l'écoutille. En passant devant Locksley, Guilhem lui expliqua où ils se rendaient et lui proposa de les accompagner. D'une façon telle que son ami comprit sa présence nécessaire.

Dans la cale, tous quatre se rendirent auprès du palefroi, puis le capitaine s'éloigna afin d'examiner la coque. Alors Alaric sortit le morceau de sangle découvert.

— Elle était par terre, seigneur, arrachée. Regardez la coupure.

Aux deux extrémités, la pièce de cuir, fort épaisse, avait été cisaillée avec une lame. Et ce qui n'était pas tranché s'était déchiré lorsque le cheval avait pris peur.

— Les autres courroies ont toutes été coupées de la même façon, ajouta le Toulousain en désignant les lanières qui pendaient encore.

Locksley et Ussel étudièrent les différentes attaches.

— Qui a pu faire ça ? gronda Robert.

— Quelqu'un qui se trouve sur ce bateau, répondit Guilhem en écartant les bras d'évidence.

— Voilà un individu qui a pris un grand risque, grimaça Alaric. L'animal aurait pu provoquer une voie d'eau, le naufrage du cogge et sa propre fin.

— Pas un naufrage, car cette partie de la coque est hors de l'eau. Mais une avarie contraignant le *Grâce-à-Dieu* à se détourner vers un port pour réparer, oui.

— Ce pourrait être un marin, suggéra Robert de Locksley. Payé pour sa sale besogne avant le départ de Portsmouth.

— Non, fit Guilhem en secouant la tête. À ce moment-là, personne ne se doutait que ce bateau nous emmènerait en Castille.

— C'est juste. Donc il s'agit de l'un de nos hommes, reconnut Huntington. Et cela me désole.

— Seigneur, souvenez-vous de la pierre dans le sabot, le premier jour. J'étais étonné de la façon dont elle s'était introduite. Ce n'était pas naturel, et je vous l'ai dit.

— Il y a un serpent avec nous, murmura Locksley.

— Mais qui ? interrogea à voix basse Ussel. Ce ne peut être Alaric, ni mes gens de Lamaguère. Es-tu sûr de tes archers ?

— Plus que sûr.

— On sait déjà qu'il y a un espion chez les amis de FitzWalter. Et s'il avait embarqué avec nous ?

— Dans ce cas, les suspects sont peu nombreux, conclut Locksley, en énumérant sur ses doigts : Ranulf, Langlay, Amaury et Percy. J'élimine ce dernier car, homme de peu, il n'a pas dû être informé des détails de l'expédition. Quant à Langlay, il a été choisi au dernier moment. N'en demeurent donc que deux.

Guilhem opina en silence, pas convaincu. Car son ami avait oublié Gamwell. Le jeune homme était-il si fidèle que cela, lui qui s'était souvent absenté de Huntington sans indiquer où il allait ? Il aurait parfaitement pu se rendre à Bristol.

Quant à Robert, lui aussi avait des doutes dont il ne voulait – pouvait – parler : et si Egelina était toujours au service de Jean ?

21

Ils rejoignirent maître Langon.

— Je n'ai rien constaté d'inquiétant, rien en tout cas que notre charpentier ne puisse réparer, fit ce dernier. Le travail sur la rambarde du pont sera plus important mais nous pourrons le faire à La Rochelle où je connais de bons ouvriers.

— Quand y serons-nous ?

— Dans deux, trois jours, si le vent se maintient.

Ils remontèrent. Le maître marinier appela le charpentier, tandis qu'Alaric se rendait dans la cuisine afin de rejoindre Flore, qui se trouvait toujours avec Egelina pour soigner le marin blessé.

Robert et Guilhem gagnèrent le gaillard d'avant où le nocher gardait un œil sur le soleil déclinant. Ils s'installèrent loin de lui pour bavarder à voix basse, certains que leurs paroles seraient étouffées par le vacarme des vagues.

— Parlons franchement, décida Locksley. Vas-tu révéler à la dame de Camville la présence d'un ennemi à bord ?

— Crois-tu que ce puisse être elle ? interrogea froidement Ussel.

— À part toi et moi, tout le monde est suspect, répliqua évasivement Huntington.

— Non, tu l'as dit toi-même : il est facile d'éliminer les insoupçonnables et tu le sais. Mais, à mon tour de t'interroger : souviens-toi de notre expédition au château des Baux[1]. Anna

1. Voir *Marseille, 1198*, du même auteur.

Maria se trouvait au service du pape, et pourtant tu lui as accordé ta confiance.

— La situation était différente. Tu sais comme moi que l'on est plus faible quand on aime.

Guilhem soupira.

— Combien d'archers Egelina a-t-elle abattus, tant au château Baynard que sur la nef, tout à l'heure ?

— Suffisamment pour que je croie en elle, rassure-toi. Et je la connais depuis plus longtemps que toi. Mais toi, crois-tu en elle ?

Guilhem ne répondit pas immédiatement. Il passait en revue tout ce qu'il savait de la Licorne.

— Je ne pense pas qu'on réussisse à tricher à ce point, déclara-t-il enfin. Je vais donc tout lui dire. De fait, quelle importance cela a-t-il que je lui révèle ce qu'on vient d'apprendre si elle est coupable ? Mais, de ton côté, es-tu bien sûr de Gamwell ?

— Autant que toi d'elle, répliqua Huntington en passant un bras sur les épaules de son ami. Cependant, je t'accorde qu'il n'a pas fait ses preuves comme Egelina, aussi je ne lui révélerai rien. En revanche, le vieux Butler était avec moi à Sherwood et lui est sûr. Plus que sûr. Je vais donc lui dévoiler ce qui se passe, tout en exigeant son silence, même auprès de son fils.

— Entendu. Flore et Raoul sont également insoupçonnables, comme Alaric. Ces quatre-là, nous deux et pourquoi pas Egelina, devrons dès maintenant surveiller Ranulf, Amaury et leurs gens. Qui sait ce que prépare notre félon ?

Locksley l'approuva, sans être certain que ce serait suffisant.

*

Ils redescendirent sur le pont pour s'intéresser à l'état du blessé. La flèche avait percé la chair de la cuisse et le bois s'étant brisé, le fer avait pu être enlevé facilement. Flore avait pansé la plaie après que Raoul eut conseillé qu'on y mette du vinaigre.

— Egelina, Alaric, venez avec moi ! ordonna Ussel.

Tous montèrent sur le gaillard d'avant. Où, toujours à l'écart du pilote, Guilhem raconta brièvement à sa maîtresse ce qu'ils avaient découvert. Il lui indiqua aussi ce qui avait été décidé avec Robert, à charge pour Alaric d'informer Flore et Raoul.

Ils n'en parlèrent plus jusqu'à La Rochelle.

*

La mer se calma le lendemain et Alaric obtint du capitaine le droit de promener les chevaux dans la cale. Avec les valets, Langlay, et parfois Amaury de Mandeville, il faisait marcher chaque bête à tour de rôle, les animaux avançant à la file, tenus en bride par quelqu'un. Le cousin du comte d'Essex choisissait toujours, quant à lui, de conduire le palefroi blanc.

L'après-midi, comme une douce brise soufflait et que le soleil brillait, Guilhem proposa aux chevaliers anglais une joute amicale de lancer d'armes, sur le tillac. S'il présenta le duel comme un divertissement, il avait aussi quelques arrière-pensées, désireux de savoir ce que les uns et les autres valaient au combat.

Il ferait équipe avec Alaric, indiqua-t-il, et le comte de Huntington avec Gamwell. Les jouteurs choisiraient entre couteau, dague ou hache, seules armes utilisables en si peu d'espace.

Ranulf et Amaury acceptèrent. Tous deux ainsi que l'écuyer, le garde-chasse et Gamwell optèrent pour la hache saxonne. Guilhem et Alaric utiliseraient leurs couteaux et Locksley sa dague.

Egelina fut choisie comme héraut d'armes et Huntington promit que le vainqueur recevrait dix esterlins tirés de sa propre bourse.

Sur la nef, tout le monde se passionna pour le tournoi. Le charpentier construisit un panneau qu'il installa devant la cuisine vidée de ses occupants. Raoul y peignit un oiseau, sorte de papegay[1], un cœur en son milieu. Dans un joyeux vacarme

1. Sorte de perroquet souvent en bois qui servait de cible pour les tireurs à l'arc ou à l'arbalète.

où chacun faisait des paris, les jouteurs se rangèrent au pied du gaillard de poupe et les spectateurs le long des pavois. La passe d'armes se déroulerait en deux manches, fut-il décidé, et seuls ceux dont les fers auraient touché l'oiseau participeraient à la seconde.

Ussel fut le premier à concourir. Il lança l'un de ses couteaux, qui se planta dans le cœur du papegay. Clameurs et ovations retentirent. Alaric alla récupérer le fer. Mandeville envoya une hache de son servant et toucha le dessin au même endroit. De nouveau, clamèrent des vivats, malgré tout teintés de surprise, personne n'ayant imaginé une telle adresse chez le jeune chevalier. Quand Locksley le félicita chaudement, Amaury gonfla le torse de satisfaction en regardant chacun d'un air supérieur.

Le couteau d'Alaric se ficha très près de la cible, Flore ne put retenir une interjection de dépit. Le joueur suivant fut Ranulf, qui atteignit à peine le panneau avec une hache du bord. Rageur, il grommela que le bateau bougeait trop et s'éloigna. De sa dague Locksley toucha seulement le trait du dessin. En revanche la hache de Gamwell atteignit l'image. À son tour Langlay lança son couteau, si négligemment qu'il fut aussi mauvais que Ranulf. Un écuyer, ironisa-t-il, ne peut faire mieux que son seigneur. L'ancien garde-chasse Roger Percy termina cette première manche en fichant sa hache exactement à l'endroit touché par son maître.

Egelina annonça que seuls Ussel, Mandeville et Percy pourraient concourir.

Avant la seconde partie de la joute, satisfait, le comte de Huntington fit distribuer du vin à tous. Le concours avait libéré les cœurs et Mandeville repris sa place dans la compagnie. Son adresse et celle de son servant avaient été appréciées. Certes, le cousin Essex continuait à afficher les préjugés de son lignage, mais chacun reconnaissait que sa valeur n'était en rien usurpée.

Pour la nouvelle manche, et puisque les adversaires étaient de force égale, Egelina proposa comme cible des tourillons de bois utilisés pour attacher les amarres. Trois pièces, d'une largeur de deux pouces, furent attachées sur le panneau et les candidats lanceraient leur fer en même temps, de manière à subir ensemble les roulements de la nef.

Durant les préparatifs, les paris allèrent bon train. Le silence se fit quand les trois concurrents se mirent en place. Amaury de Mandeville intervint :

— Je propose… moi aussi… un pari, ânonna-t-il.

— Lequel ? demanda Ussel, intrigué.

— Si… vous l'emportez, je… donnerai le double… de la récompense promise.

— Et si c'est vous qui gagnez, ou votre homme ?

— Nous… choisirons nos chevaux… lorsque nous aurons débarqué.

— Vous auriez pu choisir dans tous les cas, Amaury, intervint Locksley.

— Je veux… être le premier.

Il insista sur le : *veux*.

Huntington regarda Guilhem qui haussa les épaules. Amaury pouvait prendre le cheval qu'il désirait, il s'en moquait.

— Entendu.

— Dame de Camville, s'ils sont prêts vous pouvez les laisser aller.

Elle interrogea chaque jouteur, et comme tous avaient opiné du chef, leva une main pour prévenir Raoul. Le fils Aignan corna et, immédiatement, couteau et haches volèrent.

Guilhem égratigna le bois. Mandeville rata de peu, Percy fendit le tourillon.

Il fut donc déclaré vainqueur, au grand dépit de ceux qui avaient parié sur Ussel.

Même vaincu, ce dernier était pleinement satisfait. Il savait désormais que l'ancien tenancier s'avérerait redoutable avec ses haches et qu'Amaury était un très bon lanceur. En revanche, il demeurait étonné par la maladresse de Ranulf et l'imprécision de Langlay. Mais sans doute se montraient-ils plus adroits dans les combats au corps à corps.

Toutefois une question l'intriguait : pourquoi Mandeville tenait-il à choisir son cheval ? Certes Percy déciderait au final de sa monture, mais nul doute qu'il le ferait à bon escient pour son maître.

*

Le lendemain, le temps était si beau qu'Egelina s'installa sur le château arrière où une planche chevillée au pavois crénelé servait de banc. Les yeux fermés, elle paraissait plongée dans ses pensées. En sortant de la chambre du maître marinier avec qui il avait discuté, Guilhem l'aperçut et monta la rejoindre.

— Nous serons avant ce soir à La Rochelle, lui annonça-t-il. Tu parais songeuse.

— Je pensais à toi, à nous et à notre rencontre au Riche Laboureur.

— J'y songe aussi souvent.

— M'accorderais-tu une faveur ?

— Toutes les faveurs, ma gracieuse dame.

— Je ne t'ai pas entendu utiliser la vielle ramenée de Gloucester. J'ignore si tu sais toujours en jouer.

Elle plaisantait, bien sûr.

— C'est vrai, je n'ai guère eu l'occasion de la sortir de son coffret.

— Tu l'as maintenant.

Il comprit et partit chercher l'instrument.

Il revint peu après. Le voyant traverser le pont avec la vielle, Alaric, Flore, Raoul et Robert le suivirent sur le château, où tous s'assirent à même le plancher.

La nef filait sur une mer calme.

Au pied d'Egelina, Ussel entama la canson qui l'avait fait pleurer quand elle se faisait passer pour une servante et cachait être la Licorne :

Oncques homme de mon lignage,
Ni de beaucoup plus grand mérite, n'aima telle, ni en fut aimé
Je veux qu'on me coupe la langue, si jamais touchant elle,
Je crois la calomnie, ni de son amour je me dessaisis.

Egelina s'efforça de retenir ses larmes mais dut quand même s'essuyer une joue. Elle posa une main sur le cou de Guilhem qui poursuivit avec ce chant de Gui d'Ussel :

Si vous aimiez un peu,
Vous auriez dit la folie grande
Peu importe au fourbe de prendre
Quelque faveur et de s'enfuir !
Moi, je veux rester, caresser
Ma Dame que j'aime et adore,
Car à bon droit je m'en verrai banni
Si je lui manquais quand elle m'appelle.

Cette fois, ce fut Flore qui eut les yeux rougis.

— Ne soyez pas tant émus, nous sommes là pour le plaisir, leur dit Guilhem afin de briser le silence. Voici quelques paroles et une musique que j'ai inventées depuis notre départ :

Tuit li mauvés demorront par deça
qui n'aiment Dieu, bien, ne honor, ne pris.
Et chascuns dit « Ma feme, que fera ?
Je ne lairoie a nul fuer mes amis ».
Cil sont checit en trop fole atendancee[1].

Egelina l'embrassa. Alors qu'elle relevait la tête, elle s'aperçut que, sur le château avant, Ranulf les observait. Le visage défait.

*

1. *Tous les mauvais resteront à l'arrière*
Qui, n'aimant Dieu, ne l'honorent, ni ne le prient.
Et chacun dit : « Ma femme que fera ?
La laisserai à nul, fut-il ami »,
Serait tomber en bien trop folle errance.
Ce texte sera repris plus tard par Thibaut de Champagne.

Le *Grâce-à-Dieu* pénétra dans un estuaire marécageux bordé d'une muraille aux courtines crénelées entourée de larges douves et dominée par le château Auclair, haute fortification à quatre tours construite par Henri II.

Aux Anglais qui ne connaissaient pas La Rochelle, Locksley expliqua que le port, d'abord petit village de pêcheurs, était désormais le plus grand et le plus prospère sur la côte de France. Henri Plantagenêt avait affranchi la ville des tutelles féodales et lui avait accordé une charte de libertés confirmée par Aliénor, puis par son fils Jean. Templiers et hospitaliers y avaient installé commanderies et entrepôts. Exemptée de taxes, la ville chargeait sur ses bateaux du vin d'Aunis, de Saintonge et d'Angoumois, ainsi que du sel, et faisait commerce de draps et de laine avec l'Angleterre et la Flandre. C'était, bien sûr, un havre pour toutes les nefs de passage.

— Mais même si la cité possède un maire et dispose de pouvoirs judiciaires, elle est anglaise et le restera pour l'éternité, conclut-il.

Sans rame – comme les autres nefs –, le cogge ne pouvait guère manœuvrer dans l'estuaire, aussi des barques à quatre ou huit rameurs proposaient-elles leurs services pour faire pénétrer les gros bateaux dans le port, qui n'était en vérité qu'un chenal fortifié de deux tours. Comme le flot montait, le déplacement fut aisé, et comme le *Grâce-à-Dieu* était connu des autorités municipales, les gardes le laissèrent entrer.

Une fois le navire amarré à un ponton, maître Langon envoya François, le lieutenant du pilote, prévenir des charpentiers de sa connaissance. Pendant ce temps, les voyageurs se rendirent en ville, où ils passeraient la nuit dans des hôtelleries.

Guilhem et Locksley étant déjà venus à La Rochelle lors de leur expédition à Londres, ils conduisirent leurs gens à l'auberge de Sainte-Catherine, qu'ils connaissaient. Cependant les chevaliers anglais et leurs servants ne les accompagnèrent pas.

Le lendemain, tandis que Guilhem, Alaric et Locksley se faisaient baigner chez un barbier étuvier, Raoul partit aux nouvelles et apprit que les réparations étaient terminées. Le capitaine faisait déjà remplir les barriques d'eau fraîche et des charrois apportaient du fourrage. Le cogge quitterait le port à basse none, quand le flot se retirerait.

Le fils d'Aignan vint avertir ses compagnons, mais pas les autres chevaliers, ignorant où ils logeaient. Cependant, Egelina et Flore, qui étaient allées acheter des chainses et des chausses dans la rue du Marché, après s'être elles aussi baignées dans une étuve, aperçurent Langlay entrer chez un fèvre fourbisseur près de la commanderie du Temple.

Elles l'attendirent. Quand il sortit, apparemment sans rien avoir acheté, il parut gêné de les voir. Elles lui annoncèrent le prochain départ, ce qu'il savait déjà, ayant envoyé un valet de son auberge au bateau pour se renseigner.

*

À l'heure où débuta le reflux, ils se retrouvèrent à bord. Sous la pluie revenue, une barque entraîna le cogge hors du port. Le capitaine fit hisser une voile et, après de fastidieuses manœuvres, le bateau prit de l'erre et gagna l'océan.

Le vent boréal, glacial, se montra vigoureux, aussi le maître fit-il déployer toutes les voiles et attacher les bonnettes. Sur une mer vide, bien que légèrement agitée, le navire filait en soulevant une gerbe d'embruns.

La pluie disparut et le ciel se dégagea en soirée, affichant de belles étoiles permettant à la nef de naviguer toute la nuit. Le pilote venait régulièrement dans la cabine examiner les cartes pour s'assurer qu'ils avançaient dans la bonne direction.

Chacun avait repris sa place. Le capitaine avait fait embarquer du vin d'Aunis et de la nourriture fraîche. Les chevaliers anglais ne montrant plus d'hostilité, Locksley se sentait donc rassuré sur la poursuite de l'expédition.

Mais restait toujours un traître à bord. À moins… à moins, qu'ils se soient trompés ! Et si les courroies du palefroi avaient cédé en raison d'un cuir fendu par l'âge ? Dans le doute, Robert et Guilhem examinèrent les longes, lanières et brides après la promenade des chevaux du lendemain. Certaines étaient en effet abîmées, fendillées même. Mais, selon Alaric, ces coupures n'avaient rien à voir avec celles découvertes.

*

Le beau temps dura trois jours, la chaleur s'installa même. Au soir du troisième dimanche du Carême[1], ils aperçurent enfin la terre.

À l'aide des cartes, en longeant les côtes, le pilote rechercha un promontoire qu'il découvrit en soirée. Piton rocheux couvert de forêts, le cap avançait dans la mer entre deux profondes baies.

— La seconde s'appelle la Concha, dit-il à Raoul qui se passionnait pour la navigation. À droite et à gauche, ce sont les monts Igeldo et Urgull.

Le capitaine Langon, qui se trouvait avec eux, déclara :

— Il faut faire entrer le *Grâce-à-Dieu* dans la Concha. Le port et le monastère de San Sebastián se situent au fond, au pied du promontoire.

— Je suggère de passer la nuit dans la rade et d'aller voir demain comment on nous accueille, suggéra Guilhem.

Locksley, lui aussi présent, approuva. Le laissez-passer écrit par Blanche de Castille serait-il respecté sur ces terres ? Qui commandait ce port et cette ville ? La prudence s'imposait s'ils ne voulaient pas finir au fond d'un cachot, voire pendus à une branche.

— Je ne suis jamais venu ici, raconta Langon, mais d'autres capitaines m'ont souvent parlé de San Sebastián. Voilà une trentaine d'années le roi de Navarre – car nous sommes en Navarre et non en Castille – a décidé d'ouvrir un port au pied de ce

1. 7 avril.

monastère. Il a fondé une ville et invité les Gascons à s'y installer en accordant des franchises et des libertés.

» Mais il y a dix ans, le roi de Castille Alphonse VIII, en guerre avec la Navarre, a pris le port, et, la paix faite, l'a gardé. Donc vous devrez être accueillis par un capitaine de ville, un alcade ou un *preboste*, c'est-à-dire un prévôt castillan, et la lettre de votre princesse sera un sauf-conduit que personne n'osera contester.

— Espérons-le, dit le comte de Huntington.

*

En utilisant seulement la voile triangulaire de la vergue transversale, le cogge pénétra dans la rade et ses passagers découvrirent les murailles de la petite cité. D'autres nefs y mouillaient. Le capitaine fit jeter l'ancre, tandis que Locksley faisait placer des sentinelles pour la nuit.

22

À l'aube, des marins mirent le canot à la mer. Locksley et Ussel embarquèrent avec Alaric et Raoul, qui connaissaient quelques mots de castillan et de basque.

Le port n'était qu'une grève surmontée de pontons et d'un long quai en planche. Quant à la muraille aperçue, elle se révélait comme une enceinte discontinue, de hauteur variable avec une partie en pierre et l'autre en bois. Devant le quai s'ouvrait une massive porte fortifiée voûtée dont on apercevait l'extrémité de la herse relevée.

Évidemment, une douzaine d'hommes d'armes en cuirasse de buffle bouillie et broigne maclée, quelques-uns avec des arbalètes et de petits pavois, d'autres tenant des lances et des épieux, les attendait sur le ponton. Avec eux se tenaient des bénédictins en froc noir et un individu portant haubert à grosses mailles sous une surcotte rouge ornée de trois tours jaunes.

Quand les quatre voyageurs descendirent, sous les regards curieux de quelques portefaix, pêcheurs et marins, car deux barques marchandes étaient également amarrées, celui en haubert approcha, main sur la garde de son épée, et déclara quelque chose comme :

— *Jainkoak gorde zaitzala…*

Il poursuivit, toujours dans un langage incompréhensible, ce qui, d'après son ton, semblait être des questions.

En recourant à un mélange de basque, castillan et catalan, Alaric et Raoul s'efforcèrent de faire comprendre qu'ils arrivaient du royaume de France munis d'une lettre de l'infante Blanche de Castille, épouse du prince Louis, fils de leur roi.

Des explications fastidieuses jusqu'à ce que l'homme en haubert commence à comprendre. Il appela alors l'un des moines dont Guilhem avait observé le sourire amusé. Ce dernier, utilisant la langue d'oc, se présenta comme étant l'abbé Aznar.

Dès lors, tout fut plus facile. Ussel prit la parole et, passées les salutations de convenance dans lesquelles il louait le Saint-Esprit de les avoir fait se rencontrer et leur souhaitait bonne et longue vie, il annonça qu'ils se rendaient à la cour du roi Alphonse afin de transmettre un message de sa fille Blanche. L'abbé traduisit. Au fur et à mesure, l'homme en haubert, qui se révéla être l'alcade du port, hocha la tête avec cordialité. Puis débita une longue tirade à laquelle personne ne comprit goutte.

— Vous êtes les bienvenus, nobles seigneurs, traduisit à son tour l'abbé. Dites-nous ce dont vous avez besoin pour gagner Burgos.

— Avant tout de vos conseils, mon père. Nous ne connaissons pas cette ville et encore moins le chemin permettant de s'y rendre. Nous sollicitons également un logis pour la nuit, car débarquer nos chevaux prendra du temps et nous ne pourrons partir que demain.

— Je suis l'abbé du monastère, expliqua le bénédictin, tandis que les frères qui l'accompagnaient s'étaient rapprochés.

Se tournant, il tendit un index vers un point de l'enceinte d'où dépassait un clocher carré.

— Notre hôtellerie vous accueillera très correctement. Et il y a suffisamment d'écuries dans le bourg pour vos montures. Combien êtes-vous ?

— Une quinzaine, avec deux dames.

— Je vais donner des instructions afin qu'elles soient logées en ville. Ici, quelques veuves de capitaines de nef proposent des chambres aux nobles personnes de passage. Quant à Burgos, je ne m'y suis rendu qu'une fois. C'est une ville *muy noble*…

muy leal... Cabeza de Castilla... Cámara del Rey[1], fit-il avec emphase.

Il s'adressa ensuite à l'alcade dans un autre dialecte et ce dernier vociféra des ordres à l'attention des portefaix.

Locksley, qui parlait parfaitement la langue d'oc, celle qu'utilisait le roi Richard, alla prévenir les rameurs qui les avaient conduits que le cogge pouvait venir s'amarrer.

*

La barque partie, les discussions se poursuivirent, surtout avec l'abbé. Robert de Locksley expliqua qu'il était anglais et rencontrerait aussi leur roi. Ni l'abbé ni l'alcade ne posèrent de question, mais qu'y avait-il d'anormal à ce que des seigneurs anglais rencontrent Alphonse VIII, puisque son épouse était la sœur du roi d'Angleterre ?

Dans la baie, maître Langon avait fait monter la voile latine afin de manœuvrer plus aisément. Le cogge se mit donc en mouvement, mais sans parvenir à se rapprocher complètement du quai. Aussi ce fut le canot, mené par six rameurs, qui le tira jusqu'à l'embarcadère où des hommes de main l'amarrèrent.

D'autres transportèrent une passerelle. À bord, le capitaine Langon fit démonter une partie du pavois qui tenait uniquement par de longues chevilles. Une fois ce bordage retiré, on y fixa solidement la passerelle, que les voyageurs empruntèrent pour descendre.

Dans une joyeuse confusion, ils furent présentés à l'alcade, à son lieutenant, à l'abbé et aux autres moines. Egelina fut un brin courtisée par les premiers, et même Flore – qui n'était pourtant pas une beauté – reçut ce qui semblait être des compliments ou des souhaits, que l'abbé prit soin de ne pas traduire.

Ensuite les voyageurs revinrent à bord faire descendre les chevaux. Pendant ce temps, Guilhem, les deux femmes et un portefaix chargé de bagages avaient suivi l'un des bénédictins à

1. Une ville très noble, très fidèle, la Tête de la Castille, la Chambre du Roi.

l'intérieur du petit bourg. Le moine leur désigna plusieurs maisons susceptibles de loger les dames et, d'un commun accord, la plus proche du monastère fut retenue. La veuve qui la tenait les reçut d'autant plus chaleureusement qu'elle comprit que les voyageurs étaient des gens importants, donc riches. Contre quelques pièces d'argent, elle offrit sa propre chambre, qui convint à Egelina et que Guilhem paya sans sourciller.

Les deux femmes y restèrent quand leur hôtesse leur proposa de leur faire porter de l'eau chaude pour leur toilette, aussi Ussel revint-il seul au port.

Un premier cheval, sellé et bridé, avançait, hésitant sur la passerelle. Les hommes l'encourageaient avec douceur. En observant la manœuvre, Guilhem conclut que faire débarquer toutes les montures prendrait des heures. Ce dont il se doutait déjà.

Amaury de Mandeville le surprit dans ses pensées. Le cousin des comtes d'Essex était avec son servant.

— Messire d'Ussel, souvenez-vous… de notre pari, dit-il de son air froid et haché habituel.

— Je n'ai pas oublié, Amaury. Voudriez-vous choisir votre cheval maintenant ? Pour l'instant ils vont transporter nos bagages à l'hôtellerie du monastère où nous logerons.

Il désigna le clocher.

— Ensuite on les conduira dans des écuries.

— Je… souhaite mener… moi-même ma monture.

— Alors prenez celle qui vous convient, puisque c'est décidé ainsi. En avez-vous parlé au comte de Huntington ?

— Je n'ai pas encore eu l'occasion de le faire.

— Je vais le lui dire.

Locksley se trouvait sur le pont du cogge et dirigeait le débarquement, une opération dont il avait l'expérience, puisqu'il avait fait débarquer ses montures tant en revenant de Palestine que quand il était venu en France.

Voyant Ussel et le chevalier bavarder, l'alcade et l'abbé Aznar approchèrent.

— Honoré seigneur, les dames sont-elles satisfaites de leur logis ? s'enquit ce dernier.

— Parfaitement satisfaites, mon père.

— Le seigneur alcade m'a demandé de vous proposer de souper chez lui et de vous loger. Il regrette de ne pouvoir vous héberger tous, mais il n'a qu'une chambre et un grand lit, qu'il vous laissera. En revanche, il souhaite recevoir à souper tous les chevaliers. J'ajoute qu'il m'a également demandé d'être présent. Sa maison est à côté du monastère.

— C'est très aimable à vous. Nul doute que nous accepterons.

Il tourna la tête vers Mandeville qui opina avec un brin de condescendance.

Le bénédictin traduisit et l'alcade se lança dans une courte tirade.

— Il dit que les dames sont évidemment invitées, expliqua l'abbé. Moi-même vais donner des ordres à notre hôtelier et à notre cellérier afin que vos gens soient traités au mieux.

— Nous avons beaucoup de bagages, seront-ils en sûreté chez vous ?

— Ne craignez rien. Le cellier est soigneusement fermé et vos gens pourront monter la garde.

Il les salua, prévint les autres moines et s'en alla en compagnie de l'un d'eux. L'alcade s'inclina à son tour et rejoignit ses hommes qui tenaient les curieux à l'écart.

Pendant qu'ils conversaient, un autre cheval était arrivé sur le quai. Apercevant Alaric qui s'occupait de l'animal, Ussel abandonna Mandeville pour lui dire que le chevalier anglais allait choisir sa monture. Quant aux autres, elles devraient être provisoirement attachées aux anneaux le long de la muraille du port.

Il grimpa à bord au moment où la passerelle était dégagée et raconta à Locksley ce qui avait été décidé, ajoutant qu'il fallait commencer à décharger coffres, paquets, caisses et ballots sur le pont, de manière à les installer sur les chevaux au fur et à mesure, puis les conduire à l'hôtellerie du monastère.

Le débarquement se termina à basse none. Déjà, plusieurs bêtes étaient parties, celles sellées, vers des écuries, et celles bâtées, avec leurs charges, en direction du cellier du monastère. Au grand mécontentement d'Alaric, Mandeville avait jeté son dévolu sur le palefroi blanc pour conduire un premier groupe.

Quand il ne resta qu'eux et leurs propres chevaux, Guilhem et Robert firent leur adieu au capitaine Langon, à son fils et aux pilotes. Le cogge, qui devait encore faire charger de l'eau, repartirait bientôt pour Bordeaux.

*

Le monastère était un bâtiment fortifié d'un étage, sans ouverture extérieure autre que des meurtrières. Les deux hommes laissèrent leurs montures dans une écurie proche, qui en accueillait déjà d'autres de l'expédition et, par une étroite rue, se rendirent à pied jusqu'au bâtiment claustral. Aucun séculier ne pouvait y pénétrer mais l'hôtellerie, sa grange et son cellier se situaient sur l'un de ses flancs.

Le comte de Huntington vérifia si les hommes étaient convenablement installés et les bagages suffisamment protégés. Il rappela à Ranulf l'invitation à souper de l'alcade, mais ne trouva ni Mandeville ni son servant ; sans doute vaquaient-ils quelque part dans le bourg.

Alaric accompagna ensuite son seigneur et le comte jusqu'à la maison de la veuve où ils retrouvèrent Egelina et Flore, fort satisfaites d'avoir pu faire une toilette et s'être changées. La première portait un long bliaud et une barbette, la seconde une ample robe qui ne cachait rien de son embonpoint. Ils partirent peu après pour la maison de l'alcade, que la veuve leur indiqua.

C'était une bâtisse massive mais guère large, construite à l'angle d'une place carrée à arcades. Seul le second étage présentait des ouvertures, petites fenêtres voûtées barrées d'épaisses grilles. Devant la porte, située dans un porche sombre protégé de meurtrières, se trouvaient deux des hommes d'armes déjà vus sur le port. Les attendant, ils leur firent prendre un escalier en colimaçon complètement obscur. À ce qui devait être un premier étage, celui qui les avait accompagnés les fit pénétrer dans une salle plus lumineuse qu'attendu car, s'il n'y avait aucune ouverture côté rue, deux fenêtres à colonnades ouvraient, elles, vers un jardin. Des valets et une servante disposaient un tapis blanc brodé de fleurs sur une grande table à tréteaux.

L'alcade se tenait sur une chaire devant un foyer, simple évasure dans l'épaisseur d'un mur où se consumaient des braises. Il bavardait avec deux individus de petite taille, très bruns, aux visages sombres et moustaches en broussaille. Si l'un n'était qu'un gringalet, l'autre, au contraire, s'affirmait trapu et large d'épaules. Revêtus de tuniques de laine grossière couleur sinople et recouverts de manteaux en peau d'ours, tous deux avaient un chapeau de feutre à la main.

Une femme les écoutait, assise sur un banc au dossier ciselé. La trentaine, en bliaud olive brodé de fleurs jaune et pervenche, elle avait sur les épaules une chape au col et manches fourrés de renard roux. Son visage, à l'expression timide mais aux yeux empreints de curiosité, était presque entièrement dissimulé sous une guimpe et plusieurs voiles. Toutefois on distinguait sur un côté du front un minuscule morceau de tresse blonde.

Sur un autre banc se tenait l'abbé Aznar.

La femme se leva à l'entrée des visiteurs. Robert de Locksley s'avança pour la saluer respectueusement, ce qui parut la flatter ainsi qu'en témoigna son expression satisfaite. Guilhem, Alaric et même Mandeville en firent autant, tandis qu'Egelina et Flore (laquelle imitait en tout la dame de Camville tant elle craignait de commettre un impair) attendaient près de l'entrée.

L'alcade parla alors dans sa langue, puis fit signe à la femme d'intervenir.

— Loué soit Jésus-Christ de vous conduire dans notre maison, nobles sires et gracieuses dames. Je suis l'épouse du seigneur

Engomez, dit-elle en parler d'oc d'une voix chantante. Mon nom est doña Isabella. Je viens de Leyre où beaucoup connaissent votre langue. Si vous n'y voyez pas d'inconvénient, je traduirai vos paroles, avec l'aide du père Aznar.

L'alcade intervint de nouveau et doña Isabella poursuivit :

— Ces deux personnes – elle désigna les individus au manteau en peau d'ours – sont des chasseurs qui connaissent parfaitement le pays. Ils se nomment García et Gonzalve et vous conduiront, non à Burgos, mais à mi-chemin, jusqu'à l'Ebro, un très grand fleuve.

Nouvelle intervention de l'alcade.

— Mon noble époux propose de vous asseoir avec nous en attendant le souper, traduisit doña Isabella.

D'un geste gracieux, elle invita les femmes à la rejoindre et se rassit après elles, alors que l'abbé faisait de même avec les hommes, qui s'installèrent près de lui. Comme des sièges manquaient, un serviteur en apporta.

Chacun prit place et Locksley expliqua qu'ils attendaient encore un chevalier. Comme le garde était resté dans la pièce, doña Isabella le prévint en lui demandant de retourner à son poste.

Le comte de Huntington remercia à nouveau leur hôte de son hospitalité et félicita l'abbé et doña Isabella d'une telle connaissance de la langue d'oc.

— Je n'ai que peu de mérite, mes seigneurs, répondit le premier. Le monastère de San Sebastián dépend de l'abbaye de Leyre qui possède également Sancta Gracía[1], à l'entrée du Béarn. J'étais novice à Leyre, puis j'ai eu la cure de Sancta-Gracía avant de venir ici. Quant à doña Isabella…

D'un geste, il lui laissa la parole, tandis qu'il expliquait à voix basse à l'alcade ce qu'il venait de dire.

— Mon père possède deux naves à Baiona[2], raconta-t-elle, simplement.

---

1. Sainte-Engrâce.
2. Bayonne, qui appartenait alors aux Plantagenêts.

Son époux intervint alors pour savoir qui avait rencontré l'infante Blanche. Guilhem répondit, parla un peu de lui, expliqua avoir été le prévôt de la cour du roi et reçu par le prince Louis avant de partir. Puis Locksley et Ranulf de Winchester s'exprimèrent, sans aborder la révolte des barons anglais. À son tour, Alaric expliqua s'être rendu en Navarre avec le comte d'Armagnac.

Malgré les difficultés de traduction, les conversations allèrent bon train. Mandeville arriva enfin et prit place avec les autres sans justifier son retard.

Locksley en vint ensuite au départ du lendemain et au voyage jusqu'à la cour du roi Alphonse VIII. Gonzalve, qui connaissait un peu la langue d'oc et s'exprimait aussi par signes, expliqua qu'il faudrait trois jours pour arriver à l'Ebro, qu'ils passeraient ensuite à gué ou par bac. C'est là qu'il les laisserait, mais ils pourraient trouver logis au château de Portilla où le seigneur Guevara les recevrait certainement.

Comme Ussel l'interrogeait sur la suite du périple au-delà de l'Ebro, l'alcade précisa que de Portilla à Burgos, où résidait le roi, il fallait compter encore trois jours, parfois quatre, car la route montait et tortillonait. Peut-être obtiendraient-ils un nouveau guide à Portilla, mais, à son avis, ce n'était pas nécessaire car une fois franchi l'Ebro, n'importe qui, en chemin, leur indiquerait la bonne direction.

Locksley et Guilhem avaient d'autres questions, en particulier sur les dangers de la route. Des bandes de montagnards détroussaient parfois les voyageurs, leur révéla García, mais ils ne s'attaquaient jamais aux troupes armées. Les loups, et surtout les ours étaient autrement plus redoutables, affamés à la fin de l'hiver. Or, là encore, s'ils s'en prenaient aisément à une personne seule, ils n'agressaient jamais une bande.

Un majordome parut et annonça à l'alcade que le souper pouvait être servi. Des valets avaient apporté des bassines d'eau parfumée et des linges. Chacun s'étant levé et lavé les mains, les convives et les gens de la maison passèrent à table avec un certain cérémonial, se plaçant là où le majordome l'indiquait.

Après la prière et les actions de grâce, les discussions reprirent. Si Ranulf y participa, Mandeville demeura silencieux, plongé dans ses pensées. Robert de Locksley posa de nombreuses questions sur les Maures. Faisaient-ils des incursions en Navarre ? Quelles relations avaient-ils avec le León voisin ? Et avec la Castille ? On lui avait parlé d'une croisade contre eux, qu'en était-il ?

L'alcade avoua n'en avoir point vu en Navarre, mais ne tenir sa charge que depuis cinq ans. Il savait toutefois qu'Alphonse VIII, soutenu par le Saint-Père, appelait en effet à une croisade en Andalus, puisqu'il lui avait demandé l'envoi de guerriers.

Quand Guilhem sollicita des détails sur ce projet d'expédition, il ne put obtenir grand-chose. L'alcade ignorait même – ou le fit croire – que l'abbé de Cîteaux, Arnaud Amaury, envisageait d'y participer. Quant aux questions posées sur le calife de Cordoue, celui qu'on appelait « le Miramolin », elles demeurèrent également sans réponses.

23

Le rassemblement de la troupe se fit avant le lever du jour, Devant le monastère où García et Gonzalve se trouvaient déjà. Toujours couverts de leur manteau en peau d'ours, ils avaient revêtu une cuirasse de buffle par-dessous et s'étaient coiffés de casques cabossés. Tous deux tenaient épieu et hache.

Comme ils ne possédaient pas de chevaux, il avait été convenu que Locksley leur en prêterait, puis qu'ils reviendraient à pied après avoir laissé les voyageurs à proximité de l'Ebro.

Conduits par les archers anglais et des valets, les premières montures apparurent. Locksley réserva les plus robustes aux femmes, qu'Alaric et Ussel étaient allés chercher. Il choisit également les bêtes qui devaient être bâtées. Raoul et Langlay veillèrent au chargement des bagages. Mandeville et son servant, montés sur le palefroi et un solide coursier, avaient continué à faire leur mauvaise tête en refusant de participer aux préparatifs, préférant faire trotter leurs chevaux dans les rues avoisinantes afin d'évaluer leurs qualités et défauts. Tous deux avaient décidé de porter une lance et Amaury, d'autorité, prit l'un des écus.

À leur arrivée, les femmes allèrent dans le cellier abandonner robe et bliaud pour haubert et chape.

Bientôt, tout le monde fut en selle et chaque cavalier se vit confié un cheval en longe qui portait des bagages et des armes.

Quand il était allé à Gloucester chercher son argent chez Aaron, le comte de Huntington avait acheté quelques objets précieux, puisque le banquier juif était aussi joaillier. Locksley savait en effet qu'après avoir reçu l'hospitalité, il était indélicat de remettre de l'argent au maître des lieux. En revanche, un bijou venant d'Angleterre serait un cadeau apprécié. Aussi, avant le départ, il remercia l'alcade en lui offrant un bracelet destiné à son épouse, ce que l'officier accepta, confondu en gratitude.

Quant à l'hospitalier du monastère, il avait été largement dédommagé pour le gîte, les chandelles, le vin et le couvert de la troupe, tout comme les propriétaires des écuries ayant fourni avoine et foin.

*

Quinze jours après son départ de Bristol et un voyage sans histoire, la nef des ambassadeurs anglais pénétra dans la baie de San Sebastián. Le clerc Robert de Londres descendit à terre avec Raoul Fitz Nicholas. Où ils rencontrèrent l'alcade qui, prévenu par des guetteurs, arrivait sur le quai. Comme il n'était pas fréquent de recevoir des bateaux de pareille taille, l'officier se demandait la raison d'une telle visite. Ce ne pouvait être pour des raisons commerciales, puisque aucun convoi de chariots ou de mulets n'était entré en ville, venu pour transporter ou charger une éventuelle marchandise.

Fitz Nicholas, ancien compagnon de Richard Cœur de Lion, parlait, comme lui, la langue d'oc, et Robert de Londres, déjà venu en Castille, possédait une bonne connaissance du castillan, aussi parvinrent-ils à expliquer avoir un message destiné à la sœur de leur roi. La nef qui les avait conduits était un navire marchand qui débarquerait des étoffes au port de Santander, déclarèrent-ils, et s'ils faisaient halte à San Sebastián, c'était pour savoir si des compatriotes n'y avaient point débarqué récemment. Ils devaient « retrouver à Burgos le comte de Huntington ».

Ce demi-mensonge fut délivré d'un ton si naturel que ni l'alcade ni l'abbé, pourtant prévenus, n'y virent malice.

Des Français et des Anglais, en particulier trois chevaliers dont l'un était en effet comte de Huntington, avaient été vus deux jours plus tôt et repartis la veille. S'ils le désiraient, ils parviendraient certainement à le rattraper, précisa l'officier.

Fitz Nicholas déclina. Il expliqua préférer ne pas modifier ses projets en raison d'un marchand qui l'attendait à Santander. Mais, ayant accepté de vider un pot de vin avec l'alcade, il obtint nombre de détails sur les gens qui accompagnaient son ennemi.

De retour à bord, tandis que la nef reprenait la mer, les chevaliers tinrent conseil.

Ainsi les rebelles avaient réussi à échapper aux contrôles des ports anglais. Pis, ils étaient une quinzaine, avec le double de chevaux, donc une troupe importante. Même si leur espion en faisait partie, les vaincre ne serait pas facile.

Thomas de Herdington conclut qu'il leur faudrait vraiment du renfort.

Après avoir longé d'abruptes falaises de calcaire qui laissaient, de place en place, déboucher de petits fleuves, la nef pénétra dans un profond estuaire dominé par une église et un donjon. « L'église, c'est la collégiale de los Santos Cuerpos », expliqua le maître marinier aux chevaliers qui, du pont, regardaient la rive et les appontements. Quant au donjon, y habitait le preboste, sorte de gouverneur choisi par le roi de Castille, la ville et le port ayant par ailleurs un alcade depuis qu'Alfonse VIII avait accordé une charte à ses habitants.

De nombreuses barques étant amarrées aux pontons ainsi que deux cogges, la place manquait pour la nef. Le capitaine dut donc demeurer dans l'estuaire. Il fit descendre une ancre et envoya un de ses lieutenants à terre, avec Raoul Fitz Nicholas et le clerc.

L'arrivée du bateau avait été signalée au capitaine du port, qui attendait déjà les nouveaux venus sur le plus grand des quais. Robert de Londres lui débita une autre histoire que celle racontée à San Sebastián : le roi d'Angleterre avait entendu l'appel du Saint-Père en faveur d'une croisade contre les Maures infidèles et, voulant mettre fin à son excommunication, il avait demandé à ses chevaliers d'y participer. Leur nef portait la première troupe qui combattrait les Sarrasins.

— Malheureusement pour vous, il n'y a plus de place à quai comme vous le voyez, répondit le capitaine. Il vous faudra attendre demain, après le départ de ce cogge. Sauf si vous réussissez à convaincre son capitaine de vous abandonner son emplacement.

C'était un navire flamand. Le clerc s'apprêtait à monter à bord quand des prêtres de la collégiale venus acheter des tissus intervinrent. Ils avaient entendu les explications de l'Anglais et l'un d'eux, homme d'autorité, exigea du capitaine qu'il fasse au plus vite accoster la nef étrangère, les armées du Miramolin étant peut-être déjà en route pour envahir la Castille. Ces renforts s'avéraient donc inespérés et devaient gagner Burgos au plus vite.

Ce religieux devait être d'importance car le capitaine s'inclina aussitôt et donna des ordres aux gens du port. Il se rendit lui-même sur le cogge pour hâter la manœuvre. De fait, peu après, le navire levait ses amarres pour gagner le milieu de l'estuaire, tandis que la nef, tirée par plusieurs barques, prenait sa place.

Entre-temps, Robert avait fait connaissance avec les prêtres, tous des chanoines de la basilique, qui lui avaient désigné une hôtellerie et des écuries.

Le débarquement des montures se prolongea jusque tard dans la nuit, à la lueur de flambeaux. Durant ces opérations, Thomas de Herdington et Raoul Fitz Nicholas avaient reçu la visite du preboste à qui Robert avait raconté sa fable sur la croisade. L'officier n'invita personne à souper chez lui mais fournit de précieuses informations sur les muletiers et le trajet à emprunter… pour gagner Burgos.

Le petit bourg était le plus riche de l'association des villes de la Côte de la Mer, une alliance commerciale de quatre cités portuaires. Le trafic avec le reste de la Castille y était particulièrement important, provenant soit de cargaisons arrivées ou à destination de la Flandre, surtout du fer, des étoffes, de la laine et toutes sortes de produits agricoles, soit de la pêche conservée par séchage et salaison. L'arrière-pays, lui, n'était que montagne que l'on traversait tant bien que mal *via* des sentiers rocailleux souvent totalement enneigés en hiver.

La seule façon de transporter des marchandises était donc à dos de mulet, aussi les écuries étaient-elles nombreuses, toutes proposant des trains de mules et d'ânes.

C'est Orthez qui avait conseillé à Thomas de Herdington le mensonge de la croisade contre les Maures. Seulement, eux ne se rendraient pas à Burgos mais à León, et mieux valait que les autorités de Santander l'ignorent. Encore que cela n'avait pas énormément d'importance puisque leur retour en Angleterre se ferait par le comté de Barcelone d'où ils gagneraient ensuite le Toulousain et la Guyenne. Toutefois, il était préférable de ne pas courir le risque d'être contrarié par les puissants locaux. Or, s'ils engageaient des muletiers, ils devraient leur dévoiler en cours de route qu'ils ne se rendaient en rien à Burgos. Il y aurait des questions, peut-être des refus.

Pour éviter ce genre d'embarras, Orthez avait expliqué qu'un seul chemin – qui plus est mauvais – permettait de quitter Santander lorsqu'on se dirigeait vers le midi. Ce n'était qu'à Reinosa, un petit bourg qui vivait aussi du transport de marchandises, que d'autres voies ouvraient vers le reste de la Castille et du León. Inutile donc de donner leur destination finale avant Reinosa.

Le lendemain matin de leur arrivée, Canteloup et Robert de Londres se rendirent dans la plus importante des écuries. Compte tenu de leurs bagages et de leurs équipements – ils avaient plusieurs héberges et des provisions à transporter –, il leur fallait vingt à trente mulets. Qu'ils parvinrent à rassembler. Les animaux seraient conduits par deux muletiers et trois enfants engagés jusqu'à Reinosa.

L'imposant convoi s'ébranla à none sous un ciel brumeux, dans un air humide et glacial. Très vite, le relief se fit vigoureux. Quand les Anglais pénétrèrent dans la vallée du Besaya, l'avancée devint de plus en plus laborieuse et lente, la voie ne cessant de grimper et tournicoter. Si la première nuit, les chevaliers trouvèrent refuge dans une ferme, les hommes d'armes dormant dans les héberges, la seconde fut à la belle étoile, alors que la neige couvrait tout d'un manteau blanc.

Chacun se montra donc satisfait quand ils entrèrent dans Reinosa où ils purent loger dans des auberges chauffées presque confortables. C'est là qu'ils se séparèrent des muletiers et de leurs bêtes, alors que Raoul Fitz Nicholas et Canteloup achetaient dix chevaux de trait et engageaient un nouveau guide.

Ils repartirent au petit matin, cette fois en direction de León qu'ils atteignirent six jours après leur débarquement à Santander.

*

Sur la route qui s'éloignait de San Sebastián, la troupe s'était divisée en trois. Gonzalve, Ussel, Egelina de Camville, Ranulf et Langlay avançaient en avant-garde, particulièrement vigilants. Plus loin suivaient les archers, Flore, Raoul et Gamwell. Enfin, Locksley, García, Mandeville et son servant formaient l'arrière-garde. Des bandits n'auraient pu s'en prendre aux trois groupes à la fois.

Le chemin serpentait doucement au milieu d'une forêt de hêtres, chênes et pins. D'épais taillis de fougère empêchaient le regard de porter loin, fourrés qui auraient pu dissimuler des hordes entières de maraudeurs, ce qui inquiétait Ussel comme il en fit part à Gonzalve, en langue d'oc.

— Des bandits, il y en partout dans la montagne par ici, seigneur. Mais, je l'ai dit, ils ne s'attaqueront pas à vous. Votre troupe est trop forte et ils préfèrent voler des marchandises que des chevaux. En revanche, si vous étiez d'honnêtes marchands livrant des chariots dégorgeant de coffres protégés seulement par deux ou trois gardes, nul doute qu'ils vous assommeraient de leurs frondes avant de vous dépouiller et de vous achever.

Le guide se mit à rire joyeusement, ce qui provoqua l'hilarité de Locksley et d'Ussel.

— J'aimerais qu'ils essayent ! parvint à déclarer le premier entre deux hoquets. Nous pourrions définitivement débarrasser vos montagnes de ces fredains !

— S'ils nous observent et vous entendent, seigneur, je suis certain qu'ils se tiendront cois !

Nouveaux rires.

— Mais n'y a-t-il pas des herpailles plus redoutables ? interrogea Ussel. Dans le Toulousain, j'ai eu l'occasion d'engager des compagnies de Basques et, chez nous, les malemaisnies de Navarrais sont redoutées.

— Pas par ici, seigneur. Le pays est trop pauvre et ils n'auraient pas suffisamment à voler pour vivre. Nos maraudeurs sont surtout des bergers sans troupeaux. Ils n'ont ni cuirasse, ni casque, ni arbalète, juste des couteaux et des frondes.

De fait, il n'y eut aucun guet-apens. Après quelques haltes près de torrents pour faire boire les montures, en soirée ils dressèrent le camp dans un cirque rocheux où jaillissait une source. De la forêt giboyeuse, les archers ramenèrent un chevreuil et un jeune daim. En leur absence, Alaric et Raoul avaient monté le pavillon, une tente conique que seules les femmes utiliseraient. Après la repue, Locksley distribua les tours de garde, avec pour chacun deux sentinelles. Ensuite ils s'installèrent, les chevaliers anglais s'étant fait dresser de confortables lits de fougères.

Les treilles des oiseaux réveillèrent les premiers dormeurs. La nuit avait été douce et calme malgré quelques appels de loups ayant flairé les odeurs de viande. Aucun n'osa toutefois approcher. Les voyageurs dévorèrent les restes du daim avant de reprendre la route.

Le chemin, tortueux, montait et la forêt se révélait de plus en plus épaisse et hostile. Ils aperçurent des cerfs, des sangliers, et même des ours… qui les ignorèrent.

Le soir, nouvelle halte, cette fois dans un massif forestier toujours aussi sauvage. Même étape le lendemain. Après une troisième journée sans histoire, ils montèrent l'héberge dans une clairière le long d'un torrent fougueux et large qu'ils auraient à traverser, à gué, au matin.

Après le dîner, le père et le fils Butler assurèrent la garde avec García. Les deux Anglais avaient grimpé dans des chênes pour mieux voir alentour mais les arbres poussaient si serrés que leur regard ne porta guère loin.

La nuit tombée, Guilhem et Egelina prirent la relève. Plus tard, ce furent Locksley et Gamwell, bientôt remplacés par Eadric et Langlay.

C'était l'heure où la nuit s'enfuit, mais où les premières lueurs du matin ne sont pas encore parues. Quelques oiseaux poussaient déjà des treilles, comme pour appeler leurs congénères à venir jouer avec eux.

Enroulé dans sa chape, sur un lit de mousse, Guilhem savourait l'instant où le sommeil se dérobe quand, soudain, éclata un tumulte de hennissements furieux. Il se leva d'un bond, comme quasiment tous les hommes qui dormaient autour de lui, et saisit son épée.

Quelques flammèches de tisons éclairaient l'emplacement qui avait accueilli les chevaux, lesquels disparaissaient dans la nuit, galopant en tous sens vers la rivière ou les futaies. Retentissaient aussi les bruyants clapotages des animaux traversant les flots.

— Qu'y a-t-il ?

— Que se passe-t-il ?

— Alerte !

Toutes sortes de cris d'inquiétude et d'alarme traversaient l'air, mais il faisait trop sombre pour distinguer l'ennemi. Car il n'y avait pas de doute : on les attaquait.

En se précipitant vers les montures, lame brandie et plié en deux pour éviter d'être une cible, Guilhem heurta Alaric qu'il faillit éventrer.

— Il n'y a rien à faire sinon s'abriter, seigneur ! cria le Toulousain, toutes les bêtes ont détalé ! Soit elles ont pris peur, soit on les a volées !

— Malédiction ! gronda Ussel.

Les chevaux étaient bien attachés, la veille il avait lui-même vérifié les licols. Quelques intrus les avaient donc délivrés… vraisemblablement pour les voler. Des brigands ? Mais pourquoi ces branchages enflammés ? Des voleurs auraient agi en silence… Il ne put s'empêcher de penser au traître…

Leurs compagnons couraient en tous sens, criaient et se bousculaient. Dieu soit loué, ceux qui se heurtaient se reconnaissaient à temps et aucun ne frappa un compère.

— Devant l'héberge ! Tous devant l'héberge ! criait Locksley qui devinait que rien n'était terminé. L'estour ennemie n'avait pas encore commencé et le désordre leur serait fatal s'il se poursuivait.

Tous se précipitèrent, chacun craignant à tout instant de tomber sous un trait, personne ne portant cuirasse ou haubert. Pourtant aucune flèche ne les atteignait, ni pierre de fronde, ni viretons. Ne retentissait aucun autre cri que les leurs. Que faisaient leurs agresseurs ? s'interrogeait Ussel, mal à l'aise. Jamais il n'avait vécu une embusque aussi singulière.

De plus, pourquoi les sentinelles n'avaient-elles donné l'alerte ?

Sous le commandement de Locksley, les hommes formèrent immédiatement un rempart autour du brehant des femmes, la plupart ayant saisi écus et rondaches posés là. Egelina était sortie du pavillon, arbalète à la main, avec, derrière elle, Flore tenant une hache. Des paroles fusaient, des menaces aussi : « Où sont les maudits ? » « Ils ont pris les chevaux ! » « Ils vont le payer cher ! »

Peu à peu le calme revint et chacun se tut. On n'entendit bientôt que le vacarme du torrent, ponctué par de lointains hennissements.

— Les brigands ont seulement volé vos chevaux ! lança García.

— Eadric ! cria Locksley en brandissant son épée, écu dans l'autre main.

— Langlay ! entonna à son tour Ranulf.

Aucune réponse. Pourquoi diable ces sentinelles ne répondaient-elles pas ? Hélas, chacun en pressentait la raison.

Dans la demi-obscurité, près du torrent, le tronc d'arbre derrière lequel Eadric et Langlay s'étaient assis apparut peu à peu. Une tête casquée dépassait, immobile.

De nouveaux appels retentirent, bien inutiles. Alors Ranulf déclara :

— J'y vais !

Il s'élança vers le torrent, Robert sur ses pas. Guilhem, lui, scrutait les alentours, bien que persuadé de l'absence de brigands.

Le jour naissait. Au bord de l'eau, Eadric et Langlay semblaient dormir. La tête qui dépassait était celle du second, reconnaissable aux cheveux roux qui sortaient du casque. Eadric, couché devant lui, paraissait assoupi.

Mais, en atteignant l'arbre, Robert et Ranulf remarquèrent un détail terrifiant : des insectes tournoyaient autour de la chevelure de Langlay. Plus précisément des mouches, en train de se repaître d'une plaie. Le cou de l'écuyer était fendu entre les épaules. Eadric, lui, avait le crâne brisé.

Locksley demeura un instant muet de colère, tandis que Ranulf prenait son écuyer dans les bras.

Les autres arrivaient, avançant avec prudence, arme au poing.

Accroupi, Locksley regardait le cadavre d'Eadric. Guilhem l'imita et examina les plaies des deux sentinelles.

— Des haches. On leur a fendu le dos et le crâne avec des haches saxonnes…

— Lancées par-derrière, ajouta Robert de Locksley. Eadric ne portait pas de casque. Et pour Langlay, qui n'avait pas mis sa cervelière, l'assassin a été particulièrement adroit en l'atteignant en haut du cou.

— Et, derrière eux, il y avait… notre campement, objecta Ranulf.

— Des brigands auraient tué vos sentinelles avec leurs frondes, seigneur, ou plus sûrement en les égorgeant à l'aide d'un couteau, fit García d'un ton où perçaient inquiétude et méfiance.

Guilhem se retourna et chercha Percy des yeux, difficile à distinguer même si la luminosité augmentait. Il le repéra à côté de Gamwell. L'ancien garde-chasse devina qu'on le regardait et recula.

Locksley se releva et passa en revue ses compagnons. Le silence se fit.

— Il n'y a pas eu de brigand, jamais ! martela-t-il.

— Impossible ! s'exclama Gamwell.

— Mes amis, il est temps de vous dire ce que plusieurs d'entre nous savent déjà. Un traître se trouve dans notre compagnie ! dit Huntington d'un ton grave. Un félon au service du roi Jean. Sa précédente malveillance a été de couper les courroies du cheval, ce qui a failli entraîner des dégâts sur le cogge. Des dommages qui auraient retardé notre expédition et dont c'était le but. J'ai eu tort de ne pas vous avertir et de ne pas plus me méfier. J'attendais qu'il se découvre, et il vient de le faire ! Hélas, je n'avais pas imaginé qu'il s'en prendrait à mon fidèle Eadric.

Il se tut, avant de s'adresser à Mandeville, debout derrière tout le monde.

— Le traître a fait fuir les chevaux avec des tisons ! Mais, pour réussir, il lui fallait faire taire les sentinelles. Rien de plus simple quand on lance une hache saxonne de loin afin de ne pas approcher de trop près.

— M'accuses-tu, Huntington ? gronda Mandeville.

— Toi et ton servant êtes adroits à l'exercice, et lui en possède trois !

— Elles sont là toutes ! cria Percy d'une voix aiguë en reculant vers son maître.

Chacun constata qu'il portait bel et bien ses armes à la taille. Mais certainement en possédait-il d'autres, à moins que son maître en détienne lui-même.

— Je n'ai pas meurtri Langlay, ni Eadric, ni fait fuir les chevaux, ni libéré le palefroi que je monte ! annonça Mandeville d'un ton calme et ferme.

Il n'entrecoupa pas son propos de brefs silences comme à l'accoutumée. Sa mise en cause venait de faire disparaître le maniérisme qu'il s'imposait et de révéler son véritable caractère : celui d'un guerrier dur et résolu.

— Tes accusations constituent des insultes, alors que mes cousins et moi nous battons depuis des mois contre Jean, ce qui n'est pas ton cas ! Si tu dis vrai, s'il y a un traître, je peux à mon tour t'accuser ! Tu as rejoint les barons bien tard, et tu avais signé un pacte avec Jean… Comme la dame de Camville, ta voisine, et l'amie de ce traître français !

Tout le monde s'était écarté des deux hommes, qui reculaient toujours et se rapprochaient de la rive. Dans la pénombre, on devinait qu'Amaury avait tiré son épée et Percy saisi ses redoutables haches.

— N'approchez pas ! prévint Mandeville. Je ne veux tuer personne ici !

— Rends-toi pour répondre de tes actes ! Tu n'as aucune chance de nous échapper ! gronda Locksley, piqué au vif par les accusations.

La scène demeura figée un instant, puis les deux félons détalèrent vers le torrent et se jetèrent dans les flots qui les emportèrent.

Egelina, la seule à avoir une arbalète, mit en joue le corps qu'elle aperçut se débattre dans les remous et tira.

Avait-elle touché l'un des fuyards ? Comment savoir ? Il faisait trop sombre et tous deux avaient disparu dans la rivière en furie.

24

Bien que capitale, León n'était qu'un gros bourg posé au milieu de vignes, bourg solidement fortifié par une muraille, à l'origine romaine, puis wisigothe, qui formait un carré ponctué de soixante-dix tours semi-circulaires et de portes d'accès. Partout à leur sommet claquaient des étendards représentant des lions passants écarlates. Les armes du royaume.

La première fois qu'il les avait vues, Peter Mauluc avait demandé au clerc s'il existait un rapport entre le lion et le León aux consonances proches.

— J'ai lu – mais est-ce vrai ? – qu'une légion romaine avait construit son camp là où se trouve la ville. Ce nom lui-même viendrait du mot *legio*. Un roi de ce pays, qui s'était proclamé empereur[1], a choisi le lion pour emblème apposé sur sa monnaie, ses écus et ses étendards, avait répondu Robert de Londres.

En remettant le précieux laissez-passer royal, Orthez leur avait expliqué où loger et à qui s'adresser pour être reçu par le roi. Ou du moins son chancelier.

Comme on était en soirée, la recherche d'un logement primait et il fallait trouver une écurie.

La ville, étape sur le chemin de Compostelle, abritait un hôpital pour les pérégrins, le couvent San Marcos de León, près du pont sur la Bernesga, qui jouxtait la maison mère des chevaliers de

---

1. Il s'agit d'Alphonse VII, roi de Galice, León et Castille.

l'ordre de Santiago, moines-soldats protecteurs des pèlerins. Le convoi s'arrêta devant ces bâtiments. Bien que ce soit l'heure du souper, les Anglais furent chaleureusement reçus par le commandeur. Sans tarder, ce dernier donna des ordres et chacun trouva place qui dans des chambres, qui dans des dortoirs. Après quoi les moines les firent souper, tandis que des valets s'occupaient des chevaux.

Le lendemain, Robert de Londres, Thomas de Herdington, Raoul Fitz Nicholas, Peter Mauluc et Foulques de Canteloup se rendirent à la basilique Saint-Isidore, là où le roi rassemblait sa *Curia Regia*, l'assemblée du haut clergé et de la noblesse. Dans une ruelle sur le flanc de l'église habitait un notaire, Diego Froila, principal secrétaire du chancelier Pedro Velez, l'archevêque de Compostelle.

On les attendait, annonça un valet parlant latin qui les conduisit dans la chambre de son maître, grande pièce meublée de coffres et sièges ciselés. Sur une table trônaient des plats de dattes, de gâteaux au miel, des coupes et flacons de vin.

Deux personnes se tenaient dans la pièce. Un petit homme rondouillard aux yeux vifs et inquisiteurs en robe noire, assis sur une haute chaise, et un jeune prélat aux traits marqués, en aumusse.

Le premier précisa, en latin, être Diego Froila et présenta son voisin comme étant Juan San Cristóbal, doyen de Saint-Isidore et conseiller du roi.

— Que le Seigneur vous protège, messire de Herdington, vous et vos nobles compagnons. Nous vous attendions avec hâte, poursuivit un Froila plutôt amusé.

— Me connaissez-vous, maître ? s'étonna le chevalier qui, lui aussi, parlait parfaitement latin.

— Messire d'Orthez m'avait prévenu que vous commanderiez l'ambassade qui viendrait à León. Surtout, comment imaginer que je n'ai pas été avisé de votre arrivée ? Diable : quelque cinquante chevaux et cavaliers armés jusqu'aux dents ne passent pas inaperçus dans notre petite cité ! Le père Cristóbal a été immédiatement averti, et le commandeur de l'ordre de Santiago m'a, de son côté, envoyé un messager.

Herdington écarta les mains en signe d'approbation.

— C'est fort naturel. Puis-je vous présenter mes compagnons ?

Devant l'acquiescement des deux hommes, le chef des ambassadeurs nomma ceux qui l'accompagnaient, prenant soin d'énoncer leurs titres et d'insister sur le fait que tous étaient au plus proche du roi d'Angleterre.

Impressionnés, les Leonais posèrent quelques questions de courtoisie sur la traversée en mer et le voyage depuis Santander, puis donnèrent les raisons de leur venue chez eux. Herdington confirma qu'ils avaient été envoyés par Jean afin de nouer une alliance entre leur royaume, celui du Miramolin et le sien. Froila, qui avait rencontré Orthez, en était déjà informé et leur indiqua que le chancelier demeurait à Compostelle, qu'il était désireux de les rencontrer, mais ne rejoindrait pas León avant une quinzaine de jours.

Hélas, ils ne pouvaient attendre, répondit Herdington.

— Nous savons que des barons opposés à notre bon roi veulent empêcher cette alliance. Ils ont envoyé en Castille une horde de félons qui envisagent de rencontrer le Miramolin afin de le dissuader de nous recevoir. Ils sont même prêts à nous occire. Nous devons donc gagner Cordoue au plus tôt.

Les Leónais se regardèrent dans un mélange de surprise et d'inquiétude.

— Dans ces conditions, je devrais pouvoir vous obtenir une audience en soirée auprès du roi qui, lui, est présent au château, proposa le père Juan San Cristóbal. Mais, concernant ces ennemis, que peut-on faire pour vous aider ?

— Une escorte et des guides capables de nous conduire en Andalus nous sont nécessaires. Quant aux félons, nous savons qu'ils traverseront la Castille. Je vais envoyer messire de Canteloup et Mauluc les empêcher de nous nuire, mais même avec nos hommes, une victoire sera incertaine s'il y a combat.

— J'en parlerai à notre sire, mais je connais d'avance sa réponse : s'il accordera certainement une escorte pour la traversée du León, jamais il n'enverra de troupe en Castille. Ce serait un acte d'hostilité envers son neveu.

— Je le comprends parfaitement, déclara Herdington avec un hochement de tête. Cependant on nous a parlé d'un mercenaire susceptible de nous aider, un certain Abdul, de Caracena.

Nouvel échange de regards entre le notaire et le prêtre, cette fois accompagné de froncements de sourcils, puis d'un hochement de tête du premier :

— Abdul Maluk ! En effet, il s'agit d'un mercenaire, mais cher, très cher. Et, surtout, il a donné sa foi à Alphonse de Castille. Réputé pour sa parole, selon moi, il ne fera rien contre son roi. Mais si ces félons ne se sont pas fait connaître auprès de la cour de Burgos, peut-être acceptera-t-il de les arrêter.

— Ces renégats, le roi de Castille ne les accueillera certainement pas ! avança Herdington qui voulait ignorer l'existence du document qu'Ussel aurait rapporté de France.

— Dans ce cas, si vous le payez suffisamment, Abdul vous aidera à exterminer vos ennemis.

— Mais comment messire Canteloup et Mauluc le trouveront-ils ?

— Hum… Mon neveu Pedro Perez pourrait les conduire… Mais il s'agit d'un voyage dangereux.

— Cent maravédis[1] en esterlins anglais le décideraient-ils ?

— Voilà qui est généreux. Je vais lui en parler. Selon sa réponse, vous aurez sa visite dans l'après-midi à la commanderie.

Ils abordèrent ensuite la poursuite de l'expédition. Robert de Londres posa de nombreuses questions sur Al-Andalus et le Miramolin, auxquelles les deux hommes s'efforcèrent de répondre. Ils se montrèrent inquiets par ce qu'ils savaient : le

1. À l'origine, les maravédis étaient des monnaies d'or frappées par la dynastie almoravide qui dirigeait Al-Andalus au XIIe siècle. Maraveni était le dérivé de *murabitun*. À l'époque de notre roman, il ne s'agissait plus que de pièces d'argent.

calife Muhammad al-Nasir était sur le point de faire pénétrer en Andalus l'armée rassemblée en Ifriqiya. On disait qu'elle comptait cent mille hommes et que des dizaines de machines de guerre avaient été construites à Cordoue. Nul doute que les croisés de Castille seraient écrasés par de telles forces.

*

Ce fut à basse none que Pedro Perez se présenta à la commanderie. En premier, il annonça à Herdington que le roi l'attendait et l'invitait à sa table avec ses chevaliers. Il ajouta que lui-même était prêt à conduire les visiteurs à Caracena. En échange de cent maravédis, payés d'avance, vingt autres pour ses propres gardes, trois chevaux et des harnois pour tous.

Les chevaliers partirent peu après pour le château. Robert de Londres les accompagnait.

Le roi du León avait la quarantaine, un visage avenant, une moustache et une barbe tirant sur le roux, comme sa chevelure bouclée serrée dans une haute couronne d'or. Il portait un ample bliaud turquoise, une vaste cape brodée de lions écarlates et tenait une main de justice en argent.

De part et d'autre du trône, dans une chambre aux murs entièrement lambrissés de chêne sculpté, des stalles abritaient les ricosommes, ces prélats et chevaliers qui conseillaient le roi. Tous lançaient des regards curieux et intrigués vers ces nobles guerriers venant de la brumeuse Angleterre, même si aucun des visiteurs n'arborait d'épée.

Les invités s'agenouillèrent, mais Alphonse IX leur demanda courtoisement de se relever. Robert de Londres observa que si le roi affichait un sourire bienveillant, son regard demeurait d'une immense tristesse dont il devinait les raisons. À deux reprises, ce monarque juste et généreux avait été contraint par l'Église de Rome de dissoudre ses mariages. Du dernier, avec Bérengère, la fille du roi de Castille, était né un fils, Ferdinand, susceptible d'hériter des deux royaumes, et avec qui il était fâché.

Alphonse demanda à Juan San Cristóbal, qui par son rang se trouvait parmi les prélats, de lui présenter les visiteurs. Le doyen obtempéra, parlant avec aisance de chacun, sans oublier de mentionner le clerc Pierre. Il expliqua aussi leur mission et insista sur l'importance de tels ambassadeurs.

Le roi du León afficha sa satisfaction. Armé chevalier à dix-sept ans par le roi de Castille, même s'il avait jugé humiliant d'être adoubé par quelqu'un qui exerçait alors une tutelle sur son royaume, il attachait énormément d'importance à la chevalerie.

Sur un regard de Thomas de Herdington, le notaire Froila fit approcher deux valets qui transportaient un cadeau du roi Jean, une grande pièce d'étoffe de laine anglaise tissée de fils d'or et d'argent, brodée de lions pourpres. De nouveau, Alphonse IX se montra ravi.

Juan San Cristóbal reprit la parole afin d'expliquer l'importance de l'alliance envisagée pour les trois royaumes. Il rappela les liens de solidarité entre le León et Al-Andalus, l'illustrant par l'épisode du siège de Badajoz, une ville maure assaillie par les Portugais mais qui faisait partie du royaume de León bien qu'en terre d'Islam. Pour protéger ses droits, l'aïeul d'Alphonse IX était venu secourir les musulmans, capturant par la même occasion le roi portugais.

À son tour, Herdington exposa les avantages de l'alliance, mais sans jamais évoquer la véritable raison de son ambassade auprès du Miramolin. C'était une chose de s'allier avec les mahométans, une autre de changer de religion !

Après des discussions à la fin desquelles les ricosommes approuvèrent le projet, tout le monde se rendit dans la salle mitoyenne où se tiendrait le banquet. Ce fut un repas plutôt simple mais avec abondance de perdrix, lapins, lièvres, chapons et poulets. Et, surtout, arrosé abondamment de vins du León.

*

Le lendemain, le notaire apporta aux Anglais une lettre de son roi destinée au Miramolin ainsi que des laissez-passer. Il délivra encore quelques conseils, tandis que les troupes anglaises se préparaient. Peu après arriva l'escorte formée de quatre lances commandées par un chevalier banneret qui conduirait les ambassadeurs jusqu'à Cáceres, ville maure à la limite extrême du León.

Alors que le cortège se mettait en route, sous les acclamations de la populace rassemblée par curiosité, Pedro Perez apparut avec deux acolytes. Foulques de Canteloup lui montra les chevaux préparés à son intention et lui remit un haubergeon et des cuirasses que Robert de Londres avait demandés à un armurier de la ville. On offrit aussi aux trois hommes casques et épées anglaises, les ambassadeurs ayant du surplus.

Avant de partir, Pedro Perez expliqua l'itinéraire à Canteloup, Mauluc et Strongbow.

— Aujourd'hui et demain, nous suivrons le Camino de Santiago qui va jusqu'à Burgos. *Albergues* et hôpitaux pour pèlerins sont nombreux, aussi nous n'aurons aucune difficulté quant au vivre et au logis. Ensuite, bien avant Burgos, nous bifurquerons sur un chemin qui conduit à Valladolid. Je connais un monastère qui nous accueillera. De là, nous nous rendrons à Aranda, un bourg de Castille situé à dix milles de Caracena qui possède deux hôtelleries. Je ne suis jamais allé plus loin mais Diego (il désigna l'un de ses hommes) connaît l'endroit.

25

— Rattrapons-les, il suffit de suivre la rive ! lança Gamwell.

— Non ! répliqua Guilhem. Le plus pressé est de retrouver les chevaux. García, où peut-on traverser à gué ?

— Là-bas, seigneur.

— Messire Ussel a raison, fit Locksley. Sans monture, notre mission sera un échec. Egelina a dû toucher l'un des félons. On retrouvera le corps. Accompagne-moi de l'autre côté de la rivière avec Fulk, García et les Butler. Messire Ranulf, explorez cette rive avec messire d'Ussel, une partie des chevaux a dû filer dans la forêt.

— Alaric, Raoul, Gonzalve, venez avec moi ! tonna Guilhem.

— Et moi ? demanda Egelina.

— Reste ici avec Flore. Il faut garder le campement. Rien ne serait pire que d'être maintenant assaillis par des maraudeurs. D'autant que si nos deux fuyards s'en sont sortis, ils pourraient revenir chercher des armes.

C'était la raison même, les femmes ne discutèrent pas. Aussi tout le monde revint à l'héberge s'équiper et s'armer. Quant aux corps d'Eadric et de Langlay, ils furent transportés près du campement et recouverts d'une étoffe. Ils seraient mis en terre plus tard, fut-il convenu.

Après avoir laissé un cor à Flore afin qu'elle puisse donner l'alerte en cas de danger, les deux groupes partirent.

*

Le soleil montait dans le ciel et la troupe conduite par Guilhem n'avait encore aperçu aucun des chevaux. Les traces s'étaient dispersées, mais Ussel n'avait pas voulu qu'ils se séparent. Seuls ou par deux, ils deviendraient des proies faciles, pour des pilleurs comme pour Mandeville et son homme s'ils avaient survécu.

De temps en temps, Alaric hennissait, mais aucun écho ne lui répondait. Les hommes se décourageaient, s'inquiétant de leur devenir. D'après Gonzalve, s'ils ne retrouvaient pas leurs destriers, ils mettraient une dizaine de jours pour atteindre Burgos à pied. Mais alors, comment le roi les accueillerait-il lorsqu'ils annonceraient avoir perdu leurs montures ? Pour quel genre de chevaliers passeraient-ils ?

Ce fut Alaric qui vit les oiseaux. Des corbeaux et vautours tournoyant non loin.

— Il y a une bête blessée ou morte là-bas ! dit-il.

Le guide approuva.

Ils traversaient une épaisse forêt de fougères, faisant fuir un renard et un blaireau, quand, soudain, une piste au milieu de fourrés écrasés se dessina. Ils la suivirent et, au fond d'une ravine rocailleuse, trouvèrent deux de leurs destriers que des charognards commençaient à becqueter.

La piste faisait une fourche. Une trace aboutissait à la ravine, une autre se poursuivait vers des herbages rocailleux.

— Des montures ont filé par ici, deux ou trois chevaux, s'écria Alaric.

Ceux-là, ils les découvrirent peu après, en train de paître, à côté d'un daim avec qui ils avaient sympathisé ! Ils étaient bel et bien trois. De beaux coursiers qui ne paraissaient pas blessés même si l'un d'eux avait la queue brûlée. L'animal tenta de fuir quand les hommes approchèrent, mais Alaric parvint à le rattraper et à le calmer.

— Percy a dû terroriser ces bêtes en les frappant avec des tisons, gronda Ranulf, les poings serrés.

Ayant pris soin d'apporter des brides, Guilhem, Alaric et Ranulf parvinrent à monter sans selle, bien que le chevalier anglais eût grand-peine à maîtriser sa monture.

Raoul et Gonzalve demeurant à pied, ils poursuivirent les recherches. Alaric continuait à lancer des hennissements plus vrais que nature, y arrivant si bien que son cheval lui répondait presque à chaque fois. Soudain, un cri semblable leur parvint du côté de la rivière. Ils changèrent de direction pour découvrir ce que leur guide appela un *barrancos*, un petit cours d'eau. Là, trois autres destriers se désaltéraient. Ils levèrent la tête en voyant leurs congénères et furent facilement attrapés.

Rassurés, les hommes poursuivirent jusqu'à la rivière, qu'ils longèrent un moment sans rien découvrir. Gonzalve les fit alors revenir vers les pâtures. Choix judicieux car ils y aperçurent un coursier et le palefroi blanc, celui que Mandeville s'était choisi.

Il devenait difficile de continuer les recherches en gardant en longe tous ces animaux, aussi Guilhem décida-t-il de retourner au campement les y laisser.

Egelina les attendait devant l'héberge, tandis que Flore faisait cuire un chevreau qu'elle avait tué.

Ils attachèrent les montures et, en se désaltérant, racontèrent aux femmes comment ils avaient retrouvé ces bêtes.

Ils allaient repartir, car restaient encore plusieurs heures de jour, donc de recherche possible, quand s'entendirent des hennissements en provenance du torrent. Chacun saisit une arbalète, sauf Ranulf qui tenait sa lance… mais c'était Locksley et sa troupe qui arrivaient sur l'autre rive. Eux aussi étaient à cheval, avec seulement une bête supplémentaire en longe.

À leur tour ils racontèrent avoir trouvé ces montures ensemble, à un demi-mille, sans parvenir, malgré leurs recherches, à débusquer d'autres traces. En revanche, ils avaient découvert une botte et un bonnet accrochés aux branches d'un arbre immergé. Tous reconnurent celui de Percy.

— On a cherché leurs corps en vain. Le courant a dû les emporter.

— Justice est faite, fit sombrement Ranulf.

Chacun approuva.

— Désormais, nous disposons tous d'un cheval... et en avons même un de plus, dit Locksley. Crois-tu possible d'en découvrir d'autres ou mieux vaut-il lever le camp maintenant ?

La question s'adressait à Guilhem.

— Demeurent des traces que nous n'avons pas suivies, répondit ce dernier. Jusqu'à ce matin, on avait trente bêtes, deux sont mortes, on en a retrouvé quinze. Treize restent donc en liberté. Dommage de les abandonner. Essayons d'en récupérer avant ce soir. Partir demain ne nous mettra pas en retard.

Personne ne protesta. Il fut décidé une fois de plus que les femmes resteraient à la tente, mais en compagnie de Ranulf et des trois archers. Mieux valait être prudent.

Les autres rejoignirent la pâture où ils avaient découvert le premier fuyard. Là, ils se séparèrent pour explorer les alentours, en demeurant prudemment à portée de voix. Ce fut Locksley et Gamwell qui découvrirent deux chevaux supplémentaires et, un peu plus tard, trois encore – dont l'un claudiquait. N'en dénichant pas de nouveau, ils revinrent au campement en fin d'après-midi. Le cheval boiteux s'était blessé à une cuisse mais, selon Alaric, s'il n'était pas monté, il guérirait en quelques jours.

Les deux femmes avaient, de leur côté, une nouvelle à annoncer à Locksley et Ussel. En triant les affaires que Mandeville et son servant avaient abandonnées, elles avaient mis au jour une hache saxonne ensanglantée.

Désormais le doute n'était plus permis.

Après le dîner du soir, la garde de nuit fut renforcée par deux groupes de sentinelles. Mais il n'y eut aucune alerte et ils purent partir le lendemain, ayant chargé tente, armes et bagages.

*

Selon les guides, une nouvelle nuit dehors serait nécessaire avant d'atteindre le château de Portilla. Son seigneur, homme débonnaire, accueillait volontiers les voyageurs, assura García.

Le sentier montait en suivant les courbes d'une rivière en contrebas. La forêt, elle, se clairsemait. Sur la gauche s'étendait un massif montagneux. En avant-garde, avec Gonzalve et Egelina, Guilhem guettait ces crêtes d'où pouvaient fondre toutes sortes d'ennemis quand il crut apercevoir, très loin et brièvement, un cavalier.

— Je n'ai rien vu, s'étonna Egelina lorsqu'il indiqua l'endroit du doigt.

— Il s'agissait peut-être d'un grand serf, suggéra Gonzalve qui s'était arrêté pour mieux scruter le paysage.

L'animal, ou l'homme à cheval, avait disparu.

— Possible, fit Guilhem, mais je ne crois pas me tromper. Et s'il y a un cavalier, il peut aussi y en avoir d'autres.

— Quelqu'un du château de Portilla ? suggéra Egelina.

— Vous l'apprendrez aujourd'hui, conclut Gonzalve, fataliste.

*

Depuis deux jours, Guilhem ne cessait de songer à ce qu'il s'était produit. Nombre de questions se bousculaient dans son esprit. Pourquoi Mandeville avait-il nié sa culpabilité quand tout l'accusait ? Pourquoi, d'ailleurs, était-il resté après avoir fait fuir les chevaux ? Imaginait-il que son servant ne serait pas mis en cause, alors que Langlay et Eadric avaient eu la tête fendue avec des fers de hache ? S'il voulait juste retarder l'expédition, il aurait dû filer dès le forfait réalisé. Et puis, il y avait le palefroi. Pourquoi avait-il libéré ce cheval dans le bateau, en sachant qu'il serait sans doute tué, et ensuite insisté pour le garder ? Or l'animal faisait partie des destriers retrouvés, et Alaric le montait.

Ussel savait les hommes souvent inconséquents, mais Mandeville ne lui était jamais apparu insensé. Orgueilleux, sûrement, arrogant et prétentieux, certainement, mais imprudent ou malavisé, certes non.

Il s'en était ouvert auprès d'Egelina, que ses doutes n'avaient pas troublée. « La nature humaine n'est jamais rationnelle, avait-elle rétorqué. Surtout quand elle est animée par des passions. Mandeville ne cherchait qu'à nous nuire. Il est mort. Tant mieux ! Que le diable s'occupe de son âme noire. »

En queue du petit convoi, Locksley se posait des questions du même ordre, bien qu'un peu différentes. Pourquoi Mandeville lui avait-il reproché d'avoir rejoint les barons tardivement ? C'était la vérité, mais il s'en était justifié. Le cousin du comte d'Essex avait-il entendu cette récrimination chez les frères Mandeville ? Ces derniers étaient-ils de réels opposants au roi Jean ou affichaient-ils une posture qui leur permettait de trahir les Vingt-Cinq ? Comment lui, Locksley, devrait-il agir à son retour ? S'il revenait.

*

Au détour du chemin, alors que le soleil n'était pas encore au zénith, Guilhem vit se dresser, à une distance de plus d'un millier de pieds, une haute tour perchée sur un éperon, à l'extrémité d'une vaste dépression couverte de bosquets et de garrigues au fond de laquelle courait une rivière. La tour, carrée, était couronnée par un hourd de bois et un toit à quatre pentes.

Ussel arrêta sa monture pour balayer des yeux les alentours. Très au-delà de l'édifice, il distingua une large rivière. L'Ebro ? Pas d'autres maisons, sinon peut-être un village ou une ferme assez loin, d'où s'élevaient des fumées. Son regard revint vers le piton. Une muraille crénelée qui se confondait avec les rochers l'entourait.

La troupe venait de les rejoindre et attendait la conclusion de ses observations en bavardant.

— Pas âme qui vive, remarqua Egelina qui scrutait aussi devant elle. Beaucoup de monde dans ce château ? demanda-t-elle au guide.

— Deux ou trois douzaines de personnes, en comptant valets et serviteurs.

— Des chevaliers ?

— Seulement le frère de lait du seigneur Guevara. Il se nomme Antonio. Jusqu'à la guerre entre la Castille et la Navarre, Portilla appartenait à la Navarre. Puis il y a eu un partage de terres. Le roi Alphonse a laissé Miranda de Arga à Sanche en échange de Portilla. L'alcade de San Sebastián m'a dit que le seigneur Guevara, qui a reçu le château, était le fils d'un de ses chambellans.

Gonzalve se tut, regarda Garcia qui hocha la tête, et descendit de son cheval.

— Désormais, seigneurs, vous n'avez plus besoin de nous. Vous ne pouvez vous tromper pour vous rendre au château. Je vous l'ai dit, vous y recevrez bon accueil. Quant à l'Ebro, vous la voyez au loin qui brille. S'y trouve un gué. Les gens de Portilla vous l'indiqueront.

Locksley sortit sa bourse de sous son haubert. Et donna une dizaine de deniers d'argent à García, qui descendit ensuite de sa monture. Les autres firent leurs adieux à ces guides fidèles et serviables. Alaric rassembla les deux chevaux et les attacha à l'aide d'une corde qu'il noua à l'arçon d'une monture sans cavalier.

La troupe repartit.

*

Dans la vallée, ils traversèrent sans difficulté le cours d'eau à gué. C'est à quelques distances du château de Portilla que les cors d'alerte sonnèrent.

Au pied de l'escarpement rocheux s'étendaient des cahutes basses à toits de branches, une étable et une écurie, toutes construites en pisé d'argile et en paille. Un ruisselet issu d'une source serpentait vers un pré rocailleux où paissaient un âne famélique et quelques dizaines de moutons. Une poignée de poules caquetaient. Un coq s'était perché sur un tronc et regardait les voyageurs avec insolence. Des pigeons roucoulants avaient trouvé refuge, eux, dans des anfractuosités de la falaise.

Entre les bâtiments adossés au rocher grimpait une sorte d'escalier bringuebalant, estacade de bois qui débouchait sur une maison érigée dans la partie basse du promontoire.

Des chiens se précipitèrent vers les nouveaux venus en aboyant et un homme en sayon et sabots, sans braie ni chausses, les rappela. Une femme sortit d'une des bicoques, affichant un air stupide et étonné. Deux marmots sales comme des porcelets s'agrippaient à sa robe informe et souillée de taches. Un autre individu apparut devant l'estacade. Celui-là avait à la main une rustique et lourde arbalète à arc de corne. Barbu, en cotte de peau serrée à la taille par une ceinture de corde et revêtu d'une cuirasse de cuir bouilli sans manche, il arborait un vieux casque informe.

— Dieu vous garde, nobles voyageurs, dit-il en castillan.

— Ce seigneur est le comte de Huntington qui vient d'Angleterre, annonça Alaric en catalan. Nous arrivons de San Sebastián et nous rendons à la cour de Burgos. Nous demandons l'hospitalité pour la nuit.

Un autre homme parut derrière celui à l'arbalète. Revêtu d'une robe de velours verdâtre, matelassée aux galons décousus ou arrachés, il avait une longue et large épée sans fourreau à la taille. Visage marqué et raviné, menton en galoche agrémenté d'une barbiche pouilleuse, cheveux flottant sur ses épaules, il affichait un air serviable.

— Dieu soit avec vous, nobles seigneurs, vous êtes les bienvenus, fit-il dans un catalan hésitant. Laissez vos chevaux, Miguel s'en occupera. Mon nom est Antonio Sarmento. Je suis le frère du maître du château. Il vient d'être prévenu et se réjouira de votre visite. Montez donc !

— Gamwell reste ici avec Fulk, les Butler et Raoul, ordonna Locksley en saxon. Soyez sur vos gardes et prenez toutes les précautions ! On ne connaît pas ces gens, qui pourraient être tentés par nos possessions.

Scarlet opina. Inutile d'en dire plus.

Descendu de cheval, Guilhem passa le premier. Il grimpa l'escalier jusqu'à une salle sombre au foyer enfumé dans un recoin. Deux hommes se réchauffaient devant. Aucun casque sur leur tête mais des chaperons cousus à leur tunique de peau tannée couvraient leurs cheveux. Ils portaient seulement un coutelas à la taille. Contre le mur de torchis s'entassaient des épieux et une arbalète sans étrier. Des frondes étaient pendues à des chevilles. Pas de meuble. Un pot de terre empli de pierres rondes constituait le seul récipient.

La pièce formait une sorte de barbacane. En cas d'attaque, l'incendier et brûler l'estacade isolerait le château. La méthode ne manquait pas d'astuce.

Guilhem se retourna. Egelina, qui le suivait en tenant son arbalète, le gratifia d'un sourire rassurant. Puis parurent Alaric, Flore, Ranulf et Locksley, tous quatre circonspects. Mais les gardes de la pièce ne paraissaient pas hostiles.

Antonio désigna des marches creusées dans la roche et laissa le passage avec un sourire respectueux. Regard aux aguets et s'attendant au pire, Ussel gravit les degrés, une vingtaine, jusqu'à atteindre une demi-tour avec une ouverture dans laquelle on apercevait les pointes de fer d'une herse levée. Derrière se trouvait une porte aux épais battants cloutés. L'un d'eux entrebâillé.

Pas d'autre passage. Guilhem franchit la porte avec prudence. De l'autre côté, se découvrit une salle carrée, en grosses pierres, avec une échelle pour accéder à son couronnement. Quatre hommes d'armes, aussi mal équipés que ceux dans la barbacane, le saluèrent. Toujours aucune hostilité, mieux : beaucoup de curiosité. Un brin d'envie même, comme en témoignaient les regards avides et admiratifs jetés à son haubert et à ses armes. Le château était pauvre, et ceux qui l'occupaient et le défendaient ne possédaient qu'un misérable équipement.

Ses compagnons arrivèrent et se rassemblèrent sans avancer plus loin. Antonio les rejoignit.

Une porte débouchait sur la terrasse de l'éperon. Ils l'empruntèrent en restant prudemment groupés. Se dressaient quelques cahutes contre la courtine crénelée. Des femmes pauvrement vêtues, avec des voiles qui couvraient leur chevelure jusqu'aux épaules, regardèrent les visiteurs dans une triste indifférence. Sur les chemins de ronde, Guilhem compta une dizaine de sentinelles en train de les observer.

Enfin, devant eux se dressait le donjon. Une tour carrée à l'ouverture voûtée que l'on atteignait par une nouvelle estacade d'une dizaine de marches. Une seule fenêtre, très haute, donnait sur la cour. Les hourds de bois surplombaient la terrasse du toit mais étaient entièrement fermés, ne laissant que quelques archères. Impossible de déterminer combien d'hommes les surveillaient de là-haut.

Antonio le rejoignit, avec Locksley et Ranulf.

— Mon frère vous attend dans sa chambre. Il désigna la fenêtre. Il s'est blessé à cheval et n'a pu descendre, mais il reçoit toujours avec plaisir les visiteurs, si rares par ici. Il aura mille questions à vous poser.

Le Castillan se montrait prévenant et chaleureux. La méfiance de Guilhem diminua.

— Pourrez-vous nous loger cette nuit ? s'enquit Locksley qui ne voyait guère de place pour eux.

— Bien sûr ! Vous aurez la salle basse de la tour, et les dames prendront cette maison.

Il désigna une des cahutes devant laquelle se tenaient une femme âgée et une plus jeune.

— Maria ! Terasa ! Nettoyez votre salle et faite des lits avec des draps propres pour recevoir les dames ! ordonna-t-il.

Guilhem ne dit rien, mais échangea un regard négatif avec Robert et Alaric. Il était hors de question de se séparer et de laisser les femmes dans ce taudis. D'ailleurs, elles auraient refusé.

— Les dames nous accompagnent, messire, annonça Alaric.

— Si vous préférez, mes seigneurs.

D'un air indifférent, il fit signe au groupe d'avancer jusqu'à l'estacade. Guilhem monta les marches et passa la voûte. À main gauche, une porte ferrée et, face à lui, un escalier raide et étroit. Il s'apprêtait à le gravir quand Antonio, dans son dos, lui dit de passer par la porte. L'escalier conduisait uniquement sur la terrasse de la tour, expliqua-t-il avec force gestes.

Guilhem ouvrit et entra dans une salle obscure d'une quinzaine de pieds de côté. Il distingua vaguement deux couches et un très grand coffre, ainsi qu'un escalier de bois, un eschalier plutôt, c'est-à-dire une échelle à larges marches. Un peu de lumière filtrait par d'étroites et hautes meurtrières qui ne servaient pas à la défense mais à l'éclairage.

Egelina, Alaric et Flore pénétrèrent ensuite, tandis qu'il progressait vers l'escalier. Il remarqua qu'en haut une trappe fermait l'entrée.

Antonio apparut à son tour avec Ranulf et Locksley.

Surpris de voir Guilhem immobile, le Castillan approcha des marches, leva les yeux et soupira en secouant la tête :

— Le valet de mon frère a encore cru bien faire en fermant le passage ! Il va m'entendre.

Il grimpa à toute allure et frappa sur les planches.

— Alphonse ! gueula-t-il.

Il vociféra et Alaric crut comprendre qu'il protestait contre la fermeture de la trappe.

Celle-ci s'ouvrit, alors leur hôte pénétra dans la salle supérieure, puis se pencha et jeta un regard en bas. Guilhem commençait à monter à son tour. Devant la porte extérieure, l'un des gardes, qui avait suivi le groupe, attendait. Antonio hocha la tête et referma brusquement la trappe.

Guilhem comprit aussitôt qu'ils étaient tombés dans un piège.

— La porte ! cria-t-il à Locksley.

Robert se retourna. Trop tard, le garde l'avait poussée.

Locksley se jeta sur l'huis, Ranulf vint l'aider, mais ils n'ébranlèrent point le battant qui se tirait pourtant vers l'extérieur. Y avait-il un verrou ? Avait-on mis des barres ?

De son côté, en haut des marches, Guilhem s'efforça de pousser la trappe. En vain. On avait sans doute posé quelque chose de lourd dessus. Il tira son épée et tenta de forcer l'ouverture, mais l'escalier était trop étroit pour agir avec efficacité.

— Raoul et les archers ! lança soudain Flore. Que Dieu les protège !

Visage crispé, Locksley serrait les poings. Comment les alerter ?

— Quel sot j'ai été ! clama Ussel en balayant la salle des yeux à la recherche de quelque outil capable de briser la trappe.

Non seulement il ne vit rien mais aucun d'eux ne s'était muni d'une hache, qui aurait pourtant été utile en la circonstance. Soudain son regard s'arrêta sur le coffre. Il s'y précipita, souleva son couvercle en espérant trouver une masse ou un marteau d'arme, mais la huche était vide. Désespérément vide.

— Que vont-ils faire ? demanda un Ranulf sur le point de perdre ses moyens.

— Rien, je le crains. Il leur suffit de nous laisser crever ici, sans eau ni nourriture, grommela Locksley en examinant les murs à la recherche de quelque faille ou de pierres mal scellées.

Il se retourna vers un Guilhem pensif en train de détailler le coffre. Le meuble, massif, était certainement très lourd avec ses dix pieds de long, trois de haut et deux de large.

— As-tu une idée ? interrogea Huntington.

— Gamwell viendra à notre secours, intervint Ranulf d'une voix aiguë, comme si une telle affirmation deviendrait forcément réalité.

— J'espère surtout que lui et les autres se sont mis à l'abri. Car comment, sinon, pourraient-ils nous venir en aide ? Ils ne sont que cinq, dit Egelina, fataliste.

SECONDE PARTIE

Al-Andalus

26

Guilhem abandonna le coffre et s'approcha du grabat le plus proche. Il souleva la paillasse et l'éventra au couteau pour en extraire une poignée d'herbe et de foin mêlée à de la laine de mouton. Ses compagnons le regardaient sans comprendre.

— Parfait ! Avec ça et les planches du lit, nous allons mettre le feu à la porte. Aidez-moi à démolir les cadres des couchettes pour récupérer le bois.

— Attends ! intervint Locksley. Admettons que l'huis commence à brûler, les gens d'Antonio s'en rendront compte aux premières fumées et nous cribleront dès qu'on sortira.

— Je ferai un sort au plus audacieux, menaça Egelina en brandissant son arbalète.

— Le coffre servira de bouclier, répliqua Guilhem. Il suffit de le dresser devant nous.

Locksley haussa les épaules.

— Il faudra le quitter pour se battre. Et même si on emporte l'estour, combien d'entre nous vont périr ? Brûlons plutôt la trappe ! Il n'y a peut-être personne là-haut. De là, notre position sera plus forte.

— Impossible ! fit Alaric en écartant les bras d'un air fataliste. Si on allume un feu en haut de l'escalier, ce dernier se consumera et on ne pourra plus monter.

— Tu as raison, approuva Guilhem. Mais passer par la trappe est une bonne idée.

Il revint à l'eschalier pour examiner sa construction.

Les montants s'enfonçaient à l'intérieur d'entailles faites dans la roche mais étaient aussi, en haut, solidement cloués et chevillés à la charpente comme au plafond. Pas de rampe.

Des deux mains, Guilhem s'efforça de le secouer, mais l'assemblage ne bougea pas.

— Pas facile à enlever. Mais nous allons quand même le faire et dresser la huche à sa place.

D'un doigt, il désigna la trappe :

— Si la huche était verticale, il resterait tout au plus deux pieds entre son sommet et la trappe. En allumant le feu en haut, il consumera la fermeture et nous n'aurons ensuite qu'à remettre l'escalier pour sortir.

— Malin ! approuva Locksley en examinant à son tour l'assemblage. Il faut tailler les montants en haut et en bas, conclut-il.

— Je vais grimper et les hacher à l'épée.

Chacun comprit. Guilhem s'installa cinq ou six degrés avant le sommet puis, tenant sa brette à deux mains comme une hache, frappa sur les parties de la jonction avec le plafond.

Bientôt des copeaux de bois se détachèrent, de plus en plus nombreux et gros au fil des assauts. Ussel donnait successivement des coups d'un côté, puis de l'autre.

Pour éviter que l'escalier ne bascule, Alaric et Robert le retenaient.

Après un moment, ayant besoin de reprendre son souffle, il demanda à Alaric de le remplacer. Celui-ci poursuivit avec une telle vigueur qu'après quelques douzaines de coups un craquement retentit. Alors l'escalier bascula, sans cependant s'effondrer, puisque les hommes le tenaient et les entailles du sol l'arrimaient toujours.

Alaric eut donc le temps de descendre. Après quoi les prisonniers parvinrent à désolidariser la construction de bois de la roche et à la pousser contre un mur.

Ils dressèrent alors la huche, à grand-peine, celle-ci se montrant horriblement lourde, puis la placèrent juste sous la trappe. Ensuite, tandis que Locksley et Ranulf brisaient les lits, Guilhem et Alaric rapprochèrent l'escalier du sommet du coffre de telle sorte qu'en montant quelques marches on puisse l'atteindre.

Egelina, la plus légère, grimpa aussitôt. On lui passa paille et laine des paillasses, puis des planches brisées. Elle édifia ainsi un bûcher qui atteignit le plafond.

— Le feu prendra du temps avant de consumer la trappe, observa-t-elle en faisant la moue lorsqu'elle eut terminé. Les fumées donneront l'alerte, sans compter le risque d'un incendie général du plafond, auquel cas nous rôtirons. À moins que nous soyons étouffés par la fumée avant.

— Je sais comment faire brûler ce feu plus vite, répliqua Guilhem en ouvrant son escarcelle.

Il sortit le petit sac de toile résineuse donné par Bartolomeo avant son départ de France.

— J'ai là de la poudre de feu grégeois, expliqua-t-il à Robert. Celle qu'utilisait Aslam à Marseille[1].

Il s'adressa à Alaric et à Flore :

— Vous en connaissez les effets.

Il tendit alors le sac à Egelina :

— Vide-le au sommet du bûcher, au plus près de la trappe. Pendant ce temps, je préparerai une torche.

Elle s'exécuta et lui enroula de la laine et de la paille autour d'une longue écharde, serrant le tout à l'aide d'un lambeau d'étoffe.

Locksley, lui, avait sorti son briquet. Il frappa le fer sur la pierre, alluma l'étoupe, puis mit le feu à un morceau de tissu. Après quoi Guilhem tendit la torche. Au bout d'un moment, la flamme devint suffisamment vive pour que le flambeau passe entre les mains d'Egelina, qui alluma le bûcher.

---

1. Voir *Marseille, 1198*, du même auteur.

Vite elle descendit et tous s'éloignèrent de l'escalier, gagnant une extrémité de la salle pour regarder.

D'abord, un épais nuage de fumée se dégagea, qui fut heureusement aspiré par les hautes meurtrières. Puis, d'un coup, le bûcher s'embrasa et, subitement, dans un ronflement assourdissant, les flammes devinrent aussi incandescentes que celles d'une forge. La fournaise illumina la pièce en un grondement infernal qui puait le soufre – Ranulf se signa – et la trappe fut littéralement dévorée : elle devint écarlate et s'effondra.

Flore, Locksley et Ranulf firent basculer la huche qui s'écroula en répandant des braises dans toute la salle, mais, déjà, sans perdre un instant, Alaric et Guilhem avaient, eux, saisi l'escalier. Les autres vinrent les aider à le disposer contre le trou de la trappe, qui continuait à se consumer. Alors Guilhem grimpa, épée au poing.

Là-haut, il découvrit quelqu'un attaché sur un lit, ainsi qu'une porte ouverte.

Egelina apparut à son tour, arbalète à la main. Elle se précipita à la fenêtre et vit, dans la cour, plusieurs hommes rassemblés autour d'Antonio. Elle visa ce dernier mais, l'ayant vue, le félon eut la présence d'esprit d'attirer l'un de ses gardes devant lui. Le malheureux reçut la flèche en pleine poitrine. Antonio détala vers la barbacane, ordonnant à ses gens de venir avec lui.

Guilhem tranchait les liens du captif quand ses compagnons pénétrèrent dans la pièce. Flore s'évertua à éteindre les restes des braises en les frappant d'un tapis de jonc.

— *¿Quién eres tú ?* interrogea celui qu'on venait de délivrer et qui se relevait avec peine.

Alaric comprit et demanda s'il parlait la langue d'oc. L'autre répondit positivement. Aussi le Toulousain s'expliqua, puis Locksley prit la relève.

Les ex-prisonniers apprirent sans surprise que le captif était le seigneur Guevara. Blessé dans une chute de cheval, son demi-frère Antonio en avait profité pour prendre sa place après avoir convaincu quelques hommes de le suivre, raconta-t-il. Le traître ne l'avait pas tué car il préférait le garder en otage, n'ayant pas suffisamment d'armes pour défendre la place si le roi envoyait des troupes. Il espérait les convaincre qu'il ferait un meilleur seigneur, puisque son frère avait laissé saisir le château.

— Y serait-il parvenu ? demanda Locksley à Guevara.

— Peut-être. Diego García, le chancelier, ne m'aime guère et je n'ai pas beaucoup d'appuis à Burgos.

*

Pendant l'échange, Guilhem avait trouvé une arbalète et des viretons dans un coffre qui contenait quelques armes. Plusieurs écus étaient attachés sur les murs, chacun se servit.

La cour était maintenant vide.

— On est maître des lieux, conclut Guilhem. Je descends ! Ranulf, Alaric, Flore, montez par l'escalier jusqu'au sommet de la tour. Si on s'oppose à vous, tuez ! Ensuite, couvrez-moi.

Il franchit la porte en se protégeant d'un écu et emprunta avec prudence l'escalier conduisant dans la cour, prêt à tirer sur quiconque apparaîtrait.

Derrière lui, Locksley avançait, paré d'un bouclier, et Egelina brandissait son arbalète.

Regards vers les chemins de ronde, déserts. Vers les portes des masures, closes. Le château paraissait abandonné.

— On tient les hourds ! cria Ranulf du haut du bâtiment.

Guilhem et ses compagnons avancèrent jusqu'à la tour qui communiquait avec la barbacane.

— Je suis votre seigneur ! Sortez et montrez votre foi. Ces gens m'ont libéré et ne vous feront aucun mal.

Tous se retournèrent vers la tour d'où provenait la voix. Appuyé sur un bâton, Guevara se montrait.

Alors, le vantail d'une masure s'entrouvrit et un homme sortit. Terrorisé. Il regarda autour de lui et s'agenouilla.

Une femme l'imita, un enfant dans les bras. Puis d'autres encore. Egelina reconnut celle qu'Antonio avait appelée Terasa.

Guevara descendit et fit quelques pas chancelants vers les siens.

— Que mes fidèles viennent près de moi ! Tous ! Les autres seront considérés comme félons ! vocıféra-t-il.

Une autre porte s'ouvrit. Deux hommes avancèrent, sans arme. L'un d'eux se tenait dans la salle carrée quand les voyageurs l'avaient traversée. Robert de Locksley s'adressa à lui :

— Où est Antonio ?

— Il a dû filer avec ceux qui l'ont soutenu, seigneur. Nous, on n'a pas voulu.

— Combien sont restés fidèles ?

— Henrique… (Il désigna son compagnon.) Sans doute Juan et García, qui sont là-bas.

Il indiqua la tourelle d'entrée.

— Allez ouvrir et vérifier.

L'homme échangea un regard craintif avec son compère, puis se dirigea d'un pas lent vers la porte de la tour.

— Juan ! C'est Guzman ! Tout est fini ! Montre-toi ! cria-t-il.

Il frappa à l'huis, qui s'ouvrit quasiment aussitôt.

De son arme, Egelina menaça celui qui apparut :

— Ne tirez pas ! supplia ce dernier.

Guilhem le bouscula et entra. Un corps gisait au milieu d'une flaque de sang.

— Antonio a tué Juan qui ne voulait pas le suivre. Je l'ai défendu et j'ai blessé l'un des traîtres. Ils étaient trois, mais n'ont pas voulu perdre de temps avec moi.

Il se signa et murmura :

— Merci, Seigneur.

Guilhem se retourna vers le premier, toujours surveillé par Egelina.

— Vous étiez une vingtaine quand nous sommes arrivés. Où sont les autres ? interrogea-t-il.

— Laissez tomber vos armes ! cria alors Alaric depuis la cour.

Guilhem tendit le cou pour voir ce qui se passait.

Accompagné de Ranulf et de Flore, son ancien écuyer descendait avec des prisonniers et s'adressait à une poignée de gardes qui surgissaient depuis une petite ouverture creusée dans la muraille.

Locksley les fit sortir. Ils étaient six, l'un d'eux expliqua que le passage où ils s'étaient réfugiés conduisait au chemin de ronde.

En fin de compte, quatorze Castillans n'avaient pas rejoint Antonio. Guevara les rassembla et leur annonça qu'il ne les punirait pas, car ce serait Dieu qui les jugerait. Ce à quoi Guzman répliqua qu'Antonio les avait assurés que le seigneur était au plus mal, qu'il lui avait confié le château et donc qu'ils devaient lui obéir.

Indifférents aux querelles à venir, Guilhem, Locksley, Alaric, Ranulf et les femmes n'étaient déjà plus là. Ils étaient descendus dans la barbacane où ils avaient découvert les deux gardes gravement blessés.

Les ignorant, ils sortirent par l'estacade. Devant les cahutes, trois autres cadavres gisaient. Une femme, agenouillée, pleurait en soutenant la tête de l'un d'eux.

— Gamwell ! cria Locksley, fou d'inquiétude.

— On est là, seigneur ! Tous gaillards ! lança une voix rassurante depuis l'une des maisons.

— Nous sommes maîtres du château, sortez.

Raoul parut. Il se précipita vers Guilhem.

— Ils ont voulu nous saisir mais les archers de messire de Locksley les ont empêchés !

Fulk et les Butler surgirent à leur tour. En quelques mots hachés, ils expliquèrent que les hommes d'Antonio avaient cherché à les prendre mais y avaient laissé la vie.

La femme se releva et s'exprima dans un langage incompréhensible. Une autre sortit de la seconde cahute, celle avec les enfants. Guzman et Henrique venaient de descendre de l'estacade.

— Trois hommes viennent de filer, seigneur, dont celui qui nous a reçus. Ils ont volé des chevaux et sont partis par là ! poursuivit Raoul.

— Où ont-ils pu aller ? demanda Guilhem à Guzman.

— Là-bas, c'est l'Ebro. Il y a un gué.

— Les chevaux ! cria Locksley qui avait écouté. Gamwell, tu viens avec moi. Prends mon arc et des flèches. Guzman et Henrique, vous nous guiderez !

Raoul courait déjà à l'écurie pour seller des bêtes. Guilhem et Alaric l'imitèrent.

Quelques instants plus tard, six galopaient à la poursuite des félons.

*

Locksley, Guilhem, Gamwell et Alaric étaient en vue d'un fleuve immense et majestueux quand ils aperçurent un cheval sans cavalier. En approchant, ils découvrirent trois corps gisant par terre. Guilhem et Locksley sautèrent au sol, épée en main.

Les trois avaient été occis à la hache. Leurs chairs tranchées. Antonio avait un bras en moins, membre qui gisait à quelques pas. Un flot de sang s'écoulait de sa plaie. Les deux autres avaient été atteints au cou et au visage. D'énormes taillades laissaient paraître les os de la mâchoire de l'un d'eux. De plus, ils étaient dépouillés de leurs harnois et Antonio comme l'un de ses hommes se retrouvaient en chainse. On avait aussi pris leurs vêtements.

Sur leurs chevaux, Guzman et Henrique demeuraient figés. Quelques heures plus tôt, ces hommes étaient leurs compagnons, leurs amis. Le premier se mit à prier.

— Qui a fait ça ? fit Locksley, se parlant à lui-même.

Guilhem scrutait alentour. Le sang des victimes n'était pas figé. L'attaque venait d'avoir lieu. Les agresseurs n'étaient pas loin. Combien ? Le sol laissait paraître des traces de sabots, mais impossible de les compter. Au demeurant ceux qui s'en étaient pris à Antonio et à ses hommes avaient emporté leurs montures, sauf une.

— J'ai perdu… Que le Seigneur Dieu m'accueille dans son paradis…

Ils se tournèrent vers la voix. Antonio venait de parler, visage déformé par la souffrance.

Guilhem s'agenouilla devant lui.

— Qui vous a attaqués ?

— Sais pas… Ils étaient deux. Ils voulaient nos chevaux… Je n'ai pas voulu céder, mais ils étaient plus forts que nous…

— Quel genre d'hommes ? s'enquit Locksley.

Il n'y eut pas de réponse. Le frère de Guevara venait de rendre son dernier soupir.

Alaric approcha alors de son maître. Sa figure exprimait une telle confusion que l'expression alarma Ussel. À nouveau, il regarda autour de lui. Où rien ne paraissait inquiétant.

— Le cheval, seigneur… Il est blessé. Il faut le soigner, ou l'achever.

Guilhem grimaça. Ils venaient de perdre trois destriers de plus.

— Laissons-le, les gens de Guevara s'en occuperont. Nous, on n'a plus rien à faire ici.

— On ne peut pas les abandonner, intervint Guzman en désignant les corps de ses anciens compagnons.

— Vous reviendrez avec votre âne si vous voulez les enterrer au château. Et vous vous occuperez du cheval.

Guilhem remonta en selle. Alaric ne quitta pas l'animal, toujours en proie au désarroi.

— Ce n'est pas tout, seigneur, ce destrier blessé, c'est l'un des nôtres.

— Je sais ! répliqua Ussel avec brusquerie.

Il avait du mal à dominer sa colère. Leur guide avait prétendu qu'ils recevraient l'hospitalité à Portilla. Quelle erreur ! Il aurait dû se montrer plus méfiant.

Locksley ne pipait mot. Alaric tenait la bride de la monture de son maître et l'immobilisait.

— Non, seigneur. Ce n'est pas l'un de ceux qu'ils ont volés, mais l'un de ceux qu'on n'avait pas retrouvés. Après la trahison de Mandeville !

27

Ces paroles résonnèrent comme un coup de tonnerre. Mais aussitôt Gamwell assena, d'un ton dubitatif et en haussant les épaules :

— Impossible !

— Je connaissais tous nos chevaux, répliqua sèchement Alaric. Et ne me trompe pas.

— Je fais confiance à Alaric, approuva Locksley après un instant de réflexion. Ce qu'il affirme explique bien des choses. Antonio a parlé de deux individus. Deux qui ont aisément vaincu ces trois-là à coups de hache ! Donc il ne s'agissait ni de vilains du pays ni de marauds, mais de guerriers confirmés.

— Et comment auraient-ils trouvé l'un de nos destriers ? insista Gamwell.

Ussel secoua la tête en serrant les lèvres. Il était arrivé à la même conclusion que Robert, conclusion lourde de conséquences.

— Et pourquoi seraient-ils ensuite venus ici ? Dans cette montagne désolée ? persifla le fils Scarlet.

Il se tut brusquement. Venant de comprendre, il regarda Alaric qui hocha la tête. Lui le premier avait jugé les faits évidents.

— Admettons que Mandeville et Percy ne se soient pas noyés, qu'ils aient retrouvé des chevaux, pour quelle raison nous suivre ? lança Gamwell, cette fois d'une voix de défi.

— Parce qu'ils n'ont pas terminé leur sale besogne, répondit Locksley. En voyant arriver trois cavaliers, peut-être ont-ils cru qu'il s'agissait de nous… Ils ont attaqué et, quand ils se sont rendu compte de leur erreur, ont tout fait pour éviter des témoins.

— Possible. N'oubliez pas qu'un de leurs chevaux était blessé. Ils avaient donc besoin d'une monture, d'armes et de vêtements… C'était l'occasion. À mon sens ils nous suivaient depuis ce matin… et c'est sans doute l'un d'eux que j'ai vu sur la crête, ajouta Ussel.

— Tant mieux s'ils nous suivent, gronda Locksley après un silence. Nous leur préparerons une surprise… Et ils paieront.

— Oui ! approuva Gamwell.

Guilhem demeura muet. Trop de questions demeuraient sans réponses.

Tourmentés, ils revinrent au château sans se presser, regards aux aguets. Eux ne se feraient pas surprendre comme Antonio. Guzman et Henrique les avaient abandonnés, partis loin devant.

*

Ils ne dormirent pas dans le nid d'aigle mais dans l'une des maisons situées au pied de l'éperon. La méfiance s'imposait. Le seigneur Guevara le comprit et ne s'en offusqua pas. Au demeurant, il avait suffisamment à s'occuper avec ses gens, les morts à enterrer et les blessés à soigner pour perdre du temps à se justifier ou à fraterniser avec les voyageurs.

Au matin, quand il se leva, Guzman vint lui annoncer que les Anglais étaient partis. Après avoir exigé que Henrique les accompagne avec la mule et les conduise au gué de l'Ebro.

*

Le fleuve était large, le courant violent et les remous effrayants. Quand Henrique désigna l'endroit où traverser, Robert de Locksley ne le crut point.

— Les chevaux refuseront d'entrer dans l'eau, dit-il en grimaçant.

Alaric approuva d'un simple hochement de tête renfrogné.

Depuis la veille, il broyait du noir. Après leur retour au château, il avait fait le tour des coursiers pour savoir lesquels manquaient et découvert l'absence du palefroi blanc, celui qu'il chevauchait depuis la fuite de Mandeville et de Percy. L'animal était donc l'une des montures dérobées par le frère de Guevara, une bête remarquable désormais montée par l'un des voleurs. Certainement Mandeville. Chaque fois qu'il y songeait, le Toulousain serrait les poings et se jurait de tuer le jeune Essex s'il le rencontrait.

— D'autres gués, plus haut ? s'enquit Guilhem.

— Je ne sais, seigneur. Mais comme à Miranda se tient une foire, il y a un bac pour les marchands.

— Sottard ! Tu ne pouvais pas le dire plus tôt ? gronda Locksley.

Après discussion, ils convinrent que Henrique ne leur était plus utile et le laissèrent rentrer au château. Eux suivirent la rive et, après avoir traversé un affluent du fleuve, découvrirent des murailles ruinées d'où dépassaient quelques toits de tuile rose.

Le chemin les conduisit directement aux restes d'un pont de bois. Au pied d'un pilier planté sur la rive, devant une cabane, attendaient une grande barque à fond plat et quelques hommes vêtus de hardes en train de bavarder avec une poignée de gardes en jaque de cuir ferré, armés d'épieux. Deux mules paissaient une herbe pour le moins marécageuse.

Inquiets, les gens se levèrent en voyant arriver la troupe.

Raoul et Alaric les rassurèrent en expliquant qu'ils venaient de Portilla et n'avaient pu franchir le gué. Apaisé, celui qui commandait les gardes, un grand maigre aux sourcils broussailleux, leur indiqua que le péage était d'un maravédis par cheval.

Une somme sacrément élevée, mais comment l'éviter ? Inutile de se battre contre ceux qui, ensuite, tiendraient leurs vies entre leurs mains.

Locksley accepta et montra les pièces d'argent qu'il avait. Après débat, il fut tout de même convenu d'un tarif plus raisonnable.

La barque, qui dansait dans le courant violent, ne donnait guère confiance avec ses plats-bords rafistolés, son fond de coque inondé et son pont délabré. Une corde effilochée la reliait à l'autre rive, où se tenaient deux mules et quelques passeurs.

Si le cordage rompait pendant une traversée, ils seraient bons pour la noyade, songeait Egelina.

Celui qui semblait commander les passeurs expliqua qu'il pouvait transporter cinq chevaux à la fois. Pas plus.

Une évidence, le bac aurait sombré ou se serait disloqué sous un poids trop important.

Alaric parvint à faire monter une première bête sur le bachot. Qu'il attacha à des traverses prévues pour cet usage. Les hommes firent avancer quatre autres animaux, pareillement entravés. Guilhem et Alaric embarquèrent à leur tour. Au signal d'une corne, les mules de l'autre rive commencèrent à tirer en s'éloignant de la berge. Depuis la pile de départ, une autre corde tendue évitait que le bac soit emporté par le courant.

Contre toute attente, l'embarcation accosta sans difficulté. Elle revint à vide et un nouveau voyage de cinq coursiers et deux archers eut lieu.

Les allers-retours se succédèrent jusqu'au dernier, pour lequel restèrent deux chevaux à transporter, quelques bagages et une grande partie des armes, plus précisément plusieurs arbalètes et les écus. Guilhem revenu, montèrent avec lui Ranulf et le jeune Raoul.

Chargé, le bateau repartit.

Il se trouvait à mi-chemin quand des clameurs retentirent depuis les rives. Passeurs, gardes et voyageurs désignaient l'amont en hurlant.

Porté par le courant, un amas d'arbres enchevêtrés approchait à vive allure.

Guilhem devina qu'ils allaient être heurtés.

— Plus vite ! vociférait Alaric, debout à l'avant, en interpellant les muletiers.

Mais les bêtes, placides et têtues, même flagellées, ne se pressaient pas.

Ussel, convaincu que la barque ne résisterait pas au choc, avait déjà tiré l'un de ses couteaux et, en gestes rapides, tranché les attaches du cheval le plus proche de lui. Raoul, qui tenait la bride d'un destrier afin de le rassurer, l'imita. Ranulf, pétrifié depuis qu'il avait vu les troncs et branches imbriqués apparaître, glapit seulement d'une voix épouvantée :

— On va couler !

Le choc fut d'une violence inouïe. Les pavois se brisèrent immédiatement, la barque s'écrasa contre une ancienne pile. Hommes et bêtes furent précipités dans le courant furieux.

Par prudence, avant de monter sur le bateau, Locksley avait conseillé à chacun de retirer son haubert pour éviter de se noyer, à cause de son poids, s'il tombait à l'eau. Ne portant donc que son gambison, Guilhem sortit tout de suite la tête hors des flots qui l'entraînaient. Devant lui, Raoul nageait. Il le rattrapa et l'accompagna à la rive tapissée de roseaux. Plus loin, un cheval nageait aussi. Le second, lui, n'était pas visible. Quant à Ranulf, il avait disparu et Ussel ne pouvait le sauver. Son épée le gênait, mais pour rien au monde il ne s'en serait débarrassé. D'ailleurs, c'était inutile car ses pieds touchaient parfois le fond.

Il vit ses amis courir sur la rive et parvint, sans trop de peine, à se rapprocher du bord. Alaric entra dans l'eau, rejoignit son seigneur, saisit Raoul à son tour et le ramena sur la berge.

Quelques instants plus tard, ils reprenaient leur souffle, heureux d'avoir regagné la terre ferme. Le cheval venait aussi d'atteindre la grève. Les sabots hors de l'eau, il s'ébroua en hennissant. Alaric, qui grelottait, s'efforça de le calmer.

— Ranulf ? s'enquit Guilhem en retirant son gambison.

— Emporté ! Messire de Huntington essaie de le rattraper avec mon fils et Gamwell, répondit le vieux Butler.

En frissonnant, Ussel regarda en aval. Et aperçut Locksley et les deux autres en train de tirer quelqu'un hors de l'eau. Ranulf s'en tirait donc !

— Guilhem !

Il se retourna. Egelina arrivait en haletant, après avoir couru depuis le bac.

— Tout le monde est sauf ! lui lança-t-il.

— Tu es trempé !

Elle ôta sa chape et la déposa sur ses épaules.

— Regardez ! cria Alaric.

Le corps du second cheval s'échouait.

— Il était retenu par les branchages pris dans la pile, poursuivit-il en approchant la bête.

Guilhem l'accompagna avec Egelina, mais il n'y avait plus rien à faire : le destrier était mort. Tué par l'énorme plaie à sa gorge, causée à coup sûr par une écharde des planches du plat-bord, constata Alaric.

*

La troupe repartit une heure plus tard. Elle avait perdu un cheval, deux pavois, des sacs de vêtements et surtout des arbalètes, des haches, des lances, les écus. Heureusement, rien qui ne pourrait être remplacé à Burgos. Ranulf, couvert de contusions, n'avait pas de graves blessures. Jusqu'au soir, il ne cessa de remercier Locksley et ses hommes. Guilhem, lui, demeurait songeur, écoutant à peine Egelina et Flore qui bavardaient à ses côtés.

Tous trois avançaient en tête avec l'un des passeurs qui avait accepté de leur servir de guide durant quelques lieues, jusqu'à la montagne. Deux heures plus tard, celui-ci les quittait, alors qu'ils s'apprêtaient à emprunter un chemin escarpé qui gagnait un défilé creusé par un torrent.

Au sommet de la gorge, le groupe fit halte. Ils dînèrent avec le viatique qui leur restait, puis poursuivirent sur un plateau de caillasses parsemé d'épineux, sans voir la moindre habitation.

Le guide les avait prévenus qu'au bout de quelques lieues, à senestre du chemin, ils verraient une église avec des fermes autour, où ils pourraient acheter de quoi se sustenter. Ne découvrant rien, Guilhem et Alaric chevauchèrent vers une éminence rocheuse déchiquetée, située à une demi-lieue. De là, ils aperçurent bien un clocher carré au loin. Un sourire les gagna. Ils allaient faire demi-tour quand Alaric, stupéfait, s'exclama :

— Seigneur !

Ussel se tourna et regarda la direction qu'indiquait son doigt. À la sortie de la gorge d'où ils étaient arrivés, deux cavaliers progressaient, accompagnés de ce qui semblait être un troisième cheval. L'un des hommes montait un palefroi blanc.

— Ce sont eux…, murmura-t-il.

— Ils nous suivent ! accusa Alaric, le cœur dégorgeant de colère en voyant son cheval.

— Rentrons ! Il faut prévenir les autres.

La troupe atteignit l'église une heure plus tard. Ranulf, Locksley et deux archers étaient restés en arrière, préparant un traquenard en s'installant derrière une formation rocheuse. Mais, alors que la nuit descendait, les poursuivants ne s'étaient toujours pas manifestés. Aussi rejoignirent-ils leurs compagnons.

Contre deux deniers d'argent, le prêtre avait laissé l'usage d'un fenil aux voyageurs. De leur côté, Alaric et Flore avaient acheté des tranches de porc salé et quelques galettes d'orge et de méteil à la ferme. Soit tout ce dont disposait le fermier, ce qui était insuffisant. Malgré les provisions encore en leur possession, ils s'endormirent la faim au ventre.

Par prudence, des sentinelles veillèrent.

Le lendemain, ils ne virent plus leurs suiveurs et, au coucher du soleil, ils firent halte au monastère de Rodilla, qui recevait les pèlerins en route vers Saint-Jacques-de-Compostelle. Comme la veille, Locksley présenta le sauf-conduit de Blanche et personne ne lui posa la moindre question. Ce soir-là, se sachant proche de Burgos, les chevaliers et Egelina tinrent conseil dans la salle qu'on leur avait laissée, le ventre criant famine après leur chiche repas consistant en bouillie d'avoine et maigres morceaux d'une perdrix égarée abattue par Eadric.

Ussel craignait la cité royale et aurait préféré ne pas s'y rendre, mais comment éviter un tel arrêt ? La troupe avait besoin de chevaux, d'armes et de vivres. Surtout de guides, tous ignorant comment gagner Cordoue. Et ce n'était pas dans la campagne castillane qu'ils en dénicheraient. Le risque, c'est que l'abbé de Cîteaux – ou quelques-uns de ses lieutenants – pouvait séjourner à Burgos pour préparer la croisade d'Alphonse VIII. Or, si Arnaud Amaury apprenait sa présence, Guilhem serait aussitôt pourchassé. Et comme le sauf-conduit de Blanche mentionnait le seul le nom du comte de Huntington, il ne le protégerait en rien.

Il proposa donc de se séparer de ses amis à Burgos. Lui dénicherait bien une ferme qui le logerait un jour ou deux, le temps que ses compagnons achètent ce qui leur manquait et engagent des gens connaissant le pays d'Al-Andalus.

L'idée déplut à Robert de Locksley. Mandeville et son servant se trouvaient vraisemblablement derrière eux et pourraient s'en prendre à son ami, argua-t-il, ajoutant qu'isolé il serait facilement surpris, par exemple dans son sommeil.

Egelina intervint à son tour : elle ne laisserait pas Guilhem. Et si Mandeville tentait quelque aventure, il le paierait de sa vie, assura-t-elle. Alaric et Raoul proposèrent également de demeurer avec leur seigneur. Mais Locksley avait besoin d'eux, aussi fut-il décidé que seul le couple quitterait la ville.

Restait à trouver un hébergement dans la Tête de la Castille, comme les moines du monastère nommaient la cité. Le prieur qui les recevait conseilla les auberges de San Nicolás et celle de San Esteban, qui possédaient de vastes écuries et des prés pour les chevaux, mais comme Guilhem indiqua qu'il préférait loger hors de la ville, le religieux cita le monastère de las Huelgas qui, bien que couvent de femmes, disposait d'une hôtellerie accueillant les pèlerins. Pour y parvenir, il faudrait toutefois pénétrer dans le bourg, puis emprunter le pont sur l'Arlanzón, le monastère se situant sur l'autre rive.

*

Le jour suivant, Burgos se révéla dans la brume matinale.

D'abord, ils aperçurent le château massif planté au sommet d'une éminence rocheuse : des tours reliées entre elles par une haute courtine crénelée sans la moindre ouverture et quelques toits de tuiles rouges qui dépassaient de ce mur.

Puis ils découvrirent l'enceinte, ou plutôt les enceintes. La première, ponctuée de tours rondes, protégeait la ville, tandis qu'une seconde, tout aussi haute, dressée à l'intérieur du bourg, entourait la forteresse, dont la muraille semblait tout à fait vertigineuse.

Depuis un moment, ils n'étaient plus seuls sur la route conduisant à la cité. Chariots, charrettes, ânes, mules et piétons, pèlerins comme colporteurs chargés de paniers ou de hottes, les rejoignaient chaque fois que croisait un chemin. Tous les laissaient passer respectueusement. Diable, une troupe aussi armée, avec tant de chevaux, ne pouvait accueillir que d'importants seigneurs qu'il valait mieux ne pas importuner.

Sur les hauteurs, les ailes des moulins tournaient inlassablement dans la brise.

Ils arrivèrent devant une porte en plein cintre encadrée de deux tours. Une garde fournie surveillait l'entrée du bourg et un *regidor*[1] faisait payer l'octroi aux marchands.

Alaric se présenta en premier et remit le blanc-seing que lui avait confié Locksley, expliquant en langue d'oc qu'ils venaient d'Angleterre. Le pli passa de main en main, jusqu'au regidor qui appela un homme en haubert capable de lire le latin. Celui-là parcourut la lettre puis s'avança respectueusement vers les voyageurs. Locksley s'adressa à lui dans la même langue.

Comprenant combien ces gens étaient importants, l'homme demanda en quoi il pouvait aider.

— On m'a parlé des auberges de San Nicolás et de San Esteban, laquelle est la meilleure ?

1. Officier municipal.

— San Nicolás, messire. Je peux vous y faire conduire.

Locksley accepta. Alors la troupe suivit un garde qui se dandina devant ses compagnons, fier d'avoir été choisi par les nobles étrangers.

La Tête de la Castille, *Cabeza de Castilla, ville muy noble, muy leal*, était aussi sale que Paris, s'étonna Raoul en songeant aux paroles de l'abbé de San Sebastián.

En suivant une rue étroite, poussiéreuse, qui puait le crottin, la pourriture et les relents de cuisine, ils débouchèrent sur le petit parvis d'une grande et magnifique église. « La cathédrale ! » expliqua orgueilleusement le soldat à Huntington. Guilhem, qui demeurait aux aguets, aperçut, depuis une ruelle, une vaste place à arcades avec toutes sortes de marchands installés sous des tentes multicolores. C'était jour de marché et la foule se pressait. Les criaillements des vendeurs, des colporteurs et des camelots parvenaient jusqu'à eux.

L'hôtellerie San Nicolás se situait derrière l'édifice, entre l'église et la courtine de la ville. Cette maison à pans de bois en forme de tour avec deux étages et un passage voûté en pierre, mitoyen d'un autre édifice qui conduisait à un pré fermé par l'enceinte, arborait une façade ravinée par les ans. L'endroit n'était guère engageant mais le pré paraissait vaste, ce qui conviendrait aux montures.

Guilhem, qui tenait à se faire discret, s'occupa des chevaux avec les archers, tandis que Locksley, Ranulf, Alaric et Flore accompagnaient le garde-guide dans l'auberge.

La salle basse, toute petite, au sol couvert de paille sale, dégorgeait de monde. Essentiellement des marchands qui avaient bonne mine et belle apparence. Une odeur écœurante, mélange de friture et de vinasse, flottait. L'hôtellerie paraissait chétive, mais peut-être ne l'était-elle point. Le garde se dirigea vers un petit bonhomme au nez camus, sombre et brun comme un Sarrasin. Quand il revint avec lui, il annonça aux voyageurs qu'ils pouvaient avoir le deuxième étage. Soit une seule pièce contenant quatre lits. Pour le gîte, la chandelle, le couvert et l'avoine des chevaux, ce serait vingt maravédis. Locksley proposa dix, l'accord se fit à seize.

Huntington paya pour deux jours et, laissant Ranulf, Gamwell et Raoul s'occuper de tout, sortit avec Alaric.

Plusieurs garçons débridaient les bêtes et descendaient les coffres sous la surveillance des père et fils Butler.

Déjà, Guilhem, Egelina près de lui, avait interpellé l'un des palefreniers et lui avait demandé à être conduits au monastère de las Huelgas.

L'autre ayant accepté, le regard brillant à la vue de la pièce d'argent qu'on lui fit miroiter, Ussel décida de s'y rendre sur-le-champ. Une sourde inquiétude, sentiment qui l'avait rarement trompé, montait en lui. À tel point qu'il guignait sans cesse alentour afin de repérer un éventuel curieux. Sans rien déceler.

Il n'avait pas fait desseller son cheval ni celui d'Egelina, et une troisième monture portait encore, dans deux huches, leurs bagages ainsi que le coffret de la vielle à roue. Aussi après une brève discussion avec Locksley, le couple partit, accompagné d'Alaric qui reviendrait avec le palefrenier, ayant ainsi pris connaissance du chemin conduisant au monastère.

*

Les trois cavaliers revinrent jusqu'à la cathédrale, le guide tenant le cheval de bât. Puis traversèrent la place du marché, généreusement souillée de boue et de crottins. Toutes sortes de marchands les interpellèrent : des camelots et colporteurs qui étalaient leur pacotille sur des caisses ou des paniers d'osier et brandissaient leurs plus beaux articles à bout de bras ; des maraîchers et paysans qui proposaient légumes, volailles ou miel près de l'âne qui avait servi à les transporter ; des artisans et regrattiers, enfin, qui exposaient leurs produits sur un étal à tréteaux. Les plus fortunés avaient dressé des bâches destinées à protéger leurs marchandises et payaient chichement des gamins pour rabattre les clients. À l'écart de cette agitation trop populaire, les merciers, drapiers et orfèvres prospères tenaient, eux, boutique sous les arcades des maisons qui entouraient la place.

La lumière n'était jamais comptée dans le prix du gîte, aussi Egelina prit-elle soin d'acheter une lanterne de corne, des camoufles de résine et plusieurs chandelles en suif de mouton. Comme elle ignorait si le monastère en vendait et que les deux nuits précédentes ils avaient utilisé toutes celles en leur possession, mieux valait anticiper. Guilhem, lui, se procura un jambon, du pain et des noix, leur ventre criant de malefaim.

De la place du marché, ils gagnèrent une porte fortifiée bâtie dans une tour carrée.

Avec l'aide du palefrenier, Alaric expliqua aux sentinelles qu'il accompagnait un seigneur à las Huelgas et reviendrait ensuite. Le regidor comprit et promit qu'il pourrait rentrer sans encombre.

La porte franchie, ils s'engagèrent sur un pont de bois traversant une rivière tumultueuse.

Ensuite, ils empruntèrent un chemin serpentant dans des vignes et des prairies où paissaient des moutons. Bientôt ils approchèrent d'un bâtiment massif surmonté de deux tours ou clochers, entouré d'étables et de granges. À proximité se dressait une construction très basse, en torchis, au toit en bois. L'hôtellerie du couvent, expliqua le garçon d'écurie.

Devant la bâtisse, deux bancs de pierre. L'un était occupé par un pèlerin qui paraissait sommeiller, appuyé sur son bourdon. Une religieuse, qui les avait vus approcher, les attendait, bras croisés, dans une posture agressive.

La femme, matrone sans âge, robuste et imposante, avait le visage presque entièrement masqué par un voile et un gorget. Comme elle parlait une langue proche de l'occitan, Guilhem put se faire comprendre, tandis qu'Alaric et le guide demeuraient à l'écart. Sa dame et lui souhaitaient un lit pour deux nuits avant de repartir vers Compostelle, dit-il.

Elle les dévisagea, remarqua les armes, le cheval de bât avec des coffres et, surtout, l'absence de coquille sur les vêtements. Cela lui déplut. Il ne s'agissait en rien de pèlerins.

— Il n'y a qu'un dortoir avec deux lits à partager avec d'autres voyageurs, fit-elle d'un ton revêche.

Guilhem, pas découragé, fouilla son escarcelle, sortit une bourse pansue et proposa un besant d'or s'ils avaient le dortoir uniquement pour eux.

L'hôtelière demeura bouche bée. Jamais elle n'avait vu pareille pièce.

— Entendu, seigneur, accepta-t-elle d'autant plus aisément que le dortoir était vide de pérégrins . Vos chevaux peuvent paître dans la prairie et je préparerai la meilleure soupe que vous ayez jamais goûtée.

28

Entre-temps, Robert de Locksley et Ranulf de Winchester avaient pris la direction de la butte San Miguel, nom de la colline sur laquelle se dressait le château royal. Un guide n'était pas nécessaire car, en suivant une ruelle qui montait vers la forteresse, ils atteignirent une grosse tour carrée à l'intérieur de laquelle une double porte permettait de franchir l'enceinte du château.

Locksley s'expliqua en langue d'oc, mais ne parut guère être compris, aussi montra-t-il son sauf-conduit à celui qui semblait être le capitaine du passage. Ce dernier déchiffra-t-il le document ? Rien de moins certain, mais le sceau représentant la Castille le convainquit de l'importance des deux étrangers. Après avoir échangé quelques mots avec ses hommes, il décida d'accompagner les visiteurs

De l'autre côté de la porte s'étendaient un long pont de bois traversant un large fossé boueux, puis une voie bordée de part et d'autre d'une haute palissade avec parapet crénelé. Ce chemin, taillé dans la roche, montait de façon assez raide vers la forteresse dont les murailles dépassaient la centaine de pieds.

Le guide s'adressa plusieurs fois à Locksley en désignant les tours et les toits qu'on apercevait. Il semblait nommer les bâtiments, mais ni Huntington ni Ranulf ne comprenaient ses paroles.

Une nouvelle porte se dressa devant eux, celle-là encadrée de tours rondes. La herse était levée et deux hommes munis d'arbalètes les regardaient approcher, sans marquer grand intérêt.

Le capitaine leur tint un long discours, incompréhensible pour les Anglais, et on les laissa pénétrer dans une cour où vaquaient de nombreux serviteurs. Des vilains déchargeaient une charrette de bois dans un bûcher, d'autres débâtaient des mules. Quelques ânes brayaient dans un enclos, des chiens dormaient au soleil, des poules picoraient on ne sait quoi autour d'un tas de fumier.

En face s'étendait un grand bâtiment à étage, avec terrasse crénelée sur laquelle se tenaient des sentinelles. Toutes les ouvertures voûtées en arcs d'ogive et encadrées de voussures et d'archivoltes possédaient des vitraux multicolores. Sur la gauche de ce vaste logis se dressait une autre construction, plus massive, avec des portes et fenêtres en arc de cercle et doubles colonnettes à l'intérieur. Enfin, un peu partout, des maisons de bois à toit pointu s'appuyaient sur l'enceinte.

Deux femmes qui portaient du linge, en longue robe et voile sur la tête, regardèrent les inconnus avec curiosité et, pour l'une, un intérêt engageant.

*

Le guide ayant désigné une écurie, ils s'y rendirent et un garçon s'occupa de débrider les montures. La salle, immense, accueillait déjà plus de cent chevaux. Robert de Locksley remarqua une trentaine d'hommes d'armes et de servants assis à l'ombre sur des bancs et des souches en train de vider des pots de vin. Tous portaient la croix sur leur cotte, tandis que les écus rangés contre un mur arboraient le même signe. Des croisés…

Les Anglais suivirent le capitaine jusqu'au bâtiment massif. Là, par un ostevent en bois, ils pénétrèrent dans une vaste pièce où, devant un foyer qui occupait tout un mur, s'étaient rassemblés nobles hommes et religieux.

Le regard aux aguets, Locksley guigna vers eux sans manifester d'intérêt. Au milieu des gentilshommes portant épée et dague, pour la plupart en robe à col de fourrure, il repéra des moines en coule blanche et scapulaire noir et, surtout, deux chevaliers aux manteaux arborant le lion d'argent des Montfort : des cisterciens et des champions de la croisade albigeoise. Les gens dans l'écurie étaient donc à eux.

Le sol de pierre était couvert de nattes de jonc sur lesquelles se vautraient des lévriers. Aux murs s'étalaient pavois, écus et bannières.

Dans un coin, à l'écart, des dames bavardaient sur des tabourets tout en filant de la laine. Une Mauresque presque noire rassemblait les fils dans une corbeille. Un clerc, devant une fenêtre, ornait un parchemin avec des encres colorées. Plus loin, un autre, en robe sombre, écrivait à un pupitre.

Le guide se dirigea vers ce dernier. De nouveau, des paroles incompréhensibles entre le capitaine de la porte et lui s'échangèrent mais, après quelques mots, le clerc interrogea Locksley en latin. Cette fois, le comte put s'exprimer à sa façon. Il montra à nouveau le parchemin de Blanche de Castille. Son interlocuteur ouvrit de grands yeux et lui parla dans un anglais mêlé de normand.

Prénommé Cristóbal, il se présenta comme l'un des *scriptores* du chancelier Diego García, abbé de Valladolid. Après avoir remercié le capitaine de la porte, qui se retira, il proposa aux Anglais de les conduire auprès de l'abbé, qui logeait en ce moment à l'étage.

Par curiosité, moines et gentilshommes s'étaient approchés pour entendre ce qui se disait, mais aucun n'intervint.

En gravissant un escalier inséré dans un mur, les trois gagnèrent l'étage et s'arrêtèrent au bout d'une galerie sombre éclairée de quelques lanternes fumantes, devant une porte massive ferrée de gros clous. Le clerc l'ouvrit sans frapper et tous pénétrèrent dans une grande chambre meublée chichement : quelques coffres, un pupitre, des sièges sévères, une immense armoire qui dégorgeait de livres et de rouleaux de parchemins. Assis sur un énorme lit aux custodes ouvertes, un religieux âgé, le visage fatigué et ridé, lisait un rouleau de papier à l'aide d'un morceau de verre serti sur un manche. Un regard d'intérêt s'alluma dans ses yeux lorsqu'il découvrit la présence de chevaliers inconnus.

Le clerc lui parla en castillan et le chancelier s'adressa alors aux visiteurs en anglais, langue qu'il connaissait pour avoir séjourné en Angleterre quand il avait accompagné l'épouse de son roi, la sœur du roi Jean, lorsque avait été négociée la paix entre la Castille et l'Angleterre, après l'invasion castillane du comté de Gascogne. C'est ce qu'il expliqua avec un sourire affable.

Demandant l'aide du scriptor, il sortit du grand lit pour aller s'asseoir sur une chaire, proposant des sièges curules aux visiteurs.

— Je brûle d'impatience de connaître les raisons de votre venue à Burgos, nobles señores, mais avant toute chose maître Cristóbal va vous trouver une chambre ici. Et, bien sûr, nous souperons ensemble tout à l'heure, car j'ai cent questions à vous poser sur l'Angleterre. Quand êtes-vous arrivés, et avec combien d'hommes ?

— À basse none, monseigneur. Ma première visite a bien sûr été au château. Messire Ranulf, cousin du comte de Winchester, m'accompagne avec un autre chevalier et quelques archers. Nous sommes à l'hôtellerie San Nicolás.

— Il n'est pas possible que vous y restiez. Cette auberge, pour commode qu'elle soit, est indigne de nobles Anglais tels que vous.

— Puisque vous nous le proposez, j'accepte volontiers votre hospitalité, monseigneur, mais je dois aller prévenir mes compagnons et serviteurs.

— Inutile !

Il se tourna vers le clerc :

— Cristóbal, fais préparer une chambre pour ces seigneurs et prévient le preboste d'envoyer à San Nicolás avertir l'escorte de mes invités que leurs maîtres logeront ici. Pour leur confort, qu'on ramène leurs bagages.

» Je suppose, mes seigneurs, que vous avez un message à transmettre à notre monarque, un courrier de votre roi, peut-être…

— Non, monseigneur. Nous venons pour la croisade contre les Maures.

L'autre souleva un sourcil de surprise, alors que le clerc se retirait.

— Voulez-vous nous rejoindre ?

— En effet. Nous aurons plus longuement l'occasion de parler du roi d'Angleterre, mais sachez que nombre de barons désapprouvent son hostilité à l'Église de Rome. Quelques-uns d'entre nous, dont messire Ranulf de Winchester, ont donc répondu à l'appel du Saint-Père.

Ranulf opina sobrement.

— Voici une fameuse nouvelle ! Malgré les ambassadeurs envoyés par l'archevêque de Tolède, nous avons obtenu bien peu de réponses favorables des rois chrétiens.

— Cependant, nous ignorons tout de votre pays. Où devons-nous nous rendre pour nous trouver au plus près d'Al-Andalus ?

— Il vous faudra aller à Tolède. Je vous donnerai un guide et délivrerai un sauf-conduit.

— La princesse Blanche, fille de votre roi, m'en a fait parvenir un.

— Je ne l'ignore point, fit le chancelier avec un fin sourire.

Locksley demeura interloqué.

— Rien d'étonnant : notre princesse bien-aimée a écrit à son père afin d'annoncer votre venue.

Qu'avait-elle raconté ? songea Huntington non sans inquiétude. Pouvait-elle avoir évoqué Ussel ?

— Elle a dit moult bien de vous. Vous seriez un preux de grande confiance. Je vous taquinais en parlant de votre roi, car je devine bien qu'il n'a pas dû approuver un tel voyage.

— La princesse m'a fait trop d'honneur, et j'en suis confus, dit le comte avec prudence.

À ce moment, Cristóbal entra, accompagné d'un individu en longue casaque noire, aumusse et bonnet carré, porteur d'une épée et d'une dague. Locksley fut soulagé par l'interruption.

— Ah, señor López, voici les nobles comtes de Huntington et de Winchester qui séjourneront au château quelques jours, le temps qu'ils aient une entrevue avec notre gracieux roi, dit le chancelier en s'adressant à « casaque noire ».

Il se tourna vers les Anglais :

— Messire López est l'*alferez*[1] du château. Comment diriez-vous ? Le lieutenant du roi ? Il veillera à ce que votre séjour soit confortable. Cristóbal, as-tu averti que je souperai ici ?

— Oui, monseigneur. La table sera dressée quand vous le demanderez.

— Bien, préviens l'abbé Amaury que je souhaite sa présence.

Le comte de Huntington se figea, mais le chancelier ne remarqua rien.

— Mes seigneurs, Cristóbal va vous montrer où vous logerez. Je pense que, sous peu, on apportera vos bagages. J'aimerais poursuivre notre discussion mais je dois terminer la lecture de cette charte qui liera Castille et Navarre contre les Maures. Nous reprendrons cette conversation tout à l'heure avec l'abbé de Cîteaux.

*

Ces paroles marquaient la fin de l'entretien. Les Anglais s'inclinèrent et se retirèrent avec Cristóbal.

Ils reprirent la galerie en sens inverse, passèrent une étroite ouverture creusée dans un mur fort épais, puis des escaliers en limaçon. Robert de Locksley devina qu'ils se trouvaient dans une tour.

À la première porte, ils entrèrent dans une salle carrée. Où des domestiques déjà s'affairaient. L'un d'eux allumait un feu dans un foyer, tandis que deux matrones préparaient une couche dans un lit de bois. Une meschinette qui déposait des cruches d'eau et des bassines sur une desserte les gratifia de sourires aguicheurs.

— Je vous laisse, señores. Ces gens sont à vos ordres, dit le scriptor.

*

Dès qu'ils furent partis, Locksley se rendit à la porte, l'ouvrit et l'examina :

---

1. Lieutenant.

— Voilà qui est singulier : s'il y a un verrou du côté de notre chambre, il y en a également deux à l'extérieur. Comme si cette pièce pouvait servir à enfermer ses occupants.

— Parfois, c'est nécessaire, répliqua un Ranulf indifférent. Au château de mon cousin, plusieurs pièces disposent de telles fermetures. Il peut ainsi garder prisonniers de gens de qualité sans les jeter dans des cachots.

— Sans doute suis-je inquiet à tort, je le reconnais.

*

Pendant ce temps, dans Burgos, Alaric, Gamwell et Fulk le Brun s'étaient rendus dans une écurie se procurer de nouveaux chevaux. De leur côté, Raoul, Flore et les père et fils Butler étaient allés sur la grand-place avec un cheval bâté acheter des provisions et se renseigner sur les armuriers. Un gamin les avait guidés dans une sombre ruelle vers un arbalestrier bougenier. L'artisan assemblait un arc quand ils entrèrent dans l'atelier. Bien qu'archers, les Butler savaient reconnaître le travail de qualité et, après avoir examiné quelques arbalètes pendues sur un mur, expliquèrent à Raoul qu'elles convenaient. Le fils Aignan, qui tenait les cordons de la bourse, parvint à se faire comprendre. Il acheta les armes ainsi que plusieurs sortes de bougons, viretons et carreaux.

Raoul expliqua où ils logeaient et le marchand promit de tout porter à l'hôtellerie dès qu'il aurait fermé boutique. Il leur indiqua également un fourbisseur qui travaillait dans une impasse et leur vendrait épées, dagues, piques, haches et masses.

Chez cet armurier, ils examinèrent tout le matériel disponible, puis ils se rendirent chez un écassier afin de choisir des écus, enfin s'arrêtèrent dans l'échoppe d'un brigandinier pour palper haubert et cuirasse. Pour autant, ils n'achetèrent rien, préférant que Gamwell et Alaric prennent ce genre de décisions.

De retour à l'hôtellerie, ils trouvèrent ce dernier sur le point de partir pour le château, avec le preboste et les domestiques qui porteraient les bagages du comte de Huntington et de Ranulf de

Winchester. Le Toulousain avait insisté pour les accompagner, ayant maintes choses à dire au sire de Locksley.

*

Tandis que les serviteurs préparaient leur chambre, les deux Anglais parcoururent le château. À l'exception bien sûr du corps principal, le palais du roi, dont l'accès était réservé à ses feudataires, commensaux et ricosommes. Durant cette exploration, Locksley demeura silencieux et préoccupé. Aussi, lorsqu'ils revinrent dans leur chambre, et après avoir fait partir la meschinette, Ranulf demanda à son compagnon ce qui le tourmentait.

— L'abbé Amaury, bien sûr. Que sait-il sur Ussel et moi ? J'ai essayé de me souvenir d'une rencontre avec lui. En vain. Mais si ça avait eu lieu, cela n'aurait pu se produire qu'à la cour de Philippe Auguste. Et, dans ce cas, messire d'Ussel ne se trouvait pas avec moi.

— Cet abbé le déteste-t-il tant ?

— J'en suis certain. Voici une dizaine d'années, Guilhem s'est opposé à un proche d'Amaury : Pierre de Castelnau, un légat du pape[1]. Ce Castelnau, mort depuis – que le diable ait son âme –, était un fanatique de la pire espèce, qu'aucun crime n'effrayait. L'abbé de Cîteaux doit donc toujours redouter que ces vilenies resurgissent. De surcroît, il y a le massacre de Béziers. Mon ami y a assisté, me l'a décrit. Amaury, se prétendant homme de Dieu, a couvert ces abominations. Pis, il les a approuvées et même encouragées.

— C'était une croisade contre des hérétiques, remarqua Ranulf avec indifférence. Les massacres ont aussi été nombreux en Terre sainte.

— Je le sais, j'y étais. Mais il s'agissait d'une guerre entre combattants. À Béziers, on a exterminé des dizaines de milliers d'habitants sans armes, des femmes et des enfants, tous chrétiens qui suivaient les préceptes de l'Église de Rome. « Parmi les morts,

1. Voir *Montségur, 1201*, du même auteur.

Dieu reconnaîtra les siens », aurait dit Amaury. Messire Ussel a révélé au roi de France quel religieux il est vraiment. Or l'abbé a de grandes ambitions, il se murmure ainsi qu'il intrigue pour devenir duc de Narbonne. Pour y parvenir, il aura besoin de l'appui du pape et de Philippe Auguste. Ussel représente un caillou dans son soulier tant il peut conseiller au roi de France de l'écarter.

» Toutefois, il n'y a pas que cela qui me préoccupe. Moi-même me suis opposé au Saint-Père. Avec messire d'Ussel nous avons exterminé nombre des gens de son frère à Rome. Amaury est à plusieurs reprises allé là-bas, il est entièrement dévoué à Innocent III. Ce dernier a-t-il pu lui parler de nous ? Peut-être pas, tant on ne se vante pas d'une défaite, mais ce n'est pas impossible. Auquel cas, l'abbé tiendra une occasion de satisfaire son maître en nous faisant arrêter, et exécuter.

— Même si cet Amaury connaît tout cela, que pourrait-il entreprendre contre nous ? Nous sommes protégés. Personne n'osera passer outre au sauf-conduit de la fille du roi.

— Je l'espère, Ranulf, je l'espère. Mais as-tu remarqué le nombre de croisés ? Tous, à coup sûr, gens d'Amaury. Depuis notre arrivée j'ai observé au moins quatre chevaliers et dix fois plus d'hommes d'armes. Je prie pour que la princesse Blanche n'ait point parlé d'Ussel dans la lettre à son père.

La discussion cessa quand Alaric parut en compagnie du preboste, qui eut la courtoisie de se retirer sans tarder. Le Toulousain détailla les achats faits, qu'il terminerait le lendemain. Locksley lui demanda de se tenir prêt à partir à ce moment-là : si le chancelier lui accordait un guide pour Tolède, ils quitteraient la ville au plus tôt.

On vint alors les prévenir que l'abbé de Valladolid les attendait.

*

Alaric parti, Locksley et Winchester, revêtus de robes propres, se rendirent chez le chancelier où ils découvrirent un moine de petite taille, au visage doux, à l'allure placide mais au regard de feu. L'abbé de Valladolid le leur présenta comme étant Arnaud Amaury, abbé de Cîteaux.

Robert de Locksley demeura impavide et s'inclina avec respect. Ranulf fit de même.

— Ces nobles chevaliers anglais, messire le comte de Huntington et messire de Winchester, souhaitent, comme je vous l'ai dit, mon frère, participer à notre glorieuse croisade.

— Soyez bénis, mes seigneurs, déclara Amaury en langue d'oc, assortissant ses chaleureuses paroles d'un signe de croix.

Une table était dressée. Des serviteurs présentèrent aux convives des bassines d'eau parfumée au romarin et des linges pour nettoyer leurs mains. Puis religieux et chevaliers s'installèrent sur le même côté du plateau, tandis qu'un échanson emplissait des coupes de vin et qu'un cuisinier recouvrait les tranchoirs des assiettes d'une épaisse soupe de brochet au fumet appétissant. On était vendredi, jour maigre.

Les deux abbés se trouvaient au milieu, l'un près de l'autre. Ranulf était placé à gauche du chancelier, Locksley à droite d'Amaury.

Les religieux prononcèrent ensemble le bénédicité, l'assortissant de signes de croix, et, après une ultime bénédiction, l'abbé de Cîteaux déclara à son voisin en saisissant sa cuiller :

— Je suis curieux de mieux vous connaître, noble comte. Je ne m'attendais pas à la venue de seigneurs anglais.

— La situation dans le royaume d'Angleterre est grave, mon père.

— Je l'ai entendu dire. Votre roi, en guerre contre l'Église, a même envoyé des chevaliers aider les maudits albigeois.

— Je le sais, et c'est pour que Dieu nous pardonne que Ranulf et moi nous sommes engagés à combattre les Maures, comme je l'ai déjà fait en Palestine au côté du roi Richard.

— Vous vous êtes donc déjà croisé…, intervint le chancelier.

— Oui, mon père.

Désirant changer de sujet, Huntington observa, en s'adressant à son voisin qui s'essuyait la bouche avec la manche de sa soutane :

— Vous parlez fort bien la langue d'oc, très honoré abbé.

— Et le castillan, le catalan et l'oïl, bien sûr, répliqua l'autre.

Le chancelier ajouta :

— Le père Amaury a été abbé de Poblet, une abbaye proche de Leira, avant d'être appelé à Cîteaux pour devenir le maître de l'ordre cistercien.

— Comment se déroule la sainte croisade contre les albigeois ? demanda encore Locksley.

— À l'avantage du Seigneur, et moins bien pour Raymond de Toulouse que le Malin habite. Le Saint-Père veut le ménager, mais je n'approuve pas cette mansuétude. Montfort prendra Toulouse et deviendra le nouveau comte, je n'en ai point doute, énonça Amaury avec le sourire de celui qui vient d'avaler un pot de vinaigre.

Le silence s'installa un moment. Chacun paraissait ne s'occuper que de sa soupe, mais l'esprit de Locksley se maintenait en alerte, bien qu'il jugeât les deux abbés conciliants et débonnaires. Ranulf, lui, ne paraissait pas avoir compris grand-chose des dialogues exprimés dans une langue qu'il ignorait.

— Vous ne m'avez pas dit combien d'hommes et de chevaliers vous avez amenés d'Angleterre, interrogea soudain l'abbé.

— Une dizaine, à peine. Mais tous valeureux guerriers.

— Point d'autres ?

— Un seul, qui vient de Normandie.

— Nous apprécions votre présence, gracieux comte, fit le chancelier d'un air enjoué. Tout renfort nous sera utile. Le père Amaury a promis de nous envoyer une centaine de combattants et nous-même en rassemblerons quelques milliers.

— On prétend que le calife lève une importante armée.

— Il se dit, mais cuidez-vous que cela ait quelque importance ? Nous avons le Seigneur Dieu à nos côtés, assura Amaury avec une vivacité sans réplique.

— Hélas ! Les mahométans sont persuadés de la même vérité, intervint le chancelier. Muhammad al-Nasir ne se fait-il pas appeler l'« émir des croyants » ? Il faudra donc en découdre, avec tous les risques que cela présente.

— Les gens de Saladin étaient fort redoutables en Terre sainte. Qu'en est-il de ceux du Miramolin ? s'inquiéta Huntington.

— Ils le sont tout autant. Plus peut-être, car peu sont arabes. Il y a beaucoup de Berbères et de Noirs qui brûlent de venir nous piller. Également des mercenaires chrétiens et turcs avides de nos femmes et richesses. Or, le père d'Al-Nasir nous a déjà battus, murmura le chancelier.

— Mais nous vaincrons le fils ! clama un Amaury plus excité, le regard enflammé. Dieu le veut !

Robert de Locksley garda prudemment le silence. À nouveau, plus aucune parole ne fut prononcée. Un serviteur en profita pour emplir les pots, un autre amena des fruits secs et des pâtisseries.

— Donc, vous connaissez la princesse Blanche ? s'enquit soudain l'abbé de Cîteaux avec une tonalité doucereuse qui mit Huntington en alerte.

— Je l'ai rencontrée.

— À la cour du roi de France ?

— Entre autres.

— Étiez-vous ambassadeur de votre roi ?

— J'ai eu l'occasion de rendre service au roi de France, père abbé, mais il s'agit d'une entreprise sur laquelle j'ai promis le secret.

— Je le comprends, pardonnez ma curiosité. Messire Montfort m'a parlé d'un seigneur anglais que le roi estime fort et à qui il a confié son fief. S'agit-il de vous ?

— Je ne sais. D'autres seigneurs anglais ont, ou ont eu, l'amitié du roi de France, à commencer par Richard et son frère Geoffrey.

— Certes, certes…, fit Amaury qui comprenait que ce Locksley n'en révélerait pas plus.

— Messire Rodrigo Jiménez de Rada, l'archevêque de Tolède, sera ici dans quelques jours avec le roi. Il vous entendra certainement dès son arrivée, intervint le chancelier.

— J'envisageais de partir pour Tolède demain, si vous me fournissez un guide. J'ai hâte d'être parmi les premiers à combattre. Je pourrai rencontrer l'archevêque là-bas.

— Notre roi préférera vous recevoir ici, laissa tomber le chancelier d'un ton moins aimable que celui jusqu'à présent utilisé.

Tout en grignotant une figue, Locksley guignait discrètement son voisin et remarqua qu'il adressait un signe de tête à l'abbé de Valladolid.

— Comme il vous plaira, dit-il sans laisser filtrer la moindre contrariété.

Comment parvenir à quitter la Castille ? songea-t-il, agacé de voir confirmés ses pressentiments.

La repue se termina dans des banalités et Locksley se sentit soulagé quand le chancelier lui souhaita une bonne nuit.

— Que toutes les bénédictions de Dieu vous préservent, lança doucereusement Arnaud Amaury.

En gagnant sa chambre, accompagné d'un Ranulf silencieux, Huntington ne se déparait pas de la désagréable impression que les deux abbés avaient joué au chat et à la souris avec lui.

29

Le lendemain, après avoir longuement débattu des avantages et dangers d'un séjour prolongé à Burgos, les deux Anglais conclurent que mieux valait partir le jour même. Quoi qu'il arrive. Le plus astucieux serait de sortir de la ville juste avant la fermeture des portes, quand les gardes se montreraient pressés de rentrer chez eux. Aussi décidèrent-ils de se rendre sur-le-champ à l'auberge pour prévenir leurs compagnons et vérifier qu'il n'y avait pas d'obstacle au départ.

— Ne serait-il pas prudent que vous y alliez seul, messire ? Et que je me montre un peu partout dans le château ? Notre absence commune pourrait attirer la méfiance du chancelier, avec des conséquences néfastes. Si on vous demande, j'affirmerai que, comme moi, vous visitez la forteresse. La place est suffisamment grande pour qu'on ne s'étonne point de ne pas vous trouver rapidement.

Locksley réfléchit un instant avant d'accepter. Ranulf avait doublement raison. La prudence s'imposait et il y avait nul besoin qu'ils aillent ensemble à l'hôtellerie. Il ne serait pas absent longtemps et, à son retour, tous deux prépareraient leur fuite.

Laissant son compagnon, il descendit donc seul dans la salle basse et il allait sortir dans la cour quand il aperçut, stupéfait, quelqu'un en robe verte qu'il connaissait.

— Alejandro ! lança-t-il d'une voix réjouie.

L'individu à qui il s'adressait discutait avec un damoiseau et se retourna :

— Robert ! Que fais-tu ici ?

— Je dois rencontrer ton roi. Mais, quelle surprise, je suis ébahi. Jamais je n'aurais imaginé te retrouver. J'ai toujours pensé que tu voulais rester en Terre sainte !

— Ce n'était plus possible, hélas ! Trop de querelles, trop de haine entre nous, trop d'ambition aussi. Tout le monde oubliait pourquoi nous nous trouvions là. Mais quel bonheur de te revoir, Robert, mon vieux et cher compagnon !

Il l'accola dans une sincère brassée, puis recula en désignant le jeune homme près de lui :

— Laisse-moi te présenter mon fils, Rodrigo.

Le damelot avait bien moins de vingt ans. Brun comme son père, avec le même nez long et étroit et des yeux pénétrants, il portait également une robe verte. Mais si Alejandro arborait barbe et moustache, lui n'avait que quelques poils au menton. À sa double ceinture pendait le fourreau coloré d'une longue et large épée.

— Rodrigo, j'ai connu messire Locksley à Acre. Je crois bien qu'il m'a sauvé la vie en arrivant à temps avec ses amis, alors que j'étais tombé dans une embuscade.

— Préparée par les gens de Saladin, qui n'avait pas digéré ton refus d'entrer à son service.

— Saladin était certainement un grand capitaine, mais il avait parfois de mauvais jugements. Il aurait dû comprendre que je n'étais pas homme à changer de foi !

— Je vois que tu restes fidèle à la couleur verte, fit Locksley en touchant l'étoffe de la robe.

— Je l'ai toujours portée, et j'ai survécu grâce à elle. En Castille, on m'appelle plus souvent le vert chevalier que le señor de la Vega. Mais, tu ne m'as pas dit ce que tu fais ici…

Locksley le prit par l'épaule. Le destin venait de mettre sur sa route quelqu'un à qui il aurait confié sa vie en Terre sainte. Pouvait-il devenir un allié ?

— Sommes-nous toujours amis, Alejandro ?

— Tu m'as sauvé la vie au péril de la tienne, tu es donc plus que mon frère.

Robert hésita encore un instant, puis se décida :

— Pour tout le monde, je suis venu avec mes gens participer à la croisade contre le Miramolin.

— Toi ? Je te croyais lassé des batailles.

— Je le suis. Où pourrait-on parler sans être entendus ? Tes conseils me seraient utiles.

— Chez moi. Je loge dans le palais.

— Près du roi ?

— Alphonse le huitième m'écoute. Je suis venu de mes terres et j'attends son retour de Tolède. J'ai rassemblé huit lances pour la croisade.

— Allons chez toi.

— Rodrigo peut-il venir ? C'est un second moi-même, et je suis fier de lui.

Robert de Locksley balança la tête en serrant les lèvres.

— Je ne sais… Pardonne-moi, et que ton fils m'excuse, mais je préfère te parler seul.

Les de la Vega se concertèrent du regard et le fils opina sans paraître vexé.

— Accompagne-nous tout de même, lui dit son père. Tu resteras devant ma porte et t'assureras que personne ne nous dérange.

Quand Locksley était arrivé à Acre, le chevalier vert était sur toutes les bouches. Faisant partie des rares Castillans venus combattre en Terre sainte, il apparaissait toujours vêtu de cette couleur, soit en robe, soit avec une surcotte émeraude sans image sur son haubert et un heaume et un écu également peints de ce ton. Non seulement il remportait la plupart des joutes grâce à son adresse à la lance, mais il se montrait un combattant si brave que même Saladin l'admirait.

Robert avait plusieurs fois combattu à ses côtés et jamais retrouvé de preux capables des mêmes prouesses. Ou plutôt si. Il avait rencontré quelqu'un d'aussi valeureux et honorable : Guilhem d'Ussel.

C'était sans doute le souvenir du chevalier vert qui avait forgé pareille amitié entre Robin au Capuchon et le chevalier troubadour.

*

Les trois hommes prirent un passage qui les conduisit dans une petite salle de gardes. Les vigiles saluèrent respectueusement les de la Vega, et ne demandèrent rien à Locksley. Ensuite un escalier les conduisit jusqu'à des pièces en soupentes. Alejandro pénétra dans l'une d'elles. Située sous la terrasse et au plafond bas, elle n'arborait qu'une fenêtre étroite à volet du côté de la campagne. Sans cheminée, avec ses murs nus et ses nattes de jonc au sol, la pièce n'était pas un logis luxueux, contrairement à celui du chancelier. Mais elle se trouvait dans le palais, près des appartements du roi, privilège qui en effaçait l'inconfort.

Lorsqu'ils entrèrent, une servante nettoyait l'intérieur d'un lit fermé avec de l'eau de lavande et une autre roulait une peau de mouton couverte de vermine avant d'aller la secouer dehors[1]. Alejandro de la Vega les fit sortir et proposa à Guilhem de s'asseoir sur l'une des hautes chaises couvertes de coussins de cuir.

— Inutile, je vais être bref.

En quelques mots, il expliqua le dessein du roi Jean et comment il avait été choisi par les barons anglais pour empêcher une telle abomination. Puis en vint à Arnaud Amaury et à son ami Guilhem. Il craignait, confia-t-il, que l'abbé de Cîteaux ait découvert qu'Ussel l'avait accompagné, auquel cas, à coup sûr, il chercherait à les faire saisir. Aussi avait-il décidé de quitter Burgos au plus vite.

De la Vega avait pâli en entendant que le roi Jean voulait se convertir à la religion musulmane. Quand son ami eut terminé ses explications, il déclara :

1. De telles peaux servaient à capturer puces et punaises qui s'y réfugiaient.

— Ne crains rien, je parlerai au roi et il m'écoutera.

— Tout d'abord, le roi n'est pas à Burgos, et j'ai peur qu'Arnaud Amaury ait suffisamment d'influence ici pour parvenir à ses fins. Le chancelier m'est apparu entièrement sous sa coupe. Ensuite, je ne veux pas mêler ton roi à mes affaires. S'il prend parti pour moi, il s'aliénera Amaury, or il a besoin de lui contre l'armée du Miramolin. Pis, ton monarque pourrait accepter les exigences de l'abbé de Cîteaux et me faire exécuter. Pour l'heure, je veux juste échapper à ce fanatique. Ensuite, je saurai me débrouiller. Mais si tu veux m'aider, procure-moi un guide pour aller à Tolède.

— Tu as un guide dès maintenant : ce sera mon fils. Il ne saura pas te conduire à Cordoue, où il n'est jamais allé, mais t'amènera jusqu'à Tolède. Une fois là-bas, tu trouveras facilement quelque Maure connaissant la route de Cordoue.

— Comment te remercier ?

— Je suis largement ton débiteur, et ton ami. Cela suffit.

— Je tiens à partir ce soir. Et il faudra que nous empruntions des chemins détournés car sans doute Amaury lancera-t-il ses gens à notre poursuite. L'importante escorte de guerriers et de mercenaires avec laquelle il est arrivé ne me dit rien qui vaille.

— Ne t'inquiète pas. Mon fils connaît ce pays comme personne.

— Tu me sauves, Alejandro, ainsi que mes gens. Veux-tu les connaître ? Ce sont de rudes gaillards dont certains te rappelleront mes compagnons de Terre sainte.

— Volontiers ! Et, cette fois, mon fils viendra avec moi.

*

Accompagnés de Fulk le Brun, Gamwell et Alaric s'étaient rendus chez le fourbisseur et l'écassier pour choisir ce qui leur manquait. Le père et le fils Butler, eux, étaient restés à l'hôtellerie où ils devaient s'occuper du harnachement des chevaux. Quant à Flore, elle était retournée sur la place du marché compléter les achats de nourriture.

Raoul, lui, tenait à voir de près la cathédrale. Non qu'il soit attiré par la religion, lui qui, comme ses parents, suivait à peu près les préceptes des bons chrétiens, c'est-à-dire des cathares. Mais une si grande église, dans la capitale de la Castille, devait être fréquentée par des prêtres et des moines fort savants. Peut-être – du moins il l'espérait – rencontrerait-il quelqu'un qui lui livrerait des informations sur Tolède, leur prochaine étape, ville dont ils ne savaient rien.

L'église était toujours en construction. Dehors comme dedans, une armée d'ouvriers et de *peones*[1] s'affairait sur des échafaudages dressés un peu partout. Raoul alla de l'un à l'autre, examinant avec intérêt les machines qui soulevaient les pierres. Il connaissait les chèvres à trois pieds avec treuil au sommet de la plus longue potence, mais n'avait jamais vu d'engins de si grande taille, aux plus grosses perches soutenues par des cordages. Il s'approcha de l'un d'eux, à huit poulies, et constata que les maçons qui l'utilisaient parvenaient sans peine à faire monter sur une plateforme un énorme bloc retenu par des griffes de fer.

— Impressionnant, non ? interrogea une voix dans son dos.

Il se tourna. C'était un moine âgé, en froc noir, au sourire chaleureux.

— Oui, mon père. Je n'avais jamais rien vu de tel.

— Tu viens d'où, mon garçon ? Tu n'es pas de Castille d'après ta façon de parler.

— Je suis au service d'un chevalier qui veut se joindre à la croisade. J'ai voulu visiter la maison du Seigneur.

Le religieux le considéra de haut en bas, s'attardant sur la courte épée que portait Raoul sur sa casaque matelassée et sur le chaperon de sa cervelière de mailles.

— Nous avons besoin de guerriers comme vous. Les mahométans ont juré de nous détruire. Toute la chrétienté est menacée.

Raoul ne répondit rien, se méfiant, par expérience, des croisades contre les hérétiques. S'il était resté à Lamaguère, certainement

1. Manœuvres.

lui-même aurait-il été massacré comme tant d'autres bons chrétiens.

— Connaissez-vous des gens de Tolède ? Mon seigneur recherche un guide.

— Va dehors jusqu'à la cage à écureuil, là où on construit la travée, et demande García.

Le moine désigna un passage encombré par des pierres soigneusement empilées sur lesquelles un apprenti portait des inscriptions.

— García vient de Tolède. Il ne vous y conduira pas, mais connaît tous ceux de cette ville qui vivent ici.

Raoul le remercia, fier d'avoir peut-être découvert celui qui les emmènerait.

Il sortit de l'église par l'endroit indiqué, en se serrant tant l'espace était chiche, et aboutit à l'arrière de l'édifice. À l'intérieur d'un grand cadre de poutrelles, un énorme tambour de bois d'au moins vingt pieds de largeur et six d'épaisseur, dans lequel trois hommes marchaient de front, provoquait l'enroulement d'une corde qui passait dans la gorge d'une poulie placée en haut d'une poutre inclinée – un tronc d'arbre entier – de quelque soixante ou soixante-dix pieds. Ce câble soulevait lentement un plateau de pierres.

Une poignée d'hommes surveillaient la manœuvre ou donnaient des ordres. Raoul attendait que le plateau atteigne le haut du mur en construction quand il aperçut, vers le chœur de l'église, une silhouette trapue qu'il identifia aussitôt. L'homme disparut dans une ruelle sombre.

Immédiatement, le fils d'Aignan abandonna García et se lança à la poursuite de l'individu.

*

Quand Robert de Locksley, Alejandro et Rodrigo de la Vega entrèrent dans l'hôtellerie, ils ne trouvèrent que le père et le fils Butler qui venaient de se procurer les bâts de bois indispensables pour attacher les coffres sur les chevaux. Ils en installaient d'ailleurs un afin de vérifier si les sangles ne blessaient pas les animaux.

Les deux hommes saluèrent avec respect les amis de leur seigneur, lequel leur expliqua que Rodrigo les conduirait à Tolède. Le départ aurait lieu au crépuscule.

— Les coursiers seront prêts, seigneur, assura Butler le vieux, après un instant de surprise car il n'imaginait pas qu'ils s'en iraient si vite. Dès que Gamwell arrivera, on commencera à les charger.

— Non ! dit Locksley en secouant la tête. Que tout soit prêt, mais ne chargez les bâts que lorsque je serai là avec Ranulf. Personne ne doit se douter que nous vidons les lieux.

Flore apparut avec deux serviteurs de l'auberge qui l'avaient accompagnée pour transporter pains et jambons. Elle aussi promit que tout serait préparé avant basse none.

Ils revinrent ensemble à l'auberge où Locksley demanda qu'on monte du vin dans leur chambre avant de s'y rendre pour examiner les arbalètes, les bougons et les flèches achetés. Un bon matériel, jugea-t-il.

Alaric, Gamwell et Fulk se présentèrent à leur tour. Suivis de quatre garçons qui portaient les équipements pris chez les armuriers et, surtout, plusieurs coffres de voyage, en bois ou en cuir.

Tout était donc satisfaisant. Le vin arriva, accompagné de deux coupes d'étain et de pots de terre. En revanche Raoul manquait, ce qui inquiétait Alaric.

— Il doit encore être à l'église, affirma Flore en remplissant de vin les coupes pour son maître et son ami. C'est étonnant qu'il ne soit pas revenu.

— J'espère qu'il ne tardera pas, sinon que l'un de vous aille le chercher. Je n'ai pas le temps de l'attendre, car il faut que je rentre au château où Ranulf doit s'inquiéter de mon absence, fit Locksley qui leva sa coupe en fredonnant en langue d'oc :

— Aux jours du temps passé, ami,
Buvons ensemble à l'amitié,
Et aux jours du temps passé !

La mélodie fut reprise par Gamwell et les archers, qui levèrent aussi leur pot de vin, mais avec d'autres paroles :

For auld lang syne, my dear,
We'll take a cup o'kindness yet,
For auld lang syne !

— Voilà une canson que mon seigneur ne connaît pas, fit Alaric, en vidant son verre et assortissant ses mots d'un claquement de langue satisfait.

— Ce n'est pas une canson mais un vieux chant écossais, de circonstance car messire Alejandro de la Vega m'est aussi cher que messire d'Ussel. Maintenant, puisque vous êtes tous là, écoutez-moi bien. Voici ce qui est arrivé hier…

Il raconta brièvement l'entrevue de la veille avec le chancelier et l'abbé de Cîteaux et fit état de la mauvaise impression ressentie. Arnaud Amaury pouvait-il savoir que messire d'Ussel les avait accompagnés ? C'était possible. Auquel cas, l'abbé apprendrait sans peine que son ami n'était pas à l'hôtellerie San Nicolás et découvrirait tôt ou tard où il logeait. Voilà pourquoi il fallait partir sans attendre. Il présenta ensuite le père et le fils de la Vega, relatant deux ou trois anecdotes sur Alejandro, le remerciant d'avoir proposé que son fils les conduise à Tolède.

— À partir de maintenant considérez messire Rodrigo de la Vega comme un autre moi-même. Vous lui obéirez en tout, ordonna-t-il.

Après le départ du comte de Huntington, Flore se rendit à la cathédrale avec Alaric. Bientôt l'inquiétude les gagna car ils ne trouvèrent aucune trace de Raoul. Quelques ouvriers racontèrent bien avoir vu un jouvenceau qui les avait regardés travailler, mais comme ils ignoraient ce qu'il était devenu…

Rentrés à l'hôtellerie, tous firent une rapide repue dans la chambre. Maintenant l'angoisse nouait le ventre du Toulousain.

Et s'ils devaient partir sans savoir ce que Raoul était devenu ? Que raconterait-il à son père dans ce cas ? Il réfléchissait à la possibilité de rester à Burgos pour le chercher quand, soudain, la porte s'ouvrit et le jouvenceau entra. Sans bonnet, visage contusionné et bouleversé, vêtements souillés de boue comme s'il s'était roulé dans une bauge. De surcroît, il puait.

— Où étais-tu ? cria Alaric en se levant d'un bond. On a cru qu'on ne te reverrait plus ! On part dans quelques heures !

Il avait hurlé pour évacuer ses peurs mais, bien sûr, était soulagé et prit Raoul dans ses bras pour le serrer à l'étouffer.

— Je vous demande pardon, mais je croyais bien faire. Si vous saviez qui j'ai vu…

— Qui ?

— Roger Percy !

La foudre tombée dans la pièce n'aurait pas provoqué plus de stupeur.

— Impossible ! Tu t'es trompé ! s'exclama Alaric le premier.

— Non, fit Raoul en secouant la tête. Je l'ai vu devant l'église, alors que je cherchais un guide capable de nous conduire à Tolède. Je l'ai suivi, mais il a filé à travers les ruelles derrière la cathédrale. Je voulais savoir où il logeait, alors j'ai traversé le quartier des bouchers. On y tuait cochons et volailles et le sang et les entrailles faisaient le bonheur des rats dont certains gros comme des chats. Je n'ai point vu d'hôtellerie, mais quelques gargotes fréquentées par des écorcheurs. Percy se trouvait toujours devant moi lorsque, brusquement, il a disparu. Alors je me suis mis à explorer alentour. Entré dans une ruelle sombre, on m'a saisi. Quelqu'un caché dans un recoin. Je crois que c'était lui, il avait dû me repérer. Il m'a donné un coup. J'ai perdu connaissance.

» J'ai repris mes sens tout à l'heure. J'étais dans un renfoncement entre deux murs, une sorte de trou puant où il m'avait jeté. Un cochon me regardait, hésitant à me dévorer.

Il eut un sourire.

— Voyez comme je suis ! Et comprenez pourquoi je n'arrive que maintenant.

Un silence de mort tomba dans la chambre. Si Percy était à Burgos, Mandeville s'y trouvait aussi. Et si ce maudit espion parvenait au château, s'il rencontrait Arnaud Amaury, tous étaient perdus !

C'est ce que déclara Flore, blanche comme un linceul.

— Mais pourquoi le ferait-il ? avança Gamwell qui s'efforçait toujours de rassurer. Mandeville est l'homme du roi Jean qui soutient les cathares ! L'abbé de Cîteaux ne peut devenir son allié ! En outre, comment Mandeville rejoindrait-il Arnaud Amaury ? Il n'a aucun sauf-conduit et ne pourra même pas entrer dans le château.

— Il est déjà parvenu à pénétrer en ville. Pourquoi serait-il venu jusqu'ici, sinon pour nous faire du tort ? grommela Alaric.

Personne n'avait la réponse.

— Il faut prévenir messire le comte, décida le Toulousain. Je vais au château. Vous, continuez à préparer le départ.

Il s'en alla.

Malgré l'inquiétude qui les rongeait, les autres se mirent au travail et emplirent coffres, sacoches, besaces et écharpes. Aucun ne parlait, sinon pour donner tel ou tel conseil ou expliquer ce qu'il faisait.

Peu après Alaric revint, le visage sombre.

— On m'a interdit l'entrée du château, laissa-t-il tomber. J'ai tout essayé. Un garde a quand même promis de prévenir le seigneur de Locksley que j'avais cherché à l'approcher.

*

Ils achevèrent les préparatifs en s'efforçant de chasser la crainte revenue les hanter. Puis descendirent boire quelques coupes de vin, le meilleur remède contre les angoisses et les soucis ! avait affirmé le père Butler en forçant sur la bonne humeur pour dérider ses compagnons.

Ils se serraient à l'une des tables, où se trouvait déjà une confrérie de cordonniers, quand une poignée d'hommes d'armes entra avec fracas dans la petite salle basse.

À leur tête, un homme grand et maigre en casaque noire et chemise de fer à gros anneaux. En louchant, il scruta les lieux, salua l'un ou l'autre des attablés, puis, ayant repéré les étrangers, approcha d'eux :

— Je suis Diego López, l'alferez de Burgos, dit-il. Êtes-vous les gens du seigneur comte de Huntington ? interrogea-t-il en castillan.

— Oui, messire, répondit Alaric.

— Vous allez m'accompagner au château.

— Pour quelle raison ?

— Messire le chancelier vous le dira.

Il considéra un peu plus longuement les voyageurs et leur équipement avant d'ajouter :

— Vous laisserez vos armes ici.

— Que craignez-vous, señor alferez ? demanda Alaric en fronçant le front.

— Ce sont les ordres que j'ai reçus.

Alaric traduisit. Il ajouta qu'ils ne pouvaient se rebeller. Il y avait six gardes dans la salle, et peut-être autant dehors. Au demeurant, où iraient-ils s'ils se rebiffaient ? Gamwell approuva. Les autres ne pipèrent mot. L'inquiétude avait regagné tous les visages.

— Laissez-nous déposer ces armes dans notre chambre et demander à l'hôtellerie de la garder fermer. Nous avons beaucoup de biens. On doit aussi s'occuper des chevaux.

— Soyez rassurés : j'ai seulement ordre de vous conduire au palais. Vos biens sont en sûreté en ces lieux.

— Le comte de Huntington est-il informé de votre présence ici ? interrogea Gamwell.

Alaric traduisit.

— Il l'est ! affirma Diego López.

30

En sortant de l'hôtellerie, après avoir prévenu le tenancier que s'il manquait le moindre objet, leur maître le punirait sans pitié, les gens d'Ussel et les Anglais découvrirent une dizaine d'autres gardes qui les attendaient.

Pourquoi une troupe si nombreuse pour les emmener au palais ? s'inquiétait Flore. Craignait-on une rébellion ? Auquel cas, quel serait leur sort ? Elle devinait qu'ils n'étaient plus libres de leurs mouvements.

Mandeville les avait-il dénoncés ?

*

Ils gagnèrent le château. À chaque poste de garde, Diego López s'expliquait en paroles rapides n'autorisant aucune réplique ou contestation. Alaric comprenait qu'il disait agir sur ordre du chancelier.

Une fois dans la cour, l'alferez indiqua une tour d'angle devant laquelle se tenaient quelques gardes porteurs de courtes lances ou de guisarmes.

— Par là ! dit-il.

De nouveau, ils obtempérèrent. L'officier fit ouvrir la porte – un solide huis de chêne bardé de fer – et passa en tête.

— Où allons-nous ? demanda Alaric, hésitant à entrer.

— Je vous conduis auprès de messire de Locksley comme annoncé. Il loge dans cette tour.

Le Toulousain traduisit pour les Anglais et Gamwell hocha la tête. Que faire d'autre que se soumettre ?

Alaric se rassura un peu quand il vit l'alferez monter les marches. Au moins n'allait-on pas les enfermer dans un cachot souterrain.

Ils passèrent différentes portes et le « guide » s'arrêta devant la troisième, nantie de deux gros verrous à vertevelles.

Si le comte de Huntington demeurait là, il était bel et bien prisonnier, comprit Alaric.

L'alferez délivra les tiges de bronze et poussa l'huis en s'écartant.

— Entrez, dit-il.

Locksley, allongé sur le lit, venait de se dresser en voyant la porte s'ouvrir.

— Gamwell ! Alaric ! s'exclama-t-il.

Ranulf, qui sommeillait sur une chaise, se leva aussi.

Anglais et Français pénétrèrent, soulagés de retrouver leur chef vif et gaillard.

L'alferez en profita pour fermer la porte sans que personne n'ait eu le temps de l'interroger. S'entendit le grincement des verrous poussés.

— Êtes-vous captif, seigneur ? s'enquit Alaric d'une voix éraillée par l'angoisse.

— N'est-ce pas évident ? La porte est verrouillée. Et depuis que nous sommes enfermés avec Ranulf, nous n'avons reçu ni eau, ni nourriture, ni visite. Et maintenant, vous voici ! Que vous est-il arrivé ? Que sont devenus bagages et chevaux ?

Gamwell fit un récit détaillé des dernières heures et laissa Raoul raconter ses mésaventures.

— Mandeville serait donc à Burgos ! Par le diable, comment a-t-il fait pour nous retrouver ?

— C'est lui qui nous a dénoncés ! affirma Ranulf.

Locksley soupira et se rassit sur le lit en massant son visage des deux mains.

— Tout cela est fort troublant… De quelle façon est-il entré dans Burgos ? Par quel miracle a-t-il accédé au château ? Quelle entremise lui a permis d'être reçu par l'abbé de Cîteaux ou le chancelier ? Et, surtout, qu'a-t-il raconté sur nous pour qu'on nous traite ainsi, alors que nous détenons un sauf-conduit de la fille du roi ?

— Mandeville devait avoir tout prévu, suggéra Ranulf. Jean avait déjà envoyé quelqu'un dans le royaume de León, homme qui a dû lui ramener on ne sait quel document lui ayant permis de mener à bien son mauvais coup.

— Possible, fit un Locksley tracassé.

Mille questions se bousculaient dans sa tête. La principale concernait leur situation. On aurait pu les enfermer dans un cachot, or on les laissait dans cette chambre comme si aucune décision n'était encore prise à leur sujet. On avait laissé leurs chevaux et leurs biens à l'auberge sans les confisquer, pourquoi ? Et qu'allait faire de la Vega ?

Justement, Gamwell parla de lui :

— Mais vous-même, seigneur, comment avez-vous été enfermé ? Vous étiez avec messire de la Vega et son fils…

— En effet, nous sommes revenus ensemble au château. Nous étions convenus que nous nous retrouverions à vêpres dans la cour pour nous rendre à l'hôtellerie. Je suis monté seul dans cette chambre où j'espérais trouver Ranulf. Mais il n'y était pas. Et à peine étais-je entré que l'on a poussé les verrous derrière moi. Je me suis rué à la porte, mais trop tard : j'étais bel et bien pris au piège. J'ai appelé et crié, inutilement. Même depuis la fenêtre qui, hélas, ouvre sur les rochers.

» J'attendais que quelqu'un vienne quand Ranulf s'est présenté, accompagné du preboste et d'hommes d'armes. Contrairement à moi, il était sans épée.

Locksley, lui, avait toujours sa lame et sa dague.

— J'ai demandé des explications, le preboste m'a répondu qu'il avait des ordres et que le chancelier me fournirait sous peu des éclaircissements. Certes, j'aurais pu combattre, et même seul contre plusieurs adversaires, en sortir vainqueur – sans compter que Ranulf m'aurait prêté main-forte avec ma dague –, mais ensuite ? Nous ne pouvions vaincre la garnison entière plus les chevaliers du château. Et puis, j'étais certain que de la Vega allait intervenir. Donc, je n'ai rien fait.

— Et vous, messire, que vous est-il arrivé ? demanda Gamwell en s'adressant à Ranulf.

— Je me suis promené librement dans le château durant la matinée. Je n'ai jamais eu l'impression d'être dans une fâcheuse situation ou même surveillé. Quand on a porté pain, vin et charcutaille dans la salle basse pour ceux qui voulaient dîner, j'allais me joindre aux gens du château lorsque le preboste m'a demandé de l'accompagner. Il m'a conduit dans une petite pièce où, avant que j'aie pu réagir, j'ai été désarmé, puis enfermé. On m'a laissé là jusqu'au moment où il est revenu me conduire ici.

— Tout a été minutieusement préparé pour que le sang ne coule pas, conclut Locksley sans cacher son inquiétude. Reste à savoir pourquoi. Que nous veut-on ? Dans quel but nous laisser ici ? Quelle raison pousse à nous refuser eau ou nourriture ?

— J'ai sacrément soif, approuva Ranulf. J'allais me rincer la gorge quand le preboste est venu me chercher. Et maintenant, j'ai le gosier sec comme un hareng fumé. Ces Castillans sont des sauvages pour nous empêcher de boire !

— Et si nous tentions de nous évader, seigneur ? proposa Raoul. On l'a bien fait au château de Portilla.

— Mettre le feu à la pièce ? Possible, il y a du bois et des étoffes, mais après ? Je n'ai qu'une épée.

— J'ai gardé un couteau sous ma robe, intervint Flore.

— J'ai aussi un couteau, déclara Alaric. Attaché au flanc sous ma chainse.

— Il sera difficile de l'emporter ! persifla Ranulf. J'ai compté deux ou trois centaines d'hommes dans l'enceinte !

— Gardons nos forces, décida Robert de Locksley. De la Vega ne m'a pas abandonné, j'en suis certain. À l'heure qu'il est, il doit m'attendre dans la cour et va partir à ma recherche. Amaury ne peut rien contre lui.

— Grâce au ciel, messire d'Ussel est libre, annonça Alaric. Dans la pire des épreuves, il viendra nous sauver.

— Comment ? demanda Flore.

— Je ne sais ! répondit le Toulousain en haussant les épaules. Mais il a toujours trouvé un moyen !

S'il est vivant, songea Flore.

Locksley demeura silencieux, habité par les mêmes pensées qu'elle. La première chose qu'avait dû faire Mandeville chez l'abbé Amaury, c'était de révéler qu'Ussel demeurait à Burgos. Dès lors, le cistercien pouvait-il avoir découvert où il logeait ? Certainement, hélas ! Ce n'était pas difficile, il suffisait d'interroger les gens de l'hôtellerie. Le palefrenier qui avait accompagné Alaric savait qu'un chevalier s'était rendu avec une femme au monastère de las Huelgas.

Cependant, si le preboste ou l'alferez tentait d'utiliser la force, même avec une forte troupe ils risquaient d'être surpris. Egelina et Guilhem en feraient passer plus d'un à trépas.

Mais pourraient-ils l'emporter ? Pénétrer dans Burgos ? Arriver dans le château ? Et les délivrer ?

Impossible de l'imaginer.

*

— *Digatz, bella, del pens cum vai on vostre coratges estai ?* fredonnait le chevalier.

— *A ma fe, don, ieu vos dirai, S'aisi es vers cum aug comtar, Pretz e Jovens e Jois dechai, C'om en autre no'is pot fiar*[1], répondait la dame d'une voix claire.

1. — Dites-moi, belle, de ces pensées qui ainsi occupent votre cœur ?
— Par ma foi, sire, je vous dirai,
S'il est vrai comme je t'entends conter,
Prix, Joie et Jeunesse déchoient,
De sorte qu'on ne peut se fier à personne.

Sur le banc, devant l'hôtellerie du monastère de las Huelgas, Guilhem faisait tourner la manivelle de sa vielle, tandis qu'Egelina répliquait à ses paroles en les assortissant de fous rires joyeux. Depuis la veille, enfin seuls, les deux amants nageaient dans le bonheur.

Dès le matin, après une promenade dans les environs, elle lui avait dit vouloir chanter avec lui. Bénéficiant d'un timbre mélodieux, il n'avait pas eu de peine à lui apprendre plusieurs cansons, la corrigeant dans les rares cas de dissonance. Alors, elle avait recommencé avec beaucoup d'application.

Nous ferons aubade chez le cheikh Baghisain, lui avait-il promis, et il se réjouissait, avec un brin de malice, de la surprise de Constance Mont Laurier devant un tel duo.

Les leçons se poursuivaient quand, soudain, de lointains galops attirèrent l'attention d'Ussel. Chez lui, la vigilance ne sommeillait jamais. Il posa la vielle et se leva. Egelina avait saisi son arbalète, restée à portée de main sur une souche.

Une troupe avançait depuis le chemin de Burgos. Six chevaux, au moins, avec, sur chacun, deux hommes en casaque de buffle bouilli ou en broigne maclée. Tous casqués, munis d'écu ou rondache. Tous tenant des lances sauf celui qui paraissait commander le peloton et montait seul son destrier. Plusieurs portaient arbalète à l'épaule.

Les cavaliers s'approchèrent sans se montrer agressifs, et s'arrêtèrent à vingt pas. Guilhem n'avait pas dégainé, mais Egelina avait pris soin de glisser un carreau dans son arme.

— *Gentil cavaller e noble dama, que Dios le guarde*, déclara le capitaine d'un ton rassurant. Êtes-vous le seigneur d'Ussel ? poursuivit-il en langue d'oc.

L'individu, de haute taille, brun, au visage en lame de couteau, à chevelure et courte barbe noir de corbeau, arborait une longue casaque en buffle recouverte d'une chemise de fer à gros anneaux. Un casque rond couvrait sa tête et ses yeux, qui louchaient, paraissaient perpétuellement agités, provoquant des mouvements convulsifs de son cou.

— Je suis, et voici doña de Camville. Et vous, qui êtes-vous ?

— López. L'alferez du château du roi. Messire le comte de Huntington souhaite que vous le rejoigniez chez monseigneur García, abbé de Valladolid et chancelier de notre bien-aimé roi Alphonse le huitième.

— Pourquoi ?

— Je ne sais. Je suis seulement chargé de vous prévenir et escorter.

Guilhem demeura silencieux, s'efforçant d'évaluer la situation. Si Robert souhaitait sa présence, il aurait envoyé Alaric ou Gamwell. Pas l'alferez du château. Tout cela puait le mensonge et la fourberie. Mais comment réagir ? Refuser ? Dans ce cas, ce López partirait-il ? Peut-être. Mais il pouvait aussi tenter de le contraindre. Évidemment, ce serait à son détriment car l'alferez serait percé par le carreau d'Egelina avant de poser la main sur la poignée de son épée. Dans le même temps, lui-même aurait meurtri trois ou quatre des hommes à cheval, bien vulnérables. Nul doute, alors, que les autres s'enfuiraient.

Mais ensuite ? Egelina et lui devraient fuir, seraient pourchassés. Que deviendraient ses amis ? En revanche, en suivant cet alferez, il pourrait aider ses compagnons s'ils se trouvaient dans une mauvaise passe.

— Entendu, laissez-nous préparer nos chevaux et ranger ma vielle.

— Nous ne sommes pas pressés, fit un López conciliant incapable de dissimuler sa satisfaction.

Ils partirent, Guilhem et Egelina étroitement encadrés par les gens d'armes, l'alferez, à quelques pas devant eux, ne cherchant nullement la conversation.

Ils traversèrent le bourg, franchirent l'enceinte intérieure et atteignirent le château. Ne perdant rien de ce qui l'entourait, Ussel se rendait compte qu'il serait difficile, sinon impossible, de sortir de pareille nasse.

López les conduisit jusqu'à la tour carrée et leur désigna la porte.

— Messire de Huntington est ici, dit-il. Mes gens vont s'occuper de vos chevaux.

Ussel montra à son tour le bâtiment mitoyen aux ouvertures en arc de cercle et doubles colonnettes, puis l'autre édifice en angle, aux grandes arcades encadrées de voussures et d'archivoltes devant lequel se tenaient quelques chevaliers, dont plusieurs affichaient la croix sur leur surcot.

— Votre chancelier ne vit-il pas plutôt dans l'une de ces demeures ?

Face à l'air embarrassé de l'officier, Guilhem sut qu'il avait vu juste.

— Monseigneur loge en effet dans celui-là (il l'indiqua), mais messire de Huntington se trouve dans la tour. Monseigneur vous rejoindra tout à l'heure une fois que je l'aurai prévenu.

Regard de Guilhem à Egelina, hochements de tête. Alors il mit pied à terre tout en regardant les chevaliers croisés. Parmi eux, il aperçut un frère cistercien au visage sournois qu'il crut reconnaître. Ne l'avait-il pas croisé à Béziers, dans les quartiers de l'abbé de Cîteaux, près de ce dernier justement, le jour du duel avec Bouchard[1] ?

— Entrons donc, passez devant, proposa-t-il.

L'alferez descendit de selle et obtempéra sans hésiter.

L'escalier, obscur, se déroulait vers le haut de la tour mais descendait également vers des caves ou souterrains.

Ils gravirent les marches sans mot dire. Egelina, qui portait une courte épée, avait gardé son arbalète et attaché la trousse de carreaux à sa taille.

López s'arrêta devant une porte où se tenait un homme muni d'une guisarme.

— Ouvre, Ramiro ! ordonna-t-il.

La salle était vide, à peine éclairée par la fente d'une meurtrière. Le seul meuble était un grabat étroit et délabré.

---

1. Voir *Béziers, 1209*, du même auteur.

Guilhem attrapa l'alferez par la chemise de mailles et le poussa à l'intérieur. Egelina avait tiré sa dague et le garde en sentit la pointe sur son ventre.

— Entre aussi, dit-elle, et pose ta lance.

Ussel repoussa l'officier et tira son épée.

— Où est le comte de Huntington ?

López hésita à peine, avant de lâcher :

— Dans la salle du dessus.

— Prisonnier ?

— Oui. Mais je ne suis pas votre ennemi, messire d'Ussel. Ni celui de messire le comte.

— Bien sûr, et qu'espériez-vous en me conduisant ici ?

— Que vous agissiez ainsi et me laissiez m'expliquer.

— Parlez donc !

— Je suis le lieutenant du château. Je reçois uniquement mes ordres du roi et du chancelier. Qui m'a dit d'aller vous chercher. Que forcément vous viendriez pour retrouver vos compagnons, mais qu'en aucun cas je ne devais recourir à la force.

Que signifiaient ces paroles ? s'interrogea Guilhem.

— Je dois vous convaincre de m'accompagner là où se trouvent vos amis.

— Vous allez plutôt les libérer.

— Ce n'est pas possible. S'ils sortent, ils seront massacrés. Or ce n'est pas ce que veut monseigneur García.

— Peu me chaut ce qu'il veut, gronda Ussel.

— Pourquoi vous ferions-nous confiance ? intervint Egelina.

— Monseigneur García respecte trop la princesse Blanche pour vous causer le moindre tort et ne pas respecter sa volonté.

— Comment le chancelier me connaîtrait-il ?

— Vous le verrez demain. Laissez-moi vous conduire auprès de vos amis. J'ajoute qu'ils n'ont ni eau ni de quoi manger depuis qu'ils sont enfermés. Et qu'ils ne recevront des vivres que lorsque vous les aurez rejoints.

Guilhem guigna vers Egelina, qui tenait en respect celui à la guisarme, blanc de peur.

— Nous allons conclure un marché : votre garde va porter boissons et nourriture à mes compagnons. Quand ce sera fait, je les rejoindrai. Ont-ils des armes ?

— Seulement messires de Winchester et Locksley.

— Avec les vivres, qu'il leur soit donné épées, arcs, arbalètes et flèches. Et que votre Ramiro aille chercher nos biens sur nos chevaux.

— Impossible aussi. Déjà Ramiro devra ne pas se faire remarquer en ramenant des vivres.

— Alors, je vais vous tuer.

— Et vous tuerez vos amis.

D'un geste, Egelina arracha de son fourreau l'épée du garde :

— File et occupe-toi des vivres. Donne l'alerte et ton alferez est mort ! menaça-t-elle.

— Fais ce que la dame te dit, Ramiro !

Ce dernier fila sans demander son reste.

— Il n'alertera personne, rassurez-vous. Ramiro est mon servant. Croyez-moi, je préférerais agir autrement, mais ne peux.

— Qui craignez-vous ? Le chancelier ?

— Non, c'est monseigneur García qui m'a donné ces ordres. Celui que je redoute obtient ce qu'il veut du roi tant il nous est indispensable. Surtout, il ne doit pas apprendre ce que je suis en train de faire, sinon je finirai pendu. Comme vous.

— L'abbé de Cluny ?

L'alferez baissa les yeux.

— Montons donc chez messire de Locksley, décida Ussel en prenant la guisarme.

Egelina passa en tête et s'arrêta à la première porte.

— Pas celle-ci, noble dame, intervint López. La suivante.

Ils gravirent encore quelques degrés.

Elle vit les verrous et les tira, poussa la porte et entra. À peine avait-elle fait un pas qu'elle trouva une lame pointée sur elle. Robert de Locksley la menaçait de son épée. Mais il la reconnut et baissa son arme.

— Egelina ! s'exclama-t-il.

L'alferez et Ussel entrèrent à leur tour, ce dernier prenant soin de demeurer près de la porte ouverte.

— Je savais que vous nous délivreriez, seigneur ! se réjouit Alaric.

— Robert, cet homme va s'expliquer. Je ne suis pas certain de sa sincérité, mais nous devons l'entendre. Après tout j'ai eu cent fois l'occasion de le faire passer de vie à trépas et il n'a rien tenté contre moi. Son servant nous porte même vivres et boissons.

— Il faut partir ! dit Raoul.

— Non ! supplia López. Par pitié, restez enfermés ici. Je dois prévenir notre chancelier que j'ai réussi à vous prendre tous, et lui en fera part à l'abbé de Cîteaux, qui sera satisfait. Si vous tentez de filer, vous aurez après vous tous les gens du château et les croisés de l'abbé. Ce sera grande affliction et beaucoup mourront inutilement ! Nous avons tellement besoin de guerriers en ce moment qu'on ne peut se permettre d'en perdre stupidement. Sachez que monseigneur Diego García a été précepteur de la princesse Blanche. Il suivra donc les instructions du sauf-conduit qu'elle vous a remis. Mais vous devez comprendre qu'en ce moment, c'est l'abbé Amaury qui mène la danse.

— Il nous faut donc attendre d'être égorgés ?

— Nenni ! Quelqu'un viendra cette nuit, et vous pourrez quitter Burgos.

— Comment ?

L'alferez regardait sans cesse vers la porte, de la peur dans les yeux, comme s'il craignait que quelqu'un paraisse.

— Je vous en prie, faites-moi confiance. Je dois partir… Si on se doute de quelque chose, ce sera un carnage. Ramiro reviendra avec de quoi vous nourrir et abreuver, mais, en partant, ne laissez aucune trace de ce qu'on vous a donné. Vous êtes censés connaître les plus affreuses souffrances dues à la faim et à la soif.

— Charmant ! fit Egelina avec un sourire amer, tandis que Flore devenait livide.

— Je suis prêt à le croire, décida Guilhem. Qu'en dis-tu, Robert ? Et toi, Ranulf ?

Ce dernier grimaça d'un air maussade.

— Alaric ?

— Je me fie à vous, seigneur.

— Faisons comme il propose, décida Locksley qui avait compris que les Castillans et les croisés s'affrontaient sur leur sort.

Le roi de Castille ayant besoin de ces derniers pour sauver son royaume, il laisserait agir l'abbé de Cîteaux à sa guise, sans s'en mêler. Donc, la seule façon qu'avait le chancelier de contrarier le dessein d'Arnaud Amaury était de faire croire que les Anglais s'étaient évadés sans complicité ? Mais même s'ils s'ensauvaient, que deviendraient-ils ? Ils avaient besoin de chevaux, d'armes…

Voyant qu'il les avait convaincus, López revint à la porte et s'en alla.

Les prisonniers entendirent le bruit des verrous et plongèrent dans l'obscurité.

31

— Maintenant, racontez-nous comment vous vous êtes retrouvés ici, fit Ussel en s'asseyant à même le plancher comme l'avait fait Egelina.

Locksley évoqua son arrivée au château, la veille, son constat de la troupe de croisés conséquente, sa rencontre avec le chancelier et son souper avec l'abbé de Cîteaux.

— Donc Arnaud Amaury disposerait d'une quarantaine de guerriers…, intervint Guilhem.

— A minima.

— À cet instant-là, étais-tu contraint dans tes mouvements ?

— Non, j'avais en revanche l'impression que les deux abbés en savaient plus qu'ils ne le disaient et se jouaient de moi. Et puis, le lendemain, alors que j'allais partir pour l'auberge, j'ai rencontré un vieux compagnon de croisade…

Il expliqua qui était Alejandro, le chevalier vert, et en vint à l'épisode où il lui avait sauvé la vie.

— Je chevauchais dans une armée partie d'Acre en quête d'une troupe de pillards musulmans. Or, chaque fois que nous nous approchions d'eux, les Sarrasins se dérobaient, refusant l'engagement. Nous avancions ainsi de plus en plus loin, ce qui nous causait une fatigue extrême, la chaleur qui régnait alors étant intense. L'eau manquait, la nuit approchait. À plusieurs reprises, j'avais demandé au comte qui nous commandait de donner le signal de la retraite, les manœuvres des musulmans puant le piège. Lorsque enfin il accepta, le retour se faisait en assez bon ordre quand, soudain, les Sarrasins se précipitèrent, au grand galop, sur les bataillons de l'arrière-garde où se trouvait de la Vega. J'étais en tête lorsque j'appris cette traîtrise. Avec mes gens, je décidai de lui porter secours, contre la volonté de notre chef, ce dont je n'avais cure.

» Sur le lieu de l'embusque, le sable, rouge de sang, était jonché de corps de croisés, pour la plupart sans tête. Tous avaient péri à cause de la bêtise de ce comte inepte. Je t'avoue que je me mis à pleurer. J'allais revenir quand sonna un cor. Le son, je le reconnus : il était des nôtres ! Sans même m'interroger sur l'éventualité d'un piège, j'ai galopé avec mes hommes vers l'appel, où je découvris une vingtaine d'ennemis en train d'assiéger des croisés reclus dans un prieuré en ruine. Aussitôt, nos arcs entrèrent en action et, en peu de temps, les infidèles, pris à revers, s'enfuirent ou furent exterminés. Du prieuré sortit Alejandro et l'un de ses servants, uniques survivants de l'arrière-garde.

» Nous apprîmes plus tard que Saladin avait réclamé qu'on capture le chevalier vert afin de le supplicier sous prétexte qu'approché par des envoyés du sultan après cet exploit, il avait refusé de le rencontrer en apprenant que le musulman voulait le prendre à son service. De ce jour, Alejandro et moi sommes devenus frères. Cependant, après la mort de Little John, je décidai de rentrer en Angleterre et nous nous séparâmes. En larmes. Je ne pensais jamais le revoir or, non seulement ce miracle s'est réalisé, mais il a promis que son fils nous conduirait à Cordoue. C'était, bien sûr, avant qu'on ne m'enchartre ici avec Ranulf.

Il narra ensuite la façon dont il avait été enfermé dans la pièce, la saisie de Ranulf. À son tour Alaric prit la parole et rapporta comment l'alferez les avait contraints à se rendre au château, alors qu'ils attendaient leur seigneur et messire de la Vega.

Ce qui ébranla surtout Guilhem, ce fut la découverte de Percy par Raoul – et donc certainement la présence de Mandeville. Ce dernier les aurait donc dénoncés auprès de l'abbé de Cîteaux, ce qui expliquait leur arrestation. Toutefois, pareille interprétation gardait quelques obscurités. Car si le cousin du comte d'Essex était arrivé avant eux à Burgos – chose difficile à envisager mais point impossible –, pourquoi n'avaient-ils pas été encagés dès leur entrée en ville ?

— Bien des faits demeurent énigmatiques, je le reconnais, déclara Robert quand il lui fit part de ses interrogations, mais l'heure n'est point à chercher des réponses.

— Vous imaginez des mystères où il n'y en a point, sire Ussel, intervint Ranulf. L'abbé de Cîteaux a craint que nous nous battions si nous étions saisis ensemble. À l'évidence, il a préféré nous prendre séparément, peut-être aussi à l'instigation du chancelier et de l'alferez qui ne voulaient point de combats, surtout s'ils envisageaient de nous faire évader.

C'était la voix de la sagesse, reconnut Guilhem. Pour autant, une autre question l'interpellait : pourquoi Percy n'avait-il pas tué Raoul ? Le laisser vivant, c'était faire savoir que son maître se trouvait à Burgos et courir le risque que cela se retourne contre eux. Or Percy n'était pas homme économe d'un coup de couteau ou d'un lancer de hache.

*

Peu après, les verrous grincèrent. Le nommé Ramiro, porteur d'un panier de pain, de charcutailles et de deux grosses outres, une d'eau et l'autre de vin, déposa ces vivres et demanda sa guisarme qu'Egelina lui laissa prendre.

— Quand l'alferez reviendra-t-il ? interrogea Ussel.

— Je ne sais seigneur. Il ne m'a rien dit. Mais soyez sûr qu'il ne vous oublie pas.

Ramiro repartit, les verrous furent remis.

Raoul et Alaric tranchèrent le pain, Ranulf but longuement du vin, les archers découpèrent jambons et pâtés. Même s'ils avaient faim et soif, les prisonniers s'alimentèrent néanmoins sans plaisir. Aucun n'osait évoquer ce qu'ils feraient s'ils étaient libérés, tous ignorant dans quelles conditions cela se produirait. Locksley proposa qu'ils dorment tant, une fois dehors, si tout se passait bien, il leur faudrait s'éloigner de Burgos sans s'accorder aucune halte, donc chevaucher toute la nuit et la journée du lendemain.

Ils s'ensommeillaient quand des coups vigoureux retentirent. On cognait à la porte.

Les prisonniers se levèrent. Aux aguets. La pièce se trouvait dans le noir complet.

— Messire d'Ussel ? s'enquit une voix assourdie.

Était-ce une question ? s'interrogea Guilhem. Auquel cas, ce n'était pas l'alferez, puisque ce dernier serait entré.

Il s'approcha, tenant fermement son épée.

— Messire Ussel ? répéta la voix.

— Qui êtes-vous ? demanda Guilhem.

— Celui qui vous fera pendre demain.

Cette fois, Ussel reconnut l'intonation. Il s'agissait d'Arnaud Amaury.

— Que veut-il ? souffla Locksley, venu près de lui.

— Prendre plaisir à nous torturer. Mais en veillant à ne pas ouvrir la porte, bien sûr.

— J'ai appris que vous avez trompé la princesse Blanche. Que vous voulez rencontrer le Miramolin pour je ne sais quelle diabolique alliance entre votre roi et lui. Et entre le maudit roi Jean d'Angleterre et ce damné calife. Mais votre dessein est désormais déjoué. Vous et vos amis serez suspendus par les pieds aux créneaux au matin, jusqu'à ce que le diable vous appelle. Quant à Al-Nasir, nous l'écraserons. Et il ne restera rien du royaume d'Al-Andalus.

— Où avez-vous entendu une telle fable ? questionna Guilhem avec insouciance.

— Fable ? Ma foi, j'ai plus confiance dans le compagnon qui vous a dénoncé qu'en vous ou dans le comte de Huntington que sa haine envers notre Saint-Père aveugle.

— Quel compagnon ? interrogea Huntington.

Il n'y eut pas de réponse. Le silence s'abattit sur eux.

Chacun se recoucha. Les captifs échangèrent quelques mots à voix basse. L'alferez n'avait pas menti : Amaury voulait les exécuter et le chancelier s'y opposait. Comme l'abbé de Valladolid ne pouvait agir ouvertement, quand de la Vega était allé le voir pour demander la libération de Huntington et Ranulf, il avait organisé l'arrestation de toute la compagnie de façon qu'elle puisse partir ensemble, faisant croire à une évasion. Seulement, les croisés de l'abbé de Cîteaux allaient les poursuivre. Comment se défendraient-ils sans armes ?

— On verra, fit Guilhem en se forçant à l'insouciance. Déjà, échappons à la pendaison par les pieds. Je n'aime pas cette position.

*

L'obscurité les recouvrait et ils sommeillaient, les femmes dans le lit, les hommes au sol, couchés sur les nattes ou les vêtements des bagages de Locksley et Ranulf, quand le grincement des verrous tirés les sortit de leur assoupissement.

Immédiatement debout, couteau ou épée en main, ils se mirent en garde.

La porte s'ouvrit. Lumière d'une lanterne.

Alejandro de la Vega parut, derrière lui, López.

Le premier, tout de vert vêtu, mit un doigt sur sa bouche avant de murmurer :

— Partons, et aucun bruit !

— Guilhem, tu viens de faire connaissance du chevalier vert, murmura Robert de Locksley à son ami.

Gamwell et les archers rassemblèrent en un instant les affaires de leur seigneur et se chargèrent des besaces. Alaric et Raoul aidèrent Ranulf à faire de même. Pendant ce temps, usant de son épée comme d'un levier, l'alferez arracha les verrous de la porte. Guilhem comprit que l'on devrait croire que les prisonniers avaient brisé l'huis et s'étaient évadés seuls.

Alors l'ami de Locksley les rassembla et, à voix basse, demanda qu'ils le suivent. Guilhem avait mille questions à poser, mais savait que ce n'était pas le moment.

Ils s'engagèrent dans l'escalier, de la Vega en tête.

La lampe n'éclairait guère, aussi descendirent-ils les marches avec prudence, en se tenant au mur. L'alferez, dernier, tenait lui aussi une lanterne.

Robert de Locksley, qui avait emboîté le pas au chevalier vert, reconnut la porte d'entrée vers la cour. Elle était fermée, les coffres de bagages de Guilhem et Egelina, ainsi que la boîte à vielle, empilés devant.

Tandis que de la Vega allait ouvrir l'autre porte, celle située plus bas dans l'escalier, Guilhem attrapa l'un des coffres qu'il mit sur son épaule, Alaric saisit le second et Raoul prit la boîte de l'instrument.

La troupe descendit et passa la porte des sous-sols. L'escalier en viret se poursuivit jusqu'à une herse de bronze qu'Alejandro fit basculer. Derrière, une autre porte. De fer avec de gros verrous. Qu'il tira.

À partir de là ils découvrirent une étroite galerie maçonnée et voûtée. Le corridor se poursuivit jusqu'à un puits. Au-delà, ils franchirent une nouvelle porte de fer et suivirent un tunnel creusé dans la roche, étroit couloir qui ne cessait de descendre. Le sol, inégal, en fit trébucher plus d'un, heureusement rattrapés par leurs compagnons. À plusieurs reprises, ils aperçurent des tunnels transversaux, certains fermés par des grilles de bronze. Le rocher San Miguel était en fait percé comme un terrier de blaireaux.

— Attention ! lança soudain de la Vega. Nous allons traverser des fosses. Avec seulement un tronc pour passer par-dessus. Avancez donc avec prudence en vous tenant à la paroi. Et les uns après les autres.

Le premier il posa le pied. Robert de Locksley l'observait. Le tronc faisait deux bonnes toises, surplombant une fosse qui, à mi-chemin, se montrait bien éclairée et, à pic, devait faire dix pieds de profondeur. Prudent, Alejandro progressa, puis atteignit l'autre côté. Là, il posa la lanterne. Huntington s'engagea à son tour. Puis ce fut Gamwell, les Butler, Raoul, Fulk, Flore, Ranulf, et enfin Egelina et Guilhem. Sans encombre ni incident.

Tandis qu'il patientait, Ussel bavarda avec l'alferez.

— Où aboutit ce souterrain ?

— Au-delà du rocher San Miguel. Vous l'avez compris, il permet de faire sortir des messagers en cas de siège et d'aller quérir du secours.

— Mais si trop de monde sait son existence, c'est aussi un moyen de surprendre les gens du château !

— Rassurez-vous, nous sommes très peu à connaître le passage. Et toutes les herses et portes sont, habituellement, fermées. Moi seul ai les clefs. Quant aux troncs d'arbres, comme celui-là, ils sont entreposés dans une autre galerie. Ramiro et moi sommes venus les disposer tout à l'heure.

Ils poursuivirent, descendant toujours plus bas, franchirent une autre fosse. Chacun avait hâte que cette pénible marche se termine. L'obscurité, le silence, troublé parfois par des écoulements d'eau jaillissant d'un pan de roche, accentuaient leur sourde angoisse. Alaric et les archers ayant l'habitude de vivre dehors, ils supportaient avec peine cette réclusion.

Soudain, Alejandro de la Vega s'arrêta et se retourna :

— La sortie approche, dit-il. Plus un bruit. Il va falloir se baisser.

Locksley fit passer le mot et vit son ami s'enfoncer dans un trou. Quand il aperçut la lumière de la lampe à l'autre bout, il l'imita.

Alejandro le tira par un bras pour le faire sortir. Lui-même avait été secouru par son fils.

Car Rodrigo était là, avec deux autres individus, et Locksley entendit le souffle sourd d'un cheval.

Comme Alejandro assistait à son tour Gamwell, Huntington s'adressa à Rodrigo à voix basse :

— Vous avez des montures ?

— Vos coursiers et vos destriers. Avec mes servants, nous les avons fait sortir de la ville avant que les portes ne ferment. J'ai aussi pris vos bagages.

Un profond soulagement gagna le Saxon.

— Je n'aurai pas assez d'une vie pour vous remercier, dit-il.

— Mon père vous doit tant.

Les fugitifs sortaient, les uns après les autres. La lune se dévoilant un instant, Locksley put distinguer la silhouette massive du château tout proche. Les sentinelles risquaient-elles de les voir ? Certainement pas, conclut-il, car les lanternes de Rodrigo et de ses hommes étaient voilées d'étoffe et Alejandro avait masqué la sienne.

Enfin Guilhem, puis Egelina parurent.

Déjà Locksley faisait ses adieux au chevalier vert. Guilhem alla l'accoler à son tour, ainsi qu'Egelina qui le prit dans ses bras.

— Si l'on ne se revoit pas sur cette terre, on se retrouvera ailleurs, mon ami, déclara Alejandro, la gorge nouée par l'émotion.

— Il faut partir ! insista son fils.

Sans attendre de réponse, le jeune homme se dirigea vers un bosquet avec ses hommes. Tout le monde le suivit, à l'exception de Huntington qui accola une dernière fois son ami avant de rejoindre Guilhem. Tout en fredonnant tristement :

For auld lang syne, my dear
We'll take a cup o'kindness yet
For auld lang syne !

Derrière le bosquet s'étendait une cuvette en prairie où les chevaux étaient rassemblés. Sellés pour les uns, bâtés pour ceux qui portaient les bagages. Après avoir attaché les coffres de son seigneur, Alaric alla de l'un à l'autre, flattant les croupes et embrassant les museaux tant il avait le cœur gorgé de joie à les revoir.

— En selle, dit Guilhem en lui tapant sur l'épaule, alors que le Toulousain ébouriffait la crinière du cheval qui remplaçait son palefroi blanc.

Rodrigo et l'un de ses hommes en tête, la troupe s'ébranla. Les autres Castillans fermaient la marche.

Devant le souterrain, le chevalier vert se tenait maintenant seul. L'alferez n'était pas sorti.

Il attendit que le bruit des sabots disparaisse et murmura :

— Piquez avant ! Bonne aventure vous donne Dieu !

*

L'obscurité était telle que chacun suivit celui qui le précédait sans chercher à savoir où il allait. Ils avancèrent ainsi près de deux heures en direction du levant. Guilhem devinait qu'ils longeaient à peu près le cours de la rivière dont on entendait parfois rouler les flots.

Puis Rodrigo s'arrêta et s'adressa à la troupe d'une voix forte :

— Nous allons traverser l'Arlanzón ici. Elle forme un grand marécage peu profond, néanmoins ne vous écartez pas.

Ils s'engagèrent dans l'eau boueuse. Plusieurs chevaux renâclèrent mais, en fin de compte, le passage se déroula sans difficulté.

Ils poursuivirent la chevauchée et, quelques heures plus tard, aperçurent les lueurs de l'aurore. Comme ils avaient progressé au trot, les bêtes n'étaient pas fatiguées. La troupe ne fit halte qu'une fois le soleil haut dans le ciel.

Selon l'état des montures, certains échangèrent leur coursier avec un autre portant un bât.

Ils trottèrent ensuite des heures durant, enchaînant chemins accidentés sur sentes sèches mais sans rencontrer quiconque. Pas de paysans, juste parfois un troupeau de chèvres au loin. Les sols étaient trop pauvres et rocailleux pour être labourés. Et le soleil trop vif et intense pour que la végétation le supporte. La chaleur parut de plus en plus accablante. Heureusement leur guide connaissait les rares cours d'eau où désaltérer hommes et chevaux bientôt épuisés.

Au crépuscule, enfin, auprès d'un petit torrent, à l'abri d'une combe boisée bien fraîche, sonna l'heure de l'étape si longtemps attendue.

— Aucune auberge par ici, expliqua Rodrigo, tandis qu'ils soupaient autour d'un feu. Demain, nous atteindrons Aranda mais ne nous y arrêterons pas. Car si l'abbé de Cîteaux envoie des gens à notre poursuite, c'est là qu'il nous cherchera. Nous filerons donc par la montagne. Deux de mes hommes resteront toutefois à Aranda pour apprendre ce qu'il en est. Et nous rejoindront plus tard.

— Dans combien de temps serons-nous à Tolède ?

— S'il n'y a pas d'obstacle, cinq ou six.

Le lendemain en soirée, ils atteignirent Aylon, petit bourg fortifié où, après avoir été interrogés à la porte par le regidor, ils firent halte. Une jolie auberge située sous les arcades de bois de l'unique place leur apparut comme un palais après ces heures si difficiles. L'écurie n'était pas assez grande pour abriter tous leurs chevaux – une autre troupe faisait halte dans l'hôtellerie – mais le tenancier proposa aux voyageurs de laisser une partie des montures dans un pré, certifiant qu'il n'y avait aucun voleur à Aylon. Et d'ajouter que les trois entrées de la ville seraient closes à la nuit tombée et que le regidor surveillait étroitement les inconnus entrés dans le bourg.

Ils louèrent un dortoir, en vérité un long galetas servant parfois de fenil puisque le sol était couvert de paille. Des nattes seraient les seules couches, s'excusa leur hôte. S'il disposait d'une grande chambre, expliqua-t-il, elle était occupée par la châtelaine de Caracena, forteresse située à quelques lieues. Pour se procurer des rubans, des parfums et des chaussures, la noble dame avait accompagné l'intendant du château qui, comme chaque mois, venait vendre de la laine au marché.

Lors du souper, tous assis autour d'une table de planches dressée pour l'occasion, à l'exception d'Alaric et des Butler restés auprès des chevaux, ils virent apparaître la fameuse châtelaine entourée de ses gens. À l'évidence, la plupart étaient des Maures.

32

Dix. Ils étaient dix. Huit hommes et deux femmes. L'une retenait particulièrement l'attention par sa démarche nonchalante et son maintien à la fois distant et gracieux. Grande, les yeux bleus, un nez aquilin, elle dissimulait à peine sa chevelure dorée sous un voile serré dans un petit bonnet. Tandis qu'elle portait un bliaud de soie turquoise avec une tunique rose brochée d'or sertie de pierreries, à ses poignets tintinnabulaient des *dumludj*, ces bracelets précieux. Mais aucun de ses doigts n'était paré de *khâtim*[1]. À ses oreilles pendaient en revanche des *shanf*, ces fines décorations d'or chargées de perles.

Elle jeta un regard intrigué vers ses voisins, puis parut les ignorer en baissant les paupières. L'aubergiste avait préparé à son intention un banc garni des coussins vert et jaune. Elle s'assit face à la table des voyageurs, l'autre femme se plaçant à côté d'elle. Celle-là était une servante maure sans doute, mais de qualité, puisqu'elle arborait nombre de bijoux d'argent. Brune à la peau sombre, elle affichait aussi un air aimable, voire déluré, qui contrastait avec l'expression sévère de celle qui devait être sa maîtresse. Deux hommes se placèrent autour des femmes, géants blonds au teint vermeil, avec barbes tressées comme des crinières de chevaux. Leur tunique à manches courtes, recouverte d'une jaque d'écailles de fer, laissait voir des bras musculeux, épais comme des bûches qui auraient été tatouées de couteaux et de haches !

1. Bagues.

Quant au reste des hommes, certains tête nue, d'autres coiffés de turbans bleu foncé, c'étaient des Berbères barbus revêtus de *djubba*[1] de coton sur de longs et larges gambisons matelassés de diverses teintes, parmi lesquelles s'affirmaient le carmin, le bistre, le mauve et le sable. Tous, sauf un, arboraient des *harbah*, ces courtes épées droites à garde étroite recourbée vers la lame. Celui qui n'en avait pas, plus âgé que ses compagnons, était à coup sûr l'intendant.

À la table de Locksley, on observait le groupe avec intérêt mais aussi discrétion. Entre deux bouchées de soupe, Guilhem interrogea Rodrigo à voix basse.

— Il y a donc des Maures ici…

— À Caracena, oui. Mais, vous l'avez remarqué, ce ne sont pas seulement des Maures. Les tatoués sont vraisemblablement des eunuques sclabes[2]. Quant à la dame, il s'agit de l'épouse du seigneur de Caracena, comme l'aubergiste me l'a appris.

— Ce seigneur serait un Maure, ici, en Castille ?

— Son père était berbère et sa mère chrétienne. Quand il s'est emparé du château de Caracena, il faisait partie de l'armée du calife Al-Mansûr, le père de Muhammad al-Nasir, le Miramolin actuel. C'était peu après notre terrible défaite à Alarcos, il y a seize ans. Al-Mansûr aurait pu profiter de sa victoire pour envahir toute la Castille, mais il ne l'a pas fait, on ignore pourquoi. Peut-être craignait-il quelque rébellion à Cordoue ou Séville, fréquentes en vérité. À la place il s'est contenté de piller les villes entre Tolède et Guadalajara, puis a accepté une trêve.

Locksley, assis de l'autre côté de Rodrigo, qui avait tout écouté, intervint. D'un signe discret de la tête, il désigna la table voisine :

— Ces gens sont traités avec beaucoup de respect par l'aubergiste et les clients. Comment est-ce possible si leur maître n'est qu'un pilleur berbère ?

1. Robe flottante à larges manches.

2. Slaves.

— Vous avez raison. Mais Abdul Maluk, le seigneur de Caracena, n'est plus un pilleur…

Un sourire amusé illumina son visage en découvrant l'expression intriguée de l'Anglais.

— Certes, il a ravagé Guadalajara sous les ordres d'Al-Mansûr, mais il ne s'est pas retiré en même temps que le calife, ayant d'autres ambitions que de rester petit capitaine. Averti qu'un château avait été abandonné dans les montagnes, l'endroit nommé Caracena, il y a conduit sa horde et s'y est installé. Bien sûr, après la trêve, les Castillans ont voulu le chasser, mais Caracena est imprenable, sinon au prix de lourdes pertes, et Abdul s'est montré aussi fin négociateur que valeureux guerrier. Sa mère étant chrétienne, il en a fait état et s'est converti avant de faire serment de vassalité à notre roi. Il est désormais le maître respecté du pays. Si la plupart de ses serviteurs et de ses guerriers sont berbères, il a aussi avec lui des Slaves, des Turcs, des chrétiens et même des juifs. Pour notre roi, c'est une bonne affaire : avec lui il dispose d'un fidèle qui fait respecter son autorité, encaisse les impôts et pourrait faire barrage à toute invasion maure.

— La dame est donc son épouse…, fit Guilhem en la guignant.

Dans une cuillère d'argent, la jeune femme portait à sa bouche aux dents de nacre de petites bouchées du ragoût à la semoule contenu dans son écuelle. Entre chaque béquée, elle lançait, sous ses longs cils, un regard intrigué et furtif vers la table des inconnus.

— Arrête de la contempler ! protesta Egelina à l'oreille de son amant.

À l'instant, la femme murmura quelques mots à sa servante maure, qui se leva et vint vers les voyageurs. Là, elle s'adressa à Egelina :

— Noble dame, ma maîtresse souhaiterait s'entretenir avec vous.

Egelina tourna la tête vers son amant, le visage éclairé par un sourire espiègle qui signifiait : c'est moi qui l'intrigue, pas toi !

Elle se leva à son tour et accompagna la Maure qui lui laissa sa place sur le banc et resta debout.

Au moment où elle s'assit, Egelina fut enivrée par le parfum de son hôtesse. Cela faisait des jours qu'elle chevauchait, souvent sans pouvoir se laver, son dernier bain datait de La Rochelle et l'agréable fragrance qui l'entourait lui rappela d'un coup son triste état.

L'épouse du seigneur de Caracena ne parut pas se rendre compte des odeurs qu'elle dégageait.

— Que le Très-Haut vous accorde sa grâce, gente dame. Mon nom est Sara, dit-elle en langue d'oc. J'ai entendu chuchoter sur moi, et j'avoue ma curiosité. Mais n'est-ce pas le propre des femmes ? Plusieurs de vos gens parlent en anglais, langue que je connais un peu. Vous êtes une noble dame. Est-il indiscret de vous demander ce que vous faites par ici ?

Egelina comprit évidemment que la question n'avait pas seulement la curiosité pour origine, contrairement à ce qu'affirmait la dame de Caracena. Ils se trouvaient près des terres de son seigneur, aussi se préoccupait-elle de la présence de tels voyageurs armés.

— Nous nous rendons à Tolède, noble dame. Mon nom est Egelina de Camville. Je suis anglaise, en effet, et j'accompagne messire d'Ussel, un chevalier de France. Voulez-vous que je vous présente mes compagnons ?

— Volontiers. Avandje, Madjek ! Faites place pour les étrangers ! Aicha, tu leur serviras de mon vin !

Avandje et Madjek, les eunuques blonds, se levèrent et firent déplacer plusieurs hommes d'armes qui, eux aussi, demeurèrent debout, main sur la garde de leur épée. Egelina appela alors les chevaliers et, quand ils se furent assis, dit quelques mots sur chacun d'eux, tandis que la servante prenait les pots de faïence de la table pour aller les rincer dans une bassine avant de les remplir d'un vin extrait d'un tonnelet.

Après d'affables vœux de longue vie, Sara leur demanda s'ils savaient qui elle était. Sur la réponse affirmative de Locksley, elle leur souhaita alors, dans un anglais hésitant, la bienvenue sur les terres de Caracena.

— Vous parlez notre langue ? s'enquit Ranulf, éberlué.

— Je l'ai apprise à Guadalajara, de mon précepteur, répondit-elle évasivement. Mais vous, que faites-vous donc à Aylon ? Nous y voyons rarement des Anglais.

— Nous nous rendons à Tolède, noble dame, dit Locksley.

— Vous n'avez pas emprunté la route la plus directe.

— Disons que… Nous étions suivis par des gens qui me déplaisent. En passant par la montagne, nous les avons égarés, je l'espère, pour toujours.

Elle tenait une coupe à la main et demeura silencieuse en la regardant, comme si elle digérait la réponse et ce que celle-ci impliquait. Puis elle osa une autre question :

— Êtes-vous des ambassadeurs ?

— Oui, gracieuse dame, répondit Locksley qui ne mentait qu'à demi. Et messire Rodrigo de la Vega notre guide.

Le fin sourire qui apparut sur le visage de Sara de Caracena indiqua à Guilhem qu'elle était satisfaite de cette réponse. Ces ambassadeurs aux espions à leurs trousses – une situation fréquente – ne présentaient aucun danger pour son époux, et cela lui suffisait.

Elle déclara alors :

— Que toutes les bénédictions de Dieu vous préservent durant votre voyage, messires.

Robert de Locksley la remercia pour ces vœux et lui demanda l'autorisation de rejoindre ses gens, ce qu'elle accepta.

Le souper terminé, la nuit tombait quand le regidor se présenta pour savoir si la dame de Caracena était satisfaite de son séjour et lui répéter combien il était son serviteur et celui de son époux, le noble seigneur Abdul. Elle lui sut gré de sa courtoisie et se retira dans sa chambre avec Aicha.

Ses hommes, eux, demeurèrent dans la salle basse. Guilhem devina, à la façon dont ils s'installaient, qu'ils allaient y passer la nuit. Rodrigo interrogea alors le regidor pour savoir si les portes de la ville se trouvaient maintenant closes et si d'autres étrangers étaient arrivés.

Ses réponses se révélant rassurantes, Raoul et Flore allèrent chercher Alaric et les Butler afin qu'ils viennent souper à leur tour. Il devenait inutile de surveiller des chevaux que personne ne volerait. Quant à monter la garde, à quoi cela aurait-il servi avec les Maures demeurés dans la salle ?

*

Le lendemain, Guilhem descendit le premier du grenier, alors que la nuit ne s'était pas entièrement évanouie. Désirant de l'eau chaude pour se raser, il fut surpris de découvrir la salle vide : Maures et eunuques avaient disparu.

— Ils sont partis voici une heure, messire, annonça l'aubergiste qui venait d'allumer le feu. La dame de Caracena avait hâte de retourner chez elle.

Egelina arriva à son tour, puis Rodrigo, Raoul et Flore. L'eau chaude étant prête, cette dernière proposa à son seigneur de le raser, ce qu'elle avait souvent fait.

Elle avait presque terminé, à la lueur du foyer dans la cheminée, quand le regidor apparut avec les deux hommes de Rodrigo : les guetteurs qu'il avait laissés en arrière pour vérifier s'ils étaient suivis.

— Seigneur, nous étions sortis d'Aranda et sommeillions à l'écart de la route de Tolède quand nous avons entendu une troupe, raconta l'un. L'obscurité était plus noire que l'enfer, mais les cavaliers avançaient à la lueur de torches. Deux bonnes douzaines comprenant plusieurs chevaliers et même un moine. Tous portaient la croix sur leurs écus et leurs cottes. Ils sont après nous, c'est certain.

— Peuvent-ils nous rejoindre ?

— Impossible qu'ils ne retrouvent pas nos traces.

— Alors partons ! décida de la Vega.

Moins d'une heure plus tard – il faisait jour, mais le soleil n'apparaissait pas encore – la troupe filait à bonne allure, non sur le chemin de Tolède mais vers le levant, en direction des hauteurs de la montagne. Si les croisés les rattrapaient, avait annoncé Rodrigo à Locksley, on leur préparerait une embusque. Dans les rochers, ce serait chose plus facile.

Une rivière au cours alangui et à l'eau claire s'étalant dans des bosquets de saules et des touffes de roseaux coupa bientôt leur chemin. Avant de la traverser, ils aperçurent, loin et sur l'autre rive, le convoi des Maures. Un gros chariot tiré par deux mules, qui devait faire litière et dans lequel se trouvaient certainement les femmes, entouré des hommes à cheval.

— Allons-nous les rattraper ? demanda Ussel au fils de la Vega, réticent à l'idée d'impliquer la dame de Caracena dans leurs mésaventures, surtout s'il devait y avoir estours.

— Point. Dès que nous aurons traversé le *rio*, nous monterons sur cette éminence.

Rodrigo désigna un promontoire, longue barre rougeâtre abrupte.

— De là-haut, nous dénicherons sans peine un endroit favorable pour l'embusque et attendrons. Si les croisés arrivent, nous les surprendrons. Si personne ne se montre, on filera en direction de Caracena et tâchera de trouver un sentier vers Guadalajara. Mais j'avoue que ni moi ni mes hommes ne sommes déjà venus par ci.

Malgré ces incertitudes, le plan était solide et tous voulaient en finir avec ces suiveurs. De surcroît, tant les Castillans de Rodrigo que les gens de Robert de Locksley savaient qu'une victoire rapporterait bonne finance : ils prendraient chevaux, vêtures, équipement et bourses aux vaincus.

La troupe traversa la rivière – peu profonde – et entama l'escalade d'une pente escarpée traversée de roches tranchantes et parsemée d'épineux.

Au sommet, ils découvrirent un sentier de chèvres qui longeait plus ou moins le chemin suivi par les Maures.

— Là-bas ! s'exclama Alaric qui, dernier, se retournait sans cesse.

Un nuage de poussière vers Aylon signalait des cavaliers en grand nombre.

— Ils n'ont pas perdu de temps, grommela Rodrigo. Descendons dans cette combe pour qu'ils ne nous voient. Toi, Diego, pars devant sans te faire voir et repère un endroit pour l'embusque.

Diego était l'un de ses servants.

Ayant quitté la crête, ils poursuivirent le chemin au fond d'un ravin où ils se savaient invisibles. L'autre servant était, lui, demeuré en arrière pour surveiller l'avancée des croisés.

Le terrain n'était que rocailles rouges et grises parsemées de touffes de genévriers, de quelques buis et cistes odorants. Tandis que le soleil devenait fournaise, de gros lézards verts les observaient avec curiosité. Quelques scorpions noirs, eux, s'enfuyaient à leur approche ou quand un sabot dérangeait la pierre sous laquelle ils dormaient.

Par moments, la brise leur apportait le crissement des roues de bois du chariot des Maures. Le convoi avançait tranquillement en contrebas.

Diego réapparut et, par quelques détours, fit descendre adroitement sa monture vers ses compagnons :

— Señor, plus loin la crête se termine en une falaise qui surplombe le chemin d'environ trente *varas*.

La vara, la verge, faisait trois pieds.

— En nous plaçant derrière avec arcs et arbalètes, ils ne pourront nous échapper.

— Peut-on laisser les chevaux ici ? demanda Ussel.

— Oui, mieux vaut gagner l'endroit à pied. Les Maures ne sont pas loin et, s'ils nous repèrent, s'arrêteront et se retrouveront avec les croisés, ce qu'il faut éviter. Où est Juan ?

— Il attend les Galli[1] et viendra nous prévenir dès qu'ils approcheront.

---

1. Ainsi étaient nommés les gens venus du nord de la France.

On attacha les bêtes à des buis, chacun but longuement qui à une outre ou à une gourde, puis ils se saisirent d'armes, de traits et suivirent Diego.

La falaise était assez loin. Quand ils y arrivèrent, ils constatèrent qu'elle ressemblait à une courtine avec même des créneaux naturels constitués par des souches de pin. Un sentier de sanglier en retrait faisait quasiment chemin de ronde. L'endroit était parfait pour une embusque, quelques pins offrant même de l'ombre.

Ils se placèrent tout au long de la sente et attendirent. Les Anglais avaient mis corde à leur arc et enfilé leur gant. Locksley et Gamwell gardaient trois flèches en main. Les autres, y compris les femmes, avaient engagé un carreau dans la gorge de leur arbalète au câble déjà sous tension.

Alors ils patientèrent en silence, absorbés et sur le qui-vive. Même la grosse couleuvre qui ondulait devant eux afin de surprendre une musaraigne à la recherche d'une graine de pin ne détourna guère leur attention.

L'apparition de Juan fit baisser brièvement leur vigilance. Le servant, passablement essoufflé pour avoir couru, vint chuchoter à l'oreille de messire de la Vega.

— Seigneur, les croisés sont à la rivière et semblent hésiter à traverser.

— Ils finiront bien par monter jusqu'ici. Reste avec nous et prends une arbalète, lui ordonna Rodrigo.

L'attente reprit. La musaraigne gobée, la couleuvre avait regagné sa demeure quand grincement et roulement se firent entendre. Le bruit d'un chariot. Puis un martèlement de sabots et des cliquetis de brides se firent entendre. Le convoi des Maures se montra alors sur le chemin, à la sortie d'un virage. Le lourd véhicule conduit par un eunuque, avec Aicha à côté de lui, progressait de moins en moins vite, tant le chemin grimpait et les mules avaient soif.

— Pressez-vous ! murmura Guilhem entre ses dents.

Il fallait impérativement que les gens de Caracena soient passés avant l'arrivée des gens d'Arnaud Amaury.

Hélas, ce ne fut pas le cas. Mules et chevaux se trouvaient juste au-dessous des voyageurs anglais quand les croisés apparurent. Découvrant les gens de Caracena, l'un d'eux cria en les désignant de sa lance :

— Là !

33

Les croisés cessèrent d'avancer, à l'exception de deux chevaliers qui lancèrent leurs destriers dans un trot rapide. L'un d'eux, celui qui venait de signaler le convoi, portait une surcotte écarlate affichant un lion d'argent à la queue fourchée. Les armes des Montfort, reconnut Guilhem. Ainsi, Simon[1] avait-il autorisé ses gens à participer à la croisade en Andalus. Quant au second, il arborait six besants d'argent, armes du comte de Valentinois.

Les Maures s'étaient retournés et arrêtés, mais personne ne se montrait inquiet. Chez eux, qui oserait les défier ?

En vérité, c'était Ussel, en haut de la courtine naturelle, qui éprouvait le plus de craintes. Il grimaçait même, secouant la tête et serrant la mâchoire.

— Ne craignez rien, seigneur, murmura Rodrigo qui observait son expression. Personne ne s'en prendra aux gens de Caracena. Le plus ennuyeux, c'est que notre embusque a tourné court. Quand les croisés seront passés, nous devrons les rattraper plus loin.

Les chevaliers s'arrêtèrent à trois ou quatre toises du chariot.

— Qui êtes-vous ? s'enquit l'un d'eux en langue d'oc, d'un ton vif et arrogant. La manière de parler de celui qui se croit maître partout où il se trouve.

---

1. Simon de Montfort, l'un des chefs de la croisade contre les albigeois.

— Et vous ? rétorqua le Maure âgé qui ne portait pas d'épée. Vous êtes sur les terres du seigneur Abdul Maluk de Caracena.

L'autre chevalier afficha un sourire dédaigneux :

— Je n'ai jamais entendu parler d'un seigneur Abdul ! Voilà un nom peu chrétien. Qu'en dis-tu, Arnaud ?

L'inquiétude de Guilhem s'accrut quand il vit Sara descendre du chariot. Escortée par Madjek et Avandje, toujours à cheval, elle se dirigea vers les insolents, aussi furieuse que hautaine.

— Une femme, Arnaud ! ricana le croisé en langue d'oïl. Peut-être d'autres dans le chariot ! Voilà de quoi nous amuser ! As-tu déjà goûté aux musulmanes ?

— Galli, d'où sortez-vous ? répliqua sèchement le Maure. D'une bauge, assurément ! Ignorez-vous la courtoisie due à l'épouse d'un vassal du gracieux roi Alphonse de Castille ? Inclinez-vous donc et suppliez pour obtenir votre pardon, sinon vos têtes orneront les créneaux du château de Caracena.

Les chevaliers se regardèrent et éclatèrent d'un rire n'annonçant rien de bon.

— Respect ? Point de respect envers des infidèles ! rugit mâlement une voix venant du groupe de croisés.

De son perchoir, Guilhem reconnut le forcené. Il s'agissait du moine clunisien vu au château de Burgos, celui qui hantait déjà Béziers.

— Délivrez le Seigneur de cette racaille ! hurla alors le religieux en brandissant une masse d'armes. Massacre !

La troupe des croisés, qui n'attendait que cet ordre, chargea au triple galop, lance en avant, emplissant l'air de hurlements sauvages annonçant la plaisante boucherie à venir. Le chevalier prénommé Arnaud avait même déjà tiré son épée et s'était précipité sur le Maure, abattant son fer sur le haut d'épaule du vieil homme sans défense qui s'écroula, bras tranché.

L'autre chevalier, lui, avait saisi son marteau d'armes et assommé le Berbère le plus proche en criant avec emphase :

— Mortaille, au nom de Dieu !

Du sang jaillit en un horrible craquement. Alors les autres Maures dégainèrent leurs harbah et se précipitèrent sur les tueurs.

— Tirez ! cria Locksley.

Flèches et carreaux volèrent. Les deux chevaliers s'écroulèrent, atteints de plusieurs traits. Dans la troupe franque, la moitié des gens d'armes fut désarçonnée par les chevaux, blessés ou effrayés avant seulement de pouvoir combattre. Un cavalier parvint toutefois à embrocher un Maure avant de chuter, à son tour mortellement atteint de plusieurs flèches.

L'assaut triomphant, ou espéré tel, des sbires d'Arnaud Amaury était brisé. Durant un moment la confusion fut totale. Les hommes d'armes, touchés parfois de plusieurs carreaux ou flèches, chutaient de leurs montures, puis se voyaient piétinés par celles-ci, affolées. Cris, jurons, appels et malédictions emplissaient l'air. Et le chemin se jonchait de corps sanglants et esmoignés.

Ignorant le nombre d'ennemis les visant depuis les rochers, l'un des croisés survivants hurla, en faisant demi-tour avec son coursier :

— Boute-selle !

Aussitôt, ce fut la débandade. Dans la bousculade, confuse, plusieurs croisés furent encore touchés par les flèches anglaises.

Dès le début de l'estourmie, Avandje avait saisi sa maîtresse par la taille, portée sur sa selle et galopé loin du combat, protégé par Madjek qui demeurait dans ses pas, épée en main.

La mêlée n'avait guère duré plus que quelques coups de tonnerre. Maintenant le calme revenait, mais pas le silence, car les gémissements et hennissements des chevaux troublaient encore le lieu de la boucherie. Des oiseaux de proie tournoyaient même déjà au-dessus du carnage.

Les Maures survivants demeuraient, eux, stupéfaits, notamment ceux n'ayant pas eu l'occasion de combattre. Trois seulement avaient rougi les lames de leurs épées, et encore en frappant des cavaliers désemparés par des blessures de viretons tombés du ciel.

Après le cri de boute-selle et les galops de fuite, Avandje s'était arrêté à une centaine de verges du chariot. Il avait alors constaté la retraite des ennemis et était revenu d'un pas prudent vers les mules, sa maîtresse dans ses bras et Madjek à côté de lui.

Balayant du regard le champ de bataille, Sara découvrit une grosse douzaine de croisés inertes ou gémissants, des chevaux abandonnés qui soufflaient et renâclaient. Hélas, quatre de ses hommes baignaient dans leur sang, dont son fidèle intendant Rachid. L'un des meurtris, une plaie à la poitrine, tentait de s'asseoir, aidé par Aicha qui, le calme revenu, avait osé sortir du chariot.

Le cœur débordant de colère, elle leva les yeux vers la crête rocheuse d'où étaient venues les flèches et reconnut Rodrigo et Robert de Locksley, qui lui adressèrent un signe amical.

— Les Anglais ! s'exclama-t-elle. Ce sont eux qui nous ont sauvés ! Dépose-moi !

— Que fait-on des croisés, noble dame ? demanda Madjek.

— Achevez-les sans pitié et coupez leur tête !

*

Rodrigo, ses hommes et ceux qu'ils conduisaient regagnaient maintenant l'endroit où ils avaient laissé les chevaux. Comme ils ignoraient s'ils parviendraient à redescendre aisément vers le chemin, ils retournèrent à la rivière, puis rejoignirent le convoi de Caracena, alors que les survivants chargeaient dans le chariot les défunts et le blessé, qui, Sara le craignait, ne survivrait pas.

Un Maure venait d'égorger le dernier croisé, tandis qu'Avandje rassemblait les chevaux. Sara, toujours protégée par Madjek, attendait, debout, impassible mais les larmes aux yeux.

À quelques verges d'elle, Rodrigo, Locksley et Ussel mirent pied à terre.

— Tout est notre faute, gracieuse dame, dit Huntington en s'avançant. Ces croisés en avaient après nous. Nous le savions et les attendions, sans imaginer qu'ils s'en prendraient à vous.

— C'était la décision de Dieu, dit-elle. Et si vous n'aviez été là, je sais le sort qu'ils me réservaient. Je vous dois plus que la vie.

— Mais si nous avions pris une autre route, les croisés ne vous auraient pas rencontrée.

— C'est le destin. Dieu le voulait.

— Ces fanatiques ne gisent pas tous ici, intervint Guilhem en indiquant le chemin ensanglanté. Une petite dizaine d'entre eux se sont enfuis. Ceux-là pourraient revenir.

— Je le sais, et j'ai perdu quatre hommes. Acceptez-vous de m'escorter jusqu'au château ? demanda-t-elle d'un ton inquiet. Mon époux saura vous récompenser.

— Nous vous escorterons et ne laisserons pas ces maudits prendre leur revanche, c'est évident ! Quant à la récompense, elle nous fâcherait. Entre les bourses et les harnois de ces croisés, la picorée est suffisante. En revanche, si le seigneur de Caracena nous offrait un guide pour gagner Tolède sans revenir à Aylon, nous serions vos débiteurs et je vous offrirai volontiers la moitié des chevaux.

— Vous obtiendrez votre guide, je m'y engage ! promit-elle en un sourire chaleureux.

Alaric, Gamwell, les archers et les gens de Rodrigo avaient mis pied à terre et dépouillaient méticuleusement les morts de leurs harnois, bourses et bijoux.

— Madjek, choisis deux montures pour Aicha et moi et des selles qui nous conviendront. Et fais mettre dans le chariot ce que les Anglais ne voudront pas garder.

Rodrigo, qui avait entendu une partie de la conversation, s'approcha et s'adressa à Locksley :

— Seigneur, j'ai promis à mon père de vous conduire à Tolède. Je suis toujours prêt à le faire, mais cette bataille aura des conséquences pour mes hommes et moi. Quand les croisés survivants atteindront Burgos, il serait préférable que nous y soyons afin qu'en aucune façon on ne me mêle au massacre. Puisque la dame de Caracena a promis un guide, vous n'aurez plus besoin de moi. Je souhaiterais m'en retourner maintenant…

— Tu le peux, Rodrigo. Et tu as fait bien plus pour nous que ce que ton père demandait. Tu le remercieras mille fois. Et, avant de partir, choisis dans le butin ce qui te convient.

— Je prendrai uniquement de l'or et des bijoux. Impossible de rentrer dans ma cité avec des chevaux, habits ou harnois ayant appartenu à des chevaliers !

Le partage se fit donc. Madjek choisit deux destriers blancs. Les coursiers blessés furent abandonnés, les autres ajoutés aux animaux de bât. Rodrigo et ses hommes emportèrent des bracelets, des bagues, une dizaine de pièces d'or et plusieurs bourses pleines d'argent. Locksley offrit des armes et hauberts aux Maures, une croix en or à Sara. Le reste fut réparti selon les besoins et envies de chacun. Guilhem garda une belle dague et des vêtements. Il demanda à Flore de l'aider à retirer quelques surcottes portant la croix, lui expliquant ce qu'ils en feraient. De son côté, Locksley jeta son dévolu sur une épée et un heaume, comme Alaric. Gamwell récupéra un haubert, ce que fit aussi le fils Butler. Tous deux se décidèrent en outre pour des cottes de mailles qui avaient résisté aux traits, dont les possesseurs étaient tombés de selle mais avaient ensuite été égorgés par les Maures. Flore, enfin, garda des habits, des manteaux et divers objets qu'elle jugeait utiles.

Quand le convoi se remit en marche, Rodrigo l'avait quitté depuis un moment. Et les têtes des chevaliers croisés ornaient la route, plantées au bout de leurs lances. Dont l'une avait gardé sa bannière avec la croix.

*

Curieux de découvrir le pays, Guilhem chevauchait en tête en compagnie de Madjek et d'Alaric. Derrière suivaient Sara, Egelina, Locksley et Ranulf.

Flore, elle, conduisait les mules et bavardait avec Aicha. Plus loin suivait le chariot, une dizaine de chevaux, puis les archers avec les animaux de bât. Les Maures fermaient la marche en formant une arrière-garde.

À peine étaient-ils en selle que Sara questionnait le comte de Huntington :

— Vous n'avez pas à me donner d'explications, seigneur, mais vous devinez que je m'interroge. Je ne peux imaginer que des gens ayant répondu à l'appel de la croisade d'Innocent III vous poursuivent sans raison. De surcroît, pourquoi un frère clunisien se trouvait-il avec eux ?

— Je ne ferai pas injure à votre finesse d'esprit, noble dame. Pour autant je préfère rester muet sur la raison pour laquelle ces gens s'échinaient à nos trousses. J'ai déjà tant de regrets de vous avoir mêlée à cette guerre.

— Je respecte votre décision, seigneur, mais vous ne pouvez m'empêcher de tirer mes propres conclusions.

Comme Robert de Locksley ne répondait rien, elle poursuivit :

— Ces croisés et ce moine n'éprouvaient que haine envers les musulmans. Or, ils vous pourchassaient, vous, des ambassadeurs, alors que le Miramolin a rassemblé la plus grande armée jamais vue sur ces terres. Pareil rassemblement inquiète à coup sûr bien des rois, en particulier celui de France. Aussi en ai-je déduit que vous souhaitez rencontrer Muhammad al-Nasir afin d'obtenir une nouvelle trêve. Voilà pourquoi ces fanatiques vous poursuivaient : afin de vous empêcher de conduire cette mission, car eux veulent la guerre.

Robert de Locksley médita ce qu'il venait d'entendre. C'était faux, mais plausible. Et les explications de Sara allaient lui éviter d'en fournir d'autres.

— Par ma foi, j'admire votre bon sens, noble dame.

Elle le gratifia d'un sourire satisfait avant de préciser :

— Mon époux, le seigneur de Caracena souhaitera toutefois en apprendre plus.

— Les nobles seigneurs qui m'envoient ont demandé le secret le plus total sur les visées de cette ambassade, aussi je ne pourrai lui révéler grand-chose d'autre.

D'un geste, Sara chassa des moucherons qui tournaient autour d'elle avant de s'adresser à Egelina.

— Vous semblez tenir fort à messire d'Ussel, êtes-vous son épouse ?

— Seulement sa dame de cœur. Mais s'il veut de moi je l'épouserai.

— Il vient de France et vous d'Angleterre.

— Je l'ai connu dans le royaume de France, il y a très longtemps.

— Vous aussi semblez ne pas manquer de secrets, ajouta Sara en un rire charmant.

— Des secrets… Oui, certainement… Comme vous, non ? Ainsi, je m'interroge…

— Sur ?

— La raison qui fait qu'une chrétienne a épousé un musulman qui s'est ensuite converti ?

— Vous savez cela ? Je suppose que messire de la Vega vous l'a dit… En vérité il n'y a nul secret. Désirez-vous connaître ma vie ?

— Volontiers, si vous acceptez de me la conter.

— Je vivais à Guadalajara où mon père est un honorable mercier. Honorable et fort riche. J'ai bénéficié des meilleurs précepteurs et j'étais promise au fils d'un de ses amis quand l'armée d'Al-Mansûr a vaincu les chrétiens à Alarcos. Débuta alors une période de terreur. Les villes tombaient les unes après les autres et étaient pillées. Mon père préparait notre fuite quand les Maures ont mis le siège devant notre cité sans cependant donner d'assaut. Ils ont uniquement réclamé une énorme rançon, ce qui a permis à la plupart des habitants d'échapper aux meurtres et aux viols. Toutefois les maisons les plus riches, visitées, ont dû donner tribut.

» La nôtre le fut par Abdul, qui tomba en extase devant moi et ne vola rien. Mais, le lendemain, il revint seul et demanda à mon père de le laisser faire de moi son épouse.

» Bien sûr, mon père ne voulait pas. Mais comme il craignait de se fâcher avec un homme si redoutable, il lui accorda cependant le droit de me faire la cour.

» Abdul vint donc tous les jours et j'appris à le connaître. Et, j'avoue, à l'aimer. C'est un homme fin, cultivé, juste et bon. Pour autant, mon père ne voulait pas d'un mariage dans lequel je n'aurais été qu'une épouse au fond d'un harem de Cordoue. Aussi, un beau jour, Abdul expliqua-t-il son dessein : ayant appris que le château de Caracena était abandonné, il s'en saisirait et ne repartirait pas avec l'armée d'Al-Mansûr. S'il parvenait à ses fins, il reviendrait me chercher pour me marier. Et me demandait de l'attendre.

» Mon père et moi avons accepté. Un an plus tard, j'étais sa femme.

— C'est une très belle histoire d'amour, intervint Robert de Locksley. Messire d'Ussel, qui chante à merveille, pourrait en faire une canson.

— Et Aicha ? interrogea soudain Ranulf, jusque-là silencieux.

— Esclave, mon époux l'a achetée à Tolède voici quatre ou cinq ans car j'avais perdu ma servante préférée. Depuis, elle est bien sûr affranchie. Elle aussi venait d'une grande famille, mais de Cordoue, où elle avait été capturée durant un coup de main conduit par des chevaliers castillans de l'ordre de Calatrava, alors que ses frères et elle se rendaient à Mursiya[1]. Ces derniers ont été tués. Et, bien que ces hommes de guerre aient aussi été des moines, vous vous doutez des outrages qu'elle a subis. Le commandeur des chevaliers l'a ramenée à Tolède où il s'apprêtait à la vendre à un bordel quand Abdul l'a appris. Connaissant sa famille, il savait qu'Aicha ne pourrait que devenir une amie pour moi.

Egelina remarqua le visage fermé de Ranulf et en fut troublée. À quoi songeait-il ? S'intéressait-il à Aicha, qu'il avait pourtant à peine aperçue ?

— Toutes sortes d'atrocités sont commises dans les guerres et les religieux ne sont pas en reste pour les accomplir, déclara Locksley. J'ai moi-même été croisé et si les membres de l'ordre

1. Murcie.

du Temple et de celui des Hospitaliers n'ont pas été les pires, la plupart n'étaient en rien des saints. J'en ai gardé une grande méfiance envers ceux qui assurent agir au nom de Dieu.

*

Avec un soleil au plus haut et une route qui montait, la chaleur devenait à chaque mètre plus pénible. Grâce au ciel, le chemin se voyait parfois abrité par des pins ou des chênes. Le reste du temps, la végétation demeurait rachitique, épineuse et peu giboyeuse, à l'exception de rares lapins et bouquetins, guettés par des faucons et des buses. Près de ruisseaux bordés de frênes, les voyageurs observaient cependant des chevreuils et des daims peu craintifs.

Une source leur offrit répit et fraîcheur. Alors que les chevaux savouraient l'eau qui jaillissait dans une clairière au milieu de grands pins occupés par des écureuils, des geais, des pies et des piverts jacasseurs, la troupe se sustenta de salaisons et de pain de seigle, se désaltéra du vin tiède contenu dans les outres. Aicha avait même déployé une *sufra*, une table de cuir formée de peaux richement marquetée.

Guilhem écouta Egelina raconter ce qu'elle avait entendu, et Sara s'efforça d'en savoir plus sur lui. Ce qu'il lui révéla sur son rôle à la cour du roi de France la conforta dans ce qu'elle croyait avoir deviné.

Flore et Aicha s'occupèrent aussi du blessé dont l'état n'avait pas changé, mais qui vivait toujours. Elles lavèrent la blessure. Guilhem vint même donner quelques conseils pertinents.

Ils repartirent un peu plus tard. Comme les morts du chariot attiraient les vautours, Robert de Locksley proposa aux archers de les chasser. Hélas, au premier tir les rapaces montèrent si haut qu'ils demeurèrent hors de portée. L'idée fut abandonnée.

Le paysage changea quand ils empruntèrent un nouveau chemin. Les arbres devinrent arbustes, le sol plus sec encore. Le convoi ne traversa alors que des espaces désertiques, hantés par de rares mulots mais surtout d'innombrables lézards gros comme des lapins.

La montée devint encore plus lente et difficile. Impatient, Guilhem s'était à nouveau porté en tête avec Madjek quand, alors que le chemin descendait, se dressa à l'horizon un donjon carré entouré d'un rempart. Dans un mélange de latin, d'allemand et de castillan, le tout assorti de signes de la main, l'eunuque expliqua qu'une autre enceinte s'étendait derrière la tour et que le château était construit entre deux gorges, profonds ravins qui en empêchaient l'accès de deux côtés.

Ils attendirent les autres. Le paysage écrasant de solitude s'étalait devant leurs yeux. À perte de vue, une grisaille rocheuse uniforme s'étendait, à peine effacée par la limite du ciel bleu dans lequel tournaient des vautours en quête de proies. Nulle forêt, seulement de rares pins et quelques massifs de genévriers. Une désolation.

Déjà des cors retentissaient depuis le donjon. On signalait leur approche.

*

La troupe franchit un pont de bois qui surmontait un ravin asséché. Puis, par un couloir voûté tout juste large pour laisser passer le chariot, avec herse de fer relevée en son milieu, elle pénétra dans une lice bordée à la fois par la tour carrée et par une haute enceinte de pierre. Au sommet de laquelle se tenaient des archers qui la regardèrent avancer.

À l'angle du donjon, la lice se prolongeait entre la muraille extérieure et un rempart intérieur. Quelques toises plus loin, s'ouvrait un autre corridor, étroit et voûté, dans une tour ronde.

Des troupes hostiles auraient eu grand-peine à arriver jusque-là, puisque déjà criblées de flèches ou de pierres par les défenseurs placés en haut des murailles.

Madjek indiqua à Guilhem qu'ils allaient emprunter ce corridor. À l'intérieur, il y avait une autre herse, levée, puis un portail aux battants ouverts. Ussel découvrit ensuite une cour intérieure sans le moindre brin d'herbe, plusieurs bâtiments en pierre sèche et torchis aux toitures en bois ou branches. La plus grande construction, accolée au donjon, occupait tout un flanc de muraille. Avec son étage, elle devait abriter la plupart des gens du château. Sur les autres côtés se dressaient les bâtisses habituelles dans ce genre de forteresses : écuries, étables, bergeries et granges.

Guilhem fut interrompu dans ses observations par des interjections. Il se retourna et vit que le chariot peinait à tourner dans le passage. Les mules renâclaient, aussi Madjek et lui descendirent-ils de selle pour contraindre les animaux rétifs à avancer, tandis que les Maures, eux, poussaient le véhicule.

Enfin, la voiture passa et fut conduite devant le long bâtiment. Prévenues, des servantes transportèrent le blessé à l'intérieur, après quoi on sortit les morts qu'on porta au même endroit. Ayant surveillé l'opération, Sara prévint Robert de Locksley qu'elle le ferait chercher. Elle dit quelques mots à Avandje, et, accompagnée d'Aicha, entra dans le donjon par une voûte gardée de sentinelles.

Les Maures de l'escorte ayant filé vers l'écurie, Madjek demanda aux étrangers de les rejoindre. Avandje prévint Locksley qu'il partait demander au seigneur où ils logeraient. En attendant, ils pouvaient laisser leurs affaires avec les chevaux, où elles ne risqueraient rien.

Si l'écurie était grande, elle s'avérait ce jour-là quasiment vide, avec à peine trois ou quatre douzaines d'animaux là où, d'ordinaire, il devait y en avoir pas loin de cent. Madjek, intrigué, questionna un palefrenier. Celui-ci annonça que le seigneur avait fait partir des patrouilles la veille, après la visite d'étrangers. Des valets arrivèrent alors en nombre, certainement prévenus par les Maures de l'escorte, et se mirent à desseller et ôter les bâts.

Guilhem les laissa faire et sortit avec Egelina. Tous deux avaient soif et cherchaient un puits où se désaltérer. Avisant des valets qui vidaient une charrette de foin, ils les interrogèrent. On leur répondit que le seul puits était creusé dans le donjon. C'est alors qu'Avandje les interpella :

— Venez ! Notre dame veut vous présenter à son époux.

— Moi aussi ? s'étonna Egelina.

— Vous aussi. Elle souhaite que tous les chevaliers soient présents pour leur faire honneur.

Il se rendit ensuite auprès de Locksley pour lui annoncer la même chose. Huntington alla alors prévenir Alaric et Ranulf, qui se tenaient au fond de l'écurie.

Le Toulousain discutait avec Winchester devant un cheval plus grand que les petites montures mauresques.

— Messire, départagez-nous : je prétends que ce coursier est normand, et messire Ranulf assure la chose impossible. Pourtant l'encolure et la croupe ne peuvent mentir.

— Que ferait un cheval normand ici ? contesta Locksley. Ce sont au contraire les barons normands qui achètent des chevaux de ces contrées ou des destriers arabes ! Guillaume le Conquérant le premier, qui en chevauchait un à Hastings, et les Plantagenêts ensuite. Mais nous en parlerons plus tard, le seigneur Abdul et dame Sara nous attendent.

Néanmoins intrigué par l'observation d'Alaric, il rejoignit Guilhem et Egelina en songeant que le coursier ressemblait bel et bien aux destriers élevés par les comtes de Shrewsbury.

Ils traversèrent la cour ensoleillée, ayant hâte d'ôter haubert et gambison. Madjek, qui les attendait à la porte du donjon, leur désigna l'escalier en limaçon. Après une trentaine de marches, ils débouchèrent dans une grande salle qui occupait toute la tour.

Ce qui frappa Ussel en premier lieu, ce fut la profusion de tapis qui ne laissait apparaître aucune dalle du sol. Le reste de l'ameublement était des plus simples : quelques coffres gainés de cuir, des tentures colorées sur les murs, des sièges recouverts de coussins, un grand nombre de mêmes coussins sur les tapis, et plusieurs *firash*, ces sortes de matelas épais posés sur un cadre de bois des plus réduits. Une table marquetée avec un jeu d'échecs et deux tabourets complétaient l'ensemble, tandis que dans des niches brûlait de l'encens.

Sur un siège imposant se tenait un colosse brun à longue moustache. Et, près de lui, une vingtaine de personnes dont beaucoup de chevaliers. Les chrétiens se reconnaissaient à leur robe ou bliaud. La plupart étaient imberbes, munis de longues épées et de triples ceinturons noués. Les Maures, eux, arboraient des dolimans beige, sinople, cinabre ou feuille morte, galonnés ou doublés de motifs géométriques de couleurs vives. Certains portaient de grandes écharpes en poil de chèvre. Plusieurs étaient tête nue, quelques-uns en turban indigo. Tous avaient des épées suspendues à des ceintures placées haut à leur taille.

Sara s'exprimait avec fougue. Le colosse la considérait non sans perplexité.

Le tintamarre provoqué par les harnois et les équipements métalliques des visiteurs fit tourner toutes les têtes de l'assistance vers eux. Robert de Locksley et Ussel découvrirent alors avec stupeur que l'un des chevaliers chrétiens n'était autre que Peter Mauluc.

34

Guidé par Pedro Perez, la troupe de Foulques de Canteloup et Peter Mauluc était arrivée deux jours auparavant à Caracena. À ce moment-là, Sara résidait à Aylon et ignorait la présence des Anglais.

Avec le fils du notaire de León comme traducteur, Canteloup avait été reçu par le seigneur Abdul. Qui, prudent, n'avait pas accepté que les hommes d'armes anglais, trop nombreux, pénètrent dans son château. Ceux-ci avaient donc établi un camp à l'extérieur de l'enceinte.

Dans les explications justifiant sa venue faites au seigneur de Caracena et à ses lieutenants, Foulques n'avait rien caché. Il était un ambassadeur de Jean d'Angleterre et venait de León. Son roi souhaitait une alliance avec le calife de Cordoue, mais d'autres Anglais – des félons – s'opposaient à cette politique. Qui se trouvaient en Castille. Sans doute à Burgos, mais ils n'y resteraient pas et se dirigeraient, si ce n'était pas déjà le cas, vers Tolède.

Lui, Foulques de Canteloup, était chargé d'exterminer ces traîtres pendant que les autres ambassadeurs poursuivaient leur route vers Cordoue. Il était donc prêt à bailler au seigneur Abdul Maluk mille besants d'or fin pour obtenir son aide, n'ayant pas les moyens de mettre la main sur ces renégats.

— Combien sont-ils ? avait interrogé l'apostat.

— Une quinzaine, mais tous solides et redoutables guerriers, avait reconnu Canteloup.

C'était beaucoup. Cependant l'énormité de la rétribution[1] avait convaincu les gens de Caracena et tous se montraient prêts à en découdre avec les Anglais scélérats. Abdul avait alors tempéré ces ardeurs : si ces fourbes étaient sous la protection du roi de Castille, lui ne pourrait s'en prendre à eux, sa loyauté envers son maître le lui interdisant.

Canteloup avait alors menti en affirmant qu'il ignorait si Alphonse VIII protégeait ces gens-là. Pourquoi le ferait-il ? avait-il même insisté. Certes, ce n'était qu'un demi-mensonge, puisque Thomas de Herdington avait seulement dit qu'Ussel aurait obtenu un laissez-passer de la fille du roi de Castille. Et un laissez-passer n'était en rien une protection à toute épreuve.

La situation n'en était pas moins épineuse pour le seigneur de Caracena. Occire ces prétendus félons risquait d'avoir de funestes conséquences pour lui et ses gens. Abdul n'était pas assez au fait des alliances et des accords entre son roi et celui d'Angleterre pour agir inconsidérément.

Il s'en était d'ailleurs expliqué sans détour auprès de ses capitaines.

— Mille besants d'or ne méritent-ils pas de prendre quelques risques et de délaisser certaines règles, était intervenu Gomez Sancho, un chrétien basque qui avait le commandement des hommes d'armes de la forteresse.

— Certes, certes, avait reconnu Abdul.

Il avait laissé chacun s'exprimer, ce qui lui permettait de réfléchir.

À la fin du débat, le seigneur avait déclaré à Foulques de Canteloup et Peter Mauluc :

— Mes gens et les vôtres partiront dès demain à la recherche de vos ennemis sur les routes entre Burgos et Tolède. Vous me payerez cent besants pour pareille équipée, même s'ils ne les trouvent pas.

1. À titre de comparaison, durant la troisième croisade, la tête d'un chevalier franc était payée un besant d'or par Saladin.

Foulques avait accepté cette première condition. Toutefois, il y en avait d'autres.

— S'ils les découvrent, et si ceux dont vous voulez la male-mort n'ont avec eux aucun homme du roi, ils les extermineront et vous réglerez les neuf cents autres besants. En revanche, si vos ennemis sont sous sauvegarde, mes gens se retireront. Toutefois, pour avoir trouvé vos adversaires, vous me verserez quatre cents autres besants. Ensuite, ce sera à vous de les vaincre. Seuls. Si vous le désirez, je pourrai vous indiquer quelques bandes de gueux capables de vous prêter main-forte.

L'accord, honorable, avait été conclu. Les Anglais s'étaient séparés en trois groupes : deux grosses bandes, chacune épaulée par une trentaine de Maures, étaient parties en campagne, tandis que quelques hommes demeuraient au château avec Mauluc afin d'assurer les liaisons. Ce dernier gardait aussi les bagages et bourses. Pedro Perez était resté comme interprète, ses deux compagnons accompagnant les autres.

*

Quand Ussel et Locksley découvrirent la présence de leur pire ennemi, Sara était en train de raconter, en langue arabe, comment elle avait été sauvée des croisés.

Mauluc, qui ne comprenait rien ou très peu à ce qu'il entendait, même si Perez traduisait approximativement à voix basse ce qui se disait, interrompit l'épouse du seigneur en criant dans une langue d'oc maladroite :

— Seigneur Abdul, ce sont eux ! Ce sont les félons que nous recherchons !

Locksley venait de comprendre la présence du cheval normand. Les ambassadeurs de Jean se trouvaient ici ! Par quelle diablerie ? Comment étaient-ils arrivés ? Et comment se faisait-il que lui n'ait vu aucun d'eux ni leur troupe ? Des questions sans réponse et désormais sans importance. Ce qui comptait était de partir au plus vite. Il était encore temps.

Devinant l'affrontement, Guilhem avait posé la main sur la garde de son épée, Egelina, elle, tenait sa dague. Alaric et Ranulf reculaient déjà vers la porte.

— Que signifie ! cria alors Sara en arabe, aussi furieuse qu'on accuse ses sauveurs que de l'impolitesse d'avoir été coupée dans son récit. Ces gens ne sont nullement des félons ! Ce sont des ambassadeurs de rois et de princes !

Perez traduisit à toute allure.

— Des ambassadeurs ? Mensonge ! hurla Mauluc en anglais. Robert de Locksley est un renégat !

Perez, terrorisé, expliqua d'une faible voix.

— Silence, tous ! ordonna Abdul en se levant. Nous allons tirer cela au clair.

Le colosse venait de s'exprimer dans un dialecte catalan si proche de l'oc que Locksley, Ussel et Alaric comprirent.

— Vous, écartez vos mains de vos épées. Vous ne risquez rien ici, pour l'instant.

D'une démarche lente, lourde et assurée, il s'approcha du comte de Huntington. C'était sa façon de faire quand des conflits surgissaient dans son entourage. Par sa taille et sa corpulence, il cherchait à impressionner ceux à qui il allait s'adresser, mais surtout se donnait du temps pour appréhender l'origine des querelles et y trouver solution.

— Ma gracieuse Sara vient de nous raconter comment vous l'avez sauvée de croisés à votre poursuite. Je vous suis redevable, bien que vous soyez la cause de cette agression, mais lui avez-vous vraiment révélé qui vous étiez ? Messire Mauluc et ses amis m'ont tenu un tout autre discours vous concernant. Vous seriez des félons qui veulent empêcher le roi Jean d'Angleterre de s'allier avec l'émir des croyants, lequel est le fils de mon ancien calife et que j'estime fort. Qui de vous deux tente de m'abuser ?

— Voici un blanc-seing de la fille du roi de Castille que messire d'Ussel a rencontrée avant notre départ, déclara Locksley en fouillant son escarcelle.

Abdul saisit le document et alla le lire près d'une lampe à huile, la salle n'ayant pas de fenêtre.

Le silence régnait dans la pièce. Mauluc rongeait son frein en lançant des regards à la fois haineux et sournois à Ussel et Egelina.

Abdul revint vers Huntington.

— Qui est Ussel ?

— C'est moi, seigneur.

— Avez-vous rencontré la princesse ?

— Souvent. J'ai été prévôt de la cour du roi son beau-père.

— J'ai besoin de comprendre… Qu'est-ce qui vous oppose à messire Mauluc et à son compagnon, messire de Canteloup, parti à votre recherche pour vous exterminer ?

Canteloup ! Ainsi le compère du sheriff de Cornouailles faisait partie des ambassadeurs, songea Locksley. Il saurait s'en souvenir.

— Je représente les barons d'Angleterre, seigneur, dit-il. Ils ne veulent pas que les ambassadeurs du roi Jean rencontrent le Miramolin.

— Pourquoi ?

Robert de Locksley ne répondit pas immédiatement. Devait-il jouer son va-tout ? Sans la présence de Sara, il ne l'aurait pas fait, mais si elle lui avait dit la vérité, elle les protégerait.

— Le roi Jean veut se convertir à la religion musulmane, lâcha-t-il.

— Que dites-vous ? interrogea un Abdul aux yeux écarquillés et aux sourcils relevés en pointe tant il était incapable de cacher sa surprise.

Immense brouhaha dans la salle. Comme les dialogues s'étaient faits dans un catalan plus ou moins approximatif, la plupart des lieutenants d'Abdul avaient compris la déclaration de l'Anglais et plusieurs la répétaient à ceux qui ne connaissaient pas cette langue.

De son côté, Sara, bouche ouverte, n'était pas la dernière à marquer sa stupéfaction.

— C'est la vérité, ajouta Locksley. Seulement le roi d'Angleterre n'a pas la foi musulmane, il veut uniquement punir les chrétiens de son royaume. Nous voulons le révéler au Miramolin et le supplier de refuser de bénir ce fourbe.

La surprise passée, Abdul avait repris ses esprits et appréhendait mieux la position des deux factions. S'il s'agissait de la vérité, bien sûr.

Il se tourna vers Sara :

— Demande au seigneur Mauluc si c'est vrai !

Son épouse s'exécuta. Et Mauluc, hésitant, approuva d'un signe de tête.

Abdul revint à sa chaire en silence, méditatif.

Il s'assit et regarda l'assemblée avec attention. Ses chevaliers, muets, attendaient sa décision.

— Ce sont vos querelles, dit-il enfin à Locksley. Je ne veux pas m'en mêler ni y impliquer mes gens. Vous partirez demain. Cette nuit, vous logerez dans une tour. Avandje vous y conduira. Vous serez loin de messire Mauluc et de ses hommes. Vous ne chercherez pas à les approcher. Le premier qui tirera l'épée, quel que soit son parti, sera jeté du haut de ce donjon.

En même temps, Perez traduisait à voix basse.

Abdul se tourna :

— Quant à vous, sire Mauluc, je vous ai demandé quatre cents besants pour retrouver vos adversaires. C'est fait, puisqu'ils sont ici. Quand messire de Canteloup reviendra, il me remettra cette somme et vous partirez. Si vous le souhaitez, vous rattraperez messire de Locksley et vous vous battrez. Le Miséricordieux décidera alors de ce qui doit advenir.

Comme Mauluc affichait sa stupéfaction, Abdul l'autorisa à s'exprimer.

— Vous aviez promis de nous aider, seigneur…

— Je vous avais prévenus que je ne ferais rien contre ceux sous la protection de mon roi. C'est le cas. L'ordre est écrit dans le sauf-conduit que m'a montré le comte de Huntington. Par ailleurs, nous sommes tombés d'accord que vous nous donneriez quatre cents besants si je vous conduisais à ceux que vous cherchez. N'est-ce pas encore le cas ?

Par leurs expressions et leurs hochements, les conseillers et gens d'Abdul approuvaient. Ils étaient d'autant plus satisfaits que leur seigneur avait gagné cinq cents besants sans se mettre en danger ni intervenir dans un conflit qui ne les concernait guère.

Mauluc ravala sa rage et reprit son air benêt. Déjà, un autre plan se mettait en place dans son esprit fertile.

— Messire de Locksley. Vous n'êtes point prisonnier, mais ne sortez pas de la tour, qui sera votre logis. On vous portera de l'eau et à souper. Ma gracieuse Sara m'a dit que deux femmes se trouvent avec vous. Comme il ne serait pas convenable qu'elles logent dans la même salle que vos hommes et vous, elles auront place dans une chambre du bâtiment des femmes, et ainsi Sara pourra s'entretenir avec elles.

» Messire de Mauluc. Vos gens et vous demeurerez également dans les deux salles que je vous ai données. N'en sortez pas plus. Je fais partir des messagers dès maintenant prévenir vos amis. Ils seront de retour avant deux jours.

Il attendit que Perez ait traduit pour conclure :

— Reste encore une disposition à prendre... Sancho, rassemble autant d'hommes que tu jugeras nécessaire et pars tout de suite à la poursuite des croisés survivants. Tu me rapporteras leurs têtes.

Il fit signe à Avandje d'approcher et murmura quelques mots à son oreille. L'eunuque se rendit ensuite près de Robert de Locksley et lui demanda de le suivre avec ses compagnons.

Ceux-ci saluèrent le seigneur Abdul, sa dame Sara, et se retirèrent, non sans avoir jeté un regard haineux à Mauluc, qui le leur rendit.

*

Dans la cour, Avandje désigna une tour ronde, à l'angle de l'écurie :

— Logent là une vingtaine d'hommes, mais ils sont partis... à votre recherche avec les Anglais. Vous pouvez donc vous y installer. Il y aura suffisamment de matelas. Je vous ferai porter de quoi dîner, boire et de l'eau pour vos ablutions. Vous y trouverez aussi des pots pour les commodités, qu'on peut vider du haut de la tour. Transportez vos bagages, mais inutile d'en amener trop, puisque vous repartez demain matin. Enfin, une fois installés, ne sortez plus. Vous avez entendu les ordres du seigneur.

Il s'adressa ensuite à Egelina :

— Vous logerez ici avec dame Flore.

Il indiqua le long bâtiment.

— La partie proche du donjon est réservée aux femmes. C'est là que je suis aussi, avec Madjek et Dragan, slave comme nous. Aicha vous attendra et vous montrera votre chambre.

— Nous préférons demeurer avec nos amis, fit Egelina.

— Le seigneur Abdul a pris la décision. Vous ne pouvez vous y opposer.

Egelina regarda Ussel. D'un regard farouche qui signifiait : « Bien sûr que je peux m'y opposer ! »

Le silence s'installa. Personne ne bougeait. Finalement, Locksley leva une main conciliante :

— Acceptez, Egelina. Nous serons partis demain. De plus, Sara tenait à vous parler et ne pourrait se rendre dans notre tour. Vous êtes armée. Flore sera à votre côté, et Madjek et Avandje, qui sont hommes de parole, près de vous. Il ne peut rien vous arriver. N'es-tu pas de mon avis Guilhem ?

Ussel avait réfléchi. L'autre éventualité était de refuser. Cela conduirait-il à un affrontement ? Sans doute. Abdul n'était pas homme à accepter que ses décisions soient remises en question. Or, un esclandre ferait le jeu de Mauluc.

— Robert a raison. Nous partons demain. Inutile de chercher la querelle.

La Licorne opina du chef. Elle acceptait leur décision… mais n'en pensait pas moins.

35

La nuit était tombée.

Serrant la cordelette de fermeture de son mantel d'une main crispée, Egelina traversa la salle sous les regards concupiscents des archers anglais restés à Caracena. L'eunuque Dragan lui montra l'escalier, qu'elle gravit d'un pas lent.

*

Un peu plus tôt, le même Dragan avait frappé à sa chambre. Elle sommeillait déjà, couchée avec Flore. Celle-ci s'était levée, avait pris un coutelas et demandé, en langue d'oc, près de la porte :

— Que voulez-vous ?

— Je dois parler à la dame de Camville. C'est important.

Réponse en catalan.

— Attendez ! avait dit Egelina.

Des paroles que Flore avait traduites.

Tandis qu'elle battait son briquet pour allumer le bougeoir à chandelle, Egelina s'était levée. Comme elle dormait en chainse, elle avait juste enfilé sa robe de voyage, l'avait lacée et avait noué sa ceinture portant sa dague, puis pris son arbalète, tendu le câble, posé un vireton et, enfin, demandé à Flore d'ouvrir.

Dragan se tenait sur le seuil. Seul, immobile. Le Slave n'était guère différent de ses compagnons Avandje et Madjek : grand et blond, comme eux, tout aussi tatoué, mais avec une barbe plus courte.

— Entrez et fermez la porte ! ordonna Egelina.

Il obtempéra.

— Qui vous envoie ?

— Le sire de Mauluc souhaite vous parler.

— Pas moi !

Flore traduisait au fil des échanges.

— Il m'a dit qu'il avait une révélation à vous faire.

— Je m'en moque. Et d'ailleurs, comment vous a-t-il dit cela, parlez-vous anglais ?

— Non, c'est maître Perez qui a traduit. Messire Mauluc m'a demandé de vous révéler qu'il y avait un traître dans votre arroi. Il connaît son nom et il est prêt à vous l'apprendre.

Stupéfaite, Flore avait regardé Egelina et été frappée par son expression. Le visage de la dame de Camville venait de se décomposer.

— Pourquoi ferait-il cela ? avait-elle demandé après cet instant de stupéfaction, le temps aussi qu'elle se maîtrise.

— Il veut changer de parti. Le roi Jean lui a imposé d'accompagner les ambassadeurs et fait savoir que si leur mission échouait, il n'aurait plus sa place en Angleterre.

— Qu'il aille négocier son salut avec messire de Locksley.

— Il existe de vieilles haines entre eux, comme avec messire d'Ussel. Il pense que vous pourriez servir d'intermédiaire.

Flore avait continué à traduire, osant, à la fin, ajouter :

— N'y allez pas, ma dame. C'est un piège !

Mais Egelina avait pesé le pour et le contre. N'était-ce pas l'occasion qu'elle attendait ? Le pour l'emportait, sans l'ombre d'une hésitation.

— J'ai ma dague, avait-elle répondu à Flore, et Dragan sera avec moi. Il me protégera. Aide-moi à poser mon touret.

La coiffe était posée sur un coffre. Flore, contrariée et inquiète, avait pris et ajusté le voile sur les cheveux tressés de la Licorne, rassemblés en torsade. La dame de Camville avait ensuite saisi son manteau.

Ils étaient sortis dans la cour déserte et obscure. Quelques lampes à huile faisaient danser les ombres. Ils avaient suivi le bâtiment jusqu'à son extrémité et pénétré dans la partie occupée par les Anglais.

*

Dragan s'arrêta devant une porte. Il frappa et ouvrit sans attendre. Egelina regarda la salle où on l'invitait à entrer. Vide, à peine éclairée par la lumière tremblotante des lampes à huile. La pièce ne semblait pas présenter de danger. Elle pénétra quand, en un éclair, avec une incroyable agilité, Dragan arracha la dague de son fourreau avant de repousser la porte.

Un piège ! Comme elle s'y attendait.

La salle avait, bien sûr, la même taille que celle du dessous. Elle était meublée de coffres, d'un lit et de tapis. Il n'y avait personne.

Egelina s'approcha de l'unique fenêtre et regarda les étoiles en songeant à ce qui allait se produire. Elle resta immobile un moment, jusqu'à ce qu'elle entende quelqu'un entrer. Retournée, elle reconnut l'individu à l'air balourd. Mauluc portait la même robe cramoisie que lorsqu'elle l'avait vu devant Abdul.

— Je suis prête à vous entendre, dit-elle en plantant ses yeux dans les siens.

Il s'efforça de soutenir son regard, mais baissa finalement les paupières.

— Je savais que vous viendriez, dit-il d'un air sournois et réjoui.

— Uniquement pour vous écouter. Vous connaîtriez le nom du traître qui nous accompagnait…

Sourire narquois de Mauluc.

— Je le connais, bien sûr, mais cette proposition n'était qu'un appât.

— Un appât ? s'enquit-elle, durement.

— Oui, gracieuse dame.

Il la détailla ostensiblement de haut en bas, avec un rictus approbateur qui la révulsa.

— Je vous tiens enfin, fille Camville. Le roi m'a tant parlé de vous… Il n'a pas réussi à vous avoir pour femme, et moi je vais lui damer le pion. Je m'étais aussi juré de vous faire payer d'avoir tué mes gens à Baynard. Vous voyez, je tiens toujours parole. Et vous punir… à ma façon me réjouit. Vous entendre pleurer et supplier sera mon délice.

— Vraiment ? s'enquit-elle avec effronterie.

— Commencez par ôter ce mantel !

— Qu'espérez-vous, petit bonhomme contrefait ?

Il devint rouge. Ses lèvres trémulèrent nerveusement.

— Vous paierez aussi pour cette insulte. Quand j'aurai obtenu ce que je veux, vous vous cacherez dans cette huche !

Il désigna un long coffre de cuir.

— Pourquoi ?

— Mes gens le porteront à l'écurie et, avec l'aide de Dragan, nous quitterons le château.

— Dragan a donc trahi son seigneur ?

— Pour quelques dizaines de besants, répliqua le balourd avec un sourire d'évidence.

— Et où irez-vous ?

— À l'église de San Pedro du village de Caracena. Canteloup et moi sommes convenus de nous y retrouver en cas de difficulté imprévue. Voyez comme je pense toujours à tout…

De nouveau, un sourire satisfait d'outrecuidance fendit son visage. Celui qu'affichent ceux convaincus de leur supériorité.

— On vous trouvera vite et votre tête de fat ornera les murailles du château demain.

Il ignora l'insulte.

— J'en doute, avec un si bel otage. Locksley et Ussel n'oseront m'attaquer en sachant quels supplices je pourrais vous infliger. Éventuellement, je leur en montrerai quelques-uns en vous exposant à la petite fenêtre du clocher ou, pourquoi pas, nue sous les arcades…

Elle s'efforça de ne pas frémir.

— Voyez-vous, les femmes constituent les meilleurs otages. C'est ce que j'ai toujours recommandé à mon roi, et c'est à mon idée qu'il a saisi Matilda.

Baissant la tête, Egelina parut accepter son sort. Elle observa tout de même :

— Admettons que mes amis ne vous attaquent pas, le seigneur Abdul, lui, le fera.

— Ne l'avez-vous pas entendu ? Il ne veut se mêler de nos affaires.

— Je n'ai vu que quatre archers en bas. Mes amis sont neuf. Vous tomberez forcément dans leurs mains, ne serait-ce que parce qu'il vous faudra dormir.

— Demain ou après-demain, messire de Canteloup se trouvera ici avec quinze autres archers. Tout sera différent. Dragan le préviendra et Strongbow, le meilleur tireur d'Angleterre, exterminera sans peine vos amis. Quant à vous, vous pourriez devenir la récompense de nos vaillants guerriers… Si vous ne vous soumettez pas à mes caprices.

Il se mit à rire. Des gloussements saccadés infâmes, à glacer le sang.

— Bien joué ! approuva-t-elle en opinant d'un air sincère. Votre réputation d'adresse n'est point usurpée. Je le dirai au roi.

Il plissa le front. Pour quelle raison se montrait-elle si sûre d'elle ? Pourquoi parlait-elle du roi ?

Elle défit le cordon de son col et laissa gracieusement tomber la grande cape par terre.

— J'ignorais que l'attaque du château Baynard était conduite par des gens du roi, dit-elle. J'ai cru à une bande de fredains qui voulaient piller la demeure de FitzWalter. Sinon je n'aurais pas agi ainsi.

Bouche ouverte, sourcils relevés, Mauluc ne comprenait pas ce qu'elle annonçait.

— Savez-vous que, pendant des années, j'ai fidèlement tué pour le roi d'Angleterre sous le sobriquet de la Licorne ?

— Il me l'a dit, et vous croyait morte, fit-il gauchement.

— Dans un sens, il avait raison, messire Mauluc. Savez-vous où est sis mon château ?

— Non…, répondit-il sans comprendre pourquoi elle lui posait cette question.

— À Almeley, près de Huntington, et non loin de Salisbury. C'est le frère du roi[1] qui m'a permis de l'obtenir. Pour votre information, je suis la maîtresse du comte et quand messire Longue-Épée a appris de son frère que Huntington avait rejoint les barons félons, il m'a demandé de me faire accepter par eux. Chose facile avec ce benêt d'Ussel déjà connu autrefois.

Mauluc demeura encore plus stupide. Toute arrogance venait de disparaître de ses traits.

— Le comte de Salisbury m'a chargée de tout faire pour empêcher Huntington d'atteindre Cordoue.

En l'entendant, il ne sut que dire. Le désarroi l'envahit. Ainsi, il y avait deux espions dans la troupe de Locksley ! Une ombre de doute s'insinua toutefois dans son esprit.

— Pourquoi vous croirais-je ? parvint-il à lâcher.

— Retirez votre robe, messire, et je saurai vous le prouver, fit-elle en ôtant son touret pour dévoiler sa chevelure, qu'elle secoua, laissant flotter les tresses sur ses épaules.

Affichant un sourire engageant, elle dénoua avec lenteur la ceinture posée sur ses hanches, la laissa tomber et commença à délacer le devant de sa cotte, dévoilant peu à peu son ample chainse bayante à l'amigaut, qui laissait paraître le début d'une belle gorge retenue par un bandier.

Subjugué, Mauluc déposa épée et escarcelle sur un coffre, puis desserra sa ceinture qui, incrustée d'orfèvrerie, provoqua un bruit métallique en chutant sur le tapis. Après quoi il défit lui aussi les lacets de l'amigaut, sur le côté de sa robe, écarta le vêtement et le retira.

1. Il s'agit, rappelons-le, du demi-frère de Jean sans Terre, Guillaume Longue-Épée.

Il apparut en longue chainse de coton et braies grisâtres de saleté et de sueur.

— Voulez-vous me voir dans ma natureté ? demanda-t-elle d'une voix rauque. Seul messire Longue-Épée m'a connue ainsi, et je dois avouer que votre adresse est plus séduisante que votre physique. Mais j'ai toujours aimé les hommes habiles.

— O… Oui…

Elle défit complètement le bustier de son vêtement et laissa choir sa robe, laissant paraître uniquement sa chainse à larges manches.

Alors, souriante, montrant son désir, elle écarta les bras et s'approcha de lui.

Il sut qu'elle allait être sienne et oublia tout.

Il l'enlaça et, comme il cherchait sa bouche, ressentit un grand froid dans son ventre.

La femme s'était brusquement éloignée. Alors la douleur arriva, fulgurante. Il baissa les yeux et vit sa chainse rougie par un flot de sang, ses boyaux sortir de sa panse tels des vers monstrueux.

Il comprit qu'elle l'avait frappé, éventré, la regarda et constata qu'elle tenait un stylet sanglant à la main. Alors il tomba à genoux. Des larmes coulaient de ses yeux. Douleur ou honte d'avoir été trompé ?

Egelina revint près de lui et, ignorant son désespoir, attrapa sa chevelure d'une main ferme et lui trancha la gorge en veillant à ne pas recevoir de sang.

Abandonnant sa victime, elle alla essuyer ses mains sur une étoffe découverte sur un coffre, remit le stylet dans l'étui qu'elle portait à sa cuisse, se rhabilla, puis passa par-dessus sa robe celle de Mauluc. Elle abandonna son touret et se coiffa du bonnet de feutre de l'Anglais en glissant ses tresses dessous. Après quoi, elle alla ceindre la ceinture de sa victime et y rattacha épée et escarcelle. Trouvant celle-ci particulièrement lourde, elle l'ouvrit et découvrit un sac noué d'un cordon. À l'intérieur, quelques centaines de besants d'or.

Elle refermait l'escarcelle quand on entra.

*

C'était Sara. Derrière elle se trouvait l'eunuque Avandje qui tenait un couteau sanglant.

En un instant, ils parcoururent la scène des yeux et comprirent. Egelina posa la main sur la garde de son épée, prête à la sortir.

— Je suis venue dès que j'ai compris que Dragan nous trahissait, dit l'épouse du seigneur. Je n'imaginais pas que ce porc s'en prendrait à vous.

— Qu'allez-vous faire ? demanda Egelina, toujours sur ses gardes.

— Abdul a fait venir messire Robert de Locksley et lui a annoncé qu'il devrait partir dans la nuit. Je me suis précipitée pour vous prévenir… mais j'ai trouvé seulement dame Flore, qui nous a expliqué que vous étiez partie avec Dragan. On a retrouvé ce traître en bas devant la porte et Avandje l'a châtié.

Elle désigna le couteau que tenait l'eunuque.

— Et les Anglais en dessous ? s'étonna Egelina.

— Nous sommes montés par un autre escalier, depuis le bâtiment des dames. J'étais morte d'inquiétude pour vous, mais je vois que vous avez su vous défendre.

— L'expérience, Sara, l'expérience. Ce n'est pas la première fois qu'un homme désire me forcer, et je sais m'occuper d'eux.

— Dommage que vous n'ayez pas le temps de me raconter votre vie, fit la Castillane d'un air songeur.

— Une vie bien triste, Sara. Et qu'il est inutile de connaître. Allons-nous rejoindre messire d'Ussel ?

— Oui, il doit se trouver à l'écurie avec vos amis. J'ai autre chose à vous apprendre : Aicha partira avec vous.

— Pourquoi ?

— Elle me manquera. Retrouverai-je jamais une amie comme elle ? Mais c'est la décision du seigneur Abdul. Il a grande confiance en vous et en messire de Locksley. Quand il a su que vous vous rendiez à Cordoue, il a décidé de rendre Aicha à sa famille. Il connaît ses parents, je vous l'ai dit. Et avait pu leur faire parvenir un courrier annonçant qu'elle était en sûreté ici, mais sans moyen de la ramener là-bas. Votre venue représente une chance inespérée.

— Rien ne dit que nous atteindrons Cordoue.

— Si des gens peuvent réussir pareil voyage en ce moment, ce sont vos amis et vous. De surcroît, vous avez besoin d'un guide, vous me l'avez expliqué. Or Aicha connaît la route jusqu'à Tolède où nous sommes allés plusieurs fois. Au-delà, elle saura trouver le chemin. Et si vous rencontrez une situation difficile, si vous êtes saisis par des Maures, elle vous tirera d'affaire. Son père, Ibn al-Mirani, est un riche commerçant connu de tous.

— Vous aurez été notre bonne fée, Sara. Je me fais une joie de voyager avec elle et soyez certaine que je la protégerai comme ma sœur. Vais-je revoir le seigneur Abdul pour le remercier ?

— Non. Il est censé ignorer ce qui se trame.

Elle tendit un doigt vers le cadavre :

— Finalement, la mort de ce Mauluc arrangera les choses. Ses archers vous ont vue passer et déduiront que c'est vous qui l'avez tué. Quand les Anglais reviendront, mon époux rejettera la faute sur lui. N'a-t-il pas soudoyé l'un des eunuques ? Il affirmera que vous avez pris peur, vous êtes enfuie avec vos amis et avez emmené Aicha. Les sentinelles de garde confirmeront que c'est elle qui leur a fait ouvrir les portes.

» Venez maintenant. Dame Flore doit s'inquiéter.

Ils sortirent. Dans l'escalier, Sara souleva une tenture, découvrant une galerie éclairée par quelques lampes.

À mi-chemin, une grille de bronze grossière obstruait le passage. Avandje possédait la clef de l'énorme serrure. Il la fit jouer, tira la herse, puis, une fois tous passés, la referma.

Plus loin, deux eunuques sommeillaient allongés à même le sol, en travers d'un passage fermé d'une tenture. Ils se redressèrent en voyant l'épouse du seigneur.

— Par là, je regagnerai le donjon, dit Sara à Egelina. Avandje va vous conduire à votre chambre où vous préviendrez dame Flore. Il vous aidera à porter vos bagages et vous indiquera l'écurie. Adieu, mon amie.

Les deux femmes s'étreignirent.

— Que Dieu vous protège, Sara, murmura Egelina.

— Vous aussi, douce dame d'Angleterre, souffla la Castillane en un murmure chargé d'émotion.

Elle se retourna et s'évanouit derrière la tenture.

*

— Par ici ! ordonna Avandje en désignant un escalier aux marches étroites.

Ils le descendirent au plus vite et débouchèrent dans une autre galerie qu'Egelina reconnut. À son extrémité se situait sa chambre.

Elle s'y précipita et tenta d'ouvrir la porte, mais le verrou était mis.

— Qui est là ? demanda Flore.

— Egelina !

Grincement de fer, l'huis s'écarta.

— Seigneur ! Je craignais tant ne plus vous revoir ! Dame Sara est venue… Mais, vous n'avez plus votre robe…

— Je te raconterai. Pour l'heure nous n'avons pas le temps. Il faut partir !

Flore avait compris que quelque drame avait eu lieu, et qu'il n'était pas temps de se montrer curieuse.

— J'ai préparé vos affaires, et nos bagages… Je pensais qu'on aurait peut-être à s'en aller sans perdre de temps.

Elle montra sacs, besaces et coffres sur le lit.

— Avandje, dit Egelina en se tournant vers lui, prends tout cela.

Il mit un coffre sur une épaule et attrapa le reste. Egelina allait chercher son arbalète mais vit que Flore s'en était déjà saisie.

Ils sortirent ensuite dans la cour, qu'ils traversèrent prudemment en direction de l'écurie. Tout était silencieux, à peine éclairé par quelques torches de résine. Alors qu'ils longeaient le bâtiment, Madjek surgit.

— Ici ! dit-il.

Il poussa Egelina dans un passage qui n'était pas l'entrée principale du bâtiment. Ayant franchi une tenture, elle découvrit l'immense salle, à l'obscurité percée de petites lueurs dues à des lampes à huile pendues à même la charpente. En silence, ses compagnons s'activaient à seller et charger les chevaux.

Guilhem l'aperçut et se précipita.

— Je m'inquiétais, dit-il à voix basse. Voici une bonne heure, le seigneur Abdul nous a avertis que Sara allait vous chercher pour vous ramener à l'écurie et je ne vous voyais point arriver. Nous allons partir, mais je suppose que tu le sais.

— Oui, je te raconterai.

Elle prit sa main et la serra de toutes ses forces. Il comprit qu'il s'était produit quelque chose. Il l'observa attentivement à la médiocre lueur de la lampe la plus proche.

— Mais… Tes vêtements…

Quand il l'avait quittée, elle portait une robe de voyage pastel, au buste lacé et à amigauts sur les flancs, fentes utiles pour monter à cheval. Or il la retrouvait vêtue d'une robe rouge sur laquelle étaient brodés des léopards d'Angleterre. Avec, à sa taille, une ceinture qui retenait une grosse escarcelle et une épée dans un fourreau qu'il ne connaissait pas.

En un éclair, il se souvint de cette tenue.

— … Mauluc ?

Elle hocha la tête et remarqua qu'Aicha parlait avec un autre homme, qui lui tenait les mains.

— Sara m'a prévenue qu'Aicha nous accompagnerait à Cordoue, dit-elle sans répondre.

— Oui. Sais-tu avec qui elle est ?

— Ranulf ?

— Lui-même. Maintenant, comment se fait-il que tu as la robe de Mauluc…

Locksley, qui les rejoignait, l'interrompit.

— Nous allons sortir. Madjek m'a donné deux brassées de torches, mais nous ne nous éclairerons qu'une fois éloignés du château. Il ne faut pas qu'un Anglais nous voie et alerte Mauluc.

— Aucun risque, fit sombrement Egelina.

— Pourquoi ? lui demanda Guilhem.

— Je viens de lui ouvrir le ventre.

36

Comme Guilhem, abasourdi par la révélation, s'apprêtait à multiplier les questions, affectueusement elle posa un doigt sur sa bouche :

— Plus tard. Je te raconterai en chemin. Mais rassure-toi, la bête est morte, et bien morte. Maintenant, il faut se dépêcher de partir avant que ses gens ne découvrent son corps.

Locksley, pourtant aussi désireux que son ami d'apprendre la fin de l'histoire, hocha la tête et s'éloigna pour annoncer à leurs compagnons qu'ils vidaient les lieux immédiatement.

— J'ai fait préparer ton cheval. Il est là-bas, dit d'une voix troublée Guilhem à sa maîtresse, en désignant l'extrémité de l'écurie.

Elle appela Avandje et Madjek. Une fois près d'elle, elle fouilla dans l'escarcelle et en sortit une poignée de besants qu'elle leur donna. Les eunuques se confondirent en remerciements.

— La bourse de Mauluc ? interrogea Ussel.

— Il n'en a plus besoin, répliqua-t-elle. Et son contenu nous servira, en revanche.

— Par Dieu ! Quelle singulière femme tu es…

— Ne le savais-tu pas ? dit-elle en se haussant sur la pointe de pieds pour l'embrasser.

Elle prit sa main et tous deux se dirigèrent vers les montures. En arrivant devant son cheval, la Licorne vit son arbalète et la trousse de carreaux attachées à l'arçon. Flore était vraiment la meilleure des amies. Rassurée, elle se mit en selle.

— Une fois hors du château, explique-moi tout, dit-il en se hissant sur son destrier.

Locksley, qui avait gardé Aicha près de lui, laquelle montait une jument, parcourut du regard les cavaliers dans l'écurie. Satisfait de constater que chacun était prêt, il partit au trot vers la porte dont les eunuques venaient d'ouvrir les battants.

Aicha et Locksley en tête, l'arroi traversa la cour jusqu'à l'entrée du château. Chaque cavalier n'avait en longe qu'un seul cheval avec des bagages, le surplus d'animaux ayant été laissé à Abdul.

Devant le portail, deux gardes jusque-là assis par terre s'étaient levés en voyant les chevaux sortir de l'écurie. Près d'eux, brûlait une torche de filasse résineuse emmanchée dans un cône de fer.

— Ouvre, Rachid, dit la jeune femme à l'une des sentinelles. Le seigneur m'a demandé d'accompagner les visiteurs pour leur montrer la route.

Le prénommé Rachid connaissait la servante et savait qu'elle avait la confiance du maître. Aidé par son compère, il obéit sans poser de questions, puis tous deux se rendirent au treuil où, à l'aide d'une roue, ils levèrent la herse en un bruyant grincement. Pendant ce temps, Guilhem et Egelina, qui fermaient la troupe, ne quittaient pas des yeux la porte du bâtiment où logeaient les archers anglais. Mais personne n'en sortit.

— Rachid, prends la torche et passe devant, ordonna ensuite Aicha.

L'arroi se remit en marche dans la lice. À la seconde porte, les deux gardes avaient entendu le martèlement des sabots et attendaient qu'on leur intime d'ouvrir. Ce que fit Rachid.

La herse fut également levée, cavaliers et chevaux de bât franchirent le pont.

De l'autre côté, Locksley fit allumer des torches et ils prirent – en sens inverse – le chemin suivi quelques heures auparavant.

Guilhem et Aicha se mirent en tête et prévinrent Alaric et Flore de les rejoindre. Ussel prit l'une des torches, une autre allant à

Ranulf qui demeura en arrière-garde. Enfin, Egelina put révéler la manière dont elle avait occis Mauluc.

— Quand Dragan est venu me chercher en expliquant que Mauluc voulait changer de camp, je n'y ai pas cru un instant. Cependant, il promettait de me faire connaître le nom du félon qui se serait trouvé parmi nous. L'occasion de savoir s'il était sincère ne pouvait être manquée. S'il citait Mandeville, peut-être pourrions-nous le croire, et alors il nous aurait été utile.

— Même dans ce cas, rien ne nous assurait de sa franchise. Il avait certainement remarqué l'absence de Mandeville, objecta Locksley.

— Pas sûr. Que le cousin des Essex ne soit plus là pouvait s'expliquer de bien des façons. Mais, à dire vrai, j'étais curieuse. Et parée, puisque je porte depuis mes seize ans une courte dague contre la cuisse. En outre Mauluc ne m'effrayait pas, moi qui étais prête à poignarder le roi Jean quand il m'avait tirée du cachot où j'étais enfermée avec Baudric ! Alors, avoir peur de ce petit balourd…

— Un balourd dangereux comme une vipère. Tu as joué avec le feu.

— Peut-être, sourit-elle. Mais c'était amusant. Et j'ai gagné.

Elle narra la suite : le dessein de Mauluc, sa grotesque satisfaction, comment elle l'avait séduit, puis éventré.

Elle évoquait la scène d'un ton si drôle et si naturel que Robert de Locksley en frissonna. S'il connaissait la dame de Camville depuis longtemps, il n'avait jamais connu la Licorne, si froide et détachée.

— Il y a tout de même un regret, précisa-t-elle. J'ai hésité à lui demander le nom de son traître. Le questionner, c'était courir le risque de faire naître sa défiance, car il aurait pu s'interroger sur le fait que je l'ignore. Aussi ai-je préféré ne rien dire.

— Vous avez eu raison, approuva Locksley. D'autant, que nous le connaissons.

Flore, qui n'avait rien perdu du récit, éprouvait une immense fierté à accompagner pareille femme. Aicha, elle, dégorgeait d'admiration.

— Ensuite j'ai revêtu sa robe et pris son escarcelle, poursuivit Egelina. Elle doit contenir les centaines de besants promis à Abdul en échange de notre anéantissement. La somme est à vous, seigneur comte, puisque vous dirigez l'expédition.

— Non, gardez-la, dame de Camville, vous l'avez bien gagnée. Mais, parlons plutôt de la suite. Aicha, combien de jours faudra-t-il pour gagner Tolède, et combien encore pour atteindre Cordoue ?

— Si nous chevauchons jusqu'à la nuit – ce qui sera une longue et épuisante étape –, nous ferons halte ce soir au bord d'un étang de la Toba. Le seigneur Abdul s'y arrête chaque fois qu'il se rend à Guadalajara, ses grottes et ses rochers constituant une vraie forteresse. Le lendemain, nous arriverons à Guadalajara.

— La ville est-elle grande ?

— Oui, avec beaucoup de boutiques et un marché.

— Nous y ferons provisions, décida Alaric.

— Pas seulement. J'ai une lettre de ma maîtresse pour son père. Il nous recevra. Là nous serons en sûreté si vos ennemis anglais se sont lancés à notre poursuite.

— Ils le feront, c'est une certitude, assena Ussel.

*

Le lendemain soir, ils pénétrèrent dans cette cité fondée par les Arabes et conquise quelque cent dix ans plus tôt par les Castillans. Aicha guida la troupe jusqu'à une vaste écurie où Abdul faisait d'ordinaire garder les montures de ses gens. Ils y laissèrent les chevaux, sauf trois qui portaient leurs bagages indispensables. L'homme qui tenait l'écurie connaissait Aicha, Sara et son époux, le terrible seigneur Abdul. Inutile donc de lui demander de prendre soin des animaux et des bagages des voyageurs. Il s'en occuperait comme s'ils lui appartenaient.

Ensuite, *via* d'étroites ruelles, ils gagnèrent une suite d'arcades construites autour d'une place embaumant le jasmin et les orangers en fleur. La plus belle échoppe, à deux étals, était celle d'un mercier. Une dame et un jeune garçon, qui bavardaient avec un client, remarquèrent tout de suite les guerriers entrant sur la place, et surtout celle qui les menait.

— Aicha ! Où est ma fille ? interpella la femme, alors qu'ils approchaient.

— Au château, gracieuse dame. Je conduis ces nobles voyageurs anglais et français à Tolède. Ma maîtresse m'a donné cette missive pour vous.

La mercière prit le parchemin plié et le tendit au garçon.

— Juan, va prévenir le portier et cours donner cette lettre à ton père ! Aicha, tu connais la maison : conduis-y ces seigneurs. Qu'ils fassent entrer les chevaux dans notre écurie. Je ferme la boutique et vous rejoins.

Aicha fit traverser les arcades aux voyageurs et les conduisit de l'autre côté de la place, dans une ruelle bordée de murs élevés percés de rares portes. L'une était ouverte. Un homme bedonnant, aux cheveux gris, avec les yeux et les expressions de Sara, les attendait sans dissimuler son impatience.

De nouveau Aicha s'expliqua. Et, à mesure qu'elle parlait, le mercier affichait sa satisfaction. Il fit entrer les étrangers dans un patio fleuri parfumé de puissantes fragrances. Des serviteurs conduisirent alors les chevaux dans la petite écurie où se trouvaient déjà des mules. On proposa des boissons fraîches aux hôtes.

Une fois qu'ils furent installés sous une treille dans le jardin où glougloutait une fontaine, et que des serviteurs aient distribué des coupes de vin, Aicha raconta la façon dont les nobles seigneurs les avaient tirées des griffes de fanatiques croisés. Comme elle ne tarissait pas d'éloges envers ses sauveurs, le père de Sara insista pour qu'ils logent chez lui et y restent même quelque temps.

Locksley accepta le logis, mais pour « un jour ou deux seulement », dit-il, histoire de prendre un peu de repos après les fatigantes journées qu'ils avaient eues. Ils chevauchaient depuis trois semaines et les femmes souhaitaient se rendre dans des étuves pour, enfin, se laver.

*

Ils repartirent deux jours plus tard, soignés, propres et délassés. Le premier soir, ils firent halte dans la ville fortifiée d'Alcalá, sous la seigneurie ecclésiastique de Tolède. Aicha leur indiqua une auberge située au pied des remparts, établissement qui possédait une grande écurie car la ville abritait une foire. Les femmes eurent un lit, malheureusement plein de puces, tandis que les hommes dormirent dans une salle sur des matelas… eux aussi couverts de vermine. Seul le repas, consistant en une soupe de poissons de la rivière agrémentée d'ail, d'œufs et de pois chiches fut satisfaisant. Les chevaux, nourris d'orge, parurent, en revanche, contents.

*

Dès le lendemain, le chemin longea l'Henares, une imposante rivière. Le voyage se déroulait comme une promenade, aussi avançaient-ils au trot sur une route peu fréquentée, dont les seuls voyageurs à pied étaient moines, colporteurs ou vilains se rendant à leur champ avec une mule ou un bœuf.

— L'Henares a longtemps été la frontière du pays d'Al-Andalus, expliqua Aicha, alors qu'ils faisaient halte au bord de l'eau où les chevaux s'abreuvaient. Les Maures ont érigé des châteaux de l'autre côté, maintenant tous abandonnés.

None était passé depuis longtemps, la chaleur devenait étouffante et les hommes retirèrent leur haubert. Certains se trempèrent même jusqu'à mi-cuisse tandis que les femmes bavardaient sur la rive. Locksley avait bien sûr placé deux sentinelles en amont et en aval, mais aucune alerte ne fut sonnée.

Ils repartirent en suivant la rivière, même s'ils devaient parfois s'éloigner de la rive, envahie d'arbres ou trop marécageuse.

Une heure plus tard, le lit se resserra et le courant devint plus rapide, l'Henares franchissant une sorte de défilé avec coteaux arborés couverts de taillis en fleurs de part et d'autre, celui à main droite étant même élevé par endroits.

Les Butler chevauchaient en tête, suivis de Locksley et Aicha. Guilhem fermait la marche avec Egelina, Alaric et Flore. Fulk le Brun se trouvait au milieu en compagnie de Gamwell et Ranulf. Raoul, lui, traînait en songeant à Cordoue et aux merveilles qu'il allait découvrir.

La pluie de flèches les prit donc au dépourvu, même si Guilhem hurla pour prévenir les siens, ayant vu les traits partir du sommet de l'éminence longée. À peine la troupe était-elle entrée dans le défilé que son regard n'avait pas quitté les hauteurs, même si, depuis le matin, il n'avait éprouvé aucune inquiétude. Simplement, c'était dans sa nature, la vigilance ne l'abandonnait jamais. Ainsi, quand ils avaient quitté le bord de l'eau, il avait reproché au père Butler de ne pas remettre son haubert et de le poser simplement derrière sa selle. « Il fait trop chaud ! » avait protesté l'archer. « Et on voit les gens arriver de loin sur ce chemin. »

Alaric avait également désapprouvé ce manque de prudence et s'était équipé, comme les trois femmes, Aicha portant une chemise de mailles sur sa robe depuis Guadalajara. Le fils Butler avait hésité à copier son père. Mais, voyant son seigneur se faire aider par Gamwell pour enfiler le haubert sur son gambison, il avait agi comme lui. Ranulf, comme Fulk, n'avait pas quitté son harnois.

Le père Butler tomba, un trait lui ayant traversé la poitrine. Son fils cria de détresse et glissa de sa selle, à son tour touché. À l'épaule. Robert, lui, ayant réagi dès l'alerte d'Ussel, avait piqué les flancs de son coursier à l'aide de ses éperons pour que l'animal bondisse sous la ramure d'un arbre de la rive. Malgré tout, une flèche le toucha à la cuisse. Alaric en reçut une aussi, qui rebondit heureusement sur son casque. Il frappa l'encolure de son cheval pour qu'il file vers un massif de saules situé à quelques dizaines de pas. Les femmes l'imitèrent, mais, apparemment, elles n'étaient pas visées. Un boujon atteignit le destrier de Ranulf, qui boula au sol. Fulk et Gamwell, également atteints, se maintinrent en selle et gagnèrent les arbres, même si le coursier du second fut tué à l'instant où il passait sous les ramures. Quant à Raoul, trop éloigné, il avait échappé à la pluie mortelle.

Une fois à l'abri, Guilhem sauta au sol et, furieux contre lui-même de ne pas avoir envisagé pareille embuscade, balaya du regard la scène du guet-apens. Sous la ramure d'un arbre, son ami descendait avec peine de sa monture, la hampe d'une flèche plantée dans le haut de la cuisse, ce qui lui fit penser à saint Sébastien. Le fils Butler gisait au milieu du chemin, immobile mais vivant, contrairement à son père, aussi mort que possible, puisque deux flèches dépassaient de sa poitrine pleine ensanglantée. Fulk et Gamwell, sous un autre arbre, mettaient également pied à terre. Blessés mais valides, ils se tenaient aux selles pour contenir la douleur. Le premier avait un dard dans le dos, le jeune Scarlet le bras percé. Ranulf rampait dans sa direction et semblait avoir échappé au carnage. Alaric, qui n'avait rien, avait rejoint les femmes réfugiées sous le même saule et, descendu de son cheval, tendait son arbalète.

Déjà Egelina plaçait un carreau dans la sienne. Comme Flore et Aicha, elle avait été épargnée. Soit par chance, soit plus certainement car les archers tenaient à les garder vivantes.

— Les vois-tu ? lui demanda Guilhem en montrant du doigt un éperon rocheux. Les flèches sont parties de là-bas.

Les tirs s'étaient arrêtés.

— Non ! répondit-elle en gardant les yeux fixés sur la crête couverte de taillis. Mais eux nous surveillent.

— Je vais chercher le jeune Butler. Protège-moi.

— Non ! cria-t-elle.

Sans l'écouter, il s'était précipité, courbé en deux. Deux torses et des arcs bandés parurent au-dessus des buissons du coteau. Egelina les visa et tira. L'un des archers, en tombant, bouscula son compère, ce qui permit à Guilhem d'attraper le jeune homme par un pied et de le tirer jusqu'à eux.

D'autres ennemis parurent mais se mirent à couvert quand sifflèrent les viretons expédiés par Alaric et Flore.

Durant ce tir, Locksley avait rejoint ses amis.

— Vous êtes touché, seigneur, s'affola Aicha en découvrant la flèche plantée dans son flanc.

— Le fer a brisé quelques maillons mais n'est pas allé profond, c'est douloureux, mais cela guérira vite.

— On ne peut pas bouger d'ici, observa Ranulf d'une voix inquiète. Si on se montre on est morts.

Guilhem examinait la blessure de Robert. Les barbelures du fer étaient enchevêtrées dans les anneaux du haubert. Comme seule la pointe de flèche n'était pas visible, cela indiquait qu'elle avait pénétré de très peu dans la chair.

— Je la sors ! prévint Ussel. Tu es prêt ?

— Oui.

Il arracha la hampe. Locksley ne ressentit pas grand-chose. Du sang se mit néanmoins à colorer de rouge les maillons.

Le jeune Butler était autrement touché. Allongé sur l'herbe, il haletait pendant que Flore, accroupie, effleurait doucement son épaule d'où coulait un peu de sang.

— C'est une chance que vous ayez pris ce haubert à un croisé, commenta-t-elle. Il vous a protégé. Le fer a brisé les mailles, mais sans aller loin. Surtout il n'a brisé aucun os.

— Mon père…, murmura-t-il.

Guilhem grimaça sans répondre. Que dire ? Que si ce dernier avait porté sa cotte de mailles, il vivrait encore ?

Locksley se déplaça avec prudence jusqu'à Gamwell et Fulk, et étudia à son tour leurs blessures.

Le bras gauche du jeune Scarlet avait été déchiré par la pointe du boujon, juste à l'endroit où se terminait la large manche de son haubert. Il suffirait de laver et panser. La blessure serait douloureuse une semaine, pas plus ; il ne pourrait guère bouger son bras durant ce temps, mais il parviendrait toujours à combattre avec l'autre, puisqu'il utilisait facilement les deux mains pour tenir l'épée.

— Aicha, occupez-vous de lui, demanda-t-il.

Restait Fulk. La flèche était entrée dans son dos, avait brisé les mailles. Le fer semblait même enfoncé dans une côte.

— Raoul, viens te rendre utile, essaie de retirer son haubert en coupant les boucles. Ensuite Aicha et Flore l'examineront. Il faudra faire attention en retirant le fer.

— Peux-tu encore te servir de ton arc ? s'enquit alors Guilhem.

— Oui, mais pour tirer sur qui ? Ranulf a raison : on est enchartrés ici.

— Ils viendront si on ne se montre pas, donc il faut se tenir prêt. Egelina, Alaric, Flore, Raoul, Ranulf et moi, cela fait six arbalètes. Avec toi, on sera sept à pouvoir tirer.

— Je peux tenir une arbalète, intervint Gamwell… si on tend le câble pour moi.

— Je sais me servir de cette arme, dit Aicha. À courte distance, je peux atteindre quelqu'un.

— Combien sont-ils ? demanda Ranulf.

— Facile à savoir, dit Locksley.

Il ramassa la flèche.

— Empennée ainsi, avec la plume d'une oie grise, une oie de chez nous, cela ne fait aucun doute : elle vient d'Angleterre. Nos assaillants sont donc les amis de Jean. D'après ce que Mauluc a raconté, ils seraient une vingtaine, moins celui qu'a atteint Egelina.

— S'ils chargent, on pourra donc seulement en abattre neuf.

— Et ensuite viendra le corps à corps – s'ils ne cèdent pas.

— On l'emportera ! assura Guilhem.

— Mais au prix de combien de morts ? grimaça Ranulf.

Le silence se fit. Ne résonnait que le clapotis des flots. Ce qui attira l'attention d'Ussel.

— Peut-être existe-t-il un autre moyen, sourit-il.

— Lequel ? interrogea Locksley.

— Tu sais nager ?

— Oui.

— Et toi, Egelina ?

— Je nageais déjà à cinq ans, à Lincoln.

— Alaric aussi, ainsi que Raoul. Ranulf ? fit Ussel.

— Non, sans l'aide d'une branche je me serais noyé l'autre jour.

— Flore ?

— Pas plus.

— On va retirer les cordes des arbalètes afin de ne pas les mouiller. Quant à nous, on flottera en se laissant porter par le courant. En sortant de l'eau, plus loin, nous les prendrons à revers.

— Habile ! dit Locksley. Raoul, aide-moi à ôter mon haubert.

Déjà Alaric débouclait le sien.

— Flore, sors une des étoffes résinées des bagages pour y ranger flèches, carreaux et cordes.

— Mais vous ne pourrez en atteindre que cinq ! objecta Ranulf. Les autres se retourneront contre vous.

— S'ils ne voient pas d'où nous tirons, on en touchera bien plus.

— Vous autres, préparez-vous à les arrêter s'ils chargent avant qu'on ne les surprenne, prévint Locksley en s'adressant à ceux qui restaient, plus précisément à Ranulf.

Ils retirèrent leurs vêtements à l'exception de leurs chausses et Egelina de sa chainse. Alaric enroula le tissu étanche de Flore autour des cordes et des traits, le serra dans une autre corde et le noua à sa taille.

Après un dernier regard vers l'endroit d'où étaient venus les tirs, ils se glissèrent dans l'eau, arc ou arbalète à la main.

Une question taraudait néanmoins Guilhem.

Pourquoi les hommes de Canteloup avaient-ils cessé de tirer et pas encore attaqué ?

37

L'eau se révéla glaciale, mais ils s'en doutaient et n'avaient pas le choix. Le courant, rapide, les porta sur une centaine de toises, tant que le coteau où se tenaient les Anglais demeurait masqué par les arbres de la rive. Soudain Guilhem – qui nageait en tête, arbalète attachée dans le dos – s'aperçut par une trouée dans la végétation qu'ils l'avaient dépassé. En quelques mouvements, il gagna la rive et aborda sur une plage sableuse.

Tous sortirent en grelottant, mais, à coup sûr, le soleil les réchaufferait vite. Comme ils avaient gardé soliers ou bottes – après en avoir ôté les éperons – même si cela les avait gênés pour nager, ils les firent dégorger, puis les rechaussèrent. Ensuite, ils placèrent les cordes sur les armes.

Puis se dirigèrent vers la butte où se cachaient leurs ennemis, et découvrirent vite des marques de sabots indiquant d'où ils étaient arrivés.

Se faufilant entre des fourrés de genêts, bientôt ils entendirent parler en anglais.

— Séparons-nous et encerclons-les, murmura Locksley à ses compagnons, agrémentant sa décision d'un vaste geste de la main qui indiquait la direction à prendre. Je tirerai le premier, ce sera le signal.

Guilhem partit avec Egelina faire un large détour. Du côté opposé au chemin, la costière devenait un plateau de broussailles qui s'affaissait vers une légère combe en garrigue et s'achevait par un épais bosquet de pins, chênes, cistes et ajoncs. Là, ils aperçurent les têtes des chevaux dépassant des taillis et, dès lors, n'avancèrent plus qu'accroupis.

Au fur et à mesure de leur progression, les paroles échangées devenaient plus distinctes. Guilhem ne comprenait pas ce qui se disait mais le ton entendu trahissait une inquiétude.

— Plusieurs des leurs sont morts, souffla Egelina à son oreille. Ils pensent que nous les avons occis et ne comprennent pas comment nous avons fait ! Certains veulent en finir, d'autres préfèrent découvrir ce qui s'est passé avant de nous attaquer.

Intrigué, Guilhem s'efforça de mieux appréhender la scène. Il se baissa, écarta des branches et vit deux douzaines de chevaux attachées à des arbres. Une poignée d'hommes autour, dont un seul en haubert, qui semblait commander. Et tous qui regardaient des corps inertes. Sur le coteau, Ussel découvrit sept ou huit archers en cotte de drap de Lincoln. Quelques-uns surveillaient la rivière, la plupart se tournaient vers les chevaux et leurs compagnons.

Il crut alors apercevoir le visage de Locksley entre les branchages d'un autre bosquet mais, bien sûr, impossible de lui faire signe. Soudain il vit son ami se dresser, élever l'arc de huit pieds de toute la longueur de son bras gauche avec une flèche encochée. Huntington tendit la corde jusqu'à l'oreille, la lâcha et le boujon siffla en fendant l'air.

Immédiatement, Guilhem l'imita, laissant partir son vireton sur l'Anglais le plus proche. Egelina fit de même sur un second guerrier. Presque aussitôt, Alaric et Raoul tirèrent aussi.

Affolement chez les ennemis, qui virent les leurs tomber sans savoir d'où provenaient ces traits. Certains coururent se mettre à l'abri derrière un arbre, d'autres, moins combatifs, montèrent en selle et détalèrent. Pendant ce temps, un second archer sur la costière tombait, atteint par un nouveau tir de Locksley.

Guilhem et Egelina retendirent les cordes et visèrent, cette fois, les cavaliers en train de fuir. Les deux derniers furent touchés.

Alaric, qui s'était imprudemment exposé, parvint à blesser l'un des cachés, mais, en le voyant, les autres sortirent en brandissant leur épée. Raoul en abattit un d'un carreau, tandis qu'Alaric reculait et parvenait à saisir une brette sur l'un des corps étendus.

Deux contre lui. Un combat d'autant moins facile que les archers au sommet de l'éminence réapparurent.

Locksley en occit encore un, Egelina un second. Cette fois, les survivants, s'il y en avait, disparurent.

Guilhem, lui, était venu prêter main-forte à son ancien écuyer après avoir ramassé une arme. Raoul s'était saisi à son tour d'une épée. Aussi les deux Anglais, se voyant déjà vaincus, demandèrent-ils merci. En vain. Ils tombèrent sous les coups d'Ussel et d'Alaric.

Le combat était terminé. Locksley et Egelina rejoignirent leurs amis, prêts à tirer sur les audacieux qui se montreraient. Mais il n'y avait aucun combattant, uniquement des blessés gémissants ou à l'agonie.

— Filons ! décida Guilhem.

— Que fait-on des chevaux ?

— On en prend un chacun et on laisse les autres.

— Et les blessés ? demanda Raoul en remarquant que plusieurs remuaient ou priaient.

— Le Seigneur s'occupera d'eux.

— Peut-être y a-t-il des archers cachés.

— Pourquoi nous poursuivraient-ils ? Ils auront de quoi s'occuper avec leurs amis.

— Regarde ! fit Egelina en touchant le bras de Guilhem.

Elle désigna deux corps. Deux cadavres aux crânes fendus à coups de hache. Ceux que les Anglais regardaient avec force commentaires lorsqu'ils étaient arrivés.

— Ce n'est pas nous qui avons fait ça ! murmura-t-il en pensant à Mandeville.

Locksley gardait un œil sur le sommet du coteau quand, soudain, un archer parut, arc tendu.

Le malheureux ne fut pas assez rapide, le comte de Huntington l'abattit.

Ils demeurèrent en alerte, tout en récupérant ceintures et fourreaux qu'ils nouèrent à leur taille, mais personne d'autre ne se montra. Tranquillisés, ils détachèrent cinq chevaux, les montèrent et vidèrent les lieux.

*

De retour à l'Henares, Alaric raconta à ses compagnons ce qui s'était produit. Locksley, lui, prit des nouvelles de Fulk qui souffrait beaucoup, mais vivait.

— Il ne pourra monter à cheval, annonça Guilhem.

— Faisons une litière, proposa Raoul. Souvenez-vous, seigneur, Thomas en avait construit une à Lamaguère pour transporter un blessé.

— Tu as raison. On peut façonner une civière portée entre deux chevaux. En es-tu capable ?

— Oui, seigneur.

— Alors, commence. Je vais monter la garde sur le chemin. Seigneur Ranulf, allez guetter de l'autre côté. Il ne faut pas qu'on soit surpris.

Locksley demanda au jeune Butler, qui, avec Flore, avait transporté la dépouille de son père jusqu'à la rive et l'avait enveloppée d'un manteau qui serait son linceul, s'il se sentait capable de chevaucher.

— J'y parviendrai, seigneur, si on marche sans forcer.

— Aicha, y a-t-il un village plus loin ?

— Oui, seigneur, à deux lieues environ.

— Une auberge ?

— Une mauvaise *venta*.

— Nous partirons dès la litière fabriquée et on y passera la nuit. Nous essayerons d'obtenir une charrette là-bas.

Il vit Alaric aider Raoul à couper des branches, tandis que Flore creusait une fosse avec l'aide d'Aicha en se servant des épées. Personne n'ayant besoin de lui, il rejoignit Guilhem.

Egelina était avec son ami. Ils parlaient bien sûr des deux hommes au crâne brisé. Ussel affirmait que c'était l'œuvre de Mandeville et de Percy.

— Je ne fais qu'y penser, moi aussi, intervint Locksley. Mais comment imaginer que ce soient eux ?

— C'est ce que j'explique à Guilhem, convaincu du contraire. Pourquoi Mandeville aurait-il tué ses amis ? Cela n'a aucun sens !

— Surtout : comment serait-il parvenu ici ?

— Imagine qu'il nous ait cherchés depuis Burgos et qu'il ait croisé la route des Anglais, suggéra Ussel.

— D'accord, mais il s'agissait de ses amis. Egelina a raison…

Comme Guilhem n'opinait pas, Huntington ajouta :

— La réalité, c'est que des rôdeurs, des malandrins ou des fredains sont passés par là. À pied ils ont vu les chevaux surveillés par deux sentinelles. Et se sont dit que c'était facile à voler. Ils ont surpris les gardiens, les ont tués avec leurs haches et ont filé avec les montures.

Egelina approuva. Guilhem demeura silencieux.

*

Le vieux Butler mis en terre, Alaric grava son nom sur une grosse pierre qu'il transporta sur la tombe avec l'aide de Ranulf. Locksley prononça une prière, et la troupe repartit.

La civière, cadre de bois attaché entre deux chevaux choisis parmi les plus calmes, était formée de lanières d'étoffe et de bandes de cuir. Fulk y fut allongé, les animaux étant conduits par deux piétons qui les contraignaient à marcher au pas.

Locksley, Ranulf et Aicha avançaient en tête, Guilhem fermait la marche avec Egelina. Tous étaient sur le qui-vive. Ils ne firent aucune mauvaise rencontre.

Au soleil rescousant, ils virent un petit hameau entouré d'une palissade. On les y accueillit chaleureusement, se doutant que ces visiteurs étrangers étaient fortunés. L'aubergiste, par ailleurs maréchal-ferrant, leur offrit une épaisse soupe de pois chiches au lard et un vin épais comme de l'huile. Détestable. Ils s'en contentèrent.

Guilhem réclama de l'eau bouillante, qui servit à nettoyer toutes les plaies. Ces soins, suivis d'un second lavage au vin, furent particulièrement douloureux pour Fulk et laissèrent une inflammation sur laquelle Flore étendit un emplâtre au miel. La plaie n'était pas belle, il n'y avait aucun chirurgien dans ce hameau, le rebouteux, venu l'examiner, proposa un cataplasme d'excrément de chauve-souris, mais ne fut pas suivi.

La nuit, seules les femmes eurent droit à un lit. Et encore garni de puces. Les hommes et les blessés s'installèrent dans une écurie envahie de rats et de mouches affamées grosses comme des taons. Quelques-uns préférèrent dormir dehors. Mais, au matin, des scorpions courant sur leurs visages les réveillèrent. Horrible région.

L'un des paysans possédait une charrette à bras. Il la vendit sans peine une vingtaine de pièces d'argent. Le maréchal-ferrant ayant adapté ses brancards pour qu'elle puisse être tirée par un cheval, Fulk et le fils Butler y trouvèrent place et purent s'y reposer.

Ils partirent. Comme si ces désagréments ne suffisaient pas, le chemin devint vite détestable, ligne sèche tracée dans une interminable plaine poussiéreuse, aride et sans végétation. La rareté des ornières permit au moins aux blessés de supporter les cahots. Ils ne virent aucune trace du passage des fuyards anglais et ne rencontrèrent que des paysans en général à pied, parfois sur un mulet, à d'autres moments accompagnant des ânes chargés de jarres retenues par des cordelettes. Dans les villages traversés apparaissaient de temps à autre quelques femmes, hâves et brûlées par le soleil, pauvres, entourées de marmots apeurés. Interrogés, tous assuraient n'avoir vu personne d'inconnu depuis des lustres.

En chemin, Aicha évoqua la suite du voyage.

— Par ici, tout a été pillé par les miens après leur victoire d'Alarcos. S'ils sont ensuite retournés dans l'Andalus, ils demeurent dans la forteresse de Qal'at Rabah, que les Castillans appellent Calatrava. C'est une ville fortifiée construite par l'émir Muhammad Ier voici trois ou quatre cents ans pour contrôler la route entre Tolède et Cordoue. Les miens en avaient été chassés il y a soixante ans par Alphonse VII et son fils l'avait donnée à un abbé qui a fondé l'ordre de chevalerie de Calatrava.

Elle cracha au sol.

— Ce sont eux qui m'ont capturée et vendue comme esclave. Eux qui ont tué mon frère aussi.

La haine et l'émotion crispèrent son visage.

— Nous sommes là désormais pour vous protéger, dame Aicha, intervint Ranulf.

— Merci, messire. Mais, à présent, nous autres Maures sommes revenus à Qal'at Rabah et y resterons pour toujours, reprit-elle avec un regard farouche.

— À quelle distance est-ce de Tolède ?

— Quatre journées de cheval. La forteresse est construite sur une hauteur entre deux rivières. Entourée de fossés creusés à même la roche, elle est inexpugnable.

— Mais si la ville est redevenue maure, l'ordre de Calatrava n'aurait-il pas dû disparaître ? s'étonna Guilhem.

— Plus au sud se trouve une autre forteresse nommée Salvatierra. Où se sont installés les chevaliers de l'ordre de Calatrava. C'est depuis ce château d'Al-Andalus, construit sur nos terres, que ces porcs font des incursions chez nous, tuant, pillant et torturant les habitants. Salvatierra sera la première ville reprise par les nôtres quand l'armée du Miramolin s'engagera. Et tous ses occupants se verront passés au fil de l'épée.

Egelina soupira.

— Je comprends votre haine, Aicha. Et je mesure combien il va nous être difficile de nous rendre à Cordoue en ce moment.

— Chrétiens et musulmans veulent en découdre et tous se montreront hostiles envers nous, alors que nous ne leur cherchons point noise, ajouta Guilhem avec dépit. Je crains que les ennuis ne commencent à Tolède si Amaury a envoyé ses croisés nous y attendre. N'y a-t-il pas moyen d'aller directement à Calatrava ? Les vôtres vous écouteront quand vous direz qui vous êtes. Je parlerai de mon ami le cheikh Baghisain et ils nous laisseront peut-être gagner Cordoue sans difficulté, en évitant Salvatierra.

Il avait déjà parlé de Baghisain à Aicha. Sa famille le connaissait et elle-même s'était rendue à plusieurs reprises chez lui en compagnie de son père qui faisait du commerce avec Constance Mont Laurier.

— Nous pourrions, reconnut-elle, mais comment chevaucher rapidement avec messire Fulk blessé ? Si nous sommes amenés à fuir devant des gens hostiles, supportera-t-il les secousses des galops ? Après Tolède, il n'y a que montagnes et sentiers rocailleux.

— Elle a raison, intervint Locksley. Nous devons d'abord trouver un chirurgien pour Fulk et Butler. Et ne repartirons que lorsqu'ils pourront supporter le voyage. Au demeurant, je ne crois pas que faire halte dans cette ville présente du danger. Messire Abdul a certainement fait rattraper les croisés et leurs têtes doivent maintenant décorer les murailles de Caracena. L'abbé Amaury devrait dès lors ignorer que nous avons échappé à sa racaille. Pourquoi envoyer des gens à Tolède nous rechercher ? De surcroît, la ville doit grouiller de chevaliers étrangers. Nous nous fondrons dans la multitude.

Guilhem en convint.

— Combien de jours ensuite, entre Calatrava et Cordoue ? interrogea-t-il.

Aicha réfléchit un moment avant de lâcher :

— Quatre, cinq… Tout dépendra des haltes.

*

Après deux nuits dans des hôtelleries pitoyables offrant comme lit des nattes de jonc et particulièrement prodigues en grosses mouches, ils découvrirent enfin Tolède, la cité perchée sur une éminence de roches rouges, entourée de remparts wisigoths et maures, dominée par son impressionnante forteresse.

Butler, décidément rude gaillard, chevauchait à nouveau. Depuis quelques heures, Fulk se tenait même sur sa selle – où on l'avait attaché, serré entre deux pièces de bois afin de le maintenir. La charrette avait été abandonnée.

Avant de pénétrer dans la ville, les femmes avaient retiré leurs atours féminins et Egelina et Aicha raccourci leurs cheveux. En gambison, cotte de mailles, cervelière et casquée, toutes trois passeraient pour des hommes. Robert de Locksley leur donna d'autres noms. Aicha devint Geoffrey, Flore, Florent et Egelina, Guy. Personne ne devait se douter de leur sexe.

Les surcottes à la croix que Guilhem avait prises aux croisés furent enfilées. Même s'il n'y en avait pas pour tous, nul doute qu'ils passeraient pour des pèlerins de la foi venus combattre les musulmans.

Par un pont de pierre, ils franchirent le Tage qui roulait des flots jaunâtres. Sous la tour qui en fermait l'extrémité, Locksley présenta le sauf-conduit de Blanche de Castille à un regidor qui accepta ses explications : ils venaient pour la croisade.

Ensuite, longeant l'enceinte, ils gagnèrent une immense porte fortifiée encadrée de deux tours. Mais ils ne pénétrèrent pas dans la cité. Aicha désignant un grand bâtiment fortifié : l'auberge San Isidore. Y loger, assura-t-elle, éviterait les rues tortueuses où il serait difficile de faire avancer les chevaux.

Située à peu de distance de la tour d'Antequeruela, que nomma la Mauresque, l'auberge était constituée d'un corps de logis – avec dortoirs à l'étage et, à l'extrémité, un vaste patio où se trouvaient les écuries – et d'un second bâtiment abritant quatre chambres. C'est là qu'Abdul dormait quand il venait à Tolède.

Hélas, l'aubergiste expliqua – en catalan – que ces chambres étaient déjà réservées. Par des chevaliers aragonais qui attendaient des amis. Les visiteurs devraient donc partager un dortoir avec d'autres voyageurs, ce dont il dit se désoler.

Laissant ses compagnons se restaurer et prendre du repos, car les blessés souffraient, y compris Locksley, Guilhem se rendit chez ces Aragonais avec Alaric et Egelina, pardon : Guy. Aux chevaliers, qui étaient deux, Ussel expliqua qu'il souhaitait louer les chambres qu'ils n'utilisaient pas, pour deux ou trois jours.

D'abord, les Aragonais refusèrent, mais quand la promesse de dix besants d'or fin par jour et par chambre fut évoquée, ils cédèrent, sourire aux lèvres.

Les voyageurs s'installèrent donc et Fulk put, enfin, s'allonger dans un lit. Flore s'occupa de sa blessure : rouge et enflammée, mal fermée et purulente, elle avait bien besoin de soins. Pis, la fièvre commençait à saisir le rude archer.

L'un des Aragonais, présent à Tolède depuis plusieurs jours, leur conseilla un médecin juif auquel il avait fait appel après une chute de cheval. Conduits par un garçon d'écurie, Guilhem et Egelina se rendirent chez le mire qui habitait le quartier juif, dédale de ruelles si resserrées que parfois ils ne pouvaient passer de front. Les rares ouvertures des maisons étaient protégées par des grilles et les portes, massives, bardées de fer.

Abraham ibn Ezra logeait dans l'une d'elles. Une demeure dont l'intérieur ne correspondait en rien à l'austérité de sa façade. Derrière les murs s'étendait en effet un agréable patio orné d'une fontaine où un serviteur les fit patienter, son maître étant en train de soigner un enfant. Le médecin, homme jeune, imberbe, au visage énergique, parut assez vite. Ayant entendu les explications des visiteurs, il leur promit de venir à San Isidore dès qu'il aurait terminé.

Fidèle à son engagement, il se présenta au soleil déclinant et examina Fulk.

— La blessure est putride, conclut-il, mais pas encore corrosive. Vous êtes venus me chercher à temps. Je vais la faire suppurer avec un cataplasme de guimauve, de graines de lin et de camomille. Je repasserai demain.

Il ausculta également les plaies de Butler et de Locksley. Après avoir nettoyé les blessures à la graisse de poule, il leur fit de nouveaux pansements, à l'aide d'onguents qu'il avait apportés.

Le soir, le dîner fut généreux. Les morceaux de mouton bouillis, le poulet frit, les truites du Tage, un vin chaud et liquoreux firent grand bien à chacun. Les mouches étaient omniprésentes mais, accrochés aux poutres, des cordons d'étoffe couverts de miel devenaient des pièges mortels quand elles s'y collaient.

En venant préparer les lits, après leur francherepue, les servantes montrèrent aux voyageurs comment utiliser des cincelliers attachés aux baldaquins pour que les cincenelles[1] ou les scorpions ne viennent les importuner.

*

Le mire juif reparut dans la matinée du lendemain. Et se montra satisfait de l'état de Fulk, qui avait pourtant souffert toute la nuit. Il lava la plaie à l'eau de rose, refit un cataplasme et annonça qu'il suturerait les chairs lors de sa prochaine visite.

— Quand pourra-t-il chevaucher, interrogea Locksley.

— Pas avant plusieurs jours, et uniquement si la fièvre disparaît.

— Nous devons quitter Tolède.

— Reparlons-en demain.

Après le départ du médecin, Fulk assura qu'il pourrait monter à cheval.

Puisqu'ils bénéficiaient de temps libre, Flore, Aicha et Alaric se rendirent sur un marché pour acheter vin et viande séchée, avertis pas la Mauresque qu'ils ne trouveraient aucun lieu où se ravitailler avant Calatrava.

Butler, Locksley et Ranulf restèrent à l'auberge. Guilhem et Egelina, eux, décidèrent de visiter la ville. Raoul les accompagna.

1. Moustiques.

À l'Alcázar, ils apprirent que le roi était parti pour Burgos. Quelqu'un leur raconta aussi – mais s'agissait-il de la vérité ? – que les Maures avaient commencé le siège de Salvatierra, dernier château chrétien avant Tolède. Une complication de plus, songea Guilhem.

En chemin, il acheta plusieurs couteaux dont l'acier lui parut exceptionnel, tandis qu'Egelina se procurait une superbe dague coupante comme un rasoir. Raoul, lui, se passionna pour un singulier appareil formé de disques de cuivre que le vendeur appelait astrolabe et qui, utilisé en visant le soleil à travers une barrette mobile, permettait de connaître l'heure et de s'orienter. Il pouvait aussi servir avec les étoiles, précisa le marchand en détaillant son fonctionnement. Guilhem n'y comprit goutte, mais le fils du libraire sembla saisir son usage. À l'en croire, avec un tel engin, en filant vers le sud on saurait le nombre de lieues parcourues entre deux repérages. Séduite par sa passion et son envie, Egelina acheta l'instrument… qui coûtait pourtant fort cher.

Raoul la remercia, ému au-delà du possible. Elle répondit avec ironie que ce n'était pas elle qui lui offrait cet astrolabe mais le roi Jean, puisqu'elle le payait avec l'or de Mauluc !

Quand ils revinrent, on les avertit que Ranulf s'était finalement rendu en ville avec Aicha, ce qui mit Guilhem mal à l'aise. Le chevalier revint cependant pour le souper. Mais Egelina, qui l'observait, le vit entraîner la Mauresque et lui faire quelque confidence à voix basse.

Après ce que lui avait révélé son amant, elle s'inquiéta à son tour et ne perdit pas le couple des yeux. Mais aucune autre messe basse n'eut lieu.

*

Enfin la fièvre était tombée. Fulk assura qu'après la visite du médecin il serait capable de reprendre la route. Butler et Locksley n'éprouvaient plus de douleur non plus, sinon quelques tiraillements. Il fut donc décidé qu'ils plieraient bagage dès le lendemain.

Avant d'éteindre les chandelles, ils proposèrent aux Aragonais de venir boire quelques coups dans la plus grande chambre. L'un amena un luth, l'autre une *guitarra*. Guilhem sortit sa vielle et tous chantèrent maintes cansons.

Comme il interprétait *Belle pucelle et joli cœur avoir, si chanterai d'amour pour mieux valoir*, Egelina, chavirée, remarqua que Ranulf s'était serré contre Aicha. Étaient-ils amoureux ?

Puis Ussel chanta :

Qu'entre ma dame et fine amour me font
Bien puis morir, ja ne le saveront,
Se par mon chant n'en sevent la destrece,
Ou par mon vis, dont la couleur defont…

À la fin du refrain, à la médiocre lumière des chandelles elle remarqua que le sire de Winchester s'essuyait les yeux.

Pleurait-il ?

38

Aicha les avait prévenus. Au sud de Tolède, tout être vivant, du plus petit au plus grand, serait un éventuel ennemi. Ils pouvaient rencontrer des arrois de Castillans cherchant des Maures, croiser des bandes de brigands ou être interpellés par des patrouilles musulmanes. Point de ville fortifiée, de château ou de ferme où se réfugier. Rencontrer ces malemaisnies, c'était devoir combattre à mort.

Pis. Il y avait les serpents venimeux, les scorpions et les araignées parfois gros comme la main, tous capables de morsures ou de piqûres fatales.

L'eau était rare aussi. Sauf dans les gorges. Où se terraient les bêtes dangereuses et les ennemis.

Enfin, il fallait se méfier des plantes. Quand le soleil les chauffait, certaines émettaient des odeurs puissantes qui provoquaient des évanouissements pouvant entraîner le trépas. Le soleil pouvait même être mortel, bien qu'on ne soit pas encore en été !

*

Ils étaient partis à none. Après la visite du médecin, qui avait suturé la blessure de Fulk, l'avait soigneusement bandée et, une nouvelle fois, avait recommandé que l'archer demeure allongé.

Comme Locksley avait répliqué qu'on les attendait à Salvatierra, Abraham ibn Ezra avait plus encore déconseillé tout voyage, sachant de source sûre le château assiégé par les musulmans. Il avait ajouté, en regardant tristement les femmes, qu'elles risquaient plus que la vie au cas où leur route croiserait celle des Maures.

Ainsi, il les avait percées à jour. Mais Huntington l'avait rassuré en lui révélant qu'Aicha était des leurs et saurait les protéger.

Le mire avait secoué la tête, pas du tout convaincu, et en désespoir de cause leur avait remis une thériaque de sa fabrication qui soignait piqûres de scorpion et morsures de serpent. Il prierait le Créateur pour eux, avait-il enfin promis.

Le soleil transformait les hauberts en étuve. Tous souffraient sous leurs casques aussi brûlants que sortis d'une forge. D'un pas lent et pesant, les chevaux portant Alaric et Flore suivaient ceux de Locksley, Guilhem et Egelina. Derrière, s'échelonnaient Gamwell et Fulk, puis Raoul et Butler, enfin, Ranulf et Aicha. Chacun tenait une autre monture en longe.

Dans ce désert de rocailles et d'épineux, aucun bruit ne troublait leur progression sinon les glapissements et craillements d'oiseaux de proie affamés qui les survolaient. Les voix portaient donc loin.

— As-tu réfléchi à ce que je t'ai demandé ? entendit Alaric derrière lui.

Son sire venait de parler.

Devinant que les deux hommes et dame Angelina souhaitaient aborder un sujet qui ne devait être connu du reste de la troupe et refusant de se montrer indiscret, le Toulousain, après avoir échangé un regard avec son épouse, contraignit son cheval à ralentir le pas.

Mais un vent du sud soufflait et il perçut encore :

— Je crois… tu te trompes, Guil… Nous en avons… parlé et… n'ai pas changé d'avis. Et toi, Ege… ?

— Je ne sais plus… Pourquoi… attendre d'être à Cordoue pour… dire ?

Alaric n'entendit pas la suite. Dire quoi ? Et à qui ?

De nouveau l'homme et la femme se regardèrent, profondément perturbés.

Le soir, ils firent halte dans les ruines du monastère de San Pedro de la Mata, église wisigothe détruite par les Maures dans laquelle une multitude de scorpions avaient élu domicile.

Alors qu'ils soupaient, après avoir écrasé tellement d'insectes qu'ils auraient pu en préparer un ragoût, un berger apparut suivi de ses moutons. L'homme accepta volontiers du vin et de la viande séchée. S'il ignorait où se trouvait le château de Calatrava, il indiqua le chemin du bourg d'Orgaz d'où, après un passage difficile dans la montagne, ils atteindraient Yébenes, qui possédait une hôtellerie.

*

En partant avant l'aube, les voyageurs découvrirent Yébenes à none. L'hôtelier, déçu qu'ils ne veuillent rester, leur indiqua qu'ils pourraient trouver refuge au château de Guadalerzas, à quatre lieues, mais qu'ils n'y arriveraient pas avant la nuit. Il ajouta que, sans recommandation, ils risquaient d'être mal reçus par le gouverneur de la place.

Guadalerzas était un donjon perché dont la garnison avait été renforcée. Le maître des lieux, Frey Ruy Díaz de Yanguas, chevalier nommé par l'archevêque de Tolède, les considéra avec suspicion, même s'ils portaient la croix. Robert de Locksley présenta le sauf-conduit de la fille d'Alphonse VIII et expliqua que sa troupe était chargée d'une mission secrète dont il ne pouvait souffler mot. En fin de compte, ils furent juste autorisés à loger dans une cahute à l'extérieur des remparts. Qui leur suffit. Ils possédaient vivres et fourrage et n'avaient besoin que d'eau.

La journée du lendemain fut autrement plus rude. Dans les montagnes arides encore plus brûlées par le soleil, leur procession vira à l'enfer. À perte de vue des rochers, de l'herbe sèche, des chardons et des touffes de genêt rachitiques. À la mi-journée, n'ayant pas trouvé de rios, ils manquèrent d'eau pour les chevaux. La blessure de Fulk le faisait souffrir et Aicha présentait un visage épuisé, refusant toutefois de réclamer la moindre halte. Tous transpiraient abondamment sous leurs cottes de mailles surchauffées.

Le désespoir commençait à les envahir lorsque, au fil d'un ravin qu'ils longeaient, apparut une mare verdâtre. Mais en y faisant descendre les chevaux, l'un d'eux fut mordu par un serpent, ce qui le fit ruer et affola les autres montures. Raoul et Alaric, renversés, se blessèrent. Plus grave, leurs destriers chutèrent dans la ravine et se brisèrent les pattes.

Il fallut des heures pour récupérer les selles, les armes et monter de l'eau. Aussi repartirent-ils recrus de fatigue. Grâce au ciel, les blessures de Raoul et Alaric s'avéraient sans gravité.

Ils suivaient un sentier rocailleux quand, soudain, une troupe se dressa face à eux. Les deux groupes s'arrêtèrent à quelque vingt toises l'un de l'autre.

Ceux d'en face étaient des Maures, la plupart munis de lances et de casques pointus avec protège-nuque, sauf deux avec des ferwal bleus. En cotte de mailles sur leurs robes matelassées galonnées de dessins géométriques, tous tenaient des boucliers ronds ou en forme de cœur peints de signes colorés.

Après avoir quitté le château de Guadalerzas, Locksley avait fait abandonner les cottes de croisés, aussi les Maures ne les attaquèrent-ils pas d'emblée. D'autant qu'ils étaient moins nombreux. Mais ce temps d'observation n'augurait rien de bon…

— Seigneur, laissez-moi leur parler, proposa Aicha.

— Entendu, mais je vous accompagne, répondit Locksley.

— Moi aussi, affirma Guilhem.

— Je viens ! décida Egelina.

— Non ! Si cela se passe mal, fuyez avec les autres !

Les trois avancèrent donc lentement, sans se montrer agressifs.

Les musulmans ne bougèrent pas. En tête se tenait un homme brun, presque noir, au visage mangé par un collier de barbe et une épaisse moustache qui lui donnaient un air farouche. Pas de casque, mais un turban.

— Mon nom est Aicha, dit-elle en arabe. Je suis la fille d'Ibn al-Mirani, tanneur et marchand de cuir à Cordoue. Ceux qui m'accompagnent sont des seigneurs anglais qui ont accepté de m'escorter.

Flore traduisit à voix basse pour ses compagnons, et Robert le fit pour Guilhem.

En face, le barbu au turban afficha sa surprise en découvrant que ce petit guerrier était une femme. Puis il ne cacha point sa méfiance. Quand Aicha eut terminé, il se pencha vers son voisin, un homme casqué à la djubba beige et au bouclier rouge et lui souffla quelques mots. L'autre répondit à voix basse, en gardant un visage fermé.

— Pourquoi ces croisés t'escortent-ils ? s'enquit Barbe Noire.

— Ce ne sont pas des croisés, seigneur. Ils me protègent et tous deux (elle désigna Guilhem et Robert) sont des amis du noble cheikh Baghisain.

— Vous connaissez le cheikh Baghisain ? demanda Barbe Noire à Locksley.

— Nous nous sommes battus ensemble contre les troupes du pape de Rome. Et mon ami, le sire d'Ussel, l'a aidé à gagner la liberté lorsqu'il était prisonnier à Marseille, expliqua Huntington en un médiocre arabe.

— Vous parlez notre langue ?

— Je l'ai apprise en Palestine. Je me suis croisé, il y a longtemps.

Les expressions des Maures traduisaient leur curiosité. Un nouvel échange à voix basse eut lieu entre eux, avec cette fois l'intervention d'un troisième individu apparemment en désaccord avec les deux premiers. Puis un quatrième intervint. Barbe Noire, après avoir opiné du chef, lui donna la parole :

— Aicha al-Mirani, que fais-tu ici, loin de Cordoue ? Avec ces Francs ?

— Voici quatre ans, j'ai été capturée par les chevaliers de Calatrava qui ont tué mon frère et m'ont vendue comme esclave. Le seigneur Abdul de Caracena, qui connaissait mon père, m'a rachetée. Libérée, je suis devenue la servante et l'amie de sa dame. Ces nobles guerriers – elle désigna la troupe d'un grand geste – m'ont sauvée de croisés qui attaquaient la dame de Calatrava. Ils ont rejoint Caracena avec elle et messire Abdul leur a demandé de me ramener à Cordoue, puisqu'ils voulaient s'y rendre. Aucun de mes compagnons n'est hostile envers le peuple d'Al-Andalus. D'ailleurs, les épouses de deux d'entre eux les accompagnent. Auraient-ils emmené des femmes pour se battre ?

— Montre-les-moi !

Aicha se tourna et désigna Egelina et Flore.

— La noble dame de Camville vient d'Angleterre et son amie arrive du royaume de France.

Les Maures regardèrent attentivement les cavaliers désignés et observèrent, qu'en effet, ils étaient les seuls sans pilosité. Mais aussi qu'ils, ou elles, possédaient des armes.

Ce constat provoqua une nouvelle discussion animée. Comme elle se fit à voix basse, Aicha ne put en saisir le sens exact, mais, aux intonations des intervenants, aucun doute : le désaccord régnait. Les plus nombreux assuraient que la présence de femmes confirmait que les étrangers n'étaient pas venus en Andalus dans un but hostile, d'autres parlaient de sournoises perfidies.

En fin de compte, l'homme à la barbe noire fit cesser le débat pour annoncer :

— Je suis l'*arif*[1] Muhammad ibn Abdun. Êtes-vous prêts à nous suivre sans résistance à Qal'at Rabah[2] ? Là-bas vous expliquerez tout au *wali*, qui prendra une décision vous concernant.

— J'accepte, puisque nous nous rendions à Qal'at Rabah. De plus, nous avons besoin d'aide pour gagner Cordoue. Mais, de votre côté, vous engagez-vous à assurer notre sûreté ?

Brève hésitation chez l'arif, suivie d'un hochement de tête.

— Vous avez ma parole. Que le Miséricordieux me foudroie si j'y manque. Seulement, je ne courrai pas le risque d'une trahison.

1. Qui commande une compagnie, officier.
2. Qal'at Rabah, la forteresse de Rabah, devenu Calatrava la Vieja.

Avant de nous mettre en route, attachez vos armes sur l'un de vos chevaux.

Se dépouiller de son épée répugnait fortement à Guilhem, mais il devinait que les Maures avaient besoin de garantie. Il regarda Locksley avec une mimique contrariée sans marquer pour autant de désaccord.

— Entendu ! décida Huntington. Mais uniquement nos épées et nos haches. Et nous garderons près de nous le cheval qui les portera.

— Je suis disposé à vous faire confiance, répondit Muhammad ibn Abdun, à condition d'avoir des otages. Qu'Aicha et deux de vos gens chevauchent près de moi et de Hissam.

Il désigna Egelina et Raoul.

Guilhem se tourna vers eux. Qui opinèrent.

*

Une certaine confiance s'étant établie, les Maures montrèrent le chemin et se répartirent en un groupe de tête et un autre d'arrière-garde. Les otages se trouvant dans le premier conduit par l'arif, Guilhem et Locksley demeurèrent avec eux.

Le chemin tournicota longtemps en descendant vers une plaine au fond de laquelle les voyageurs découvrirent une rivière majestueuse.

— La Guadiana ! annonça Aicha.

Elle montra ensuite une butte rocheuse qui, au loin, ceinturée de tours carrées, faisait penser aux dents d'une monstrueuse mâchoire.

— Qal'at Rabah !

Il leur fallut plusieurs heures de chevauchée, et une halte pour faire boire les montures, avant de parvenir à la forteresse. En chemin, Locksley et Guilhem racontèrent quelques anecdotes sur leur passé, entre autres comment ils s'étaient liés à Baghisain de Djeziré et à Ibn Rushd[1].

1. Connu en Occident sous le nom d'Averroès.

Le nom de ce dernier impressionna Muhammad ibn Abdun. Ibn Rushd, mort une dizaine d'années plus tôt, avait été grand cadi[1] de Cordoue. Juriste, mathématicien, traducteur d'Aristote, médecin du calife, il avait conseillé ce dernier pour réformer la législation en la gardant compatible avec l'islam. Or l'arif sortait d'une famille de magistrats de Séville et son arrière-grand-père, Muhammad ibn Ahmad Ibn Abdun, avait écrit un traité dont il ne partageait d'ailleurs pas entièrement les opinions car son aïeul se montrait peu tolérant envers les chrétiens, ce qui n'était pas son cas. Il désigna deux de ses hommes qui étaient chrétiens, comme une partie de la garnison de Qal'at Rabah. Des mozarabes.

— Savez-vous qu'enfant je montais sur les genoux d'Ibn Rushd quand il venait voir mon père ? conclut-il avec nostalgie.

La conversation entre les chevaliers, au début empreinte d'une grande réserve, tourna au bavardage cordial, même si Locksley demeurait évasif sur les raisons qui le conduisaient à vouloir rencontrer le cheikh Baghisain.

— J'ignore où se trouve votre pays, dit à plusieurs reprises Muhammad ibn Abdun, mais votre amitié avec lui doit être d'une rare puissance pour que vous ayez entrepris un tel voyage.

— Elle l'est, seigneur arif, confirma Guilhem.

Chez les Maures, quelques guerriers ne se montraient cependant pas convaincus de la sincérité des voyageurs. Hissam, en particulier, demeurait muet, distant et ouvertement hostile.

Ils arrivèrent enfin à proximité de la fortification dont l'enceinte comprenait une quarantaine de tours quadrangulaires. La campagne alentour était parsemée de petites fermes. Sur la rive de la Guadiana se dressaient de hauts moulins fort différents de ceux que l'on trouvait au royaume de France. Raoul demanda à Flore d'interroger l'un des Maures pour en connaître l'utilité.

1. Juge.

— Ils font monter l'eau dans l'Alcázar et alimentent les fontaines, expliqua l'homme. Vous verrez que là-haut (il désigna l'impressionnante muraille), nous avons des jardins partout.

Raoul était médusé. Des jardins ? Alors qu'ils venaient de traverser un désert de rocaille et que la forteresse paraissait n'être constituée que de rochers ?

Un profond fossé, creusé dans la pierre, apparut devant eux, enjambé par un pont-levis. Des trompes les ayant annoncés, le plateau était descendu. Ils franchirent le passage avant de gravir une rampe à larges dalles jusqu'à une tour qu'ils traversèrent pour déboucher sur une esplanade. Comme l'un des Maures l'avait annoncé, ils découvrirent des jardins, pour la plupart plantés d'orangers en fleur. Des ruelles bordées de murets en torchis ou d'arcades séparaient ces vergers, dans lesquels on pénétrait par des portes en forme de fer à cheval.

La voie qu'ils suivirent, plus large que les autres, était bordée de boutiques d'artisans et de magasins. Elle les conduisit jusqu'à une tour octogonale, sous les regards intrigués des habitants et échoppiers.

— C'est ici que vous logerez, annonça l'arif en désignant la tour. On va s'occuper de vos chevaux et bagages. Pour le moment, restez à l'intérieur. Hissam vous conduira dans la salle des visiteurs qui sert d'hôtellerie. Vous y trouverez des matelas, de l'eau. L'on vous portera à dîner ainsi que tout ce qui vous sera nécessaire. Quand le wali me l'ordonnera je vous ferai chercher et conduire à l'Alcázar.

— Peut-on se laver dans la rivière ? demanda Flore.

— Non.

Un instant d'hésitation avant ces mots :

— Mais il y a des bains dans la médina où vous êtes. J'enverrai quelqu'un vous y conduire.

*

Ce fut un Hissam peu loquace qui, par un petit escalier circulaire, guida les voyageurs dans la tour et les fit entrer dans une salle à quatre alcôves. Des nattes de jonc et des tapis de laine couvraient le sol. Aucun meuble, sinon des matelas empilés dans l'une des alcôves ainsi que de petites tables basses. Dans une autre alcôve, un banc de pierre posé sous une fenêtre supportait cruches, coupes et pots émaillés. Dans la dernière, deux dalles percées servaient de latrines.

Austère, l'endroit offrait tout de même un certain confort. Surtout, il était frais et propre malgré la présence de mouches.

Quand ils furent tous entrés, Hissam ressortit, toujours sans piper mot. Et ferma la porte derrière lui. Tous entendirent le verrou.

Ils étaient bel et bien prisonniers.

39

Les cruches contenaient de l'eau fraîche en abondance. Ils se désaltérèrent. Les plus las s'allongèrent sur les matelas.

— Enlevons-nous nos hauberts, seigneur ? demanda Alaric à Guilhem qui regardait par l'unique fenêtre ouvrant sur la campagne.

Une ouverture si étroite qu'un homme aurait eu du mal à s'y glisser. D'ailleurs, pour aller où ?

— Ma foi, sans armes, nous n'irons pas nous battre, alors à quoi nous serviraient-ils ? Autant être à notre aise.

Ils venaient à peine de retirer les harnois que le verrou fut tiré et la porte s'ouvrit. Quatre femmes entrèrent en portant de grands plateaux de bois supportant des fruits, des pâtisseries au miel, des récipients en céramique contenant de l'agneau bouilli, des beignets, des saucisses, des galettes et différentes sortes de tourtes.

Un autre serviteur pénétra à son tour, avec deux cruches de vin.

— J'ai été enfermé dans des lieux moins agréables, observa Guilhem en s'asseyant par terre, une galette fourrée d'un hachis de viande à la main.

— Profitons donc du moment, mes compagnons, dit Locksley en l'imitant.

Ils avaient terminé leur ripaille quand les serviteurs revinrent, cette fois accompagnés d'un personnage âgé en robe blanche, lui-même suivi de plusieurs domestiques porteurs des coffres et besaces qui se trouvaient sur les chevaux de bât.

— Je suis chargé de vous conduire aux bains, dit-il. Dans la médina, il y en a un pour les femmes et un autre pour les hommes. Vous pourrez vous changer avec le contenu de vos bagages.

À la fois curieux de connaître ces lieux et éprouvant le besoin d'être propres, ils choisirent robes et bliauds dans leurs affaires et suivirent le vieillard. Par d'autres ruelles que celles déjà prises, leur guide les emmena devant une suite de bâtiments de pierre adossés à l'enceinte, du côté de la rivière.

— Vous voici au hammam des hommes, annonça leur guide. Celui des femmes ouvre au bout des arcades.

Utilisant un passage en arc de plein cintre, ils entrèrent dans une salle fraîche aux bancs de pierre couverts de carreaux. Quelques vêtements y étaient soigneusement empilés. Un homme, assis sur un coffre, leur souhaita la bienvenue. Et leur remit une pièce de coton pour se sécher, des morceaux de pierre volcanique pour se frotter et leur indiqua une grande boîte contenant de l'argile pour se nettoyer.

Ils se dévêtirent, ne gardant que leur braie, avant d'explorer les lieux. La salle mitoyenne possédait un bassin surélevé alimenté en eau fraîche. Une autre, voûtée, contenait une plus petite pièce d'eau entourée de colonnes. Quelques personnes s'y reposaient. À côté ouvrait une étuve aux vapeurs étouffantes, et, plus loin, un autre long bassin froid.

Bien plus tard, chacun s'étant trempé et nettoyé à sa façon, ils quittèrent les lieux et retrouvèrent celui qui les avait conduits sous un oranger. L'homme les attendait.

Ils n'étaient donc pas vraiment prisonniers, observa Guilhem en s'adressant à Alaric.

Ils auraient aussi pu tenter de s'en aller, mais quel en aurait été l'intérêt ? Apparemment les Maures leur accordaient confiance et s'ils les aidaient à gagner Cordoue, ils parviendraient sans plus de difficultés au bout de cet éprouvant voyage.

Le vieillard confia que les femmes n'étaient pas sorties, et ajouta dans un rire éraillé :

— C'est toujours comme cela avec les dames. Dans le hammam, non seulement elles se lavent mais elles se parfument, se soignent, se coiffent et se couvrent de crème pour nous !

À leur tour, ils s'installèrent sous les orangers afin de patienter, Raoul et Guilhem s'autorisant à aller regarder travailler les artisans.

Quand les femmes sortirent des bains, le crépuscule s'étendait. Alors, savourant la fraîcheur du soir et la douce senteur des orangers, ils revinrent sans se presser jusqu'à leur logis. En lui tenant la main, et avec une expression apaisée, Egelina raconta à son amant que des servantes les avaient lavées avec toutes sortes de produits parfumés, et qu'elle n'avait jamais été aussi bien en sortant d'une étuve.

Décidément la vie se montrait douce à Calatrava, songea Guilhem. Mais combien de temps cela durerait-il ?

Locksley, lui, avait hâte de repartir et avait demandé à l'homme qui les accompagnait quand le wali les recevrait. Hélas ! l'autre avait répondu qu'il n'en savait rien.

*

La journée du lendemain se passa sans qu'on vienne les chercher. Le wali était-il là ? Ou parti en chevauchée ? Personne ne leur dit quoi que ce soit. Si des serviteurs leur portèrent vivres et boissons, aucun ne leur adressa la parole. Plus désagréable, on les empêcha de sortir – le verrou demeura tiré –, ce qui contraria Guilhem qui aurait voulu échanger sans témoins avec Robert.

Quand il parvint à s'isoler avec lui, il aborda à voix basse le sujet qu'il avait à cœur. Huntington s'efforça de le rasséréner. À ses yeux, ils ne risquaient plus rien. Si le wali les laissait partir, personne ne pourrait désormais leur causer préjudice, et s'il promit de faire ce que son ami réclamait, ce serait seulement à Cordoue où il serait facile de se prémunir.

Guilhem, nullement convaincu, resta sur sa position, mais il comprenait Robert et n'insista point. Il évoqua donc leur départ d'Andalus. Son ami reconnut que les pires difficultés les attendraient s'ils reprenaient le même chemin qu'à l'aller. Ussel lui expliqua alors son plan, lequel convint à Locksley. Mais était-il réalisable ? Ils connaissaient si peu ce pays.

— Il faut interroger Aicha, proposa-t-il.

— J'y ai songé, et j'en ai rejeté l'idée, rétorqua Guilhem.

— Pourquoi ? s'étonna Robert en plissant le front.

— Regarde-la, sans qu'elle te remarque.

Huntington tourna légèrement la tête. La Mauresque se tenait auprès de Ranulf et paraissait mal à l'aise quand le jeune Winchester s'exprimait, d'autant que ce dernier faisait des gestes brusques. Lequel Anglais ne cachait pas son dépit quand il voyait que la jeune femme ne saisissait rien de ce qu'il disait.

— Rien ne te gêne dans leur attitude ?

Robert de Locksley guigna quelques instants le couple.

— Ma foi… J'ai surtout l'impression qu'ils ont du mal à se comprendre. Comme beaucoup d'Anglais, Ranulf connaît quelques mots de la langue d'oc, mais pas suffisamment pour s'exprimer clairement. Et Aicha parle mal le catalan, comme tu le sais. Ils devraient demander l'aide de Flore.

— Certes. Or ils ne le font pas, observa Guilhem.

Son ami digéra la réponse. Et, après un moment, lâcha simplement :

— Attendons.

Guilhem rejoignit Egelina qui bavardait à voix basse avec Flore. Les deux femmes se turent immédiatement quand il approcha, ce qui le mit mal à l'aise. Que pouvaient-elles raconter qu'il ne devait entendre ? Il se souvint que, la veille, alors qu'ils chevauchaient, il avait observé un voile d'inquiétude dans les yeux de sa maîtresse, surtout lorsqu'il abordait leur retour en France.

Mais Egelina lui sourit, ce qui chassa le malaise.

— Pourquoi ne chanterais-tu pas quelques cansons pour nous ébanoyer, demanda-t-elle. Tout le monde s'ennuie, enfermé ici, à part eux.

Elle désigna Gamwell et les archers qui passaient le temps en se livrant à un jeu anglais utilisant des pierres et avaient convaincu Alaric de participer à leur partie.

Raoul, à une fenêtre, découvrait les secrets de son astrolabe.

— Entendu, si tu m'apprends quelques chansons anglaises ! Robert, viens te joindre à nous, tu as une plus belle voix que moi.

*

Une nouvelle journée s'écoula sans qu'on leur annonce quand ils seraient entendus. Ce ne fut donc que le surlendemain matin que Muhammad ibn Abdun réapparut.

— Le wali vous attend, annonça l'arif.

Évidemment, l'invitation concernait seulement les chevaliers, Egelina et Aicha.

— Où allons-nous ? demanda Robert de Locksley, alors qu'ils sortaient de la tour.

— Dans la grande salle d'audience de l'Alcázar.

Ils traversèrent la médina jusqu'à une énorme muraille surmontée de merlons triangulaires qui fermait l'extrémité du plateau rocheux. Deux grosses tours carrées encadraient le grand arc d'une voûte ronde au bout de laquelle se découvrait une immense porte cintrée.

Ayant franchi ses deux battants en bois cloutés, ils traversèrent une suite de constructions défensives occupées par de nombreux gardes pour déboucher dans un jardin bordé d'arcades, orné d'un bassin en son milieu.

Muhammad s'arrêta pour expliquer ce qui allait se passer :

— Notre wali, Malik al-Saffar, à qui j'ai parlé hier, a rassemblé les *musawarun*[1] du château, le sahib de la médina et notre cadi Ahmad Muṭarrif. Il a tenu à ce que Hissam, qui fait partie de

---

1. Hommes sages.

la tribu du vizir de Cordoue, soit présent, ainsi qu'un de mes lieutenants. Maintenant, il va vous interroger. Ne mentez pas, car il s'en rendra compte. Il prendra sa décision après avoir consulté le conseil. Soit vous partirez libres, soit vos têtes seront tranchées et les femmes serviront à ses officiers.

À ces paroles, Guilhem commença à regretter de ne pas avoir récupéré son épée. Il jeta un regard farouche en direction de Robert de Locksley, puis vers Alaric et Ranulf. Tous comprirent qu'ils ne se laisseraient pas faire.

Devinant l'état d'esprit des visiteurs, Muhammad ajouta d'un ton conciliant :

— Si votre cœur est juste et bon, vous ne craignez rien. Le Miséricordieux vous protégera.

Il désigna le grand bâtiment adossé à la muraille extérieure et leur fit signe d'avancer vers l'unique porte sur la façade, une haute ouverture en forme de fer à cheval décorée de carreaux de faïence. Là encore, plusieurs gardes surveillaient les passages mais s'écartèrent en présence de Muhammad ibn Abdun.

Ils pénétrèrent alors dans une vaste salle au plafond soutenu par des arches en arc outrepassé. À son extrémité, assis sur des coussins, se tenaient une dizaine d'hommes, plusieurs fort âgés.

Guilhem reconnut deux des compagnons de l'arif : celui au bouclier rouge et Hissam.

Au milieu du groupe, un Maure, dont la djubba blanche contrastait avec la barbiche et les cheveux roux, affirmait par son maintien sa domination sur les autres. Un *taylasan*[1] bleu foncé, signe de son autorité, était enroulé autour de ses épaules. Nul doute qu'il s'agissait du wali. À côté de lui, un individu plus jeune aux cheveux noirs coupés court et au teint foncé portait une djubba bleue avec, par-dessus, un manteau de laine et un taylasan qu'il avait drapé autour de sa tête. Il tenait à la main une sorte de petit miroir et regardait les visiteurs à travers le verre

1. Ample pièce d'étoffe que portaient les personnages de rang élevé.

serti. Guilhem songea immédiatement au berullus d'Aubert, ce cristal grossissant qu'il avait longtemps gardé jusqu'à ce qu'il se brise lors d'une chute. Dans sa prime jeunesse, quand il avait failli devenir moine à Saint-Victor, on lui avait dit que des verres taillés servaient aux infidèles pour lire, car ils grossissaient les caractères. S'agissait-il de cela ?

Les chevaliers et Egelina s'inclinèrent respectueusement.

Le rouquin les regarda longuement en tripotant sa barbiche avant de s'adresser à Aicha.

— Je suppose que tu es la fille d'Ibn al-Mirani.

— Je le suis, seigneur.

— Raconte-nous comment tu as été prise par les Calatravos, et comment tu as fait connaissance des *faranja*[1].

D'un geste, il désigna les chevaliers et Egelina.

— Ce ne sont point des croisés, seigneurs…

Elle parla longuement, détailla ses malheurs, décrivit l'attaque, par les Calatravos, de la caravane de marchandises dans laquelle elle se trouvait avec son frère. N'omit pas le plaisir que prenaient les moines chevaliers à violer la trêve jurée entre le roi de Castille et le prince des croyants. Ni leurs crimes et leurs violences gratuites, alors qu'ils se disaient au service de Dieu. Ensuite elle remercia le Miséricordieux d'avoir été achetée par le seigneur de Caracena. Enfin, résonna dans la salle le récit des événements récents, avec l'attaque des faranja d'Arnaud Amaury et comment sa maîtresse et elle avaient été sauvées par ceux qui l'accompagnaient.

Guilhem ne comprenait pas grand-chose, hormis quelques mots. Locksley suivait à peine, mais c'était sans importance car Aicha racontait ce qu'il savait déjà.

Quand elle eut terminé, le wali s'adressa à ses compagnons et l'un des individus âgés posa une question à laquelle Aicha répondit.

— Qui parmi vous est le sire de Locksley ? s'enquit ensuite le wali, cette fois en catalan.

---

1. Croisés.

— Moi, seigneur.

— Muhammad m'a dit que tu viens d'Angleterre pour rencontrer Baghisain de Djeziré et que tu aurais connu le vénéré Ibn Rushd. Ces explications ne m'ont pas convaincu et je pense que tu mens. Je veux savoir ce que tu viens faire en Andalus !

Le ton était dur et menaçant.

— Je ne mens pas, noble wali. Voilà à quelle occasion j'ai connu Ibn Rushd…

Il parla de la croisade au cours de laquelle il avait combattu les mahométans avec Richard Cœur de Lion, que Saladin surnommait Melek-Ric. Puis il évoqua son retour à Marseille, sa rencontre avec Guilhem d'Ussel et Ibn Rushd, l'ami du viguier de cette ville. Et enfin leur expédition commune au château des Baux[1].

Il dit ensuite quelques mots de ses démêlés avec le prince Jean, de ses combats contre le frère de Richard, Ussel à son côté, de leur voyage à Rome et des circonstances au cours desquelles il avait fait connaissance avec Baghisain de Djeziré, ainsi que comment ils avaient combattu ensemble les troupes papales.

— Qui, ici, acquiesce à pareille histoire ? demanda le wali en un sourire incrédule.

Il regarda chacun de ses conseillers, cherchant une approbation sur ce qu'il venait de dire.

Les visages de plusieurs sages montraient des hésitations. Hissam, lui, secouait négativement la tête. Seul Muhammad et le guerrier au bouclier rouge approuvaient.

— Abu, j'ai l'impression que tu veux parler, dit le wali en s'adressant à un vieillard.

— Oui, noble seigneur. J'ai connu Ibn Rushd peu avant sa mort et il m'avait parlé de son séjour à Marseille et de ce qu'il y avait fait. Son récit ressemblait fort à ce que vient de rapporter cet Anglais.

— Ce n'est pas une preuve, l'Anglais peut avoir entendu cette histoire et la répéter, observa fielleusement Hissam.

1. Voir *Marseille, 1198*, du même auteur.

Quelques hochements approbatifs accueillirent la remarque, somme toute de bon sens même si elle avait été dite d'un ton ouvertement hostile.

— Puis-je donner mon opinion, noble wali ? interrogea celui au visage sombre et au taylasan enroulé sur la tête.

— Tu es le cadi de notre ville, Ahmad Muṭarrif, tu parles quand tu le veux.

— Dans notre droit, le serment vaut foi autant que les témoins. J'aimerais entendre ce roumi prêter serment.

— Tu as raison. Seigneur de Locksley, jurez-nous que vous dites la vérité ?

— Je le jure. Que le Seigneur Dieu m'envoie en enfer si je mens.

Les musawarun parurent satisfaits.

— Un serment, et un quasi-témoin, si l'on entend Abu. N'y a-t-il pas un autre témoin en faveur des dires de l'Anglais ? demanda le wali.

— Si vous acceptez le seigneur d'Ussel comme témoin, il vous révélera comment il a sauvé Baghisain de Djeziré.

— Pourquoi pas ? Parlez-vous catalan, sire d'Ussel ?

— Oui, noble wali.

Ussel raconta alors quelques événements de sa vie, puis comment il s'était rendu à Marseille sauver une amie, Constance Mont Laurier, enfermée pour avoir aimé un musulman : le cheikh Baghisain. La dernière fois qu'il les avait vus, ils quittaient Marseille en bateau pour se rendre à Cordoue.

Le silence s'installa après son intervention. Alors l'un des conseillers – il s'agissait du sahib de la médina – demanda à parler :

— Je connais Baghisain de Djeziré qui a construit les machines pour le siège de Salvatierra et qui doit nous en faire parvenir pour l'offensive que conduira notre vénéré calife prince des croyants Muhammad al-Nasir, que la grâce de Dieu le renforce. Baghisain a bel et bien été prisonnier plusieurs fois à Marseille et vit à côté d'une chrétienne venant de cette ville.

— Votre récit paraît donc véridique, conclut le wali. Mais je m'interroge toujours. Pourquoi êtes-vous venus en Andalus, mes seigneurs ? Vous n'avez tout de même pas quitté la lointaine Angleterre uniquement pour sauver Aicha.

Il se permit un sourire. Désormais, la curiosité semblait l'emporter sur la méfiance.

Locksley reprit la parole. Il parla longuement du roi Jean, de ses excès, de ses violences, prononça quelques mots au sujet de Matilda FitzWalter, sans révéler qu'elle avait été violée et tuée car il ne voulait pas que Ranulf l'apprenne ainsi. Puis il annonça le dessein du roi : se convertir à la religion musulmane, non par foi mais par haine du pape de Rome. Voilà pourquoi ses amis et lui se rendaient à Cordoue. Ils voulaient avertir l'émir des croyants de la venue d'ambassadeurs de Jean qui n'étaient là que pour utiliser l'Islam, et non par foi, qui se moquaient de Dieu pour satisfaire leurs haines et leurs ambitions.

Au début de ces révélations, la surprise laissa les Maures stupéfaits, bouche bée même. Puis un lourd silence s'installa. Chacun pensait : si cet Anglais dit vrai, ce roi d'Angleterre veut tromper Allah le Miséricordieux et prétend se moquer du Très-Haut ! Or cela ne se peut, tant l'injure serait infâme.

Le silence s'éternisa après la fin des explications de Locksley, car dans le conseil du wali, il n'y avait que des musulmans, tous profondément croyants.

Alors Malik al-Saffar annonça, d'une voix peu assurée :

— Je ne sais que dire… tant ce que vous venez de révéler est grave… Que dois-je faire ? J'aimerais que Dieu Très-Haut me souffle la vérité. Que me conseilles-tu, sage Ahmad, toi dont la science est grande ?

Le cadi joignit les mains :

— Ce n'est point à toi de décider du sort des roumis. Ils doivent pouvoir gagner Cordoue et répéter ce qu'ils viennent de nous révéler à l'émir de croyants. Lui seul, que Dieu inspire et protège, saura comment agir. Et puisqu'ils sont venus chez nous en paix, laissons-les partir en paix.

L'approbation de ces paroles fut visible sur les traits des gens du conseil, à l'exception de Hissam, qui gardait un visage fermé. Aussi le wali lui demanda-t-il de s'exprimer.

— Je reconnais la justesse et la sagesse des propos de notre vénéré cadi, néanmoins la prudence ne doit pas s'effacer. L'armée du prince des croyants se rassemble et les roumis ne doivent rien apprendre sur notre force. Selon moi, il faut les escorter jusqu'à Cordoue et les laisser désarmés afin qu'ils ne nous faussent pas compagnie.

Le wali opina.

— Je retrouve chez toi, Hissam, la sagesse qui gouverne le cœur et l'esprit de notre vizir. Tu as raison. Je décide donc que les roumis partiront dès demain. Tu les escorteras avec une douzaine d'hommes. Ils laisseront leurs armes sur des chevaux que nos guerriers surveilleront. À Cordoue, tu les remettras à Ebn Djaméa, notre vizir, qui décidera du moment où le prince des croyants les entendra. Ils auront alors le loisir de rencontrer Baghisain de Djeziré. Que Dieu les protège.

Il écarta les mains, faisant comprendre que l'audience était levée.

*

Muhammad raccompagna les voyageurs à la tour. Il leur assura qu'il choisirait les hommes de Hissam et que, si ce dernier se méfiait d'eux, il ne chercherait pas à leur nuire maintenant que le wali avait pris sa décision.

Guilhem n'en était pas aussi convaincu.

Cependant, comme on les laissa libres de leurs mouvements, il parvint à rester un moment avec Aicha et Locksley. Tout d'abord, il parla de son projet pour quitter Al-Andalus quand ils auraient rencontré le calife.

Elle se montra hésitante. Son père vendait du cuir et des étoffes en Italie, mais elle ignorait les détails de son commerce. Pour autant le dessein d'Ussel lui paraissait réalisable, bien que les ports où ils voulaient se rendre soient à près de vingt jours de

Cordoue. Et ce projet dépendait surtout des décisions que prendrait le calife à leur sujet.

Locksley aborda alors la question de Ranulf. Et mit en garde la jeune femme contre une alliance avec le Winchester. Lui avait-il promis de l'emmener en Angleterre ?

Les yeux humides, elle ne répondit point.

40

Ils partirent le lendemain après avoir vérifié que leurs armes se trouvaient bien sur des chevaux de bât, lesquels demeurèrent avec l'escorte maure. Hissam marchait en tête avec l'un de ses hommes. Ceux qu'ils appelaient les Francs – ou les roumis – suivaient à quelque distance. Derrière, huit guerriers de Calatrava avaient, en longe, les montures portant les armes. Très peu de conversation entre les quasi-prisonniers et leurs gardiens, même lors des haltes.

Ils voyagèrent ainsi toute une longue et chaude journée. Heureusement, leur séjour à Calatrava les avait rebiscoulés. Fulk ne ressentait plus la moindre douleur et la blessure de Butler était cicatrisée. Chacun éprouvait un sentiment de soulagement en sachant que dans quelques jours il serait à Cordoue. Resterait à subir l'épreuve de l'entrevue avec le Miramolin. Mais pourquoi celui-ci les récuserait-il, alors même que le cheikh Baghisain répondrait de leur bonne foi ?

Seule ombre dans cette situation, l'attitude de Ranulf, qui persistait à se montrer maussade et distant. Était-ce parce que Aicha semblait s'être éloignée de lui ?

Le soleil déclinait. Depuis des heures ils apercevaient la puissante silhouette de la forteresse dressée au sommet d'une butte rocheuse. Dont les tours et austères murailles de pierre se confondaient avec la roche.

— Il est singulier que ce château et le petit bourg que l'on devine à ses pieds soient restés castillans au milieu des terres maures, fit Guilhem en s'adressant à ses compagnons, tandis qu'ils faisaient halte le long d'un rio.

— Salvatierra s'avère presque impossible à prendre tant sa position est forte et ses murailles épaisses, lui répondit Aicha. Les Castillans s'en sont emparés uniquement à cause de la trahison d'un défenseur. Ensuite, ils ont installé leurs meilleurs chevaliers, qu'ils appellent les Calatravos, ont détruit les mosquées et construit des églises sur leurs ruines. Notre bien-aimé calife aurait pu tolérer ces affronts, mais pas les raids des chevaliers de Salvatierra en Andalus, malgré la trêve. Maintenant, ils vont payer pour leur cruauté. À cette heure, ces maudits ne sont qu'assiégés ; quand notre armée arrivera, ils seront châtiés.

En l'entendant, Locksley ne pouvait s'empêcher de penser à ce qu'il faisait lors de la croisade. Là-bas aussi, ce n'était que raids contre châteaux et villages sarrasins, suivis aussitôt d'expéditions punitives des guerriers de Saladin. Il comprenait la haine qu'éprouvait Aicha et l'hostilité de Hissam à leur égard. Peut-être ce dernier avait-il perdu des proches, peut-être simplement estimait-il que ses terres appartenaient aux musulmans et que les chrétiens n'y avaient pas leur place, même si la troupe comptait plusieurs mozarabes choisis par Muhammad.

Il fut interrompu dans ses réflexions par le cri d'alerte de l'un d'eux. Tout le monde regarda dans la direction qu'indiquait le Maure. Très loin, sur un sommet, deux cavaliers venaient d'apparaître. Visibles un instant avant de s'effacer derrière des buissons.

Comme ils ne se montrèrent plus, Hissam conclut qu'il s'agissait d'une patrouille maure. Qui d'autre aurait pu se trouver là ?

Mais Guilhem avait remarqué la robe blanche d'une des montures et il échangea un regard avec Alaric, qui hocha la tête.

Ils repartirent. En approchant de la colline fortifiée, ils distinguèrent en haut des tours d'innombrables bannières à croix rouges dont les branches formaient des fleurs de lys. Elles claquaient au vent, comme des défis ou insultes envers les musulmans. Les armes des Calatravos.

De noirs nuages de fumée parvenaient jusqu'à eux, ainsi qu'un assourdissant et lointain vacarme fait de sons de trompe, de clameurs de guerre et de fracas. Par instants des nuées de flèches noircissaient le ciel, tels des vols de sauterelles.

Enfin, ils découvrirent le camp des Maures. Une interminable succession de tentes autour desquelles on rencontrait chevaux et fantassins. Plus près des murailles, c'étaient des groupes d'archers à l'abri des pavois et, surtout, deux énormes *manjaniq*[1] que l'on chargeait de pierres. Peut-être des machines conçues par le cheikh Baghisain. En continuant à avancer, Guilhem aperçut des ouvriers qui montaient des balistes, dont l'une à deux arcs, des jarkh, comme les nommaient les Arabes. D'autres serviteurs déchargeaient des mules qui portaient des faisceaux de dondaines, ces flèches d'une toise avec fer à barbillon[2] d'un bon pied. Cette fois, Guilhem reconnut la fabrication de Baghisain, car il s'agissait d'engins identiques à ceux qu'il avait utilisés à Rome avec le cheikh.

Locksley ayant fait les mêmes constatations, tous deux racontèrent à Egelina ce qui s'était passé au Circo Massimo[3].

Alors qu'ils pénétraient à l'arrière du campement, Hissam s'arrêta pour discuter avec un officier. Tandis qu'ils parlaient, l'un des mangonneaux expédia un énorme quartier de roche. Tout le monde suivit la trajectoire du rocher, qui vint frapper l'angle d'une tour. Dans un fracas assourdissant, un pan de mur s'effondra, ce qui provoqua des hurlements sauvages chez une partie des assiégeants, qui se mirent à danser en tendant le poing, ivres de sang et de joie.

Mais déjà, Hissam donnait l'ordre à sa troupe de repartir, l'officier lui ayant indiqué où elle pourrait s'installer. Ils s'éloignèrent donc du camp pour rejoindre un ruisseau qui alimentait une

1. Mangonneau.

2. Barbelé.

3. Voir *Rome, 1202*, du même auteur.

petite mare où étaient déjà rassemblés les chevaux de la cavalerie maure.

En chemin, Hissam annonça à Locksley qu'ils passeraient la nuit dehors. Aucun pavois n'était prévu pour eux et ils se restauraient avec le viatique dont on les avait munis avant de partir. Quand Huntington chercha à connaître la prochaine étape, le Maure ne répondit pas.

*

La halte suivante se fit au château de Hisn al-Iqab[1], forteresse qui gardait une gorge dans la montagne. Cette fois, on les logea à l'intérieur. Mais ils n'eurent droit qu'à un cellier. Pis, on les y enferma, tandis que Hissam et ses hommes soupaient et passaient la nuit dans une salle.

Nouveau départ le lendemain, sous une pluie fine, cette fois. Les voyageurs avaient faim, n'ayant reçu que de la bouillie d'orge, aussi Huntington se plaignit-il à Hissam qui lui répondit que les provisions manquaient dans le pays, mais qu'ils seraient mieux traités le soir.

Après une journée éprouvante durant laquelle, à plusieurs reprises, les chevaux faillirent tomber parce que leurs sabots glissaient sans cesse sur les rochers humides, la pluie n'ayant cessé qu'à la relevée, ils aperçurent une grande forteresse haut perchée. D'imposantes murailles crénelées flanquées de tours carrées percées de plusieurs rangs d'archères.

— Burch al-Hamma[2], annonça Aicha. J'y suis allée une fois avec mon père.

Elle expliqua ensuite que le château avait été l'objet de luttes féroces avec le roi de Castille, qui l'avait pris dans le passé et gardé dix ans.

Ayant franchi la porte en fer à cheval de la forteresse, ils pénétrèrent dans une grande cour occupée par quelques maisons,

1. Castro Ferral.

2. Burgalimar.

celliers et écuries en pierre et torchis. La garnison était importante, avec des sentinelles nombreuses sur les remparts et devant les tours. Des femmes sortirent de plusieurs maisons, intriguées par le vacarme de tous les chevaux qui venaient d'arriver.

D'un ton insolent, Hissam avait expliqué les raisons de sa venue à l'officier en garde de la porte. Ensuite, une fois dans la cour, il avait ordonné à ses hommes de surveiller les Francs et s'était dirigé vers l'une des tours. Il connaissait parfaitement les lieux et se conduisait en maître, observa Guilhem. Était-ce dû à sa proximité familiale avec le vizir ?

Ils descendirent de selle et, avisant un vaste abreuvoir, y conduisirent les montures.

De plus en plus de gens sortaient des maisons et des tours, curieux de voir et savoir qui étaient ces roumis qui ne paraissaient pas prisonniers. Les Maures de l'escorte expliquèrent qu'ils se rendaient à Cordoue, et Aicha racontait qui elle était quand Hissam ressortit en compagnie de deux hommes, l'un imberbe et l'autre porteur d'une épaisse moustache noire. Le premier était revêtu d'une djubba grège avec surcotte à capuchon cramoisie, tandis que celle du second était blanche. Ce dernier arborait aussi une sorte de *burnus* bleu galonné, avec un taylasan qui couvrait sa tête et ses épaules.

D'un ton maussade, Hissam les présenta à Locksley. L'imberbe, nommé Abd Allah Bastagir, était *sahib assar*, c'est-à-dire percepteur, et envoyé par le grand vizir de Cordoue pour encaisser les dîmes des paysans. Il repartirait le lendemain et ce serait lui et son escorte qui conduiraient les roumis à Cordoue.

Le second, wali du château, était son cousin.

Ainsi Hissam et le wali étaient parents ! Guilhem, qui se faisait traduire dans l'oreille par Aicha, comprenait mieux son comportement. Mais, somme toute, peu importait ce revêche puisque, désormais, le receveur le remplacerait. Et lui affichait un visage jovial et chaleureux. La fin du voyage serait peut-être plus agréable en sa compagnie.

Dans la discussion qui suivit, Hissam confirma qu'il repartirait le lendemain à Calatrava. De son côté le wali se montra fort aimable et conduisit en personne les visiteurs jusqu'à une tour dont il leur laissa la jouissance. La salle basse était une belle pièce voûtée meublée de tapis, de matelas de laine et de coussins. Il promit à ses hôtes de leur faire porter nourriture et rafraîchissements et annonça qu'ils étaient libres de circuler dans le château.

Cependant, il ne dit pas un mot des armes. Guilhem avait déjà observé qu'on avait conduit les chevaux qui les portaient dans une salle gardée, sous une tour.

Locksley remercia le wali, qui s'en alla sans laisser aucun garde à la porte. Les voyageurs éprouvèrent un soulagement en constatant que leur sort allait s'améliorer. Comme le crépuscule approchait, ils n'avaient qu'une hâte : enlever leur harnois, s'occuper de leurs chevaux et de leurs bagages, puis se sustenter quand on leur porterait à manger. Et, enfin, passer une nuit confortable.

Guilhem fut réveillé par le chant des oiseaux. Egelina dormait toujours, serrée contre lui, au deuxième étage de la tour. Il la repoussa délicatement et descendit par l'échelle. Dehors, deux artisans installaient de minuscules étals sur lesquels ils ne proposaient pas grand-chose : des pots, des cruches et de petites jarres, pour l'un, des objets en cuir pour l'autre. Il les salua, se rendit à l'abreuvoir et trempa son visage dans l'eau fraîche. Ensuite, parcourant du regard le chemin de ronde, il aperçut l'un des mozarabes qui les avait escortés. Justement, l'homme le regardait, alors il décida de le rejoindre, songeant que, du haut de la muraille, il apercevrait peut-être le cavalier au cheval blanc et son acolyte qui semblaient les suivre. Il demeurait persuadé qu'il s'agissait de Mandeville, et si c'était le cas, il devinait ce que voulait le cousin du comte d'Essex.

— Que Dieu vous protège, seigneur, fit le mozarabe en le saluant quand il parvint en haut des marches de pierre.

L'homme, longue barbe grise et cheveux jusqu'aux épaules sous un casque pointu, portait une sorte de jaque de cuir capitonnée couleur soufre. Il parlait en catalan, ce qui surprit Ussel qui ne s'en doutait pas.

— D'où venez-vous pour parler l'oc ? lui demanda-t-il.

— Mes parents étaient de Barcelone. Mon père avait été engagé par les Maures qui avaient besoin de guerriers, et je suis resté avec lui.

— Vous repartez aujourd'hui pour Calatrava ?

— Oui, j'attends Hissam pour prévenir mes compagnons qui sommeillent encore. Moi je dors trop mal pour rester couché longtemps.

Il se mit à rire.

— Je ne m'étais pas rendu compte à quel point *sid*[1] Hissam est considérable. Il se comporte comme le seigneur de ce château, fit Ussel.

— Il sera bientôt wali d'un château à son tour, quand l'offensive du prince des croyants aura commencé. Hissam appartient à la même tribu que le grand vizir de Cordoue et le wali d'ici : les Magilas. Mais comme il est jeune, il n'a encore rien eu.

— Et ce sahib assar, le connais-tu ?

— Non, je ne l'ai jamais vu, mais c'est aussi un Magila.

L'information intrigua Guilhem. Puisque le mozarabe avait envie de parler, il décida de poursuivre l'entretien.

— Je connais mal l'organisation des tribus de Maures. Chacune a-t-elle un chef ?

— Bien sûr. Ebn Djaméa, le vizir de Cordoue, est le chef des Magilas. Le sahib assar Abd Allah Bastagir vous conduira à son secrétaire Ibn Amir, qui préviendra ensuite le vizir. Ce sera lui qui décidera si vous pouvez rencontrer le prince des croyants.

Ainsi, le cheikh Baghisain ne semblait pas prévu dans ce programme, songea Guilhem. Tout serait décidé par le vizir. Sauf que le sahib assar était trop confiant en pensant qu'ils se laisseraient faire.

Sortant d'une des tours, Hissam apparut avec son cousin et le percepteur. Il vit le mozarabe et lui demanda de rassembler sa troupe. Ne voulant pas qu'on devine qu'il s'était informé

1. Seigneur ou maître.

auprès du garde, Guilhem prit un air indifférent et poursuivit son chemin sur le rempart.

Il fit ainsi le tour de la forteresse, où aucune sentinelle ne l'interrogea. Il regardait sans cesse la campagne alentour, mais n'aperçut pas l'ombre d'un cheval blanc. Finalement, il descendit. Et vit Locksley discuter avec le receveur.

La troupe de Hissam venait de quitter la forteresse.

— Nous partons ! annonça Robert à son ami. Préviens les autres.

Dans la tour, Guilhem retrouva Egelina et Flore. Une nouvelle fois les deux femmes se turent à son approche. Quel secret voulaient-elles cacher ?

— Où sont les autres ? demanda-t-il, mal à l'aise.

— Ils sont allés s'occuper des chevaux.

— Et Aicha ?

— Elle est sortie. Elle doit se promener dans le bourg.

— Rassemblez nos bagages, nous nous en allons.

Il monta au deuxième étage avec Egelina et, tandis qu'ils rassemblaient leurs besaces, lui expliqua ce qu'il avait appris. Ainsi que son dessein pour fausser compagnie au percepteur.

Une entreprise pas simple à exécuter car le sahib assar disposait d'une escorte d'une vingtaine de guerriers, pour moitié abyssins, tous solidement armés de lances et d'ifranji, tous en casque et cotte de mailles.

S'adressant à Ussel, le receveur justifia cette importante garde, alors que la troupe descendait vers une rivière qu'on apercevait en contrebas :

— J'apporte à Cordoue les dîmes des paysans collectées par le wali. Un coffre empli de pièces d'argent qui pourrait tenter bien des voleurs. Aussi, quand Hissam m'a demandé de vous escorter, j'ai aussitôt accepté car avec le renfort de vos compagnons, nous serons capables d'éloigner n'importe quelle bande de malandrins.

— Seulement nous n'avons pas d'armes, intervint Robert de Locksley.

— Rassurez-vous, si nous étions attaqués je vous les remettrais ! D'ailleurs Hissam m'a demandé de vous les rendre en arrivant à Cordoue. Vous êtes désormais les hôtes du grand vizir. Savez-vous que nous avons tous deux le même aïeul ?

— Point ! Quel genre d'homme est votre grand vizir ? intervint Robert de Locksley.

— Un personnage important, très important, et au jugement sûr. Chef de notre tribu, il a été l'un des premiers à soutenir notre calife quand son père est mort, alors qu'il n'était pas certain d'avoir l'appui de toutes les tribus berbères. Le prince des croyants lui fait toute confiance pour diriger Cordoue.

Quelqu'un avec qui il faudra compter, songea Guilhem qui avait hâte d'interroger le cheikh Baghisain à son sujet.

*

Ayant suivi le cours encaissé de la rivière, ils sortirent des gorges au début de l'après-midi. Ensuite ils longèrent le Guadalquivir jusqu'à une ferme où ils passèrent la nuit.

En chemin, les larmes aux yeux, Aicha leur expliqua que Cordoue, la plus belle ville du monde, était construite au bord de cette rivière. En étouffant un sanglot, elle ajouta qu'elle n'espérait plus revoir ces lieux si beaux où elle s'était baignée tant de fois, et que sa gratitude envers ceux qui l'avaient ramenée serait éternelle.

Après une nuit sans histoire, ils quittèrent la ferme sous un soleil qui s'annonçait féroce. Le percepteur se montrait toujours aussi chaleureux et volubile, livrant toutes sortes de détails amusants sur la vie à Cordoue. Il connaissait bien le cheikh Baghisain, qu'il estimait fort, mais ne parla point du père d'Aicha. Elle-même ne semblait pas rechercher sa compagnie.

Robert de Locksley comprenait parfaitement son attitude : qui aime les collecteurs d'impôts ?

En soirée ils arrivèrent à un grand moulin fortifié construit dans un méandre du Guadalquivir.

— Il est tenu par l'un de mes cousins, expliqua Abd Allah Bastagir, alors que la troupe s'en approchait. Je vais lui demander de vous loger dans le cellier où il entrepose les jarres d'huile, car il n'y aura pas assez de place pour mes gens et les vôtres dans le moulin.

Cela signifie-t-il que nous serons libres de nos mouvements ? Et sans gardiens ? songea Guilhem. L'occasion de filer dans la nuit, si les chevaux portant les armes sont à portée, se présenterait-elle enfin ?

Rapide échange d'un regard complice avec Robert.

— Atteindrons-nous Cordoue demain ? demanda ce dernier.

— Non, mais après-demain certainement dans la journée.

Le moulin possédait des dépendances sur la rive, écuries, remises, celliers, granges et bergeries que ne protégeait aucune enceinte. Abd Allah Bastagir alla parler à son cousin, sorti du moulin dès qu'on l'avait prévenu de l'arrivée de visiteurs.

Tous deux discutèrent longuement à l'écart, tandis que les cavaliers faisaient boire les chevaux. Quelques hommes se trempèrent dans la rivière jusqu'à mi-cuisse. Alaric et Raoul les imitèrent.

Guilhem, lui, préféra explorer les alentours. Tenant Egelina par l'épaule il s'approcha du moulin relié à la rive par un pont sur le bief qui alimentait sa grande roue. Une seconde roue tournait à l'intérieur du bâtiment. Quant aux dépendances, elles étaient nombreuses avec beaucoup de serviteurs. Le moulin disposait également de gardes armés de lances et d'arcs, peu nombreux toutefois.

En ayant terminé avec son cousin, le percepteur rejoignit le comte de Huntington.

— Vous pouvez utiliser le cellier ! indiqua-t-il en désignant l'un des bâtiments, et mettre vos montures à l'écurie avec les nôtres.

Rappelés, les baigneurs sortirent de l'eau et Guilhem retourna auprès de ses compagnons. Dans un joyeux désordre, chacun conduisit son cheval et celui qu'il avait en longe dans une vaste construction occupée déjà par plusieurs mules.

Restaient les trois montures qui portaient les armes, que Guilhem surveillait du coin de l'œil. Mais Abd Allah Bastagir demanda à ses hommes de les conduire dans le moulin, tout comme le cheval qui portait le coffre de pièces d'argent.

Un peu plus tard, les voyageurs se retrouvèrent dans le cellier où le cousin du percepteur avait fait porter des matelas. L'endroit pavé, plutôt propre, sentait bon l'huile fraîche. On leur avait promis du vin et des poissons.

Alaric vérifiant que personne n'approchait, Locksley annonça à ses compagnons qu'ils s'enfuiraient dans la nuit. Et détailla le plan. Ils pourraient facilement sortir leurs chevaux, puisqu'il n'y avait pas de verrou au portail de l'écurie. Comme tous les guerriers du percepteur logeaient dans le moulin, personne ne les arrêterait. En chevauchant toute la nuit, ils seraient le soir à Cordoue, ce que confirma Aicha.

Bien que contrarié d'abandonner sa bonne épée allemande et de partir sans arme, Guilhem agréa au plan. Après tout, Baghisain devait avoir suffisamment d'entregent pour obtenir qu'on leur rende leurs armes plus tard. Car que pourrait-on leur reprocher, puisqu'ils n'auraient commis aucune violence ? Ils donneraient cent raisons valables à leur départ improvisé.

La discussion qui suivit ne laissa pas paraître de désaccord. Ranulf proposa même qu'ils se séparent pour augmenter leurs chances d'atteindre Cordoue. Il demanda à Aicha s'il y avait des gués en aval, ce qu'elle confirma.

— En deux groupes, dit-il, on aura plus de mal à nous poursuivre.

Robert de Locksley l'approuva.

— Silence ! Des serviteurs nous portent le souper ! prévint Alaric.

Les conversations cessèrent. À peine les domestiques entrés, les voyageurs les entourèrent pour regarder avec gourmandise les grands plateaux de nourriture garnis de fruits, de gâteaux et de poissons en sauce. L'un des serviteurs tenait également plusieurs outres de vin frais.

— Décidément, nous sommes reçus comme des rois ! s'exclama Alaric. Hissam aurait beaucoup à apprendre du sahib assar sur la façon de traiter les étrangers !

Les serviteurs partis, chacun mangea de bon appétit et but à profusion. Mais, au bout d'un moment, Guilhem sentit la tête lui tourner. Dans une brume soudaine, il vit aussi Raoul s'effondrer, puis Egelina. Il tenta de se lever, avant de s'écrouler à son tour.

41

Un cauchemar.

Guilhem tenta d'écarter ses bras mais ne le put. Sans comprendre pourquoi. Engourdi, victime d'une incompréhensible torpeur, il s'efforça d'ouvrir les yeux. Au prix d'un effort surhumain, il y parvint et la lumière l'éblouit.

Alors il les referma aussitôt.

Que lui arrivait-il ? La brume du sommeil se dissipait. Il essaya à nouveau de bouger ses membres et, cette fois, sentit qu'il était entravé.

D'un coup, il comprit. Revint à sa mémoire la savoureuse repue. Le percepteur les avait drogués !

Dans un sursaut de volonté, il entrouvrit les paupières et habitua ses pupilles à la lumière du jour. En tournant – avec peine – la tête, il constata qu'il était toujours dans le cellier. Ses compagnons aussi. Tous affalés à l'endroit où ils avaient soupé. Les plateaux de nourriture étaient encore là, une souris grise se régalait d'un gâteau au miel.

Guilhem s'appliqua à relever son torse et vit les gardes maures. Quatre ou cinq, face au portail.

L'un d'eux remarqua son réveil et ricana, puis toucha l'épaule d'un de ses compagnons. Qui le regarda à son tour, avant de s'en aller.

— Robert ? Egelina ? Alaric ? Réveillez-vous ! fit Ussel d'une voix sourde et hésitante.

Des grognements lui répondirent, suivis de paroles hébétées d'Egelina :

— Seigneur, qu'arrive-t-il ? Je me suis endormie...

— Je suis enchaîné ! glapit soudain la voix de Fulk.

— Moi aussi, balbutia Alaric d'un ton pâteux.

Robert de Locksley tenta de se mettre debout, ce qui fit cliqueter ses chaînes. Observant ses compagnons, il vit qu'ils en avaient tous, à la fois aux poignets et aux chevilles.

Assis, Guilhem examinait les entraves : ses mains étaient retenues par une pièce de fer longue d'un pied, forgée avec des demi-cercles qui enserrait ses poignets. L'ensemble était fermé par un gros cadenas. Aux chevilles, des anneaux cadenassés à chacune, reliés par une chaîne.

Il se leva, mais un garde coiffé d'un turban vert avec ifranji au baudrier s'approcha et, lance tendue vers sa poitrine, tonna :

— Restez où vous êtes !

Les compagnons d'Ussel et les femmes se levaient à leur tour quand Abd Allah Bastagir apparut, tout souriant :

— Avez-vous bien dormi, mes seigneurs ? s'enquit-il d'une voix joviale pleine d'ironie et de satisfaction.

— Vous paierez pareille félonie ! rétorqua Robert de Locksley.

— Je ne paierai rien du tout ! Je suis au service du Seigneur et serai récompensé pour avoir mis fin à votre diabolique dessein. Au lieu de proférer des menaces, vous devriez me remercier car j'étais autorisé à vous mettre à mort, ce que je ferais sans hésitation si vous résistiez.

— Autorisé ? Par qui ? interrogea Ussel.

— Quels naïfs vous faites ! Pour ne pas vous laisser partir au Jahannam[1] sans connaître la vérité, je vais vous raconter ce qu'il s'est passé. Lorsque Hissam a su que le roi d'Angleterre souhaitait devenir fidèle d'Allah, gloire à Lui, et que vous vouliez empêcher cette conversion, il a immédiatement expédié un chevaucheur à Cordoue, lui ordonnant de galoper sans ménager ses montures.

1. Enfer.

Hissam jugeait, avec raison, qu'une alliance entre l'Angleterre et nous nous rendrait encore plus forts contre les Castillans. C'est ce qu'il avait écrit à notre bien-aimé vizir, que le Seigneur protège à jamais.

» Or, peut-être l'ignorez-vous, mais notre très illustre vizir Ebn Djaméa venait d'apprendre que des ambassadeurs anglais arrivés à Cáceres étaient en chemin pour Cordoue. Et avait envoyé un messager à leur rencontre afin de les conduire au château d'Al-Mudawwar[1], entre Séville et Cordoue. Et ce en attendant l'arrivée de notre très haut et très puissant prince des croyants, qui les entendrait.

Devant la mine déconfite de Robert de Locksley, le percepteur se mit à rire.

— En effet, vous l'ignoriez !

Il poursuivit :

— Notre vénéré vizir considère la proposition de votre roi comme un signe divin. C'est Allah le Miséricordieux qui anime votre souverain et fera que nos peuples unis déploieront leurs étendards et imposeront notre foi au monde entier. Évidemment, vous ne deviez point rencontrer notre calife, mais Ebn Djaméa souhaitait même vous interroger. Dans sa lettre, Hissam écrit qu'il avait obtenu du wali de Calatrava le commandement de la troupe qui vous escorterait à Cordoue et qu'il ferait halte à Burch al-Hamma. Où il attendrait, le temps de recevoir des ordres à votre sujet.

» Or mon cousin Ibn Amir, secrétaire de notre illustre vizir, savait que je me trouvais à Burch al-Hamma. Il m'a donc adressé un messager qui, chevauchant jour et nuit, venait tout juste d'arriver lorsque votre troupe a pénétré dans la forteresse. J'ai décidé, avec le wali, que c'est moi qui vous conduirais à Cordoue. Bénéficiant d'une forte escorte, je saurais gagner votre confiance. Je me suis muni de fers et de drogues avant de partir et, hier soir, ces philtres ont été mis dans votre vin. Quant aux fers, vous les portez !

1. Almodóvar del Río.

Rire de satisfaction.

— Je n'en dirai pas plus. Nous partons maintenant. Vous ferez la route à pied, nous mettrons donc plusieurs jours avant d'atteindre Cordoue. Si l'un d'entre vous ne se comporte pas en esclave obéissant, je l'abandonnerai sur le chemin après lui avoir fait trancher les mains et les pieds, et lui avoir crevé les yeux. Suis-je clair ?

*

La première journée fut exténuante et douloureuse. Abd Allah Bastagir avait retiré sa tenue d'aimable receveur du début du voyage pour revêtir celle d'un homme vindicatif et cruel qui se réjouissait de voir souffrir ses prisonniers, à qui il refusait eau et nourriture. En chemin, il s'amusa à leur annoncer que le vizir les ferait supplicier de diverses façons et que leurs corps seraient exposés sur le Rasif, le long du fleuve. Quant aux femmes… elles iraient dans son harem, sauf « la grosse » qu'il revendrait car il ne voudrait pas d'elle.

Alaric serrait les poings de rage et baissait la tête, jurant que ces injures se paieraient. Guilhem, lui, se creusait l'esprit sans trouver de solution simple pour se libérer, bien qu'il commençât à envisager une possibilité.

Enfin, vint la halte du soir, près du fleuve. Les captifs furent parqués sur une grève de sable entourée d'épais bosquets de saules, peupliers et trembles. Une chaîne fut passée entre les entraves et solidement cadenassée aux extrémités. S'ils tentaient de fuir par la rivière, ils se noieraient.

Plus haut sur la rive, Abd Allah Bastagir ordonna l'édification d'une héberge pour lui et ses proches, les autres gardes devant dormir à la belle étoile près de la tente. Quant aux chevaux, on les rassembla, attachés aux arbres, près des bosquets.

Comme unique repas, les prisonniers reçurent des galettes d'orge. L'un des gardes précisa que s'ils voulaient boire, l'eau était près d'eux. Et de désigner le fleuve.

En se déplaçant de concert, ils parvinrent péniblement à se désaltérer à tour de rôle et même, pour certains, à tremper leurs pieds et chevilles déchirés par les fers et le poids des cadenas.

La nuit était tombée, fraîche, et les prisonniers, qui avaient souffert de la chaleur dans la journée, commençaient à avoir froid avec l'humidité qui venait du Guadalquivir. Quant aux douleurs de leurs blessures, elles les empêchaient de trouver le sommeil.

— Demande à Raoul de s'approcher de moi ! chuchota Guilhem à Alaric, son voisin.

Une fois le message transmis entre les captifs, le fils Aignan parvint à se déplacer de quelques mètres en tirant sur la chaîne qui les reliait tous, tandis que Guilhem en faisait autant dans sa direction.

— Raoul, tu connais les serrures. Tu sais qu'on peut forcer leurs mécanismes avec une lame fine…

— Oui, je l'ai déjà fait. Mais je n'ai rien sur moi. Aucun outil… Et un morceau de bois ne suffira point.

— Va jusqu'à la dame de Camville. Elle détient une dague effilée. Demande-la-lui et, ensuite, regarde quels cadenas seraient les plus faciles à forcer.

Le jeune homme glissa jusqu'à Egelina qui se trouvait avec Flore et répéta ce que le seigneur venait de lui dire. La Licorne obéit, donna son stylet, et le garçon se mit au travail, attaquant l'une des ferrures de ses propres fers.

Ses bras entravés et l'obscurité rendaient sa tâche difficile, mais la serrure étant simple, il réussit assez vite à déclencher le pêne, qui se repoussait simplement avec une seule dent.

— C'est fait ! chuchota-t-il, s'en prenant au second cadenas.

Le message circula de bouche à oreille. Pour la première fois, les prisonniers reprirent espoir.

Le silence régnait, sinon quelques bruits sourds en provenance de l'héberge. Raoul déposa la chaîne et, libre de ses mouvements, s'attaqua alors à la serrure de l'entrave de son voisin, Ranulf.

Qu'il libéra également très vite. Il s'apprêtait à ouvrir les verrous qui retenaient Robert de Locksley quand Ranulf lui demanda de lui ôter d'abord les cadenas bridant ses pieds. Être libre de tous ses mouvements lui permettrait de se déplacer et de maîtriser quiconque approcherait.

Guilhem voulut intervenir, mais se retint.

Raoul obtempéra, libérant entièrement le sire de Winchester. Puis vint le tour de Huntington qui rejoignit Guilhem, tandis que le fils d'Aignan farfouillait de la dague l'un des cadenas d'Ussel.

Par ce sens mystérieux qui lui avait si souvent sauvé la vie, Guilhem sentit alors que quelqu'un approchait depuis les bosquets. Or ce ne pouvait être Ranulf, parti de l'autre côté.

— Attention, couchez-vous ! murmura-t-il à Raoul et Robert, en saisissant la dague pour la donner à Huntington, déjà libre de ses mouvements.

Nul doute que quelqu'un se glissait furtivement vers eux. Une silhouette courbée se distinguait vaguement, parfaitement silencieuse. Un paysan ? Un rôdeur ? Soit, mais pourquoi se pliait-il en deux ?

L'homme était maintenant tout proche. Sous la faible luminosité des étoiles, Guilhem vit un casque pointu avec couvre-nuque de mailles. Un garde maure ! Robert de Locksley s'apprêtait à bondir quand l'individu jeta sur Ussel des objets métalliques. Le gambison étouffa le léger bruit de ferraille. Il s'agissait de clefs attachées par un cordon.

— Dé… Détachez-vous… vite ! souffla l'inconnu.

Qui n'était autre que Roger Percy, le servant de Mandeville. Les captifs le reconnurent, mais aucun ne posa de question.

Quand on les avait entravés, Guilhem avait remarqué que trois clefs différentes servaient à tous les cadenas. Celles qu'il détenait maintenant. La plus grosse servait aux fermetures de poignets, les deux autres à celles des pieds. Il passa le trousseau à Locksley et lui murmura de trancher la cordelette pour libérer les clavelles.

Son ami ayant fait les mêmes observations lors de leur enchaînement, il libéra Guilhem, puis donna la clef des manicles à Raoul, une autre à son ami et conserva la troisième. En peu de temps, chacun fut libre.

Percy, demeuré près de Locksley, murmura :

— Le chef de ces marauds ne vous fera plus de tort, seigneur. Son corps gît dans l'héberge, mais les Maures sont sacrément nombreux. Mon sire nous attend aux chevaux, il faut filer tout de suite.

— On ne partira pas sans nos armes. J'ai vu qu'elles ont été transportées dans la tente.

— Dans ce cas, allons les récupérer en passant par d'où je viens.

Locksley passa le mot à ses compagnons et ils s'éloignèrent, les uns derrière les autres. Percy, en tête, semblait y voir parfaitement malgré la nuit. Il tenait une de ses haches, ayant donné les autres à Huntington et Ussel. Par un large détour à travers les taillis, en suivant une sente utilisée par les animaux sauvages pour aller boire, ils approchèrent silencieusement des chevaux, craignant à tout moment qu'un garde ne donne l'alerte. Alaric et Raoul avaient ramassé des pierres, prêts à les lancer en cas d'affrontement. Les autres avaient conservé manicles et chaînes des pieds. Des armes redoutables en cas de corps-à-corps, insuffisantes en revanche contre des lances et des épées.

Près des montures, quelqu'un attendait. Guilhem reconnut la barbe frisée de Mandeville et ses traits grossiers qui affichaient un air tourmenté. Locksley l'accola, lui glissa quelques mots de remerciements, puis demanda à Alaric et aux femmes de rester près des bêtes afin que les montures ne manifestent aucune inquiétude.

Il entraînait les autres vers l'entrée de l'héberge quand Percy lui fit comprendre que mieux valait passer derrière la tente.

De fait, à cet endroit-là, une longue entaille avait été faite dans la toile.

Tous entrèrent. Une lampe à huile éclairait une scène de carnage. Le sol était rouge de sang. Sur un matelas, Abd Allah Bastagir avait la tête tranchée. Deux de ses officiers étaient morts, de toute évidence tués à coups de hache. Le reste de la tente était occupé par les coffres de bagages, les harnois et les armes entassées : arbalètes, flèches et arcs attachés à des cordes, épées, haches et masses ficelées dans des lanières de cuir, écus et rondaches empilés. Enfin, poignards et trousses de carreaux reposaient près du trésor contenant les dîmes.

Les liens vite tranchés, chacun se saisit des harnois en s'efforçant de demeurer le plus silencieux possible.

— Nous devons partir maintenant, marmonna Percy, jugeant qu'ils avaient trop sollicité la chance.

Il avait remis les haches à sa ceinture.

— Non ! dit Guilhem à voix basse, en observant Egelina tout juste arrivée. Ils nous poursuivront et il faut éviter un estour où nous risquerions de perdre nos amis. On doit plutôt les contraindre à se rendre.

Locksley approuva. C'est alors qu'Ussel se rendit compte que quelqu'un manquait :

— Où est Ranulf ? murmura-t-il.

Winchester n'était pas avec eux !

— Parti de l'autre côté… Il a dû se rendre aux chevaux ensuite, chuchota Gamwell.

Guilhem grimaça en secouant la tête. Possible… On y voyait à peine, mais il n'y croyait point. Toutefois ce n'était pas le moment d'en parler.

— Entourons les gardes pour les contraindre à merci. S'ils refusent, tant pis pour eux ! poursuivit-il.

Il s'adressa à Robert :

— Avec tes gens, sors par la portière de la tente quand tu m'entendras agir.

Il fit signe à Raoul et Egelina de le suivre. Percy et Mandeville l'accompagnèrent.

Ils revinrent aux chevaux où Guilhem donna arbalète, trousse et épée à Alaric, puis, en chuchotant aussi bas que possible, expliqua à chacun où se mettre et comment agir. Contre toute attente, Mandeville n'émit ni objection ni réticence. Lui qui avait toujours fait preuve d'insolence et était persuadé de la supériorité de son lignage semblait changé. Une attitude surprenante, qui convenait à Ussel.

— Aicha, viens avec nous, c'est toi qui parleras. Quand je te le dirai, tu ordonneras à tes compatriotes de se mettre à genoux sans toucher à leurs armes.

— Inutile, seigneur, intervint Percy, je le ferai. Je parle arabe…

Guilhem ne fut pas surpris par la révélation. Elle expliquait mieux comment Mandeville et lui avaient pu les suivre. Et survivre.

Il fit signe à ses compagnons de prendre place aux endroits indiqués et, quand il jugea chacun prêt, fit comprendre à Percy qu'il pouvait parler.

Alors ce dernier clama en arabe :

— *Ala alroukab*[1] *!*

Dans l'instant, deux Maures se dressèrent, brandissant l'épée qu'ils avaient gardée près d'eux.

— *Il an din ummek*[2] *!* rugit l'un.

Percy lança sa hache. Le fer fendit le crâne du Berbère. Le second musulman tomba au même instant, lui sous le vireton d'Egelina.

— *Ala alroukab !* répéta Percy. Abd Allah Bastagir est mort et vous êtes à notre merci.

La portière de la tente s'écarta. Robert de Locksley réitéra les mêmes ordres.

Cette fois, Maures et Abyssins s'exécutèrent sans tenter la moindre rébellion.

— Gamwell, Fulk, apportez les manicles !

Les chaînes étaient restées sous la tente.

— Percy, ordonne-leur de retirer cottes et robes, elles nous seront utiles. Mais que chacun se dévête à tour de rôle, et s'agenouille à nouveau ensuite.

1. À genoux !

2. Maudite soit la religion de ta mère.

Ainsi fut fait. Robert de Locksley avait trouvé deux autres lampes à huile dans l'héberge, des ustensiles en fer de grande taille qui, allumés, éclairaient fort bien. La fureur et la honte mêlées d'inquiétude se lisaient sur les visages des prisonniers.

Les premiers dévêtus furent chargés d'enchaîner leurs compagnons. Comme ils se révélaient plus nombreux que ne l'avaient été les Anglais et les Français, ils durent s'entraver les uns aux autres par les mains ou les pieds, certains n'ayant qu'un fer au poignet ou à la cheville. Ensuite tous furent reliés à la grande chaîne, elle-même amarrée à un arbre.

Il fallut beaucoup de temps pour qu'ils soient tous déshabillés et entravés. Peut-être parviendraient-ils à se délivrer seuls, plus certainement attireraient-ils par des cris l'attention des voyageurs qui passeraient sur la route de Cordoue proche. Mais leur libération n'aurait lieu que le lendemain, à un moment où Locksley et ses compagnons seraient loin.

Tandis qu'ils s'habillaient de vêtements maures, Guilhem s'approcha de Mandeville :

— C'était vous qui nous suiviez…

Question ou affirmation ?

— Oui, depuis que vous m'avez faussement accusé.

— Les circonstances se liguaient contre vous, vous le savez. Hélas, tout avait été parfaitement manigancé par Ranulf.

— Sire d'Ussel, saviez-vous qu'il s'agissait de lui ? Et si oui, pourquoi… ne pas m'avoir défendu ?

L'émotion étouffait le cousin du comte d'Essex.

— J'ignorais sa félonie et vous avez fui trop vite. Si vous étiez restés, peut-être les choses auraient-elles été différentes. À ce moment-là, j'observais juste qu'il y avait trop de faits inexplicables…

— Je sais que… que j'aurais dû mieux me justifier, je le reconnais. Mais j'ai eu l'impression que vous… que vous m'aviez déjà jugé. Or, n'ayant pas tué Eadric et Langlay, je savais qu'il s'agissait de l'un de vous. Pas vous, les Français, bien sûr. Pas

Huntington… En vérité, j'avais beau me poser maintes questions sur chacun, je ne voyais que Gamwell et Ranulf comme coupables possibles.

Robert de Locksley et les autres approchaient pour l'écouter. Éclairée par la lumière vacillante des lampes à huile, c'était une étrange scène que celle de ces guerriers et femmes rassemblés autour du chevalier normand d'aspect à la fois frustre et hautain. Un homme que tous avaient jugé criminel et qui les avait sauvés, même s'ils étaient proches de se délivrer eux-mêmes.

— Je reconnais m'être trompé, Amaury, et sois assuré que je ferai tout pour que tu me pardonnes, déclara solennellement Locksley. Laisse-moi cependant te dire que le seul persuadé, ici, de ton innocence était Guilhem. J'avoue même qu'il m'avait presque convaincu. Mais ton innocence signifiait la culpabilité de Ranulf, que j'avais grand-peine à admettre.

Mandeville opina lentement avant de demander à Ussel :

— Pourquoi me croyiez-vous innocent, messire ?

— En premier lieu, à cause du palefroi. Vous vouliez ce cheval et ne l'auriez jamais lâché dans la cale de la nef, au risque qu'il se blesse et qu'on l'abatte.

— C'est juste, j'aime trop les chevaux. Quoi qu'il en soit, ce palefroi, je l'ai retrouvé depuis, et je le garde, répliqua Amaury d'un ton de défi. Maintenant, savez-vous pourquoi… je suspectais Ranulf ou Gamwell ?

— Oui, à cause de Matilda FitzWalter, assena Guilhem.

42

Mandeville ouvrit la bouche de saisissement et demeura stupide. Il regarda autour de lui et vit les autres aussi surpris que lui, à l'exception de Locksley et d'Egelina. Il se ressaisit et lâcha :

— Co… Comment… savez-vous ?

— Dans la troupe, vous étiez trois à avoir recherché la fille de FitzWalter : Gamwell, vous-même et Ranulf. Puisqu'il paraissait évident que Jean avait placé un traître parmi nous, ce félon devait être insoupçonnable. C'était votre cas à tous. Mais pour quelle raison l'un de vous aurait-il trahi sa cause ? Pour de l'argent ? Un titre ? Un fief ? Possible. Cependant, qui aurait fait confiance à Jean, homme de peu de foi ? Non, la raison devait s'avérer d'une autre nature.

À la lueur des lampes, Egelina remarqua la tristesse qui voilait le visage de son amant.

— Je connais Jean et ses conseillers, les Mauluc, Falcaise ou le Maçon, poursuivit-il. Je n'ignore rien de leurs façons de faire pour obtenir ce qu'ils veulent. Infliger la souffrance aux êtres chers de leurs adversaires en est une. Après avoir enlevé Matilda, Jean n'avait rien obtenu de son père, qui a fait passer sa cause avant les maux de son enfant. Cependant restaient les hommes qui aimaient cette jeune femme, en particulier ceux partis à sa recherche. Pourquoi ne pas en saisir un et le menacer d'infliger les pires atrocités à la prisonnière s'il ne trahissait pas en sa faveur ?

Visage impénétrable de Mandeville.

— Dès lors, qui de vous trois aurait pu tomber entre les mains du roi et accepter ce marché ? Vous ? Selon Langlay, vous aviez toujours conduit les recherches avec Percy. Si Jean vous avait pris, aurait-il libéré votre garde-chasse qui aurait pu parler ? J'en doutais et écartais d'emblée que vous soyez le félon. Gamwell ? Possible, car il avait perdu tous ses compagnons dans un combat avec les partisans de Jean. Mais il avait eu tant de fois l'occasion de nous trahir et s'était montré d'une telle fidélité que je jugeais la chose impensable.

Guilhem gratifia le fils Scarlet d'un large sourire et Gamwell hocha la tête, ému aux larmes.

— Restait Ranulf, dont Langlay m'avait dit que ses gens et son écuyer avaient trépassé dans un affrontement avec les hommes de Lincoln…

— Je suis parvenu au même raisonnement que vous, messire d'Ussel. Ce d'autant plus aisément que je savais quelque chose que vous ignorez, l'interrompit Mandeville. On a retrouvé l'un de mes amis dans la Foss, la rivière qui passe à Lincoln. Guillaume Laval cherchait aussi Matilda car il l'aimait fort.

Sa voix tremblait d'une sourde colère.

— Noyé, les mains attachées, il avait été exécuté sans être torturé car il n'avait qu'une blessure à la jambe. Il avait donc été capturé, puis jeté à l'eau. Pourquoi ? Parce qu'il avait refusé de trahir ses amis ?

Tous étaient pendus aux lèvres du jeune chevalier. Gamwell serrait nerveusement les poings.

— Dès lors, quel nom portait le félon caché parmi nous ? Contrairement à vous, je n'avais que deux suspects ! Or, si je connais peu Gamwell, j'avais souvent rencontré Ranulf et le savais bon lanceur de hache. D'où ma surprise en le découvrant à peine capable d'atteindre le panneau lors de la joute sur le bateau. Peut-être avait-il été gêné par le roulis – à moins que ce soit volontaire. Après la mort de Langlay et d'Eadric, les choses me sont devenues évidentes. Ranulf avait préparé ses malfaisances avec une grande sournoiserie. Il envisageait d'utiliser la hache saxonne pour tuer certains d'entre nous et ferait accuser les meilleurs lanceurs. Percy et moi.

— On a découvert une hache sanglante dans vos bagages, intervint Egelina.

Mandeville se figea et Percy gronda tel un fauve :

— J'ai toujours mes trois haches, Huntington et Ussel en ont eu deux en main, et mon maître n'en avait pas dans ses armes, dame de Camville !

— Pardonnez-moi, messire de Mandeville, fit Egelina avec un sourire confus. Puisque vous êtes désormais notre ami… Non, ce n'est pas le mot… notre frère d'armes. Je viens d'avoir le mauvais goût de vous taquiner. Je n'aurais pas dû et je le regrette. Guilhem, explique-lui ce que tu en as déduit…

Amaury gardait une expression butée, aussi Ussel le prit-il par l'épaule.

— À La Rochelle, Egelina et Flore ont vu Langlay quitter l'échoppe d'un marchand d'armes, où il semblait pourtant n'avoir rien acheté. Sous son comportement désinvolte et railleur, ce noble écuyer était un esprit fin. Il devait soupçonner son maître de quelques dissimulations. Peut-être savait-il, comme vous, qu'il était bon lanceur de hache et avait-il été surpris lui-même par sa médiocre performance… Certes, on ne saura jamais la vérité, mais je pense qu'il le surveillait. À La Rochelle, Ranulf a dû sortir seul. Intrigué, et certainement indiscret, Langlay l'a suivi et vu entrer chez un armurier pour en sortir avec un sac ou un paquet. À son tour, il est allé demander au marchand ce que son maître venait d'acquérir et a appris qu'il s'agissait d'une hache. Que s'est-il passé ensuite ? En a-t-il parlé à Ranulf ? A-t-il vu l'arme et posé des questions ? Quelle que soit la réponse, Winchester s'est débarrassé de ce gêneur curieux. Souvenez-vous que c'est lui qui a proposé que Langlay fasse le dernier tour de garde. Il l'a donc assassiné à la fin de la nuit, ainsi qu'Eadric. Ensuite, il a détaché les chevaux et a jeté des brandons pour qu'ils s'enfuient. La suite, vous la connaissez.

» En dissimulant sa hache dans vos bagages, votre culpabilité et celle de Percy devenaient encore plus évidentes. Je m'y serais laissé prendre sans votre attachement au palefroi blanc. Félon, vous auriez libéré un autre cheval dans la cale et n'auriez jamais jeté des tisons sur cet animal au risque qu'il se blesse ou se tue. Mes soupçons se portaient donc désormais uniquement sur Ranulf. Certes, je n'avais rien à lui reprocher, mais j'observais qu'il se montrait distant, souvent indifférent, ne faisant jamais d'effort quand nous rencontrions des difficultés. Cela me troublait. Puis il y a eu l'incident du bac. Laissez-moi vous le conter : nous traversions une rivière sur une barque quand elle a été heurtée par un arbre. Ranulf, Raoul, moi et des chevaux portant nos armes sommes tombés à l'eau. Non seulement Winchester n'a rien fait pour se porter au secours des animaux, mais l'un est mort d'une blessure causée, selon Alaric, par une lame. Seul Ranulf aurait pu blesser ainsi la bête d'autant qu'un cheval de moins retarderait notre marche.

» Plus tard, à Burgos, quelqu'un a appris à Arnaud Amaury où j'étais caché. Or Ranulf, qui le savait, se trouvait au château avec l'abbé de Cîteaux. Nous avons été arrêtés, et grâce à un ami de Robert, sommes parvenus à échapper à ce maudit. J'ai alors fait part de mes soupçons à Robert, mais il ne voulait pas m'entendre. J'avais pourtant un moyen de briser Ranulf et de le faire parler.

— Lequel ?

Un long silence.

— Lui révéler que Matilda était morte. Violée et tuée par le roi Jean, laissa finalement tomber Guilhem.

Mandeville chancela. Si Ussel ne l'avait retenu, il serait tombé à genoux.

— Non…, gémit-il.

— Guilhem dit la vérité, intervint Locksley en prenant Gamwell par l'épaule. Je ne voulais pas l'apprendre à quiconque, craignant que la nouvelle ne vous accable trop et que vous décidiez de rentrer en Angleterre.

— J'étais persuadé qu'une fois informé, Ranulf serait tellement en détresse qu'il avouerait les félonies accomplies inutilement, reprit Ussel. Robert avait accepté qu'on lui révèle la vérité à Cordoue, mais sa fuite n'a fait que confirmer sa culpabilité.

— Messire, je n'ai rien dit jusqu'à présent par loyauté envers lui, mais messire Ranulf tenait à ce que je parte avec lui, intervint Aicha, les larmes aux yeux. Il me demandait de le conduire à Cordoue, assurait que vous n'étiez pas les nobles chevaliers que vous prétendiez et poursuiviez un dessein malfaisant. Je ne savais que penser. Et quand, finalement, j'ai refusé, il s'est fâché contre moi.

— Comment atteindra-t-il Cordoue sans guide ? intervint Alaric.

— En suivant le Guadalquivir. Le receveur n'a-t-il pas dit aussi que les ambassadeurs de Jean logent dans un château nommé Al-Mudawwar ? Est-il difficile d'y parvenir ? demanda Ussel à Aicha.

— Non, Al-Mudawwar se situe sur la route de Séville, au sommet d'une butte, et on l'aperçoit de fort loin.

— Donc il y sera dans deux jours et le vizir sera alors prévenu de notre arrivée, fit Locksley. Il faut partir au plus vite pour alerter le cheikh Baghisain, en espérant sa position suffisamment forte face au vizir. Alaric, Raoul, Flore, rassemblez de quoi faire des torches. Butler, Fulk, prenez cette lampe et allez préparer les chevaux. Nous autres, allons dans la tente récupérer les bagages. Gamwell, viens avec moi, mon ami.

Tandis qu'ils rassemblaient leurs biens et armes, Guilhem interrogea Mandeville :

— On vous a aperçus à plusieurs reprises, comment avez-vous fait pour nous suivre ?

— Après notre fuite par la rivière, j'ai retrouvé deux destriers. Je pensais revenir à San Sebastián, attendre un navire qui nous conduirait en France et, de là, gagner l'Angleterre. Mais quelle honte pour moi de raconter ce qui s'était passé. De plus, si vous reveniez, comment me défendre ? J'avoue que, désespéré, sans Percy, je crois que je serais retourné dans la rivière me noyer.

La confession ressemblait si peu au Mandeville arrogant et méprisant qu'ils avaient connu que Robert de Locksley, Egelina et Guilhem en furent touchés.

— C'est Percy qui m'a convaincu de vous suivre. Il fallait saisir Ranulf et lui faire cracher ses mensonges, m'a-t-il dit et redit. En outre, et vous l'ignoriez, Percy, ancien croisé, parlait l'arabe, ce qui était d'ailleurs l'une des raisons pour lesquelles j'étais allé le chercher avant de quitter l'Angleterre. Je croyais qu'il n'y avait que vous, Huntington, à connaître la langue du pays et ayant à cœur l'expédition, j'avais jugé qu'il serait une garantie au cas où vous viendriez à disparaître.

» Bref, on vous a suivis. Une traque facile car il n'existe pas de meilleur pisteur que Percy. Hélas, peu après, le sort s'est acharné contre nous et un de nos chevaux s'est blessé. Nous avions passé la nuit près du château où vous logiez quand, le matin, nous avons vu galoper deux Maures. Nous les avons guettés et arrêtés pour saisir leurs montures, et j'ai découvert que l'une d'elles était mon palefroi ! J'ai alors compris qu'il s'agissait de voleurs. Je ne voulais pas les tuer, juste les dépouiller, mais ils ont choisi de se battre. Mal leur en prit. Ils ont perdu la vie, leurs vêtures et leurs harnois.

» Ensuite, nous sommes restés derrière vous jusqu'à Burgos. Le Maure que j'avais dépouillé de sa robe possédait une escarcelle contenant non seulement un peu d'argent mais un morceau de parchemin avec le sceau de la Castille. Qu'y avait-il d'écrit dessus ? Nous l'ignorions, mais je l'ai présenté à la porte de la ville. On m'a interrogé, j'ai affiché mon air le plus dédaigneux et nous sommes passés sans attendre. J'avoue que mon cœur battait à tout rompre.

Guilhem se retint d'éclater de rire.

— Dans Burgos, Percy n'a eu aucun mal à vous découvrir. Hélas ! Raoul l'a vu et on a dû lui tendre un piège pour l'écarter. J'espère qu'il ne lui en veut plus.

— Il serait ingrat de vous en vouloir.

— Percy est revenu surveiller l'auberge. Il a vu ses anciens compagnons partir pour le château, encadrés par des gardes, ce qui m'a inquiété. Mais comme vos chevaux et bagages demeuraient sur place, nous sommes restés à attendre. On a alors vu des gens prendre vos biens et montures et sortir de la ville. Percy les a suivis, pendant que je gardais l'œil sur l'auberge. Caché, il vous a vus sortir d'un souterrain. Comme il faisait nuit, il n'a pu revenir que le lendemain, lorsque les portes de Burgos ont rouvert. Nous sommes alors repartis et avons repéré vos traces. Sans aucune occasion de saisir Ranulf. Quelques jours plus tard, une grosse troupe nous a pris en chasse. J'ai reconnu les léopards d'Angleterre sur une bannière. On leur a échappé, mais nous vous avons perdus et Percy a dû abandonner son cheval blessé par un carreau d'arbalète. Incapables de vous rattraper, nous avons filé vers le sud en ménageant nos destriers. C'est alors que sont réapparus les Anglais. L'occasion de récupérer une ou deux montures et, peut-être, de vous voir. Ce sont donc eux que nous avons suivis. Lorsque nous avons vu qu'ils allaient vous emberlucoquer, il était trop tard pour vous avertir. Néanmoins nous sommes intervenus. Percy, qui s'était procuré un arc à Burgos, a abattu quelques archers quand ils vous ont tiré dessus, et moi j'ai tué les sentinelles et emporté deux destriers. Aussitôt après nous avons filé et n'avons retrouvé trace de votre troupe qu'à l'arrivée à Tolède. Jugeant trop dangereux d'y pénétrer, nous avons contourné la ville après nous être renseignés sur l'Andalus auprès d'un colporteur qui parlait l'oc.

» Quelques jours plus tard, nous étions à nouveau dans vos pas. Hélas, on a été surpris par une patrouille maure. On s'est battus. Par chance, ils n'étaient que quatre et mal équipés. Nous leur avons pris leurs harnois.

Il frappa sur son torse protégé par une djubba grège matelassée et une cotte de mailles mauresque.

— Habillés comme eux, avec Percy parlant leur langue, nous avons trompé les Maures que nous croisions. Les rares fois où nous avons été interrogés, il déclarait non sans effronterie que nous étions des messagers du calife. En fin de compte, nous vous avons de nouveau aperçus hier. Enchaînés. Quand j'ai vu que vos gardiens montaient un camp, j'ai compris que la chance tournait. Au début de la nuit, nous avons pénétré dans la tente et frappé silencieusement le chef et ses acolytes. J'ai saisi les clefs, vous connaissez la suite. Hélas, Ranulf m'a échappé.

— On le rattrapera, assura Locksley. Amaury, vous avez accompli une fabuleuse prouesse. Un exploit de preux. Quand nous rentrerons en Angleterre, si nous y parvenons, sachez que tous les barons anglais connaîtront votre vaillance. Les enfants parleront de vous comme de Lancelot.

Mandeville se rengorgea.

— Mais maintenant, il faut partir.

— Nous emportons le coffre du receveur, décida Guilhem.

— Tu as raison, ce sera le prix de nos souffrances, dit Egelina.

— Je ne pensais pas le garder mais le remettre au calife comme preuve de notre bonne foi. Car il nous faudra nous défendre pour ce que nous venons de faire.

— D'autres difficultés nous attendent, soupira Robert de Locksley. Mais au moins sommes-nous libres et en bon équipage.

Aux chevaux, ils virent Alaric en train de flatter le palefroi blanc.

— Vous l'avez bien soigné, seigneur, dit ce dernier à Mandeville.

— Et il m'a bien protégé, répondit le chevalier en accolant le Toulousain.

Il se tourna ensuite vers Flore, qui attachait des torches composées de branches sèches, d'étoffes et d'huile dont Raoul avait découvert une jarre dans les provisions maures.

— Dame Flore, je me suis mal conduit envers vous. Me pardonnerez-vous ?

— Sire Mandeville, vous m'avez sauvé d'un sort pire que la mort. Que Dieu vous protège à jamais. Ma gratitude demeurera éternelle envers vous.

Amaury osa alors un geste que personne n'aurait envisagé. Il prit la main de Flore, pourtant ancienne vilaine, et la baisa comme il l'aurait fait de celle d'une comtesse. Les épreuves avaient changé le cousin du comte d'Essex.

Raoul, lui, s'était rapproché d'Ussel :

— Seigneur, je m'en veux d'avoir délivré Ranulf… Si j'avais su.

— Mais tu ne savais pas. J'aurais dû évoquer plus tôt mes soupçons. Quand j'ai constaté que tu ôtais ses cadenas, j'ai failli te demander de ne pas le faire, mais je ne voyais pas s'il était déjà libre. En intervenant, j'ai eu peur qu'il t'arrache la dague, poignarde autour de lui et s'enfuie. Grâce au ciel, il n'y a pas songé.

*

Toute la journée, ils avancèrent dans la riche et sereine vallée du Guadalquivir, dont les terres aux cultures parfaitement ordonnées contrastaient avec l'aridité des chemins qu'ils avaient jusqu'à présent parcourus. Partout se succédaient des vergers soignés et de grands jardins. L'olivier et la vigne étaient rois. Le soir, stupéfaits et émerveillés, ils découvrirent l'immense muraille de Cordoue ponctuée de dizaines de tours carrées et d'où dépassaient d'innombrables minarets et quelques clochers. Leur troupe s'arrêta un instant pour admirer la ville au soleil couchant. Exclamations et commentaires extasiés fusaient, qui réjouirent Aicha :

— Jadis, Cordoue était la plus grande ville du monde, expliqua-t-elle avec fierté. Autour de nous s'étendaient des faubourgs, des dizaines de faubourgs tous protégés par des enceintes dont ne subsistent plus que les ruines.

En effet, non loin se dressait un pan de muraille écroulée envahie de ronces.

— Partout s'élevaient des villas et des palais princiers. De l'autre côté, au couchant, se déployait Madinat al-Zahra, une cité et un palais construits par le vénéré et glorieux Abd al-Rahman[1], l'émir des croyants qui a proclamé le califat de Cordoue. Hélas

1. Fondateur du califat omeyyade de Cordoue.

il n'en reste plus grand-chose car, après sa mort, et les disputes entre ses fils, vint la guerre civile. Désormais la ville s'est enfermée dans ses anciens remparts. Nous entrerons par Bab al-Hadid, la porte de Fer, qui est la plus proche du quartier du fleuve où habite le cheikh Baghisain.

Elle poursuivit, tandis qu'ils se remettaient en route vers la muraille.

— Cinq quartiers, en vérité de petites villes, se serrent à l'intérieur. Chacun est séparé des autres par une enceinte et possède ses marchés, ses bains et ses artisans. Ma famille vit dans un quartier éloigné de celui du fleuve, quasiment à l'opposé même. Mon père est fortuné, mais pas autant que l'émir Baghisain de Djeziré qui possède une munyat, nom que l'on donne aux villas princières.

Ils étaient revêtus des vêtements et harnois des Maures de Abd Allah Bastagir, à l'exception des femmes qui avaient remis les tenues de leur sexe. À la porte, Aicha nomma son père et annonça qu'ils apportaient des marchandises attendues par le cheikh Baghisain, ce que confirma Percy en arabe.

Sans discuter, les gardes accordèrent le passage. Par d'étroites ruelles, Aicha guida alors la troupe jusqu'à une nouvelle enceinte qu'ils suivirent.

Ils avançaient d'un pas lent, les uns derrière les autres, chacun un cheval en longe. Le nombre de ces montures supplémentaires, qui portaient leurs bagages, n'avait guère changé car s'ils avaient emmené celles d'Abd Allah Bastagir, ils les avaient abandonnées quelques lieues plus loin, en en conservant que deux particulièrement belles.

Arrivés devant le portail du quartier où demeurait Baghisain, Aicha tint le même discours aux gardes. Qui les laissèrent à nouveau passer.

Dans cette partie de Cordoue, les rues, plus larges, étaient bordées de murs élevés qui dissimulaient des villas situées derrière. Après quelques détours, Aicha les fit s'arrêter devant une massive porte de bois bardée de bronze. Tous descendirent de selle. Elle tira alors la chaîne qui sortait du mur.

Un judas de fer s'ouvrit :

— Que voulez-vous ?

— Je conduis deux amis de l'émir Baghisain. Allez le prévenir, je vous prie. Ils se nomment Guilhem d'Ussel et Robert de Locksley.

Elle répéta les noms. Le guichet se ferma.

Mais très rapidement la porte s'entrebâilla, laissant apparaître un homme à l'expression effarée, en djubba azur et taylasan de même couleur. Nez saillant, front proéminent, fine barbe grise, Ussel reconnut immédiatement son ami, celui-ci n'avait guère changé, hormis les rides autour de ses yeux et de sa bouche plus prononcées et les poils blancs qui parsemaient – nombreux – sa barbe.

— Guilhem ! Robert ! Mes très chers et bons amis ! Le Très-Haut me comble de bonheur en vous voyant devant chez moi !

S'avançant, il découvrit la troupe et les chevaux.

— Entrez vite, mes gens vont s'occuper de vos montures… Mais, je te reconnais, Aicha… je te croyais en Castille… Pourquoi ce casque et cet équipement ?

— Nous allons tout te raconter, fit Guilhem, tandis que le cheikh s'écartait pour les laisser passer.

La troupe pénétra dans la cour. Serviteurs et esclaves apparurent. Baghisain donna l'ordre qu'on emmène et soigne les chevaux. S'adressant à un homme enturbanné à la barbe blanche, il lui demanda d'aller faire préparer de quoi recevoir ses invités.

Après quoi, il prit Guilhem et Robert, chacun par une épaule, et les entraîna vers un portique de colonnes soutenant des arcs en fer à cheval.

Les autres voyageurs suivaient, curieux de ce qu'ils découvraient.

— D'où venez-vous ? Pourquoi êtes-vous à Cordoue ? À quoi riment ces habits de Maure ?

Il s'arrêta dans un patio à l'air saturé par les fragrances de fleurs d'oranger, désigna des bancs de pierre recouverts de coussins aux motifs géométriques, où chacun s'installa.

— Nous arrivons d'Angleterre, un long et pénible voyage. Robert souhaite rencontrer votre calife, et je l'ai accompagné avec de valeureux chevaliers et guerriers. Ainsi que deux dames tout aussi hardies. Quant à nos vêtements, c'est une longue histoire…

— L'émir des croyants ne se trouve pas à Cordoue, peut-être est-il déjà à Séville, et je peux l'apprendre rapidement. Je suppose que c'est important…

— Très ! Avant de tout t'expliquer, je veux te présenter nos valeureux compagnons.

Robert de Locksley commença par Mandeville, lequel se montra satisfait des louanges associées à son nom. Ensuite il désigna Egelina de Camville, puis Alaric, Gamwell et les autres.

Pendant qu'il parlait, des servantes avaient déposé sur de petites tables des coupes de vin frais et d'eau parfumée, des pâtisseries, des salaisons de mouton et des légumes farcis.

Le cheikh ayant invité chacun à se servir et désaltérer, Locksley évoqua alors l'Angleterre, la révolte des barons et le dessein du roi Jean, ce qui, bien sûr, laissa le cheikh stupéfait. Puis il en vint à leurs aventures, parla d'Aicha, de la félonie de Hissam, de celle de Ranulf et de la troupe des ambassadeurs anglais qui devaient loger dans un château nommé Al-Mudawwar.

Le récit prit beaucoup de temps et la nuit était tombée quand Huntington termina. Toutefois, on y voyait bien car les domestiques avaient allumé des lampes à huile. Guilhem avait pris la parole à plusieurs reprises et Baghisain posé de nombreuses questions. Finalement, il conclut :

— Vous êtes en sécurité ici. Au moins tant que le calife n'est pas là, car qui peut savoir ce qu'il décidera ? Sachez que le vizir Ebn Djaméa n'est pas mon ami, loin s'en faut, et que ce qui vous est arrivé ne m'étonne en rien. Il va vite apprendre votre présence ici, mais n'osera pas s'en prendre à moi. Cependant, mieux vaut éviter de sortir de ma maison. Maintenant, je vais vous faire conduire à des chambres. Nous reparlerons de tout cela demain.

Il claqua dans ses mains. Le vieil intendant parut, à qui il donna des ordres. Entre-temps, on avait porté d'autres plats et boissons, chacun se sentait repu.

— Il y a de petits bains dans ma maison, ajouta Baghisain à l'attention d'Egelina et de Flore, mes servantes vont vous les montrer. Aicha, je suppose que tu as hâte de revoir ta famille, veux-tu que mes gens t'accompagnent chez toi ?

— Je n'osais vous le demander, seigneur.

Comme une myriade de servantes et serviteurs apparaissait à nouveau, chacun se leva et se laissa guider. Seuls restèrent les trois amis.

— Où est Constance ? demanda alors Guilhem.

43

Thomas de Herdington, Raoul Fitz Nicholas, Robert de Londres et leurs douze cavaliers avaient quitté León le 19 avril avec une escorte de quatre lances commandées par un chevalier banneret. Si les journées s'étaient révélées longues et épuisantes, les haltes du soir, toujours confortables, réparaient les fatigues. Celui qui les guidait connaissait la route et, munis du laissez-passer d'Alphonse de León, toujours ils avaient été reçus dans des châteaux ou d'honnêtes hôtelleries.

Certes, les hommes d'armes ne bénéficiaient souvent que de paillasses comme couches, mais ils avaient été bien nourris et le vin jamais n'avait manqué.

Dix jours après le départ, ils atteignaient Cáceres et faisaient halte à bonne distance des murailles de la cité, tandis que le chevalier leónais, Raoul Fitz Nicholas et Robert de Londres qui, rappelons-le, parlaient arabe, approchaient de la porte de la ville en brandissant une bannière du León.

On leur avait ouvert. À leur demande, ils avaient été conduits auprès du wali.

Sur présentation d'une lettre de son roi, le Leónais avait expliqué que ceux qu'il accompagnait étaient des ambassadeurs venus d'Angleterre chargés de proposer au calife un projet d'alliance.

Rassuré, le gouverneur avait autorisé les Anglais à entrer et reçu en privé les plénipotentiaires, qui avaient exposé la volonté de Jean d'Angleterre sans évoquer toutefois son dessein de conversion.

Comprenant l'importance d'une telle mission, le wali avait fait partir sur-le-champ un chevaucheur porteur d'une lettre pour le grand vizir de Cordoue, missive dans laquelle il détaillait ce qu'il venait d'apprendre. Comme il ne voulait pas fâcher les ambassadeurs, il annonçait à Ebn Djaméa qu'il les faisait accompagner à Cordoue et livrait l'itinéraire bientôt suivi. Il souhaitait du noble *sayyid*[1] Ebn Djaméa que l'arif qui commanderait leur escorte reçoive en cours de route des instructions.

Les Anglais étaient donc partis. Et, plus tard, un messager venu de Cordoue les avait rejoints au château d'Argallet où ils faisaient halte. Les ordres du vizir étaient désormais de se rendre à Al-Mudawwar, où ils étaient arrivés le jour des ides[2] de mai, selon le calendrier que tenait Robert de Londres.

*

Al-Mudawwar était un nid d'aigle. Perchée au sommet d'une colline surmontant le Guadalquivir, la forteresse dominait le pays. Vite, Herdington et Fitz Nicholas s'y sentirent prisonniers. Certes l'escorte et les ambassadeurs étaient confortablement logés dans les salles d'une tour, mais on avait confisqué leurs armes – sauf les épées des chevaliers – et interdiction avait été faite de sortir du château. Le wali qui commandait les lieux, cousin éloigné du vizir de Cordoue, faisait toutefois ce qu'il pouvait pour rendre leur séjour agréable. Le deuxième jour de leur présence, il avait même convié les chevaliers à une chasse au sanglier dans les forêts alentour. Cependant, ni les hommes d'armes de la troupe ni le clerc Robert de Londres n'avaient été invités.

Ce dernier restait la plupart du temps sur une terrasse à suivre des yeux les méandres du Guadalquivir tout en méditant. L'échéance approchait. Avait-il fait son possible pour éviter la damnation ? Il ne savait plus. Il aurait aimé confier les tourments de son âme à un prêtre, or il n'y en avait point.

---

1. Seigneur.
2. 14 mai.

Quatrième jour depuis leur arrivée. La chaleur était telle que Thomas de Herdington sommeillait dans sa chambre après une copieuse repue. Il se proposa d'aller jouter avec quelques-uns de ses hommes, Raoul Fitz Nicholas, qui jouait aux échecs dans la chambre du wali, ne cherchant pas à lui tenir compagnie.

Herdington éprouvait un sourd ressentiment envers son compagnon. Le fait de parler et de comprendre l'arabe donnait un avantage considérable à ce dernier, qui discutait souvent avec le gouverneur et apprenait ainsi quantité de choses. Certes, ensuite il répétait tout à Herdington, chef de l'expédition, mais ne leur cachait-il pas certaines informations ? Pour s'en assurer, celui-ci demandait à Robert de Londres de faire la chasse aux renseignements en écoutant les moindres conversations. Hélas, le clerc ne se mêlait à personne, parlant peu et s'isolant sur le chemin de ronde, comme si en approchant de l'échéance de leur mission, il souhaitait ne plus s'associer aux projets du roi Jean.

Or Herdington doutait aussi, désormais, de la justesse du dessein royal, même s'il ne le montrait jamais. Et l'enfermement qu'il endurait le laissait seul avec sa conscience. Il ressassait ce que lui avait affirmé le roi, que sa conversion à l'islam serait de pure forme, mais ne pouvait s'empêcher de songer à la damnation s'il s'était fourvoyé. Lui aussi aurait eu besoin d'un prêtre.

Alors qu'il sortait sur la terrasse du château, il aperçut Robert de Londres sur le chemin de ronde. Pour une fois, le clerc ne se tenait pas à sa place habituelle, face au Guadalquivir, mais regardait vers le septentrion. De plus, il n'était point seul : quelques hommes d'armes anglais et maures se tenaient à ses côtés. Intrigué, Thomas de Herdington décida de les rejoindre.

En l'entendant monter l'escalier, le clerc se retourna :

— Seigneur, j'hésitais à venir vous chercher. Sid Muskar (il désigna le mozarabe près de lui) m'avertit que les guetteurs ont vu des cavaliers dans les montagnes là-bas. On ne les aperçoit plus mais ils pourraient se diriger vers le château. On vient de prévenir le gouverneur.

— Là-bas ? Mais ce n'est ni la direction de Séville ni celle de Cordoue. C'est la route que nous avons prise en venant de Cáceres.

— Sans doute des messagers d'un château du Nord, intervint le dénommé Muskar.

S'il ne s'agissait pas de chevaucheurs du calife ou du vizir, cela n'intéressait pas Herdington. Néanmoins, n'ayant rien d'autre à faire, il demeura sur le rempart.

Après un moment, les autres curieux redescendirent et il resta seul avec Robert de Londres.

— Combien de temps crois-tu qu'on va séjourner ici ?

— Je ne sais, seigneur.

— Ne peux-tu te renseigner ? s'enquit le jeune chevalier d'un ton rude. Personne ne parlerait de notre départ pour Cordoue ? J'espérais connaître enfin cette merveilleuse ville, ses richesses et ses femmes qu'on dit si belles, mais rien ! Pourquoi sommes-nous ainsi enchartrés ? C'est intolérable !

— Je vais essayer d'en apprendre plus, seigneur, promit le clerc, inquiet que son chef ne provoque quelque incident.

Soudain, une trompe retentit longuement depuis le sommet d'une tour.

— Regardez, seigneur, on voit maintenant les cavaliers ! Ils semblent être quatre ou cinq.

Le wali était sorti avec Fitz Nicholas et tous deux avaient gagné la bretèche au-dessus de la porte du château. Herdington les rejoignit.

— Il ne s'agit pas de chevaucheurs, déclara le wali, plutôt d'officiers venant d'un de nos châteaux.

Malgré tout, il demeura sur place pendant que Fitz Nicholas résumait à Huntington ce qu'il avait appris lors de ses parties d'échecs.

— Une partie de l'armée du calife devrait être ici demain ou après-demain. Elle sera si nombreuse qu'elle occupera une vaste partie de la plaine du Guadalquivir. Vont s'installer près du château les troupes almohades et les Berbères, soit plus de cent mille cavaliers.

Si ces chiffres étaient avérés, songea Herdington, je ne parierais pas un demi-penny sur les Castillans.

— Regarde l'écu du premier cavalier ! lança brusquement un Fitz Nicholas agité.

Les chevaux apparaissaient maintenant sur le chemin. L'écu suspendu sur le flanc du premier arborait les léopards d'Angleterre.

— Les cottes portent aussi nos armes ! s'exclama Herdington. Mais… J'en donnerais ma main au feu… N'est-ce pas Canteloup… et Haugi ?

— Oui ! Ce sont des nôtres, sid wali ! s'exclama Fitz Nicholas.

— Partis, ils étaient plus de vingt avec Canteloup… Or je ne vois pas Mauluc, murmura Thomas de Herdington qui, du coup, pressentit un grand malheur.

Peu après, quatre Anglais et un homme d'armes maure pénétrèrent dans le château.

Tandis que le Maure allait rapporter au wali d'où il venait et qui étaient les Anglais qu'il accompagnait, ces derniers furent entourés par leurs compatriotes qui les accablèrent de questions, toutes portant sur Mauluc, Strongbow et leurs compagnons.

— Morts… Tous morts… Maudit Locksley ! parvint à lâcher Canteloup en un sanglot étouffé, alors qu'il vidait le pot d'eau que Robert de Londres venait de tirer d'un seau.

L'effroi se lut dans les regards. Tout le monde parlait à la fois, c'était un brouhaha de menaces, d'interjections et de lamentations, beaucoup d'hommes ayant des amis, voire des parents, dans la troupe de Canteloup.

— Silence ! ordonna Herdington bouleversé au-delà du possible. Foulques, Haugi, venez avec moi ! Raoul et Robert aussi. Les autres, occupez-vous des chevaux.

Dans sa chambre, avec une cruche qu'avait fait porter le wali, Herdington servit du vin aux arrivants.

— Racontez, maintenant ! Qu'est devenu ton seigneur, Haugi ?

Rappelons-le, Ferry de Haugi était l'écuyer de Peter Mauluc.

— Mort, seigneur… Tué par la femme dont nous a parlé le roi… Egelina de Camville.

— Impossible ! murmura Herdington.

— Laisse-moi tout te conter depuis le début, Thomas, proposa Canteloup.

L'autre opina, bouleversé. Pouvaient-ils avoir perdu vingt archers, un chevalier et un écuyer ? Que dirait-il à Jean au retour ?

Foulques commença par le voyage depuis León jusqu'au château de Caracena…

— … Nous étions partis patrouiller avec les Maures qu'Abdul Maluk avait mis à notre disposition pour dénicher les gens de Locksley quand des messagers nous ont avertis de revenir. De retour au château, nous avons appris que les recherchés étaient arrivés la veille, après avoir secouru la dame de Maluk prise à partie par des croisés de Burgos. Nos ennemis avaient été enfermés mais, à l'aide de complicités, certainement venues de cette dame, étaient parvenus à s'enfuir.

— Mais, Mauluc ? Impossible qu'il ait laissé faire cela ! intervint Fitz Nicholas. C'est un fin renard ! Personne n'arrive à le tromper !

— La haine et les passions ont abusé son esprit. Quand il a vu qu'Egelina de Camville se trouvait en son pouvoir, il l'a faite conduire dans sa chambre – vous devinez pourquoi. On ignore ce qu'il s'est produit, mais elle l'a éventré. Au surplus, elle lui a volé des centaines de besants.

— Maudite gouge ! gronda Herdington en serrant si fort ses poings que les jointures blanchirent.

Pour lui, les femmes se devaient d'être des ribaudes obéissantes.

— Comme vous vous en doutez, nous sommes partis à leur poursuite. Hélas, dans les montagnes autour de Caracena, leurs traces se sont perdues. Mais j'étais certain qu'ils allaient rejoindre Tolède, aussi avons-nous pris cette direction et l'un de mes hommes qui battaient la campagne les a repérés. J'ai monté une embusque qui ne pouvait échouer. Nous les attendions sur le chemin qu'ils devaient emprunter, Strongbow avait admirablement placé ses archers. Nous aurions dû les exterminer !

— Et alors ?

— Nos ennemis approchaient. L'heure de la punition avait sonné quand, dans notre dos, des archers inconnus ont tiré sur les nôtres. Strongbow a été tué le premier. D'autres assaillants ont volé nos chevaux, massacrant les sentinelles qui les gardaient. Malgré cela, mes archers ont couvert de flèches les gens de Locksley, plusieurs sont tombés…

Une ombre de sourire gagna le visage de Herdington.

— Mais tandis que les survivants de ces maudits s'étaient lâchement cachés et qu'avec Haugi on rassemblait quelques hommes pour protéger les chevaux des inconnus nous prenant à revers, ces derniers sont revenus. Et ont abattu nos archers les uns après les autres, sans que nous-mêmes puissions voir d'où ils tiraient. Mes gens tombaient autour de moi et j'ai donné l'ordre de la retraite, sinon nous ne serions pas là. Pis, dans notre fuite, plusieurs de mes hommes ont été atteints, en particulier mon fidèle écuyer. Nous sommes les seuls survivants.

— Qui étaient ces inconnus ? glapit Fitz Nicholas.

— Je l'ignore. Des alliés de nos ennemis, à coup sûr, mais qui ? Mystère !

— Et Locksley, ses gens ?

— Plusieurs sont morts, c'est certain, mais je ne sais rien d'autre. Nous avons filé jusqu'à Tolède. Là-bas, non sans difficultés, j'ai engagé quelqu'un parlant arabe susceptible de nous conduire à Cáceres où j'espérais obtenir de vos nouvelles. Nous nous sommes rendus au wali de cette ville qui nous a écoutés et crus. Comprenant nos ennemis capables de remettre en cause l'alliance entre l'Angleterre et son calife, il nous a confié un guide pour nous conduire où vous vous trouviez, et nous voici.

— Quand tout cela a-t-il eu lieu ? intervint alors Robert de Londres.

— Voici dix-sept jours exactement. J'ai compté chaque heure !

— Si Robert de Locksley est vivant, il a pu atteindre Cordoue. Il faut prévenir le vizir, dit Fitz Nicholas.

— Allons voir le wali ! décida Herdington.

*

Convaincu, ce dernier fit partir aussitôt un messager pour Cordoue. Le lendemain, une escorte apparaissait avec ordre de conduire les Anglais près du vizir. Le soir même, Herdington et ses gens franchissaient Bab al-Gawz[1] et se dirigeaient vers l'Alcázar. Accompagnés d'un homme arrivé la veille à la nuit tombante qui leur avait révélé bien des choses.

1. La porte du Noyer, appelée aussi « porte d'Almodóvar ».

44

— Constance ne se trouve plus à Cordoue. Elle est partie pour Mursiya où j'ai des amis.

— Était-elle en danger ?

— Menacée, en tout cas.

Guilhem avait toujours rencontré Baghisain dans des circonstances éprouvantes. À Rome, il était l'esclave du mari de Constance, l'armateur Ratoneau, et vivait une histoire d'amour avec elle. Platonique certes, mais le cheikh n'ignorait pas que si l'époux s'apercevait des sentiments de sa femme, lui connaîtrait les pires supplices, aussi vivait-il le ventre noué par la peur. Plus tard, une fois Ratoneau mort, il aurait pu revenir à Cordoue mais avait choisi de demeurer avec celle qu'il aimait, et qui refusait de quitter Marseille. Aux yeux de tous, il était devenu son contremaître, jusqu'au jour où le couple avait été dénoncé. Constance avait été enfermée dans un couvent, et lui avait dû se cacher. Quand Guilhem était allé leur porter secours, il avait retrouvé le cheikh dans un bois près de Marseille. Ensemble ils avaient libéré Constance qui, cette fois, avait décidé de partir à Cordoue avec son amant.

En résumé, Ussel n'avait jamais côtoyé un Baghisain serein. Cela aurait dû être le cas ici, où l'homme était riche et respecté, pourtant le cheikh affichait encore son visage ravagé d'inquiétude.

— Rencontrez-vous des ennuis, mon ami ? s'enquit Guilhem, troublé par son attitude.

— Rien que je ne pourrai surmonter, mais je ne tenais pas à ce que Constance devienne un enjeu. Voulez-vous que je vous confie ce qui se passe ici ?

— Évidemment ! s'exclama Robert de Locksley.

Le cheikh joignit les mains, ferma à demi les paupières et commença.

— Vous me connaissez. Je ne suis pas un Maure d'Al-Andalus, ni un Berbère, je suis un Arabe. Issu de Djeziré, une région sous l'autorité du calife de Damas, j'étais déjà un engineor réputé quand je me suis établi en Andalus. Je voulais vivre et travailler à Cordoue car c'est là qu'œuvrent les savants les plus réputés, particulièrement dans les arts mécaniques et la science des nombres. J'ai pu concevoir des machines de guerre inégalées et – je vous l'avais dit à Marseille – le calife m'a honoré du noble titre de cheikh afin de récompenser mes inventions. Mais une autre raison me poussait à venir m'installer ici : la tolérance qui y régnait, contrairement à Damas et dans les terres ravagées par les croisés. La doctrine qui m'anime est que la science ne peut s'épanouir qu'avec la liberté et le respect des doctes. Après avoir étudié l'histoire de Cordoue, je suis arrivé à la conclusion que la grandeur de ce califat tenait au refus de jeter l'opprobre sur les croyances et les religions autres que celles du calife. Cordoue était la plus belle cité du monde, le lieu où les sciences ont prospéré, parce que, longtemps, les émirs andalous ont autorisé ses habitants à assumer librement leur foi et leurs idées. Ainsi berbères et maures ont-ils accepté que mozarabes, chrétiens et juifs célèbrent leurs cultes. Peut-être l'ignorez-vous, mais ce sont les juifs d'Al-Andalus, persécutés par les rois wisigoths, qui ont appelé à leur aide le Berbère Tariq[1], avant de le soutenir dans sa conquête du pouvoir à Cordoue. Bref, jusqu'au califat d'Abd al-Rahman, et même après, Andalus a connu un âge d'or où chrétiens, musulmans de différentes obédiences et juifs ont vécu en harmonie, ce qui a favorisé les échanges, les sciences et les arts.

1. Tariq ibn Ziyad.

Les califes nommaient même des vizirs juifs et de grands officiers chrétiens. Hélas, les Almoravides, puis les Almohades – la famille régnante du calife actuel – se sont montrés plus rigoureux et ont voulu imposer l'islam en taxant les non-musulmans et en limitant leurs droits. Une rigueur qui n'allait toutefois pas jusqu'à la persécution. Ayant souvent parlé de tolérance avec le calife Abu Yusuf[1], le père du calife actuel, je savais qu'il s'opposait aux conversions forcées et répugnait à la mise à mort des époux de confession différente.

» Mais son fils, Muhammad al-Nasir, a accédé au pouvoir très jeune. Et, pour s'imposer, a choisi de s'appuyer sur les tribus berbères et sur les gouverneurs nommés par son prédécesseur. C'était une erreur puisque, depuis le très puissant calife Al-Mansûr[2], premier du nom, les gens d'Andalus étaient en principe traités sur un pied d'égalité, qu'ils soient arabes, berbères, chrétiens, juifs, esclavons ou eunuques. Al-Mansûr avait même mis fin aux attaches tribales. Hélas, cela n'a guère duré et, pour arriver et se maintenir au pouvoir, les Almohades ont privilégié leur tribu.

» L'empire almohade est très vaste, avec une partie en Ifriqiya et au Sahran, une autre en Andalus. L'un des soutiens du jeune Muhammad al-Nasir a été Ebn Djaméa, le chef de la tribu des Magilas. En récompense, il est devenu grand vizir de Cordoue. Seulement, Ebn Djaméa est un musulman rigoureux qui ne veut plus de chrétiens ni de juifs ici. Depuis mon retour de Marseille, il n'a eu de cesse de me demander de contraindre Constance à la religion musulmane, ce qu'elle refuse. J'avais prévenu le prince des croyants qu'en cas de contrainte je partirais avec elle, or le Miramolin a besoin de moi pour construire des machines de

1. Surnommé Al-Mansûr, le Victorieux, après sa victoire à Alarcos sur les Castillans. À ne pas confondre avec Muhammad ibn Abi Amir (voir note suivante).

2. Il s'agit de Muhammad ibn Abi Amir, dit le Victorieux (Al-Mansûr), juriste arrivé au califat sans droits dynastiques et fondateur de Madinat al-Zahira.

guerre. Ebn Djaméa s'est donc tenu coi jusqu'à la fin de l'année dernière. Jusqu'au jour où, sachant que presque toutes les machines étaient construites, il a voulu m'imposer ses décisions. Avant l'été, Constance devait se convertir ou partir, sous peine d'être exécutée, m'a-t-il annoncé. Je l'ai donc envoyée à Mursiya, chez le gouverneur, un ami sûr.

— Ne peux-tu convaincre le calife de la laisser libre de ses choix quand il sera là ?

— Je l'espère. J'attendais son arrivée pour solliciter une audience. Et votre venue me donne un nouveau prétexte pour lui parler. En revanche, elle ajoute un motif au vizir de chercher à me nuire.

Le silence s'installa. Tant Guilhem que Robert de Locksley comprenaient être arrivés à un mauvais moment. Ce qu'ils avaient fait au cousin du vizir n'allait, en outre, pas du tout arranger les choses. Si le calife écoutait Ebn Djaméa, seraient-ils entendus ? Et resteraient-ils libres ?

C'est alors que Baghisain ajouta, un fin sourire aux lèvres :

— Mais le vizir a négligé que j'étais engineor. J'ai donc prévu une parade.

*

Ils furent logés dans de confortables chambres aux murs dissimulés par des tapisseries. Point de paille sur le sol de carrelage, comme c'était le cas en Angleterre ou dans le royaume de France, mais d'épais tapis de laine, voire de soie.

Les invités disposaient d'un mobilier raffiné : coffres, lit à matelas en étoupe de laine et cuvier pour le bain. Les chambres bénéficiaient également de garde-robe et d'une pièce pour loger des serviteurs. Même les latrines étaient agréables, construites à l'écart avec des sièges de bois posés sur des dalles de pierre et munis d'une évacuation des excréments *via* des égouts.

Enfin, l'eau coulait partout, dans les fontaines comme les bassins.

Flore, lors de sa visite de la maison, découvrit des cuisines immenses avec cheminées, rôtissoires, éviers, rafraîchissoirs, garde-manger fermé afin de le prémunir des rongeurs. Quant au fils d'Aignan le libraire, le cheikh lui montra sa riche bibliothèque lorsqu'il apprit combien la science l'intéressait. Elle comprenait des centaines d'ouvrages et d'objets rares rassemblés par Baghisain grâce à sa haute position, son immense fortune, ses voyages et ses relations.

*

Le lendemain, avant d'emmener les chevaliers, Raoul et les dames pour leur montrer la ville, le cheikh leur parla plus longuement du grand vizir.

— Du jour où il a obtenu cette charge, Ebn Djaméa, qui ne sort pas des Almohades, s'est mis à maltraiter les émirs de cette tribu et à mépriser les plus nobles d'entre eux. De sorte que plusieurs se sont retirés du conseil, le laissant seul à la tête des affaires de Cordoue. Ses ennemis ne manquent donc pas, dont plusieurs sont mes amis. Je leur ai écrit au lever du soleil et compte sur eux pour m'aider à obtenir audience, tant pour moi que pour vous. Muhammad al-Nasir ignore tout des manœuvres de son vizir. Depuis des années, il est absent d'Andalus et peu d'affaires viennent jusqu'à ses oreilles. Quand il les apprendra, sa réaction sera peut-être à notre avantage. Maintenant qu'en sera-t-il de la proposition de votre roi Jean ? Nul doute qu'Ebn Djaméa l'appuiera, mais j'avoue ignorer la manière dont le Miramolin va réagir. Je ne crois pas que, sur un sujet religieux aussi grave, il prenne conseil. C'est sa conscience qui dictera sa décision. Il serait bon qu'il vous entende, mais je ne suis aucunement certain de vous obtenir audience.

— Vous avez dit, hier, que vous n'étiez pas dépourvu de parade.

— En effet, mais il s'agit d'une arme à n'utiliser qu'en dernier recours tant elle pourrait entraîner la fin du califat.

Pour qu'on ne les remarque pas, Baghisain les avait habillés de djubba lui appartenant. De quoi mieux se fondre dans la foule. Et comme aucun ne se rasait depuis qu'ils avaient quitté Tolède… Quant à la barbe et aux cheveux de Mandeville, blonds, il les avait teintés à l'aide d'un mélange que s'était procuré Percy. Locksley, Ussel et Alaric, eux, étaient naturellement bruns, comme des Maures. La tête couverte de turban, personne ne se rendrait compte qu'ils étaient étrangers… pour autant qu'ils ne parlent pas. Certes, à Cordoue, peu d'hommes portaient turban, couvre-chef réservé aux hommes de loi et aux savants, mais Baghisain en arborait un. Dès lors, en cas de rencontre avec des gens de connaissance, ces derniers verraient comme naturel que ses compagnons soient vêtus à sa manière. Quant à Egelina et Flore, il les fit conduire dans la maison voisine, où avait vécu Constance. Avant de se mettre à l'abri, celle-ci avait emporté beaucoup de ses vêtements, mais il en restait. Les quelques servantes demeurées sur place aidèrent les femmes à choisir et à s'habiller, les djubba flottantes du sexe féminin impliquant toutes sortes de tuniques à galon à porter par-dessous. Bien que beaucoup de femmes aient le visage découvert, Baghisain préféra les faire couvrir d'un *mikna*, voile à frange qui dissimulerait leur peau claire.

Ils se rendirent à la mosquée, les femmes montant des mules grises. En chemin, le cheikh leur désigna plusieurs monuments construits des siècles plus tôt par les Romains, comme l'étaient d'ailleurs les murailles de la ville. Raoul, lui, fut frappé par la propreté des rues, toutes pavées, et le remarqua.

— Ces trous, que vous voyez régulièrement dans la chaussée, permettent d'évacuer les eaux sales et le contenu des latrines à l'aide de canalisations souterraines qui conduisent au Guadalquivir, expliqua le cheikh.

— Et ces fontaines ? demanda encore le fils Aignan en désignant une vasque entourée de femmes portant des cruches. J'en vois partout ! D'où vient autant d'eau ?

— D'aqueducs, certains très anciens, d'autres construits quand le besoin s'en est fait sentir. L'eau est indispensable dans notre religion, et bien sûr elle est nécessaire à la vie des gens. Tout est fait pour que personne n'en manque.

Ils passèrent près de la rive du Guadalquivir, où se découvrirent d'innombrables barques. Cordoue était un port avec un important trafic de blé et d'huile à destination de Séville, précisa leur guide.

Plus loin, la troupe déboucha devant un immense mur bâti à l'aide d'énormes pierres. C'était la grande mosquée, dans laquelle ils pénétrèrent par des jardins.

À l'intérieur, le lieu de culte laissa les voyageurs stupéfaits et admiratifs. Les plus grands monuments que Guilhem et Locksley connaissaient – Notre-Dame ou les salles du palais, pour le premier, Saint-Paul ou la Tour à Londres pour le second – se révélaient minuscules en comparaison de la salle qui s'offrait à leurs regards[1]. Une forêt de colonnes supportait des arcs semblant s'étendre à l'infini. Le sol n'était que tapis. Partout, de riches décors de mosaïques et des panneaux de marbre. Baghisain les fit circuler dans les travées envahies de monde, leur montrant les salles de justice ainsi que celle où officiait le *qadi al-qudat*, le cadi suprême. Plus loin, sur un flanc du monument, il présenta les pièces réservées à l'enseignement.

Ils durent terminer la visite quand la foule des fidèles arriva pour la prière et sortirent du côté opposé à celui par où ils étaient entrés.

Ils se trouvaient maintenant devant une fontaine à trois vasques avec, face à eux, une porte fortifiée aux panneaux couverts de bronze.

— Le passage vers le pont romain, signala le cheikh. Nous irons tout à l'heure, si vous le souhaitez. Pour l'heure je voudrais vous montrer l'Alcázar, ou au moins la partie dans laquelle les Cordouans de qualité peuvent entrer librement.

Ils se dirigèrent vers une immense ouverture façonnée dans une haute enceinte crénelée. La porte de la Mosquée, précisa leur guide. Les gardes, armés de lances, tous en cotte de mailles sur des robes blanches et coiffés de baydah à protège-nuque,

1. Vingt mille mètres carrés, contre cinq mille pour Notre-Dame.

connaissaient le cheikh, qui expliqua être accompagné de savants venus de Damas. On les laissa pénétrer dans un grand jardin fleuri riche de plusieurs bassins.

Vers le sud se dressait une autre muraille, dont la porte était soigneusement protégée par des Abyssins à l'air farouche.

— C'est là-bas que tout se jouera, dit Baghisain en désignant le rempart. De l'autre côté de ce mur s'étend le palais du calife, dont la plus belle partie est la grande salle du conseil. Il y a également ses appartements privés, son harem et les munyat de ses proches et plus importants serviteurs. Plus loin, vous apercevez les tours de la forteresse, inaccessible pour nous, comme vous vous en doutez. Enfin, au bout du jardin s'étendent les bains califaux réservés au calife, à sa famille et à ses invités. J'ai la possibilité de m'y rendre et de vous y amener, mais je préfère que vous utilisiez les bains de mon quartier.

— Qu'est-ce que ceci, seigneur ? s'enquit Raoul en montrant un paon sortant d'un trou de la forteresse, qui faisait la roue, tandis que retentissaient des chants d'oiseaux.

— Une horloge à eau, comme celle que je t'ai montrée chez moi.

L'horloge du cheikh était installée dans sa salle de réception. À chaque heure, un rouge-gorge magnifiquement émaillé sortait d'un des douze orifices du meuble et se mettait à chanter. La nuit, dans douze autres niches, des lampes s'éteignaient une fois l'heure passée. Baghisain avait dévoilé au fils d'Aignan le bassin intérieur empli d'eau chaque jour, et le tuyau par lequel le liquide s'écoulait régulièrement dans un autre compartiment, qui, lui, lâchait une bille de fer une fois plein. La bille déclenchait alors un mécanisme faisant agir les automates. L'engineor avait également montré à Raoul un traité sur ce genre d'horloge, écrit en latin et illustré de dessins, du Cordouan Ibn Khalaf al-Muradi, l'un des savants les plus réputés de la ville.

Le groupe s'approcha du paon. De près, on pouvait se rendre compte qu'il était façonné en fer peint. Il y avait douze trous dans le mur, et certainement un paon sortait-il à chaque heure.

— C'est moi qui ai conçu cette horloge il y a quelques années, à la demande du calife. Demain, quand nous irons dans le jardin de l'Alcázar, vous constaterez combien les paons sont nombreux. Le prince des croyants les protège et souhaitait une horloge avec ces animaux qu'il aime tant.

— Pourriez-vous concevoir un être de métal qui jouerait de la vielle à roue ? s'enquit Guilhem.

— Peut-être. Vous m'en donnez l'idée…

— Le vizir vit-il ici ? intervint Locksley, préoccupé plutôt par la situation présente.

— Il dispose de la munyat des vizirs dans l'enceinte intérieure. C'est là que travaillent ses serviteurs chargés des impôts et de la police, mais il possède aussi sa propre résidence, pas très loin, à côté de la porte d'Al-Mudawwar.

— S'il a fait venir les ambassadeurs de Jean, ceux-ci pourraient se trouver au palais en ce moment, suggéra Locksley.

— Possible.

— Mieux vaut donc s'éloigner. J'ignore si Foulques de Canteloup est vivant, mais s'il me voit, il me reconnaîtra.

Ils ressortirent. Alors qu'ils venaient de franchir la porte, une centaine de cavaliers en robe grège tissée de motifs géométriques, tunique de mailles de fer et taylasan enroulé autour de la tête et des épaules, bouclier ovale coloré en carmin et épée droite au travers du torse, arrivèrent au galop.

La foule s'écarta. Et admira la troupe suivie d'une poignée de seigneurs à turban vert et robe en camocas écarlate.

— La garde personnelle du calife et ses officiers, murmura Baghisain. Le Miramolin ne doit pas être loin.

— Inutile d'aller sur le pont, ne courons pas le risque d'être vus, fit Locksley.

En revenant à sa villa, l'intendant de Baghisain lui annonça que le calife serait en ville d'ici un ou deux jours. Une nouvelle apprise d'un cousin dont les voisins avaient été chargés d'apporter du miel et des épices au convoi califal qui venait de quitter Séville.

Une partie de son armée l'accompagnait, même s'il avait laissé là-bas les régiments arabes, celui des tribus zénètes et sanhadja, ainsi que les mercenaires esclavons.

*

Le lendemain, Baghisain demanda à ses invités de ne pas sortir de sa demeure, tandis qu'il se rendait chez le qadi al-qudat, le cadi suprême de la ville, dont il appréciait la science, l'esprit fin et la bonté.

À son retour, il annonça que le calife venait d'arriver et que les audiences débuteraient le lendemain avec la cérémonie d'hommage du vizir, du grand cadi, des émirs, des grands dignitaires et des wali. Ensuite commencerait l'audience publique au cours de laquelle de nombreuses affaires concernant Cordoue seraient évoquées. Lui-même serait appelé à faire le point sur les fabrications de machines de guerre. Durant cette même assemblée, les ambassadeurs anglais seraient présentés à la cour. Le lendemain se tiendraient des audiences privées. C'est à cette occasion que le cheikh pourrait présenter sa requête au sujet de Constance Mont Laurier, et se faire accompagner de Robert de Locksley.

— Les envoyés de Jean vont donc passer avant nous et vraisemblablement convaincre le calife ! ragea ce dernier.

— Hélas, oui ! Le vizir a pris ses précautions. Si le Miramolin accepte la conversion de votre roi au préalable, il sera inutile que vous le rencontriez. Mieux vaudra même quitter Cordoue au plus tôt.

Un départ déjà évoqué. Guilhem avait parlé du dessein de gagner un port de la Méditerranée, choix que le cheikh avait approuvé. Constance se trouvant à Mursiya, de son côté il la rejoindrait si le vizir décidait de la poursuivre. Auquel cas, ils partiraient ensemble pour cette ville dont le gouverneur, un ami, était aussi en conflit avec le vizir de Cordoue. À peu de distance de Mursiya se situait Qartayannat al-Halfa[1], port où Constance

1. Carthagène.

et lui possédaient un navire pour transporter le cuir, nef prête à partir.

— J'aimerais vous accompagner à l'Alcázar demain, demanda Locksley.

Baghisain grimaça avant de dire :

— C'est tenter le diable.

— Je me vêtirai comme aujourd'hui. Et je foncerai mon visage.

— Je veux en être aussi, ajouta Guilhem. Il est important que nous sachions qui sont les Anglais. On pourrait les recroiser ensuite.

Egelina et Mandeville désiraient venir aussi, mais, là, le cheikh refusa net.

— Je peux faire croire que deux engineors de Damas m'accompagnent, mais pas plus. De surcroît, si Robert et Guilhem se font prendre, il faut que vous restiez libres afin de conduire vos gens à Mursiya.

C'était la voix de la raison.

*

Le jour suivant, les trois hommes pénétrèrent sans difficulté dans le jardin de l'Alcázar, qui dégorgeait de monde. Arrivés à la porte de la forteresse intérieure, ils furent arrêtés par des gardes armés, l'épée nue. Un chambellan donnait les autorisations de passer et, reconnaissant Baghisain, le fit entrer. Ce dernier expliqua être accompagné de deux ingénieurs de Damas, le chambellan les salua sans poser de questions.

Comme les autres invités, ils traversèrent les jardins pour gagner le palais, endroit envahi de gardes et d'officiers. Cette fois, Locksley et Ussel se tinrent loin du cheik. Ils firent bien car d'emblée celui-ci fut abordé par un individu de petite taille, à la barbe et au regard sombres. L'homme devait être important car il était luxueusement habillé de soie.

Locksley, bien qu'affichant une feinte indifférence et tournant le dos au duo, demeura à portée de leur voix et entendit :

— ... J'ai appris que les machines commandées par notre très haut, très excellent et très puissant prince ont quitté Cordoue.

— En effet.

— Quatre-vingts jarkh et quarante manjaniq ?

Pas de réponse, Locksley approcha pour mieux entendre.

— Avez-vous convaincu dame Mont Laurier de se convertir à la vraie foi ?

Pas de réponse. En revanche, le cheikh considéra son interlocuteur avec un incommensurable mépris.

— Vous avez tort, Baghisain ! cracha l'autre fielleusement. Mon maître va parler de vous… et de la dame… à notre prince. Et je n'aimerais pas être à votre place quand la colère du calife s'abattra !

Il tourna les talons.

45

Le cœur battant à tout rompre, Baghisain s'efforça de conserver son calme et s'avança – d'un pas mesuré – vers la porte du palais en compagnie des autres notables. Ayant constaté que le nabot ne réapparaissait pas, Locksley et Ussel l'imitèrent… de loin.

Devant l'entrée se tenaient sept ou huit douzaines de robustes et farouches guerriers armés de pied en cap, magnifiquement vêtus, épées pointées vers le ciel pour former une voûte d'acier.

Le cheikh se mêla à un groupe de dignitaires qui le connaissaient. Locksley et Ussel se placèrent derrière lui.

Le *sahib al-surta*, chargé de la police de Cordoue, et le maître de la porte du palais vérifiaient que ceux qui souhaitaient entrer étaient bel et bien conviés. Quand vint son tour de passer, Baghisain présenta les hommes derrière lui :

— Abu Qasim et Abd Allah arrivent de Damas pour me montrer les extraordinaires découvertes qu'ils ont faites. Ils souhaitent apercevoir le véritable prince des croyants.

Le policier scruta attentivement les deux hommes et, ne relevant rien d'anormal, interrogea le maître de la porte qui approuva.

Guilhem se demandait combien de temps une telle chance allait durer.

Ils traversèrent un patio fastueux recouvert de plusieurs épaisseurs de tapis multicolores et atteignirent l'entrée de la grande chambre du conseil dont les battants, ouverts, étaient horizontalement cloutés de pointes en bronze doré.

D'autres guerriers faisaient barrage, vérifiant juste qu'aucun visiteur ne porte arme.

À l'instar de la mosquée, la salle du conseil se présentait comme une forêt de colonnes de marbre rose aux chapiteaux d'onyx soutenant de magnifiques voûtes. Elle était précédée d'un vestibule garni d'une vasque ornée de fines sculptures d'animaux. En son extrémité, trônait une estrade élevée couverte d'un dais et fermée par un grand rideau vert en brocart tissé d'or.

L'intérieur était séparé en deux par un garde-corps de cèdre ciselé qui isolait quelques dizaines de hauts personnages se tenant devant la tribune. Des gardes abyssins, lances et épée en main, formaient une ligne qui empêchait toute avancée du public. Ici aussi des tapis couvraient les dalles.

Si aucun bruit ne parvenait de l'estrade, ce n'était pas le cas dans le vestibule où les murmures des invités qui s'apprêtaient à rejoindre leur place, soit devant l'estrade califale, soit de l'autre côté du garde-corps, avec les notables de moindre importance, s'entendaient.

— Je vous laisse ici, souffla le cheikh, car je dois me présenter devant le calife quand il m'interrogera. Fondez-vous dans la foule et demeurez silencieux.

— Qui était le petit homme à la face de démon ? s'enquit Locksley à voix basse.

— Le secrétaire du vizir, Ibn Amir. Évitez-le, c'est un serpent.

Séparés, les Anglais se mêlèrent aux groupes éloignés du dais.

Le silence s'était installé. Soudain, le *sahib al-majlis*, maître de l'audience, donna un ordre à des récitants. Ceux-ci commencèrent à psalmodier le Coran.

Alors le rideau vert fut tiré et un homme dans la trentaine apparut. Assis, il lisait un livre que bientôt il déposa près de lui en un geste grave et noble. Derrière, une immense tapisserie dissimulait le passage par lequel il était venu.

Le maître de l'audience appela alors le vizir, qui se tenait au pied de l'estrade, avec d'autres dignitaires dont le cheikh Baghisain. D'une lenteur solennelle, un homme très maigre, grisonnant, revêtu d'une ample robe verte monta sur la tribune.

Ebn Djaméa baisa les mains et les pieds du calife, puis demeura debout jusqu'à ce que ce dernier lui ordonne de s'asseoir à sa droite, un coussin ayant été apporté en signe d'honneur. Ce cérémonial se poursuivit avec d'autres dignitaires jusqu'à ce qu'une vingtaine d'entre eux entoure le prince des croyants. Puis, à tour de rôle, ils levèrent la main droite en pointant l'index et déclarèrent d'une voix claire : « Que le Salut soit sur l'Émir des croyants. Et sur lui la miséricorde et la bénédiction de Dieu ! »

L'hommage terminé, un chambellan vint présenter une première affaire à laquelle Guilhem ne comprit goutte. Devant le calife, un homme prêta serment, puis fut interrogé et l'un des dignitaires assis sur un coussin près du vizir se lança dans un long commentaire. Ussel en déduisit qu'il s'agissait du grand cadi. Sa péroraison achevée, le calife laissa tomber quelques mots et le chambellan vint alors évoquer une autre affaire.

*

Le cinquième personnage appelé fut le cheikh Baghisain. Comme les autres il s'agenouilla puis se prosterna devant le calife, demeurant dans cette position jusqu'à ce qu'il fût autorisé à parler. Ce qu'il déclara dut satisfaire le Miramolin et les dignitaires car le vizir garda le visage fermé durant ses explications, qui se terminèrent par ce qui sembla être un compliment de Muhammad al-Nasir.

De nouveau, le chambellan parla. Alors Locksley, qui avait l'avantage de comprendre, donna un coup de coude à son ami.

De derrière une colonnade apparurent trois individus qui devaient attendre depuis le début de l'audience. Des Anglais à coup sûr compte tenu de leur vêture.

Conduits par des hommes armés et le secrétaire du vizir, le nommé Ibn Amir, ils franchirent la barrière, s'agenouillèrent devant le calife. L'un d'eux prit la parole quand un interprète lui en donna l'ordre.

— Très haut, très excellent et très puissant prince, je me nomme Thomas de Herdington, déclara-t-il en français normand. Je suis chevalier et ambassadeur du noble et gracieux sire, Jean, roi d'Angleterre. Avec mes compagnons le chevalier Raoul Fitz Nicholas et le clerc Robert de Londres, nous sommes envoyés pacifiquement par notre seigneur roi qui désire rendre hommage au grand roi d'Andalus et d'Ifriqiya.

Légers murmures d'étonnement parmi les dignitaires.

Herdington tenait un parchemin fermé d'un grand sceau rouge qu'il tendit au chambellan, lequel le porta au calife.

Celui-ci brisa le cachet de cire et lut le texte, écrit en arabe par Robert de Londres. Certes, l'Émir des croyants savait la raison de la présence des ambassadeurs, son vizir la lui ayant révélée, mais il ignorait les détails contenus dans la lettre ; aussi imperceptiblement haussa-t-il les sourcils de surprise.

Alors il prit la parole :

— Le noble roi d'Angleterre désire renoncer à la loi chrétienne, qu'il regarde comme absurde, et adopter de tout son cœur la loi de Mahomet. Il m'offre de remettre son royaume entre mes mains et de me payer tribut, si je l'accepte.

Sa rage à peine contenue, Robert de Locksley regarda ses voisins. Tous marquaient leur étonnement, mais aussi une vraie satisfaction à la découverte de l'incroyable proposition.

Huntington comprit que tout était perdu, que son voyage et la mort de ses hommes avaient été inutiles, et qu'il devait partir au plus vite.

Il s'apprêtait à quitter la salle quand Guilhem le retint par la main : le calife allait parler.

— Avant de prendre une décision, dit al-Nasir d'une voix grave, faites-moi connaître votre monarque et votre pays.

— Notre roi est d'illustre et bonne naissance, répondit Herdington. Il a de grands rois pour ancêtres. Son royaume est riche et abonde en terres cultivées, en pâturages et en forêts. Il y a chez nous des mines de toutes sortes de métaux que l'industrie sait fondre et mettre en œuvre. Notre nation est gracieuse et spirituelle. Nous nous servons de trois idiomes pour parler : le latin, le français et l'anglais. Nos clercs sont pleinement instruits dans tous les arts libéraux et mécaniques. Notre terre ne produit ni vignes, ni oliviers, ni sapins, mais elle se procure en abondance le vin, l'huile et le bois par son commerce avec les régions voisines. L'air y est salubre et tempéré. Elle est située entre l'occident et le septentrion. Elle prend à l'occident sa chaleur, au septentrion son froid, ce qui produit une température moyenne fort agréable. Elle est entourée de tous côtés par la mer, ce qui lui a mérité le nom de reine des îles[1]. L'Église de Rome y prospère plus qu'en aucune autre partie du monde et le pape nous gouverne, ce qui déplaît à notre roi.

Ses paroles étaient traduites à mesure qu'il parlait.

— Quel âge a votre roi, est-il grand et vigoureux ?

— Il a cinquante ans, porte les cheveux blancs, et sans être grand, il a les membres ramassés et vigoureusement taillés.

— Dans ce cas la force de la jeunesse commence à se refroidir et à s'éteindre en lui. Avant dix ans, il ne sera plus bon à rien de grand et la force lui manquera. Il devrait rester en paix et se tenir tranquille.

Singulière phrase, songea Guilhem en entendant la traduction.

— Je vous reverrai demain et vous donnerai ma réponse, déclara le calife.

Après avoir reçu un ordre, le grand chambellan annonça l'audience levée pour la journée. Les dignitaires descendirent de

1. Ces paroles sont, à peu de chose près, celles qui ont été entendues lors de cette entrevue.

l'estrade et des esclaves tirèrent le rideau vert, faisant disparaître le prince des croyants.

*

Le vizir rejoignit alors les Anglais et son secrétaire. Ussel vit le petit groupe s'en aller par un passage entre des colonnades. Les autres hauts personnages de la cour s'éloignèrent à leur tour.

Le cheikh Baghisain sortit également et rejoignit la foule qui se dissipait.

Il fut alors abordé par un chambellan :

— Sayyid, quelqu'un vous attend aux bains califaux.

— Moi ? Qui ?

— Un Anglais, Sayyid. Soyez-y à la neuvième heure.

De crainte d'être écouté, le cheikh n'osa pas d'autre question. Visage imperscrutable, il suivit le flot de gens qui sortaient après avoir vu, devant lui, Ussel et Locksley.

Les ayant rejoints dans le patio, où nombre de personnes commentaient la proposition du roi d'Angleterre, il glissa :

— Retrouvons-nous devant les bains.

Chacun sortit de son côté et ils atteignirent sans encombre le jardin envahi par la foule.

Guilhem et Robert se dirigèrent vers les thermes où il y avait moins de monde. L'horloge des paons indiquait la septième heure passée.

— Je n'ai pas vu Foulques de Canteloup, dit Huntington. Mais j'ai reconnu Raoul Fitz Nicholas que j'avais rencontré à Saint-Jean-d'Acre. Un chevalier valeureux et miséricordieux que j'estimais fort. Comment a-t-il pu accepter pareille infamie ?

— Il n'a pas ouvert la bouche, observa Ussel.

— Pourtant, il parle arabe. Je suppose que c'est pour cela que Jean le Félon l'a choisi. Il a dû lui promettre une magnifique récompense si l'ambassade réussissait.

— Et Herdington, le connais-tu ?

— Peu. Favori de Jean, on me l'a dit hardi chevalier. Il serait d'une ambition forcenée. De fait, s'il n'a pas laissé parler Fitz

Nicholas et a préféré un interprète, c'est à coup sûr parce qu'il voulait mettre en avant son rôle d'ambassadeur en chef. Il doit aussi espérer être royalement récompensé.

— Et le troisième ambassadeur ?

— Le petit clerc chétif avec un bras plus long que l'autre ? Je ne l'avais jamais vu.

— Sans doute celui qui a conseillé Jean, cracha Ussel.

*

Baghisain arriva en jetant furtivement des regards de part et d'autre afin de vérifier qu'on ne le surveillait pas. Passant près des Anglais, il leur demanda de le suivre.

Sorti de l'Alcázar, il se dirigea vers la médina en longeant la grande mosquée. Les trois hommes, séparés de quelques toises, parcoururent plusieurs rues encombrées de commerces ambulants installés sous des toiles. Des murs blancs isolaient les maisons et boutiques des artisans de la voie. Le cheikh s'arrêta devant un porche à l'ouverture en fer à cheval, et constatant ses compagnons bien derrière lui, pénétra dans un jardin dallé de pierre, orné d'une fontaine. Des bancs le long des murs offraient des sièges agréables sous la fraîcheur des palmiers.

Baghisain s'assit dans un recoin ombragé d'où il pouvait observer les allées et venues à la porte sans que les visiteurs, eux, ne le voient. Les Anglais le rejoignirent.

— Cette *fanadiq*[1] est la plus agréable de la ville, sourit le cheikh. J'y ai mes habitudes après m'être rendu à l'Alcázar.

Un serviteur apparut. Du vin et des pâtisseries furent commandés, tous les trois n'ayant rien mangé depuis le matin.

Le cheikh raconta comment il avait été abordé et le rendez-vous prévu à peu près dans une heure.

— Ce pourrait être un piège, s'inquiéta Robert de Locksley.

— Un traquenard contre moi dans l'enceinte de l'Alcázar ? fit Baghisain en haussant les sourcils et se mettant à rire. Impossible !

---

1. Auberge, hôtellerie.

Il s'agit plutôt de quelqu'un voulant me transmettre un message sans qu'on le découvre.

— Dans les bains ? demanda Ussel étonné.

— Ils servent plus qu'on ne le croit aux réunions discrètes. Parfois pour des raisons amoureuses, d'autres commerciales, souvent politiques.

— Pouvons-nous vous accompagner ?

— J'allais vous le proposer. Dès que nous aurons fini de déguster ces succulents gâteaux…

Deux heures plus tard – selon les paons de l'horloge hydraulique – et après s'être baignés, ils se retrouvaient en braies et chausses, assis sur un banc de marbre dans une petite salle chaude et humide où il n'y avait qu'eux. Personne, jusque-là, n'avait abordé Baghisain.

— Combien de temps allons-nous transpirer ici ? demanda Ussel. En vérité, ce n'était pas tant la chaleur qu'il craignait que d'être sans armes. Au sortir de l'auberge, il avait entendu un forgeron marteler dans une cour et, entré, avait découvert que l'homme forgeait des épées. Il avait failli en acheter une ou deux, mais Baghisain lui avait rappelé que les armes étaient interdites aux visiteurs dans l'enceinte de l'Alcázar. Avec peine de mort comme sanction.

— Donnons-nous encore un moment, proposa le cheikh. Peut-être celui qui veut me voir a-t-il été retardé. Nous pouvons aller dans une pièce plus fraîche si vous avez trop chaud.

Une tête sombre, légèrement penchée, comme pour découvrir qui se trouvait là, parut alors dans l'ouverture en fer à cheval de la salle chaude.

Celle du clerc vu avec les ambassadeurs anglais !

Guilhem se dressa d'un bond, la tête disparut. Il s'élança et rattrapa l'individu plus loin, dans une pièce aux voûtes soutenues par des colonnes de porphyre rouge.

Ussel lui saisit un bras et, devant la surprise des baigneurs présents, le gratifia d'un large sourire. Baghisain et Robert de Locksley apparurent à leur tour.

— Mon ami, vous avez oublié votre linge, dit aimablement le cheikh.

Entouré, Robert de Londres ne chercha pas à s'opposer et revint avec eux dans l'étuve.

— Je crains de vous avoir fait peur, s'excusa Ussel. Rassurez-vous, nous ne vous voulons aucun mal.

— C'est donc vous qui vouliez me parler ? s'enquit Baghisain.

— Oui, confessa le visiteur en déglutissant.

Il joignit ses mains et les rapprocha de sa bouche, en une inaudible prière. Guilhem s'aperçut alors qu'il avait deux doigts gauches collés l'un à l'autre.

— Je suppose que l'un de vous est le comte de Huntington, fit-il.

— C'est moi. Et mon ami se nomme Guilhem d'Ussel.

— J'ai entendu parler de vous, messire d'Ussel. Après tout, il est préférable que vous soyez là, mes seigneurs. Cheikh Baghisain, vous avez dû constater que je fais partie des ambassadeurs anglais.

— Oui…

Nouveau soupir.

— Ce que j'ai à dire n'est pas facile, tant je crains pour ma vie… mais j'ai encore plus peur pour mon âme… Messire comte, dit-il à Huntington, pouvez-vous jurer sur notre Sainte Vierge Marie, mère de Jésus notre Sauveur, que vous ne me dénoncerez pas ?

— Vous avez ma parole, et je vous le jure.

— Je suis contraint de vous faire confiance… Je connais, comme vous, messire FitzWalter…

Ussel commençait à comprendre.

— Quand notre monarque a fait appel à moi et m'a parlé de son effroyable dessein, j'ai opposé divers prétextes pour ne point y participer… Mais n'ayant trouvé personne d'autre s'étant déjà rendu en Castille et parlant arabe, contrarié de mes hésitations, il m'a confié à l'un de ses chevaliers, un nommé Falcaise de Bréauté, qui m'a parlé de ma sœur et de ses adorables enfants. Ensuite, il m'a conduit dans les sous-sols du château où nous étions et montré ce qui était arrivé à la fille d'un homme n'ayant pas agréé aux souhaits du roi.

» J'ai donc promis de faire tout ce qu'on me demanderait. Seulement, un jour j'ai secrètement approché messire FitzWalter à Saint-Paul.

— C'est vous qui le renseigniez ? interrogea Locksley.

— Oui.

— Je suppose donc que c'est par vous que FitzWalter a appris la présence d'un espion parmi nous. Pourquoi ne pas l'avoir dénoncé ?

— Parce que je l'ignorais... Jusqu'à il y a deux jours.

— Que s'est-il passé, il y a deux jours ? questionna Ussel.

— Des événements qui vous concernent, bien que ce ne soit pas à cause d'eux que je voulais parler au seigneur Baghisain. Laissez-moi vous les livrer sans m'accabler de questions, car je ne peux rester ici longtemps. Sinon on s'apercevra de mon absence et... Avec messires de Herdington et Fitz Nicholas, nous étions depuis quelques jours dans un château...

— Al-Mudawwar, le coupa le cheik.

— Oui, seigneur.

Il parut étonné, mais poursuivit :

— Le premier incident fut l'arrivée de messire Foulques de Canteloup, avec seulement trois de ses hommes...

Ussel et Robert de Locksley échangèrent un regard satisfait.

— C'est vous qui avez décimé sa troupe, affirma le clerc.

— En effet.

Maigre sourire du petit bonhomme.

— Le wali du château a prévenu le vizir de Cordoue, et, un peu plus tard, est arrivé un autre chevalier, celui qui vous trahissait...

— Ranulf de Winchester.

— C'est cela. Il nous a révélé vos mésaventures et annoncé que vous étiez certainement chez le seigneur Baghisain.

Ce dernier était tout ouïe, devinant que le clerc allait lui parler des intentions du vizir.

— Hier matin, nous sommes tous arrivés à Cordoue. Le vizir nous loge dans l'Alcázar. Le soir, j'étais présent à une réunion durant laquelle le secrétaire du vizir a décidé d'attaquer votre maison, seigneur, et de faire en sorte que l'on impute cette vilenie à des maraudeurs. Vous auriez pris des dîmes transportées par un percepteur. Le vizir vous accusera de les avoir volées et affirmera que ces détrousseurs les ont reprises. Ainsi il les gardera pour lui.

» L'assaut aura lieu cette nuit. Et il ne doit faire aucun survivant.

46

Ils devaient être au moins trois douzaines, qui portaient des échelles et des lanternes sourdes. C'était la sixième heure de la nuit.

Arrivés à la muraille du quartier de la rivière, ils appliquèrent les échelles et, en quelques instants, tous furent passés par-dessus.

Ils se dirigèrent alors vers la munyat du cheikh Baghisain où ils entreprirent la même escalade.

Sans bruit.

Les intrus se rassemblèrent dans la cour de la maison et sortirent leurs épées. Chacun savait ce qu'il avait à faire, aucun état d'âme chez ces tueurs.

Mais, soudain, des dizaines de torches s'allumèrent en même temps. Et l'endroit apparut comme en plein jour. Avant que les intrus ne se soient remis de leur surprise, ils tombaient sous les traits d'arcs et d'arbalètes. Quelques-uns, aussi, sous les fers de haches lancées à la volée. Le carnage fut bref. Sauvage, impitoyable. L'eau du bassin se teinta en rouge et les effluves de la mort couvrirent le parfum des fleurs d'oranger.

Quelques agresseurs tentèrent de se mettre à l'abri, mais des hommes surgis de nulle part les achevèrent à l'épée et à la masse.

La tuerie terminée, Baghisain sortit du portique de colonnes de jaspe et, accompagné de maître Muzaffar, le muhtasib du quartier, et du sahib al-surta, chargé de la police de Cordoue que le cheikh était allé chercher la veille au soir, pénétra dans la cour, visage figé par le dégoût.

— Incroyable ! s'exclama le sahib al-surta en approchant des cadavres et blessés qui gémissaient. J'avoue que je ne croyais guère à votre histoire, hier, noble cheikh… Pardonnez l'incrédulité dont j'ai fait preuve.

Ussel, Locksley, Egelina, les chevaliers et les archers, ainsi que Raoul et quelques hommes appartenant au cheikh, marchaient maintenant entre les assaillants afin de frapper d'un coup d'épée ou de hache ceux qui se montreraient agressifs. Quelques blessés légers tentèrent de poursuivre le combat, mais connurent une mort rapide, n'ignorant rien de leur sort s'ils en réchappaient, exposés sur le Rasif. Ceux-là furent achevés. Par miséricorde.

— Sayyid ! appela une voix.

L'un des guerriers arabes du cheikh désignait un agonisant à la poitrine percée de deux flèches.

Baghisain et les officiers chargés de la police le rejoignirent. Le mourant était Ibn Amir, le secrétaire du vizir.

— Par Allah ! Vous aviez doublement raison, murmura le sahib al-surta… Mais je ne peux croire qu'il ait agi sur ordre de son maître !

— Hier encore, avant l'audience, il m'a menacé au nom du vizir ! Sans un espion chez Ebn Djaméa, je n'aurais rien su de son dessein et nous serions tous ici gisant à leur place. Oui, je l'affirme sans hésitation : le vizir a manigancé cette attaque en accord avec les ambassadeurs anglais, lesquels ne cherchent qu'à tromper notre calife !

— Voilà de gravissimes accusations.

Le chef de la police de Cordoue ne poursuivit pas, songeant aux conséquences de l'intrusion comme du carnage. S'il accusait le vizir, dignitaire autrement plus puissant que lui, il pourrait finir exécuté et, lui aussi, exposé sur le Rasif.

Maître Muzaffar, le muhtasib du quartier, pensait la même chose et gardait le silence tant l'inquiétude le paralysait. Épaules rentrées et tête baissée, comme à son habitude dans les moments graves, il aurait aimé disparaître.

— Je ne vous demande point d'accuser le vizir, dit Baghisain qui lisait dans la pensée du sahib al-surta. Je le ferai moi-même. Vous devez seulement rapporter au calife ce qu'il s'est passé ici, ce que vous avez vu, et lui demander de me recevoir avec mes amis. Je dois lui révéler la vérité sur la conspiration.

Quand il était allé chercher les deux policiers, quelques heures auparavant, le cheikh avait seulement annoncé que sa maison allait être attaquée par des marauds, sans en dire plus. Réclamant juste leur présence pour constater combien ses gens et lui ne feraient que se défendre, avait-il dit.

Mais une fois les gardiens de l'ordre sur place, il leur avait annoncé qu'il hébergeait des chevaliers venus de France et d'Angleterre. Des hôtes, vieux amis, qui avaient demandé audience au vénéré Miramolin afin de lui apprendre que les ambassadeurs du roi Jean se trouvaient à Cordoue uniquement pour se moquer de lui et d'Allah. Il avait ajouté que le vizir connaissait ce mensonge, mais voulait utiliser à son profit l'ambassade anglaise. Ayant appris que l'imposture allait être révélée, Ibn Amir devait tout faire pour l'empêcher.

Les policiers refusaient de se voir mêlés aux intrigues de la cour, mais même s'ils partaient, ils ne pourraient nier être venus et un tel silence se retournerait contre eux. Ils étaient donc restés en espérant que le cheikh Baghisain s'égarait. Mais il ne se trompait pas.

Le sahib al-surta demeura mutique. Il regardait les corps, reconnaissant çà et là des gardes du vizir. Non, on ne pourrait dissimuler pareille entreprise, conclut-il.

— Entendu ! Soyez à la première heure à la porte de la Azuda. Je serai au lever du calife et lui rapporterai ce que j'ai vu. S'il accepte de vous rencontrer, je viendrai vous chercher.

Mandeville était allé rejoindre Locksley, qui parlait avec Gamwell.

— Venez, messire d'Ussel ! dit-il à ce dernier en le voyant se tourner vers lui.

Intrigués, ils suivirent le cousin du comte d'Essex, qui les conduisit vers un passage permettant d'accéder à la cuisine et devant lequel attendait Percy.

Au pied du garde-chasse gisait un corps.

Celui de Ranulf de Winchester, un vireton dans le dos.

— Il tentait de s'ensauver par là, expliqua Percy. Mais il n'est pas allé plus loin.

— Ainsi il était venu avec les gens du vizir pour nous assassiner lâchement ! cracha Gamwell.

— Il ne pouvait nous laisser rentrer en Angleterre, commenta Locksley.

— Un ennemi de moins, conclut Alaric.

*

Une heure après le lever du soleil, Baghisain, Locksley, Ussel et un serviteur se présentaient à cheval devant la porte de la Azuda, celle qui donnait sur le fleuve et permettait de gagner directement les appartements du calife.

Le sahib al-surta les attendait. L'air grave.

Parti de la maison du cheikh peu après l'attaque, il avait envoyé des hommes récupérer cadavres et blessés et les conduire dans la tour qui servait de prison, et de dépôt au sous-sol.

Tandis que le valet gardait les chevaux, le sahib al-surta fit pénétrer Baghisain et les chevaliers dans la cour, puis les conduisit dans le jardin en expliquant :

— J'étais tout à l'heure au lever de notre prince. Que ce soit ici ou ailleurs, ses plus fidèles dignitaires et serviteurs se trouvent près de lui avant ses ablutions. En particulier son médecin, le chef des eunuques du harem et le grand chambellan. Ce dernier a accepté ma présence quand je lui ai expliqué que de graves événements étaient survenus dans la nuit.

» Lorsque notre prince a été debout, j'ai dit souhaiter lui parler d'une affaire séditieuse. Il a fait sortir les autres courtisans, tout en gardant, bien sûr, sa garde de *Saqaliba*[1] à proximité. J'ai alors raconté ce à quoi j'avais assisté cette nuit, ce que vous m'aviez dit, tout en précisant n'avoir rien vérifié de vos affirmations.

» Il est resté silencieux longtemps. Certainement évaluait-il les conséquences de ce que je venais de lui apprendre.

» — Es-tu sûr qu'il s'agissait d'Ibn Amir ? a-t-il finalement demandé.

» — Certain, mon très puissant prince.

» Il avait avec lui plusieurs hommes de la garde du vizir, ai-je dit, avant d'ajouter :

» — Si vous voulez entendre le cheikh Baghisain et ses amis, je leur ai demandé de venir.

» — Tu as bien fait, m'a-t-il répondu. Je vais les interroger, et s'ils mentent, je les ferai crucifier. Amène-les.

» Donc, il vous attend.

Les quatre hommes traversèrent de somptueuses salles à colonnades et gagnèrent un escalier en marbre soigneusement gardé par des Abyssins. En haut se tenait une nouvelle troupe de sentinelles entièrement constituée de Slaves. L'un d'eux alla les annoncer et revint pour les accompagner, après avoir vérifié qu'ils n'avaient aucune arme.

Le calife se tenait dans sa chambre. Debout, devant une terrasse d'où l'on voyait une grande partie de la ville, ses murailles et surtout la Grande Mosquée.

Les quatre hommes s'agenouillèrent et demeurèrent ainsi, tête baissée, front touchant le sol.

— Baghisain, tu as formulé de graves attaques contre mon fidèle Ebn Djaméa. Tu vas devoir t'expliquer, déclara Muhammad al-Nasir d'un ton sévère.

1. Esclaves et mercenaires slaves.

— Cette nuit, Ibn Amir, secrétaire du vizir et agissant sur son ordre, a pénétré chez moi par des échelles avec une troupe d'assassins dans le but de me meurtrir, de tuer tous mes gens et les chevaliers roumis qui s'y trouvaient. Le sahib al-surta, présent, peut témoigner.

— Il me l'a dit, et je ne parviens pas à le croire.

— Prévenu la veille, j'avais pris mes précautions. Les roumis m'ont permis de vaincre ces traîtres.

— Ces deux-là ? Qui sont-ils ? Que faisaient-ils chez toi ?

— Messire le comte de Huntington est envoyé par les barons d'Angleterre pour vous prévenir des mensonges du roi Jean. Messire d'Ussel, son ami et le mien, est un proche du roi de France. C'est lui qui m'a libéré de l'esclavage à Marseille.

— Pourquoi te croirais-je ?

— Notre justice repose sur les témoins, très puissant prince des croyants. Vous avez entendu le sahib al-surta. Il y a aussi le muhtasib de mon quartier, mais, surtout, vous pourriez entendre l'un des ambassadeurs anglais qui, loin de ses compagnons, vous révélera toute la vérité.

Le calife frotta sa barbe. Le sire de Herdington aurait-il menti ?

— Qui ?

— Le nommé Robert de Londres.

Muhammad al-Nasir se sentait partagé. Il avait grande confiance dans son ministre, n'ignorant toutefois pas que l'histoire du califat regorgeait de trahisons, que plusieurs vizirs avaient essayé d'écarter leur maître. Mais que venaient faire les ambassadeurs anglais dans une telle aventure ?

Finalement il ordonna au sahib al-surta de prendre quelques gardes slaves et d'aller chercher Robert de Londres chez le vizir, ceci sans répondre à aucune question qu'on lui poserait.

Toujours agenouillé, Guilhem attendait avec confiance. Le calife leur ayant tourné le dos, il pouvait échanger des signes avec Locksley et Baghisain. Tout se jouerait lors de l'audition du clerc. Allait-il accepter de parler ?

Robert de Londres apparut sans tarder. Livide, terrorisé et tremblant de tous ses membres, il s'agenouilla, tandis que le sahib al-surta reprenait sa place.

— Hier, j'ai entendu le sire de Herdington me vanter les mérites de son roi et m'assurer qu'il souhaite rejoindre la vraie foi. Je veux savoir si c'est vrai. Attention à toi si tu déguises la vérité !

— Par la foi du Christ, je vous jure, très puissant prince, que je répondrai sans détour à toutes vos questions.

— Le roi d'Angleterre a-t-il réellement quelque mérite ? Est-il homme de foi ?

— Non, noble et puissant prince. Le roi Jean est un tyran plutôt qu'un roi, il sait détruire bien mieux que gouverner. Il est l'oppresseur des siens. Par son incurie, il a perdu le duché de Normandie et beaucoup d'autres terres. Il n'aspire qu'à perdre ou à détruire le royaume d'Angleterre dans sa rapacité insatiable. Il envahit et ravage les possessions de ses sujets naturels. Il a une épouse qu'il déteste et qui le déteste pareillement, une femme incestueuse, malfaisante et adultère. Le roi a même fait étrangler sur son lit les amants surpris avec elle. Quant à lui, il a déshonoré par force les femmes de plusieurs de ses grands, même de ses propres parents, dont il a souillé les sœurs et les filles nubiles.

En entendant ces incroyables paroles, le calife changea de visage. Guilhem, qui l'observait, respira mieux.

— A-t-il la foi envers notre Dieu ? s'enquit le puissant Berbère.

— Il n'en a aucune, très haut seigneur, murmura le clerc.

Un lourd et mortel silence tomba dans la pièce.

— Cheikh Baghisain, vous aviez donc raison ! gronda alors le Miramolin. Voilà un être que je méprise, déteste et maudis !

Il s'adressa durement à Robert de Locksley :

— Comment, misérables Anglais, souffrez-vous qu'un tel homme règne sur vous et vous gouverne ? Vous n'êtes que des esclaves !

— Esclave point, noble et juste prince ! répliqua Huntington avec fermeté. Ne suis-je pas venu, bravant d'innombrables dangers, pour vous prévenir de ses crimes ? N'ai-je pas failli être plusieurs fois tué par les gens que votre vizir a envoyés pour me courir sus afin que je ne vous révèle la vérité ? Les Anglais sont les plus patients de tous les hommes, mais aujourd'hui ils se mettent en colère comme le lion ou comme l'éléphant qui se sent blessé et voit son sang couler. Aujourd'hui, ils s'efforcent de soustraire leurs cous au joug qui les opprime. Les barons d'Angleterre m'ont envoyé vous prévenir de la félonie de leur roi !

— Lâcheté ! Les Anglais sont des lâches ! rétorqua le calife.

Frémissant de rage, Locksley ne parvint qu'à grand-peine à se retenir. Il aurait voulu se lever et frapper cet homme si sot et imbu de lui-même.

— Cheikh Baghisain, emmène tes amis. Je ne veux plus les voir ! ordonna Muhammad al-Nasir, la mâchoire crispée, l'œil noir.

*

Raccompagnés par les gardes slaves, ils quittèrent au plus vite le palais.

— Que va-t-il se passer ? demanda Ussel à Baghisain alors qu'il remontait en selle.

— Qui peut le deviner ? Le calife, furieux d'avoir été berné, ira-t-il jusqu'à punir le vizir ? C'est possible mais, en ces temps de préparatifs de guerre, il ne fera peut-être rien, quitte à l'exécuter plus tard. Je regrette surtout de ne pas avoir pu plaider la cause de Constance car maintenant qu'il possède mes machines, le Miramolin n'a plus aucun besoin de moi. Je n'ai donc plus le choix : il me faut préparer mon départ de Cordoue.

— Que deviendront les ambassadeurs ? interrogea Robert de Locksley.

— Ils repartiront libres, je n'en doute pas. Peut-être Robert de Londres sera-t-il récompensé. Peut-être pas. L'audience de réception débutera dans deux heures. Nous avons juste le temps d'aller chez moi et de revenir y assister.

47

Au retour de l'Alcázar, le cheikh Baghisain réunit les gens de sa maisonnée, secrétaires, gardes, serviteurs et esclaves, pour leur annoncer que tous allaient partir. Sur-le-champ, et sous les ordres de l'intendant, ils rassembleraient des chariots sur lesquels ils chargeraient les objets précieux de la munyat. Le soir, ils feraient halte dans une ferme amie et, le lendemain, seraient à l'abri au château de Bury al-Hansh[1].

De leur côté, Locksley et Ussel avaient rassemblé leurs compagnons et fait le récit de l'audience. Selon eux, le calife n'était pas à craindre car, sa colère d'avoir été trompé passée, il n'avait aucune raison de les punir. En outre, sa réputation était celle d'un prince juste.

En revanche, le danger venait du vizir. Et peut-être de Herdington, s'il découvrait que son ambassade avait échoué à cause d'eux. Comme chef de tribu, Ebn Djaméa disposait de troupes importantes et obtiendrait sans doute du calife la liberté d'agir à sa guise contre Baghisain en prétextant le refus de Constance Mont Laurier de se convertir. Aussi devaient-ils eux-mêmes vider les lieux au plus vite. Ils escorteraient les chariots et les serviteurs du cheikh jusqu'à un château où ils s'installeraient quelque temps. Baghisain, Locksley et Ussel resteraient encore un jour à Cordoue afin de connaître les décisions de Muhammad al-Nasir. Une fois l'audience terminée,

1. Bujalance.

ils partiraient à leur tour et se retrouveraient avant la fin de la journée.

À nouveau, tant Mandeville qu'Alaric et Egelina insistèrent pour les accompagner à l'Alcázar mais, devant le refus absolu du cheikh, les deux premiers acceptèrent de faire partie de l'escorte.

Seule la maîtresse de Guilhem ne changea point d'avis. Il fut convenu qu'elle demeurerait seule dans la maison, vide, à attendre leur réapparition.

*

Une heure plus tard, les trois hommes partaient, cette fois à pied, pour le château du calife.

À l'Alcázar, la foule était encore plus nombreuse que la veille. Et pour cause, dans tout Cordoue, on ne parlait que de la conversion du roi d'Angleterre. Contre toute attente, ne circulait aucune rumeur sur la fin du secrétaire du vizir – en tout cas le cheikh n'entendit rien à ce sujet.

Comme le jour précédent, les trois hommes pénétrèrent sans difficulté dans le château. Cette fois Baghisain ne craignait plus la présence du secrétaire du vizir, aussi se montra-t-il plus assuré. Il se permit même de discuter avec quelques connaissances. Aucun ne fit allusion à une éventuelle disgrâce du grand vizir.

Dans la salle du conseil, l'engineor demeura près de ses amis, tous trois se dissimulant en partie derrière des colonnes.

Le rideau vert fermant l'estrade ne permettait pas de savoir si le calife était arrivé, en revanche les dignitaires se pressaient devant, de l'autre côté du garde-corps. Parmi eux, le vizir et les ambassadeurs anglais.

Baghisain ne quittait pas Ibn Amir des yeux. Les traits de ce dernier demeuraient impassibles. Savait-il le sort de son secrétaire ? Peut-être pas encore, mais sans doute s'inquiétait-il de son absence. Avait-il envoyé des espions rechercher ce qu'il s'était passé dans sa munyat ? Possible. Auquel cas, ces épieurs seraient vite de retour pour lui révéler que la maison se vidait. Cependant, ils ne pourraient déranger leur maître durant l'audience, les gardes abyssins ne les laisseraient jamais passer. Tant qu'il serait dans l'ignorance, le vizir ne présenterait donc aucun danger.

Locksley, lui, observait surtout Robert de Londres. Ratatiné sur lui-même, le clerc regardait fixement le sol. Comment s'était terminée son entrevue avec le calife ? Le Miramolin lui avait-il posé d'autres questions ? L'avait-il chassé ? Menacé ? Ou, au contraire, récompensé ? Son attitude témoignait-elle de sa crainte du calife ou de ses compagnons, s'ils apprenaient sa trahison ?

Quant à Guilhem, peu lui importaient le vizir, le clerc, Herdington ou Fitz Nicholas. Il avait hâte de vider les lieux et s'inquiétait pour Egelina, seule dans la maison vide.

Le silence se vit brisé par les versets du Coran dont débuta la psalmodie. Puis le rideau vert fut tiré et le calife apparut. Un air particulièrement sombre sur le visage.

Le maître de l'audience appela le grand cadi en premier. Ce changement du protocole interpella l'assistance mais, bien sûr, personne ne pipa mot. Le cadi monta sur la tribune, baisa ses mains et ses pieds, demeura debout. Le calife lui ordonna alors de s'asseoir à sa droite, place d'honneur réservée au vizir.

Le sahib al-surta fut ensuite convoqué. Il se plia au même cérémonial et prit siège à gauche du calife.

D'autres dignitaires gravirent à leur tour les marches vers l'estrade où ils suivirent le même cérémonial.

Chacun d'eux leva la main droite et demanda salut, miséricorde et bénédiction de Dieu sur l'Émir des croyants.

Alors, seulement, le grand chambellan énonça le nom du vizir.

Celui-ci monta sur la tribune en affectant une grande servilité, baisa les mains et les pieds du Miramolin et attendit, visage décomposé.

Le calife, toujours silencieux, regarda son serviteur avec sévérité.

La salle était suspendue à ce qui allait se passer, devinant une disgrâce qui pourrait se terminer par une décapitation.

— Sais-tu où se trouve ton secrétaire, Ibn Amir ? interrogea Muhammad al-Nasir.

— Point, très puissant seigneur béni de Dieu. Il ne s'est pas présenté devant moi ce matin. Je l'ai fait chercher, sans succès.

— Rassure-toi, tu le verras sur le Rasif, où son corps sera exposé tout à l'heure. Cette nuit il s'est permis d'attaquer la maison d'un de mes serviteurs. Il a été tué, avec des gardes t'appartenant.

— J… J'ignorais, mon très puissant et vénéré prince… et ne sais que dire… Je le faisais surveiller depuis quelques jours, intrigué par son attitude singulière…

Le calife se tourna vers le grand cadi. Celui-ci joignit ses mains et demanda autour de lui :

— Y a-t-il des témoins pouvant affirmer que le vizir Ebn Djaméa a autorisé son secrétaire à s'en prendre à la maison du noble cheikh Baghisain ?

Ainsi, le calife avait confié au cadi l'instruction de l'affaire, conclurent Baghisain et Locksley. Guilhem, lui, ne comprenait goutte à ce qui se déroulait, tout étant dit dans un dialecte arabe.

Personne ne broncha dans l'assistance. Aussi le cadi reprit :

— Sans preuve testimoniale, le serment est acceptable pour celui qui dénie. Noble et respecté vizir, êtes-vous prêt à jurer de votre innocence ?

— Je le suis, puissant et sage cadi.

— Jurez donc devant nous que vous ignoriez ce que préparait votre secrétaire.

— Je prête serment sur Dieu. Qu'il m'expose à ses peines dans l'au-delà si je mens.

De nouveau, le silence.

Que le calife brisa en incitant d'un signe de tête le cadi à reprendre.

— Notre vizir est innocent des soupçons qui ont pesé sur lui, conclut le juge.

Nouveau signe du Miramolin au chambellan, qui apporta un coussin et autorisa le vizir à venir s'asseoir parmi les autres dignitaires.

Guilhem n'avait rien appréhendé des dialogues échangés, mais parfaitement saisi que Ebn Djaméa venait d'être innocenté. Tout cela ne sentait pas bon.

Le calife ayant murmuré quelques mots à son chambellan – paroles que personne n'entendit –, celui-ci, par l'intermédiaire d'un interprète, demanda à Herdington de se placer devant l'estrade. Le chevalier s'exécuta.

Le calife considéra l'Anglais sans manifester d'émotion, puis commença d'une voix claire :

— Je lisais hier un livre écrit par un Grec fort sage, qui était chrétien, et qu'on appelait Paul. Ses actes et ses paroles me plaisent infiniment, et je prends plaisir à cette lecture.

Silence.

— La seule chose qui me déplaise en lui, c'est qu'il n'est point resté sous la foi dans laquelle il était né et qu'il en a embrassé une autre comme un transfuge et un inconstant. Je dis cela à cause de votre seigneur le roi d'Angleterre, qui veut abandonner la très sainte et très pure loi des chrétiens sous laquelle il est né, et désire y renoncer comme un homme qui n'a ni consistance ni solidité.

Il ajouta :

— Le Dieu tout-puissant, qui n'ignore rien, sait bien que si j'étais sans loi, je choisirais la foi chrétienne de préférence à toute autre, et l'adopterais de tout mon cœur. Je n'ai jamais ni lu ni entendu dire qu'un roi, possesseur d'un si beau royaume, qui lui est soumis et qui lui obéit, ait ainsi voulu anéantir son autorité, faire d'un royaume libre un royaume tributaire d'un royaume étranger, faire d'un royaume heureux un royaume misérable. Enfin, se livrer à la volonté d'un autre, comme un homme qui s'avoue vaincu sans avoir été blessé. Au contraire, j'ai bien souvent lu et entendu dire que beaucoup de gens ont versé jusqu'à la dernière goutte de leur sang (ce qui est louable) pour la défense de leur liberté, d'où je conclus que votre maître est un malheureux, un paresseux et un lâche, un homme qui est moins que rien, lui qui désire devenir esclave, c'est-à-dire ce qu'il y a de plus ignominieux sur la terre[1].

Avec une expression qui exprimait toute son indignation contre le roi Jean, le calife précisa :

— Cet homme-là n'est le roi de personne. Ce n'est qu'un roitelet qui vieillit et radote, et je ne me soucie plus de lui. Il est indigne de s'allier avec moi.

Et regardant de travers Thomas et Raoul, le Miramolin s'écria :

— Ne paraissez plus en ma présence, et que vos yeux ne voient plus ma face ! Le nom, ou plutôt le mauvais renom de votre maître, qui est un apostat et un fou, me fait soulever le cœur !

Devant la barrière, les gardes s'écartèrent pour laisser s'en aller les trois hommes couverts de confusion. Déjà Ussel, Locksley et le cheikh avaient quitté la salle.

Dehors, ces derniers s'éloignèrent au plus vite de l'Alcázar. Ce fut sur le chemin de la munyat de Baghisain que Guilhem s'adressa enfin à ce dernier :

— Je n'ai pas compris ce qu'il s'est passé. Le vizir me paraissait en disgrâce, et pourtant il semble être parvenu à se disculper.

— Il a prêté serment de son innocence. Dans notre droit cela suffit.

— Sans preuve ? Ni témoins ? s'étonna Ussel.

— Le serment est sacré dans l'islam. Toutefois, si l'on découvre qu'il y a eu parjure, non seulement le vizir ira en enfer, mais il s'y rendra douloureusement.

Après un instant de silence, Baghisain ajouta :

— Rien n'est terminé. Nous sommes les preuves de son mensonge, aussi Ibn Amir tentera tout pour nous faire taire. Sans compter les dîmes qu'il veut reprendre !

1. Il s'agit, selon Matthieu Paris dans sa *Grande Chronique d'Angleterre*, des paroles exactes prononcées par le calife.

Alors qu'ils atteignaient un carrefour dont une voie conduisait à une placette où se dressait une fontaine, Guilhem aperçut quatre chevaux sellés en train de s'abreuver dans le déversoir. Et une femme corpulente, entièrement voilée, qui paraissait les surveiller.

Quand elle vit les trois hommes, elle courut vers eux en agitant les bras. À quoi jouait cette replète matrone ? s'étonna Guilhem, qui s'arrêta, alors que ses compagnons, eux, continuaient leur chemin.

À quelques toises, la femme écarta son voile.

— Egelina ! fit-il, ébahi.

— Je sais, tu me trouves grossie, plaisanta-t-elle, un peu essoufflée. Je me suis gavée de pâtisserie, ces jours-ci. Tu as dû remarquer mon ventre. De plus, je porte haubert et gambison sous ma robe.

Il l'enlaça.

— Que fais-tu ici ?

— À cette heure, la maison du seigneur Baghisain doit être occupée par les Anglais. J'en suis partie juste à temps.

Entendant Guilhem, le cheikh et Locksley, quelques toises plus loin, s'étaient retournés. En voyant Egelina, ils devinèrent une mauvaise affaire et se pressèrent vers le couple. Alors elle répéta ce qu'elle venait de révéler.

Baghisain pâlit et, sans demander plus d'explications, déclara :

— Bab al-Hadid est dans cette direction. En selle et filons !

*

Un peu plus tard, ayant galopé à allure soutenue, Baghisain montra à ses compagnons un sentier conduisant au Guadalquivir. Ils s'arrêtèrent sur la berge et laissèrent les bêtes se désaltérer, tandis qu'Egelina s'expliquait et que les hommes détachaient des selles hauberts, chemises de mailles, épées, haches, arcs, arbalètes et trousses de flèches et carreaux.

— Après votre départ, j'ai eu un mauvais pressentiment, seigneur Baghisain. Peut-être avais-je trop d'imagination, mais je ne pouvais m'empêcher de penser que les Anglais savaient certainement que Ranulf était parti avec le secrétaire du vizir. Et devaient se demander pourquoi il ne revenait pas. À la place de Foulques de Canteloup, je serais venue apprendre ce qui était arrivé.

» Or j'étais seule. Que faire si on forçait la porte ? J'ai jugé que mieux valait m'en aller. J'avais déjà rassemblé vos harnois, mis mon haubert, revêtu cette robe et le voile par-dessus, j'ai alors sellé quatre chevaux et y ai attaché vos armes.

» Une fois dehors et gagnée la porte du quartier, j'ai filé par une ruelle. En allant au hasard, j'ai découvert un petit marché avec une écurie. Je me suis adressée à des gens en langue d'oc, mais personne ne me comprenait. Grâce au ciel, quelqu'un s'est approché. Il m'a dit être juif et comprendre que je cherchais où faire garder mes chevaux. Je lui ai déclaré attendre le noble cheikh Baghisain, à qui les montures appartenaient, et lui a proposé de les laisser dans son jardin. Je lui ai fait confiance et suis revenue à pied jusqu'à la porte du quartier. Là, j'ai découvert un recoin où m'asseoir afin de la surveiller à quelque distance. Un long moment après, les bruits d'une troupe ont résonné. Une vingtaine de chevaux. Des cavaliers maures, mais pas tous. Que j'ai vus entrer dans votre quartier, seigneur Baghisain. La moitié portait casque normand, et parlait anglais. Comme j'ignorais quand vous alliez revenir, j'ai exploré quelques rues et trouvé la placette où vous m'avez vue. L'endroit m'a paru favorable pour vous attendre car j'étais certaine que vous passeriez à proximité. Je suis retournée chercher les chevaux et je scrutais le carrefour quand je vous ai aperçus.

— Nous aurions pu tomber sur eux, grimaça Locksley. Or nous étions sans armes. Une fois de plus, tu nous as sauvés, Egelina.

Il lui raconta alors à son tour ce qui s'était passé à l'Alcázar.

Ils repartirent une fois les bêtes suffisamment reposées et poursuivirent uniquement au trot, craignant moins les mésaventures et mauvaises rencontres, désormais équipés d'arcs et d'arbalètes.

La route étant large et bien pavée, ils purent avancer de front. Le cheikh évoqua le château où ils se rendaient.

— Bury al-Hansh veut dire « la tour du Serpent ». Du temps d'al-Mansûr, c'était un donjon de guet, puis ont été construites trois autres tours reliées d'une muraille. Voici dix ans, le château a été confié au fils du médecin du père de notre calife, un homme fort savant avec qui j'ai souvent parlé de science. Je lui ai même offert une horloge, et un qaws al-aqqar à deux arcs. Lui m'a donné un très précieux livre de son père. Je sais qu'il nous accueillera en ami. Nous resterons là-bas quelques jours, le temps que le vizir ait perdu notre trace.

— Pourquoi ne pas aller plus vite à Mursiya ? s'étonna Locksley.

— Nous pourrions. Mais si Ebn Djaméa lance ses gens à nos trousses, s'ils ont le renfort de vos amis anglais, comment nous battre contre eux ? La plupart de mes serviteurs sont paisibles et ignorent le maniement des armes. De plus les femmes sont nombreuses. Même avec vos archers et mes guerriers, on n'évitera jamais un massacre. Protégés derrière des murailles de pierre en revanche, nous ferons face. Même si l'ennemi est nombreux. Et Ebn Djaméa ne pourra se permettre d'établir un siège car le calife l'apprendrait.

— C'est la sagesse, conclut Ussel.

48

Ils rattrapèrent les chariots quelques heures plus tard et, avant la tombée de la nuit, tous arrivèrent à la ferme qui les hébergerait.

La journée du lendemain allait se révéler la plus périlleuse.

En partant au lever du soleil, ils n'atteindraient le château de Bury al-Hansh qu'à la nuit. Durant tout ce temps, ils seraient sur une route – pour beaucoup à pied et sans défense – qui les mettrait à la merci de leurs poursuivants. Guilhem et Locksley demeurèrent donc en arrière-garde avec leurs gens, tandis que les hommes d'armes de Baghisain protégeaient, eux, les chariots et les serviteurs sans monture.

Malgré leurs craintes, le voyage se déroula sans malaventure. Si le vizir avait décidé de les pourchasser, peut-être n'avait-il pas découvert la direction qu'ils avaient prise. Certes, après avoir trouvé vide la maison de Baghisain, ses gens avaient dû facilement en déduire quelle porte chariots, cavaliers et piétons avaient franchie. Cependant, au-delà, les routes étaient nombreuses, beaucoup de monde y circulait : donc identifier des traces n'était en rien aisé.

Mais même si les fureteurs d'Ebn Djaméa avaient appris que les fuyards se dirigeaient vers Mursiya, encore fallait-il qu'ils soient suffisamment nombreux pour les exterminer. Le vizir avait besoin de temps pour rassembler assez de guerriers. Sans doute préférerait-il aussi anéantir ses adversaires loin de Cordoue, histoire que le calife ne l'apprenne pas.

Baghisain, ses amis et ses serviteurs entrèrent donc sans encombre dans le château de Bury al-Hansh. L'ami du cheikh ne fut qu'à demi surpris de les voir, ayant, quelques semaines plus tôt, reçu Constance Mont Laurier, alors qu'elle se rendait à Mursiya avec ses gens, qui lui avait raconté les persécutions dont elle faisait l'objet.

Le château n'était pas grand et ses quatre tours offraient de petites chambres, à peine suffisantes pour le seigneur, ses deux épouses et la maigre garnison. Aussi les fugitifs s'installèrent-ils dans la cour, où ils dressèrent un campement de fortune. Baghisain voulait rester quelques jours ; si les gens d'Ebn Djaméa ne se montraient pas, ils pourraient repartir sans crainte.

Seulement, le lendemain de leur arrivée, dans l'après-midi, alors que l'on venait de faire monter le qaws al-aqqar à deux arcs sur un échafaudage à roues, les trompes sonnèrent…

Guilhem se précipita sur le chemin de ronde. Les autres chevaliers le rejoignirent. Et ce qu'ils virent ne les rassura pas.

Dans un nuage de poussière, une imposante troupe approchait.

*

Quatre ou cinq douzaines de guerriers, une moitié à cheval – surtout des Berbères maures et quelques Abyssins –, tous bien équipés, se dessinaient au loin. Avec deux chariots tirés par des mulets suivant les cavaliers, dont l'un portait des échelles.

Une rude bataille en perspective, songea Guilhem.

Les guerriers de Baghisain et leur propre troupe représentaient à peine une vingtaine d'hommes d'armes, ce en comptant Egelina et Flore comme guerriers. Quant au château, il alignerait juste une douzaine de combattants. À un contre deux, en somme, au moins les défenseurs bénéficiaient-ils des murailles et merlons.

Locksley, Gamwell, Fulk et le jeune Butler se tenaient à quelques toises d'Ussel et observaient leurs ennemis en train de s'installer.

— Ils n'ont pas de machines, observa le fils de Scarlet. Donc ils devront s'approcher pour nous attaquer.

— À nous de viser juste, remarqua Fulk.

— Espérons qu'ils n'attendent pas de renfort, ajouta Robert de Locksley. Les machines pourraient suivre…

Prudents, les assaillants montaient un campement avec deux héberges à six cents pieds de la muraille du château. Hors de portée des arcs et des arbalètes.

— Trop loin pour nous, ragea Egelina, qui avait rejoint Guilhem avec son arme.

Ussel ne dit rien. Songeant que l'assaut serait sanglant, il aurait préféré que sa maîtresse demeure dans une tour, mais savait qu'elle refuserait. Il se tourna vers elle et s'efforça de lui sourire. Elle portait seulement son haubert et lui vint à l'esprit qu'elle avait vraiment grossi. Sans doute mangeait-elle autant que Flore avec qui elle était tout le temps.

Dans le camp ennemi, les armatures en bois des héberges se montaient et l'on sortait les toiles d'un chariot. Un homme de haute taille, au visage décharné et aux cheveux gris et courts, vêtu d'une robe vert et noir flottant autour de son corps maigre, surveillait les opérations et donnait des ordres, tout en lançant des regards furieux vers le château.

Guilhem n'en était pas certain, mais l'individu avait l'allure du vizir.

— Robert, ne penses-tu pas qu'il s'agit d'Ebn Djaméa en personne, là-bas, avec la robe verte ?

— Je regarde depuis un moment et j'en ai l'impression.

Il se retourna et vit Baghisain sorti de la tour, où il s'entretenait avec le maître du château. Rejoints par un troisième homme, ils examinaient l'échafaudage portant la baliste sur lequel étaient montés Raoul et Alaric.

Locksley appela le cheikh, qui laissa ses compagnons, traversa la cour et monta l'escalier.

— Sayyid Baghisain, n'est-ce pas le vizir devant l'héberge ?

Le cheikh observa attentivement avant de déclarer :

— C'est lui ! Avec deux de ses officiers que je connais.

— Dommage qu'ils soient si loin, soupira Egelina. Il y a au moins six cents pieds entre nous. Mais s'ils approchent…

Locksley regarda Gamwell tout sourire et, forçant sur son arc de huit pieds, il en détacha la corde.

Il en sortit alors une neuve d'une des bourses carrées attachées à sa ceinture. Ensuite, à l'aide de son genou gauche, il tordit à nouveau son arc et l'accrocha. Ses archers l'imitèrent.

Guilhem les observait avec attention. Il savait son ami capable d'envoyer une flèche à six cents pieds, mais atteindre une cible était une autre affaire. Compliquée par la brise qui soufflait.

Huntington, portant déjà son demi-gant de peau et le brassard en cuir chargé de protéger son bras gauche, choisit plusieurs flèches dans la trousse attachée à sa taille, retenant celles dotées d'un long empennage en plume d'oie.

En ayant saisi trois, il attrapa la corde de soie, fit basculer l'une des flèches à l'horizontale et banda l'arc jusqu'à ce que l'empennage touche sa joue.

Gamwell et les archers avaient fait de même.

— Je prends le vizir, vous les autres, annonça Huntington.

Un claquement retentit et la flèche fila. Guilhem la suivit des yeux et vit alors Ebn Djaméa basculer en arrière. Presque au même moment les trois archers avaient lâché leur trait et autant de Maures s'effondraient.

Vivats et acclamations jaillirent du rempart, couvrant un nouveau claquement. Un Berbère tomba, puis un autre, et un autre encore.

Immédiatement, la débandade gagna les assaillants, aussi surpris que sidérés.

Les Anglais arrêtèrent de tirer, aucune cible ne restant à leur portée. Et pour cause : terrorisés, les gens du vizir meurtri s'étaient regroupés une centaine de pieds au-delà des héberges, abandonnant leur maître et la dizaine de blessés ou de morts.

— À moi ! dit alors Baghisain.

Il gagna la tour devant laquelle on avait fait rouler l'échafaudage. Le maître du château l'attendait avec l'autre homme, à l'évidence chargé de la baliste. Alaric et Raoul tenaient des dondaines.

Guilhem et Egelina avaient suivi le cheik, mais pas les archers qui espéraient faire de nouvelles victimes.

Sur l'échafaudage, à l'aide de leviers, Baghisain rectifia la position de son arme.

— Ne sont-ils pas trop loin ? s'enquit Ussel en désignant la troupe ennemie.

— Peut-être. Sans doute, même. Mais je suis déjà parvenu à réussir des tirs aussi longs. Je vais tendre les deux câbles jusqu'à la rupture.

Il releva alors les arcs, utilisant une mire qu'il avait inventée, opération délicate que Raoul suivit avec attention.

Guilhem s'était retourné vers leurs assaillants. Et vit les Berbères rassemblés en troupes compactes et agitées. Certainement discutaient-ils de l'opportunité d'aller chercher leur maître et de poursuivre le siège.

— C'est fait ! Rachid, tourne le treuil, ordonna le cheikh.

À mesure que les arcs se tendaient, il vérifiait l'alignement des caissons portant les dondaines. À l'aide d'un treuil plus petit, il rectifiait légèrement leur niveau, tout en scrutant les groupes d'ennemis.

Finalement, il hocha la tête et demanda à Raoul :

— Veux-tu procéder au tir ?

— Oh, oui, seigneur.

— Quand je te le dirai, abaisse ce levier.

Baghisain désigna une manette et vérifia à nouveau les positions, puis opéra une ultime modification et, enfin, s'écria :

— *Derweq*[1] !

Raoul appuya sur le manche indiqué. La baliste tressauta à cause du violent recul provoqué par le départ des dondaines.

---

1. Maintenant.

Tout le monde suivit des yeux les énormes flèches qui vinrent fendre l'un des groupes, traversant les hommes, brisant les os, embrochant les chairs. Les corps, déchirés et sanglants, furent projetés ou embrochés les uns aux autres comme de petits oiseaux avant la cuisson.

Terrifiés, horrifiés, perdant toute maîtrise d'eux-mêmes, les ennemis s'enfuirent en un désordre indescriptible et pitoyable.

— Nous pourrions aller achever le travail, observa Guilhem. Les fuyards sont loin de leurs chevaux. À pied, ils ne résisteront pas à une charge.

— Inutile, le tempéra Baghisain. Ils partiront et cela me suffit. Nous ne risquons plus rien, pourquoi tenter le diable ?

Guilhem ne pensait pas ainsi. À ses yeux, un ennemi sans danger était un ennemi mort. Mais il comprenait que le cheikh ne veuille aucune boucherie.

Il revint sur le rempart, à l'endroit où était restée Egelina.

— Que veut faire Baghisain, maintenant ? demanda-t-elle.

— Rien, il les laisse fuir.

Quelques assaillants rassemblés – très loin cette fois – discutaient avec animation, certains pointant le château du doigt. Quand la discussion cessa, deux Maures retirèrent leur baudrier, puis s'agenouillèrent et avancèrent ainsi vers le rempart.

— Ils veulent négocier, conclut Guilhem.

— Qu'ils viennent. J'espère pour eux qu'ils ne cherchent pas à nous piéger, dit Locksley.

Ayant vu ces hommes approcher quasiment en rampant, le cheikh et son ami arrivèrent à leur tour. Tous les gens du château assistaient maintenant depuis le chemin de ronde à la capitulation des agresseurs.

Quand les émissaires furent à portée de voix, ils annoncèrent qu'ils voulaient s'en aller et souhaitaient emmener le corps de leur seigneur.

Ce fut Baghisain qui répondit. Locksley traduisit ses paroles pour ses compagnons :

— Vous pouvez mettre les dépouilles dans un chariot, mais en les emportant nues. Vous laisserez le second chariot que vous remplirez de vos épées et autres armes. Vous partirez à pied en laissant les chevaux. Vous avez une heure, au-delà nous sortirons et il n'y aura aucun quartier.

Les agenouillés ne discutèrent pas. Ils se relevèrent après plusieurs prosternations et revinrent vers leurs compagnons déjà rassemblés. La discussion entre eux fut brève, bien qu'entrecoupée d'éclats de voix et même d'une bousculade. Quelques Maures parurent refuser et partirent avec leurs armes, sans les chevaux pourtant qui demeuraient à portée de flèche.

Les autres revinrent aux chariots, transportant les corps meurtris par les dondaines. Et ensuite firent ce qui leur avait été ordonné.

Une heure plus tard, ils avaient déguerpi.

*

Quand plus aucun homme du vizir ne fut en vue, les gens du château sortirent.

La picorée se révéla substantielle, avec des armes de Damas aux poignées en argent, des vêtements de prix, des cottes de mailles de valeur, des coursiers vigoureux et des selleries gaufrées. Baghisain, ne voulant rien garder, offrit ce butin au seigneur du château pour le remercier de son hospitalité.

Le soir, il expliqua à ses amis son refus de ce qui avait appartenu à Ebn Djaméa :

— Jusqu'au bout, après tout ce que j'avais fait pour lui, j'ai cru que le calife me protégerait de ce maudit vizir. Les machines construites devaient lui assurer la victoire sur les Castillans. Pourtant il n'a fait preuve d'aucune reconnaissance, allant jusqu'à laisser Ebn Djaméa s'en prendre à moi et à Constance. À cette heure, je romps l'allégeance qui me liait au califat et à Cordoue, et reprends ma liberté.

Comme Guilhem approuvait cette attitude, le cheikh poursuivit :

— Al-Nasir l'ignore encore, mais il paiera cher son ingratitude. Je vous avais confié que j'avais pris une assurance, je vais maintenant vous la révéler. Toutes les machines livrées possèdent une partie creuse dissimulée qui les rend fragiles. Pour y remédier, il faut y introduire une pièce de fer. Celles-ci étaient prêtes. Si le calife s'était comporté en maître bienveillant, je les aurais installées. Comme il ne l'a pas fait, après quelques tirs mes armes se briseront et deviendront inutilisables.

Voilà qui pourrait changer les combats et les sièges à venir, songea Guilhem. Jusqu'alors persuadé que les Maures l'emporteraient sur les Castillans grâce aux pertes inouïes que les savantes balistes de Baghisain causeraient chez les croisés et aux mangonneaux qui leur assureraient une suprématie indiscutable lors des sièges de châteaux ou de villes, dorénavant il comprenait que les armées seraient enfin à égalité. Et les Castillans avaient certainement plus d'ardeur à vaincre que les Berbères.

Guilhem avait raison. Un an plus tard, à la bataille – décisive – de Las Navas de Tolosa, toutes les balistes se brisèrent et l'armée du Miramolin fut mise en déroute.

*

Ils partirent le lendemain.

Le voyage jusqu'à Mursiya demanda plusieurs jours et se déroula sans malaventure, bien que Guilhem demeurât mal à l'aise durant tout ce temps à cause de l'attitude distante d'Egelina qui préférait être avec Flore qu'avec lui. La nuit, quand ils trouvaient des auberges, elle ne partageait plus sa couche.

Ibn Hud, le gouverneur de Mursiya qui logeait Constance dans son palais, avait réussi à imposer une totale indépendance de sa ville au califat. Il reçut son ami Baghisain avec magnificence et invita Anglais et Francs à un fastueux banquet.

Guilhem revit Constance et tous deux passèrent de longues heures à se remémorer leur jeunesse, s'étant connus enfants. Ceci au grand déplaisir d'Egelina.

Une jalousie qui ne dura guère, puisque les roumis ne devaient rester. Dès le lendemain, Baghisain envoya un messager au port de Qartayannat al-Halfa. L'homme revint dans la journée annoncer que la nef était prête. Un bateau suffisamment vaste pour transporter une dizaine de chevaux et la compagnie de Locksley à Saint-Gilles, voyage que son capitaine effectuait souvent en longeant prudemment les côtes.

Le cheikh et Constance accompagnèrent leurs amis jusqu'au port, et une délectable repue d'adieu fut servie sur le pont de la nef. Baghisain avait fait livrer les mets les plus exquis et les vins les plus rares. Le banquet se termina par des chants. Ussel ressortit sa vielle pour interpréter plusieurs cansons de Provence, ce qui fit pleurer Constance.

La dernière ballade fut chantée par Mandeville, Locksley, Gamwell, Raoul, Fulk, Butler, Egelina et Guilhem qui avaient préparé leur chœur dans le plus grand secret.

Ce fut ce chant d'adieu :

For auld lang syne, my dear
For auld lang syne
We'll take a cup o'kindness yet
For auld lang syne

Tous le chantèrent en écossais, puis en anglais, en langue d'oc et même en arabe après une traduction du comte de Huntington.

À ces paroles, ce fut Baghisain qui pleura.

Le banquet achevé, ils se dirigèrent vers une hôtellerie où ils allaient passer la nuit. À l'exception d'Egelina, qui avait souhaité rester sur la nef avec son amant. Tous deux montèrent sur le château arrière et demeurèrent longtemps silencieux.

— Guilhem, je te sais fâché contre moi, dit-elle enfin.

— Non point, ma mie, fit-il, mal à l'aise.

— C'est que j'ai peur, Guilhem.

— De quoi ? s'étonna-t-il. Nos malaventures sont terminées. Nous ramenons beaucoup d'or et d'argent. Nous serons capables de défendre ce navire contre n'importe quels pirates et, une fois dans le royaume de France, le retour à Paris se fera sans encombre. Nous en avons déjà parlé…

— Je sais. Mais ce n'est pas ce voyage-là qui m'effraie.

Elle prit sa main et la posa sur son ventre.

— Je suis grosse[1], Guilhem. Tu vas être père.

1. Enceinte.

Vrai et faux

Robert FitzWalter est l'un des personnages les plus importants et attachants de l'histoire de l'Angleterre. Constable de Londres et seigneur du château Baynard, il rassembla, comme nous le racontons, les grands barons anglais pour s'opposer à la dictature du roi Jean. Ce dernier enleva sa fille Matilda et la tua, version toutefois contestée par certains historiens.

Après une première révolte conduite avec Eustache de Vesci – qui commença en 1211, alors que le roi était excommunié –, FitzWalter dut se réfugier en France, tandis que Jean faisait détruire le château Baynard. De retour en Angleterre, il rassembla à nouveau les barons qui décidèrent de retirer leur fidélité au roi Jean s'il n'acceptait pas leurs demandes.

Finalement, en 1215, avec vingt-cinq barons – les Vingt-Cinq ou les Norois que nous avons rencontrés dans ce roman –, il imposera au roi la *Magna Carta* qui devait garantir un certain nombre de libertés aux Anglais. En particulier le droit de ne pas être emprisonné sans décision d'un juge, à l'origine de l'*habeas corpus*, et un contrôle de la fiscalité. Les barons furent chargés de veiller à ce que ces dispositions soient pleinement appliquées et, une cinquantaine d'années plus tard, ce conseil des Vingt-Cinq se transformera en parlement. Le premier d'Europe. Aussi juge-t-on que FitzWalter est à l'origine des régimes parlementaires.

Les barons poursuivirent leur lutte contre Jean et, en 1216, offrirent le trône d'Angleterre au prince Louis, fils aîné de Philippe Auguste.

Les compagnons de FitzWalter que nous avons présentés ont tous existé, mais nous avons inventé Ranulf de Winchester et Amaury de Mandeville.

Geoffrey Plantagenêt, archevêque d'York, fils bâtard d'Henri II, fut effectivement un allié de Jean avant d'en devenir un adversaire et de devoir s'exiler.

L'ambassade anglaise auprès du Miramolin, qui fait l'objet de ce roman, est rapportée avec de multiples détails par Matthieu Paris[1] qui la place dans l'année 1213. Nombre d'historiens la rejettent comme invraisemblable, bien que les ambassadeurs aient réellement existé.

Par ailleurs, on sait que le roi Jean s'était allié aux albigeois et leur avait envoyé un corps de troupes sous les ordres de Savary de Mauléon. Une alliance avec les musulmans n'était donc pas pire ou plus invraisemblable qu'une fraternisation avec les hérétiques cathares.

Notons que les historiens estimant cette ambassade plausible la situent en 1211, Muhammad al-Nasir étant mort en 1212.

Selon Matthieu Paris, dont nous avons rapporté à peu près à la lettre les dialogues qu'il attribue aux ambassadeurs et au Miramolin, ainsi que la trahison de Robert de Londres, ce dernier eut plusieurs entretiens avec Muhammad al-Nasir, qui le combla en retour de présents. En revanche, il ne fit aucun cadeau à Thomas de Herdington et Fitz Nicholas.

Les trois hommes rentrés en Angleterre, Jean se montra fort aigri d'avoir été méprisé par le calife. Comme Robert de Londres

1. Moine bénédictin mort en 1259, auteur d'une *Grande Chronique d'Angleterre*.

l'assura que le Miramolin lui gardait son estime et lui offrit quelques-unes des pierreries reçues, en récompense, Jean lui attribua l'abbaye de Saint-Albans, arrachée à son abbé légitime.

Nous avons idéalisé la ville de Cordoue en la présentant comme la capitale d'Al-Andalus. Ce n'était plus le cas en 1211, même si la cité demeurait importante et fort riche. L'âge d'or de Cordoue eut lieu aux Xe et XIe siècles. Si l'on sait que le Miramolin s'arrêta à Séville en 1211, sa véritable capitale, on ignore s'il vint à Cordoue, dans l'Alcázar. De la même façon, le grand vizir de Cordoue n'avait certainement pas le pouvoir que nous lui avons attribué. Ebn Djaméa est même une invention.

Nous avons relaté, sans les romancer, les relations entre la Castille, l'Angleterre et la France. Alphonse VIII, d'abord allié privilégié des Anglais, devint proche de la France après le mariage de sa fille Blanche avec le fils de Philippe Auguste et son invasion de la Gascogne destinée à réclamer la dot de sa femme, sœur de Jean.

Le chevalier vert a réellement existé, mais on ignore aujourd'hui encore son nom.

Le château de Caracena décrit ressemble fort à celui du XVe siècle. Pourquoi ? Parce que si un château du XIIe existait auparavant, nous ne disposons d'aucune information sur lui. Je suis donc parti de l'hypothèse que la seconde forteresse avait gardé une partie de la structure précédente.

Le siège de Salvatierra par les Maures dura cinquante et un jours et la forteresse finit par tomber grâce aux machines de guerre. Cependant la coalition chrétienne conduite par Alphonse VIII de Castille, Sanche VII de Navarre et Pedro II d'Aragon reprit Calatrava l'année suivante, avant d'affronter l'armée du calife partie de Séville le 1er juin 1211.

L'affrontement final eut lieu à Las Navas de Tolosa, non loin de Salvatierra, et Al-Nasir, vaincu, dut s'enfuir. Cette bataille marque le début de la reconquête.

Cordoue fut prise par les Castillans en 1236 et seule Murcie garda son indépendance. Jusqu'en 1296.

Bibliographie

Arié Rachel, « Le costume des musulmans de Castille au XIIIe siècle d'après les miniatures du *Libro del Ajedrez* », *Mélanges de la Casa de Velázquez*, 2, 1966, p. 59-69.

Bayley John, *The History and Antiquities of the Tower of London : With Memoirs of Royal and Distinguished Persons*, vol. 2, T. Cadell, 1825.

Buresi Pascal, « L'apogée almohade : la bataille d'Alarcos et son contexte historique », *in* André Bazzana, Nicole Bériou et Pierre Guichard (dir.), *Averroès et l'averroïsme*, Presses universitaires de Lyon, « Collection d'histoire et d'archéologie médiévales », 2005.

Capelle Jean-Claude, « Quelques aspects des prisons civiles en Normandie aux XIVe et XVe siècles », *Archéologie médiévale*, 5, 1975, p. 161-206.

Cerda José Manuel, « La dot gasconne d'Aliénor d'Angleterre », *Cahiers de civilisation médiévale*, 54, 215, 2011, p. 225-242.

Clauzel-Delannoy Isabelle, *Le Port de Boulogne au Moyen Âge*, Cercle d'études en pays boulonnais, 2013.

Clot André, *L'Espagne musulmane, VIIIe-XVe siècle*, Perrin, coll. « Tempus », 2004.

Guichard Pierre, « Alimentation et cuisine en Al-Andalus », Actes du 18e colloque de la Villa Kérylos à Beaulieu-sur-Mer, 4, 5 et 6 octobre 2007, Académie des inscriptions et belles-lettres, 2008, p. 337-357.

—, *Al-Andalus, 711-1492*, Fayard, coll. « Pluriel », 2011.

Guichard Pierre et Menjot Denis (dir.), « La bataille de Las Navas de Tolosa » et « Lettre du gouverneur de Jaén au roi de Castille à propos de la rupture des trêves », in *Pays d'Islam et monde latin*, Presses universitaires de Lyon, 2000.

Impey John, *The Practice of the Office of Sheriff and Under-sheriff : Shewing the Powers and Duties of Those Offices*, J. & W. T. Clarke, 1835.

Jusserand Jean-Jules, *Les Anglais au Moyen Âge : la vie nomade et les routes d'Angleterre au XIVe siècle*, Hachette, 1884.

Keen Maurice, *The Outlaws of Medieval Legend*, Routledge, 2001.

Koller E. Frank, « Le commerce médiéval Flandres-Espagne : une conclusion géographique », *Norois*, 80, 1973, p. 676-683.

Lachaud Frédérique, *Jean sans Terre*, Perrin, 2018.

Lévi-Provençal Évariste, *Histoire de l'Espagne musulmane*, t. III : *Le Siècle du califat de Cordoue*, Maisonneuve, 1953.

López Rodríguez Ana, « Légitimation royale et discours sur la croisade en Castille aux XIIe et XIIIe siècles », *Journal des savants*, 1, 2004, p. 129-163.

Mazzoli-Guintard Christine, *Vivre à Cordoue au Moyen Âge. Solidarités citadines en terre d'Islam aux Xe-XIe siècles*, Presses universitaires de Rennes, 2003.

Menjot Denis, « Les métiers en Castille au bas Moyen Âge », *in* Pascale Lambrechts et Jean-Pierre Sosson (éd.), *Les Métiers au Moyen Âge. Aspects économiques et sociaux*, actes du colloque international de Louvain-la-Neuve, 7-9 octobre 1993, Institut d'études médiévales-Université catholique de Louvain, 1993.

—, « Ports et trafics maritimes sur la côte murcienne au Moyen Âge », *in* Ghislaine Fabre, Daniel Le Blévec et Denis Menjot (dir.), *Les Ports et la navigation en Méditerranée au Moyen Âge*, actes du colloque de Lattes, 12, 13 et 14 novembre 2004, musée archéologique Henri-Prades, Association pour la connaissance du patrimoine en Languedoc-Roussillon, 2009.

Nicolle David, *The Moors : The Islamic West 7th-15th Centuries AD*, ill. d'Angus McBride, Osprey, 2001.

—, *Medieval Siege Weapons (2) : Byzantium, the Islamic World & India*, ill. de Sam Thompson, Osprey, 2003.
Paris Matthieu, *La Grande Chronique d'Angleterre*, t. IV : *Jean sans Terre – 1199-1216*, Paleo Éditions, coll. « Sources de l'histoire d'Angleterre », 2004.
Petit-Dutaillis Charles, *La Monarchie féodale en France et en Angleterre, Xe-XIIIe siècle*, La Renaissance du livre, 1933.
Rodríguez Javier Añíbarro, « Recherches sur les circuits commerciaux du nord de l'Espagne à la fin du Moyen Âge : l'exemple des "Quatre Villes de la Côte" », *Annales de Bretagne et des pays de l'Ouest*, 119-2, 2012, p. 125-143.
Sivéry Gérard, *Blanche de Castille*, Fayard, 1990.
Stow John, *A Survey of London*, Chatto & Windus, 1876.

Remerciements

Tous mes remerciements à ma chère épouse qui a écouté sans se lasser les situations parfois saugrenues que j'avais imaginées dans ce roman et qui a accepté de visiter les lieux d'Andalousie où Guilhem est passé. Sans oublier le temps qu'elle a consacré à relire et à corriger la dernière version de *Cordoue, 1211*.

Bien sûr, sans les pertinentes remarques et les talentueuses suggestions de Thierry Billard, à mes yeux le meilleur éditeur de la place de Paris, avec qui je travaille depuis tant d'années, ce livre aurait présenté bien des défauts.

Ceux qui restent sont de ma faute.

Vous pouvez joindre l'auteur :
aillon@laposte.net
http://www.grand-chatelet.net

Suite du même auteur

Aux éditions J'ai lu

Marseille, 1198
Paris, 1199
Londres, 1200
Montségur, 1201
La Vie de Louis Fronsac
Récits cruels et sanglants

Aux Presses de la Cité

De taille et d'estoc
Férir ou périr
Les Collèges fantômes
La Quête du trésor du Temple
À lances et à pavois

Aux éditions Plon

Le Grand Incendie
Wartburg, 1210

Aux éditions 10/18

Une étude en écarlate
Le Chien des Basqueville
La Ville de la peur
Les Exploits d'Edward Holmes
Le Pont de Montereau
La Danse macabre
La Maison de l'abbaye

Composition et mise en pages
Nord Compo à Villeneuve-d'Ascq

MIXTE
Papier issu de
sources responsables
FSC® C003309

L'éditeur de cet ouvrage s'engage dans une démarche
de certification FSC® qui contribue à la préservation
des forêts pour les générations futures.

Pour en savoir plus :
www.editis.com/engagement-rse/

Cet ouvrage a été achevé d'imprimer en mars 2021
sur les presses de Normandie Roto Impression s.a.s.
61250 Lonrai (Orne)
N° d'édition : 61483/01 - N° d'impression : 2100987

Imprimé en France